KB265585

韓國 漢詩의 探究

韓國 漢詩의 探究

柳在日 著

어회

목 차

제3장_ 조선편(Ⅰ) - 농촌시

제4장_ 조선편(II) - 조선 후기 한시

제 1 장

발해편

渤海 한시의 작품연구

渤海 遺裔人의 한시 작품 연구

王庭筠 시작품의 문예 공간

渤海 한시의 작품 연구

1. 머리말

발해는 고구려의 뒤를 이어 중국 동북부의 방대한 지역을 터전으로 삼고, 통일신라와 함께 南北國을 이루며 우리 역사를 이어갔다. 지배계층인 고구려족과 피지배계층인 말갈족으로 구성된 발해는 宣王 大仁秀(재위 : 818~830) 때에 연해주 지역에 대한 지배권을 확립했다. 그러면서 요동으로 진출하여 唐에 버금가는 지배력을 구축하는 중에, 海東盛國으로 불릴 만큼 전성기를 구가하기도 했다.1) 고구려 문화의 바탕 위에 당의 문화를 조화시킨 발해가 해동성국이라는 이름에 걸맞게 찬란한 문화를 누렸던 면모는 현재까지 출토된 여러 유물을 통해서도 짐작할 수가 있다.

발해에 대한 뚜렷한 역사적 인식은 이미 조선 후기에 편찬된 柳得恭의 『渤海考』・洪奭周의 『東史世家』 중에 실린 「渤海世家」・丁若鏞의 『疆域考』 중에 있는 「渤海考」・「渤海續考」 등의 글로 대표될 수 있다. 이후 발해의 정치・경제・사회・문화・예술・종교・외교 등등에 대한

---

1) 『東國通鑑』 11, 「新羅紀 興德王」. "興德王五年 渤海王仁秀卒 仁秀祚榮弟野勃四世孫也 頗能討伐海北諸部 開大境宇 自祚榮以來 數遣諸生 詣京師大學 習識古今制度 至是遂爲海東盛國"을 참고.

논의는 1,000편이 넘을 정도로 그 연구가 활발히 진행되었다.2) 하지만 발해의 문학에 대한 연구는 이와 대비되어 수 편에 불과할 뿐만 아니라, 우리 문학의 다른 분야에 대한 논의보다 상대적으로 늦게 시작되었다. 이 주된 이유는 그 면모를 알려 주는 문헌이 소실된 채 다른 나라에 남아 있는 한정된 자료를 연구 대상으로 삼아야 했기 때문이다.

발해의 문학에 대한 연구로서는 먼저 조동일 선생의 논의를 들 수 있다.3) 조 선생은 발해와 통일신라가 동일 시기에 남북국으로 병립하며 우리의 역사를 형성했다는 관점을 전제로 하여 그 시기의 동아시아 문학의 양상과 발해 문학의 위치를 언급한 다음 「貞惠公主墓碑」와 함께 발해의 외교 사절단들이 일본에서 지은 일련의 작품을 논의했다. 이런 연구에 이어 이종찬 선생은 발해 문학을 외교사절들의 시와 외국인에게 비친 발해 그리고 발해유민 王庭筠의 문학이란 항목으로 나누어, 그에 해당하는 작품을 문예적인 시각에서 분석했다.4) 한편 리가원 선생은 문학 배경이 되는 사회적 측면을 서두로 하여 발해의 문학과 발해유예의 문학으로 장을 나누고 序跋과 碑志를 포함한 광의의 문학이라는 관점에서 자료를 다루며 그에 대한 논의를 포괄적으로 진행했다.5)

이런 연구와 함께, 발해의 문학 작품을 문화의 한 유형으로 다룬 외국인의 글이 국내에서 번역되었는가 하면6) 그 한시 작품이 일부 소개되거

---

2) 한규철, 「발해사 분야별 논저목록」, 『발해의 대외관계사』(신서원, 1994), 348~388쪽 참고.
3) 조동일, 「중세전기문학 제1기, 남북국시대의 상황과 문학」, 『한국문학통사』 1(지식산업사, 1982), 214~129쪽.
4) 이종찬, 「발해, 고려의 한문학」, 『한국의 한문학』 1(민음사, 1991), 88~96쪽.
5) 이가원, 「북방의 저항의식 기2 -발해-」, 『조선문학사』 상 (태학사, 1995), 163~178쪽.
6) 왕승례 저·송기호 역, 『발해의 역사』(한림대학교 아시아문화연구소, 1987), 236~246쪽.

나7) 발해의 속담과 전설을 언급한 글8)도 등장했다.

이러한 연구물과 연결되면서 이 글은 발해의 한시 작품에 대한 논의를 내용 분석을 중심으로 진행하고자 한다. 이를 위해 먼저 외국과의 교류와 연결 지어 당시에 한시가 활발하게 창작되었던 사회적 분위기를 살펴보고, 이를 바탕으로 발해의 문사들이 자기정체성을 반영한 작품을 대상으로 삼아 작품 양상의 측면에서 유형별로 분류한 각 시작품의 특징을 구체적으로 언급하려고 한다. 이런 논의를 진행하기 위하여 주된 자료로 삼은 책은 1934년에 金毓黻이 편찬한 『渤海國志長編』이다.

2. 발해의 교류와 한시 문학의 상관 관계

발해에서 한시가 창작되던 당시의 사회적 배경을 알아보는 일은 발해의 시작품을 논의하는 데 일정한 도움을 줄 것이다. 이와 관련하여 먼저 작품의 외적 사실로 발해와, 중국 그리고 일본 사이에 이루어진 교류의 측면을 살펴보고자 한다.

발해는 건국 초기에 영토 확장을 위한 외교 정책으로 돌궐 및 일본과 우호 관계를 맺는 한편 당 나라와 신라를 견제했다. 이는 武王 大武藝(재위 : 720~737) 때에 흑수말갈이 발해의 북진 정책을 저지하고자 당과 친선 관계를 맺은 일과, 발해가 당 현종의 제안을 무시하며 登州를 침입한 것이 원인이 된다.9) 이에 대응하여 당은 발해를 공격하는 한편 신라

---

7) 김상훈 편, 『한시집』 1(문예출판사, 1985), 35~40쪽.
8) 송덕윤 저 · 최태길 역, 연변대학출판부 편, 「발해의 속담과 전설」, 『발해사연구』 3 (서울대학교출판부, 1993. 11.), 112~149쪽.
9) 임상선 편역, 『발해사의 이해』(신서원, 1990), 199~202쪽 참고.

측에게 원군을 청하였다.[10] 그런데 당의 이런 정치 행위는 발해와 신라 사이의 긴장 관계를 일층 높이기도 했다.

이런 가운데 무왕의 뒤를 이은 文王 大欽茂(재위 : 739~794) 시기에 발해는 당 나라와 친선 관계를 회복하여 주변국과 정치 세력의 균형을 유지하는 동시에 당 나라의 문물과 제도를 수용하여 자국 문화를 보다 융성하게 발전시켰다. 이 중국 문화의 유입은 당 나라에 건너간 유학생들을 중심으로 이루어졌다. 주지하는 바와 같이 "大祚榮 이래로 여러 번 생도들을 당에 파견하여 장안의 태학에 나아가 중국 고금의 문물 제도를 익히게 했다. 이에 이르러 발해는 해동성국이 되었다."[11]라는 역사 기록은 이런 사실을 함축적으로 전하고 있다. 유학생 중에는 朱承朝・李居正・高壽海・解楚卿・趙孝明・劉寶俊 등과 같이 구체적으로 이름을 남긴 이들도 있다.[12]

이 유학생의 파견을 포함하여 사절단을 중심으로 전개된 외교 문화를 통해 발해는 중국과 지속적으로 관계를 맺었다. 특히 9세기에 들어 발해와 당 나라의 관계는 밀접했다. 당 또한 발해에 사신을 보냈는데, 張建章은

---

10) 『孤雲集』 1, 「上太師侍中狀」. "開元二十年 怨恨天朝 將兵掩襲登州 殺刺史韋俊 於是明皇帝大怒 命內史高品何行成大僕卿金思蘭 發兵過海攻討 仍就加我王金某爲正太尉持節充寧海軍事桂林州大都督 以冬深雪厚 蕃漢苦寒 勅命廻軍"

11) 주 1)과 같음. 이와 관련해 대조영 때 유학생을 당 나라에 파견했던 사실은 김육불, 『渤海國志長編』 20, 「餘錄」(화문서국, 1937; 태학사 영인본, 1977), 1121쪽에 인용된 『據玉海百』 53의 "高王十七年 是歲遣生徒六人 入唐太學肄業"의 내용을 참고할 수 있다.

12) 같은 책, 「士庶列傳」 3, 450쪽의 "朱承朝於宣王時 同李居正高壽海詣唐京 學習古今制度 咸和三年業成 隨朝唐使同中臺省右平章事高寶英還國"과 같은 책, 450~51쪽의 "解楚卿於咸和五年 隨高寶英詣唐京 入學 同行趙孝明劉寶俊共三人 其後還國" 이와 함께 『拙藁千百』 2, 「送奉使李仲父還朝序」의 "翰林李中父奉使征東 已事將還 過辭予 因語之曰 進士取人 本盛於唐 長慶初有金雲卿者 始以新羅賓貢 題名杜師禮 由此以至天祐終 凡登賓貢科者 五十有八人 五代梁唐又三十有二人 蓋除渤海十數人 餘盡東士"을 참고할 수 있다.

834년에 사절단으로 와 1년 간 머물다 돌아가며 발해에서 典·啓·賦·詩 등을 가득 필사해 자신의 짐에 담아 갔고, 다시『渤海記』를 저술하여 발해 문화로서의 풍속·궁전·관품 등을 중국인에게 알리기도 했다.13)

이렇게 유학생의 파견과 함께 사신의 왕래는 정치 교류와 더불어 문화 교류의 성격을 함께 띠었다. 이 교류는 당시 사회의 공동 문어인 한문을 매개로 진행되었다. 이런 분위기와 관련을 맺고 발해인들은 그들의 한문학을 더욱 발전시킬 수 있었다.

이런 내용을 알려 주는 중국인들의 작품이 있다. 당 나라의 문인인 溫庭筠은 발해 왕자의 귀국을 아쉬워하며「送渤海王子歸本國」을 지었다. 그 전반부의 "다스리는 강역은 몇 바다를 떨어져 있어도, 문화는 한 집안을 이룬다네. 큰 업적 이루고서 본국으로 돌아가나, 아름다운 시구들 중화에 남아 전하리.(疆理雖重海 車書本一家 盛勳歸舊國 佳句在中華)"14) 라는 내용은 두 나라의 지식인들이 공동의 한문학권을 형성하며 한시로 작품을 지어 서로의 우의를 확인하고 정감을 나누었던 일을 알리면서 한편으로 발해 한문학의 수준이 어느 정도였는가 하는 점을 짐작하게 한다.

이와 같은 분위기는 발해인으로 賓貢科에 오른 高元固가 閩中에서 徐寅을 예방하여 발해인들이 그의「斬蛇劍」·「御溝水」·「人生幾何」라는 賦를 베껴 얻고서는 집집마다 그것을 금으로 써서 병풍을 만들었다는 말을 했을 때, 서인이 고원고에게 지어 건넨 작품「渤海賓貢高元固先輩閩

---

13) 손옥량 편저,『渤海史料全編』,「石刻 張建章墓志」(吉林文史出版社, 1992), 419~420쪽. "公諱建章 字(會主) 中山北平人也……癸丑秋 方舟而東 海濤萬里 明年秋杪 達忽汗州 州卽挹婁故地 彝震重禮留之 歲換而返 □王大會 以豊貨寶器名馬文革以餞之 九年仲秋月復命 凡所箋啓賦詩 盈溢緗帙 又著渤海記 備盡島夷風俗宮殿官品 當代傳之" 그런데 이 묘지는 1956년 북경의 덕성문 밖에서 출토되었다고 한다.
14)『全唐詩』583,「溫庭筠」.

中相訪云本國人寫得黃斬蛇劍御溝水人生幾何賦家皆以金書列爲屏障因而有贈」을 통해서도 느낄 수 있다. 그는 "꺾어진 계수나무 언제 달에서 내려와, 閩山에서 와서는 나의 글을 말하는구나. 즐거이 金翠를 녹이어 병풍에 썼다고 하니, 그 누가 초라한 내 작품을 발해로 가져 갔을까?(折桂何年下月中 閩山來問我雕蟲 肯銷金翠書屛上 誰把芻蕘過日東)"라고15) 노래했는데, 이런 내용으로 발해인과 당의 문사 사이에 한문학의 작품을 공유하며 동질적인 문화를 향유했던 당시 상황을 알 수 있다.

이렇게 발해인들은 한문을 매개로 하여 당의 발전된 문물과 제도를 익히며 그것을 自國의 문화와 문학을 발전시키는 원동력으로 삼으면서 그들과 외교 관계를 수행할 때 요구되는 의사 전달과 함께 우의를 다짐하는 공감대 형성 또한 한문을 중심으로 이루어 나갔다. 그리고 이런 사회적 분위기와 유기적인 관련을 맺으며 발해의 한시 작품은 활발하게 창작될 수 있었다.

한편 발해는 일본과도 교류를 가졌는데, 발해가 존속하던 시기의 일본은 율령체제가 쇠퇴하고 섭정정치가 시행되던 때였다. 발해는 일본이 天平文化를 영위하던 727년에 처음으로 사절단을 파견했는데, 다음 해 1월 사신 高齊德은 平城京에서 武王의 국서를 일왕에게 전달했다. 이 글에서 무왕은 격식을 갖춘 문장으로 일본과 외교 관계가 이루어지기를 바라면서 자신이 여러 지역을 통합해 나가며 "고구려의 옛 터를 회복하고 부여의 풍속을 지녔다.(復高麗之舊居 有扶餘之遺俗「武王致日本聖武天皇書」,『續日本紀』10)"는 점을 상기시켜, 발해가 고구려와 부여를 아울러 이어가는 국가임을 강조했다. 이로부터 발해는 35차례에 걸쳐 사절단을 파견하면서16), 일본과 우호적인 관계를 맺고자 했다.

---

15) 같은 책 708,「徐黃」.

발해의 사절단이 일본의 서중부 지역인 能登·加賀·越後 등에 상륙하여, 영빈관에 머무르는 동안 지방관은 이 사실을 중앙정부에 통보했고, 중앙에서 파견된 存問使·領客使·掌客使들이 사절단을 위문하며 그들을 수도로 안내했다. 이들이 平城京이나 平安京에 이르면, 일왕은 太極展·豊樂院·朝集院에서 그들을 접견하고 잔치에 초대했으며, 기마·궁술 및 樂舞의 공연을 관람시켰다. 그리고 그들이 본국으로 돌아갈 때에는 주작대로 양편에 위치한 鴻臚館에서 성대한 향연을 베풀기도 했다.17)

이와 같은 분위기에서 발해의 사절단과 일본의 관료문인들은 함께 연회에 참석한 자리에서 詩賦를 지으며 서로의 우의를 돈독히 했다. 당시 일본의 지식인들 사이에서는 『文選』·『史記』·『漢書』·『後漢書』 등과 『白氏文集』이 지식인 사이에서 널리 읽혔다. 9세기의 일본 한문학을 대표하는 문사는 菅原道眞·島田忠臣·紀長谷雄 등이었다.18) 그런데 이들은 발해 사절과 만나 서로 화답한 작품을 남기기도 했다.

裴頲은 大玄錫(재위 : 872~894) 때에 文籍院少監의 벼슬을 지내다 882년 겨울 일본에 사신을 갔는데, 동행한 이는 105인이었다. 그는 碩學·通才로 文籍에 능통했고 풍모가 몹시 아름다워, 일본의 조정에서는 그를 훌륭히 여기며 중시했다. 그는 다음 해 단오일에 일왕 어전에서 四府의 말타기와 활쏘기를 관람했다. 이보다 앞서 일왕은 배정의 글솜씨가 뛰어나기에 관원도진과 도전충신을 어전으로 부르고 五位 이상의 품계 중에서 준수한 자를 가리어 뽑아 그를 대접하게 했다. 도진과 배정은 동

---

16) 「叢考」,『渤海國志長編』19(화문서국, 1937 ; 태학사 영인본, 1977), 966~969쪽의 <渤海與日本通聘表> 참고.

17) 왕승례 저·송기호 역,『발해의 역사』(한림대학교 아시아문화연구소, 1987), 194쪽과 임상선 편역,『발해사의 이해』(신서원, 1990), 376~379쪽 참고.

18) 久松潛一 編,『日本文學史』中古(至文堂, 1966), 33~34쪽과 猪口篤志,「平安朝の漢文學」,『日本漢文學史』(角川書店, 1985), 138~156쪽 참고.

년생으로 훌륭히 여기고 서로 애지중지했다. 배정은 도진의 시를 白樂天의 시풍과 흡사하다고 평했고, 도진은 그를 일컬어 曹植과 같이 뛰어난 詩才라고 하면서 즉석에서 시를 지어주는데, 마치 미리 지어 놓은 것과 같았다.19) 배정은 大瑋瑺(895~906) 원년 겨울에 다시 일본에 사신을 갔고, 다음 해 5월 홍려관에서 관원도진·기장곡웅 등을 만나 서로 화답을 하며 그 동안 쌓인 이별의 정회를 나누기도 했다.

이런 분위기를 배경으로 도전충신은 "배 대사의 시 구름처럼 이룬 모습을 놀라 바라보니, 나그네 정이 주인의 마음을 기쁘게 위로하네. 그대와 더불어 이 풍운의 모임을 함께 하고서, 깊은 사귐 맺으며 한 평생을 보내리.(驚見裴詩逐雲成 客情歡慰主人情 與君共是風雲會 唯契深交送一生「酬裴大使答詩」,『田氏家集』中)"라고 하여, 시적 재주가 뛰어난 배정의 작품으로 기쁨을 맛보며 詩友로서 진정한 우정이 평생토록 이어지기를 바랐다.

관원도진 또한 "裴公의 만리 여행길을 전송하고서, 그리운 생각에 매일 밤 꿈마저 이루기 어려워라. 초상화를 마주하나 시흥이 일지 않으니, 겉모습 그려도 그 마음을 그려내지 못한 일 안타깝구나.(自送裴公萬里行 相思每夜夢難成 眞圖對我無詩興 恨寫衣冠不寫情「見渤海裴大使眞圖有感」,『菅家文草』2)"와 같이 서로 시를 화답하며 즐거움 속에서 배정과 두터운 우정을 나누던 일을 그리워하기도 했다.

이렇게 당시 일본 한문학의 일류 문사들과 시를 지으며 그들의 기림을

---

19)「諸臣列傳」2, 앞의 책 10, 439~440쪽. "裴頲於王玄錫之世 官文籍院少監秩正四品 賜紫金魚袋 玄錫十一年冬 奉使聘於日本 同行百有五人……頲以碩學通才 典領文籍 風儀甚美 隣國雅重視之……端午日 日皇御殿觀四府騎射……先是 日皇以頲富文藻 乃以式部少輔文章博士菅原道眞權治部大輔美濃介權玄蕃頭島田忠臣至是 又擇五位以上有容儀者三十人 接件之……道眞與頲同年生 雅相愛重 頲謂道眞詩似白香山 道眞則稱之曰 裴大使七步之才也 卽席贈遺 疑若宿構"

한 몸에 받은 배정을 통해, 발해 한문학이 어느 정도의 수준이었나 하는 점을 짐작할 수 있다. 그런데 사절 기간에 배정이 지은 작품은 애석하게도 모두 逸詩가 되었고, 오직 남아 있는 斷句조차 온전한 모습이 아닌 상태로 도전충신이 지은 「敬和裴大使重題行韻」의 작품 注로 전하고 있다.[20]

한편 末王 大諲譔(907~906) 원년에 사신이 되어 일본을 방문한 배정의 아들 裴璆는 동년생인 관원도진의 아들 菅原淳茂와 시를 지으며 다시금 부친들의 우정을 잇기도 했다.[21]

그런데 이런 분위기는 일본 불교의 眞言宗을 개척한 空海의 작품에서도 확인할 수 있다. 王孝廉은 僖王 大宮義 2년(814) 가을에 제14차 발해 사절단으로 일본을 방문하였고, 다음 해 5월 발해로 돌아오는 배에 올랐으나 풍랑을 만나 귀국하지 못하고 越前에 머무른 채 6월에 그곳에서 병으로 죽었다.[22] 이런 소식을 접하고, 그 동안 왕효렴과 깊은 우의를 나누었던 공해는 "한 번 보고 사귄 사람 사이에도 차마 듣지 못하겠는데, 고향 땅 오랜 친구의 슬픈 마음임에랴.(一面新交不忍聽 況乎鄉國故園情 「傷渤海國大使王孝廉中途物故」, 『高野大師廣傳』 下)"[23]의 시구로 절친하게 사귀었던 이국의 벗을 잃은 슬픔을 토로하기도 했다.

이상과 같이 발해는 자국의 언어와 문자를 사용하면서도,[24] 한편으로

---

20) 「文徵」, 같은 책 18, 852쪽에 실린 "一□希麻驥騄"인데, □의 글자는 馬+丙이다.
21) 같은 책 18, 861쪽의 「初逢渤海裴大使有感吟」을 예로 들 수 있다.
22) 「諸臣列傳」, 같은 책 10, 415~417쪽. "王孝廉仕於僖王之世 官太守 朱雀二年秋 奉使聘於日本 高景秀爲之副 告定王之喪…(三年)五月 孝廉等乘船 反海中 遇風漂著越前 孝廉遂感疾 六月孝廉卒."
23) 「文徵」, 같은 책 18, 851쪽. 한편 왕효렴이 글을 지어 공해와 우의를 나누었던 일은 같은 책 18, 871~872쪽에 수록된 「致渤海使王孝廉書」의 "信滿至 辱枉一封書狀及 一章新詩 翫之誦之 口手不倦 面卽胡越 心也傾蓋 一喜一懼 不知爲喻矣"를 참고.
24) 「補遺」, 같은 책 21, 1137쪽의 "日本紀略前篇十四 渤海使首領高多佛脫身 留越前國

는 당시의 문화적 분위기와 유기적인 관계를 맺고 중국·일본과 함께 공동의 한문학권을 이루면서 그들 나라와 교류를 지속했다. 이런 가운데 발해의 사절단들은 일본에서 그곳 문사들과 함께 문장을 지었고, 그 결과 오늘날 그 나라의 문헌에 남겨진 작품을 통해 발해 한시 문학의 일면모를 알리고 있다.

3. 작품의 양상과 의미

한 시인이 존재 사물과 대응하며 구축한 의식을 심미적으로 형상화한 서정시는 개인적인 차원의 문예미를 구축한다. 일면 이런 측면과 대비되어, 삶의 전반적인 활동과 관련을 맺은 서정시 중에는 사회 관계에 참여하고 국가 사이의 일을 언급하면서 집단적인 관계의 아름다움을 추구하는 작품도 있다.

오늘날 남아 전하는 발해의 한시[25])는 그 대부분 발해의 사신들이 일본에 가 그곳의 문사들과 함께 한 자리에서 지은 작품으로 집중되었기에, 작품의 성격상 이런 관계미의 측면이 부각되었다고 할 수 있다. 이를 양상별로 살펴본다면, 발해와 일본 사이에 조성되는 외교적 분위기를 반영한 작품 유형과, 외교의 자리에 동참한 양국의 문사들 사이 혹은 당나라에 유학한 승려들 간의 돈독한 인간 관계가 추구된 작품 유형과, 이

安置越中國 即令史生羽栗馬長及諸生等 就習渤海語"와 「餘錄」, 같은 책 20, 1060쪽에 실린 발해 동경성 출토 유물의 기와에 새겨진 문자를 참고.

25) 「文徵」, 같은 책 18, 840~845쪽에는 楊泰師의 시 2수와 王孝廉의 시 5수와 釋仁貞의 시 1수와 釋貞素의 시 1수 등 9수의 작품과 함께 裴頲의 逸詩 斷句가 수록되었다.

국에서 외교의 임무를 수행하던 발해의 사신들이 일정 기간 가족 혹은 고국과 단절된 관계를 회복하려는 작품 유형으로 분류된다.

1) 우호적인 외교 분위기의 조성

중세사회의 문사들은 한 시대의 정치를 담당하고 도의를 함양하면서 문화를 창조할 책임을 맡았다. 이런 측면과 유기적인 관계를 맺고, 당시의 문사들은 사회생활에 대한 복합적인 의식의 반응물로서 작품을 창작하기도 했다. 발해의 사신들이 일본에 가 외교를 수행하는 기간에 지은 작품 또한 이러한 분위기를 반영하고 있다. 구체적으로 말한다면, 발해의 사절단이 양국의 우호적인 관계를 조성하고 증진시키려는 분위기를 배경으로 지었던 작품 중 일련의 시는 발해와 일본 사이의 국가적 관계를 중시하는 작가 태도를 반영함으로써, 상대국에 대한 배려를 강조하는 성향을 띠고 있다.

> 주인이 邊廳에서 잔치를 열었는데
> 나그네 흠뻑 취해 玉京에 있는 듯하구나.
> 아마도 雨師가 군왕의 뜻 헤아렸는지
> 달고 향기로운 윤기로 나그네 마음을 적셔 주누나.

> 主人開宴在邊廳　　　客醉如泥等上京
> 疑是雨師知聖意　　　甘滋芳潤灑羈情
> 「春日對雨得情字」, 『文華秀麗集』 上. (『渤海國志長編』 842쪽)

814년에 발해 사절단으로 일본에 간 왕효렴이 공식적인 임무를 끝내고, 그 다음 해 봄에 일본측의 문사들과 함께 연회에 참석한 자리에서 지은 작품이다. 이 시가 수록된『문화수려집』은 818년에 藤原冬嗣・菅原淸公・滋野貞主 등이 편찬한 칙찬 제2시집으로서『文選』의 체제를 규범으로 삼았다. 본 작품은 卷上의「贈答」13수 중에 수록되어,26) 발해와 일본 사이에 있었던 문화 교류의 일면을 말해 준다.

전반부에서는 '主人'이 마련한 연회에 '客'으로 참여한 효렴이 그 공간에서 서로 하나가 되어 흥취를 고조시키는 상황 아래, 외교의 공식적인 일을 수행하느라고 쌓인 긴장과 피로에서 벗어나 술의 취기에 감싸인 자신의 모습을 '如泥'로 표현하면서도 그 연회 자리를 '上京'과 동일화함으로써, 상대국에 대한 예의를 은연중 담고 있다.

이어 후반부에서는 이런 태도를 자연 현상에 이입, 지속시키며 외교 사절단으로 오랜 기간 이국에 머무르는 동안 유발된 이방인으로서의 외로움을 정화적 속성을 지닌 비로 씻어내는 심적 상태를 술을 마시면서 느꼈던 미각적 심상의 '甘滋'와 긴밀하게 연결시켜 노래하고 있다.

따라서 이 시는 "상대방의 국가적 체면과 자신의 처지를 교묘히 융화시키면서 천지 자연의 순리로 마무리한 격조 높은 시정을 담았다."27)는 논의와 같이 왕효렴이 술로 고조시킨 상상력을 통해 양국의 외교관이 함께 모인 연회 공간을 천상의 공간으로 전이시키고, 그것을 공간적으로 동일 위치에 있는 '雨師'와 연결시킨 다음, 비가 내리는 일을 자신이 수행하는 외교 관계의 차원으로 의미화하는 가운데 자연의 질서로운 운행을 상징하면서 대지에 생명감을 부여하는 비를 통해 몸과 마음을 소생시키는 내용을 전달하고 있다.

---

26) 岩波書店 編,『日本古典文學大辭典』5(岩波書店, 1984), 364쪽.
27) 이종찬, 앞의 책, 54쪽.

> 貴國에 入朝한 하찮은 나그네가
> 정월 칠일에 은혜 입으며 귀한 손님이 되었네.
> 다시금 봉황 소리에 고상한 태도를 보게 되니
> 풍류가 변동한 한 나라의 봄이로구나.

入朝貴國憸下客　　　　七日承恩作上賓
更見鳳聲無妓態　　　　風流變動一園春
　「七日禁中陪宴」 (위의 책, 843쪽)

왕효렴과 같이 사행을 한 승려 仁貞이 일왕이 궁중에서 연회를 베푼 자리에 참석해 지은 작품이다.[28]

전반부에서 인정은 양국의 우의를 증진시키는 공식적인 연회에 참석하게 된 기쁨을 상대국이 자신을 어떤 자격으로 대우하는가 하는 측면에 초점을 맞추어 표현하면서 그렇게 자신을 대접하는 상대국에 대한 예의를 '下客'의 겸손한 어조에 담고 있다. 후반부에서는 그 연회에서 공연되는 樂舞의 분위기를 격조 높은 성격으로 평가한 뒤에, 그 풍류를 중심으로 조성되는 즐거움이 봄의 계절감을 만끽하게 하며 구가된다는 내용을 '春'의 명사로 귀결지어 시적 여운을 증대시키는 한편, 시적 구조의 측면에서 연회 공간과 자연 공간을 연결지음으로써, 인간과 자연이 조화된 흥취감까지 함께 전하고 있다.

그러므로 이 시는 특히 연회석에서 관람한 악무를 통해 파악되는 상대국의 문화적 분위기를 다른 나라와 대비시켜 예찬함으로써, 우호적인 외

---

28) 「諸臣列傳」 2, 앞의 책 10, 418쪽의 "釋仁貞亦隨王孝廉 聘日本 任錄事 仁貞能詩 日本諸臣多與唱和"와 孫玉良 編著, 『渤海史料全編』(吉林文史出版社, 1992), 286쪽에서 인용한 『后紀』 24의 "弘仁六年(815)春正月癸酉(1일)朔 皇帝御太極殿受朝 蕃客陪位 己卯(7일) 宴五位以上幷渤海使 奏女樂……授渤海大使王孝廉從三位……錄事釋仁貞烏賢偲譯語李俊雄從五位下 賜祿有差"를 참고.

교 분위기를 추구했다고 하겠다.

이와 같이 발해의 사절단이 지은 일부의 작품은, 일본측이 발해를 대표하는 그들을 귀빈으로 대우하며 발해에 대해 예의를 표시한 것과 같이 그에 상응하는 차원에서 상대국에 대한 예의를 갖추며 이를 서정적인 분위기로 정감화한 내용을 통해, 발해와 일본 사이에 진행되는 양국의 외교 관계를 우호적으로 증진시키는 매개체의 역할을 담당하였다.

2) 친밀한 우의감의 확인

발해의 사절단은 일본에서 외교를 수행하는 동안 그곳의 문사들과 활발한 교류를 가졌다. 이 교류는 이상적인 사회를 공동의 목표로 삼아 양국 정치에 참여하는 행정가로서 또한 중세의 보편적인 이념과 가치를 함께 추구하는 당대 지식인으로서 그리고 한문학을 공동으로 향유하는 중세 문학인으로서 서로의 공감대를 형성할 수 있기 때문이다. 이런 측면을 배경으로, 발해의 사절단은 시작품을 통해 일본의 문사들과 화답하며, 서로의 인격을 기리고 문학적 재능을 예찬하는 가운데 그들과 함께 두터운 우정을 나누었다. 그런데 이런 분위기는 당 나라에 유학하여 삶의 진리를 구하던 발해와 일본의 승려 사이에서도 이루어졌다.

> 어제 밤 용구름 피어 오르더니
> 오늘 아침 학 같은 흰 눈이 새롭구나.
> 꽃핀 나무만 바라볼 수 있을 뿐
> 새들 놀라 지저귀는 봄소식을 듣지 못하네.
> 눈발 휘돌며 날리는 모습 神女인 듯싶고
> 고상한 노래는 宋玉과 흡사하구나.

그윽한 난초는 뒤를 잇기 어려우니
다시금 겉모습만 흉내내려고 애쓴다.

昨夜龍雲上	今朝鶴雪新
祗看花發樹	不聽鳥驚春
廻影疑神女	高歌似郢人
幽蘭難可繼	更欲效而嚬

「奉和紀朝臣公咏雪詩」,『經國集』卷十三. (같은 책, 841쪽)

楊泰師의 작품이다. 759년 1월 27일에 大保藤原·惠美朝臣 押勝이 田村의 집에서 발해의 사신들을 위해 잔치를 베풀었을 때 일본측 문사들이 시를 지어 송별했는데, 양태사 또한 시를 읊으며 그들의 작품에 화답을 했다.29)

이 작품이 수록된『경국집』은 827년에 20권으로 편찬된 勅撰 제3시집으로서 오늘날 6권만이 전하고 있다. 이 중 11·13·14권에는 四季와 詠物의 순서로 구성된「雜詠」의 시가 실려 있으며, 작자로서는 양태사를 비롯하여 惟氏 등의 여성을 포함하고 있다.30)

도입부에서는 對句의 기법을 사용하여 시간의 변화와 함께 진행된 자연의 상서로운 정경을 외부 공간의 일상적인 분위기를 변화시키며 전개된 모습으로 묘사하고 있다.

이어 눈이 나뭇가지에 내려앉은 모습을 꽃이 핀 현상에 비유하여, 정결한 분위기가 감도는 봄의 계절감을 앞당겨 느끼면서도 실제로는 눈발

---

29)「文徵」, 같은 책 18, 840쪽. "續日本紀云 寶字三年正月 大保藤原惠美朝臣押勝 宴蕃客於田村第 當代文士賦詩送別 副使楊泰師作詩和之"
30) 岩波書店 編, 앞의 책 2, 332쪽.

이 날리는 정월의 초봄이기 때문에 꽃과 어우러지는 새소리를 들을 수 없다는 역설적이면서도 모호한 표현을 하고 있다. 이는 頷聯 前句에서 의도적인 상상을 동반하여 이질적 속성을 지닌 눈과 꽃의 두 사물을 결합시켜 눈앞의 정경을 낯설게 표현하고, 후구에서는 눈꽃과 새를 분리시켜 실제의 광경을 묘사함으로써, 시적 흥취감이 고조될 수 있는 작품 효과를 추구했다고 볼 수 있다. 그런데 이런 표현은 눈이 내리어 대지의 모습이 일상적인 분위기와는 다른 낯선 모습으로 바뀐 상황과 관련을 맺고 이와 동일 차원에서 별개의 사물들을 유사한 속성끼리 연결시켜 형상화한 시적 태도에 기인한다고 하겠다.

이어서 눈발이 날리는 모습을 女神인 宓妃에게 비기며 宋玉이 지은 「神女賦」를 연상시켜31) 환상적인 분위기를 마련하면서 이를 다음 구와 긴밀하게 연결 지으며 그 정경을 시로 노래한 紀朝臣公의 작품 경지를 송옥에 견주어 기리고 있다.

그리고 이런 내용을 종합하여, 마지막 부분에서는 난초가 지닌 고결한 속성으로 상대방의 인격과 함께 그가 지은 시의 품격을 예찬하면서 그와의 연대감을 조성하고 우정을 나누려는 마음을 '效嚬'의 일을 이끌어 상대방의 경지를 따를 수 없다는 내용에 담아 전하고 있다.

> 아름다운 나무에 봄빛 감돌고 색깔 몹시 고운데
> 꽃망울 터뜨리며 웃는 듯해도 소리 없구나.
> 주인께선 날마다 꽃가지를 꺾으니
> 남은 꽃잎 어느 때나 나그네에게 주려는지.

---

31)「神女賦」 중에서 "其如來也, 輝乎若白日初出照屋梁 其少進也 皎明月舒其光~ 須臾之間 美貌橫生 燁兮如花 溫乎如瑩 五色並馳 不可殫形 詳而視之 奪人目精"을 참고.

芳樹春色色甚明　　　初開似笑聽無聲
主人每日專攀盡　　　殘片何時贈客情
　　「在邊亭賦得山花戲寄兩領客使並滋三」,『文華秀麗集』卷上.
　　(같은 책, 842쪽)

왕효렴이 邊亭에 머무르는 기간에 산에서 피는 꽃을 읊어 두 영객사와 滋野貞主에게 준 작품이다. 전반부에서는 봄의 계절을 맞아 생명의 조화로움을 아름답게 발현시키는 '芳樹'를 응시하며, '色甚明'·'似笑聽無聲'과 같이 공감각을 증대시켜 나가는 정서감을 형상화하고 있다. 이어서 후반부에서는 산꽃을 매개로 자신과 일본측 문사들과의 유대감을 조성하려는 분위기 속에서 '主人'과 '客'의 일체감을 이루고자 하는 심적 상황을 겸손하면서도 희화적인 태도로 전하고 있다.

그런데 작품 제목에서 알 수 있듯이 왕효렴이 이 작품을 지어 건넨 문사들 중에는 자야정주가 있다. 그는 『문화수려집』을 칙찬한 사람 가운데 한 사람으로서 이 시기에 東宮學士의 직책을 맡고 있었다. 자야정주 또한 왕효렴을 위해 한 편의 시를 지었는데,

枕上의 종소리 새벽 시간 전하고
구름 속 나그네 기러기는 봄소식을 보내 온다.
집 떠난 일 몇 리라도 여정을 이기지 못하는데
하물며 타향에서 나그네 된 심정이랴.

枕上宮鐘傳曉漏　　　雲間賓雁送春聲
辭家里許不勝感　　　況復他鄉客子情
　　「春夜宿鴻臚館簡渤海入朝王大師」,『同上』. (같은 책, 848~849쪽)

라고 하여, 소식을 전하는 기러기에 촉발되어 그 역시 발해의 사신들을 영접하느라고 고향을 떠나 있게 된 나그네로서의 회포를 드러낸 다음 타향에서 사신의 임무를 수행하느라고 오랜 기간 고국을 떠나 온 왕효렴이 그런 심정의 자신보다 더욱 짙은 농도로 향수에 젖어 있을 것이라는 배려를 통해, 효렴에 대한 우의감을 표시하였다.

일면 발해와 일본의 양국인이 서로의 인격을 존중하고 우의를 맺었던 일은 문사들 사이에서 있었던 일뿐만 아니라 佛家에 몸을 담은 貞素와 靈仙 사이에서도 이루어졌다.

정소는 발해의 승려로서 희왕 때에 책보를 지고 당 나라에 들어가 釋典을 마음속에 구하며 당 나라의 승려인 應公을 스승으로 섬겼다. 813년 가을에 그는 일본의 留唐學問僧인 영선을 장안의 여관에서 만났는데, 서로 의논한 것이 조금도 차이를 두지 않고 모두 합치되어 이로부터 막역한 사이가 되었다. 이런 분위기에서 822년에 영선은 五臺山에 들어가 불법을 구하다가 鐵懃寺에 머물게 되었다. 이로부터 3년 뒤인 825년, 정소는 일본 정부가 영선에게 보내는 百金과 서신을 지니고 장안으로부터 먼 길을 가 오대산에 이르러 그것을 영선에게 전하게 되었다. 이를 받고서 영선을 舍利 萬顆와 新經 兩部 그리고 造勅 5통과 表文을 정소에게 부탁하여 일본에 전하려고 했지만, 얼마 되지 않아 정소는 발해로 돌아오게 되었다. 이 해 겨울에 정소는 高承祖와 함께 일본에 使行을 했는데, 이는 영선의 부탁을 중시한 때문이었다. 그런데 고승조가 귀국할 즈음 일본 정부는 정소에게 다시 百金을 맡기며 그것을 영선에게 전하도록 했다. 그래서 827년 겨울에 정소는 賀正使를 따라 다시 당 나라에 들어간 다음 먼길을 마다하지 않고 영선을 찾았다. 그리고 828년 4월에 정소가 오대산에 이르렀지만, 영선은 그보다 먼저 靈境寺로 몸을 옮겨 기거하는 중에 독살을 당하였다. 이에 정소는 통곡하며 시를 지었다.32)

깨달음 얻지 못한 塵心으로 눈물 저절로 흐르고
슬픔은 法服에 인연해 무덤을 덮었네.
내일 아침 영선 대사께서 어디 갔냐고 묻는다면
짚신 남기고 맨발로 돌아가셨다고 바로 말하리.

不體塵心泪自涓　　　情因法服奄幽泉
明朝儻問滄波客　　　的說遺鞋白足還
　「士庶列傳」,『渤海國志長編』卷十一. (같은 책, 450쪽)

　전반부에서는 진리를 구하는 마음으로 헤아려보았을 때 삶과 죽음이
모두 無常한 일이겠으나, 스승인 동시에 정신적인 벗의 죽음에 직면하여
마음에 짙게 스며오는 슬픔과 함께 佛門에서 서로 맺은 인연의 정으로
인하여 영선을 간절하게 그리워하는 마음이 眞要의 깨달음보다 앞선다
는 말로 영선을 애도하고 있다. 이어 후반부에서는 영선이 달마대사와
같이 죽음에 얽매이지 않고 자유자재의 몸으로 초연히 또 다른 길을 향
해 떠났을 것이라는 스스로의 다짐을 통해, 자신의 마음을 가다듬으며
영선의 차원 높은 득도의 경지를 기리고 있다.
　이런 내용과 관련을 맺고, 정소는 이 작품의 「序」 끝 부분에서 영선의
죽음을 애통해 하는 자신의 심회를 핍진한 분위기로 언급했다.

---

32) 「士庶列傳」 3, 앞의 책 13, 449~450쪽. "釋貞素者僧也 僖王之世 負笈入唐 究心釋
　　典 以應公爲師 朱雀元年秋 與日本留唐學問僧靈仙遇於唐京逆旅 議論投契無間 宣
　　王建興四年 靈仙入五臺山求法 遂留於鐵懃寺 七年 貞素携日本寄靈仙百金並書 自
　　唐京涉長途 抵五臺致於靈仙　靈仙乃以舍利萬顆新經兩部造敕五通別具表文屬貞素
　　致之日本 未幾貞素返國 是年冬 遂與高承祖同聘於日本 蓋重靈仙之託也 及承祖等
　　還 日廷又以百金託致於靈仙 九年冬 貞素隨賀正使 重入唐地 不辭跋涉 訪問靈仙
　　十年四月 達於五臺 而靈仙已先移居靈境寺 並爲人毒死矣 貞素哭以詩云……."

태화 2년(828) 4월 7일 문득 영경사에 이르러 영선대사를 찾았는데 돌아가신
지 오래 되었다. 흘리는 나의 피눈물, 무너지는 나의 아픔은 문득 四重의 바다
에 뜨는 것과 같았다. 죽음 보기를 원래의 곳으로 돌아가는 일같이 생각하고
다섯 번이나 임무를 연이어 맡던 일을 한 끼의 밥 먹는 시간 정도로 여기는 것
은 응공의 원래 사귐이 그렇게 한 것이다. 나의 믿음은 시작되었다가 다시 끝
났다. 바라기는 정신을 넓히어 모든 뜻을 드러내고자 하나, 부질없이 산골 물로
서 남아 千秋의 소리로 오열하고, 그리하여 구름과 소나무로 만리의 먼길을 가
는 일을 애통해한다. 4월 중순에 길을 떠나며 장안을 바라볼 뿐이다.33)

그런데 정소가 영선을 위해 몇 차례나 먼길을 오가고, 또한 시를 지어
그를 애도한 것은 영선과 응공이 서로 절친한 사이면서 응공이 영선을
스승으로 섬기고 의발을 전수받게 된 때문이었다. 이 해 하정사의 일이
끝나자, 정소는 그들을 따라서 뱃길로 발해로 돌아오다가 산동반도의 途
里浦에 이르러 풍랑을 만나게 되어, 동행한 이들과 함께 모두 바다에 빠
져 不歸의 몸이 되었으며 영선에게 전하려던 백금 또한 바다에 빠졌
다.34) 이렇게 정소는 영선과 함께 불도의 진리를 구하는 종교인으로서
그를 향한 존경심과 우의를 간직하며 영선을 위해 몸을 아끼지 않고 그
의 일을 돌보다가 자신의 삶을 마감했다.

이와 같이 발해의 지식인들은 일본의 지식인들과 교류를 하며, 그들과
의 유대감 속에서 중세의 보편적인 이념과 가치를 공유하는 중에 시작품

---

33) 「哭日本國內供奉大德靈仙和尙詩幷序」, 같은 책 18, 844~845쪽. "以大和二年四月
七日 却到靈境寺 求訪仙大師 已來日久 位[泣]我之血 崩我之痛 便泛四重溟渤 視
死若歸 連五同行李 如食之頃者 則應公之原交所致焉 吾信始而復終 願靈凡兮表悉
空留澗水 嗚咽千秋之聲 仍以雲松 惆悵萬里之行 四月莫落如一 首途望京之耳"
34) 「士庶列傳」3, 같은 책 11, 450쪽. "靈仙與應公相友善 應公復師事靈仙 爲衣鉢授受
之所自 故貞素兩往訪之 是年賀正使畢 貞素隨返海行 至途里浦 遇風同行俱溺 貞
素與焉 而託寄靈仙之金 亦同陷沒"

으로 상대방의 인격과 문학적 역량을 기리거나 삶의 전반적인 통찰에 대한 인간의 견고한 감수성을 상징적인 언어로 형상화함으로써, 자신들과 함께 서로간의 존재감을 확대·심화시켰다.

3) 고국에 대한 그리움의 유발

발해 사절단은 일본을 방문하기 위해 2,000㎞가 넘는 먼길을 오가야 했다. 이 길이 이른바 '渤海路'이다. 그들은 먼저 상경 용천부에서 출발하여 현재의 청진과 블라디보스톡 사이에 있는 毛口崴(러시아의 크라스키노)에 이르렀고, 이곳에서 배를 타고 동해 바다를 가로질렀다. 사절단은 가을에서 겨울 사이에 대륙에서 불어오는 북풍과 북쪽에서 남쪽으로 흐르는 해류를 타고, 能登·加賀·越前 등의 지역에 상륙했다. 그리고 발해 사절은 외교의 임무를 마친 다음 해 봄이나 여름에 이르러, 바다에서 일어나는 남풍과 동남풍을 이용해 배를 타고 고국으로 돌아갔다.35) 따라서 사절단은 사정에 따라 차이가 있겠지만, 거의 반 년 이상을 일본에 머물러야 했다. 이런 상황에서 그들은 이 기간 동안 고국에 두고 온 가족과 고향을 그리워하며 이국에서 유발된 외로운 마음을 작품에 담기도 했다.

> 남풍 부는 바닷길에 고향 생각 이어지고
> 먼 하늘 나는 북녘 기러기는 여정을 재촉하누나.
> 다행스레 훌륭한 봉황 같은 두 영객사 계시니
> 여러 날 영빈관에 머무른다고 근심할 것 없으리.

---

35) 왕승례 저·송기호 역, 앞의 책, 192~193쪽 참고.

南風海路連歸思　　　北雁長天引旅情
賴有鏘鏘雙鳳伴　　　莫愁多日住邊亭
「出雲州書情寄兩敕使」,『文華秀麗集』卷上. (같은 책, 843쪽)

　　왕효렴이 지은 작품이다. 전반부에서는 국가의 공식적인 임무를 마치고 발해로 돌아갈 일에 대한 기대감 속에서 出雲州의 주변 정경을 응시하며 그 동안 단절되었던 고국과 이국의 공간을 연결하는 '南風'과 '北雁'에 초점을 맞추어, 고향에 대한 그리움을 응축시켜 표현하고 있다. 이와 연결되어 후반부에서는 사절단을 영접하는 칙사에게 잠시 시선을 돌리어 '雙鳳'인 그들과의 연대감 속에서 향수의 정도를 누그러뜨리며 스스로의 마음을 위로하는 상황을 전하고 있다.

　　따라서 이 시는 왕효렴이 사신의 책임을 끝낸 815년 봄에 출운주의 영빈관에 여러 날을 머무르며 1·2구에 제시된 공간의 크기에 비례할 정도로 자신의 마음에 짙게 스민 여정을 토로하면서, 일면 외교 수행의 차원이긴 하나『左傳』「莊公 二十二年」의 '其妻占之 曰吉 是謂鳳凰于飛 和鳴鏘鏘'의 말을 이끌어, 자신을 영접하는 일본 칙사들과의 친밀한 관계로부터 고향에 대한 그리움을 순화시키는 마음을 스스로 확인하는 태도로 전달한다고 하겠다.

　　　고요하고 고요한 여름밤에
　　　둥그스름한 흰 달덩이 떴네.
　　　산마다 밝은 그림자 맑게 스미고
　　　온갖 물상 물 속 하늘에서 새롭구나.
　　　두고 온 아내는 저 달을 보고 슬픔 일겠지
　　　여정은 달 대하여 정신 온통 흔들리누나.

누가 천 리를 떨어졌다고 말하리오
멀리 있는 두 곳 사람을 비출 수 있는데.

寂寂朱明夜　　團團白月輪
幾山明影徹　　萬象水天新
棄妾看生悵　　羈情對動神
誰云千里隔　　能照兩鄉人

「和坂領客對月思鄉之作」,『同上』. (같은 책, 842쪽)

坂上今雄의 시에 화답한 왕효렴의 작품인데, '朱明'의 표현으로 보아 귀국을 바로 앞두고서 지은 것으로 생각된다.

초반부에서는 눈앞에 펼쳐진 달 밝은 실제 정경을 환상적인 분위기로 묘사하면서도, 그 정경에 이국에서 머무는 자신의 쓸쓸한 심회를 이입시키고 있다. 이런 분위기에서 시선을 옮겨 포착한 달빛 비치는 주변 정경을 이국적이면서도 신비로운 인상을 주는 차원으로 묘사하고 있다. 효렴은 이 이국적인 정경으로부터 상상력을 동원해, 그와 대응된 고향을 향해 달려가면서 그 공간에 대한 그리움을 가장 집약시킬 수 있는 대상으로 자신의 아내를 등장시킨다. 그리고서 달을 매개로 삼아 멀리 떨어져 있는 아내의 심회를 상상해봄으로써, 자신과 아내와의 거리감을 좁혀나간다. 그런 다음 온 누리의 공간을 하나의 세계로 어우러지게 하는 달빛을 통해, 발해와 일본에 각기 나뉘어져 있는 아내와 자신과를 연결하면서 잠시 동안의 이별을 극복하려는 마음을 노래한다.

그러므로 이 작품은 천상의 공간으로부터 지상의 공간으로 시선을 이동하고 그것을 다시 시인 자신의 내면세계로 옮겨오는 구심적인 시적 구조로 시상을 전개하여 시적 응집력을 높이는 한편, 달을 매개로 한 그

응집력을 '棄妾'과 '羈情'인 아내와 자신과를 하나로 결속시키려는 일로
의미화시켰다고 볼 수 있다.

서리 내린 하늘에 달빛 비치고 은하수 밝은 밤
나그네는 돌아갈 생각에 유달리 감회 깊네.
먼 하늘 바라보며 싫도록 앉아 시름겨운데
문득 이웃 아낙네의 다듬이 소리 들려 오누나.
소리는 끊겼다 이어졌다 바람결 타고 이르며
밤 깊어 별 지도록 잠시도 쉬지를 않네.
고국을 떠나 온 뒤로 듣지를 못했으나
지금 타향서 듣는 소리 서로 비슷하구나.
고운 방망이 무거울까 가벼울까
푸른 다듬잇돌 평평한지 아닌지도 알 수 없어라.
멀리서 가련히 여기네 몸 약하여 향기로운 땀 쏟을 일
밤이 깊도록 고운 팔 수고롭겠지.
응당 나그네 옷 한 벌 구하려고 하는 일이지만
그보다 먼저 규방의 寒苦를 근심하게 되네.
얼굴 모습 희미해 알기 어려우나
먼 곳의 아내 마음은 원망이 끝없으리.
이국에 머물며 새로 사귄 이 없으니
同心을 생각하며 길게 탄식한다네.
이 시간 홀로 閨中의 다듬이 소리를 듣게 되니
이 밤에 누가 고운 눈동자 찡그림을 알리오.
생각하고 생각하여 마음 이미 얽혔지만
거듭 들으며 닫힌 심정 열 수가 없네.
꿈결 통해 소리를 찾아가려 해도
다만 수심 겨워 잠마저 이룰 수 없구나.

霜天月照夜河明　　客子思歸別有情

厭坐長霄愁欲死　　忽聞鄰女擣衣聲

聲來斷續因風至　　夜久星低無暫止

自從別國不相聞　　今在他鄉聽相似

不知綵杵重將輕　　不悉青砧平不平

遙憐體弱多香汗　　預識更深勞玉腕

爲當欲救客衣單　　爲復先愁閨閣寒

雖忘容儀難可問　　不知遙意怨無端

寄異土兮無新識　　相同心兮長歎息

此時獨自閨中聞　　此夜誰知明眸縮

憶憶兮心已懸　　重聞兮不可穿

卽將因夢尋聲去　　只爲愁多不得眠

「夜聽擣衣詩」, 『經國集』 卷十三. (같은 책, 840～841쪽)

김육불은 『경국집』에 실린 이 작품을 인용하며, 그 주에서 '此夜誰知明眸縮' 이하의 시구가 '千尋海水尺地停　晨昏不霽煙霞霧……潁川水曲嚴陵瀨 不知濕曳釣潭竿'이라 되어 있으나, 앞뒤의 글뜻을 자세히 살펴보면 내용이 서로 통하지 않아 착간이 되었다고 단정하며 양태사의 작품이 아니라고 한 다음 『日本詩紀』에 인용된 것에 따라 바로잡는다고 했다.36)

이 시의 전체적인 분위기는 겨울 달빛이 펼쳐진 공간을 배경으로 삼아 이웃에서 들려 오는 여인의 다듬이질 소리에 촉발되어, 먼 타국으로 사신의 길을 떠난 자신을 위해 옷감을 다듬질하며 수고로움을 아끼지 않을

---

36) 「文徵」, 앞의 책 18, 840～841쪽. "按經濟雜誌社刊本羣書類從 百二十五經國集 載 此詩於此夜誰知明眸縮下云…… 細尋前後文義不類 當爲錯簡 非泰師之作也 應以日 本詩紀所引爲正"

아내를 그려보면서 고국을 그리워하는 마음이 더욱 간절해지는 정황을 섬세하게 묘사했다.

양태사는 늦가을의 긴 밤을 지새우며, 순환적인 율동의 성격을 지닌 달을 매개로 자연의 근원적인 질서의 세계와 일체감을 이루면서 '客子思歸'와 같이 원형 공간으로서의 고향에 대한 그리움을 유발시킨다. 이런 정황을 배경으로 그는 주위에서 들려오는 다듬이질 소리에 다시금 촉발되어, 이국의 공간으로부터 구심 공간으로 자신을 이동시키며 고향에로의 회귀감을 더욱 심화시켜 나간다. 이는 다듬질 소리가 '相似'인 동일한 질감으로 고국과 이국을 연결하는 속성을 지니면서 고향에서 익숙하게 경험했던 친화력 있는 정감을 반추하게 만들기 때문이다. 이런 상황이 전개되는 중에 정적인 주변 분위기와 대비되어 들려오는 동적인 느낌의 다듬이질 소리는 고향에 대한 그리움의 감정을 증폭시키게 하는 시적 분위기를 조성하는 일면, 그 음향이 자연의 질서와 같이 주기적인 리듬감을 내재함으로써 원형적 상상력에 바탕을 둔 향수의 정감을 고조시키게 한다고 볼 수 있다.

이런 전이된 원형 공간을 배경으로, 양태사는 '不知綵杵重將輕 不悉靑砧平不平'의 몽롱한 기억으로써 다듬이질을 할 아내의 모습을 상상한다. 그런데 이 아내는 고국이라는 구심적 공간과 동질감을 이루면서 그로 하여금 자신에게 지워진 현실의 무게를 떨치게 하는 모성애적인 속성, 곧 어머니로서의 속성까지를 갖는다고 말할 수 있다. 이런 분위기에서 그는 상상의 날개를 펼치며 '香汗'과 '玉腕'의 공감각을 통해, 아내에 대한 그리움을 감각적이고도 구체적으로 확인하는 한편, 아내 또한 고국에 혼자 남아 고독감을 느끼는 중에서도 힘겨운 노동을 동반하며 자신을 위해 옷을 다듬고 있을 것이라는 상상적인 장면을 그려본다. 그러면서 그는 서로 다른 공간에 위치한 두 사람의 거리감을 좁히고 나아가 아내에 대한 연민의 감정 속에 하나의 세계를 이루려는 심정을 간절한 분위기로 전달한다. 이렇게 그는 상상력을 통해 현실 상황에서 서로 떨어진 자신과 아내 사이에 일어날 수 있는 희열과 고뇌의 여러 심적 상태를 아내 쪽에 비중을 두어 교차시켜 나가며 전개하다가, 서로가 하나의 세계 안에서 공존할 것이라는 자기 확신의 언어를 '相同心兮'로 강조하고 있다.

하지만 이러한 정황을 지배하는 양태사의 마음에는 '怨無端'·'長歎息'·'誰知明眸縮'과 같이 어두운 분위기가 자리 잡고 있으며, 이런 분위기가 연장되어 그가 상상의 세계로부터 현실로 되돌아 왔을 때 스스로에게 확인되는 감정은 짙은 고독감뿐이라는 사실을 핍진한 언어로 전달하고 있다.

그러므로 이 시는 양태사가 이국에서 듣는 다듬이질 소리를 매개로 고국에 대한 그리움을 아내에 대한 그리움으로 집약시키면서, 시적 상상력을 동반해 현실과 상상의 세계를 연결시켜 나가며 그의 내면에 자리 잡은 다층적인 정서세계와 함께 그와 아내 사이에 일어날 수 있는 여러 정황을 庚平聲·紙上聲·庚平聲·翰去聲·寒平聲·職入聲·屋入聲·先平聲의 轉韻을 통해 극적으로 형상화했다고 볼 수 있다.

이와 같이 발해의 외교 사절단은 일본에서 일정 기간 자신들과 단절되어야 했던 가족과 고국을 발해인이 지닌 자기정체성의 회복이란 차원으로 그리워하며 자연 사물과의 교감을 통해 이국의 낯선 공간에서 유발된 고독감을 토로하면서 그들의 내면에 짙게 스민 향수를 절실한 시적 분위기로 노래하였다.

4. 맺음말

　이 글은 발해가 통일신라와 함께 남북국의 형태를 이루며 우리의 역사를 지속하던 시기에 그들 문사들이 자기정체성을 반영한 작품을 대상으로 삼아, 먼저 외국과의 교류적 측면과 연결 지어 한시 작품이 활발하게 창작되었던 사회적 배경을 살펴보고, 이를 바탕으로 하여 내용 분석의 차원에서 발해 한시가 지닌 작품 성향을 알아보았다. 논의한 내용을 요약하면 다음과 같다.

　발해는 당시의 중세문화적 분위기와 연관을 맺고 중국·일본과 함께 공동의 한문학권을 이루면서 그들 나라와 교류를 지속했다. 이런 사회 배경 속에서 발해의 한시 문학은 활발하게 창작될 수 있었다. 오늘날 남아 있는 발해의 한시는 발해 사절단이 일본의 관료문인들과 함께 한 자리에서 지었던 작품이 대부분으로, 9수만이 온전한 형태로 전하고 있다.

　이 시들은 작품 양상의 성격상 발해와 일본 사이에 조성되는 외교적 분위기를 반영한 유형과, 외교의 자리에 동참한 양국의 문사들 혹은 당나라에 유학한 승려들 간의 돈독한 인간 관계가 추구된 유형과, 사절단이 이국에서 일정 기간을 머무는 동안 그들과 단절되어야 했던 가족 그리고 고국과의 관계를 회복하려는 유형으로 분류된다.

　구체적인 내용으로서, 첫째, 발해의 사신들이 지은 일련의 작품은 일본측이 발해를 대표하는 그들을 귀빈으로 대우하며 발해에 대해 예우를 표시한 것과 상응한 차원에서 상대국에 대한 예의를 서정적인 분위기로 정감화한 내용으로써, 발해와 일본 사이의 국가 관계를 우호적으로 증진시키는 매개체의 역할을 담당하였다. 둘째, 발해의 지식인들은 문화의 차원에서 일본의 지식인들과 교류를 가지며 시를 통해 상대방의 인격과 문학적 역량을 기리거나 삶의 전반적인 통찰에 대한 인간의 견고한 감수성을 상징적으로 표현하면서 자신들과 함께 서로 간의 존재감을 확대, 심화시켰다. 셋째, 발해의 외교 사절단들은 그 임무를 수행하는 기간 중에 자신들과 서로 단절되어야 했던 가족 내지는 고국을 자기정체성의 회복이란 차원에서 그리워하며 이국의 낯선 공간에서 유발된 고독감을 자연 사물과의 교감을 통해 절실한 시적 분위기로 형상화했다.

종합적으로 말한다면, 오늘날 전하는 발해의 한시는 인간과 사회와 국가 사이의 관계미를 서정적인 분위기로 추구하면서 발해 문학의 일면모를 알려 준다고 말할 수 있다.

발해는 통일신라와 더불어 우리 민족의 역량을 결집시켜 나가기보다 주로 대립적인 관계를 이루는 가운데 926년에 거란의 침입을 받아 멸망했고, 東丹國이라는 식민지 국가의 형태로 그 명맥을 겨우 이어 가다가 982년에 東京의 中臺省마저 폐지됨에 따라 역사의 피안으로 사라졌다. 그런데 발해의 유민들 중에는 요 나라와 금 나라의 구성원으로 있으면서 발해 문학의 전통을 계승한 인물들이 다수의 작품을 남기기도 했다. 이에 대한 논의는 별도의 글을 통해서 알아보고자 한다.

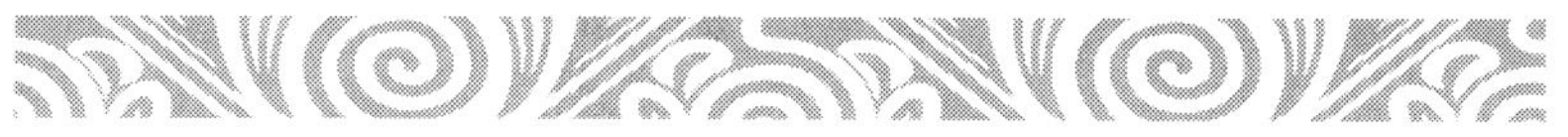

渤海 遺裔人의 한시 작품 연구

1. 머리말

발해는 고구려의 뒤를 이어 중국 동북부의 방대한 지역을 터전으로 삼고 통일신라와 함께 남북국의 형태를 이루며 우리 역사를 이어갔다. 지배계층인 고구려족과 피지배계층인 말갈족으로 구성된 발해는 宣王 大仁秀(재위 : 818~830) 때에 연해주 지역에 대한 지배권을 확립하고 요동으로 진출하여 당에 버금가는 지배력을 구축하면서 海東盛國으로 불릴 만큼 전성기를 구가하였다.

하지만 발해는 10세기에 들어 귀족 사이에 야기된 권력투쟁으로 말미암아 통치기반이 약화된 가운데 정치세력을 급격히 확장한 거란의 침략을 받아, 末王 大諲譔 20년(926) 정월에 멸망했다. 거란의 태조 耶律阿保機는 태자 倍를 人皇王에 명하여 발해의 옛 지역에 대한 통치권을 장악하게 하면서 국호를 東丹國으로 바꾸고 甘露라고 建元하였으며 忽汗城을 天福이라고 改名하였다.[1] 그러면서 일면 거란은 발해의 제도를 존속

---

1) 金毓黻 撰,『渤海國志長編』卷4「後紀」2(華文書局, 1934 : 太學社 影印本, 1977), 289쪽. "東丹人皇王 名倍 小字圖欲 姓耶律氏 契丹太祖阿保機之長子也……甘露元年 春正月 契丹兵攻渤海 扶餘城下之 太祖欲括戶口 王諫曰 始得地而料民 民必不安

시키고 여러 유화정책을 통해 그들의 통치를 효율적으로 운영하려고 했다. 그런데 이러한 성격의 동란국 또한 遼가 982년에 東京의 中臺省을 폐지함에 따라 57년 만에 그 존재마저 사라지게 되어, 발해의 시대는 막을 내렸다.

이 동란의 시기에 해당하는 발해 遺民의 작품으로는 王繼遠이 지은 「大東丹國新建南京碑銘」과 裴璆의 謝狀 등[2] 광의적인 문학 성격을 지닌 일부의 글만 남아 있다.

발해인은 동란의 시대로부터 다수가 통일신라·고려·여진 등으로 회피하거나 이주하였고, 후에는 요 나라와 금 나라의 구성원으로 동화되었다. 이 시기에 활약했던 발해 유예인의 문사들은 비록 발해의 사회공동체가 지닌 문화적 분위기를 공유하며 작품활동을 전개하지는 않았지만, 작품 생산자 성격의 차원에서 우리 문학의 범위를 넓히는 데 일정한 기여를 하였으니, 그 문학사적 의의는 적지 않다고 말할 수 있다.

이 글은 발해 遺裔人들이 남긴 시가문학을 대상으로 삼아, 작품 양상의 측면에서 유형별로 분류한 각 작품의 면모를 구체적으로 알아보기 위해 시도되었다. 이 논의를 진행하기 위해 주된 자료로 참고한 책은 1937

若乘破竹之勢 逕造忽汗城 破之必矣 太祖從其言 王與弟堯骨爲前鋒 夜圍忽汗城 末王諲譔出降 渤海亡 二月丙午 太祖建東丹國 以王爲人皇王王之 建元甘露 改忽汗城爲天福"

2) 930년 2월에 王繼遠은 「大東丹國新建南京碑銘」을 지었다. 이 碑銘은 928년에 人皇王이 東平(遼陽)에 있던 발해인을 이주시키고 그곳을 수도로 삼으며 南京으로 改名했던 일과 연관을 맺는다(위와 같음, 291~292쪽과 『同上』卷13「遺裔列傳」5, 위의 책, 460쪽을 참고). 일면 謝狀은 930년 4월에 裴璆 일행의 사절단이 일본에 파견되었을 때 작성한 것이다. 이 글은 일왕이 발해의 사신으로 여긴 배구에게 동단의 신하로 자처하는 이유를 문책하자, 그가 발해의 옛 신하로서 그 의로움을 지키지 못한 일을 사과하며 지은 것이다.(『同上』卷2,「總略」下, 같은 책, 247쪽을 참고)

년에 金毓黻이 찬술한 『渤海國志長編』과 1992년에 孫玉良이 편저한 『渤海史料全編』이다.

2. 본 론

발해 유예인으로서 시문학 작품을 남긴 이들로는 요 나라의 天祚帝文妃 大氏(?~1121)와, 금 나라의 張汝霖(?~1190)과 王遵古(12세기 경)·王庭堅(12세기 경)·王庭筠(1152~1202) 父子와 高憲(13세기 경) 등을 들 수 있다. 현재 전하는 이들의 시는 천조제문비 대씨의 작품 2수와 장여림의 작품 1수와 왕준고의 작품 1수와 왕정견의 작품 1수와 그리고 왕정균의 작품 49수(逸詩 포함)와 고헌의 작품 8수 등, 모두 60수가 남아 있다.3) 이 작품들을 동일한 내용을 지닌 유형으로 분류하여, 주변의 자료를 참고하면서 개별 작품에 대한 논의를 전개하면 다음과 같다.

1) 순화된 정서감의 추구

조용히 봄 기운 머금은 채 바닥까지 맑은데
작은 복사꽃 말없이 함초롬 교태를 머금었네.
봄바람은 앞 시냇물 개의치 않고 속절없이 불어대어
푸른 잎사귀 너울대며 나뭇가지를 흔드네.

---

3) 天祚帝文妃 大氏의 작품은 『遼史』에 기록되었다. 일면 張汝霖과 王遵古와 王庭堅의 작품은 『中州集』에 실려 있다. 그런데 『渤海國志長編』 卷18 「文徵」, 같은 책, 878~879쪽에서는 「野菊」이 王庭堅의 작품으로 게재되었으나, 『中州集』 卷3에는 동일 작품이 「王遵古」의 항목에 편입된 채 왕정견의 시임을 밝혀 놓았다. 한편 王庭筠의 작품은 『中州集』과 『全金詩』·『金文最』·『金石萃編』과 『黃華集』·『潭南集』·『續夷堅志』 등에 수록되었다.(孫玉良 編著, 『渤海史料全編』, 吉林文史出版社, 1992, 234~236쪽을 참고) 일면 高憲의 작품은 『中州集』에 실려 있다.

黯黯春態底處淸　　　小桃無語半含嬌
東風不管前溪水　　　暖綠溶溶拍畵株
　「春溪一首」,『中州集』卷9.

　장여림의 작품이다. 그는 高樂夫-高(張)覇-張祁-張行願-張浩-張汝霖으로 이어지는 가계를 지녔다. 그런데 도중에 가계의 성씨가 변화된 것은 여림의 고조부인 패가 금 나라의 吾衛上將軍을 지내며 張氏로 성을 바꾸었기 때문이다.4) 일면 그의 부친과 관련된 사실로서『金史』卷83「列傳」21의「張浩」조에 기록된 "장호의 字는 浩然인데 요양 발해인이다. 본래의 성은 高氏로서 동명왕의 후손이다.(張浩字浩然 遼陽渤海人 本姓高 東明王之後)"라는 내용을 참고한다면, 장여림이 발해 유민임을 알 수가 있다. 여림의 자는 仲澤으로 어려서부터 총명하고 학문을 좋아하여, 부친인 호가 일찍이 그를 일컬어 말하기를 "우리 집안의 천리마이다."라고 했다.5)

　본 작품은 봄의 계절을 배경으로, 자연의 운용원리가 각 사물에 작용하는 정경을 정적인 분위기와 동적인 분위기를 조화시키며 그려내었다.

　전반부에서 시적 자아는 섬세한 시선으로 자연의 이법이 발현되는 내용으로 포착한 봄 시냇물의 모습을 그 표정 너머에 자리 잡은 物性까지를 아우르며 핍진하게 묘사한 다음, 냇가 주위에서 발견한 복사꽃의 아름다운 정경을 '無語'로 내면화시키며 '半'의 균형감 어린 양태로 형상화함으로써, 조화와 절제를 이룬 정서감을 은밀히 구축하고 있다. 이와 연결되어 후반부에서는 시적 자아의 시선이 유연하게 움직이며 발견한 봄

---

4)『渤海國志長編』卷13「遺裔列傳」5, 앞의 책, 518~523쪽을 참고.
5)『金史』卷83「列傳」21,「張汝霖」. "汝霖字仲澤 少聰慧好學 浩嘗稱之曰 吾家千里駒也"

바람과 시냇물 그리고 푸른 나뭇잎과 꽃가지 사이의 관계작용을 약동하는 사물의 움직임에 초점을 맞추며 자유롭게 발현되는 정경으로 묘사하고 있다.

따라서 이 작품은 자연의 순리와 조화를 이루며 나타나는 사물의 모습을 순화된 분위기로 형상화했다고 볼 수 있다.

요동 땅 아득히 천리나 먼 곳
풍진 속에 이제는 반백이 다 되었네.
그대 마음은 글씨같이 곧기만 해도
관직은 재주 높음에 못 미쳤구나.
창고 관리는 그대의 일이 아니고
山林이야말로 우리의 마을이어라.
고향 땅에서 늙기를 서로 기약하여
바위 먼지 쓸고 앉아 雲璈를 연주하세.

遼海渺千里　　　風塵今二毛
心雖如筆正　　　官不稱才高
筦庫非君事　　　山林必我曹
相期老鄕國　　　拂石弄雲璈
　「過太原贈高天益」,『同上』卷8.

왕준고가 지은 것이다. 그는 앞서 언급한 왕계원의 7세손으로서, 曾祖父는 叔寧, 祖父는 永壽, 父는 政이다.[6) 그런데『金史』卷128「列傳」66의「王政」조에 "왕정은 辰州 熊岳人이다. 그 선조는 발해와 요 나라에

---

6)『渤海國志長編』卷13「遺裔列傳」5, 앞의 책, 460쪽~461쪽과 533쪽~535쪽을 참고.

서 벼슬을 했는데, 두 나라 모두에서 현달한 사람이 있었다.(王政 辰州熊岳人也 其先仕渤海及遼 皆有顯者)"고 기록되어, 왕준고 또한 발해의 유민임을 알 수 있다. 준고의 字는 元仲으로, 그는 고인들이 군자라고 지목한 풍도가 있었으며, 행정을 한 것이 유학의 바름으로 일 처리를 부드럽게 하여 북방에서는 '遼東夫子'라고 일컬어졌다.7)

작품의 첫 부분에서 시인은 汾州 부근에 위치한 태원을 지나며 자신의 구심공간이기도 한 요양과의 거리감을 계측의 언어로 드러낸 다음 세월의 무게를 이기지 못하는 어두운 마음을 술회하고 있다. 이어 작품의 주에서 '天益能作大字'라고 밝힌 것과 같이, 고천익이 大字에 능한 사실을 상기하며 지적 역량에 걸맞은 사회적 임무가 그에게 주어지지 않은 사실을 서술하고 있다. 이러한 상황에서 준고는 그 현실 너머에 자리잡은, 명예에 집착하기보다 문사로서의 자부심을 높이는 가운데 옛 선조의 땅에 삶의 공간을 마련하고 '拂石'과 같이 정결한 자연의 세계와 일체감을 이루며 악기의 연주를 통해 순수한 상태의 정서감을 예술적으로 고조시키려는 내용을 담담한 어조로 전하고 있다.

따라서 이 시는 작품의 공간 배경인 태원과 함께 그의 부친인 왕정이 동정호 서쪽 지역의 진주 웅악인으로 기록된 사실을 참고한다면, 준고가 발해의 유민으로서 간직한 자기정체성을 '遼海'에 대한 그리움으로 드러내며 부조화된 현실보다 승화된 차원의 삶의 의지를 견고히 하는 마음을 작품에 반영했다고 할 수 있다.

---

7) 「王遵古」, 위와 같음, 534~535쪽. "遵古字元仲 金正隆五年(1160) 進士 仕至中大夫 翰林直學士 文行兼備 潛心伊洛之學 言行皆可紀述 章帝明昌時 應詔 有昔人君子之目 子孫因以昔人名所居之山君子 名其泉 嘗爲博州倅兼提擧廟學 撰廟學碑陰記 其爲政 緣飾以儒雅 北方稱爲遼東夫子"

배 잎사귀 녹음 이루고 살구 열매 푸른데
석류꽃 붉게 비치는 모습에 사랑스러운 마음이 이네.
숲 깊어 人家는 보이지 않고
길가엔 보리타작 소리만 들리는구나.

梨葉成陰杏子青　　　榴花相映可憐生
林深不見人家住　　　道上唯聞打麥聲
　　「河陰道中二首」其一,『同上』卷3.

　왕정균의 작품이다. 그는 준고의 셋째 아들인데, 字가 子端으로 어려서부터 학문과 문예에 남다른 역량을 구비하였다.8)

　작품의 전반부는 자연의 생명감이 발현된 식물의 성숙한 모습을 배와 살구와 석류의 잎·열매·꽃으로 입체화하며 이를 푸르고 붉은 시각적 심상으로 형상화하면서 그 대상을 조응하는 자신의 아늑한 심적 상황을 노래하고 있다. 이런 정경을 배경으로, 작품의 후반부는 대자연에 안겨 영위되는 촌가의 소박한 생활상을 감추기 기법을 동반하여 표현하고 있다. 이 정경은 독자의 상상력을 자극하며 농부들이 보리 타작하는 상황을 더욱 효과적으로 전달한다고 하겠다.

　그러므로 이 시는 시적 자아가 나그네의 시각으로 포착한 순후한 자연의 정경과 함께 그와 평화로운 분위기로 어우러지며 영위되는 농가의 생활상을 그윽한 어조로 묘사했다고 볼 수 있다.

---

8)「王庭筠」, 위와 같음, 535쪽. "庭筠字子端　生未期　視書識十七字　六歲聞父兄誦書　能通大義　七歲學詩　十一歲賦全題　讀書五行俱下　日記五千餘言　涿郡王翛　風岸孤峻　少所許可　一見庭筠　許以國士"

버들 둘린 높은 정자에 저녁까지 앉아 있는데
은근히 내어온 닭국과 기장밥은 우애 깊은 친구의 마음일세.
자손들 눈에 가득하니 田園의 즐거움이요
꽃나무 그늘 이루었으니 이 해도 깊었구나.
밭에는 푸른 연기 이는데 가을에 학을 놓아 보내고
발 가득 서늘한 달빛 비치는 사이 이 밤에 거문고를 연주한다.
산집의 생활 좋기가 이와 같으니
귀가길 즐거움을 가을 바람도 막지 못하네.

四柳危亭坐晚陰　　　殷勤鷄黍故人心
兒孫滿眼田園樂　　　花木成陰年歲深
十畝蒼煙秋放鶴　　　一簾涼月夜撗琴
家山活計良如此　　　歸興秋風已不禁
「示趙彦和」,『同上』卷3.

　　왕정균의 시이다. 수연에서 시적 화자는 방안의 정경과 같은 아늑한 공간을 배경으로, 오랫동안 사귀어온 다정한 벗과 더불어 지속적으로 담소를 나누다가 소박한 음식을 들며 그와 함께 우정을 재확인하는 상황을 전하고 있다. 이어 함련에서는 자손이 번창한 속에서 자연과 어우러지며 생활하는 전원에서의 즐거움을 '深'에 내재시키며 시상을 확대하고 있다. 이런 내용과 연결되어, 경련에서는 자연과 동화되어 생활을 영위하는 측면과, 기르던 학을 놓아보내 학이 하늘을 나는 것으로 나그네가 이른 징험으로 삼았던 林逋의 고사를 인용하여, 정자에서 친구와 함께 음악의 흥취를 구가하며 고고한 자세로 삶을 추구하는 내용을 연접시키고 있다. 그리고 작품의 마지막 부분에서는 이러한 내용의 종합적 의미로서, 이런 분위기에서의 즐거움을 반감시킬 수 있는 가을의 세찬 산바람마저 자신을 제어할 수 없다는 표현으로 시인의 자족감을 더욱 증대시키고 있다.

이렇게 이 시는 전원에서의 생활을 여러 모습으로 제시하면서 친구를 매개로 하여 재확인되는 스스로의 즐거움을 내면으로 침잠하는 음감으로 객관화한 작품이라고 하겠다.

> 허공에는 씻은 듯한 玉이 흐르고
> 온 세계 얼음 항아리를 받아 들였지.
> 밝은 달은 그 얼마나 오래도록 있어 왔으며
> 맑은 빛 어디인들 없으리오.
> 사람 마음 가을달 소중히 여기고
> 천하는 뜰가 오동을 가까이 하네.
> 좋아라 黃華寺 부근에 살고 있으니
> 산은 고요하고 밤 두루미 외로워라.

虛空流玉洗　　世界納冰壺
明月幾時有　　淸光何處無
人心但秋物　　天下近庭梧
好在黃華寺　　山空夜鶴孤
「中秋」, 『同上』 卷3.

역시 왕정균의 작품인데, 40세 전후에 黃華山에서 생활하며 지은 것이다.9) 시의 첫부분에서 시인은 中秋月을 등장시켜 그 정결한 속성의 달이

---

9) 위와 같음, 536~537쪽. "(明昌元年) 殊不自聊在館陶 秩滿 單車徑去 卜居彰德 周覽 山川 以謂 西山橫截千里 隱然如臥龍 起嶽峪天平黃華至魯般門 龍之首脊肋尾皆具 而黃華蔚然涵濃秀之氣 山有慈明覺仁二寺 上下相去不半里 所西抵鏡臺直雞翅 洪 之懸流 幽林穹谷 萬景坌集 一水一石 皆嵩巓間物 顧視塵世 殆不可一日居也 乃置 家相下買田隆慮 借二寺 爲棲息之地 時往嘯咏 若將終身 因以黃華山主自號"

천상의 공간을 운행하며 지상세계를 투명하게 내리비치는 정황을 일체의 속기를 배제한 청신한 분위기로 그려내고 있다. 이 1·2구는 이러한 자연의 세계와 교융하며 확보한 시인의 정신적 경지가 어느 정도로 품격 높은 상태인지를 또한 암시하고 있다. 이어 시적 자아는 관조화된 분위기에서 상상력을 동원하여 현재의 세계를 무한한 시공간의 성격으로 전환, 확대시켜 나가며 거시적인 안목으로 대상을 조응하고 있다. 이 3·4구에서 여운 짙은 어조로 언급한 '幾時有'·'何處無'는 中秋月로 대표되는 자연이 얼마만큼 유구한 생명력을 지속하며 인간에게 소중한 가치물로 작용하는가라는 물음에 대한 시인 자신의 자각적 언어라고 할 수 있다.

이에 대한 유기적인 시적 구조가 후반부에서 전개된다. 즉 5·6구는 3·4구에 대한 인간의 정서적 반응을 보편적인 성격으로 범주화한 것으로서, 가을에 인간이 극화된 내용으로 자연과 상호 교융할 수 있는 대상을 달과 뜰의 오동으로 집중시키는 가운데 그 사물과의 친화감 속에서 인간이 얼마나 순화된 삶의 가치를 영위할 수 있는가 하는 내용을 간접적으로 전하고 있다. 이어 7·8구에서는 5·6구의 내용을 자신의 세계로 옮겨와, 이러한 사물들과의 상응관계를 황화사 부근이라는 특정 공간으로 구심화하며 관조적인 즐거움을 만끽하는 상황을 객관화한 뒤에, 시인 자신의 생활공간에서 발견되는 독특하고 고즈넉한 분위기를 작품의 종반부에 배치시키고 있다. 이렇게 본다면 8구에 등장하는 학은 시인이 바라보는 대상이면서, 동시에 세속을 멀리하며 심연의 시간에 홀로 깨어 있는 상태로 관조화된 고독감을 즐기는 시인 자신과 등가물의 성격을 지닌다고 하겠다.

그러므로 이 작품은 정결한 속성의 가을달을 매개로 자신의 생활 주변의 대상과 교융하며 확보한 관조화된 정서감을 안정된 분위기로 표현한 시라고 하겠다. 이와 유사한 정황이 압축된 시어로 표현된 작품으로서는 「淸華臺」[10]를 한 수 더 살펴보자.

> 대나무 그림자 시와 어울려 파리해지고
> 매화는 꿈결 따라 향기롭구나.
> 가련하구나 오늘밤 아름다운 달
> 서녘으로 지려고 하지를 않네.

> 竹影和詩瘦　　　梅花入夢香
> 可憐今夜月　　　不肯下西廂
> 　「絶句」, 『同上』卷3.

　왕정균이 지은 것이다. 1구는 겨울의 파리한 댓가지의 모습과, 그것을 조응하며 예술적으로 형상화한 시인의 작품적 분위기가 淸瘦·枯淡한 성격으로 조화를 이루는 상황을 서로를 설명할 수 있는 시어인 '瘦'로 연결하고 있다. 이런 표현 기법은 다음 구에서도 지속되어, 의취감의 확장을 동반하고 있다. 곧 2구는 시적 자아가 매화의 고결한 향기에 감싸인 채 그 사물의 정신과 일체가 된 정황을 몽롱한 시적 분위기를 마련하며 확대된 현실의 지속적인 정서감을 통해 감각화하고 있다. 이와 연결감을 지니면서도 작품의 분위기에 변화를 주어, 시의 후반부에서는 공간감과 시간감을 결합시킨 가운데 정결한 달빛을 조응하며 구축한 관조화된 정신상태를 지속적으로 구가하려는 마음을 자연의 정경에 주관적으로 이입시킴으로써, 작품의 품격을 일층 고조시킨 성격으로 시상을 맺고 있다. 이

---

10) 『黃華集』卷1. "塊圠有同色 雪深雲未開 終南晴夜月 仿佛似登臺"(孫玉良, 앞의 책, 235쪽)

와 같이 「絶句」는 시인의 내면으로 자연을 당겨 안다가 자신의 정서를 자연에 내맡기는 기법을 동반하며 명암을 교차시킨 심상과 시간감의 의도적인 확대 그리고 원심적인 시적 구조를 결합시킨 표현을 통해, 시인의 순화된 정서감을 효과적으로 전달하였다.

그런데 위에서 인용한 왕정균의 작품들은 아래와 같이 그의 문학적 기량을 조감한 당대의 기록 내용과 유기적인 관련을 맺는다고 하겠다.

　　글을 짓는 데 능히 말하고자 하는 바를 다하였고, 「文殊院斲琴飛來積雪賦」과 「漢先主廟碑記」등과 같은 작품은 辭와 理가 겸비되어 사람들에게 두고두고 외워졌다. 말년에 지은 시의 율격이 깊고 엄했는데, 七言長篇은 더욱 어려운 韻으로 공교함을 삼아, 젊었을 때 지은 작품과 비교하면 마치 다른 사람의 손에서 나온 것과 같았다. 중국 사신으로서 河・湟에 이른 사람들이 많이들 말하기를 "南宋人들이 왕정균과 趙秉文의 일상생활에 대해 묻는다."고 했으니, 세상 사람들이 소중히 여기는 일이 이와 같았다. 蒙辨 10권과 文集 40권이 있다.[11]

이러한 당대의 평가와 작가적 면모를 참고한다면, 왕정균은 발해 유민을 대표하는 文士라고 할 수 있다.

이와 같이 발해 유예인의 문사들은 자연 사물과 교융하거나 생활 주변에 위치한 대상을 조응하며 확보한 순후한 정감을 다양한 시적 분위기로 노래했다.

---

11) 『渤海國志長編』卷13「遺裔列傳」5,「王庭筠」, 앞의 책, 539쪽. "爲文能道所欲言 如文殊院斲琴飛來積雪賦 及漢先主廟碑記等 辭理兼備 爲人傳誦 暮年詩律深嚴 七言長篇 尤以險韻爲工 方之少作 如出兩手 朝使至河湟者 多言夏人問庭筠及趙秉文 起居狀 其爲四方所重如此 有蒙辨十卷文集四十卷"

2) 개인적인 불우함의 토로

왕정균은 봉건제 사회의 지식인이었다. 이런 분위기와 연결되어, 그는 먼저 유학의 고전을 폭넓게 접하며 독서를 통해 자신의 지적 역량을 다져나갔다. 그리고 과거를 거쳐 정치일선에 입문하여 유학이 제시하는 규범적 가치들을 사회 차원의 관직활동으로 실천하였다. 왕정균은 大定 16년(1176)에 진사시험에 합격한 이후 恩州軍事判官과 館陶縣의 主簿에 발탁되었다. 이어 그는 明昌 원년(1190) 4월에 관가의 직책에 선발되었으나, 御史臺에서 관도 재임시의 행적을 문제 삼아 파직되었다. 이 일을 계기로 그는 수년간 황화산에 은거하며 經史를 엿보지 않은 것이 없었으며 불교와 도교의 경전에서도 더욱 해박하여 그 이름이 한층 높아졌다. 그러다 명창 3년(1192)에 書畵局都監과 應奉翰林文字에 제수되었고, 그로부터 4년 뒤인 承安 원년(1196)에는 知制誥 조병문이 章宗에게 상소한 일에 연루되었다.12)

承安 원년에 지제고 조병문이 상서를 하면서 "胥持國은 마땅히 파면을 시키고 宗室人 守貞은 크게 등용할 수 있습니다."고 논하여, 장종이 불러 그 내용을 물으니, 말에 자못 차이가 있었다. 이에 知大興府事 完顏膏 등에게 명하여 병문을 국문하게 했는데, 병문이 "처음에 말씀을 올리고자 하면서 일찍이 왕정균 등과 사사로이 의논을 했습니다."라고 말했다. 이에 왕정균을 하옥시키고 직책을 깎아내려 외지로 내보내며 鄭州 防禦判官으로 삼았다.13)

---

12) 위와 같음, 535~537쪽 참고.
13) 위와 같음, 537~538쪽. "承安元年 知制誥趙秉文上書論 胥持國當罷 宗室守貞可大用 章宗召問 言頗差異 於是 命知大興府事完顏膏 等鞫之 秉文乃曰 初欲上言 嘗與王庭筠等私議 乃下庭筠獄坐 削秩 出爲鄭州防禦判官"

당시 사람들은 병문이 바르지 않다고 여기며 말하기를 "예전에는 朱雲이 있었더니, 지금에는 병문이 있네. 주운은 난간을 더위잡았지만, 병문은 사람을 끌어안았구나."라고 했다.[14] 이는 漢代의 주운이 成帝에게 당시의 정치권력을 장악한 간신 張禹를 참하고 佞臣들을 제거할 것을 상서했다가 황제의 노여움을 입고 어사에게 이끌려가게 되었을 때 난간을 부여잡고 떨어지지 않아 마침내 난간이 부러졌던 일과 대비시키며, 조병문이 무고하게 왕정균을 이끌어대어 자신을 변명한 행위를 비난한 말이었다.

> 내 우활하여 禍에 얽힌 일 우습지만
> 너는 어인 일로 창살 안에 들었는지.
> 봄바람 불어 꽃 지고 비에 적실 때
> 어느 곳 처마인들 날아들 수 없겠느냐.

笑我迂疎觸禍機　　嗟君底事入圜扉
落花吹濕東風雨　　何處茅簷不可飛
　「獄中見燕」,『同上』卷3..

작품의 전반부에서 시인은 자신의 도덕적인 결함이 원인이 되어 '觸禍'의 재앙을 만나게 된 일을 자조하면서 제비를 의인화하는 중에 '入圜扉'와 같이 억울한 옥살이를 하게 된 상황을 간접적으로 술회하고 있다. 이어 후반부에서는 앞날에 대한 기대감을 노래하며 시간이 흐르게 된다면 자연의 순리에 따라 자신의 무고함이 밝혀져 희망적인 상황이 완전하

---

14) 위와 같음, 538쪽. "時人頗不直秉文 爲之語曰 古有朱雲 今有秉文 朱雲攀檻 秉文攀人"

게 주어지지 않는다고 하더라도, 제비가 처마에서 비를 피하듯이, 이런 악조건으로부터 어느 정도 자유로울 수 있지 않겠느냐는 자문자답을 제비에게 말을 건네는 형식으로 표현하고 있다. 따라서 이 시는 오탁된 현실에서 빚어진 일로 말미암아 옥에 갇히게 된 시인의 슬픔을 제비와 대화를 나누는 기법으로 전달했다고 할 수 있다.

모래 기슭은 여러 전쟁 겪은 곳이고
간척지는 나무 자라기에 마땅치 않네.
더욱이 깊은 옥중에 있으니
萬古의 근심 안개만 어리는구나.
조그마한 뿌리가 땅을 가리지 않고서
이에서 살려는 마음 갖추어졌네.
가지 끝 푸른 잎새들 너울거리고
봉선화 잡아끌어 떠나지 못한다.
저녁 비 내리어 원추리를 적시니
나를 보고 호소하는 듯 눈물 흘리네.
忘憂라는 이름이 정말로 헛되구나
서로 대해 맑은 눈물 비처럼 흘리게 되니.

沙麓百戰場　　　鳥鹵不敏樹
況復幽圄中　　　萬古結愁霧
寸根不擇地　　　於此生意具
婆娑綠雲杪　　　金鳳挐未去
晚雨沾濡之　　　向我泫如訴
忘憂定漫說　　　相對清淚雨

「獄中賦萱」, 『同上』 卷3.

이 시는 위의 작품에서 제시한 후반부의 상황에서조차 부조화된 현실에 지속적으로 감싸여 있는 시인의 처지를 비감 어린 시어로 서술하였다.

1·2구에서 왕정균은 자신이 위치한 감옥 주위의 공간 배경을 험난한 역사적 전설을 지니고 있으면서 동시에 생명의 성장이 조화를 이루지 못하는 성격으로 범주화한다. 이런 외부 공간으로부터 시선을 이동시키며 그는 3·4구에서 폐쇄된 공간에 갇혀 일말의 여유로움마저 갖지 못한 채 어두운 마음에 사로잡힌 정황을 토로하고 있다. 그러면서 일면 5·6구에서는 시적 분위기에 변화를 주어, 척박한 땅에서도 생명의 뿌리를 대지에 내린 원추리를 경외감 속에서 바라보며 자신 또한 삶에 대한 의지를 소생시키는 상황을 암시하고 있다. 이와 연결되어 7·8구에서는 약동적인 생명감을 갖고 바람에 너울대는 원추리의 잎새와 소박한 아름다움을 지닌 봉선화를 응시하며 그 사물들에 대한 연민의 정을 지속하는 정황을 노래하고 있다. 하지만 9·10구에서는 다시 한번 작품의 분위기를 반전시켜, 비를 맞는 원추리의 모습에 자신의 슬픔을 투영시키고 난 뒤에 11·12구에서는 그 異名이기도 한 '忘憂'의 중의적 의미를 이끌어, 근심을 잊게 한다는 원추리를 응시하여도 감정이 정화되지 못한 채 자신의 슬픔이 끊임없이 이어진다는 내용을 사물과 공감대를 형성하며 진행되는 양상으로 진술하고 있다.

그러므로 이 작품은 절망적인 분위기가 희망적인 분위기를 감싸는 시적 구조 아래, '霧'의 불투명한 심상으로 불확실한 미래에 대한 어두운 현실 감정을 드러내고 이를 '雨'가 지닌 슬픔의 이미지와 연결하여 그 정도를 가중시키면서 원추리를 매개로 하여 부조리한 현실에서의 곤혹스러운 심정을 서술에 가까운 어조로 형상화하였다.

조그만 수레로 먼 길 가며 오똑이 앉아 신음하는데
가는 길 더딘 채 날마다 남쪽으로 내려간다.
부모 늙고 집 가난하니 관직이 중요한데
은혜는 많고 책망 적어 눈물 자국 깊구나.
사람 향한 버들빛 모두 서로를 알고
비 맞은 꽃가지 절반쯤 못 견뎌 늘어졌네.
머리 돌려 바라보니 대궐은 구름 기운에 막혔어라
육년 동안의 시종일 보잘것없는 신하의 마음이로세.

短轅長路兀呻吟　　　行李遲遲日益南
親老家貧官職重　　　恩多責薄淚痕深
向人柳色渾相識　　　著雨花枝半不禁
回首觚稜雲氣隔　　　六年侍從小臣心
　　「被責南歸至中山」,『同上』卷3.

　　이 시는『金史』卷126「列傳」64의「王庭筠」조에서 밝힌 "(承安)二年
降授鄭州防禦判官"을 참고할 때 1197년에 지은 것으로, 역시 외적 상황
과 얼크러진 자신의 처지를 침잠된 분위기로 호소하였다. 수연에서는 자
신이 무고하게 죄를 입고 上京으로부터 河南과 開封 사이에 위치한 정
주 땅으로 옮겨가는 상황을 조그만 수레로 구체화시킨 다음, 그 좁은 공
간에 불편한 자세로 앉아 수심에 겨워하며 먼 거리를 지루하게 이동하는
모습으로 묘사하고 있다. 함련에서는 유학의 덕목을 반영하여, 사회적 자
아의 실현을 통해 부모와 가족을 부양하려는 책임감 속에서 자신에 대한
군왕의 배려를 회상하는 자기검증의 태도를 서술하고 있다. 경련에서는
자신과 동화된 차원의 버들을 응시하다가 외적 현실의 시련으로 인해 힘

겨워하는 마음을 길가 주변에 핀 꽃가지에 이입시켜 호소하고 있다. 이런 분위기에 이어, 미연에서는 궁궐과의 거리가 멀어질수록 군왕에 대한 생각이 더욱 간절해지는 상황을 암시하며 그 곳으로 다가설 수 없는 방해 요소를 구름으로 상징하면서 그 동안 수행했던 스스로의 관직생활에 대한 평가를 자조적으로 읊조리고 있다. 그러므로 이 작품은 외부세계와 내면세계를 반복적으로 넘나들며 안정된 분위기를 조성하지 못하는 시인의 심적 상태를 '雨'와 '雲'이 지닌 부정적인 심상으로 구체화하면서 자신과 군왕과의 친화적인 관계를 회복하려는 마음가짐을 노래했다고 하겠다.

이와 같이 왕정균은 40대 중반에 조병문의 상서 사건으로 말미암아, 어두운 현실을 맞은 채 좌절하던 곤혹스러운 심정을 시로 토로하였다.

3) 예술적 안목의 형상화

중세사회의 문사들은 문학과 서법 그리고 회화를 하나의 통합된 예술적 가치물로 인식하고 이들 개별 장르를 자유로이 넘나들며 작품활동을 전개했다. 왕정균 또한 시뿐만이 아니라 書畵에도 일가를 이루었다. 그런데 이러한 배경에는 그가 궁중 재임시에 서화와 관련한 임무를 수행했던 일이15) 하나의 계기로 작용하여, 그의 예술적 재능이 더욱 빛나게 된 것으로 여겨진다. 당시의 사람들은 왕정균의 서법이 黃庭堅의 '韻'과 米芾의 '氣'를 겸비했으며, 산수화의 경우에는 '入品'의 경지에 도달했다고 평가하였다.

---

15) 위와 같음, 537쪽. "(明昌)三年 召爲書畫局都監 俄授應奉翰林文字 命與秘書郞張汝方 品第內府法書名畫 爲五百五十卷 又集所見士大夫家藏前賢墨蹟古法帖 摹刻之 號雪溪堂帖十卷"

서법은 황정견과 미불의 體를 배웠는데, 논하는 사람들은 "米元章에게서 그 氣를 얻고 黃魯直에게서는 그 韻致를 얻었다. 氣가 뛰어난 사람은 떨치고 빨라서 결점이 있고 운치가 뛰어난 사람은 부드럽고 곱기만 한 곳으로 흐르는데, 정균은 氣와 韻을 절충하였다."고 말하니 세상에서 그렇다고 여겼다. 趙渢・조병문과 더불어 글씨로 名家가 되었다. 그림의 품격 또한 매우 높아서 산수화는 入品의 妙가 있고, 묵죽화는 거의 天機에 도달했다. 매번 한 폭을 그릴 때마다 반드시 千文을 호가했지만, 가볍게 남에게 주기를 즐겨하지 않았다.16)

이와 같은 예술적 역량을 구비한 왕정균은 동시대의 다른 문사들이 그린 그림을 감상하면서 그에 대한 품평을 또 다른 예술 장르인 시로 형상화하며 자신의 문학세계의 폭을 보다 확대시켰다.

유유히 떠가는 봄 하늘 구름
평상시의 한가로움이 그리워지네.
아침나절 시내 다리 부근에서 즐거이 놀고
날 저물어 산집에 머물었어라.
고요하고 편안한 마음에 근심 모르겠고
다시금 기쁨마저 잊어 버린다.
산을 나서며 처음엔 무심했지만
나오고 나니 다시금 산 생각이 나는구나.
인간 세상 장맛비를 기다리지만
돌아가려니 정말로 어려움 생긴다.
산집의 슬픔은 어인 일로 이는가
쓸쓸히 松桂 길 차갑게 느껴지네.

---

16) 위와 같음, 539쪽. "書法學黃魯直米元章 論者謂 元章得其氣 而魯直得其韻 氣之勝者 失之奮迅 韻之勝者 流爲柔媚 而庭筠則得於氣韻之間 世以爲然 與趙渢趙秉文 俱以書名家 畫品甚高 山水有入品之妙 墨竹殆天機所到 每作一幅 必以千文爲號 不肯輕以予人"

悠悠春天雲　　想見平時閑
朝遊溪橋畔　　暮宿山堂間
澹然不知愁　　亦復忘所懽
出山初無心　　旣出還思山
人間待霖雨　　欲歸良獨難
山堂悵何許　　蕭蕭松桂寒

「張禮部溪山眞樂圖」,『同上』卷3.

　이 시는 그림이 표현한 회화적 구도를 삶의 이상적인 가치물로 담아낸 특징을 지니고 있다.

　전반부에서 왕정균은 그림에 등장하는 정경에 자신을 배치시키면서 시간의 흐름과 맞물리며 공간 이동을 하는 상황을 비약적인 서술로 압축하는 가운데 그림에 표현된 유유자적한 분위기와 일체감을 조성하며 몰아의 경지에까지 도달한 극적 즐거움을 노래하고 있다. 하지만 그 반전된 분위기가 후반부에서 전개되는데, 이는 그림 외부에 위치한 시인 자신의 주관적인 심회를 그림의 세계와 대비를 시키며 표현한 것으로 보인다. 곧 왕정균은 현실세계와 그림에서 제시된 이상세계의 경계선에 위치하여, 현실에서 수행해야 할 중압감 어린 삶의 문제로 말미암아 이상세계와 지속적으로 일체화할 수 없는 상황을 머뭇거리는 어조로 드러낸다. 그런 다음 그는 '眞樂'의 자연에 안주할 수 없는 안타까운 마음을 역설적인 분위기로 주관화한 정경에 투영시켜 표현하고 있다. 따라서 이 작품은 이상적인 분위기와 현실적인 분위기가 공존하는 음영의 기법을 구사하며 회화 작품을 통해 자연과 조화를 이루는 은둔의 즐거움이 얼마나 가치가 있는가 하는 문제를 재조명하면서 이상세계에 대한 인식을 일층 강화시킨 시라고 할 수 있다.

李公麟은 말 그린 일 후회했으니
한혈마에 몰입될까 염려했기 때문이라.
내 이제 이런 말들 쓸어버리려
짐짓 시 한 구절을 읊어보려네.
道人은 출중한 三昧境의 솜씨로
자유로이 노닐며 온갖 물상 갖추었네.
萬象은 처음에 피할 수 없다가
마침내 머무르는 곳마저 없게 된다.
말하자면 커다란 둥근 거울이
만나는 사물 따라 비추는 것과 같은 이치.
잠시 후에 사물은 사방으로 흩어지니
그림자는 과연 어디에 있는가.
楊 秘監 이런 안목을 구비하여
통속에서 벗어나 높은 경지를 향하였구나.
수많은 말들이 인간 수중으로 떨어졌으니
공린의 그릇된 생각을 증명하도다.

龍眠悔畫馬	政恐墮馬趣
我今破是說	試下第一句
道人三昧手	遊戲萬象具
萬象初莫逃	畢竟無所住
譬如大圓鏡	照物隨其遇
少焉物四散	影果在何處
楊侯具此眼	透脫向上路
萬馬落人間	蓋證龍眠誤

「楊秘監下槽馬圖」, 『同上』 卷3.

이 시는 당시에 말 그림으로 명성이 높은 이공린의 작품과 비교하며
楊 秘監이 그린 그림이 얼마나 수준 높은 예술적 경지를 획득했는가라
는 측면을 역설하고 있다. 왕정균은 양 비감이 대상을 관조하며 자유로
운 정신의 상태에서 사물의 본질을 포착한 다음 그것을 自在의 用筆로
형상화한 사실을 화가가 추구해야 할 회화의 원론적인 차원에서 강조하
고 있다. 그런데 이런 관점에는 화가가 사물의 정신을 예리하게 포착함
으로써, 대상을 예술가의 관점으로 새롭게 창조해야 한다는 그의 회화론
을 담았다고 하겠다. 그러므로 이 작품은 楊 秘監의 작품을 통해 그림이
구비해야 할 眞境의 문제를 언급했다고 볼 수 있다.

이와 같이 왕정균은 서화에도 일가를 이루며 특히 자신이 감상한 타인
의 회화 작품에 대한 심회와 더불어 그 운용의 원리를 운율적인 언어로
전달하였다.

4) 심화된 종교정신의 객관화

고헌은 유학을 기반으로 활동한 문사였지만 불교에도 관심을 기울이
며 그 종교적인 깨달음을 시로 노래했다. 그의 가계와 관련된 사실로서,
고헌의 조부는 衍이고 부는 守信이다.17) 그런데『金史』卷90「列傳」28,
「高衎」조의 "고간의 字는 穆仲으로 요양 발해인이다.(高衎字穆仲 遼陽
渤海人)"라는 기록을 참고할 때, 고헌 또한 발해 유민임을 알 수 있다.
헌의 字는 仲常으로, 왕정균이 그의 장인이었는데 그는 어릴 때 外家에
서 공부를 했기 때문에 시와 글씨의 자획이 왕정균의 기풍을 갖추게 되
었다. 그는 삶과 죽음의 문제 그리고 문자만을 생각한다고 말했는데, 30
세에 이르기도 전에 지은 시가 수천 수나 되었다.18)

---

17) 위와 같음, 515~518쪽 참고.

펼쳐진 골짝과 모인 봉우리 보는 사이 흥취 새롭게 일고

떨어지는 꽃잎과 날리는 버들 솜에 봄은 다 지났네.

그윽한 산사에 앉아 三千大界를 바라보니

갓 쓴 이 대여섯 명 서로 따른다.

산골짝 물가의 풀 부드러워 나막신 굽은 밟기 좋고

옹달샘 맑기에 갓끈의 때를 씻을 만하구나.

솔바람 속 지저귀는 산새 소리 가만 듣노라니

세상의 속된 즐거움 거짓된 줄을 비로소 깨달았지.

列壑攢峰發興新	落花飛絮無餘春
虛堂坐視三千界	冠者相從五六人
澗草軟宜承屐齒	溪泉淸可濯纓塵
靜聽山鳥松風裏	始悟人間樂未眞

「題新山寺壁」,『同上』卷5.

1・2구에서 시적 자아는 거시적인 시선과 미시적인 시선을 유기적으로 조화시키며 자연과 교융된 평화스러운 마음을 담담한 어조로 노래하면서도 계절감에 대한 새삼스러운 자각 속에서 그 심적 상태를 한껏 지속시킬 수 없는 아쉬움을 은연중에 반영하고 있다. 이어 그는 신성한 공간을 배경으로 직관의 상태에서 응시한 정경을 불교적인 내용으로 범주화하는 가운데 그 세계 안에서 조우한 사람의 모습을 『論語』「先進」에서 曾點이 추구하려던 내용과 동일시하며 '三千界'의 부분적인 요소로

---

18) 「高憲」, 위와 같음, 518쪽. "憲字仲常 外家王氏 黃華山人王庭筠其舅也 憲幼學於外家故 詩筆字畫俱有庭筠之風 天資穎悟 博學彊記 在太學中 諸人莫敢與抗 太和三年(1203) 乙科登第 自言於世味 澹無所好 唯生死文字間而已 使世有東坡 雖相去萬里 亦當往拜之 年未三十 作詩已數千首"

배치함으로써, 그의 정신적 경지가 유교와 불교의 세계를 함께 아우르는 상태임을 암시하고 있다. 이러한 분위기는 5·6구에서도 지속되어, 謝靈運의 일과 『楚辭』「漁父」의 구절을 상기하며 고인이 보여주었던 규범적인 행위를 스스로 실천하려는 마음가짐을 순차적으로 서술하고 있다. 이러한 정황과 연결되어, 7·8구에서는 솔바람 소리와 산새 소리에 담긴 사물의 정신을 관조하며 삶의 참다운 경지에 눈을 뜬 자각심을 극적인 분위기로 이끌어내고 있다. 따라서 이 시는 자연과 교융하며 확보한 순수한 심적 상태를 불교적인 분위기로 승화시키며 범속한 테두리를 넘어선 순수한 삶에 대한 깨달음을 전한 것이라고 볼 수 있다.

> 말리화 꽃술에 새벽 이슬 맺혀 있고
> 장미 꽃받침 아래로 부드러운 바람 감도네.
> 六根의 塵外에서 念을 씻고
> 한 줄기 향불 연기 속에서 情을 잊는다.

> 抹利花心曉露　　　薔薇萼底溫風
> 洗念六根塵外　　　忘情一炷煙中
> 　　「焚香六言四首」其一, 『同上』卷5.

　시인은 새벽인 깨달음의 시간에 꽃의 중심부에 응집된 이슬을 관조하고 있으며, 장미의 외부를 부드럽게 운행하는 바람을 안온한 분위기로 감지하고 있다. 이 정결한 분위기를 배경으로, 그는 六識의 근거가 되는 六根을 초월하여 마음을 정화한 상태에서 외부 사물에 자신을 집착하게 만드는 情까지도 무화시키려는 종교적인 자각을 노래하고 있다. 그러므로 이 작품은 사물을 존재상태로 포착하는 정황과 연관을 맺고 '六根'을

포괄하는 '一炷'의 향불을 통해 자신의 모든 의식이 통일된 상태임을 상
징하면서 對境에 대한 인식과 감정이 자유자재로운 경지에 든 내용을 객
관화시켰다고 하겠다.

> 땅에 가득 꽃잎 떨어진 봄 새벽
> 발 사이로 가랑비 내리니 옅은 그늘이 이루어졌구나.
> 모름지기 술을 마시고 잠을 청하니
> 코로는 향 냄새를 감상할 수 있지.

> 滿地落花春曉　　　　一簾微雨輕陰
> 正要金蕉引睡　　　　不妨玉隴知音
> 　「同上」其二,『同上』卷5.

고헌은 순간적으로 존재하거나 흘러가 버리는 것에 대한 조응과 함께
예각화된 시각으로 부슬비가 내리는 모습을 묘사하며 외부 정경과 대응
된 방안의 분위기에 아늑한 느낌을 부여하고 있다. 이 상황에서 그는 술
로 자유로운 마음을 증대시키며 자아와 세계가 가장 평화롭게 공존하는
내용으로서의 잠을 청하면서도 한편으로는 구도의 자세를 지속화하려는
마음가짐을 통합된 가치로 추구하고 있다. 따라서 이 시는 聖과 俗의 경
계선을 자유롭게 넘나드는 작가의 심적 상태를 내밀한 분위기의 侵平聲
의 음감에 실어 표현했다고 볼 수 있다.

> 종이 휘장에 연기 거두어져 빽빽이 드리우고
> 소나무 재 위에 향불 타오르며 언제나 그윽하구나.
> 한낮 고요하고 봄 한가로워 잠시 잠을 청하니
> 인간 세상은 저절로 안락의 경지가 있다네.

紙帳收煙密下　　　松灰卷火常虛
午寂春閑小睡　　　人間自有華胥
「同上」其三, 『同上』卷5.

전반부에서는 오랜 동안 향불이 타오르고 있는 주변 정경을 묘사하여, 진리를 추구하는 시인의 정신이 응집된 상태이면서 동시에 안정감을 이루는 상황을 암시하고 있다. 이런 정황을 배경으로 후반부에서는 외부세계와 평화로운 관계를 조성하는 잠에 들고자 하면서 현실 자체가 바로 이상적인 세계라는 깨달음을 노래하고 있다. 이렇게 고헌은 「焚香六言四首」에 실린 작품들을 통해 동일한 시적 상황에서 시간이 흐를수록 외부 정황에 구애됨이 없이 해탈의 경지를 마음껏 구가하는 내용을 연속적으로 노래했다.

이와 같이 고헌은 종교적인 태도를 동반하며 안락한 마음을 누리거나 순수한 정신적 경지에 든 자화상을 그윽한 분위기로 형상화했다.

5) 참다운 역사정신의 발현

요 나라 천조제문비인 대씨는 역사에 대한 바른 안목을 구비하며 당시의 위급한 역사적 상황에서 문학을 통해 어두운 현실을 헤쳐나갈 수 있는 위정자의 덕목을 조언했다. 그녀의 생애에 대한 기록으로는 아래의 내용을 참고할 수 있다.

요 나라 천조제문비는 姓이 大氏이고 어렸을 때의 이름은 瑟瑟인데 왕족의 후예이다. 성품이 총명하고 지혜가 있고 우아하였으며, 행동이 세밀하고 무게가 있었으며 과묵하였다. 乾統 초(1101)에 천조제가 耶律撻葛의 집에 행차를 했는

데 그녀를 보고서 좋아하여 궁중으로 들였다. 건통 3년 겨울에 문비로 책봉을
했다. 蜀國公主와 晉王 敖盧斡을 낳았다. 왕비는 어릴 때부터 글과 글씨에 재
주가 뛰어났으며 詩歌를 잘했다.[19]

　인용문 가운데 천조제가 야율달갈의 집에서 문비를 만나게 된 일은 문
비의 언니가 달갈에게 시집을 간 것이 계기가 되어, 문비가 그의 집에서
함께 기거를 했기 때문이다. 그런데 위의 내용과 같이, 지혜로운 성품과 함
께 문학적 기량을 지닌 대씨는 여진이 요 나라의 변방을 침공했을 때 「諷
諫歌」과 「咏史詩」을 지어,[20] 그녀가 구비한 역사정신을 후세에 전했다.

> 변방에서 탄식하지 마셔요, 紅塵이 어둡군요.
>
> 어려움 많다고 상심하지 말아요, 오랑캐를 두려워해야지요.
>
> 간사한 길을 막는 것만 같지 못하네요.
>
> 어진 신하를 가려 취하셔요.
>
> 다만 모름지기 와신상담을 하고
>
> 장사의 몸 바치기를 격동시켜야지요.
>
> 아침에 漠北을 말끔히 제압하고
>
> 저녁에는 燕雲을 편안히 베고 누울 수 있답니다.

---

19) 「天祚帝文妃」, 위와 같음, 481~482쪽. "遼天祚帝文妃 姓大氏 小字瑟瑟 王裔也 聰
　　慧閑雅 詳重寡言 乾統初 天祚幸耶律撻葛第 見以悅之 納入宮中 三年冬 冊爲文妃
　　生蜀國公主晉王敖盧斡 妃自少時工文墨 善歌詩" 임며『遼史』卷71「列傳」1, 「天
　　祚文妃」 조에도 동일 사실이 유사한 내용으로 수록되었는데, 이 글에서는 문비의
　　성이 蕭氏로 기록되었다. 그런데 김육불의 「天祚帝文妃」에 대한 기록은『契丹國
　　志』卷13「海濱王文妃傳」의 "海濱王文妃 本渤海大氏人 幼選入宮 聰慧閑雅 詳重
　　寡言 天祚登位 冊爲文妃"를 참고한 것으로 보인다.
20) 천조제문비 대씨의 작품 제목은『遼史』에 기록되지 않았으나,『渤海國志長編』卷
　　18「文徵・遺裔之文」, 「天祚帝文妃大氏」, 같은 책, 877~878쪽을 참고하며 부기하
　　였다.

勿嗟塞上兮暗紅塵
勿傷多難兮畏夷人
不如塞姦邪之路兮　　選取賢臣
直須臥薪嘗膽兮　　激壯士之捐身
可以朝淸漠北兮　　夕枕燕雲
　　「諷諫歌」, 『遼史』 卷71 「列傳」 1, 「天祚文妃」.

이 시와 함께 다음의 작품과 관련하여, 아래의 사실이 주목된다.

　여진의 禍가 날로 급박한 것을 보게 되었는데도 불구하고, 천조는 사냥에 심취하여 개의치 않고 한 때의 충신들을 모두 소원하게 물리쳤다. 이에 문비가 시를 지어 풍간을 하니 그 가사가 자못 격렬·절실하였는데, 세력을 가진 권신들에게 저촉되는 것도 개의하지 않았다. 천조제가 그 시를 보고서 입을 다물었다.21)

　즉 「풍간가」은 여진의 침입이 임박한 때를 당하여 천조가 失政을 하며 어진 신하들을 배척하자 문비 대씨가 그 부당한 정치 행위를 지적하면서 군왕으로서 신하에게 갖추어야 할 덕목과 함께 환란을 극복하고 평화를 구가할 수 있는 방안을 강렬한 어조로 언급했다고 할 수 있다.

　　승상은 조회하러 오며 칼날 울려도
　　千官은 흘겨만 보며 아무 소리 못 하누나.
　　外患을 북돋아 놓고 한탄한들 무슨 소용

---

21) 『渤海國志長編』 卷13 「遺裔列傳」 5, 「天祚帝文妃」, 같은 책, 482쪽. "見女眞之禍日
　迫 而天祚醉心畋獵 不以爲意 一時忠臣多所疎斥 時作歌詩 以諷諫 詞頗激切 不避
　權貴 天祚見而銜之"

충신들이 禍를 당하게 되면 법은 밝게 집행되지 않네.
친척들은 나란히 변방국 지위에 연이어 서고
개인 집에선 날랜 병사들 멋대로 기른다.
가련하게도 옛날의 秦나라 천자는
도리어 궁궐 향해 태평을 바랬다네.

丞相朝來兮劍佩鳴　　千官側目兮寂無聲
養成外患兮嗟何及　　禍盡忠臣兮罰不明
親戚並居兮藩屛位　　私門潛蓄兮爪牙兵
可憐往代兮秦天子　　猶向宮中兮望太平
「咏史詩」, 『同上』.

앞의 시가 여진과의 대응 방안을 언급하며 군왕이 구비해야 할 심적 태도와 정책안을 조언한 것이라면, 본 작품은 요 나라 정부가 혼돈에 빠지게 된 내부적 요인을 지적한 것이다. 곧 「영사시」은 왕도가 바르게 실현되지 않는 상황에서 왕족과 권세가들이 횡행하던 당시의 정치상을 진나라 때의 그와 유사한 역사적 사실에 견주며 천조가 과거의 역사를 교훈으로 삼아 올바른 정치의 길을 추구하기를 바란 작품이다. 그런데 이 시에서 인용된 진대의 고사는 황제 2세인 胡亥가 趙高의 꾀임에 빠져 대신과 여러 공자들을 처형하고 또한 關東의 변란을 유발시키는 등의 어리석은 정치를 자행한 일을 말한다.

하지만 문비는 이런 올곧은 마음을 작품에 담아 천조에게 간언했음에도 불구하고, 이들 시를 지은 1121년에 왕위 계승의 문제에 휩싸여 무고한 죽음을 맞았다. 이는 천조가 서로 다른 왕비로부터 네 아들을 둔 것이 원인이었다. 그는 元后 사이에서 셋째 아들 秦王과 넷째 아들 許王을 그리고 문비와의 사이에서는 둘째 아들인 진왕을 보았다. 첫째 아들 趙 王을 포함한 이 皇子들 중에 진왕 오로알이 가장 어질어, 평소에 그는 사람들로부터 명망이 있었다. 그런데 원후의 오라비인 蕭奉先은 이 일을 몹시 꺼려하고서 南軍都統 余覩가 진왕을 왕위에 세우려는 계획을 꾸민 다고 무고했는데, 천조는 문비 대씨 또한 그 내용을 듣고 안다고 생각하 여 그녀에게 죽음을 내렸다.22) 한편 천조 延禧는 1125년에 금 나라의 장 수 婁室에게 사로잡힌 뒤에 강등되어 海濱王으로 봉해졌다가 병으로 세 상을 떠남으로써, 요는 멸망했다.

이와 같이, 문비 대씨는 개인적인 행복에 급급하지 않고 진정으로 국 가의 安危를 생각하는 마음을 작품으로 형상화함으로써 一國의 왕비로 서 갖추어야 할 정치적인 덕목을 여실히 보여주었으며, 나아가 그녀는 우리 문학사에서 薛瑤와 許蘭雪軒을 잇는 중요한 여류시인이라고 할 수 있다.

3. 맺음말

이 글은 발해 유예인의 시문학을 대상으로 삼아, 작품 양상의 측면에 서 유형별로 분류한 각 작품의 면모를 구체적으로 알아보았다. 논의한 내용을 요약하면 다음과 같다.

첫째 순화된 정서감의 추구이다. 발해 유민의 문사들은 자연 사물과 교융하거나 생활 주변에 위치한 대상을 조응하며 확보한 순후한 정서감

---

22) 『遼史』 卷71 「列傳」 1, 「天祚文妃」. "諸皇子敎盧斡最賢 素有人望 元后兄蕭奉先深 忌之 誣南軍都統余覩謀立晉王 以妃與聞 賜死"

을 다양한 시적 분위기로 노래했다. 둘째 개인적인 불우함의 토로이다. 이 작품들은 시적 자아가 정치적인 시련을 겪으며 어두운 현실에 휩싸인 채 좌절하던 곤혹스러운 심정을 서술적인 내용으로 표현했다. 셋째 예술적인 안목의 형상화이다. 이 시들은 시적 자아가 타인의 회화 작품을 감상한 느낌과 더불어 대상과의 관조적인 거리를 유지하며 傳神이 강조되는 그 운용의 원리를 운율적 언어로 전달했다. 넷째 심화된 종교정신의 객관화이다. 이 작품들은 시적 자아가 종교적인 태도를 동반하며 안락한 마음을 누리거나 순수한 정신적 경지에 든 정서감을 그윽한 분위기로 형상화했다. 다섯째 참다운 역사정신의 발현이다. 이 시들은 작가가 국가의 변란을 맞은 상황에서 개인적인 행복에 급급하지 않고 진정으로 나라의 안위를 생각하는 마음을 작품화함으로써 一國의 왕족다운 면모를 여실히 보여주었다.

종합적으로 말한다면, 발해 유예인의 시문학은 고려 중반기의 작품과 병존하며 우리의 문학세계를 일층 확대, 심화시키는 가치를 갖는다고 말할 수 있다.

王庭筠 시작품의 문예 공간

1. 머리말

왕정균(1152~1202)은 발해 후예인으로서 금나라 때 활약한 문사였다. 926년 1월, 발해는 왕실 내부의 분열 속에 무력을 성장시킨 거란의 침공을 받아 멸망했다. 이후 발해는 57년 동안 東丹國이라는 식민지 국가의 형태로 그 명맥을 겨우 유지했다. 이 동란국의 시기에 王繼遠이란 이가 「大東丹國新建南京碑銘」을[1] 지었다. 왕정균은 바로 이 왕계원의 8세손이었다. 그의 고조부는 叔寧, 증조부는 永壽, 조부는 政, 부는 遵古였다. 그런데 『金史』 권128 「列傳」 66의 「王政」 조에 "왕정은 辰州 熊岳人이다. 그 선조는 발해와 요나라에서 벼슬을 했는데, 두 나라 모두에서 현달한 사람이 있었다(王政 辰州熊岳人也 其先仕渤海及遼 皆有顯者)."고 기록되어, 왕정균 또한 발해의 유민임을 알 수 있다.

금대의 문인이기도 한 왕정균은 발해의 사회공동체가 지닌 문화적 분

---

1) 金毓黻 撰, 『渤海國志長編』 권4 「後紀」 2(華文書局, 1934 : 太學社 影印本, 1977), 291~292쪽. 930년 2월에 왕계원은 이 碑銘을 지었다. 이 글은 928년에 人皇王이 東平(遼陽)에 있던 발해인을 이주시키고 그곳을 수도로 삼으며 남경으로 改名했던 일과 연관을 맺는다.

위기를 공유하고 작품활동을 전개하지는 않았지만, 작품 생산자 성격의 차원에서 우리나라 문학의 범위를 넓히는데 일정한 기여를 했으니, 그 문학사적 의의는 적지 않다고 말할 수 있다. 그럼에도 왕정균에 대한 연구는 "발해 후예의 문학"이라는 범주 아래 문학사의 차원에서 그의 작품이 개괄적으로 소개되거나 논의되어,2) 이에 대한 연구가 보다 면밀히 요구된다고 하겠다.

이 글은 왕정균이 남긴 시문학을 대상으로 하여, 유형별로 분류한 각 작품의 면모를 구체적으로 알아보기 위해 시도되었다. 이 논의를 진행하기 위해 주된 자료로 참고한 책은 1934년에 金毓黻이 찬술한『渤海國志長編』과 1992년에 孫玉良이 편저한『渤海史料全編』이다.

2. 본론

왕정균은 준고의 셋째 아들로 태어났다. 준고의 字는 元仲으로, 그는 고인들이 군자라고 지목한 풍도가 있었으며, 행정을 시행한 것이 유학의 바름으로 일처리를 부드럽게 하여 북방에서는 "遼東夫子"라고 일컬어졌다.3) 일면 금나라의 대표적인 시들을 선집한『中州集』의 권3에는 정균의 작품이 28수가 실려 있고, 같은 책 권8에는 준고의 작품인「過太原贈

---

2) 김상훈 편,『한시집』1, 문예출판사, 1985, 69~75쪽. 李鍾燦,「渤海의 漢文學」(李丙疇 외 5인 共著『韓國漢文學史』, 半島出版社, 1991), 57~60쪽. 李家源,「北方의 抵抗意識(其二)」,『朝鮮文學史』上 (太學社, 1995), 173~175쪽.

3)『渤海國志長編』권13「遺裔列傳」5,「王遵古」, 앞의 책, 534~535쪽. "遵古字元仲 金正隆五年(1160)進士 仕至中大夫翰林直學士 文行兼備 潛心伊洛之學 言行皆可紀述 章帝明昌時 應詔 有昔人君子之目 子孫因以昔人名所居之山君子 名其泉 嘗爲博州倅兼提擧廟學 撰廟學碑陰記 其爲政 緣飾以儒雅 北方稱爲遼東夫子."

高天益」과 정균의 둘째형인 庭堅의 시 「野菊」이 수록되었다. 이런 사실로 미루어 본다면, 왕정균의 집안은 문학에서 일가를 이루었다고 할 수 있다.

정균의 자는 子端으로서, 그는 어릴 때부터 학문과 문예에 뛰어난 역량과 재능을 구비하였다.

정균의 자는 子端인데, 한 돌이 안되어 책을 보며 열에 일곱 자나 알았고, 여섯 살 때에는 부형들이 글을 외우는 것을 들으며 大義를 깨달았으며, 일곱 살 때 시를 배우기 시작하여 열한 살 때에는 모든 제목에 자유로이 작품을 읊조렸다. 글 다섯줄을 한 번에 읽어 내리고 날마다 오천여 말을 기억하였다. 涿郡의 王翛는 성격이 모나서 사람들과 친하지 않고 우뚝이 뛰어나다고 여기어 다른 사람을 인정하는 일이 적었는데, 정균을 한 번 보고서는 그를 한 나라의 뛰어난 文士로 허락했다.4)

위와 같은 면모를 갖춘 왕정균은 일생 동안 文集 40권과 藜辨 10권을 저작한 대문인이었다. 하지만 오늘날 전하는 그의 시는, 『중주집』과 함께 『발해국지장편』 그리고 『발해사료전편』에 수록된 일련의 작품을 통해, 겨우 49수(逸詩 포함)만이 전하고 있다. 이 작품들을 동일한 성격을 지닌 작품 유형으로 분류한 다음 개별 시작품에 대한 논의를 전개하면 다음과 같다.

---

4) 「王庭筠」, 위와 같음, 535쪽. "庭筠字子端 生未期 視書識十七字 六歲聞父兄誦書 能通大義 七歲學詩 十一歲賦全題 讀書五行俱下 日記五千餘言 涿郡王翛 風岸孤峻 少所許可 一見庭筠 許以國士."

1) 존재사물과의 순화된 정서감

배잎 녹음 이루고 살구 열매 푸른데
석류꽃 붉게 비치는 모습에 사랑스러운 마음이 이네
숲 깊어 인가는 보이지 않고
길가에서 보리타작 소리만 들리는구나.

梨葉成陰杏子青　　榴花相映可憐生
林深不見人家住　　道上唯聞打麥聲
　　「河陰道中二首」其一,『中州集』卷3.

작품의 전반부에서는 자연의 생명감이 발현된 식물의 성숙한 모습을 배와 살구와 석류의 잎과 열매와 꽃으로 입체화하며 이를 푸르고 붉은 시각적 심상으로 형상화하면서 그 대상을 조응하는 자신의 아늑한 심적 상황을 노래하고 있다. 이런 정경을 배경으로, 작품의 후반부에서는 대자연에 안겨 영위되는 촌가의 소박한 생활상을 감추기 기법을 동반하여 표현하고 있다. 이 정경은 독자의 상상력을 자극하면서 보리를 타작하는 상황을 평면적인 묘사보다 더욱 효과적으로 전달한다.

그러므로 이 시는 시적 자아가 나그네의 시각으로 포착한 순후한 자연의 정경과 함께 그와 평화로운 분위기로 어우러지며 영위되는 농촌의 생활상을 그윽한 어조로 노래했다고 볼 수 있다.

넓고 아득한 모습으로 한 가지 색이어니
눈 깊게 쌓였는데 구름은 걷히질 않았네
종남산 맑은 밤의 달덩이가
청화대에 두둥실 올라앉은 것 같아라.

塊圠有同色　　　雪深雲未開
終南晴夜月　　　仿佛似登臺
　「淸華臺」, 『黃華集』 卷1.

　이 작품은, 달빛이 구름 덮인 천상공간과 눈 쌓인 지상공간을 순백의 세계로 채색하며 무한한 정서감을 유발시키는 겨울 풍경을 정결한 분위기로 묘사했다.

　그런데 「청화대」에서 발견되는 작품적 특징은 전반부에 등장하는 공간의 웅장한 크기가 바로 시적 자아가 대상과 교융하면서 확보한 그 자신의 정신 용량과 비례한다는 점이다. 정균은 이를 효과적으로 드러내기 위해, 1구와 2구에서는 원거리의 시점으로 아득히 펼쳐진 순백의 정경을 몽롱한 분위기로 묘사한 뒤 3구와 4구에서는 그 원인을 제공하는 대상물을 근거리 시점으로 배치시키고 그것을 자신과 친화감을 조성하는—달과 자신이 마주앉은 것과 같은 상황을 설정하여 시적 자아와 대상과의 관계를 응집된 분위기로 형상함으로써, 구심적인 시적 구조를 구축하였다.

　　허공에는 씻은 듯한 옥이 흐르고
　　온세계 어름 항아리를 받아 들였지
　　밝은 달은 그 얼마나 오래도록 있어 왔으며
　　맑은 빛 어디인들 없으리오
　　사람 마음 가을달 소중히 여기고
　　천하는 뜨락 오동을 가까이 하네
　　좋아라 황화사 부근에 살고 있으니
　　산은 고요하고 밤 두루미 외로워라

虛空流玉洗　　　世界納冰壺
明月幾時有　　　淸光何處無
人心但秋物　　　天下近庭梧
好在黃華寺　　　山空夜鶴孤

　　「中秋」,『中州集』卷3.

　이 시는 정균의 나이 40세를 전후로 하여 黃華山에서 생활할 때 지은 것이다. 이 작품에 등장하는 시적 배경을 이해하기 위해서 다음의 내용을 참고할 수 있다.

　(明昌 元年:1190) 陶館에서 벼슬하는 일을 스스로 매우 좋아하지 않아 임기가 차자, 수레 하나로 곧바로 떠나 彰德에 거처를 정하고 산천을 두루 열람하면서 "西山이 천리를 가로지른 모습이 은연히 누워 있는 용과 같다. 㶏峪에서 시작하여 天平山과 黃華山을 거쳐 魯般門에 이르게 되면, 용의 머리와 척추 그리고 옆구리와 꼬리가 모두 갖추어지는데, 황화산이 울연히 농수한 기운을 머금고 있다. 산에는 慈明寺와 覺仁寺 두 절이 있는데, 위아래의 거리는 반 리가 채 되지 않는다. 그 서쪽으로 가면 鏡臺에 이르고 곧바로 雞翅에 도달하는 사이, 큰 물이 쏟아져 흐르고 그윽한 숲과 둥그런 골짜기와 함께 수 만 가지 경치가 모여있는데, 한 줄기 물과 한 점의 바위라도 모두 崑閬山 사이에 있는 물건이어서, 돌아보건대 먼지 낀 세상에서는 거의 하루라도 살 수가 없다."고 했다. 이에 청지기를 두어 隆慮에 밭을 사게 하고 두 절을 빌리어 살 곳으로 삼았다. 때때로 가서 시를 읊으며 마치 그곳에서 일생을 마칠 것과 같이 했다. 그리하여 黃華山主로 자호를 했다.[5]

---

5) 위와 같음, 536~537쪽. "(明昌元年) 殊不自聊在館陶 秩滿 單車徑去 卜居彰德 周覽 山川 以謂 西山橫截千里 隱然如臥龍 起㶏峪天平黃華至魯般門 龍之首脊肋尾皆具 而黃華蔚然涵濃秀之氣 山有慈明覺仁二寺上下相去不半里 所西抵鏡臺直雞翅 洪之 懸流 幽林穹谷 萬景坌集 一水一石 皆崑閬間物 顧視塵世 殆不可一日居也 乃置家 相下買田隆慮 借二寺 爲棲息之地 時往嘯咏 若將終身 因以黃華山主自號."

인용문을 참고할 때, 「중추」는 정균이 세속으로부터 몸과 마음을 멀리하여 대자연의 공간에 안긴 정화된 감정을 노래했다고 볼 수 있다.

시의 처음 부분에서 시인은 中秋月을 등장시켜 그 정결한 속성의 달이 천상의 공간을 운행하며 지상세계를 투명하게 내리비치는 정황을 일체의 속기를 배제한 청신한 분위기로 그려낸다. 이 1·2구는 이러한 자연의 세계와 교융하며 확보한 시인의 정신적 경지가 어느 정도로 품격 높은 상태인지를 또한 암시하고 있다. 이어 시적 자아는 관조화된 분위기에서 상상력을 동반하여 현재의 세계를 무한한 시공간의 성격으로 전환, 확대시켜 나가며 거시적인 안목으로 대상을 조응한다. 이 3·4구에서 여운 짙은 어조로 언급한 "幾時有"·"何處無"는, 中秋月로 대표되는 자연이 얼마만큼 유구한 생명력을 지속하며 인간에게 소중한 가치물로 작용하는가라는 물음에 대한 시인 자신의 자각적 언어라고 할 수 있다. 이에 대한 유기적인 시적 구조가 후반부에서 전개된다. 즉 5·6구는 3·4구에 대한 인간의 정서 반응을 보편적인 성격으로 범주화한 것으로서, 가을에 인간이 극화된 내용으로 자연과 교융할 수 있는 대상을 달과 뜨락의 오동으로 집중시키고 있다. 그리고 시인은 그 사물과의 친화감 속에서 인간이 얼마나 순화된 삶의 가치를 영위할 수 있는가 하는 내용을 간접적으로 전하고 있다. 이어 7·8구에서는 5·6구의 내용을 자신의 세계로 옮겨와, 이러한 사물들과의 상응관계를 황화사 부근이라는 특정 공간으로 구심화하며 관조적인 즐거움을 만끽하는 상황을 객관화한 뒤에, 시인 자신의 생활공간에서 발견되는 독특한 고즈넉한 분위기를 작품의 종반부에 배치시키고 있다. 이렇게 본다면, 8구에 등장하는 학은 시인이 바라보는 대상이면서 동시에 세속을 멀리하며 심연의 시간에 홀로 깨어 있는 상태로 관조화된 고독감을 즐기는 그 자신과 등가물의 성격을 지닌다고 하겠다.

　따라서 이 작품은 정결한 속성의 가을달을 매개로 자신의 생활 주변의 대상과 교융하면서 확보한 관조화된 정서감을 안정된 분위기로 형상한 시라고 할 수 있다.

　　　버들 둘린 높은 정자에 저녁까지 앉아 있는데
　　　은근히 내어온 닭국과 기장밥은 우애 깊은 친구의 마음일세
　　　자손들 눈에 가득하니 전원의 즐거움이요
　　　꽃나무 그늘 이루었으니 이 해도 깊었구나
　　　밭터엔 푸른 연기 이는데 가을에 학을 놓아 보내고
　　　발 가득 서늘한 달빛 비치는 사이 이 밤에 거문고를 연주한다
　　　산집의 생활 좋기가 이와 같으니
　　　귀가길 즐거움을 가을 바람도 막지 못하네

　　　四柳危亭坐晚陰　　　殷勤鷄黍故人心
　　　兒孫滿眼田園樂　　　花木成陰年歲深
　　　十畝蒼煙秋放鶴　　　一簾涼月夜撗琴
　　　家山活計良如此　　　歸興秋風已不禁
　　　　「示趙彥和」,『同上』卷3.

　역시 황화산에서 생활하는 동안 조언화에게 지어보인 작품이다.

　수연에서 시적 화자는 방안의 정경과 같은 아늑한 공간을 배경으로, 오랫동안 사귀어온 다정한 벗과 더불어 지속적으로 담소를 나누다가 소박하면서도 정성이 담긴 음식을 들며 그와 함께 우정을 재확인하는 상황을 전하고 있다. 이어 함련에서는 자손이 번창한 속에서 자연과 어우러지며 생활하는 전원에서의 즐거움을 "深"에 내재시키며 시상을 확대하고 있다. 이런 내용과 연결되어, 경련에서는 자연과 동화되어 생활을 영위하

는 측면과, 기르던 학을 놓아보내 학이 하늘을 나르는 것으로 나그네가 이르른 징험으로 삼았던 林逋의 고사를 인용하여, 정자에서 친구와 함께 예술적 흥취를 구가하며 고고한 자세로 삶을 추구하는 내용을 연접시키고 있다. 그리고 작품의 마지막 부분에서는 위의 내용의 종합적 의미로서, 이러한 분위기에서의 즐거움을 반감시킬 수 있는 요소조차 자신을 제어할 수 없다는 표현으로 시인의 자족감을 증대시키고 있다.

이렇게 이 시는 정균이 황화산에서의 전원생활을 여러 모습으로 제시하면서 친구를 매개로 하여 재확인할 수 있는 스스로의 즐거움을 내면으로 침잠하는 侵平聲의 음감을 통해 객관화한 작품이라고 하겠다.

王母祠 동편에 묵은 불당 있는데
수·당 때부터 건물이 있었다 하네
세월 흘러 절 스러진 채 스님은 살지 않고
온골짝 가을 바람에 밤잎만 한껏 물들었구나.

王母祠東古佛堂　　　人傳棟宇自隋唐
年深寺廢無僧住　　　滿谷西風栗葉黃
「黃華亭五首」其三,『金石萃編』卷159.

이 작품은 黃華寺에 초점을 맞추고 그 주위의 가을 풍경을 긴밀한 시적 구조로 연결하면서 이를 고즈넉한 분위기로 그려내었다.

시의 전반부에서는 산사가 楊回 곧 서왕모를 기리는, 도가의 사당과 연접해 위치한 사실을 밝힌 다음 사람들의 말을 빌어 그 역사가 매우 오래되었음을 회상하고 있다. 이어 후반부에서는 과거로부터 현재의 시간으로 시점을 이동시켜, 유구한 세월 속에서 산사의 건물이 황폐해진 가운데 구도의 길을 걷던 승려마저 찾아볼 수 없는 상황을 통해 인간의 덧없는 삶을 통찰하면서, 그 내용을 밤나무 잎이 골짜기마다 곱게 물든 가을의 아름다운 정경과 대비시켜 조응하고 있다.

그러므로 이 시는 산사를 소재로 하여 포착한, 순간에 지나지 않는 시간을 점유하는 인간의 속성과 영속적으로 존재하는 자연의 속성을 대비적인 분위기로 노래하며 그러한 자연과 하나가 된 관조적인 정서감을 가을의 극화된 풍경에 이입시켜 표현했다고 할 수 있다.

댓그림자 시와 어울려 파리해지고
매화는 꿈결 따라 향기롭구나
가련하구나 오늘밤 아름다운 달
서녘으로 지려고 하지를 않네

竹影和詩瘦　　　梅花入夢香
可憐今夜月　　　不肯下西廂
　「絶句」,『中州集』卷3.

정균의 대표적인 시라고 할 수 있다.

1구는 겨울의 파리한 댓가지의 모습과, 그것을 조응하며 예술적으로 형상화한 시인의 작품적 분위기가 淸瘦·枯淡한 성격으로 조화를 이루는 상황을 서로를 설명할 수 있는 시어인 "瘦"로 연결하고 있다. 이런 표현 기법은 다음 구에서도 지속되어, 의취감의 확장을 동반하고 있다. 곧 2구는 시적 자아가 매화의 고결한 향기에 감싸인 채 그 사물의 정신과 일체가 된 정황을 몽롱한 시적 분위기를 마련하고 확대된 현실의 지속적인 정서감을 통해 감각화하고 있다. 이와 연결감을 지니면서도 작품의 분위기에 변화를 주어, 시의 후반부에서는 공간감과 시간감을 결합시킨 가운데 정결한 달빛을 조응하며 구축한 관조화된 정신 상태를 지속적으로 구가하려는 마음을 자연의 정경에 주관적으로 이입시킴으로써, 작품의 품격을 일층 심화시킨 성격으로 시상을 맺고 있다.

이렇게 「절구」는 시인의 내면으로 자연을 당겨안다가 자신의 정서를 자연에 내맡기는 기법을 동반하며 명암을 교차시킨 심상과 시간감의 의도적인 확대 그리고 원심적인 시적 구조를 결합시킨 표현을 통해, 시인의 순화된 정서감을 효과적으로 전달하였다.

그런데 위와 같은 정균의 시작품들은 그의 문학적 기량을 아래와 같이 조감한 당대의 기록 내용과 유기적인 관련을 맺는다고 하겠다.

> 글을 짓는데 능히 말하고자 하는 바를 다하였고, 「文殊院斲琴飛來積雪賦」와 「漢先主廟碑記」 등과 같은 작품은 辭와 理가 겸비되어 사람들에게 두고두고 외워졌다. 말년에 지은 시의 율격이 깊고 엄했는데, 七言長篇은 더욱 어려운 韻으로 공교함을 삼아, 젊었을 때 지은 작품과 비교하면 마치 다른 사람의 손에서 나온 것과 같았다. 중국 사신으로서 河·湟에 이른 사람들이 많이들 말하기를 "南宋人들이 왕정균과 趙秉文의 일상생활에 대해 묻는다."고 했으니, 세상 사람들이 소중히 여기는 일이 이와 같았다. 藂辨 10권과 文集 40권이 있다.6)

이와 같이, 왕정균은 자연 사물과 교융하거나 생활 주변에 위치한 대상을 조응하며 확보한 순후한 정서감을 다양한 시적 분위기로 노래하

---

6) 위와 같음, 539쪽. "爲文能道所欲言 如文殊院斲琴飛來積雪賦 及漢先主廟碑記等 辭理兼備 爲人傳誦 暮年詩律深嚴 七言長篇 尤以險韻爲工 方之少作 如出兩手 朝 使至河湟者 多言夏人問庭筠及趙秉文起居狀 其爲四方所重如此 有藂辨十卷文集四 十卷."

면서 발해 유민을 대표하는 문사로서의 문학적 역량을 유감없이 발휘
하였다.

2) 정치적 고난의 眞切한 호소

왕정균은 봉건제 사회의 지식인이었다. 이런 분위기와 연결되어, 그는
먼저 유학의 고전을 폭넓게 접하며 독서를 통해 자신의 지적 역량을 다
져나갔다. 그리고 과거를 거쳐 정치일선에 입문하여 유학이 제시하는 규
범적 가치들을 사회 차원의 관직활동으로 실천하였다.

정균은 大定 16년(1176)에 진사시험에 합격한 이후, 恩州軍事判官과
館陶縣의 主簿에 발탁되었다. 이어 그는 명창 원년 4월에 관가의 직책에
선발되었으나, 御史臺에서 관도 재임시의 행적을 문제삼아 파직이 되었
다. 이 일을 계기로 그는 수년간 황화산에 은거하며 經史를 엿보지 않은
것이 없었으며, 불교와 도교의 경지에서도 더욱 해박하여 그 이름이 한
층 높아졌다. 그러다 명창 3년(1192)에 그는 書畵局都監과 應奉翰林文字
에 제수되었는데, 그로부터 4년 뒤인 承安 원년(1196)에는 知制誥 조병
문이 章宗에게 상소한 일에 연루되어, 정치적인 시련을 겪게 되었다.[7]

승안 원년에 지제고 조병문이 상서를 하면서 "胥持國은 마땅히 파면을 시키
고 宗室人 守貞은 크게 등용할 수 있습니다."고 논하여, 장종이 불러 그 내용
을 물으니, 말에 자못 차이가 있었다. 이에 知大興府事 完顔膏 등에게 명하여
병문을 국문하게 했는데, 병문이 "처음에 말씀을 올리고자 하면서 일찍이 왕정
균등과 사사로이 의논을 했습니다."라고 말했다. 이에 왕정균을 하옥시키고 직
책을 깎아내려 외지로 내보내며 鄭州 防禦判官으로 삼았다.[8]

---

7) 위와 같음, 535~537쪽을 참고.

당시의 사람들은 병문이 바르지 않다고 여기며 말하기를 "예전에는 朱雲이 있었더니, 지금에는 병문이 있네. 주운은 난간을 더위잡았지만, 병문은 사람을 끌어안았구나."라고 했다.9) 이는 漢代의 주운이 成帝에게 당시의 정치권력을 장악한 간신 張禹를 참하고 佞臣들을 제거할 것을 상서했다가 황제의 노여움을 입고 어사에게 이끌려가게 되었을 때, 그가 난간을 부여잡고 떨어지지 않아 마침내 난간이 부러졌던 일과 대비시키고서 조병문이 무고하게 정균을 이끌어대어 자신을 변명한 행위를 비난한 말이었다.

> 내 우활하여 재화에 얽힌 일 우습지만
> 너는 어인 일로 창살 안에 들었는지
> 봄바람 불어 꽃 지고 비에 적실 때
> 어느 곳 처마인들 날아들 수 없겠느냐

> 笑我迂疎觸禍機　　　嗟君底事入圜扉
> 落花吹濕東風雨　　　何處茅簷不可飛
> 　「獄中見燕」, 『同上』卷3.

작품의 전반부에서 시인은 자신의 도덕적인 결함이 원인이 되어 "觸禍"의 재앙을 만나게 된 일을 자조하면서 제비를 의인화하는 중에 "入圜扉"와 같이 억울한 옥살이를 하게 된 상황을 간접적으로 술회하고 있다. 이어 후반부에서는 앞날에 대한 기대감을 노래하여, 시간이 흐르게 된다

---

8) 위와 같음, 537~538쪽. "承安元年 知制誥趙秉文上書論 胥持國當罷 宗室守貞可大用 章宗召問 言頗差異 於是 命知大興府事完顔膏等鞫之 秉文乃曰 初欲上言 嘗與王庭筠等私議 乃下庭筠獄坐 削秩 出爲鄭州防禦判官."
9) 위와 같음, 538쪽. "時人頗不直秉文 爲之語曰 古有朱雲 今有秉文 朱雲攀檻 秉文攀人."

면 자연의 순리에 따라 자신의 무고함이 밝혀져 희망적인 상황이 완전하게 주어지지 않는다고 하더라도, 제비가 처마에서 비를 피하듯이 이런 악조건으로부터 어느 정도 자유로울 수 있지 않겠느냐는 자문자답을 제비에게 말을 건네는 형식으로 표현하고 있다.

따라서 이 시는 오탁된 현실에서 빚어진 일로 말미암아 옥에 갇히게 된 시인의 슬픔을 제비와 대화를 나누는 기법으로 전달했다고 할 수 있다.

> 모래 기슭은 여러 전쟁터 겪은 장소이고
> 간척지는 나무 자라기에 마땅치 않네
> 더욱이 깊은 감옥 중에 있으니
> 만고의 근심 안개만 어리는구나
> 조그마한 뿌리가 땅을 가리지 않고서
> 이에서 살려는 마음 갖추어졌네
> 가지끝 푸르른 잎새들 너울거리고
> 봉선화 잡아끌어 떠나지 못한다
> 저녁비 내리어 원추리를 적시니
> 나를 향해 호소하는 듯 눈물 흘리네
> 忘憂라는 이름이 정말로 헛되구나
> 서로 대해 맑은 눈물 비처럼 흘리게 되니.

> 沙麓百戰場　　鳥鹵不敏樹
> 況復幽圄中　　萬古結愁霧
> 寸根不擇地　　於此生意具
> 婆娑綠雲杪　　金鳳掣未去
> 晚雨沾濡之　　向我泫如訴
> 忘憂定漫說　　相對淸淚雨

「獄中賦萱」,『同上』卷3.

「옥중부훤」은 위의 작품에서 제시한 후반부의 상황에서조차 부조화된 현실에 지속적으로 감싸여 있는 시인의 처지를 비감 어린 내용으로 서술하였다.

1·2구에서 정균은 자신이 위치한 감옥 주위의 공간 배경을 험난한 역사적 전설을 지니고 있으면서 동시에 생명의 성장이 조화를 이루지 못하는 성격으로 범주화한다. 이런 외부 공간으로부터 시선을 이동시키며 그는 3·4구에서 폐쇄된 공간에 갇혀 일말의 여유로움마저 갖지 못한 채 어두운 마음에 사로잡힌 정황을 토로하고 있다. 그러면서 일면 5·6구에서는 시적 분위기에 변화를 주어, 척박한 땅에서도 생명의 뿌리를 대지에 내린 원추리를 경외감 속에서 바라보며 자신 또한 삶에 대한 의지감을 소생시키는 상황을 암시하고 있다. 이와 연결되어 7·8구에서는 약동적인 생명감을 갖고 바람에 너울대는 원추리의 잎새와 소박한 아름다움을 지닌 봉선화를 응시하며 그 사물들에 대한 연민의 정을 지속하는 정황을 노래하고 있다. 하지만 9·10구에서는 다시 한 번 작품의 분위기를 반전시켜 비를 맞는 원추리의 모습에 자신의 슬픔을 투영시키고 난 뒤에, 11·12구에서는 그 異名이기도 한 "忘憂"의 중의적 의미를 이끌어, 근심을 잊게 한다는 원추리를 응시하여도 감정이 정화되지 못한 채 자신의 슬픔이 끊임없이 이어진다는 내용을 사물과 공감대를 형성하며 진행되는 양상으로 진술하고 있다.

그러므로 이 작품은 절망적인 분위기가 희망적인 분위기를 감싸는 시적 구조 아래, "霧"의 불투명한 심상으로 불확실한 미래에 대한 어두운 현실 감정을 드러내고 이를 "雨"가 지닌 슬픔의 이미지와 연결하여 그 정도를 가중시키면서, 원추리를 매개로 하여 부조리한 현실에서의 곤혹스러운 심정을 서술에 가까운 어조로 형상했다고 하겠다.

조그만 수레로 먼 길 가며 오똑이 앉아 신음하는데

가는 길 더딘 채 날마다 남쪽으로 내려간다

부모 늙고 집 가난하니 관직이 중요한데

은혜는 많고 책망 적어 눈물 자국 깊구나

사람 향한 버들색 모두 서로를 알고

비 맞은 꽃가지 절반쯤 못견뎌 늘어졌네

머리 돌려 바라보니 대궐은 구름 기운에 막혔어라

육 년 동안의 시종일 보잘 것 없는 신하의 마음이로세.

短轅長路兀呻吟　　行李遲遲日益南

親老家貧官職重　　恩多責薄淚痕深

向人柳色渾相識　　著雨花枝半不禁

回首觚稜雲氣隔　　六年侍從小臣心

「被責南歸至中山」, 『同上』 卷3.

이 시는 『금사』 권126 「열전」 64의 「왕정균」 조에서 밝힌 "(承安)二年 降授鄭州防禦判官"을 참고할 때 1197년에 지은 것으로, 역시 외적 상황과 얼크러진 자신의 처지를 침잠된 분위기로 호소했다.

수연에서는 자신이 무고하게 죄를 입고 上京으로부터 河南과 開封 사이에 위치한 정주땅으로 옮겨가는 상황을 조그만 수레로 구체화시킨 다음 그 좁은 공간에 불편한 자세로 앉아 수심에 겨워하며 먼 거리를 지루하게 이동하는 모습으로 묘사하고 있다. 이어 함련에서는 유학의 덕목을 반영하여, 사회적 자아의 실현을 통해 부모와 가족을 부양하려는 책임감 속에서 자신에 대한 군왕의 배려를 회상하는 자기검증의 태도를 서술하고 있다. 이어서 경련에서는 자신과 동화된 차원의 버들을 응시하다가 외적 현실의 시련으로 인해 힘겨워 하는 마음을 길가 주변에 핀 꽃가지에 이입시켜 호소하고 있다. 이런 분위기에 이어, 미연에서는 궁궐과의 거리가 멀어질수록 군왕에 대한 생각이 더욱 간절해지는 상황을 암시하며 그곳으로 다가설 수 없는 방해적 요소를 구름으로 상징하면서 그 동안 수행했던 스스로의 관직생활에 대한 평가를 자조적으로 읊조리고 있다.

따라서 이 작품은 외부세계와 내면세계를 반복적으로 넘나들며 안정된 분위기를 조성하지 못하는 시인의 심적 상태를 "雨"와 "雲"이 지닌 부정적인 심상으로 구체화하면서, 자신과 군왕과의 친화적인 관계를 회복하려는 마음가짐을 노래했다고 할 수 있다.

이러한 시련 속에서, 정균은 설상가상으로 부모의 상을 당하여 슬픔으로 말미암아 몸을 거의 가누지 못할 정도가 되었다. 하지만 승안 4년(1199) 그는 응봉한림문자를 제수 받아 정치인으로서 재기의 기회를 마련했고, 泰和 원년(1201)에는 翰林修撰의 자리에 오르기도 했다. 그리고 이로부터 1년 뒤인 1202년 10월, 그는 51세의 나이로 삶을 마감했다. 장종은 평소에 그가 가난하다는 사실을 알고서는 有司에 조칙을 내려 돈 80만 량을 부의하여 喪事에 대주고, 평생 동안 지은 그의 시문을 구하여 秘閣에 간직하게 했다. 장종은 또한 자신이 직접 지은 시를 정균의 집에 전했는데, 그 서문에서 이르기를 "왕준고는 나의 친구이며, 그의 아들 정균 또한 直禁林에 선발된 지 전후 10년이 되었다. 이제 지금 그가 죽었다고 말하니, 玉堂과 東觀에 다시금 이와 같은 이는 없다."고 하며 그의 죽음을 몹시 슬퍼했다.10)

이상과 같이, 준일한 정치 역량을 구비한 왕정균은 장종의 측근에서 중책을 담당하기도 했지만, 40대 중반에는 조병문의 상서 사건으로 말

---

10) 위와 같음, 538쪽을 참고.

미암아 어두운 현실을 맞은 채 좌절하던 곤혹스러운 심정을 진절한 시적 분위기로 토로하며 자신의 곧은 마음이 군왕에게 전해지기를 염원하였다.

3) 회화적 안목의 시적 형상

중세사회의 문사들은 문학과 서법 그리고 회화를 하나의 통합된 가치물로 인식하고 이들 개별 장르를 자유로이 넘나들며 작품활동을 전개했다. 왕정균 또한 시뿐만이 아니라 서화에도 일가를 이루었다. 그런데 이러한 배경에는 그가 궁중 재임시에 서화와 관련한 임무를 수행했던 일이[11] 하나의 계기로 작용하여, 그의 예술적 재능이 더욱 빛나게 된 것으로 여겨진다. 당시의 사람들은 정균의 서법이 黃庭堅의 "韻"과 米芾의 "氣"를 겸비했고, 산수화의 경우에는 "入品"의 경지에 도달했다고 평가하였다.

> 서법은 황정견과 미불의 체를 배웠는데, 논하는 사람들은 "米元章에게서 그 氣를 얻고 黃魯直에게서는 그 韻致를 얻었다. 기가 뛰어난 사람은 떨치고 빨라서 결점이 있고 운치가 뛰어난 사람은 부드럽고 곱기만 한 곳으로 흐르는데, 정균은 기와 운을 절충하였다."고 말하니, 세상에서도 그렇다고 여겼다. 趙渢·조병문과 더불어 글씨로 名家가 되었다. 그림의 품격 또한 매우 높아서 산수화는 入品의 묘가 있고, 묵죽화는 거의 天機에 도달했다. 매번 한 폭을 그릴 때마다 반드시 千文을 호가했지만, 가볍게 남에게 주기를 즐겨하지 않았다.[12]

---

11) 위와 같음, 537쪽. "(明昌)三年 召爲書畫局都監 俄授應奉翰林文字 命與秘書郎張汝方 品第內府法書名畫爲五百五十卷 又集所見士大夫家藏前賢墨蹟古法帖 摹刻之 號雪溪堂帖十卷."

12) 위와 같음, 539쪽. "書法學黃魯直米元章 論者謂 元章得其氣 而魯直得其韻 氣之勝者 失之奮迅 韻之勝者 流爲柔媚 而庭筠則得於氣韻之間 世以爲然 與趙渢趙秉文

　　이러한 예술적 역량을 구비한 왕정균은 동시대의 다른 문사들이 그린 그림을 감상하면서 그에 대한 품평을 또 다른 예술 장르인 시로 형상화하며 자신의 문학세계의 폭을 보다 확대시켰다.

유유히 떠가는 봄하늘 구름
평상시의 한가로움이 그리워지네
아침나절 시내 다리 부근에서 즐거이 놀고
날 저물어 산집에 머물었어라
고요하고 편안한 마음에 근심 모르겠고
다시금 기쁨마저 잊어버린다
산을 나서며 처음엔 무심했지만
나오고 나니 다시금 산 생각이 나는구나
인간 세상 장마비를 기다리지만
돌아가려니 정말로 어려움 생긴다
산집의 슬픔은 어인 일로 이는가
쓸쓸히 송계길 차갑게 느껴지네.

悠悠春天雲	想見平時閑
朝遊溪橋畔	暮宿山堂間
澹然不知愁	亦復忘所懽
出山初無心	旣出還思山
人間待霖雨	欲歸良獨難
山堂悵何許	蕭蕭松桂寒

「張禮部溪山眞樂圖」,『同上』卷3

俱以書名家　畫品甚高　山水有入品之妙　墨竹殆天機所到　每作一幅　必以千文爲號 不肯輕以予人."

이 시는 그림이 表現한 회화적 구도를 삶의 이상적인 가치물로 내용화한 특징을 지닌다.

전반부에서 정균은 그림에 등장하는 정경에 자신을 배치시키면서 시간의 흐름과 맞물리며 공간 이동을 하는 상황을 비약적인 서술로 압축한다. 그런 가운데 그는 그림에 표현된 유유자적한 분위기와 일체감을 조성하며 몰아의 경지에까지 도달한 극적 즐거움을 노래하고 있다. 하지만 그 반전된 분위기가 후반부에서 전개되는데, 이는 그림 외부에 위치한 시인 자신의 주관적인 심회를 그림의 세계와 대비를 시키며 표현한 것으로 보인다. 곧 정균은 현실세계와 그림에서 제시된 이상세계의 경계선에 위치하여 현실에서 수행해야 할 중압감 어린 삶의 문제로 말미암아 이상세계와 지속적으로 일체화할 수 없는 상황을 머뭇거리는 어조로 드러낸 뒤에, "眞樂"의 자연에 안주할 수 없는 안타까운 마음을 역설적인 분위기로 주관화한 정경에 투영시켜 드러내고 있다.

따라서 이 작품은 이상적인 분위기와 현실적인 분위기가 공존하는 음영의 기법을 구사하며 회화 작품을 통해 자연과 조화를 이루는 은둔의 즐거움이 얼마나 가치가 있는가 하는 문제를 재조명하면서 이상세계에 대한 인식을 일층 강화시킨 시라고 할 수 있다.

> 李公麟은 말 그린 일 후회했으니
> 한혈마에 몰입될까 염려했기 때문이라
> 내 이제 이런 말들 쓸어버리려
> 짐짓 시 한 구절을 읊어보려네
> 도인은 출중한 삼매경의 솜씨로
> 자유로이 노닐며 온갖 물상 갖추었네
> 만상은 처음에 피할 수 없다가

마침내 머무르는 곳마저 없게 된다
말하자면 커다란 둥근 거울이
만나는 사물 따라 비추는 것과 같은 이치
잠시 후에 사물은 사방으로 흩어지니
그림자는 과연 어디에 있는가
楊秘監 이런 안목을 구비하여
통속에서 벗어나 높은 경지를 향하였구나
수많은 말들이 인간 수중으로 떨어졌으니
공린의 그릇된 생각을 증명하도다.

龍眠悔畫馬　　　政恐墮馬趣
我今破是說　　　試下第一句
道人三昧手　　　遊戲萬象具
萬象初莫逃　　　畢竟無所住
譬如大圓鏡　　　照物隨其遇
少焉物四散　　　影果在何處
楊侯具此眼　　　透脫向上路
萬馬落人間　　　蓋證龍眠誤

「楊秘監下槽馬圖」, 『同上』卷3.

　　이 시는 당시에 말그림으로 명성이 높은 이공린의 작가 태도와 대비하
며 양비감이 그린 그림이 얼마나 수준 높은 예술적 경지를 획득했는가라
는 측면을 역설하고 있다.

　　정균은 작품의 앞부분에서 공린이 그림의 대상에 집착하던 측면을 부
각시킨 다음 그의 이러한 작가적 한계를 뛰어넘을 수 있는 차원의 회화
론을 시작품으로 제시하겠다고 했다. 이런 창작 동기에 이어 정균은, 양

비감이 탁월한 정신을 구비한 가운데 그와 대상이 어떠한 간극도 없이 일체화된 상태에서 다양한 모습을 지닌 말들의 본질적 국면을 자유자재스러운 솜씨로 형상화한 일을 예찬하고 있다. 그렇기에 그가 그린 그림은 고정된 성격으로 감상자에게 전달되는 것이 아니라, 그 역동적인 생명력의 움직임 속에서 일정한 형태적 범주마저 초극할 수 있다고 강조한다. 이러한 논리를 강화하기 위해, 정균은 그림과 피사체와의 관계를 거울과 사물과의 관계로 일반화시켜 설명하고 있다. 그런데 이 부분에서 뛰어난 화가의 그림이 사물의 형체를 무화된 내용까지 묘사한다는 그의 언급은, 그것이 정말로 사라진 모습을 담는다기보다, 화가가 대상의 연속적인 동작을 자유로운 시각으로 응시하며 그 동적이면서도 추상적인 차원까지를 묘사한다는 것으로 이해되어야 할 것이다. 일면 이러한 관점에는, 화가가 사물의 본질을 예리하게 직관함으로써 그 모습을 예술가의 시각으로 재창조해야 한다는 그의 회화관을 원론적인 차원으로 담았다고 하겠다.

그러므로 이 시는 공린의 태도와 대비된 양비감의 순도 높은 예술정신을 통해, 그림이 구비해야 할 眞境의 문제를 재조명했다고 볼 수 있다.

이상과 같이, 왕정균은 서화에도 일가를 이루며 자신이 감상한 타인의 회화 작품에 대한 심회와 더불어 그 운용의 원리를 운율적인 언어로 전달하였다.

3. 맺음말

발해는 통일신라와 더불어 우리 민족의 역량을 결집시켜 나가기보다 주로 대립 관계를 이루며 광범위한 지역을 통치하는 중에 거란의 침입을 받아 멸망했다. 발해의 유민들은 통일신라·고려·여진 등으로 회피하거나 이주를 하였고, 후에는 요나라와 금나라의 구성원으로 동화되었다.

발해 유예인으로서 시문학 작품을 남긴 이들로는 요의 天祚帝文妃 大氏와, 금의 張汝霖과 왕준고·왕정견·왕정균 부자와 高憲 등을 들 수 있다. 현재 전하는 이들의 시는 왕정균의 작품 49수를 포함하여 모두 60수가 남아 있다. 이들 작품의 질량적 측면을 살펴볼 때, 왕정균은 발해 유민을 대표하는 문인이라고 할 수 있다.

정균은 자연 사물과 교융하거나 생활 주변에 위치한 대상을 조응하며 확보한 순후한 정서감을 다양한 시적 분위기로 노래했다. 일면 그는 정치적인 시련을 겪으며 어두운 현실에 휩싸인 채 좌절하던 곤혹스러운 심정을 진절한 분위기로 드러내었다. 한편 그는 다른 사람이 그린 회화 작품을 감상한 느낌과 더불어 대상과 관조적인 거리를 유지하며 傳神이 강조되는 그 운용의 원리를 운율적인 언어로 형상했다.

이와 같은 왕정균의 시작품은 그의 사위인 고헌의 작품세계에 작용하면서 발해 유예인의 문학 전통을 확인하게 만들고 나아가 고려 중반기의 시문학과 병존하며 우리의 문학세계를 일층 확대, 심화시키는 가치를 갖는다고 말할 수 있다.

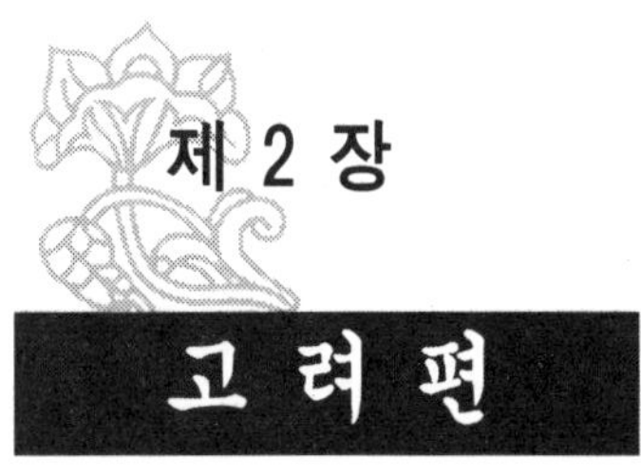

제 2 장

고 려 편

‘華實並存’에서 본
李齊賢 시문학 서술의 재조명
- 『朝鮮文學史』의 논의를 대상으로 -

1. 머리말

우리 문학사에 대한 연구는, 문학이 언어예술로서 지닌 보편적인 속성과 균형을 유지하는 일을 염두에 두며 우리 문학의 전반적인 실상을 일관된 史的 시각으로 수립하려는 성격을 갖는다. 주지하는 바와 같이, 이 분야의 체계적인 연구는 1922년에 安廓이 지은 『朝鮮文學史』가 출발점이 되었다. 이후 선배 학자들은 일제강점기와 남북분단이라는 시대적 어려움에도 불구하고 국문학 연구의 사명감 속에서 30여 종의 『국문학사』를 저술했다. 이런 가운데 그 동안 남북한에서와 외국의 연구자까지를 포함하여 출간된 『국문학사』의 연구 성과를 다각도로 진단하며 그 논의의 문제점을 제기한 글이[1] 등장되기도 했다.

淵民 李家源先生의 『朝鮮文學史』는 이러한 학문적 분위기와 연결되

---

1) 대표적으로는 조동일, 「한국문학사 서술의 경과와 문제점」, 『동방학지』 제74집, 연세대학교 국학연구원, 1992.3, 229~266쪽의 내용을 참고할 수 있다.

면서 우리 민족이 과거로부터 현재에 이르기까지 향유한 문학을 "자료의 선택적 안목과, 史觀과, 記事와 理論의 才能 구비"란2) 문제를 축으로 삼아 저술한 또 하나의 『국문학사』이다. 그는 이 책의 집필을 끝내고 「朝鮮文學史書成自志所感二絶」이란 제목으로 "四千餘載人文事 漫浪之潮寫實風. 鬪病三年成一史 可憐不死著書蟲"의3) 시를 지으며 『조선문학사』를 통한 우리 문학사의 정리가 얼마나 간절한 염원이었는지를 알리고 있으면서, 보다 바람직한 『국문학사』의 연속적인 작업이 새로운 한글세대에 의해 진행되기를 기대하였다.4)

이 글은 연민이 『조선문학사』의 한시문학 분야를 서술하면서 그는 광범위한 자료 가운데 어떤 작품을 가치 있는 것으로 선별하였고 어떤 서술 태도로써 그 논의를 진행하며 그 문학사적 위상을 가늠했는가라는 문제를 논의점으로 삼아, 이를 『조선문학사』 상책에서 우리나라의 으뜸된 시인으로 다루어진 李齊賢을 대상으로 하여 시도되었다.

2. 본론

1) 예비 탐색

『조선문학사』는 우리 문학사에 대한 서술로서 연민이 지닌 문학사의 정신을 반영한다. 이 문학사 정신은 그의 문학 자체의 史的 관점과 더불어, 우리 역사를 이루는 여러 구성요소에 대한 전반적인 시각을 함께 아

---

2) 李家源, 「序」, 『朝鮮文學史』 上, 太學社, 1995, 3쪽 요약 인용.
3) 「附錄」, 같은 책 하, 태학사, 1997, 1804쪽.
4) 「民族黯黮期의 抗倭文學(其三)」, 같은 책 하, 1717쪽.

우른다고 하겠다. 우리 겨레의 유구한 삶의 터전을 상징적으로 지닌 ‘조선’이란 이름으로 ‘조선문학사’라는 제목을 삼은 일은 그의 이런 면모를 종합한 성격을 지닌다.

이 책은 우리 민족사의 태동기인 고조선시대의 문학으로부터 금세기 전반부인 민족해방기에 이르는 현대문학까지를 논의 대상으로 삼고 있다. 이는 우리의 문학 전통 안에서 고전문학과 현대문학이 지속적으로 발전해 온 사실을 전제로 한 것이며 한편으로는 남과 북이 분단된 시기에 이루어진 문학을 논의하는 일은 민족의 동질성을 회복한 다음에 진행되는 것이 보다 객관성을 마련할 수 있다는 이유에서 비롯된다고 하겠다.

연민은 우리 문학사의 시대 구분을 「朝鮮 邃古時代의 文學」이란 제목으로 출발을 시켜 「民族黮黮期의 抗倭文學(其三)」으로 글을 맺기까지 24장으로 나누어 집필했다. 이러한 시기 구분은, 『韓國漢文學小史』와 『韓國漢文學史』에서 진행했던 시각과 연결되면서도 그보다 체계화된 내용으로서, 한 시대의 역사적 상황을 축으로 하여 주로 정신사적 세계와 조응하며 이루어진 그 시기마다의 문예적 특징을 연속적인 관점으로 서술하며 우리 문학의 실상을 그에 알맞게 밝히려는 의도를 포함하고 있다.

한편 그는 논의 대상이 되는 ‘조선문학’에 대해 “朝鮮文學은 오로지 朝鮮 겨레가 産生한 文學 작품들을 이름이다.”라고[5] 전제하고, 그 범위로서 ‘조선’이 누려온 역사·문화와 유기성을 지니며 창작된 우리의 문학 전통이 어떤 모습을 갖는가 하는 문제를 염두에 두었다. 그리고 그는 이러한 문제에 접근하는 하나의 좌표로서 丁若鏞의 “我是朝鮮人 甘作朝鮮詩. 鄕當用鄕法 迂哉議者誰.”의 시구에 주목했다. 그는 茶山이 “‘朝鮮

---

5) 「總敍」, 같은 책 상, 27쪽.

의 鄕人인 만큼 朝鮮의 鄕法으로써 朝鮮의 鄕詩를 쓰는 것은 너무나 당연한 일'임을 비상히 강조하여"라고[6] 하여, 우리 문학작품을 창작하려고 했던 그의 작가태도를 눈여겨본 다음,

> 茶山이나 燕巖은 모두 正音으로 된 短歌·歌辭는 물론이요, 당시 흔히들 유행하던 諺簡 한쪽도 남긴 것이 없이 오로지 自作 漢詩가 당당한 우리 朝鮮詩임을 주장하였다. 이는 곧 朝鮮 사람의 音·色·臭·味와 思想·感情에 의하여 産生된 物이 곧 朝鮮文學임을 이름이었다.[7]

라고 하며, 다산과 연암의 한시문학이 우리의 정신과 정서를 반영한다는 차원에서 '조선문학'으로 규정했다. 이러한 시각에 바탕을 두고, 그는 『조선문학사』에서의 면모가 "그 時潮의 흐름과 작자의 意圖에 따라 漢詩文을 널리 수용·서술하지 않을 수 없었다."고[8] 언급했다.

이는 우리 문학사 중에서 큰 흐름을 차지하는 한문학이 우리의 사상과 정서를 담고 있기에 그것이 한자를 전달매체로 삼는다고 하여 도외시될 수 없으며, 우리 문학의 실상을 온전히 드러내기 위해 도리어 그것을 비중 있게 다루겠다는 집필의도를 반영한 말이다. 이런 관점을 바탕으로, 연민은 『조선문학사』에서 우리의 문학을 운문문학·산문문학·희곡문학·비평문학의 큰 갈래로 유별화시킨 다음 한문학의 작품을 국문학 작품의 앞부분에 위치시킨 체재를 유지하면서 각 시기별로 등장한 작은 갈래별 작품에 대한 논의를 진행했다.

우리 한문학이 '조선문학'의 자체 구성요소라는 그의 시각은 기존에

---

6) 「實學思想과 寫實的 文學(其三)」, 같은 책 하, 1287쪽.
7) 위와 같음.
8) 「總敍」, 같은 책 상, 28쪽.

발행된 『국문학사』 중에 일부의 학자가 국문문학 작품을 중심으로 우리 문학사를 논의했던 서술태도를 지양한 성격을 갖는다. 하지만 『조선문학사』는 우리 문학의 전시기에 걸쳐 한문학을 국문학 앞에 위치시키고 그것을 논의했다는 점을 고려할 때, 우리 문학은 우리의 언어예술로서 그 질료와 더불어 우리 고유의 전달매체 또한 배려되어 서술 순서가 마련되고 다루어져야 한다는 문제에 대해 또 다른 논의거리를 제기했다고 볼 수 있다.

일면 그는 문학에 대한 우리의 전통적인 관점 즉 광의의 문학 개념을 토대로 하여 여러 유형의 글을 다루었다. 이에 『조선문학사』는, 국문학과 한문학의 분야별 양상은 다르겠으나, 문예 작품과 함께 頌贊·箴銘·書牘·序跋·碑志類 등의 대표적인 글로써 우리 문학의 실태를 포괄적으로 드러낸다고 할 수 있다.

이렇게 연민은 우리 겨레가 창작한 국문학과 한문학을 우리 문학의 범주 안에 두고 필요에 따라 구비문학을 다루면서 그에 대한 논의를 전개했는데, 『조선문학사』에서의 연구적 역량은, 그 동안 진행했던 그의 연구 기반과 성과가 한문학에 토대를 두었던 사실과 관련을 맺고, 한문학 분야에 집중되었다고 하겠다.

2) '華實並存'의 중시

앞에서 발언한 것과 같이, 연민은 우리 민족의 역사 중에서 정신사에 비중을 두며 문학사 논의의 토대를 마련했다. 이는 "淵蓋蘇文의 侵略主義가 亡國을 招來하여, 몇 천리 강토와도 바꾸지 못할 民族遺産인 典籍을 烏有로 돌아가게 하였다."라는9) 말로 우리 상고사의 문화서적이 당나라의 李勣에 의해 불태워진 책임을 군사력에 비중을 두며 고구려를 지키고자 했던 연개소문에게 책임을 묻거나, "渤海가 만일에 新羅와 南北朝의 연합 태세를 갖춘 후에 偃武·修文의 정책을 택하였더라면, 그 문화는 눈부시게 발전하였을 것이다."라는10) 말로 발해사의 한계를 지적한 부분에서 잘 드러나고 있다. 이와 유기적인 관계를 맺고, 그는 한 시대의 문예사조 내지는 문학 양상 또한 우리의 역사 가운데 사상·문화·종교 등 주로 정신사적 측면과 상관관계를 맺는다고 보았다. 이는 각 장 내에서 시기별로 등장한 작품 성격의 기본 요건으로 진행한 작품 배경의 논의를 통해 확인할 수 있다.

그런데 정신사와 연결을 지어 우리의 한시문학을 조감하는 그의 시각은 유학의 세계관에 기반을 두고 중국문학을 전범으로 삼는 전통적인 한문학의 분위기를 유지하고 있다. 그는 「東方文學의 主潮」부분에서 우리와 중국은 지리적으로 밀접한 관계가 원인이 되어 정치·경제·문화적으로 오랜 역사 속에서 서로 발전해 왔다는 논의를 하며 경전에 실린 "修辭立誠"과 "言之不文 行之不遠"에 대해 "文章에는 文·質과 華·實이 並存하여야 함을 이름이다."고 언급한 다음 시대에 따라 각기 다른 용어로 등장한 '立誠·載道·寫實'이 주류를 이루었던 중국문학의 특징을 기준으로 삼아 "우리 朝鮮文學도 이와 다름이 없을 것이리라 생각된다."라는11) 견해를 피력함으로써, 우리 한문학이 한자문학으로서 지닌 보편적인 측면과 더불어 중시되어야 할 그 특수한 국면에 대해서는 별도의 설명을 부가하지 않았다.

이렇게 연민은 文以載道와 동일한 성격을 지닌 華實並存이란 시각으로 우리 한문학의 가치척도로 삼았다. 이 華·實의 내용을 이해하기 위

---

9) 「北方의 抵抗意識(其一)」, 같은 책 상, 62쪽 요약 인용.
10) 「北方의 抵抗意識(其二)」, 같은 책 상, 177쪽.
11) 「總敍」, 같은 책 상, 30~31쪽의 내용을 요약 인용.

해서 文·質과 함께 "茶山은 文章과 學問 곧 華·實을 겸비한 學者요, 民族的 矜持를 높이 지닌 鴻儒이다."라는12) 말을 참고할 수 있다. 이런 관점으로부터 華實並存은, 작품행위의 측면에서 시대와 작가에 따라 다른 모습을 보이겠지만, 유학사상에 기반을 둔 참다운 작가정신이 문학의 미적 요소와 조화를 이루며 실현되는 내용을 공분모로 한다고 볼 수 있다. 그런데 이런 그의 문학관은 그것을 형성하게 만든 인식기반으로서 十三經을 비롯한 중국문헌과 함께 우리나라의 『星湖文集』·『與猶堂全書』·『湛軒書』·『燕巖集』·『熱河日記』 등의 고전을 독파하며 그 중심에 위치한 유학사상을 기반으로 하여 정리된 내용들을 저술의 주자료로 삼았던 그의 독서 성향과13) 관련을 맺는다고 하겠다. 그리고 이러한 내용은 우리나라의 역대 문인들의 행적을 통시적으로 다루며 각 인물들의 학문과 문학을 함께 조명한14) 시각의 연장선상에 있다고 말할 수 있다.

이 華實並存에 입각한 작품·작가적 평가는 건전한 작품정신과 문예적 아름다움이 조화된 분위기로 공존하고 실현되는 문학행위를 중시하는 성격을 갖고 있다. 그런데 이런 관점은 문학 작품에 담긴 인식 내용과 그 형상적 아름다움이 균형감과 조화감을 이루며 개인과 사회와 역사의 차원에서 참다운 가치를 지니고 있는 작품을 선별하여 논의의 대상으로 삼고, 이를 토대로 하여 작가적 면모를 드러내면서 시대적 특징을 살피겠다는 사실을 함축한다.

이와 같은 관점을 바탕으로 삼아, 연민은 우리 문학사 전반에 걸쳐 전

---

12) 「實學思想과 寫實的 文學(其三)」, 같은 책 하, 1287쪽.
13) 「나의 讀書遍歷」, 『東海散藁』, 友一出版社, 1983, 239~246쪽.
14) 『韓國名人小傳』, 一志社, 1975.

개된 한시문학을 유형화 내지 특징화시키며 논의를 진행했다. 그런데 그는 『조선문학사』의 13장에서 趙光祖와 南袞을 중심으로 도학파와 사장파가 대립했던 사실을 다루는 중에 儒家의 문학관이 文以載道를 본령으로 삼는다는 견해를 시기적으로 확산시키며 李齊賢과 鄭夢周를 文에 道를 실은 문인으로서, 權近·卞季良·徐居正·金宗直 등을 文에, 조광조를 道에 치중한 문인으로서 평가를 했다. 이어 그는 조선의 유학이 李滉·奇大升·李珥 등에 이르러 집대성되었다는 사실을 언급하며 "이로부터 朝鮮에서는 三百餘年 동안 '道·文一致'와 '華·實並行'의 文學思想에 대하여서 아무런 異議가 없었다"고[15) 보았다.

이렇게 우리나라 문사들의 작가적 면모를 대비시켜 조감한 시각을 유지하면서 그는 이제현에 대해 "益齋는 다만 二千年 名家뿐 아니라 몇 千年 이래 第一의 大家요, '朝鮮의 杜甫'로 추숭하여도 그릇됨이 없으리라 생각된다."고[16) 평가했다.

이런 내용을 참고하며, 華實並存의 문제와 연결감을 지니면서 우리나라 문인을 대표하는 인물로서 이제현의 한시문학을 논의한 『조선문학사』에서의 서술을 검토하려고 한다.

3) 華實並存에 입각한 익재 시문학 서술의 검토

익재 이제현이 도덕과 문장의 으뜸된 문사로서 활동했던 시기는 고려 사회가 대내외적으로 혼란을 거듭하던 때였다. 곧 대내적으로는 왕권이 약화된 상황에서 권신들이 파벌을 형성하며 정치적 이익을 앞세웠고, 관

---

15) 「正音의 受難과 性理學의 集成」, 앞의 책 上, 449쪽.
16) 「新儒學의 東漸」, 위의 책 上, 312쪽.

리들이 불공정한 행정을 일삼아 사회를 혼란하게 했으며, 이런 사회모순 속에서 일반민들은 가중되는 조세 부담과 중역으로 말미암아 생활이 도탄에 빠지게 되었다. 일면 대외적으로는 강화 이후에 원나라가 고려의 국왕을 교체하는 방법으로 내정에 간섭했으며, 심지어 원의 명령에 따라 고려왕이 소환, 구금, 유배까지 당하는 상황이었다.

이러한 시기에 준일한 인품과 덕망을 구비한 이제현은 탁월한 경륜으로 위기에 빠진 고려사회를 바로 잡고자 힘썼던 정치가였고, 이런 시대인식을 기반으로 하여 忠烈·忠宣·忠肅王의「世家」그리고『國史』·『金鏡錄』등을 저술한 역사가였으며,『益齋亂藁』와『櫟翁稗說』을 지어 우리에게 소중한 문학 유산을 전한 문인이었다.

이런 면모와 관련을 맺고, 이제현은 중세사회의 전형적인 문사로서 유학이념을 토대로 삼아 문학활동을 추구한 인물이었다. 이러한 측면은 그의 문예인식의 차원에서 확인할 수 있다.

이제현은 충선왕이 그에게 당시의 선비들이 승려들을 좇아 사장학에 치중하며 경학을 멀리하는 이유를 물었을 때, 그는 그 원인이 무신란에서 비롯되었음을 밝힌 다음 "今殿下 誠能廣學校 謹庠序 尊六藝 明五敎 以闡先王之道 孰有背眞儒而從釋子 捨實學而習章句者哉 將見雕蟲篆刻 之徒 盡爲經明行修之士矣"라고17) 대답하며, 선비들이 문예보다 도학에 치중하기 위해서는 文敎를 회복할 수 있는 정책이 시급한 점을 군왕에게 건의했다. 이는 문예보다 경학을 우위의 가치로서 여긴 발언이다. 그런데 이런 내용을 그가 "詩者 志之所之 在心爲志 發言爲詩"라고18) 하며, 당시에 문학으로 대표되는 시에 대해 유학의 전통적인 관점에 입각해서 그

---

17)『櫟翁稗說』, 前集 一, 十四則.
18)『益齋亂藁』卷九 下,「史贊 宣王」.

것이 감성을 포괄하는 인간 내면의 이성적인 지향의지를 언어로 형상화한 것이라고 말한 측면과 연결지어 본다면, 그는 문학활동에 있어 작품 내용인 志의 속성으로서 경학의 이념들을 가치화했을 것이라는 사실을 유추할 수 있다. 이런 관점에서 볼 때, 그는 문학의 가치를 전면적으로 부정했다기보다 문학과 학문의 가치 비중을 대비하며 한 시대의 정치를 담당하고 도의를 함양시키면서 문화활동을 책임지고 있는 문사들이 그 본연의 임무를 저버린 채 문학을 입신출세의 도구로 전락시키거나 참된 작가정신을 결여하고서 기교 중심의 작품행위에 탐닉하는 태도를 경계했다고 말할 수 있다. 그리고 이러한 측면은 그가 경학을 넓으면서도 깊게 탐구하며 그 원리를 밝히고자 했던 삶의 자세와 관련을 맺는다고 하겠다.

일면 이제현은 '在心爲志'와 연결된 '發言爲詩'의 내용으로 문학이 자체적인 요소로서 구비해야 할 몇 가지의 문제를 강조했다.

먼저 익재는 대상세계를 그 실상대로 형상화해야 한다고 보았다. 그는 白樂天이 「長恨歌」에서 "黃塵散漫風蕭索 雲棧縈紆登劍閣 峨眉山下少人行 旌旗無光日色薄"이라고 노래한 구절을 예로 들며, 만일 이 시의 내용을 참고한다면 峨眉山은 劍門과 成都 사이에 위치해야 하는데, 그 자신이 奉命使臣으로서 아미산을 향하며 당의 玄宗이 성도로 行幸했던 곳을 지나보니 작품에 등장하는 지명의 위치가 실제와 다르다고 하며 문학적 사실에 충실하지 못한 백낙천의 작가태도를 지적했다.[19] 그런데 익재는 실경을 묘사하는 일이 기법적인 차원에서 대상을 외양 그대로 그려내는 것이라고 생각하지는 않았다. 그는 이 기간에 李白이 지은 「蜀道難」의 "西當太白有鳥道 可以橫絶峨眉巓"의 구절을 상기하며, 太白山은 咸

---

19) 『櫟翁稗說』, 後集 一, 四則.

陽 서남쪽에 있고 아미산이 성도의 동북쪽에 있어 서로의 거리가 멀리 떨어져 있긴 하나 그 지세를 헤아려보면 두 산 사이의 거리가 그렇게 멀지 않으므로 鳥道를 통해서라면 횡단할 수 있을 것이라고 추정하여,[20] 이백이 작품에서 두 산의 지리적인 특징을 시적 상상력을 통해 절묘하게 묘사한 일에 공감을 마다하지 않았다.

한편 이제현은 言外意가 무한한 의취를 유발시키는 표현효과에 주목했다. 그는 이에 대해 "古人之詩 目前寫景 意在言外 言可盡而味不盡"이라고 언급을 하면서 陶潛의 "採菊東籬下 悠然見南山"을 하나의 예로 들었다.[21] 도연명의 시는 서정적 자아가 집의 동쪽 울타리에 핀 국화를 꺾어 그것을 완상하다가 여유로운 심적 상태에서 남산을 바라본다는 의미를 일차적으로 전한다. 동시에 이 시구는 세속으로부터 몸과 마음을 멀리하며 고고한 자세를 유지하려는 시인의 정신을 국화의 고결한 품성에 투사시키는 내용을 함축하고 있으며, 물아일체의 경지에서 담담한 마음으로 남산을 응시하면서 존재사물의 보편적 질서를 관조하는 의미를 연속적으로 전한다. 이렇게 도연명의 작품은 함축과 상징이라는 시적 장치를 통해 본관념을 다원화시킴으로써 그 전달효과를 높인 특징을 갖는다.

일면 이제현은 시인이 독창적인 작품활동을 해야 한다고 강조했다. 그는 "蘇老泉有上歐公書云云之文 非孟子韓子之文 歐陽子之文也 雖詩亦然 使李杜作歐公之詩 未必似之 歐公而作李杜之詩 如優孟抵掌談笑 便可謂眞孫敎也耶"의[22] 관점에서 각 시인이 문장가와 마찬가지로 개성적인 창작활동을 할 수밖에 없는 점을 부각시켰다.

---

20) 위와 같음.
21) 같은 책, 十三則.
22) 같은 책, 二十一則.

　이와 관련하여 익재는 작품의 독창성을 추구하기 위한 방법으로 전고
나 용사를 통한 환골탈태의 시작법에 주목했다. 전고나 용사는 과거의
문헌에 실린 사실이나 전시대 문인의 작품을 이끌어 시인이 전달하려는
의미 내용이나 그 표현적 측면을 강화시키는 창작법이라고 할 수 있다.
그런데 시인이 전고나 용사를 동반하면서 그것을 자신의 정서 속에 융해
시켜 새로운 작품 경지를 마련할 수 있는 시적 역량을 구비한다면, 이
환골탈태법은 개성적인 시세계를 구축하게 만드는 하나의 방안이라고 하
겠다. 이 구체적인 예로서 익재는 月菴長老가 지은 "南來水谷還思母 北
到松京更憶君 七驛兩江驢子小 却嫌行李不如雲"의 시가 王安石의 "將母
邗溝上 留家白苧陰 月明聞杜宇 南北兩關心"의 작품적 분위기를 참고했
으면서도 시의 새로운 경지를 마련한 일을 點化의 차원에서 언급했다.23)
왕안석의 작품은 대상과 괴리된 심적 상태를 그대로 유출시킨 반면 월암
의 작품은 대상을 그리워하는 마음이 간절하여 초탈한 심정으로 길을 떠
나기 어려운 핍진한 상황을 사물에 이입시켜 내면화함으로써, 월암의 작
품이 왕안석의 것보다 차원 높은 시적 경지에 도달하며 개성적인 분위기
를 구축했다고 볼 수 있다. 그런데 이제현이 환골탈태법을 강조한 일은
스스로가 그에 의한 작품활동을 실천한 결과로서 비롯되었다고 보인다.
이런 사실은 李睟光이 익재의 대표작으로 일컬어진 「山中雪夜」에 대해
"此詩盖用李商隱詩 爐烟銷盡寒燈暗 童子開門雪滿松 而語尤佳絶 謂之
靑出於藍 可也"라고24) 하여, 그의 작품이 이상은의 작품을 용사했으면서
도 그보다 더욱 아름답고 절묘한 시어로 재창조되었다는 단평을 통해 입
증할 수 있다.

---

23) 『櫟翁稗說』後集 二, 九則.
24) 『芝峰類說』卷九,「文章部」二,「詩」, 百六十三則.

이와 같이, 이제현은 시인이 유학의 이념을 작품정신으로 구비해야 하며 이를 기반으로 삼아 사물의 품성을 바르게 포착할 것과 언외의의 심미적 가치에 주목할 것을 언급하면서 전고나 용사를 통한 환골탈태법으로 개성적인 작품을 창작할 것을 강조했다. 그런데 이런 그의 문예인식은 華實並存의 내용과 일치한다고 하겠다.

이러한 내용을 참고하며 『조선문학사』에서의 서술 내용을 논의하고자 한다.

연민은 『조선문학사』에서 고려시대의 문학을 「儒·佛思潮의 交媾」, 「武臣亂과 庶民의 抵抗意識」, 「新儒學의 東漸」이란 제목으로 구분한 일과 같이, 고려 후기의 한문학이 성리학이 도입된 국면과 연관을 맺고 전개된다고 보았다. 이 부분에서 그는 이제현의 문학적 면모를 「詩歌」와 「樂府」와 「詩話·批評」의 항목에 걸쳐 서술했는데, 「시가」에서는 다음과 같은 체재로 구성하며 그 논의를 진행했다.

Ⅰ. 작품 측면 : 309~311쪽
1. 가. 「山中雪夜」 인용
　　나. 작가에 대한 간략한 언급과 『東人詩話』에 근거한 작품평
　　다. 해당 작품의 『동인시화』 논평 인용
2. 가. 「黃土店」의 세 번째 작품 인용
　　나. 『동인시화』에 근거한 작품 상황 설명과 작품평
　　다. 해당 작품의 『동인시화』 논평의 부분 인용
3. 가. 「八月十七日放舟向峨眉山」 인용
　　나. 작품평

Ⅱ. 작가 측면 : 311쪽
1. 익재가 충선왕이 중국의 문사들과 함께 시를 짓는 자리에서 그가 지은

        “鷄聲似柳”의 용사처를 밝힘으로써 우리의 문학적 위신을 지켰던 일을
『東人詩話』의 기록으로 인용하며 단평 서술
  2. 朴趾源이 이 일을 시로 읊으며 그를 기린 작품을 인용

Ⅲ. 문학사 측면 : 311~312쪽
  1. 李德懋가 익재의 작품을 직관 비평하며 成俔이 논평한 것과는 대비되게
     그를 우리나라 이천년 이래의 名家로 언급한『淸脾錄』의 내용을 인용
  2. 익재를 우리나라 제일의 대가로 평가

    이러한 Ⅰ·Ⅱ·Ⅲ의 순서로 진행되는 그의 서술은, 익재의 대표적인
작품과 그의 작가적 역량을 드러낼 수 있는 사실을 유기적으로 결합시켜
나가며 보다 큰 층위망의 방향으로 이제현의 문학을 논의하고 이를 바탕
으로 익재의 문학사적 위상을 제시하려는 성격을 갖고 있다. 연민은 이
를 효과적으로 드러내기 위해 그 면모를 객관적으로 확인할 수 있는 역
대 문인의 비평적 안목을 수용하면서 이를 서술의 증거로 삼아 해당 부
분의 논의를 강화시키고, 이를 총괄하여 익재에 대한 전반적인 평가를
내렸다. 곧 위의 내용에서 확인할 수 있듯이, 그의 서술은 과거의 문헌
중에서 가치 있다고 여겨지는 기록과 자료를 선별하여 이를 논의의 좌표
로 삼는 실증주의로 일관하고 있다. 이러한 원인은 그가 “옛사람이 이르
기를 ‘議論은 쉽고, 記事는 어렵다.’라고 하였다. 記事를 本領으로 하는
史는 더욱 그러하다. 조금도 私意가 개재되지 않은 眞實이어야 한다. 그
렇다 해서 史가 결코 記事만으로 이루어질 수는 없다. 자기 나름대로 정
당하고 명확한 理論이 뒤를 따라야 한다.”고[25] 말한 바와 같이, 記事와
議論의 병행을 중시하면서도 述而不作에 기초한 記事의 엄정성을 문학

---

25)「序」, 앞의 책 상, 3쪽.

사 서술의 주임무로 삼았던 서술태도에서 비롯된다.

　이런 측면을 염두에 두고, 위에서 요약된 내용을 구체적으로 살펴보기 위해 이를 작품의 차원으로부터 다루어 보려고 한다.

　　종이 이불이라 찬 기운 감돌고 불등은 침침한데
　　어린 중은 한밤 내내 종을 울리지 않는구나.
　　자던 나그네 일찍 문 연다고 투덜대겠지만
　　암자 앞의 눈에 눌린 소나무 모습은 꼭 보아야겠네.

　　紙被生寒佛燈暗　　　沙彌一夜不鳴鐘
　　應嗔宿客開門早　　　要看庵前雪壓松
　　　「山中雪夜」, 『益齋亂藁』 卷三.

　연민은 이 작품에 대해 "山家 雪夜의 奇趣를 곡진하게 묘사하였다. 한 번 읽으면 독자로 하여금 沆瀣의 차가운 기운이 牙頰 사이에 나게 하는 듯 싶다. 崔瀣는 일찍이 '益齋의 詩法이 이 詩에 모두 갖추어졌다.'라고 高評하였다."고[26] 했다. 그런데 이 설명은, 서거정이 『동인시화』에서 언급한 단평을 수용하거나 그 책에 인용된 최해의 평가를 인용 서술한 것으로서,[27] 역대 문인의 비평 안목에 같은 의견을 보이며 해당 작품의 특징을 집약한 성격을 갖는다.

　「산중설야」는 추위가 온몸을 엄습해 오는 겨울밤에 익재가 어둑한 등불을 바라보거나 그 피사체가 된 상황으로부터 시상이 전개된다. 이와 연결되어 2구는 그가 명료한 의식상태를 지속적으로 유지하는 분위기를

---

26) 「新儒學의 東漸」, 위의 책 상, 309~310쪽.
27) 『東人詩話』 下. "益齋山中雪夜詩……能寫出山家雪夜奇趣　讀之令人沆瀣生牙頰間. 崔拙翁嘗曰　益老平生詩法　盡在此詩"

정진의 시각을 알려주어야 할 동자승이 천진스러운 모습으로 잠자는 정경과 대비시켜 떠올리게 한다. 그러면서 1·2구는 하나의 의미망을 구축하며 추위와 어둠과 적막함에 감싸인 산사만이 지닌 독특한 분위기를 그 배경적 분위기로 그려내면서 통일된 정서를 유지하고 있다. 그런데 종소리를 향한 익재의 기대는 스스로에게 이상적인 삶을 구하려는 또 다른 정신적 지향감을 동반하게 만든다. 그는 이를 불사의 공간 너머에 펼쳐진 자연공간에서 구하려고 한다. 이런 측면과 연결되어, 3구는 잠에 안주하려는 동자승과 대비된 차원에서 자각심을 추구하는 그의 마음가짐을 예상할 수 있는 서로의 관계 상황을 통해 회화적인 분위기로 전한다고 하겠다. 익재의 본의는 마지막 구에 등장한다. 그것은 눈이 소나무를 누를 듯 뒤덮은, 자연사물이 긴장관계로써 상호작용을 하며 극적 조화를 이루는 세계를 조응하려는 내용으로 응집된다. 그는 이런 심적 지향으로서 눈과 소나무가 지닌 순연한 품성과의 일체감이라는 내밀한 분위기를 희고 푸르른 색감의 의상을 통해 심미적으로 형상화하고 있다.

이렇게 본다면, 「산중설야」는 독자에게 상상력을 불러일으키며 산사 주위의 정경을 운치 있게 묘사하면서 그의 정신을 理趣的인 자연의 속성으로써 확대, 심화하려는 내용을 冬平聲의 투명한 음감과 정결함이 감도는 색채어 그리고 긴밀한 시적 구조에 실어 전달한다고 하겠다. 이와 함께 이 시는 유학정신에 기반을 두고 사물의 이성적 가치를 관조하려는 주된 내용을 시적 정황과 긴밀하게 연결시키며 이를 언외의를 통해 실상 전달이라는 차원으로 다원화시키고 있으며 이수광의 논평에서와 같이 이 상은의 시구를 용사하는 중에 독자적인 작품 분위기를 확보함으로써 익재의 문예인식을 종합한 작품 성격을 내재했다는 측면으로부터, 익재 시 작품의 정점에 위치했다고 말할 수 있다.

따라서 이와 같은 작품에 대해 연민은 별도의 논의를 진행하지 않았지만, 華實並存의 작가적 측면을 전제로 삼아 그것이 작품을 통해 구체화된다는 측면에서, 「산중설야」가 '奇趣'를 포착하는 '實'의 시정신과 함께 그것의 '곡진한 묘사' 즉 '華'라는 형상화적 측면을 겸비했다는 측면을 가정해본다면, 그의 단평은 최해·서거정과 더불어 동심원을 그려나가며 주목할 점을 제공한다.

창자 속에서 얼음과 불똥 한데 뒤섞여대니
한번 燕山을 바라볼 뿐 여러번 탄식이 이어지누나.
누가 노래했던가 고래가 개미 때문에 곤란을 겪게 되었던 일을
가련하구나 이란 놈이 청개구리에게 하소연하는 꼴이
조짐 막을 재주가 없어 얼굴만 붉어지고
엎어짐 떠받들 책임 중하나 귀밑머리는 희어졌어라.
하지만 만고에 金縢冊 남아 있으니
叔氏들이 주나라 그르치는 일 허용치 못하리.

寸腸氷炭亂交加　　　一望燕山九起嗟
誰謂鱣鯨困螻蟻　　　可憐蟣虱訴蝦蟆
才微杜漸顔宜赭　　　責重扶顚髮已華
萬古金縢遺冊在　　　未容羣叔誤周家
　　「黃土店」其三, 위의 책 卷二.

이 시는 익재가, 1320년에 충선왕을 우대하던 원의 仁宗이 죽게 되자 그 정치 변화의 흐름을 타고 附元派인 任白顔禿古思가 원나라 英宗의 측근에게 뇌물을 주며 정치적 대립관계에 있던 충선왕을 무고한 일이 계기가 되어 그 해 12월에 충선왕이 撒思詰로 귀양을 가게 되었다는 소식을 듣고, 민족적 울분을 토로하며 지은 작품의 하나이다. 이에 이 시에서

다루어진 사건은 당시의 고려 왕권이 어느 정도로 약화되었는가를 극명하게 알려준다고 할 수 있다.

이제현은 가슴 속 가득히 절망과 분노가 일고 있는 정황을 얼음과 불똥의 차갑고 뜨거운 이미지로 表現한 다음 그런 정서상태이기 때문에 연경 방향을 응시할 때 자주 절망감이 일고 있는 모습을 수량감으로 구체화시키는 중에 그의 고조된 심정을 서술에 가까운 시어로 드러내고 있다. 이어 賈誼의 「弔屈原賦」의 시구를 현실 상황에 알맞게 변화시켜, 고래와 개미의 대비적 속성으로 군왕인 충선왕이 宦者에 불과한 임백안독고사의 참소로 말미암아 곤경에 처한 일을 탄식하고 있으며, 이와 청개구리의 열등한 동물적 의상을 동반하며 임백안독고사가 영종에게 충선왕을 무고했던 사실과 영종이 그의 말에 귀를 기울였던 일을 상징적으로 비판하고 있다. 이어서 이런 현실의 문제에 대해 신하로서의 자책감을 토로한 다음 앞으로도 충선왕을 올바로 보필하기 위하여 그에게 부과된 책임이 막중한데도 대내외 정치에 참여하다보니 어느 사이에 노쇠하게 된 자신의 처지를 대구의 표현으로 한탄하고 있다. 그럼에도 불구하고 익재는 역사가 진실의 편에 서서 진행되었다는 관점에서, 周公이 그의 형인 管叔·蔡叔으로부터 왕위를 탐낸다는 무고를 당했으나 成王이 金縢의 상자에서 주공이 武王의 병을 대신하여 자신을 죽게 해달라고 신명께 기도한 글을 발견하고 그에게서 의심을 풀었던 일을 전고로 하여, 임백안독고사를 포함한 그의 추종자들이 책동을 부리더라도 정통의 위치에 있는 충선왕의 신변이 안전하게 될 것이라는 확신감을 전하고 있다.

이와 같은 내용을 참고할 때, 이 작품은 익재의 절절한 우국충정의 마음이 특히 周公의 전고를 통해 정의로운 역사의 전망을 기대하는 작품정신으로 확대됨으로써 편향된 정서에 흐르기 쉬운 시적 상황을 극복한 측면이 주목되며, 이런 분위기가 '氷·炭'의 촉각적 의상, '一·九'의 숫자감 대비, '鱣鯨·螻蟻·蟣虱'인 인물의 상징적 기법, '顔赭·髮華'인 자기 마음과 모습의 구체화 등과 서로 교섭하며 입체적으로 형상화되었다고 할 수 있다.

이렇게 본다면, 『조선문학사』에서의 "실로 忠憤이 藹然한 작품이다."라는28) 언급은 『동인시화』의 "忠憤藹然"이란 서거정의 논평을 수용한 것으로서, '實'의 '忠憤'이 시의 전반에 걸쳐 어떤 분위기를 형성하는가의 문제에 비중을 두고 「황토점」을 평가한 내용이라고 하겠다.

금강 강물결 위로 흰구름 둥실 뜬 이 가을
「驪駒」 노래 흥얼거리며 주루에서 내려온다.
한 조각 붉은 깃발은 바람에 번뜩번뜩
몇 마디 소리내는 노는 물에서 유유히 움직이네.
비는 추운 송아지 재촉해 생선가게로 돌아가게 하고
물결은 날랜 갈매기 보내어 나그네 배 주위로 다가오게 만드누나.
그 누가 일렀던가 서생들 대부분 불우하다고
나랏일마다 맑은 놀이를 마음껏 즐길 수 있는데.

錦江江上白雲秋	唱徹驪駒下酒樓
一片紅旂風閃閃	數聲柔櫓水悠悠
雨催寒犢歸漁店	波送輕鷗近客舟
孰謂書生多不偶	每因王事飽淸遊

「八月十七日放舟向峨眉山」, 위의 책 卷一.

이 작품은 익재가 1316년에 봉명사신으로 아미산에 제사를 지내기 위

---

28) 「新儒學의 東漸」, 앞의 책 上, 310쪽.

해서 먼 길을 가는 도중에 지은 시이다. 1구는 먼저 그가 연경으로부터
얼마만큼 멀리 떨어진 위치에 있는가 하는 사실을 알려준다. 그는 岐山
남쪽을 지나 大山關을 넘어서 褒城驛을 거쳐 棧道를 가로지른 다음 劍
門으로 들어가 成都에 이르렀다. 금강은 이 성도 부근에 위치한다. 이런
힘든 여정에도 불구하고, 그는 금강의 드넓은 물결과 순백의 구름이 어
우러지며 펼쳐내는 가을의 정취감을 평화로운 분위기로 묘사하며 만끽하
고 있다. 이와 연결되어 2구에서는 가을의 계절감과 헤어짐의 공간인 강
의 소재적 분위기에 적합하게 이별의 노래를 술로 고조시킨 흥취감에 실
어 부르다가, 그 정서상태를 잠시 정지시키고 배에 올라 다음 예정지로
향하려는 상황을 전한다. 2구와 3구의 행간에는 그런 과정을 암시하고
있다. 이어서 그는 뱃전의 깃발이 바람을 타고 나부끼는 모습과 한가하
게 움직이는 노 주위로 조용히 파문을 일으키며 흐르는 강물을 동·정의
대비적 의상을 동반하며 그려낸다. 이 정경은 시적 자아의 흥겨우면서도
유연한 정서상태와 등가의 가치를 지닌다. 특히 '閃閃'과 '悠悠'는 이 시
에 리듬감을 고조시키면서 대구로 이루어진 시적 구조에 탄력을 부여한
다. 이 상황에서 그는 또 하나의 정경과 조우한다. 그는 5·6구에서 한
사물이 다른 사물에게 어떤 작용을 하는가라는 인식의 문제를 포함시키
며 이를 實景의 차원으로 형상화하고 있다. 그런 다음 그는 이제까지 진
행된 사물과의 교융적 성격을 총괄하여 '淸遊'인 자기정신을 정화하는
계기로 가치화함으로써, 공적인 임무를 수행하기 위해 동반되는 긴 여정
의 힘겨움을 늠연한 의지감 속에서 승화시키고 있다. 그러므로 이 시는
여정의 길목에서 바라본 대상을 단순히 여행자의 측면에서 묘사했다기보
다 그것이 자신의 심적 체계에 어떤 의미를 부여하는가 하는 차원에서
노래되었다면, 1구에서 6구까지 전개된 정경 묘사는 '淸遊'의 실제적인

속성을 대상화한 것이라고 하겠다.

이 「팔월십칠일방주향아미산」에 대해 연민은 "王事를 위하여 萬里 異域을 跋涉하는 途中에 가을과 이별과 船上과 雨中 그 모든 것이 恨이요, 슬픔임에도 불구하고 여유 있게 書生의 淸遊로 자위하였다."고[29] 하며, 위의 두 작품에 대한 서술과는 다르게 자신의 견해를 전개했다. 이는 익재가 사신의 임무를 띠고 면길을 가는 작품 상황을 강조하며 1구에서 6구까지의 정서감이 편향된 성격일 수 있다는 점을 조건 명제로 내세우고, 익재 스스로 슬픔 어린 정경과 거리감을 조성하여 '淸遊'로 의미화하면서 자신의 마음을 순화시켰다는 언급으로 이해된다. 이렇게 본다면, 王事를 위한 힘든 여행길을 그 자신이 극복한 작품정신이 '實'의 속성으로 설명될 수 있다. 그러면서 한편으로 1구 - 6구의 정경은, 시의 전반적인 분위기와 연결지어 볼 때, 그의 안정감 어린 정서상태가 사물에 이입되었다는 측면에서 그 '實'을 '華'에 담은, '淸遊'의 실제 내용이 균형감 있게 형상화된 것으로 이해되어야 하지 않을까 한다. 나아가 그가 작품에 등장된 대상들과 교융하며 정화된 차원에서 일체감을 조성하려는 그의 대사물의식은 나라를 위해 '王事'의 공적인 임무를 '淸遊'의 계기로 여기는 그의 작품정신과 함께 '實'의 발현으로 설명되는 부분을 요구한다고 볼 수 있다.

『조선문학사』에서 선별된 위의 작품들은 일정한 성격을 지니고 있다. 그것은 편향되기 쉬운 시적 정황을 익재 스스로 정신적 확장을 통해 극복하며 대상을 관조하거나 궁핍한 사회 속에서 고난을 마다하지 않던 행동적 지식인으로서 역사의 전망을 추구했던 면모가 여러 시적 의장을 동반하며 형상화되었다는 점이다. 연민은 이제현의 이런 면모를 작품 인용의

---

29) 위와 같음, 310~311쪽.

‘보여주기’ 방식으로 독자에게 제시하고 서술을 집약화하면서 그 내부에 흐르는 작품의 생명력을 우리 모두가 불러일으킬 것을 일깨우고 있다.

이러한 개별 작품의 논의에 이어『조선문학사』에서는 이제현의 大文章家다운 작가적 측면을『동인시화』의 기록으로 증거를 삼아 인용했다.『동인시화』에 기록된 내용을 소개하면 다음과 같다.

충선왕이 원나라에 萬卷堂을 짓고 그 곳에서 閻復·姚燧·趙孟頫 등의 문사들과 교유하는 중에 하루는 “鷄聲恰似門前柳”의 시구를 지었는데, 그들이 그 표현의 출처를 물었을 때, 충선왕은 대답하지 못했다. 익재가 그의 곁에 있다가 곧바로 우리나라 시의 “屋頭初日金鷄唱 恰似垂楊裊裊長”을 예로 들며 닭소리의 유연함으로 버들가지의 가볍고 가느다란 속성에 비유한 표현이라고 설명한 다음 충선왕이 이 표현법을 수용하여 작품을 지었다고 했다. 그는 다시 韓愈의「琴詩」에 표현된 “浮雲柳絮無根蔕”를 들어 과거 문인들이 소리의 속성을 버드나무 가지에 비유한 일을 알림으로써, 함께 자리한 사람들이 감탄하며 그에 대한 칭찬을 마지 않았다.30)

서거정은 이 사실을 용사의 출처가 분명해야 한다는 시작법의 일례로 들면서 충선왕의 작품은 익재의 도움이 없었다면 안목 있는 비평가의 날카로운 비난을 면하지 못하여 괴로움을 당했을 것이라는 논평을 했다.31) 그런데 연민은『동인시화』의 해당 부분을 인용하면서 “益齋는 또

---

30)『東人詩話』卷上. “高麗忠宣王入元朝 開萬卷堂 學士閻復姚燧趙子昂 皆遊王門 一日王占一聯云 鷄聲恰似門前柳 諸學士問用事來處 王默然. 益齋文忠公 從傍卽解曰 吾東人詩 有屋頭初日金鷄唱 恰似垂楊裊裊長 以鷄聲之軟 比柳條之輕織 我殿下之句 用是意也 且韓退之琴詩曰 浮雲柳絮無根蔕 卽古人之於聲音 亦有以柳絮比之者矣 滿座稱嘆”

31) 위와 같음. “凡詩用事 當有來處 苟出己意 語雖工 未免砭者之譏……忠宣詩 苟無益老之救 則幾窘於砭者之鋒矣”

國際的인 交驩을 위하여 詩賦의 唱酬에 敏妙하게 臨機應變하였다.”
고[32] 하며, 익재가 충선왕의 用事處를 밝힌 일을 고려와 원의 문화 교
류를 증진시키는 차원에서 평가했다. 이는 위에서 소개한 내용 중에 충
선왕과 원의 문사들이 교유한 사실에 초점을 맞추고 그의 문학행위를
국가관계의 문화적 차원에서 가치화한 내용이다. 그런데 익재의 이런 면
모는 한 작가의 문학체계나 그에 대한 평가 그리고 그가 속한 시대적
의미와 연결지어 논의할 수도 있다. 구체적으로 말한다면, 위의 상황에
서 익재가 기민하게 대처할 수 있었던 것은 전고나 용사를 통한 환골탈
태법으로 개성적인 작품을 창조할 것을 강조한 문예의식과 함께 앞의
인용된 시작품에서 확인되듯이 전고와 용사를 동반하여 시의 전달 효과
를 높이려고 한 그의 표현태도와 유기성을 갖고 있다. 이와 더불어 익재
의 이런 면모는, 충선왕이 지은 시구의 용사처에 대해 기민하게 우리나
라와 중국의 작품을 예로 들음으로써 원나라 문사들이 ‘滿座稱歎’의 반
응을 했던 것과 같이, 그 스스로의 작가적 역량을 중국인들에게까지 확
인하게 만들면서 우리나라의 문학적 역량을 과시하는 계기를 마련했다
고 볼 수 있다.

이런 논의와 연결되어, 『조선문학사』에서는 박지원이 지은 “金屋鷄聲
似柳長. 陪臣牙頰至今香 蘆溝曉月涓涓在 誰識瀋王萬卷堂”으로,[33] 익재
의 이러한 작가적 면모가 후세의 문인에게 일정한 작품 동기를 부여하며
어떻게 그의 문학적 역량을 지속하면서 기림을 받았는가 하는 내용을 환
기시켰다. 이 시는 申緯가 우리나라 한시를 대표하는 51인의 작가·작품
세계를 조명하며 “虞趙諸公共漸摩 獨吳萬里壯經過 文章爾雅陶鎔化 功

---

32) 「新儒學의 東漸」, 앞의 책 상, 311쪽.
33) 『燕巖集』卷四, 「映帶亭雜咏」, 「絶句四首」其三.

利于今儘覺多"라고 한,34) 華實並存을 구비한 익재의 면모를 예찬하며 그의 문학적 업적이 조선후기의 문단에까지 영향을 준 일을 밝힌 「東人論詩絶句三十五首」와 함께 중요한 자료적 가치를 갖는다고 할 수 있다.

일면 개별 작품과 연결지어 작가의 대표적인 역량을 드러낼 수 있는 사실을 배치하고 다시 이를 익재를 예찬한 후대 문인의 작품과 함께 묶어나가는 연민의 서술은 그의 문학사적 좌표를 설정하려는 의도를 내재하고 있다. 그는 이 부분에서 다시 한번 실증주의 태도를 견지했다. 이덕무는, 당시 문단을 대표하는 이들이 朴誾을 詩宗으로 여기거나 시대를 거슬러 올라가 金宗直을 제일인자로 평가하는 분위기에서, 익재의 문집을 읽고는 그가 단연코 이천년 이래의 名家라고 확신했다. 이어 雅亭은 익재의 시가 華艶·韶雅하여 우리나라의 편향된 작품 분위기에서 벗어난 측면을 주목하며 그와 비교될 수 있는 경지의 중국 문인들과 견주는 발언을 한 뒤에 성현의 "益齋老健 而不能藻"라는 말을 반박하면서 그의 표현적 역량 또한 높이 평가를 하였다.35) 『조선문학사』에서는 이런 이덕무의 논평을 판단의 자료로 삼아 "益齋는 다만 二千年 名家 뿐 아니라 몇 千年 이래 第一의 大家"라고 하며, 그를 우리 한시문학의 대표자로서 평가했다. 그런데 연민의 이러한 서술은 이덕무와 함께 金澤榮이 익재에 대해 언급한 단평과36) 지속감을 가지며 문학사의 측면에서 이제현의 작품·작가의 탁월한 면모를 재확인시키려는 성격을 갖는다고 하겠다.

---

34) 『警修堂全藁』卷四十八,「東人論詩絶句三十五首」其二.
35) 『青莊館全書』卷三十四,『清脾錄』卷三,「李益齋」. "詞林鉅公　每推挹翠軒爲詩宗　遡而上之　推佔畢齋爲第一　余嘗讀益齋集　斷然以益齋詩　爲二千年來東方名家　其詩華艶韶雅　快脫東方僻滯之習　雖在中原　優入虞楊范揭之室　成慵齋所謂益齋老健而不能藻者　非鐵論也. 以益齋而不能藻　何者果能藻乎"
36) 『韶濩堂集』文集　卷八,「雜言」六. "李益齋之詩　以工妙清俊　萬象具備　爲朝鮮三千年之第一大家　是以正宗而雄者也"

한편 이와 유기성을 지니며 『조선문학사』에서는 「악부」부분에서도 이제현이 대문학가다운 역량을 지닌 작가라는 논의를 지속하고 있다. 연민은 익재의 詞 작품인 「將之成都」·「平沙落雁」·「朴淵瀑布」를 인용하며, 그가 우리나라 역대 문인 중에 유일하게 長短句의 이름으로 詞를 詩·賦 등과 갈래 구분을 짓는 가운데 그것을 창작하기 위해 요구되는 한문학의 능력을 갖추었다고 하면서 "益齋는 다만 '詩'에 있어서 우리나라 몇 千年 이래 第一大家일 뿐 아니라 '詞'에 있어서도 空前絶後의 존재로서 그에게서 완성되었고 그에게서 끝을 맺었다고 할 수 있다."라는[37] 평가를 내렸다. 이와 함께 그는 익재의 「小樂府」를 「俗樂」에 배치시키고 그 작품을 제시하며 서거정이 익재의 악부 작품을 높이 평가한 내용을[38] 증거로 삼아, 「소악부」 또한 뛰어난 문학적 역량을 구비한 익재의 면모를 드러내는 측면과 연결짓고자 했다. 익재의 「소악부」는 민요에 내재한 민중들의 의식과 정서를 우리의 소중한 문학적 유산으로 인식하며 이를 기록문학으로 정착시켰다는 점과 그 전통이 閔思平과 申緯에게로 지속되었다는 측면에서 중요한 문학사적 가치를 지닌 작품이라고 할 수 있다.

이러한 개별 갈래의 논의와 연결감을 가지며 연민은 「신유학의 동점」의 「결언」부분에서 고려 후기의 문학세계를 조감하는 가운데 위에서 다룬 내용들을 종합하여 다시 한번 이제현을 동시대와 함께 우리 문학을 대표하는 작가로서 서술했다.

---

37) 「新儒學의 東漸」, 앞의 책 상, 323쪽.
38) 『東人詩話』 卷上. "樂府字字句句 皆協音律 古之能詩者 尙難之 陳后山楊誠齋 皆以謂蘇子瞻樂詞雖工 要非本色語 況不及東坡者乎 吾東方語音 與中國不同 李相國 李大諫猊山牧隱 皆以雄文大手 未嘗措手 唯益齋備述衆體 法度森嚴 先生北學中原 師友淵源 必有所得者 近世學者不學音律 先作樂府 欲爲東坡所不能 其爲誠齋后山之罪人明矣" 그런데 이 내용은 익재의 詞에 대한 평가로서 이해된다.

　　高麗 後期에 이르러 辭賦文學은 中期에 비하여 退潮하였고, 詩歌 또한 全
般的으로 볼 때 별로 前進한 것이 없으나 다만 李齊賢 같은 이가 탄생하여
詩·詞·俗樂 등 諸體에 있어서 우리나라 五千年 역사 중에서 第一의 大家
로 떠올랐다.39)

　　그런데 『조선문학사』에서의 익재에 대한 이러한 문학사적 평가는 먼
저 華實並存의 측면에서 보다 심도 있는 설명이 요구된다고 하겠다. 이
는 가치 판단의 내용 부분에서 그러한 평가를 내리게 하는 역동적인 요
소들이 객관적인 논의를 통해 사실 판단의 차원으로 선명하게 이해되거
나 확인되지 않기 때문이다. 이와 더불어 이러한 평가는 체계화된 민족
문학의 이론에 기반을 두고 익재의 작품이 우리 문학의 유기적인 역사
속에서 어떤 작용을 하며 그 생명력을 유지하고 또한 어떤 차원에서 우
리 문학의 전통을 구축하며 그 사적 가치를 획득하는가 하는 문제를 객
관적인 내용으로 제시할 것을 요구한다고 말할 수 있다.

3. 맺음말

　　연민 선생은 여러 문헌을 두루 섭렵하며 이를 국문학사의 자료로 삼
고, 이 토대 위에서 고증 중심의 記事를 우선으로 여기며 議論을 펼쳤던
『조선문학사』를 통해, 주로 한문학 분야에 해당되는 일이지만, 온당하지
못하게 알려진 문학적 사실을 바로 잡고, 소홀하게 다루어진 옛 국가와
시대의 작품을 제시했으며, 일련의 작품과 작가에 대해 재평가를 내렸다.
무엇보다 그는 이제까지 알려지지 않은 한문학의 많은 작품과 작가를 발

---

39) 「新儒學의 東漸」, 앞의 책 상, 341~342쪽.

굴해내어, 우리 문학의 풍요로운 모습을 더욱 선명하게 보여주면서 그에 대한 연구의 필요성을 환기시켰다.

이 글은 華實並存과 연결감을 지니며 『조선문학사』 상책 중에서 우리나라의 으뜸된 시인으로 평가한 이제현의 한시문학을 대상으로 삼아, 그 작품과 작가적 논의 그리고 문학사적 위상에 대한 서술을 검토하였다. 연민은 유학의 전통적인 가치관에 기반을 두고, 사물·인간·사회·역사에 대한 참된 작가정신과 문예적 아름다움이 균형된 정서로서 객관화되는 작품과 함께 그 문학행위를 중시했다. 이를 바탕으로, 그는 작품·작가 순의 보다 큰 층위망의 방향으로 이제현의 문학을 논의하며 문학사적 평가를 내렸다. 이에는 익재의 문학적 실천력이 그 사회와 역사에 어떤 비중과 가치를 가지는가의 문제까지를 포함한다고 하겠다. 이런 서술 내용을 객관화하기 위해 그는 실증주의 태도를 견지했다. 이 실증주의는, 『조선문학사』의 서술 전체의 면모까지를 염두에 둘 때, 갈래 발생의 문학사적 요인과 그 전통 관계, 갈래와 갈래 사이의 성격 규명, 작품의 분석적 설명, 우리 문학의 이론 제시 등의 문제에 대해 보다 깊이 있는 논의를 요구한다고 볼 수 있다.

우리 문학사는 우리가 발 딛고 서있는 현재의 관점에서 씌어진다. 이렇게 본다면, 우리 문학사 서술은 오늘의 시각에서 지난 작품과 작가를 대상으로 그 안에 흐르는 문학사적 생명력을 재조명함으로써, 무엇보다 미래에 전개될 우리 문학의 보다 나은 방향을 제시하는 일에 기여해야 한다고 말할 수 있다. 연민은 『조선문학사』를 통해서 이러한 문제에 대해 우리 모두가 활발하게 참여하여 함께 모색할 것을 일깨우고 있다.

李奎報의 和白詩 연구

1. 머리말

　고려시대는 집권적인 봉건사회가 형성된 시기였다. 특히 이 시대의 사회 구성원리는 소수지배층이 다수의 피지배층을 지배하는 신분제 관료사회였다. 이런 사회적 분위기 속에서 지배층의 이념인 儒家思想은 곧바로 정치이념이 되었으며, 지식계층은 과거제도를 통해 관리로 등용되어 국가의 정책을 결정하고 시행했다. 과거제도의 실시는 사대부들로 하여금 당시의 문화적 관습상 중국의 문헌에 관심을 집중시켜 漢籍의 독서 인구를 증가시켰으며, 당시의 문학 가운데 한문학이 발달했던 측면과 유기성을 맺고 있다.

　白雲 李奎報(1168~1241)는 고려시대를 대표할 만한 文士로 평가되고 있다. 그는 문신집권기에 정치일선에 참여해서 治道의 이념을 실천하고자 했으며 蒙古의 침입시에는 經國의 문장으로 書表와 文獎을 작성하여 나라의 사직을 지켰던 정치가였다. 더욱이 그는 평생에 8000여 수의 시를 지었던 천성의 시인이었고, 「麴先生傳」과 「淸江使者玄夫傳」을 약관의 나이에 이루었던 소설가였으며, 한국비평사에 있어서 林椿과 더불어 「氣」 중심의 문학이론을 처음으로 전개했던 평론가이기도 했다.

이규보는 시창작의 원리로서 文飾의 화려함만을 추구하는 기교 중심의 문학행위를 경계하며 작품은 개성적이고 내용이 상징적·압축적으로 전달되어야 한다고 강조했다.1) 이러한 시론에 바탕을 두고 작품활동을 한 결과, 그는 당시의 문인들로부터 독창적인 작품세계를 구축한 탁월한 시인으로서 평가를 받았다.2) 그러면서도 그는 당시의 문학적 관습상 중국의 고전과 문인으로부터 그 정신적·미적 요소를 수용하여 자신의 삶과 문학의 세계를 확대·심화시키려고 했다. 이규보는 특히『詩經』의 시정신을 중시하였고 陶淵明의 달관된 삶의 태도와 자연스러운 시풍을 기렸으며 李白·杜甫·蘇軾·梅堯臣과 함께 白居易를 규범적인 작가로 여겼다.3) 따라서 그는 "어떤 특정의 문학적 전통 안에서 활동하며 그 전통적 산물의"4) 제요소를 개성적인 작품의 창작을 위해 응용했다고 할 수 있다.

　이런 측면을 염두에 두면서 이 글은 이규보가 백거이의 작품에 和韻했던 사실을 논의의 대상으로 삼고 그 구체적인 내용을 살펴보려고 한다.5) 이러한 논의를 진행하기 위해 먼저 이규보는 작가적 태도에서 백거

---

1) 『東國李相國集』, 前集 卷二十二, 「論詩中微旨略言」. "夫詩以意爲主 設意尤難 綴辭次之. 意亦以氣爲主 由氣之優劣 乃有深淺耳. 然氣本乎天 不可學得 故氣之劣者 以雕文爲工 未嘗以意爲先也. 蓋雕鏤其文 丹靑其句 信麗矣. 然中無含蓄深厚之意 則初若可翫 至再嚼 則味已窮矣."

2) 崔滋, 『補閑集』, 卷中. "今之詩人評曰 兪文安公升旦 語勁意淳 用事精簡 金貞肅公仁鏡 凡使字必欲淸新 故每出一篇 動驚時俗 李文順公奎報 氣壯辭雄 創意新奇." 또한 같은 책, 같은 권. "文順公家集已行於世 觀其詩文 如日月不足擧… 公自妙齡 走筆皆創出新意 吐辭漸多 騁氣益壯 雖入於聲律繩墨中 細琢巧構猶豪肆奇峭. 然以公爲天才後邁者 非謂對律. 盖以古調長篇强韻險題中 縱意奔放 一掃百紙 皆不踐襲古人 卓然天成也."

3) 拙稿, 「李奎報의 詩硏究」, 연대 석사논문, 1982, 36~38쪽.

4) 울리히 바이스슈타인, 이유영 옮김, 『비교문학론』, 홍성사, 1981, 47쪽.

5) 이규보에 대한 연구는 그 연구사를 논의할 수 있을 만큼 다양한 관점에서 진행되었다. 그러나 이규보의 작품이 중국 문인의 작품과 연관을 맺고 논의된 글로서는 崔次鎬, 「李白이 李奎報의 文學에 미친 影響」(연대 교육대학원 석사논문, 1975)과 李

이의 어떤 점에 주목했는지를 살펴보고 이를 바탕으로 백거이의 작품에
和韻을 했던 이규보의 시는 어떤 양상을 띠고 있으며 그 문학적 의미는
어떻게 논의될 수 있는가 하는 점을 두 시인의 작품을 비교·대비하면서
살펴보려고 한다.

2. 예비 탐색

이규보는 작가태도의 측면에서 백거이와 동질적인 요소를 발견하고자
했다. 백거이는 「今日北窓下 自問何所爲 欣然得三友 三友者爲誰 琴罷
輒擧酒 酒罷輒吟詩 三友遞相引 循環無已時」와6) 같이 시와 술과 거문고
를 벗삼고, 초탈한 자세로 관조적인 삶의 태도를 유지하려고 했다. 이규
보 또한 시와 술과 거문고를 즐기며7) 스스로 '三酷好先生'이라고 했다.
따라서 이규보의 '三酷好先生'은 자기규정의 범주를 백거이와 일치시켜
自號한 것이라고 할 수 있다. 이규보가 자기동일성의 계측 대상으로서
中唐의 대시인인 백거이를 선택했다면, 이는 자기의 존재성을 백거이와
일치시켜 이상적 자아에 이르고자 하는 의식작용으로 볼 수 있다.

이규보는 또한 백거이를 규범적인 작가로 평가했다. 그는 "我有一愛子
其名曰三百 將興指李宗 來入驚姜夕 爾生骨角奇 眼爛面復晳 磊落三學

錫浩, 「李白이 高麗 李奎報에게 미친 影響」(「轉移와 受容」, 學文社, 1986)을 들 수
있다. 한편 백거이와의 관련을 부분적으로 밝힌 글은 여러 편이 있으나 작품 분석
을 통해 그 구체적인 내용을 언급한 글은 발견되지 않고 있다.

6) 『白居易集』, 卷二十九, 里仁書局, 民國 六十九年, 665~666쪽.

7) 예를들면 『東國李相國集』, 後集 卷一, 「詩樂」의 작품과 前集 卷三의 「草堂三詠」
가운데 「素琴」을 들 수 있다.

士 作爾湯餅客 綴詩賀弄璋 詞韻鏘金石 願汝類其人 才名轢元白"이라는8) 시를 지어 태어난 아들을 축하해주는 가운데 잔치에 참석한 吳世文·鄭文甲·兪瑞廷 세벗의 詩才를 기리는 한편 아들이 시인으로서의 명망을 얻기 바라면서 그의 才名이 元稹과 白居易보다 뛰어나기를 기대했다. 그리고 그는 『白樂天集』을 읽고서 "白公詩 讀不滯口 其辭平澹和易 意若對面諄諄詳告者 雖不見當時事 想親覿之也 是亦一家體也. 古之人 或以白公詩 頗涉淺近 有以囁嚅翁目之者 此必詩人相輕之說耳 何必爾也. 其若琵琶行長恨歌 當時已盛行傳華夷 至於樂工倡妓 以不學此歌行爲趾 若涉近之辭 能至是耶. 嗚呼. 凡議議樂天者 皆不知樂天者也."라고9) 하여 평이한 시어와 뛰어난 리듬감 그리고 의미전달의 명확성과 함께 작품의 대중성을 확보한 백거이의 작가적 역량을 높이 평가하기도 했다.

그리고 이규보는 작품을 창작하는데 백거이의 작품을 일정한 동기로 삼기도 했다. 이규보는 26세(1193년) 때 불멸의 장편 서사시 「東明王篇」을 지었는데, 그는 민중에게 구전되어오던 주몽신화를 황당하고 기괴스러운 내용으로 보지 않고 신성성의 관점에서 동명왕의 사적을 되찾아 우리 문학사에 커다란 기여를 했다. 그런데 이규보는 현실주의적 합리성을 추구하는 儒者로서 幻과 鬼의 내용을 지닌 주몽신화를 재창작하려는 논리적 근거로 작품의 서문에서 "按唐玄宗本紀楊貴妃傳 幷無方士升天入之事 唯詩人白樂天 恐其事淪沒 作歌以志之. 彼實荒溪奇鋌之事 猶且詠之以示干後 矧東明之事 非以變化神異 眩惑衆目 乃實創國之神迹則此而不迹 後將何觀. 是用作詩以記之 欲使夫天下 知我國本聖人之都耳"라

---

8) 위의 책, 前集 卷六, 「憶二兒二首」 其二.
9) 같은 책, 後集 卷十一, 「書白樂天集後」.

고[10] 하여, 「唐玄宗本紀」과 「楊貴妃傳」에 方士가 하늘에 오르고 땅에 들어갔다는 내용이 없음에도 불구하고 백거이의 「長恨歌」을 통해 그 사실이 후세에까지 전해지고 있음을 예로 들며 創國神述의 동명왕 사적이야말로 문자로 기록되어 우리 민족에게 영원히 전해져야 할 것을 강조했다. 더욱이 그는 민족적인 차원에서 『魏書』와 『通典』의 기록에 주몽신화에 대한 내용이 간략하게 다루어졌음을 비판하고 우리나라가 본래 聖人之國임을 천하에 알리려는 자주의식을 앞세우기도 했다. 따라서 백거이의 「長恨歌」는 「東明王篇」의 창작에 그 논리적 근거를 제공 했으며, 이규보는 이를 바탕으로 구전되던 주몽신화를 五言古詩의 형식으로 재창작함으로써 민족에 대한 그의 역사정신을 보여주었고 우리에게 귀중한 문학적 자료를 남겼다고 하겠다.

이렇게 이규보는 인격적인 측면에서 또한 규범이 되는 작가로서 그리고 창작의 근거로서 백거이의 삶의 태도와 문학세계에 주목했다.

특히 『東國李相國集』에는 백거이의 시에 和韻한 작품이 33수가 수록되었다. 다른 사람이 지은 시에 和應을 하면서 그 原韻을 사용하는 것이 和韻이다. 和韻에는 依韻·次韻·用韻의 세 가지가 있다. 依韻은 原詩와 같은 韻 가운데 있는 글자를 사용하여 작품을 짓는 것이어서 반드시 原詩의 글자를 사용할 필요는 없다. 次韻은 원래 작품의 韻字를 순서대로 따라서 짓는 방법이다. 그리고 用韻은 原詩의 韻字를 따르기는 하지만 반드시 그 순서를 따를 필요없이 시를 짓는 것이다.[11] 和韻의 기원은 舜과 皐陶의 「賡載之歌」에서 비롯되었다고는 하지만, 隋·唐 이

---

10) 같은 책, 前集 卷三, 「東明王篇序」.
11) 徐師曾, 『詩體明辨』, 廣文書局, 1972, 1039쪽. "按和韻詩 有三體 一曰 依韻 謂同在一韻中 而不必用其字也二曰 次韻 謂和其原韻 而先後次第皆因之也 三曰 用韻 謂有其韻 而先後不必次也."

전의 唱和는 내용상 應酬에 그쳐 和詩이지 和韻이라고 할 수는 없다. 和韻의 濫觴을 魏에서 찾기도 한다. 「洛陽伽藍記」에는 玉蕭의 전처인 謝氏와 후처인 魏의 공주가 「絲」와 「時」의 글자로써 和答한 내용이 기록되었다. 또한 梁代에는 「讀文章緣起」에 그리고 陳代에는 婉察의 「遊明慶寺詩」에 和韻·用韻한 사실이 기록되었다.[12] 和韻은 당 이후에 성행하였으며 백거이와 원진이 그 작시법을 발전시켰다. 백거이의 문집에는 「和答詩十首」가[13] 실려 있는데, 이는 원진이 江陵府에 士曹參軍으로 좌천되었을 때, 長安을 출발하여 江陵에 도착하기까지 보름간에 지은 17수의 시에 화답한 것이다. 「和答詩十首」는 「和思歸樂」을 제외하고 원진이 지은 작품의 순서를 따르고 있지 않으며, 짧게는 28句 140言의 작품으로부터 길게는 80句 400言에 이르기까지의 장단형이 있기는 하지만 원진의 작품보다 그 폭이 크지 않다. 또한 백거이가 杭州刺史였고 원진이 浙東觀察使를 역임했을 때 백거이가 원진의 작품에 화답한 시는 17수나 되었다.[14] 이 和韻法은 皮日休와 陸龜蒙에 와서 그 체가 완성되었다고 하겠다.

다른 시인의 韻을 기준으로 작품을 짓는다면 그 작품은 原詩와 유사한 내용을 갖게 되거나 "시행의 결합수단으로서 그리고 시행의 대응관계를 나타내는 수단으로서 중요한 역할을 하는"[15] 韻의 자유로운 선택에 제한을 받게 된다. 그러나 이런 한계에도 불구하고 和韻法이 오랜 세월에 걸쳐 한시문학의 창작방법으로서 그 생명을 유지할 수 있었던 이유는

---

12) 近藤 杢, 『中國學藝大辭典』, 有明書房, 昭和 四十四年, 1441쪽.

13) 『白居易集』 卷二, 39~47쪽.

14) 위의 책, 卷二十三, 501~506쪽. 또한 卷二十二에도 「和徵之詩二十三首」가 실려 있다.

15) 볼프강 카이저 저, 김윤섭 역, 『언어예술작품론』, 대방출판사, 1982, 147쪽.

和韻을 할 경우 작품은 韻의 구속을 받는 만큼, 시인들은 부단히 새로운 意境을 개척해야 하므로 이에 따라 그들의 詩作 능력이 계발될 수 있기 때문이다.16) 이런 내용을 바탕으로 다음 장에서는 발신자와 수신자·발신자의 작품과 수신자의 작품을 축으로 하여 이규보의 和白詩를 분석하려고 한다.

3. 和白詩의 양상과 의미

1) 심리적 동일성의 추구

백거이는 지속적인 과음으로 開成 己未年 즉 839년인 68세에 중풍을 앓게 되었다. 그는 육체의 부자유스러운 상황을 도리어 養性洗心의 계기로 삼아 이전보다 더 높은 차원에서 정신의 자유로움을 추구했고 병이 조금 나아지자 15수의 시를 지어 병중생활의 심회를 담담하게 밝혔다.17) 이규보도 70세가 되던 해에 중풍에 걸렸다. 그런 가운데 그는 백거이의 「病中詩十五首」에 次韻을 하며 다음과 같이 그 창작동기를 밝혔다.

予本嗜詩 誰宿負也 至病中尤酷好 倍於平日 亦不知所然. 每寅興觸物 無日不吟 欲能不得 因謂曰 此亦病也. 曾著詩癖篇 以見志 盖自傷也. 又每食不過數匙 唯飮酒而已 常以此爲患 及見白樂天後集之老境所著 則多是病中

---

16) 李圭虎, 『韓國古典詩學論』, 새문사, 1985, 25쪽.

17) 『白居易集』, 卷三十五, 「病中詩十五首序」, 787쪽. "開成己未歲 余蒲柳之年 六十有八 冬十月甲寅旦 始得風痺之疾 體瘵目眩 在足不支 盖老病相乘時而至耳. 余早慺心釋梵 浪跡老莊 因疾觀身 果有所得. 何則. 外形該而內忘憂恚 先禪觀而後順醫治. 句月以還 厥疾少間 杜門高枕 澹然安閑 吟諷興來 亦不能禹因成十五首題爲病中詩 且貽所知 兼用自廣."

所作 飮酒亦然.…予然後頗自寬之日 非獨予也 古人亦爾 此皆宿負所致 無可奈何矣. 又白公病假滿一百日解綬 予於某日將乞退 計病假一百十日 其不期相類如此. 但所欠者 禁素小蠻耳 然二接亦於公年六十八 皆見放 則何與於此時哉. 億. 才名德望 雖不及白公遠矣 其於病中老境之事 往往多有類予者 因和病中十五首 以抒其情.[18]

즉 그는 백거이와 마찬가지로 病中에 있을 때 창작의욕이 더욱 증대되며 술을 즐겨 마시는 성향도 같을 뿐만 아니라 樂天이 病假를 얻은 지 100일 만에 퇴임을 했는데 자신도 퇴임을 요청하는 중이어서 病假를 얻은 날까지 계산을 해보니 110일이 되어 자신과 백거이의 기질과 처한 상황이 비슷하다고 했다. 이렇게 이규보는 나이가 들어 병에 걸린 상황 자체를 백거이와 동일화하는 가운데 안정된 마음을 유지하고자 했으며 詩癖·好酒·病假의 동질적인 요소를 통해 이상적인 작가와 일치되는 측면을 발견하려고 했다. 그는 「次韻和白樂天病中十五首」을 짓기에 앞서 자기 성찰을 통해 실존적인 자각을 했다.[19] 이 자각은 시간이 흐름에 따라 죽음에 가까워져 가는 자신의 한계상황에 대한 불안감을 낳는다.[20] 그래서 그는 실존적 불안으로부터 심리적인 안정을 얻기 위해 자신과 현실과의 관계를 변화시키려고 했다. 그는 작품 활동을 했던 시인이었다. 이에 그는 詩作 행위 자체로 규범적인 작가에게서 자신의 삶의 내용과 일치되는 부분들을 발견함으로써 그 변화를 구하고자 했다. 그 대상이 바로 三酷好先生의 자호로써 자기규정을 하게 했던 백거이였다. 그리고 「病中詩十五首」의 대다수 작품은 백거이와 심리적인 동일성을 구하는데

---

18) 『東國李相國集』, 後集 卷二, 「次韻和白樂天病中十五首序」.
19) 위의 책, 같은 권, 「燈前炒影」.
20) 위와 같음, 「鏡中鑑影」.

적합한 작품이었다. 따라서 이규보는 그의 작품에 次韻을 하여 「次韻和白樂天病中十五首」을 짓게 되었다.

六十八衰翁	乘衰百疾攻
朽株難免蟲	空穴易來風
酌痺宜生柳	頭族劇轉蓬
話然不動處	虛白在胸中

　　　白居易,「初病風」, 卷三十五.

天方鵑此翁	虛熱幸而攻
養以通身疥	搖嫌顫手風
案唯堆藥餌	庭不棧鎬蓬
冬喧蠅猶在	相謀到枕中

　　　李奎報,「初病風」, 後集 卷二.

　樂天의 작품은 자연의 순리를 인간의 순리와 일치시키면서, 병이 들었지만 육체의 부자유스러움을 초연한 자세로 극복하며 불변의 정신으로 삶을 일관하고 있음을 밝히고 있다. 1·2구에서는 나이가 들어 병에 시달리는 상황을 전하고 있으며 3·4구에서는 인간이 노쇠해지면 병을 얻게 되는 것은 자연의 법칙이라는 사실을 사물의 내재적 의미를 통해 밝히고 있다. 이런 생활속에서 5·6구에서는 자연현상에 비유하여 병든 자신의 모습을 묘사하고 있는데 이는 대상세계와 친화관계를 유지하며 육체의 부자유스러움을 담담한 태도로 객관화하려는 樂天의 정신자세를 보여 준다고 하겠다. 이런 시적 태도는 7·8구에서 서술에 가까운 시어로 구체화되어, 육체적 결함에도 불구하고 자신은 불변의 정신을 유지하

고 있음을 강조한다.

白雲의 작품은 나이가 들어 병이 들게 된 사실을 강조하는 가운데 병을 극복하려는 의지가 결여된 점을 부각하고 있다. 1구에서는 중풍에 걸리게 된 원인을 하늘이 자신을 싫어하기 때문이라고 함으로써 초월적인 대상과 자신과의 관계를 방해적 관계로 설정했는데 이러한 배경에는 늙어 병이 든 상황을 거부하려는 심리가 반영된 것으로 볼 수 있다. 이어 2·3·4구에서는 병의 증세가 구체적으로 열거되고 있다. 이렇게 병든 자신의 모습이 강조되고 있는 상황은 유기적으로 그의 정신세계를 위축시키게 한다. 즉 5구에서는 책상엔 약봉지만이 쌓여있다는 사실로써 병을 치료하려는 의지가 미온적임을 암시하고 있으며, 6구에서는 마당의 쑥대도 깎지 않았다는 내용으로 그의 활동이 거의 정지된 상태임을 전달한다. 그리고 7·8구에서는 겨울이지만 날씨가 따뜻하여 파리가 그대로 있는데 서로 약속이나 한 듯이 병을 앓고 있는 자신의 베개로 몰려든다는 정황을 통해, 다시 한 번 자신과 대상과의 관계가 방해적인 관계로 설정되어, 병상의 불만이 가중되고 있음을 알 수 있다.

따라서 이규보는 병이 든 상황만을 강조하는데 비해서 백거이는 병을 통해 삶을 통찰하고 정신의 자유로움을 일관되게 추구하려는 태도를 보이고 있다. 또한 이규보의 시의 시상전개는 자신으로부터 외부세계로 확산되는 원심적인 성격을 갖고 있으면서 대상과 방해적인 관계를 설정하고 있다면, 백거이의 시는 외부세계로부터 내면세계로 집중되는 구심적인 성격을 가지면서 대상과 친화관계를 유지하는 차이점이 발견된다. 그러므로 이규보의 「初病風」은 소재적 차원에서 백거이의 작품을 수용하여 병든 상황 자체로써 백거이의 심리적인 동질성을 추구했다고 할 수 있다.

一狀方丈向陽開　　　勞動文殊問疾來
欲界凡夫何足道　　　四單天始免風災
　　白居易, 「答閑上人來問因何風疾」, 前同.

愁入眉頭銷不開　　　只緣無客執臺來
此身徵恙何須問　　　七十哀巒未是災
　　李奎報, 「答閑上人問病以答客問病代之」, 前同.

　樂天의 시는 문병온 閑上人과의 문답을 통해 삶에 자기조응의 태도를 담담하게 전하고 있다. 1·2구는 양지바른 方丈의 방에 침상을 놓고 누워있는 자신의 모습과 閑上人이 병문안을 온 사실을 밝히고 있으며, 3·4구는 불교적 가치관을 중심으로 자기 내면화의 관점에서 병이 든 원인에 대해 그것을 겸손한 태도로 성찰하고 있다. 이에 비해 白雲의 작품은 병에 걸린 근심으로부터 벗어나 여유있는 마음의 태도를 추구하려는 내용을 전한다. 1구에서는 '愁入眉頭'로 시적 상황에 시름겨워 하는 자신의 대응태도를 미간으로 집중시켜 표현하고 있으며, 2구에서는 그 원인을 술병을 들고 찾아오는 손님이 없기 때문이라고 하는 자신을 위탁할 외부대상이 충족되지 않는 것에서 찾고 있다. 이어 3·4구는 독자를 향한 白雲의 구체적인 목소리라고 할 수 있는데, 이곳에서는 병에 대한 생각을 자기 합리화의 관점에서 규정하고 있다. 그런데 이 작품을 시상전개의 측면에서 볼 때, 1·2구는 결과적인 내용이고 3·4구가 원인적인 내용이 되는 도치법을 사용하고 있다. 이 도치법은 '徵恙'과 같이 자신의 병에 대해 자신감을 가지며 술로 현실상황과의 긴장관계를 이완시키고 대타적 존재와 함께 적극적인 자세로 삶의 즐거움을 누리려는 작가의 내면심리를 전달하는데 효과적이라고 할 수 있다.

  즉 이규보는 병을 자신의 관점에 입각해 현실적으로 규정했다면 백거이는 종교적 차원에서 병의 원인을 규명하며 자기 성찰을 했다고 보인다. 또한 이규보는 '愁入眉頭'의, 어두운 마음으로부터 시상을 전개시켜 시적 정황에 불만을 보이면서도 '未是災'와 같이 적극적인 삶의 자세를 보여주는데 비해서 백거이는 '向陽開'의, 대상을 향해 열린 마음으로 시상을 전개하면서 '免風災'와 같이 자기조응의 태도로써 시적 상황에 순응하려는 모습을 보이고 있다. 그러므로 이규보의 「答閑上人問病以答客問病代之」는 백거이의 작품으로부터 유사한 소재를 수용하여 병에 대응하는 자신의 태도를 전한다고 하겠다.

登山臨水分無期　　　泉石煙霞今屬誰
君到嵩陽吟此句　　　與敎三十六峰知
　　白居易,「送嵩客」, 前同.

適來京輦似前期　　　千里之南又訪誰
此去能傳消息否　　　天涯生死杳難知
　　李奎報,「送嵩客以送族僧之南代之」, 前同.

  육체의 부자유스러움 속에서 樂天은 과거의 시간을 그리워한다. 지난 시절 빼어난 자연경관을 감상했던 일을 회고하며 유구한 생명력을 갖고 있는 자연에 비해 유한한 삶을 영위하는 인간의 한계를 인식하는 내용을 자신이 아닌 타인이 그 경경을 감상하는 일을 상상해 보는 정황으로 전달하고 있다. 따라서 3구의 詩作 행위는 지난 날 대자연과 융화되었던 순간의 정신적인 기쁨을 현재에까지 연장시키려는 태도라고 할 수 있다.

白雲은 스님과 이별을 애석해하는 심정을 작품에 담고 있다. 그는 스님이 전부터 기약이나 한 듯이 서울에 오셨지만 또 누구를 방문하는지는 알 수 없으나 발걸음을 돌려 먼 길을 떠나는 스님을 아쉬워하며 이별 뒤에 그 소식이나 생사조차 알기 어려울 일을 애상조로 노래하고 있다. 그러면서 스님과의 이별은 이규보로 하여금 삶의 미래에 대해 회의하는 마음을 유발시키고 있다. 즉 만남은 이별을 하는 일이겠으나 홀연히 '千里之南'하는 스님과의 이별은 스님이 오래도록 자신과 함께 할 것이라는 기대감을 사라지게 하여, 시의 전반부에서는 이규보가 인간의 삶은 예측할 수 없는 변화를 갖고 있다는 사실을 은연중에 자각한다고 하겠다. 따라서 '千里'와 '天涯'는 스님과의 이별을 슬퍼하는 심정이 먼 거리감으로 표현된 것이면서 동시에 그 안타까움에는 넓은 공간 안의 한 부분을 차지하며 삶을 진행하는 개별적인 인간으로서의 실존적 고독감이 자리잡고 있다고 할 수 있다.

이렇게 이규보의 작품은 스님을 보내는 아쉬운 마음이 강조되는 가운데 스님의 소식과 생사를 그리워하고 궁금해하는 반면 백거이의 작품은 숭산의 아름다운 정경을 보지 못하게된 현재의 처지를 안타까워하며 客이 자신과 숭산과의 연결체가 되기를 바라는 마음을 전한다고 하겠다. 또한 이규보의 경우 삶에 대한 자각이 스님과의 이별을 통해 공간적인 거리감으로써 암시적으로 표현되었다면 백거이의 경우에는 그것이 자연을 통해 과거와 대비된 현재의 시간적인 심상으로 구체화되었다고 할 수 있다. 그러므로 白雲의 「送嵩客以送族僧之南代之」 또한 병중생활에 있었던 일 가운데 백거이의 작품과 유사한 소재를 선택함으로써 백거이와의 심리적인 동일화를 추구했다고 보인다.

五年花下醉騎行　　　臨賣廻頭嘶一聲
項籍顧誰猶解歎　　　樂天別駱豈無情
　　白居易,「賣駱馬」, 前同.

白沙堤上幾年行　　　破廐天寒泚數聲
汝與主人俱老矣　　　和着瘦骨忽傷情
　　李奎報,「賣客以復瘦馬代之」, 前同.

　樂天의 작품은 정든 말과 이별할 때 유발되는 자신의 슬픈 감정에 비중을 두어 시상을 전개하고 있으며, 3구에서 인용된 項羽의 고사는 자신의 슬픈 심정을 정당화시키면서 그 심도를 증대시키는 효과를 가진다. 白雲의 작품은 시간이 흐름에 따라 야위어가는 늙은 말을 애틋한 시선을 바라보며 대상에 자신의 모습을 투영시켜 자신의 늙음에 대해 안스러워 하는 심정을 간접적으로 전한다. 1구에서는 과거에 혈기왕성하게 달리던 말의 모습을 통해 자신의 젊은 시절을 반추하고 쓸쓸히 추억에 잠기는 시인의 모습을 상상하게 한다. 이어 넓은 공간과 대비된 좁은 공간의 심상과 함께 동적인 이미지로부터 정적인 이미지로의 변화 속에서 추운 날씨에 낡은 마굿간에서 슬프게 우는 말의 모습을 통해 그와 상응된 시인의 처지를 은연중에 부각시킨다. 이러한 상황을 배경으로 3구에서는 말이 자신과 상응된 존재라는 사실을 강조하며 시간의 흐름을 막지 못하고 늙어가는 말과 자신을 한탄스러워하고 있다. 따라서 4구의 '瘦骨'은 말의 노쇠한 모습이면서 동시에 쇠잔해 가는 자신의 육체를 대유적으로 표현한 것이라고 할 수 있다. 그리고 그는 이런 모습을 응시하는 가운데 '忽傷情'으로, 말과 자신은 시간의 흐름 속에서 결국 生老病死의 길을 걸을 수밖에 없는 유한한 존재임을 깨닫고 이를 슬픈 심정으로 노래하고 있다고 하겠다.

즉 이규보는 말을 자신과 일체감을 이루는 객관적 상응물로 보고 있는 반면 백거이의 경우에는 말을 거래의 대상이 되는 계기적 존재로 여기고 있다. 이와 아울러 이규보의 작품은 말의 늙음을 통해 삶을 조응하고 이를 1·2구의 배경묘사와 긴밀하게 연결시키고 있어 내용과 표현의 측면에서 백거이의 작품보다 더 깊이 있고 호소력이 있다고 하겠다. 그러므로 「賣駱以復瘦馬代之」는 이규보가 백거이의 작품으로부터 자신의 정황과 유사한 소재를 선택하여 이를 작품화함으로써, 백거이와의 심리적인 동일화를 추구하는 가운데 대상을 통해 자신의 늙음을 안타까운 심정으로 노래했다고 보인다.

兩枝楊柳小樓中　　　弱娜多年伴醉翁
明日放歸歸去後　　　世間應不要春風
　　白居易,「別柳枝」, 前同.

少年攜妓夢魂中　　　已是蕭然白首翁
紅頰翠娥何處散　　　落花飄蕩忽隨風
　　李奎報,「放柳枝以憶舊娥代之」, 前同.

樂天의 작품은 자기 본위적인 내용이어서 앞에서 논의한 「初病風」·「答閑上人來問因何風疾」과는 매우 상이한 느낌을 주고 있다. 1·2구에서는 아름다운 禁素·小蟲과 오랫동안 삶을 함께 했다는 사실을 시간의 양으로 구체화한다. 그러나 백거이는 자신과 동등한 존재로 대상을 인식하기보다는 두 여인이 늙어가는 자신의 처지를 동정해 주기를 바라고 있다. 이에 따라 자신과의 친숙한 관계가 지속되기를 바라는 마음이, 4구에서 타인과의 관계가 두 여인과 이루어지지 않기를 기대하는 말로 표현되

고 있다. 白雲의 작품은 시간 속에 투영된 과거와 현재의 자기 모습을 대비시키고 있다. 1·2구에서는 기생과 놀이를 하며 호방한 기개를 펼쳤던 젊었을 때의 일을 회상하면서 순간에 불과한 젊은 시절을 '夢魂中'으로 표현하고 있다. 이어 어슴푸레한 기억으로만 남은, 과거에는 젊음으로 눈부셨던 화려한 기생의 모습을 '白頭翁'과 대비시켜 '烘頰'·'翠娥'의 시각적 이미지를 통해 심도있게 묘사한다. 그리고 '何處散'으로 시간의 수레바퀴 속에서 그 아름다운 모습이 흔적조차 남지 않고 사라져간 일을 전하고 있다. 특히 3구의 '散'은 4구에서 낙화가 바람에 흩날려 떨어지는, 나무로부터 분리되는 꽃잎의 심상과 긴밀하게 연결되어 시상전개의 노련한 솜씨가 돋보이는 표현이라고 할 수 있다. 그리고 4구에서는 "대상 속으로 던져진 시인의 마음이 내면의식으로 자리 잡고 있다면",21) 이는 삶의 덧없음에 대해 안타까워하는 마음을 대상의 상징체계에 이입시켜 표현했다고 하겠다.

　이렇게 이규보는 기생의 아름다운 자태를 회상하는 가운데 자신의 늙음을 한탄하면서 동시에 그것을 자연의 섭리로 자각하는 반면 백거이는 지난 시절과 마찬가지로 기생과의 연대감이 유지되기를 간절히 바라고 있다. 또한 이규보는 자신과 대상을 동등한 차원의 관점에서 보고 있다면 백거이는 자기 본위적인 관점에서 대상을 응시하고 있다. 그리고 이규보의 작품은 과거와 현재를 교차시키면서 시각적 심상으로 시간이 흐름에 따라 이질화되어져 가는 자신의 모습을 효과적으로 대비시키고 있으며 각 구의 시적 구조가 긴밀하게 짜여진 반면 백거이의 작품은 그 의미내용이 시간의 순서에 따라 평이하게 전개된다고 하겠다. 그러므로 「放柳枝以憶舊妓代之」 또한 백거이의 작품과 유사한 소재를 통해 이규보는

---

21) G.W.F. 헤겔, 최동호 옮김, 『헤겔시학』, 열음사, 1987, 184쪽.

백거이와 심리적인 동일성을 추구하며 과거로 회귀할 수 없는 덧없는 인
생을 노래했다고 할 수 있다.

長告今朝滿十旬　　　　從炫蕭麗便終身
老廉手重抛牙笏　　　　病喜頭輕換角巾
疏傳不朝懸組綬　　　　尙平無累畢婚姻
人言世事何時了　　　　我是人間事了人
　　白居易,「百日假滿少傳官停自喜言孃」, 前同.

老病支離壽七旬　　　　快哉今幸乞殘身
腰間誤去猶華綬　　　　頭上何妨大岸巾
無復喝呼喧里卷　　　　有時饋問謝親姻
懸車相位眞難事　　　　莫道蕭修退散人
　　李奎報,「又和假滿百日停官自喜詩」, 前同.

　樂天의 작품은 病假를 받고 그 기간이 끝났어도 병이 낫지 않아 太子
少傳의 자리를 떠나게된 감회를 읊었다. 1·2구에서는 벼슬로부터 물러
나게 된 일을 계기로 앞으로는 자신의 몸과 마음을 맑고 깨끗이 하면서
天命을 누리려는 태도를 다짐한다. 이어 3·4구에서는 관직의 구속으로
부터 자유롭고자 하는 마음을 늙고 병들은 현재의 상황과 관련지어 구체
적인 행동으로 보여준다. 그리고 後漢 疏受와 向子平의 고사를 인용하여
世事에 구속을 받지 않을 정황을 강조하고, 인간사를 모두 끝내 아무런
구속이 없는 마음의 상태임을 자족적인 위기로 전한다. 그러므로 그는
좁은 현실세계를 떠나 보다 확대된 세계에서 더 큰 자아를 발견하려는
의지를 심화시키고 있다고 하겠다. 白雲의 시는 벼슬에서 물러나[22) 세

속의 얽매임으로부터 자유롭게 된 즐거움을 전하고 있다. 1·2구에서는 늙음과 병에 시달리며 칠순의 나이까지 살면서 이제서야 관직생활을 떠날 수 있게 된 기쁨을 '快哉'로 집약한다. 그리고 관직생활을 하던 때와 현재의 상황을 대비시킨 자신의 모습과 마음자세를 3·4구로 표현한 다음, 5·6구에서는 관직생활 때문에 이제까지 타인에게 불편함을 끼쳤던 상황이 정지될 일과 친척과의 유대관계를 넓혀나가려는 계획을 밝히고 있다. 그러나 7·8구에서는 재상자리를 물러나는 행동은 어려운 일이라고 함으로써 은퇴한 뒤에 세상으로부터 소외되어질 상황을 스스로 자위하고 있다.

따라서 백거이는 관직생활로부터 떠나게 된 현재의 즐거움 자체를 강조하고 있다면, 이규보는 관직을 그만둔 뒤의 소외될 일까지를 생각하며 벼슬에서 물러난 즐거움을 노래했다고 보인다. 이는 백거이가 관직생활을 벗어나 자유로운 생활을 추구할 수 있게 된 일을 상아홀을 내던지거나 관모를 '角巾'으로 바꾸는 것으로 표현한 반면 이규보는 허리에 인끈이 있는지 없는지를 거듭 확인하면서 관모를 제쳐 쓰는 행위와 같이 벼슬생활의 구속 여부를 의식하는 상황과 그 분위기가 연장된 가운데 자유로운 생활을 구가하려는 태도에서도 확인된다. 그러므로 이규보의 작품에는 벼슬에서 물러나게 된 소외감을 세상의 구속으로부터 벗어날 수 있게 된 즐거움으로 전환시키려는 작가의 심리상태가 내재되어 있으며, 그 소외감으로부터 벗어나려는 마음자세를 백거이와 동일한 소재의 작품행위를 통해서 추구했다고 하겠다.

---

22) 1237년 7월에 金柴光祿大夫 守太保門下待郎平音事 修文澱太學士 籃修國史 半禮部事 翰林院事 太子太保로 致任하였다.

君應怪我朝朝飮　　　不說向君君不知

身上幸無疼通處　　　甕頭正是撇嘗時

劉妻勸諫夫休醉　　　王姪分疏叔不癡

六十三翁頭雪白　　　假如醒點欲何爲

　　白居易, 「家釀新熟每嘗輒醉妻姪等勸令少飮因成長句以諭之」, 卷三十一.

兒曹亦解得傾色　　　眞味何曾仔細知

早失山林長往計　　　未忘盃酒半配時

我年雖老猶能飮　　　浮世長醒卽大癡

白首殘翁經事了　　　如今方聽爾言爲

　　李奎報, 「觀白樂天集家釀新熟…勸令少飮之詩此亦類予故和之云」, 前同.

　樂天은 술을 마시게 되는 이유를 妻姪에게 설명하고 있다. 그는 병의 고통을 잊기 위해서 술을 마시며, 劉伶의 아내가 남편에게 술을 끊도록 권하였고 王甚의 조카가 숙부의 어리석지 않은 이유를 해명한 예도 없지 않지만, 머리가 흴 정도의 나이 많은 자신이 술을 마시지 않고 맑은 정신으로 있어서 무엇을 하겠느냐고 반문한다. 즉 妻姪은 그의 술마시는 이유를 의아해 하면서 주위 사람들에게 그 일이 어리석은 행동이 아니라고 변명할 수 있겠고 劉伶의 아내처럼 백거이가 술을 조금씩 마시기를 바라고 있겠지만, 王甚이 덕을 숨기며 삶의 현묘한 이치를 쉽게 밝혔던 것처럼 자신은 술을 마시게 되면 취한 겉모습과 다르게 더욱 심화된 정신적 경지를 추구할 수 있기 때문이라고 말한다. 따라서 7·8구에는 자신의 심오한 정신세계에 대한 자부심이 은연중에 반영되었다고 하겠다.

　白雲은 늙어가는 가운데 마시는 술을 통해 삶을 보다 윤택하게 하려는 태도를 보이고 있다. 그는 술이 현실적으로 불가능했지만 자신이 꿈꾸면서 지향했던 세계에 접근하는 일을 가능케 함으로써 내면에 溶融되어진 자기만족을 누리게 해준다고 말한다. 또한 술을 마시게 되면 의식이 몽롱해져 덧없는 삶에서 보다 아름답고 풍성한 삶을 추구할 수 있다고 한다. 따라서 그는 술의 참다운 의미가 자아와 세계와의 관계를 보다 자유롭게 해주는 것에 있다고 하면서 서로 다른 가치관을 가졌다고 하더라도 타인을 포용하려는 마음의 자세를 보이며 아이들이 술을 권하는 일에 따르려고 한다.

이렇게 이규보는 술이 인간의 삶에서 어떤 가치를 갖고 있는지를 조명했다면 백거이는 술이 자신의 육체와 정신에 어떤 작용을 하는 지를 설명했다고 할 수 있다. 이런 점을 고려할 때, 이규보의 작품은 백거이의 음주 성향과 자신의 음주 기질을 일치시키면서 술의 眞味를 자신의 인생관과 연결지어 논의했다고 보인다.

이상과 같이 이규보가 지은 和白詩의 일부 작품을 백거이와의 심리적인 동일성의 추구라는 관점에서 논의하였다. 그는 노년기에 병이 들게 되었으며 또한 벼슬에서 물러나게 되었다. 이러한 삶의 변화에 대한 심리적 반응으로써 그는 불안감을 느끼는 가운데 자신을 위탁할 대상을 찾았다. 이규보는 백거이로부터 기질과 삶의 상황이 유사했던 측면을 발견하고 그와의 동일화를 통해서 심리적인 안정을 찾고자 했다. 이규보가 지은 "老境忘環覆但夷. 樂天可作我爲師. 雖然未及才超世 偶爾相季病著詩. 較得當年身退日 類予令歲乞骸時."는23) 담담한 마음의 상태를 유지하는 가운데 백거이를 이상적인 시인으로 생각하면서 그와 심리적으로 일치하려는 내용을 압축적인 시어로 전하고 있다. 백거이와의 심리적인

---

23) 『東國李相國集』, 後集 卷二, 「自解」.

동일성을 추구했던 이규보의 작품들은 주로 소재적 차원에서 백거이의 작품을 수용했다고 하겠다. 이에 따라 두 시인의 작품은 대비적인 측면을 갖고 있다. 즉 백거이는 병중생활에서 종교적인 가치관을 기준으로 자신이 지향해야 할 삶의 태도를 공고히 하면서 일면으로는 자기 본위적인 반면 이규보는 자신의 인생관에 입각해 현실에 대응하면서 병중생활의 심회를 솔직하게 토로했다고 보인다. 또한 백거이가 작품의 내용을 서술에 가까운 시어로 담담하게 밝혔다고 한다면 이규보는 자신의 내적 정서를 긴밀한 시적 구조를 통해 객관화했다고 할 수 있다.

4. 작품정신의 공유

우리는 이규보의 "今古相繫地名殊. 訶人禁韻暗如符. 樂天曾唱吾追和 何問詩朋有也無."라는[24] 작품을 통해, 시간적·공간적으로 서로 단절되었다고 하더라도 백거이와 이규보의 내면세계에는 어떤 공통된 관계가 성립되는 사실을 유추할 수 있다. 그렇다면 시공간을 초월하여 각 작품에서 두 시인이 공통된 탐색한 시정신은 무엇일까 하는 의문이 제기된다.

    病身佛說將何喩   變減須臾豈不聞
    莫歸淨名知我矣   休將火艾灸浮雲
        白居易,「罷炎」, 卷三十五.

---

24) 위의 책, 같은 권,「槪和樂天十五首詩因書集背」.

兒勤進藥猶廉應　　　　妻勸加飱亦莫聞
養得此身何處用　　　　聚如漚點散如雲
　　李奎報,「罷炎以退藥食代之」, 後集 卷二.

　두 시인은 자신의 시세계에 뿌리를 내리고 있으면서도 영속적인 시간의 흐름 속에서 인간의 삶은 순간적이며 덧없다고 하는 사실을 통찰하며 인간 누구에게나 生老病死의 운명이 주어진다고 할 때 물리적인 치료로써 노쇠한 육신의 병을 고치는 행위가 부질없음을 함께 자각하고 있다. 그런데 두 작품이 인생무상을 노래했다고 해서 이규보의 작품이 백거이로부터 그 영향을 직접적으로 받았다고 단언하기는 어렵다. 왜냐하면 문학에서 삶이 덧없다고 하는 내용과 그것을 뜬구름의 심상으로 표현한 것은 수많은 작가의 작품에서 발견될 수 있는 보편적인 성격을 갖고 있기 때문이다.

　백거이는 불교적인 관점에서 삶의 무상함을 연역화시키고 그 가치관에 입각해 자신의 병을 고치는 행위를 중지하는 시적 구조를 갖고 있다. 한편 이규보의 경우에는 작품의 전반부에서 아들이 약 들기를 권하고 아내가 음식을 더 권하지만 그것을 거부하는 장면묘사를 통해 일상적인 생활주변의 분위기로써 삶의 덧없음에 대한 자각의식을 드러내며 그 개체적 자각을 4구에서 물거품처럼 모였다가 뜬구름처럼 흩어지는 보편적 심상을 통해 문학적으로 귀납화시켜, 관념적인 작품성향에서 벗어났다고 하겠다.

交親不要若相憂　　　　亦擬時時强出遊
但有心情何用脚　　　　陸乘扁輿水乘舟
　　白居易,「病中五絶句」其五, 前同.

豈爲微疴特地憂　　　步欹唯礙出門游
出門未必心開豁　　　猶望滄溟去去舟
　　李奎報,「病中五絶」其五, 前同.

　두 작품은 동일하게 육체의 부자유스러운 상황을 심화된 정신력으로
극복하면서 보다 확대된 현실세계를 지향하려는 내용을 갖고 있다. 백거
이는 병중의 절망에서 벗어나려는 낙천적인 기질을 보인 다음 육체보다
정신에 더 큰 가치를 부여하여, 몸이 불편한 상황이긴 하지만 가마나 배
에 의지해 어디든지 갈 수 있다는 여유있는 심적 태도를 노래한다. 이규
보는 병을 앓는 자신에 대해 스스로를 위안하면서 병든 상황을 긍정적으
로 수용하려는 자세를 보이고 난 뒤, 답답한 병중생활을 떨치고 일어나
바다라고 하는 무한한 공간에 귀착하려고 하는 내용으로써 마음의 평화
를 추구한다. 따라서 이규보는 백거이와 마찬가지로 삶의 외연적 조건에
얽매이지 않고 보다 높은 차원의 정신세계를 구가했다고 할 수 있다.

低屛軟褥臥藤床　　　昇向前軒軒日陽
一足任他爲外物　　　三杯白要沃中腸
頭風若見詩應愈　　　齒折仍誘笑不妨
細酌徐吟猶得在　　　舊游未必便相忘
　　白居易,「就暖偶酌戱諸詩酒舊侶」, 前同.

睡罷南軒六尺床　　　欠伸方起已殘陽
閑傾錄醑霞昇臉　　　細嚼黃柑雪入腸
醉興暫來歌亦可　　　病客猶在臥何妨
莫言神恩都昏喪　　　二十年前事不忘
　　李奎報,「就暖偶酌以睡起酌酒代之」, 前同.

삶의 현상에 집착하지 않고 여유있는 마음의 자세를 유지하면서 술과 시를 매개로 자족적인 즐거움을 구가하는 시정신을 공유하고 있다. 백거이는 작품의 앞부분에서 아늑하고 밝은 속성의 대상과 친화관계를 지속하며 편안한 마음의 상태가 된다. 이 상태에서 그는 육체적인 부자유스러움에 구애되지 않고 술로 즐거운 마음을 고조시키는 동시에 시로 병의 고통을 극복하면서 신체적인 결함을 오히려 삶을 풍요롭게 하는 측면으로 전환시키고 있다.

그리고 詩酒의 즐거움을 친한 벗들과 함께 누리려고 한다. 이규보는 낮잠을 달게 자고 나서 저녁을 맞은 여유있는 시적 상황을 제시한 뒤, 술과 감귤을 통해 즐거운 상태를 지속시키는 한편 자신과 현실세계와의 관계를 새로운 차원에서 자각하고 있다. 이런 상태에서 대상과 조화된 내적 정서를 시로 표현하여 영혼의 자유로움을 예술적으로 추구하는 가운데 몸의 부자유스러운 상태를 극복할 수 있는 경지에 도달한다. 이런 결과로써 7구에서는 몸에 병이 들었어도 삶에 대한 통찰은 오히려 만년에 이루어진다고 하면서 명료한 의식이 자각되고 있음을 강조한다. 따라서 두 시인은 관조적인 태도를 유지하며 작품행위로써 삶의 한계상황을 극복하려는 치열한 시의식을 갖고 있다고 하겠다.

老來生計君看取　　　白日遊行夜醉吟
陶令有田唯種黍　　　鄧家無子不留金
人間榮耀因緣淺　　　林不幽閑氣味深
煩慮漸銷虛白長　　　一年心勝一年心
　　白居易,「老來生計」, 卷三十三.

殘身不省老侵尋　　度日唯知覓句吟
但有妄憂盈甕酒　　何恩遣子滿籝金
一錢勿蓄塵情少　　萬事都抛道味深
誰道吾生無長物　　本來明鏡在中心

李奎報, 「次韻白樂天老來生計詩」, 後集 卷三.

세속에 구애를 받지 않는 달관된 삶의 경지를 두 작품은 공통되게 노래하고 있다. 백거이는 노년의 생활모습을 잔잔한 어조로 밝히고 있다. 그는 노후에 자유로운 생활이 마음껏 구가되고 있음을 만족해하면서 도연명과 같은 유유자적한 태도를 따르고[25] 鄧攸와 유사한 처지이기에 더욱 마음의 여유를 가질 수 있음을 즐거워한다. 이어 세속의 얽매임으로부터 벗어나 자연의 그윽한 분위기를 만끽함으로써 여유로운 마음이 심화되어져 가는 상황을 전한 뒤에 번뇌와 근심이 점점 사라져 감에 따라 시간의 변화와 더불어 순수해지는 마음의 상태를 자각하게 된다. 이규보도 나이가 든 자신의 생활모습과 마음의 상태를 담담하게 전하고 있다. 그는 노쇠한 상황에도 아랑곳하지 않고 시와 술로 자신의 정신을 풍요롭게 하면서 外物에 집착하지 않는 모습을 자기 주변의 생활적 분위기로 밝히고 있다. 그것은 육체적인 변화와 경제적인 부족함에 연연해하지 않는, 현실의 무게를 떨치고 내면으로 승화된 세계에 도달한 모습이다. 따라서 6·7·8구에서는 존재의 총체적 원리인 道와 자신이 일체가 되어져 가는 심적 변화를 자각하는 가운데 본원의 순수한 자아를 회복한 상태로써 달관된 정신적 경지에 이른 모습을 보여준다.

---

25) 백거이는 陶潛을 이상적인 문인으로 숭앙했다. 그는 「五柳先生傳」의 영향을 받아 「醉吟先生傳」을 지었으며, 卷五의 「敎陶潛體詩十六首」와 卷七의 「題瀟陽樓」·「訪陶公舊宅」 등의 작품을 통해 淵明을 稱陽했던 사실을 확인할 수 있다.

그러므로 두 시인은 삶의 현상에 집착하는 나를 버리고 근원적인 자아 즉 순수한 나에 귀착하고자 하면서 자기 존재에 대한 재발견을 확인했다고 볼 수 있다.

陶云愛吾廬　　　吾亦愛吾屋
屋中有琴書　　　聊以慰幽獨
是時三月半　　　花落庭蕪綠
舍上晨鳩鳴　　　窓間春睡足
睡足起閑坐　　　景晏方櫛沐
今日非十齋　　　庖童饋魚肉
飢來恣餐歠　　　泠熱隨所欲
飽竟快搔爬　　　筋骸無檢束
豈徒暢支體　　　兼欲遺耳目
便可傲松喬　　　何假盃中淥

白居易,「春日閑居三首」其一, 卷三十六.

春風扇芳園　　　朝旭炤高屋
兒扶行不孤　　　客絶坐成獨
林花吐微紅　　　庭草布深綠
藝蘭三畝餘　　　種藥一珪足
樹木添華滋　　　昨夜新雨沐
莫怪荣甲遲　　　吾家土少肉
甘薺自生繁　　　宜美中吾欲
攬枕偃南窓　　　頭髮散不束
無聲娛我耳　　　無色悅我目
聊復呼平頭　　　洗盞酌醽淥

李奎報,「次韻白樂天春日閑居」, 前同.

두 시인은 봄의 계절에 생명의 고귀함을 재인식하면서 자연과의 교융을 통해 정신적인 즐거움을 고조시키고 자유로운 태도로써 생활의 기쁨을 만끽하고 있다.

樂天은 봄날 하루의 생활모습을 열거하며 자족적인 심회를 노래한다. 그는 띠풀집을 사랑했던 도연명과 동일한 생활태도를 구가함으로써 진솔한 삶을 영위하는 자신의 모습을 간접적으로 드러낸다. 3·4구에서는 집안의 정겨운 분위기가 제시되는 가운데 적막한 분위기로부터 유발되는 외로움을 거문고와 책으로 이겨내려는 마음을 전한다. 이어 3월 중순의 배경묘사가 지속적인 생명력을 발견하려는 노력 속에서 시각적·청각적 심상으로 구체화되고 있으며, 평화로운 분위기와 조화를 이루면서 마음의 여유를 갖고 유유자적하게 생활하는 자신의 모습을 그려내고 있다. 이러한 상태에서 마음의 풍요로움을 육체적 풍족함으로 지속하려는 태도를 12·13·14구로 열거한 다음 마음과 몸이 어떤 구속도 받지 않는 상태에 도달하게 된 모습을 15구-18구로 표현한다. 그러므로 완전하리만큼 자유로운 상태의 자신을 仙人 赤松子나 王子喬에 비교해도 부럽지 않을 정도로 자신감을 가질 수 있다고 하여, 현재에 만족해하는 즐거움의 정도를 더욱 깊이고 있다.

白雲 또한 봄을 맞아 즐거운 마음으로 생활하면서 정신의 여유를 마음껏 누리고 있는 모습을 생활주변의 정황을 통해 전달하고 있다. 그는 대상과 화해로운 상태를 유지하며 집주위의 정경을 묘사한 뒤, 노년의 외로운 심정을 밝히면서도 그 마음을 봄날의 흥취 속에서 이겨내려고 하는 태도를 보이고 있다. 이 상황에서 사물에 대한 인식을 심화시켜 봄날의 아름다운 정경을 '紅·綠'의 시각적 심상과 '吐·布'의 동적인 표현으로 구체화하면서 사물의 생명감을 만끽하고 있으며, 물질에 욕심을 내지

않고 자연과 더불어 순수하게 살려고 하는 마음의 자세를 '三畝·一畦'의 소박한 공간과 '蘭·藥'의 고결한 이미지로써 표현한다. 그리고 생동감이 부여된 나무의 모습을 보고 사물의 이치에 근거하여 그 원인을 10구로 규명하고 나서, 자신의 밭에 심은 나물의 싹이 더디 나게 된 일을 스스로 위안하며 봄의 계절감을 만끽하는 상황을 냉이로 끓인 국으로써 입맛을 돋우는 모습을 구체화한다. 이런 분위기 속에서 외모에 구애되지 않는 태도를 통해 15·16구에서는 정신적인 자유로움이 한껏 구가되고 있는 상태라는 사실을 전하고 있으며, 감각적인 기쁨을 주는 대상이 없어도 관조적인 즐거움은 지속될 수 있다고 하며 술로 그 즐거움을 증대시키려고 한다.

衣食支分婚嫁畢　　從今家事不相仍
夜眠身是投林鳥　　朝飯心向乞食僧
清唳數聲松不鶴　　寒光一點竹間燈
中宵入定跏趺坐　　女喚妻呼多不應
　　　白居易,「在家出家」, 卷三十五.

端坐觀空萬盧澄　　老禪肌骨髮惟仍
在家未礙先成佛　　披毳何須要作僧
自始腰抛丞相印　　廻看心有祖師燈
箇中一段堪嘲事　　妻置盂平忽錯應
　　　李奎報,「次韻白樂天在家出家詩」, 前同.

　　백거이는 현실의 상황에 만족해한다. 그리고 숲에 깃든 새처럼 편안히 잠자는 모습과 아무런 구속이 없이 一行一行을 수행하는 구도자와 같은 모습을 통해 관조적인 즐거움을 여유있게 추구하는 상황을 전하고, 그러한 심적 상황에서 자연의 정결한 분위기와 교융하며 자신의 의식세계를 심화시키는 가운데 진리의 세계에 가까이 다가가기 위해 더욱 정진하는 모습을 禪定에 들어 여종과 아내가 불러도 대답하지 않는 상황으로 구체화한다. 이규보는 불교적 행동양식과 가치로써[26] 일상적인 자아를 이상적인 자아와 일치시키려는 태도 속에서 자기 내부에서 일어나는 명료한 의식을 자각하고 있으며 자신의 모습으로부터 일체의 진리를 찾으려고 하는 도자의 태도를 발견한다. 이 상황에서 그런 자기의 모습은 삶의 형식으로서가 아니라 내용으로서 이미 진리의 세계와 하나가 된 상태라고 규정한다. 그리고 진리를 추구하려는 마음은 이미 벼슬로부터 물러난 때라고 하여 在家出家의 연원을 밝히면서도, 자족적인 즐거움을 부가해주는 술에는 아직 미련이 남아있다는 고백으로써 꾸밈없는 인간의 모습을 솔직하게 보여주는 동시에 관념적인 내용에 파격을 가져와 문학적인 효과를 높이고 있다. 그러므로 두 시인은 자의식을 순수하게 함으로써 진리의 세계와 하나가 되려고 하는 시정신을 공유했다고 할 수 있다.

이상과 같이 이규보는 백거이와 공통된 작품정신을 가졌다는 관점에서 논의를 진행했다. 그는 삶의 덧없음을 통찰하며 세속의 굴레로부터 벗어나 여유있는 마음의 태도를 유지하려고 했다. 그리고 시간과 더불어 변화해 가는 현상적 자아에 집착하지 않고 관조적인 자세로 의식을 심화시켜 순수한 자아를 재발견하면서 진리의 세계와 하나가 되고자 했다. 이런 의식속에서 그는 백거이의 작품에 和韻을 하여 서로 다른 시대에 살았던 대시인과 정신적인 유대감을 조성하는 가운데 시간적으로 유한한 자기의 존재성을 초극하려고 했다고 볼 수 있다.

---

26) 이규보는 말년에 『楞嚴經』을 좋아하여 심지어는 경을 등지고 앉아 외우기까지 했다.

5. 시적 역량의 증대

이규보는 백거이의 작품에 和韻을 함으로써 보다 활발한 작품창작의 계기를 마련하고자 했다. 이러한 作詩의 방법은 백거이 시의 韻을 作品源으로 하여 그의 창작의욕을 고무시키고 시적 역량을 발전시키는 동기가 될 수 있다.

半岸鳥紗帽　　閑敲綠玉扉
柳深鸎百囀　　林晚鳥雙歸
太白甘時後　　陶濟悟昨非
紛華方戰退　　始覺卜商肥
　「訪盧秀才永祺用白樂天韻同賦」, 前集 卷七.

친구인 노영기를 방문하여 백거이의 「授太子賓客歸洛」에27) 依韻을 한 30세 때의 작품이다. 백거이는 尙書省으로부터 洛陽으로 돌아와 현실에 안주하는 가운데 늙음과 병으로 몸과 마음이 모두 지친 상태에서 매사가 그릇된 지난 세월을 회고하고, 秦漢時 商山에 은거했던 四皓를 그리워하며 자유로운 생활을 추구하려는 마음을 그들과 같은 태도로 삶을 일관하고자 하는 내용으로 전달한다. 이규보는 '半岸'의, 홍겨움에 겨워하면서 '綠玉扉'와 같은, 정결한 삶을 누리고 있는 친구의 집을 유유자적한 마음으로 방문하고 있다. 이런 분위기 속에서 3·4구에서는 꾀꼬리 소리를 듣거나 새들이 저문 숲으로 돌아오는 정황을 감각적으로 수용하는 가운데 대상에 대한 자각을 자신에 대한 자각으로 전환시킨다. 그리

---

27) 『白居易集』 卷二十二, 489쪽.

고 그는 이백과 도잠의 고사를 인용하여 이제까지 자신이 살았던 삶의 내용을 돌아보고 자기반성을 통해 보다 순수한 삶을 추구하려는 마음을 갖는다. 따라서 그는 안정된 심적 상태를 유지하며 의로움과 부귀의 즐거움 가운데 의로움을 삶의 태도로 재인식하게 된다. 그러므로 이 시는 백거이의 작품으로부터 上平聲 微韻의 '扉·歸·非·依'를 調音의 계기로 삼고 그의 시상을 수용한 다음 그것을 자신의 시적 정황에 알맞게 변화시켜 이상적 자아를 지향하는 이규보의 자립적 의지를 강조한다고 하겠으며, 작품의 후반부에서 백거이의 시와 동일한 구조를 갖고 있으면서도 은둔을 강조하는 그의 작품과 다른 내용으로 인용된 子夏의 고시는 삶의 역사에서 규범이 되는 인물과 동일한 자각을 하는 白雲의 모습을 통해, 삶에 대한 그의 생활태도를 보다 적극적이면서도 진지하게 하는 효과를 준다고 할 수 있다.

一龍期作友　　　凡鳥豈題扉
琴客春多思　　　碁僧晚未歸
身窮道轉富　　　心是貌還非
不羨夸毗子　　　裘輕馬亦肥
　　「復和」, 上同.

위의 시에 스스로 和答한 작품인데 벗과의 우정 어린 분위기를 담담하게 묘사하면서 청렴한 선비의 도를 추구하는 가치관을 뚜렷한 어조로 밝히고 있다. 1·2구에서는 華歆·邴原·營寧과 마찬가지로 절친한 벗과 더불어 드높은 이상을 추구하는 인물이 되고자 다짐했던 일을 회상한 다음 嵇康과 呂安의 고사를 인용하여 친구를 기리는 그의 마음을 드러냄으로써 벗과의 우정을 재확인하고 있다. 이어 3·4구에서는 자신과 벗

사이에 즐기는 거문고와 바둑의 상징체계를 통해 관조적인 태도로 삶을 영위하며 우정을 돈독히 하는 사실을 간접적으로 전한다. 그리고 5·6구에서는 겉으로 드러난 모습과는 다르게 바른 마음의 자세로 삶의 참된 원리를 추구하는 상황을 반복하여 강조한 뒤, 7·8구에서는 자신의 삶에 대한 자부심 속에서 세상의 부귀영화에 탐닉하는 속인들의 사치한 생활을 부러워하지 않게 된다.

이렇게 이규보는 절친한 벗과 일정한 공간에서 우정을 확인하는 모습을 부각시킨 다음, 보다 확대된 의식 속의 공간에서 선비로서의 삶에 대한 자각을 심화시킴으로써, 위의 작품과 긴밀한 내용을 갖고 있으면서도 그보다 시상전개의 폭을 넓혔다고 하겠다. 따라서 이규보는 백거이의 작품을 기초로 첫 번째 작품을 창작하고 이어서 자신의 작품에 스스로 次韻을 하여 첫째 작품보다 더욱 새로운 意境을 구축하였으며, 이런 작품행위의 과정 속에서 그는 자신의 시적 역량을 증대시켜 나갔다고 할 수 있다.

羨君猶少年	蕭酒臨風樹
磋我漸素秋	衰髮稀可數
相逢笑彈指	二紀眞電路
昔年交遊輩	雲散名何處
唯殘二人在	顔色坐成故
共遊京洛中	風塵化衣素
三旬密雨天	萬木蒼煙暮
此時訪君來	何忍辭君去
借君醉鄕留	忘我儒冠誤
愼莫談世綠	俱是孟門路

「六月十七日訪金先達輒用白公詩韻賦之」, 前集 卷八.

　백거이가 지은 「曲江感秋二首」의28) 두 번째 시에 次韻한 31세 때의 작품이다. 樂天은 中書舍人 知制誥였던 51세 때 즉 822년 長慶 2년 7월 10일, 曲江에서 가을의 정취를 느끼게 하는 여러 대상의 모습을 핍진하게 묘사한 뒤 17년전 (元和 2년)에도 같은 곳에서 가을을 맞았던 일을 회상하고, "池中水依舊　城上山如故　獨我鬢間毛　昔黑今垂素　榮名與壯齒　相避如朝暮"와 같이 유구한 자연에 비해 세월에 따라 변화된 자기의 모습을 안타까워하며 명예와 젊음이 잠시 동안에 지나지 않았던 지나간 삶을 쓸쓸한 마음으로 노래했다.

　이규보는 장마비가 내리는 계절적 분위기 속에서 김철을 만나 자신들이 함께 했던 옛 시간을 회고하며 그와 우정 어린 회포를 나누고 있다. 작품의 앞부분에서는 김철의 해맑은 모습과 대비되어 일찍 늙어버린 자신의 모습을 묘사하고 있는데 그 이면에는 세상의 풍파에 시달려온 白雲의 어려운 처지를 암시하고 있다. 이런 상황에도 불구하고 그는 오랜 친구와의 소중한 만남을 통해 벗과 긴밀한 정을 나누며 자신들이 지나온 시간을 헤아려본다. 그리고 그 회상의 폭을 넓혀, 같이 어울리던 친구들이 시간의 흐름과 함께 사라져간 일을 안타까워하며 두 사람의 관계는 옛날과 다름없이 긴밀한 정을 나누는 사이임을 강조한다. 이 정서상태에서 그는 세상의 더러움으로 인해 벗과 함께 높은 이상을 실현하려던 고결한 마음이 유지되지 못했음을 밝히면서 자신과 김철이 힘든 시간들을 지내온 사실을 간접적으로 드러낸다. 이어 친구와 만나는 계절상황이 제시되고 있는데 장마비는 벗과 함께 하고 있는 공간을 외부와 차단시켜 차분한 분위기를 마련함으로써, 지나간 시간을 회상하는 이규보의 심회를 보다 깊이는 동시에 친구와의 우정을 고조시키는 시적 효과를 갖는다

---

28) 위의 책, 卷十一, 224쪽.

고 하겠다. 이어 벗과 만난 편안한 마음의 상태에서 취하도록 술을 마시기 때문에 선비로서 지켜야 할 규범마저 잊을 정도로 몸과 마음이 자유로운 상태임을 전하고 난 뒤, 헛된 욕망이 가득한 세상임에도 불구하고 겉으로만 儒家의 도를 높이는 현실을 은연중에 비판하고 있다.

따라서 이 시는 오래간만에 친구를 만나 우정을 돈독히 하면서 과거의 시간을 회상하는 가운데 드높은 이상을 실현시키지 못한 백운의 처지를 밝히는 복합적인 내용을 上聲 麌韻의 '樹·數', 語韻의 '去', 去聲 御韻의 '處', 暮韻의 '露·去·素·暮·誤·路'와 같은 변화적인 音趣와 긴밀하게 연결시켜 표현했다고 할 수 있다.

落木童南山	放火烟蔽日
陶出綠瓷杯	揀選十取一
瑩然碧玉光	幾被靑煤沒
玲瓏肖水精	堅硬敵山骨
迺知延埴功	似借天工術
微微點花紋	妙逼丹靑筆
鏗然入我手	快若羽觴疾
不羨柳公銀	羽化一朝失
淸宜蓄詩家	巧或如尤物
主人有美酒	爲爾頻呼出
莫辭三四巡	使我醉兀兀

「金君乞賦所飮綠瓷盃用白公詩韻同賦」, 上同.

「對酒」에29) 次韻한 작품이다. 백거이는 「對酒」에서 인간 모두가 죽음

---

29) 같은 책, 卷十, 191쪽.

을 맞이할 수밖에 없는 유한한 존재임을 애석해 하며 "何如會親友 飮此盂中物. 能沃煩廬銷 能陶眞性出."과 같이, 벗을 만나 술로 삶의 번뇌를 씻어버리고 眞性을 도야하려고 하면서 劉伶과 阮籍으로부터 그 자취를 찾았다.

이규보는 김철의 집에 있는 綠瓷杯를 소재로 그 모습을 섬세하게 묘사하며 술잔에 담긴 술로써 삶의 즐거움을 고조시키려는 마음을 표현했다. 작품의 첫 부분에서는 자기술잔이 만들어지기까지 진행된 상황을 과장에 가깝게 묘사하고 나서 그 가운데에서도 빼어난 녹자배를 고른 사실을 전하고 있는데, 자기술잔은 인간이 흙과 불의 속성을 조화시켜 만든 물건임을 밝혀, 사물의 생성단계를 인간과 자연과의 합일이라는 가치관으로 규정하고 있으며, 그중에서도 가장 우수한 것을 선택하여 시적 소재로 삼았다고 함으로써 이규보의 엄정한 삶의 정신자세를 드러낸다. 이어 자기술잔이 아름다운 빛을 내기 위해 거쳐야 했던 과정을 '靑'과 '碧玉'의 유사한 색감의 관계로 표현하고 녹자배를 수정과 돌에 비유하여 술잔이 갖고 있는 영롱하고 단단한 이미지를 강화시킨 뒤, 그 천연적인 꽃무늬를 통해 하늘의 조화를 빌어온 것과 같은 뛰어난 예술성을 극찬한다. 이어서 일품의 술잔과 대면할 수 있게 된 기쁨을 맑은 소리와 가벼운 중량감을 통해 감각화한 다음, 하루아침에 은술잔을 모두 잃어버린 柳公權의 일을 상기하고, 부귀를 부러워하지 않는 태도로 자기술잔을 소중히 여기면서 깨끗하고 공교로운 녹자배가 자신들에게 적합하다는 시적 표현을 통해 자신의 詩才와 인물됨에 대한 자부심을 높이고 있다. 그리고 빼어난 술잔으로 인해 김철이 자주 술좌석에 자신을 초대하는 정황을 밝히고, 술의 양과는 관계없이 흠뻑 취해 삶의 즐거움을 누리게 해달라는 기대감을 술잔에게 전하고 있다.

　그러므로 이 시는 入聲 質韻의 '日·一·筆·疾·失' 沒韻의 '沒·滑', 術韻의 '術·出', 物韻의 '物', 兀韻의 '兀'을 韻脚으로 하여, 대상에 내재된 아름다움을 섬세한 시각으로 그려내는 가운데 대상과 일체감을 이룬 기쁨 속에서 자기술잔에게 자신의 바램을 전달하는 긴밀한 시적구조를 갖고 있다고 하겠다.

銀箭初驚漏漸遲　　　撑林朱實燦離離
輕綌寵博身先認　　　團扇恩踈手始知
碧樹露寒禪嗶曉　　　畫梁泥盡燕歸時
要看訶客偏多感　　　宋玉悲辭史部詩

「初秋又與文長老訪金轍用白公詩韻名賦早秋詩」, 上同.

　「江樓月」에30) 次韻한 早秋詩이다. 백거이는 長安 曲江에 있는 누대에 올라 세상을 두루 비추는 밝은 달을 바라보며 그 달을 매개로 자신과 원진을 연결하고, "誰科江邊懷我夜　正當池畔望君詩" 같이, 陝西省에 있는 원진이 강변에서 자기를 그리워하는 밤은 못가에서 자기가 원진을 그리워하는 때와 일치할 것이라고 하면서 시를 지어 그리운 친구와 회포를 나누는 심회를 노래했다. 이규보는 백거이가 지은 「江樓月」로부터 上平聲 遲韻의 '遲', 支韻의 '離·知', 之韻의 '時·詩'를 차용한 다음 이를 바탕으로 초가을을 맞은 자신의 심정을 다감하게 표현했다. 1·2구에서는 가을을 맞이한 정경을 여름보다 비가 적게 내리는 상황과 결실을 맞이한 과일의 풍성한 모습을 통해 묘사하고 있으며, 3·4구에서는 입고 있는 葛布가 서늘한 느낌을 증대시키고 또한 갖고 있는 부채가 필요없게

---

30) 같은 책, 卷十四, 283쪽.

된 일을 중심으로 계절을 섬세한 감각으로 느끼는 자신의 심회를 전한다. 이어 5·6구에서는 시간의 변화와 함께 가을에 사라지는 대상을 묘사하여 가을을 느끼는 감정을 더욱 깊게 한다. 그리고 7·8구에서는 이제까지의 내용을 종합하여, 초가을을 맞아 다감해진 마음을 스스로 자각하면서 그 마음의 상태를 표현한 작품은 宋玉의 「九辯」이나 韓愈의 작품과 동일한 성격을 갖는다고 함으로써 시에 대한 작가적 자부심을 은연중에 높이고 있다.

君從江南來	山水千萬曲
何人餉草覆	促密宜老宿
行惹楚花香	踏遍秦草綠
織巧秕椎芒	折非靈運木
舊物那忍遺	護足度溪谷
下邳行可封	已使革華伏
遠遊當借君	副之以杖竹

「又用白公韻賦文長老草履」, 上同.

　백거이의 「宿淸源寺」에[31] 次韻한 31세 때의 작품이다. 「宿淸源寺」는 樂天이 杭州刺史로 부임하는 길에 陝西省 藍田縣에 있는 淸源寺에 들려 "不見舊房僧 蒼然新樹木 虛空走日月 世界遷陵谷 我生寄其間 孰能逃倚伏."과 같이, 潯陽의 유배기간 중에 방문했을 때와는 사뭇 달라진 가람의 모습을 보면서 빠르게 흘러가는 시간과 더불어 세상은 변화될 수밖에 없다는 이치를 깨닫고, 자연의 순리에 따라 浮沈을 겪었던 자신의

---

31) 같은 책, 卷八, 149쪽.

삶을 돌아보며 東廊의 대나무에게 건재할 것을 당부함으로써 다시 그곳을 방문할 기약을 대신한다는 내용을 전한다.

이규보는 문장로의 짚신을 소재로 삼고, 백거이의 「宿淸源寺」로부터 入聲 燭韻의 '曲·綠', 去聲 有韻의 '宿', 入聲 屋韻의 '木·谷·伏·竹'을 자기 작품의 韻脚으로 이동시켜 동적인 시상을 전개했다. 1·2구에서는 문장로가 '千萬'이나 되는 많은 '山水'의 구비를 지나 자신과 함께 하고 있다는 주관적 표현으로 그가 먼 길을 거쳐왔음을 암시한다. 이어 그것을 가능케 한 사물에 초점을 맞추어 시상을 전개한다. 즉 3·4·5·6구에서는 문장로에 대한 예찬을 정성들여 만든 짚신이 그의 발에 꼭 맞는 상황으로 드러내고, 긴 여행기간에 온갖 꽃과 풀을 구경하고 밟았던 짚신을 부러운 마음으로 노래하면서 현실에 얽매임이 없이 자연과 더불어 자유로운 삶을 추구하려는 마음을 전하고 있다. 계속해서 晋代 謝靈運이 나막신을 신고 산에 오를 때엔 앞굽을 떼어버리고 산을 내려올 때에는 뒷굽을 떼어버렸던 일을 상기하고 나막신보다 그것을 소중히 여기려는 마음을 2·5·6구의 내용과 긴밀히 연결시켜 표현하고 있다. 그리고 벼슬길에 뜻을 둔 평범한 마음을 짚신과 관련된 漢代 張良의 고시를 인용하여 암시적으로 드러내면서도, 작품의 끝부분에서는 짚신과 竹을 곁들여 먼 길을 나서고자 하려는 내용으로 호방한 세계를 지향하는 마음자세를 밝히고 있다. 따라서 이 시는 짚신을 단지 공간을 이동시키는 기능적 대상으로 보는 관점을 넘어서서 그것이 이동된 공간의 사물들과 어떤 관계를 맺을 수 있으며 이러한 시적 태도는 사물에 잠재된 어떤 내면적이거나 실재적인 의미를 독자에게 전달할 수 있게 하며, 이에 따라 그가 제시하는 사물의 모습들은 매우 독특한 이미지를 갖고 있다고 하겠다.

이상과 같이 이규보의 和白詩 가운데 일부 작품을 그의 시적 역량의 증대라는 관점에서 논의했다. 그는 백거이 시의 韻을 자신의 작품으로 이동시켜 작품창작의 계기를 마련하면서 창작에 대한 의욕을 고취시키려고 했다. 그리고 그는 백거이의 韻을 기초로 하여 작품을 창작하는 과정에서 그것을 자신의 시적 분위기 속에 융해시켜 독자적인 작품세계를 이루려고 심혈을 기울임으로써 스스로의 시적 역량을 발전시키고자 했다고 할 수 있다.

6. 맺음말

이 글은 고려시대의 한문학을 대표하는 이규보의 和白詩를 논의의 대상으로 삼고서 그는 작가적 태도에서 백거이의 어떤 측면에 주목했는지를 먼저 밝히고, 이를 바탕으로 그의 和白詩는 어떤 양상과 문학적 의미를 갖고 있는지를 이규보와 백거이의 작품을 비교·대비하며 살펴보았다.

이규보는 자기규정의 범주를 백거이와 일치시켜 三酷好先生이라고 自號했고, 특히 백거이의 평이한 시어와 작품의 대중성을 확보한 작가적 역량을 높이 평가했으며, 작품창작의 논리적 근거로서 백거이의 작품을 일정한 기준으로 삼기도 했다. 이렇게 이규보는 시작행위 자체로써 나이가 들어 병에 걸린 상황을 백거이와 동일화하는 가운데 삶의 변화에 따른 실존적 불안감으로부터 안정을 얻고자 했고, 다음으로 그는 관조적인 태도로 순수한 자아를 재발견하면서 진리의 세계를 추구하려는 시정신을 백거이와 공유함으로써 시·공간적으로 거리가 있는 대시인과의 정신적인 유대감을 조성하려고 했다. 그리고 그는 백거이 시의 韻을 차용하여,

작품창작의 계기를 마련하고 창작의욕을 고무시키면서 자신의 시적 역량을 증대시키고자 했다.

그러므로 이규보는 백거이의 작품에 和韻을 함으로써 시간적으로 유한한 자신의 존재성을 초극하려고 하면서 작가적인 자부심을 갖는 가운데 자신의 시세계를 보다 확대·심화시키려고 했다고 볼 수 있다.

李奎報의 「開元天寶詠史詩四十三首」 研究

1. 머리말

봉건제사회에서 유학계층은 한 시대의 정책을 결정하고 도의를 함양하면서 문화를 창조해야 할 책임이 있다. 이 복합적인 역할을 담당했던 文士들은 유학의 本領에 입각하여 인간의 도덕성을 고양시키는 정치를 이상적인 것으로 인식했고, 이 인식을 문학적 요소와 결합시켜 작품으로 형상화함으로써 그들에게 주어진 시대적 임무에 충실하고자 했다. 따라서 이 시대의 문사들이 중시했던 문학의 공용성은 도덕정치를 실현하려는 그들의 정치사상과 밀접한 관련을 맺고 있다. 이런 분위기 속에서 시인들은 작품을 통해 그들과 정치적 유대관계를 맺고 있는 군왕이 올바른 정치를 시행했을 때 그 업적을 기리기도 했지만 일면 그릇된 정치행위를 비판함으로써 덕치주의가 구현될 수 있는 사회적 기반을 마련하고자 했다.

당시의 시인들은 또한 과거의 역사에 대한 이성적 판단을 시적 언어로 형상화하는 가운데 당대사회를 올바른 방향으로 인도할 수 있는 정치원리를 모색하고자 했다. 詠史詩는 이런 내용을 창작행위의 목적으로서 추구했던 한시의 한 유형이라고 하겠다.

이 글은 고려시대의 문인인 白雲 李奎報(1168~1241)의 시세계를 면밀히 검토하려는 목적 아래에서 위와 같은 내용과 유기성을 맺고 그의 「開元天寶詠史詩四十三首」을 논의하려고 한다.1) 이 작품은 그가 1194년(27세)에 지은 것으로서, 唐 玄宗이 정치를 시행했던 기간(712~756)의 역사적 변천과정을 다루고 있다. 영사시가 역사적 사실 구체적으로는 과거의 역사에서 정치를 담당했던 인물의 정치행위를 모티브로 삼아 그 시를 창작한 시인의 역사정신과 정치의식을 반영한 작품이라고2) 할 때, 이규보가 지은 43수의 시들은 이 개념을 바탕으로 분류할 수 있으며, 그에 따른 논의의 순서를 마련할 수 있다.

먼저 당시의 역사적 성격을 고려하여 작품에 등장하는 정치인들을 유형별로 갈래를 짓는다면, 다양한 작품의 양상을 체계화할 수 있는 기틀이 마련된다. 그런데 백운의 영사시가 봉건제사회의 역사적 사실을 작품화한 것이라고 할 때, 당시의 정치를 담당했던 주요인물은 군왕과 신하였다고 말할 수 있다. 이들은 당시의 사회상을 객관화하는데 중요한 성격을 갖고 있다. 왜냐하면 당시의 역사에서는 역사서술이나 그 시적 형상화의 원리로서 사회의 일반성이 정치주역의 도덕성의 문제로 집중화되어 조명되었기 때문이다. 한편 이 인물유형과 관련된 문제로서 시에서

---

1) 이 작품에 대한 논의로는 朴泰常, 「李奎報의 「開元天寶詠史詩」에 대한 연구(I)」 (『원우론집』 9, 연대 대학원 원우회, 1981. 13~31쪽)과 孫政仁, 「李奎報의 「開元天寶詠史詩」研究」(『嶺南語文學』 11집, 嶺南大 嶺南語文學會 1984)와 朴性奎, 『李奎報 研究』(啓明大 出版部 1982, 64~66쪽)과 金鎭英, 『李奎報文學研究』(集文堂, 1984, 71~72쪽)과 金慶洙, 『李奎報詩文學研究』(亞細亞文化史 1986 132~133쪽)과 李東喆, 『李奎報詩의 主題硏究』(國學資料院, 1990, 50~54쪽) 등이 있다.

2) 영사시에 대한 개념은 이보다 포괄적일 수도 있겠으나, 이곳에서는 이규보의 작품적 특징을 드러낼 수 있는 관점에서 언급했다. 영사시에 대한 개념규정은 劉若愚 著, 李章佑 譯, 『中國詩學』(同和出版社, 1984, 78쪽)과 심경호, 「한국한시와 역사」 (한국한시학회 발표요지, 1989, 1~3쪽)을 참고할 수 있다.

다루어진 정치인물의 행위양상이 작품 분류의 기준이 되어진다. 구체적
으로는 백운이 정치인물의 정치행위로서 특정한 역사적 사실을 다루는
가운데 바람직한 정치 여부의 내용과 관련지어 그것을 어떤 측면으로 평
가했는가 하는 양상에 따라 작품을 분류할 수가 있다. 그리고 이 기준에
따라 분류한 작품을 분석하며 백운이 그러한 평가를 내리게 된 이면에는
어떤 시의식이 작용하고 있는가 하는 점을 논의할 수 있다.

　이와 같은 논의점을 바탕으로, 이 글은 이규보의 「開元天寶詠史詩四
十三首」를 내용적인 측면을 중심으로 분석하면서 작품에 투영된 시의식
을 통해 그가 중시했던 정치관의 면모를 살펴보고자 한다.

2. 작품의 양상과 의미

　이규보는 영사시를 창작하기에 앞서 작품원이 되었던 『唐書』·『逸
史』·『開元傳信記』·『天寶遺事』·『明皇雜錄』·『玄宗遺錄』·『楊妃外傳』
등의 기록을 종합적으로 이해했다. 그리고 시상에 알맞게 이 기록들 중
에서 특정한 사실을 挾註로 인용하며 각 작품의 모티브를 선했다. 이런
시적 태도를 유지하며 그는 작품 창작의 동기로서 당시 사회의 선과 악
이 군왕의 선과 악에서 비롯된다는 점과 그 선악의 내용에 따라 사회는
그에 상응하는 역사적 운명을 맞게 된다는 문제를 거론했다.3) 즉 그는
봉건제사회의 성격, 개원·천보년간의 역사적 상황을 군왕의 정치행위의

---

3) 『東國李相國集』, 前集 卷四, 「開元天寶詠史詩四十三首」 序 (『韓國文集叢刊』 1, 민
　족문화추진회, 1991, 327쪽. "予讀書之間 見唐明皇遺迹. 開元已前 勤政致理 太平之
　業 幾於貞觀 天寶已後 怠於政事 嬖寵筓固 信用讒邪 遂致祿山之亂 至播遷西蜀 幾
　移唐祚 可不悲夫"의 내용을 참고할 수 있다.

양상으로 대표화시키고, 그것을 도덕적 가치에 입각하여 재조명하고자 했다. 이에 백운은 현종의 정치행적을 집중적으로 詩化하는 가운데4) 그것을 도덕정치 실현가능성 여부의 기준에 따라 긍정적으로 혹은 부정적으로 평가했다. 이와 동시에 그는 현종의 정치행적을 통해 군왕이 정치인으로서 마땅히 시행해야 할 길이 무엇인가 하는 문제를 강조하려고 했다. 한편 그는 일부의 작품에서 잠재적인 관료로서의 가치관을 반영하며 신하가 갖추어야 할 바람직한 정치적 자세에 대해 언급하고자 했다. 그리고 백운은 이러한 작품행위를 통해 당왕조가 맞게 되는 역사적 변천과정을 조감하면서 과거의 역사가 제시해 주는 역사적 교훈을 고려사회를 담당할 미래의 세대들에게 전함으로써5), 시를 통한 참다운 사회실현을 도모하려고 했다.

1) 올바른 왕도의 추구

(1) 善政의 정치덕목 강조

이규보는 유학의 정치관에 기초를 두고 현종이 개원년간에 올바른 정치를 시행할 수 있었던 이면에는 그가 어떤 정치덕목을 지녔기 때문인가 하는 문제에 관심을 가지면서 이를 작품을 통해 밝히고자 했다.

---

4) 작품 중에는 정치와 직접적인 관련이 없는 현종의 행적이 발견된다. 그런데 백운은 현종이 당나라를 통치하는 군왕이었으므로 그의 개별적인 해위 또한 정치적 의미를 갖게 된다고 판단하여, 이를 작품화한 것으로 생각된다.
5) 『東國李相國集』, 앞의 책, 같은 글, 327쪽. "是用拾善可爲法惡可爲誡者 播于諷詠…… 豈敢補之風雅. 聊以示新學子弟而已."

帝性怡怡篤友于　　　　天心感應合如符
故敎義竹生蒙密　　　　何異相承棣萼跗
　　「義竹」6)

　太液池 부근의 대나무 죽순이 마치 한군데 심어놓은 듯이 빽빽하게
자란 모습을 보고 현종이 그 일로써 諸王間의 友誼의 규범으로 삼았던
일을 다루었다. 첫째구에서는 현종의 성품을 평화로운 마음이 충만한 성
격으로 규정하고 나서, 그 온화한 심성이 형제간의 우애를 돈독하게 하
는 원동력으로 보고 있다. 이어 至高善의 존재인 하늘이 그 아름다운 일
에 감응하여 한곳에 무리 지어 자란 죽순으로 그 상서로움을 드러냈다는
관점을 '合如符'로 강조하고 있다. 그리고 義竹이 우거진 자연의 조화로
운 현상이『詩經』小雅篇「常棣」의 "常棣之華 鄂不韡韡 凡今之人 莫如
兄弟."의 내용과 일치하는 것임을 밝히며, 형제의 우의가 삶의 아름다움
을 고양시키고 올바른 정치의 기틀이 된다는 사실을 암시하고 있다. 그
러므로 백운은 이 작품에서 하늘과 인간이 상동적인 존재임을 강조하며
군왕이 자연에 내재된 존재원리를 인간이 지녀야 할 덕목으로 삼아 바른
정치를 시행해야 한다는 문제를 온화한 심성과 도타운 형제애를 지녔던
현종을 통해 조명했다고 할 수 있다.

世情漸薄似秋雲　　　　兄弟猶爲行路人
一見唐皇爇鬚事　　　　臨書不覺淚霑巾
　　「爇鬚」7)

---

6) 같은 책 329쪽.
7) 위와 같음.

이 시는 정치혼란으로 인해 형제의 우애마저 희박했던 고려사회의 모습을 반영시키며 지극한 마음으로 동생을 사랑했던 현종의 일을 감동적인 어조로 노래하고 있다. 첫 부분에서는 세상의 인심이 각박해지는 사회현상을 가을구름이 쉽게 소멸해가는 속성에 비유하여, 그 내용을 강화하고 있다. 이어 그러한 사회적 분위기로 말미암아 인정을 가장 가까이서 느끼게 해주는 형제애마저 찾기 어려운 세태를 형제가 서로를 나그네로서 대하는 상황을 비유함으로써 사회인들이 인간 본연의 길인 仁義의 大道에 안주하지 못하는 사실을 일깨우고 있다. 이어서 이런 현실과 대비시켜, 현종이 동생인 薛王의 병을 낫게 하려고 손수 약을 달이다가 왕의 위엄을 드러내는 수염까지 태웠던 일을 기록한 역사서와 마주하는 시적 상황을 부각시키고 있다. 그리고 이제까지의 내용을 종합하여, 각박한 분위기가 만연된 사회이기에 더욱 값진 삶의 모습으로 다가오는 현종의 행적에 대해 깊이 감동하는 마음을 넷째 구로 전하고 있다. 따라서 「爇鬚」는 당시 고려사회의 그릇된 현실을 교화할 수 있는 가치체계로서 현종의 형제애를 그 귀감으로 삼은 작품이라고 하겠다.

重價那能賭一賢　　　合將金筯表心堅
豈有當食猶憂國　　　畫作謀籌不借前
「金筯表直」8)

봄날의 연회석에서 현종이 어진 재상인 宋璟에게 자신이 평소 사용하던 금젓가락을 선물로 주었던 일을 작품화했다. 송경은 南和人으로서 개원 초기에 刑部尙書의 직책을 맡았다가 훗일에 姚崇의 천거로 재상이

____

8) 같은 책, 327쪽.

되었다. 그는 올바른 정책을 현종에게 자주 건의했으며 공정한 태도로 정무를 담당한 인물이었다. 첫구에서는 '重賈'를 포괄할 수 있는 '一賢'의 질감을 통해, 송경의 인물됨이 세속적인 값어치로써 헤아리기 어려운 성질의 것임을 밝히면서 그를 기리고 있다. 이어 현종이 송경에게 금젓가락을 준 일은 그가 '金箸'의 품성으로써 송경의 굳건한 마음과 빛나는 정신을 드러내려고 했던 의미로 해석하여, 그의 인물됨을 더욱 높이고 있다. 이어서 현종이 금저로 송경의 인품을 기렸던 이전에도 그가 금저와 같은 강직한 마음을 갖고 있었기 때문에, 송경은 그것을 기능적인 도구로 여기며 음식을 들 때에만 자신의 마음을 헤아려준 군왕을 위해 나라를 생각하기보다 금저를 거울삼아 곧은 성품을 더욱 올곧게 하면서 나라를 위해 온 힘을 기울였을 것이라는 시적 태도를 유지하여, 어진 재사인 송경의 한결같은 우국지심을 예찬하고 있다. 그리고 그런 경륜의 공경이 漢代에 高祖의 수라상에 놓인 젓가락을 빌어 정사의 가부를 결정했던 張良보다 뛰어난 정치가임을 상기하고 있다. 그러므로 이규보는 '金箸'를 통해 신하들이 어질면서도 강직한 인품을 갖추고 사회를 위해 바람직한 정책을 시행해야 할 것과 군왕이 그러한 국가의 동량을 마음 깊이 아끼면서 그들과 더불어 참된 정치를 추구해야 할 것을 암시했다고 할 수 있다.

步輦迎來玉帝家　　從教秋雨瀉如河
六街泥滴知多少　　未汚花甎學士靴
　　「步輦召學士」[9]

---

9) 같은 책, 327~328쪽.

　현종은 中宗의 왕후인 韋氏가 중종을 살해하고 武氏일족과 결탁하여 정권을 마음대로 휘두르자, 군사를 일으켜 부왕인 睿宗을 황제로 등극시킨 뒤, 그 帝位를 이어 받아 姚崇, 張說 등을 등용하여 개원의 시대를 열었다. 이 시는 현종이 宗臣 요숭을 예우한 일을 작품화했다.

　첫째구에서는 현종이 近侍에게 명령을 내려 步輦으로 요숭을 궁중에 맞이한 일을 전하고 있다. 그런데 백운은 신하를 정중하게 예우한 군왕을 기리는 의미에서 정치의 중심공간인 궁궐을 ‘玉帝家’로 표현한 듯 하다. 이어 요숭을 맞이할 때 가을비가 몹시 쏟아졌던 상황과 길거리가 온통 진흙으로 변한 정황을 둘째구와 셋째구에서 밝히고 있다. 이때 가을비는 군왕과 어진 신하와를 단절시키는 외적 상황을 암시한다. 이런 사실을 감안할 때, 첫째구의 가마는 작품의 주에서 “明皇在便殿 甚思姚元崇論時務.”라고 밝히고 있듯이, 요숭의 시무론을 읽으며 올바른 정치의 기틀을 구상하던 현종과 그 시무론을 통해서 바른 정책을 군왕에게 건의했던 요숭과의 연결체라고 할 수 있다. 이어서 이런 외적 상황과 대비되어 넷째구에서는 정치의 중요한 역할을 맡고 있는 한림학사의 세계를 온전히 보전하려는 군왕의 배려에 힘입어, 궂은 날씨에도 불구하고 현종을 배알하기 위해 花甎 위를 걷는 요숭의 신발이 맑은 날과 다름없이 정결한 상태가 유지되고 있음을 부각시킨다. 즉 작품의 마지막 부분에서는 이 사실을 통해 한 나라를 통치하는 군왕은 賢臣에 대한 총애가 지극해야 하며, 그런 가운데 신하가 주위 상황의 혼탁함에 물들지 않는 맑은 정신으로 올바른 정책을 군왕에게 제시할 수 있다는 점을 암시한다고 하겠다.

　한편 이 작품에 등장하는 보련은 군왕이 올바른 정사를 행하려는 의지의 상징물로 볼 수 있고, 군왕의 배려로써 신발을 깨끗한 상태로 유지한 요승이 화전 위를 걸어가 마침내 현종과 마주한 상황에서 신발의 상태에 상응하는 맑은 정신으로 바른 정책을 군왕에게 제시하리라는 사실을 유추할 수 있으며, 군왕의 신하에 대한 총애의 내용을 첫째구와 넷째구에 배치시키고 궂은 일기의 시적 상황을 둘째구와 셋째구에 위치시켜 신하를 아끼는 군왕의 마음과 행동이 시적 상황을 감싸는 작품의 구조를 통해 尊賢의 중요성을 효과적으로 전달한다고 할 때, 「步輦召學士」는 작품의 형상적인 측면 또한 돋보이는 시라고 할 수 있다.

<blockquote>
丹口何須用意呵　　　君恩纔煦暖先加
謫仙才思春葩艶　　　却對紅顔一倍多
　　「美人呵筆」[10]
</blockquote>

　李白이 便殿에서 조서를 작성할 때 날씨가 몹시 추워 붓털이 굳어져서 글을 쓸 수 없게 되었다. 이 상황을 바라본 현종은 宮嬪들을 불러 이백의 주위에 앉힌 다음 그녀들로 하여금 각기 상아필을 들고 따스한 입김으로 언 붓을 녹이게 하여, 이백이 조서를 이룰 수 있었다. 이 작품은 이 사실을 전하고 있다.

　시의 첫 부분에서는 여인들의 아름다운 자태를 붉은 입술로 대유화시킨 다음 그것을 궁빈들이 입김으로 언 붓을 녹였던 일과 긴밀하게 연결하면서도 그 일에 대해 별다른 시적 의미를 부여하지 않고 있다. 그 이유는 둘째구에서와 같이 궁빈들이 붓을 녹였다고 하더라고 그녀들의 행위가 군왕의 말에 따른 것이라고 한다면, 궁빈들의 입김보다 앞선 따사로움은 그의 언어로 드러나는, 才士를 아끼는 군왕의 마음에서 비롯된다

---

10) 같은 책, 328~329쪽.

고 하는 측면에 초점을 맞추고 있기 때문이다. 이어서 아름다운 여인들이 이백을 둘러싼 분위기와 통일시켜, 추운 계절임에도 불구하고 그의 문필력이 봄날 곱게 피어오른 꽃봉오리에 비유하여 그의 문장력이 아름다움의 극치를 이루는 성격임을 암시하고 있다. 그리고 궁빈들이 둘러싼 상황에서 이백이 조서를 작성했던 일을 미인들이 위와 같은 성격의 꽃봉오리를 바라보는 낭만적이 분위기로 묘사하는 가운데 그녀들의 미모가 이백의 문장력을 더욱 뛰어나게 함으로써 그는 훌륭한 글을 이루었을 것이라고 상상한다. 이렇게 넷째구는 이백에 대한 현종의 총애가 정치 운영에 필요한 조서를 작성하는데 어떤 실질적인 내용으로 작용했는가 하는 측면을 언급하고 있다.

따라서 이 시는 현종이 이백을 총애했던 일을 군왕이 지녀야 할 덕목으로서 재사를 우대해야 한다는 측면과 함께 신하가 갖추어야 할 덕목으로서 올바른 정치에 이바지할 수 있는 재능을 구비해야 할 것을 거론했다고 하겠다.

談經漢殿惟重席   落筆龍門只奪袍
爭及開元張學士   獨升七寶玉山高
「七寶山」[11]

앞의 시와 유사한 내용으로 현종이 張九齡을 지극하게 예우했던 일을 밝히고 있다. 장구령은 개원시대에 조정의 신하를 대표했던 문사로서 한때는 荊州長史로 좌천되기도 했지만 始興縣伯의 작위를 부여받을 만큼 학문과 재예가 뛰어난 인물이었다. 작품에서는 장구령에 대한 군왕의 사

---

11) 같은 책, 329쪽.

랑이 後漢 光武帝가 경학에 능통한 戴憑을 총애하던 일보다 지극했으며 唐의 武后가 宋之問의 시적 재능을 아꼈던 것보다 더욱 깊어, 勤政樓에 칠보로 일곱자 높이의 山座를 설치하고 經義와 時務에 밝은 이론을 제시한 그를 칠보좌에 앉혔던 사실을 전하고 있다. 그러므로 이 시는 현종의 사랑을 한 몸에 받았던 장구령의 일을 작품화하면서 군왕이 지녀야 할 덕목으로서의 존현의 의미를 다시 한 번 되새겨 보았다고 할 수 있다.

이상과 같이 현종을 긍정적으로 평가했던 작품을 논의해 보았다. 이규보는 군왕이 만물의 합법칙성인 道를 올바르게 통찰하며 그 도와 일치하는, 인간의 도덕성을 고양시키는 정치를 시행해야 한다는 문제를 현종의 정치행위를 평가하기 위한 전제적 가치로서 중시했다. 그리고 나서 백운은 군왕이 이러한 정치를 시행하기 위해서는 무엇보다도 심성이 도타워야하며 형제간의 우애가 돈독해야 한다고 보았다. 또한 그는 군왕이 정치의 중추적인 책임을 맡고 있는 신하의 역할을 깊이 자각하여, 어질고 재능있는 신하와 유대관계를 맡고 있는 신하의 역할을 깊이 자각하여, 어질고 재능있는 신하와 유대관계를 맺는 가운데 그들의 인물됨에 알맞는 예우를 해 주어야 한다고 생각했다. 이 내용들은 경서의 가르침에 바탕을 둔 것으로서 군왕이 갖추어야 할 기본적인 정치덕목이라고 할 수 있다. 그런데 백운은 현종이 이러한 덕목을 지녔기 때문에 정치 초기에 올바른 정치를 시행할 수 있었다는 판단에 입각하여, 작품을 통해 이 덕목의 중요성을 다시 한 번 강조했다.

(2) 敗政의 행위양상 비판

현종은 개원시대에 어진 정치를 시행하여 사회의 안정을 이룩했다. 그러나 治世의 후반기인 천보년간에는 실정을 거듭하여 당왕조는 쇠퇴의 길을 걷게 되었다. 즉 英主로 칭송되었던 현종도 해를 거듭할수록 정치에 염증을 느꼈으며 조정의 실권은 佞臣 李林甫와 陽國忠이 장악하게 되어, 정치는 혼란의 조짐을 보이기 시작했다. 뿐만 아니라 현종은 경국지색의 楊貴妃에게 사로잡혀 사치와 환락을 일삼아 사회의 혼란을 가중시켰다. 또한 그는 방대한 영토를 수호하기 위해 변방수호에 힘을 기울임으로써 막대한 인명과 경비를 소모했다. 이로 말미암아 국민은 과중한 세금과 병역의 부담에 불만이 고조되었다. 이러한 정치모순 속에서 安祿山의 난이 일어나 사회의 불안은 극도에 달했다. 안록산은 변방에서 세력을 축적하고 있던 藩族출신의 절도사였다. 그가 三節度의 용병군단을 이끌고 반기를 든 것은 755년 11월의 일이었다. 14만의 반군은 순식간에 洛陽을 점령했고 다음 해 6월에는 수도 長安을 침입했다. 일년 반에 걸쳐 나라를 뒤흔들었던 이 전쟁은 반군의 내부 붕괴와 위글족의 원정으로 일단 평정이 되었으나, 華北을 9년 동안이나 전란에 빠뜨려 當代 사회를 붕괴 직전의 상태까지 몰고 갔다.12) 이규보는 이와 같은 천보년간의 역사적 상황을 작품으로 다루었다. 그런 가운데 그는 현종의 실정이 어떤 문제에서 비롯되었으며 그것이 어떻게 사회혼란을 가중시켜 나라를 파멸의 지경에 이르게 했는가 하는 측면을 비판적인 안목에서 통찰하고자 했다.

먼저 이규보는 양귀비의 외모에 사로 잡혀 이성적인 판단을 상실한 현종을 꾸짖었다. 이와 함께 그녀의 미색에 빠졌던 현종과 군왕의 권력을 필요로 했던 양귀비 사이에는 진정한 사랑이 이루어 질 수 없었음에도 불구하고 나라가 위기에 처한 상황에서조차 그녀의 환상에서 벗어나지 못했던 현종의 어리석은 행동을 비판했다.

---

12) 具塚茂樹 외, 윤혜영 편역, 『中國史』(홍성사, 1987, 243~245쪽)를 참고했음.

芍藥紅黃朝暮態　　　楊妃媚嫵百千姿
明皇獨識花妖在　　　愛却人妖自不知
　　　「花妖」13)

　첫째구에서는 작약꽃 스스로 그 빛깔을 변화시킨 일이 자연의 유구한 속성에 위배되는 성격임을 암시하고 있다. 이 현상과 긴밀히 연결되어, 변화무쌍하게 외양을 변화시키는 양귀비의 요사스로운 모습을 '百千姿'로 강조하고 있다. 이어 현종이 자연의 이상스러운 조짐을 통해 자신을 성찰하지 못하고, 그 현상을 감각적인 즐거움을 더해주는 일로만 여긴 사실을 술회하고 있다. 이어서 이런 내용을 종합하여 양귀비의 외양에 매혹됨으로써 그녀의 '百千姿'가 자신의 정신을 혼란스럽게 한다는 점을 깨닫지 못했던 현종의 좁은 안목을 비판하고 있다. 따라서 이 시를 통해 양귀비가 상황에 따라 자신을 여러 모습으로 변화시킬 수 있는 위험스러운 성격의 소유자라는 사실과 함께 그녀의 요사스러운 미모에 빠져 스스로 맞이하게 될 현종의 비극적인 운명에 대해 예측할 수 있다.

愛極翻生拂意間　　　故將侵語屢振干
勅還外第妃何恨　　　一朶烏雲足市歡
　　　「剪髮」14)

　양귀비가 말로써 현종의 비위를 건드려 그녀에 대한 임금의 애정이 노여움으로 바뀐 사실과 私家로 쫓겨난 양귀비가 고운 머리털을 베어 현종에게 보냄으로써 쉽게 별궁으로 돌아온 일을 전하고 있다. 그런데 넷째

---

13) 앞의 책, 330쪽.
14) 같은 책 331쪽.

구에서와 같이 양귀비가 진정한 마음으로 임금과 조화를 이루기보다 자신의 외적인 아름다움을 이루는 신체의 일부로써 현종의 환심을 쉽게 거래할 수 있는 점이 강조되고 있다. 이러한 시각에는 현종과 양귀비의 관계가 진정한 화해를 모색하기 어려운 잠재적인 갈등을 지속적으로 안고 있다는 문제를 암시하면서 외적인 아름다움으로 현종을 농락하며 그의 마음을 쉽게 변화시키는 양귀비의 요사스러운 인간됨과 함께 그런 양귀비에게 연연해하는 현종의 어리석은 태도를 비판하는 시의식이 내재되었다고 하겠다.

春風深院沒人知　　皓腕閑將玉笛吹
竊向寧王非細事　　可憐君意未終移
　　「楊妃吹玉笛」[15]

양귀비가 현종의 형인 영왕의 옥피리를 불었던 일을 작품화했다. 전반부에서는 여인의 마음을 설레이게 하는 계절상황과 인적이 드문 장소를 배경으로 양귀비가 남모르게 아름다운 자태를 은근히 드러내고서 누군가를 그리워하며 옥피리를 부는 정황을 정적인 분위기로 묘사하고 있다. 그리고 후반부에서 귀비가 영왕의 피리를 분 일을 그녀가 궁중 생활을 시작했던 시절에 모시던 영왕을 사모하기 때문이라고 규정한 다음 현종이 정사를 게을리하면서까지 자신으로부터 마음을 멀리 한 양귀비를 그토록 사랑한 일이 얼마나 부질없는 짓인가 하는 사실을 우의적으로 비판하고 있다. 따라서 이 시는 영왕을 그리워하는 양귀비의 행동을 통해 남녀간의 애정이라는 문제에서조차 그녀의 진정한 사랑을 얻지 못했던 현

---

15) 같은 책, 329~330쪽.

종의 가련한 모습을 부각시켰다고 할 수 있다.

龍腦奇香帝屬嬪　　　胡雛何事得爲珍

漁陽犯順君知否　　　都爲楊妃暗許親

「龍腦蟬」16)

현종이 애틋한 마음을 실어 交趾國에서 진상한 龍腦香을 양귀비에게 주었으나 그녀가 그것을 몰래 안록산에게 전한 일을 밝히고 있다. 그런데 진귀한 물건인 용뇌향의 이동경로가 '帝·嬪·胡雛'로 이어진 사실로써 정치적 위세 또한 현종에서 안록산으로 이어질 것을 암시하고 있다. 이어서 현종이 그토록 사랑했던 양귀비가 그 사랑을 마다하고 반란의 주인공인 안록산을 좋아했기 때문에 현종이 안록산에게 왕위마저 내줄 뻔했던 아이러니컬한 역사적 사실을 전하고 있다. 그러므로 이 작품은 진정한 사랑이 결여된 현종과 양귀비와의 관계를 역사적 사건의 추이 사실과 연관지어 노래했다고 하겠다.

棧道崎嶇雨潦俱　　　此時猶念玉妃姝

殷勤自製霖鈴曲　　　觱篥時憑張野狐

「雨淋鈴」17)

안록산 군대의 침입으로 장안을 탈출한 현종은 陣倉을 경과해 棧道를 지나게 되었다. 이때 그는 빗방울 소리를 듣는 가운데 馬嵬에서 죽임을

---

16) 같은 책, 330쪽.
17) 같은 책, 333쪽.

당한 양귀비를[18] 그리워하여 우림령곡을 지었다. 그리고 이원제자의 한 사람인 張徽로 하여금 그 곡을 필률로 부르게 했다. 이 작품은 이런 사실을 다루었다.

첫구에서는 현종이 안록산에게 쫓기어 幸所를 옮긴 곳이 궁벽한 장소라는 사실과 궂은 날씨가 군왕 일행의 이동을 더욱 힘들게 하는 상황임을 전하고 있다. 그런데 '岐嶇'와 '雨潦俱'의 이면에는 현종 개인의 차원을 넘어서서 사회 전체가 시대적인 어려움을 맞이하고 있으며, 至高善의 존재인 하늘마저 그를 보호하고 있지 않다는 의미를 내포한다고 하겠다. 이런 상황에도 불구하고 현종이 '此時'와 같은 역사의 위태로움 속에서조차 쏟아지는 빗소리를 들으며 양귀비에 대한 그리움을 깊이고만 있던 일을 언급하고 있다. 이어서 시대적인 어려움을 극복하기 위해 군왕으로서 최선을 다하기는 고사하고 남모르게 우림령곡을 지어 양귀비에 대해 남아 있는 사랑의 감정을 필률소리에 의지해 전했던 현종의 나약한 행동을 비판하고 있다.

따라서 이 시는 외진 장소와 비가 내리는 상황이 현종으로 하여금 양귀비에 대한 애틋한 마음을 유발시킴에 따라 현종이 그 심정을 선율을 통해서 절절하게 드러낸 과정을 시적으로 형상화했으면서도 그 이면에는 현종이 개인적인 감정에 집착할수록 그에 비례하여 자신이 직면한 역사적 상황을 바르게 인식할 수 있다는 문제를 암시했다고 할 수 있다.

---

18) 작품(送妃子)의 註에서는 격분한 근위병에 의해 양귀비가 살해된 상황을 자세하게 밝히고 있다. 그리고 이규보는 "軍情洶洶固難違. 忍遣紅顏正掩暉. 豈以大唐天子貴 勢窮莫庇一宮妃."라는 시로써(같은 책, 333쪽) 현종이 올바른 정치를 도모하지 못하고 미색에 빠진 결과, 君心을 잃게 되어 양귀비마저 보호할 수 없었던 사실을 통해, 군왕으로서 덕망과 권위를 모두 상실한 그의 궁색한 모습을 부각시켰다.

    國破楊妃一笑姿   鑾輿播越是因誰
    不曾懲創當時事   更對遺環雪泣悲
      「金粟環」[19]

    작품의 전반부에서 백운은 당 전체가 위태로운 지경에 이르게 되고 현종이 西蜀에까지 行幸하게 된 주원인이 양귀비의 미모에 사로잡혔던 현종의 어리석은 행동에 기인한다는 사실을 암시하고 있다. 그리고 이 내용을 전제로 하여, 현종이 서촉에서 장안으로 돌아온 당시만이라도 과거의 일을 성찰하면서 군왕으로서의 책임을 다했어야 함에도 불구하고 양귀비에게 주었던 보석반지를 매만지며 슬픔의 눈물을 흘렸던 일을 비판하고 있다. 즉 후반부에서는 현종이 반지를 매개로하여 과거의 시간으로 회귀함으로써 현실을 바르게 통찰하지 못했던 측면과 이 상황에서의 '雪泣'이 양귀비를 그리워하는 그의 마음을 간절하게 드러내는 행위이긴 하지만 역사에서 결코 정당화될 수 없다는 사실을 밝히고 있다. 이렇게 이규보는 현종이 양귀비에게 미혹되어 정치적 혼란을 자초하는 가운데 역사의 소용돌이 속에서조차 나라를 위기에 처하게 한 양귀비에 대해 사랑의 감정을 저버리지 못함으로써 실정을 거듭했다는 문제를 강조했다.

    한편 이규보는 현종이 만민의 삶을 풍요롭게 해야 할 군왕으로서의 막중한 의무를 저버리고 전시효과에 급급한 정치를 시행하는 한편 자신과 적대관계에 있는 안록산을 총애함으로써 스스로 역사의 혼란을 자초했던 일을 비판했다. 이와 아울러 백운은 현종이 정치의 중추적인 역할을 담당하고 있는 어진 신하를 멀리 함으로써 온 나라가 위기를 맞게 되었던 사실에 주목했다.

---

19) 앞의 책, 334쪽.

秦帝宮松傳口實　　　　衛公祿鶴喪人心
唐皇不見分明감　　　　又爵喃喃巧舌禽
　　　「綠衣使者」[20]

　진시황이 태산에 올라가 封禪할 때 폭풍우가 몰아쳤는데 소나무가
비를 피할 수 있게 해주어 그 나무에게 작위를 내렸던 일과 춘추시대에
衛懿公이 학을 매우 좋아하여 그것을 대부가 이용하는 수레에까지 태
웠던 사실을 전고로 인용하며, 이러한 일들이 백성을 위하는 정치의 본
령과는 무관한 것임을 암시하고 있다. 이어서 현종이 어진 정치를 시행
하여 사회를 밝게 하는 일에 힘쓰기보다 楊崇義의 아내를 차지하기 위
해 그를 살해한 李弇을 범인이라고 말한 앵무새에게 벼슬을 내려 준
일을 작품의 전반부와 같은 차원에서 비판하고 있다. 구체적으로는 이
엄의 살인행위가 정신적으로 피폐한 당시의 사회적 분위기를 반영할
때, 현종은 그러한 사회를 전반적으로 계도하는 일에 힘을 기울여야 했
음에도 불구하고, 시의 전반부에 등장하는 인물과 유사한 허위의식에
사로 잡혀 현상의 세계를 모방하는 앵무새에게 작위를 부여한 행위로
사회의 병리현상을 안일하게 처리함으로써 이엄과 같은 일이 언제라도
재발할 수 있다는 사실에 입각하여, 미봉책에 불과한 그의 정치행위를
꾸짖었다. 따라서 「綠衣使者」을 통해 공적인 지위가 사회인들의 삶을
보다 윤택하게 하기 위한 정책의 일환으로 마련된 제도이기 때문에 정
치가는 그것을 신중하게 운영해야 된다고 하는 백운의 시의식을 가늠
해 볼 수 있다.

---

20) 같은 책, 330쪽.

君王號令劇雷馳　　　一震無人不失匙

何事反卑京兆尹　　　慇懃呼却一安之

「嚴公界」21)

　현종이 근정루에서 백성들에게 식량을 나누어주게 했는데, 인파가 몰려들어 호위병들이 그 혼란스러운 상황을 제지할 수 없었다. 이에 현종은 京兆尹 嚴安之에게 규약을 세울 것을 명하여, 엄공이 笏로써 땅에 금을 긋고서는 그 경계선을 침범하는 사람에게 사형을 내리겠다는 엄명으로 다급한 상황을 수습했다. 이 시는 이런 사실을 작품화하면서 군왕으로서의 책임을 회피한 현종을 비판하고 있다. 첫구에서 백성을 향해 명령하는 군왕의 소리가 우뢰소리와 같이 절대적인 위엄을 갖고 있는 성격임을 밝히고 있다. 이어 모든 백성들이 하늘의 소리를 두려워하듯이, 덕망있는 군왕의 한마디에 두려운 마음을 갖게 된다는 사실을 식량을 배급하는 시적 상황과 긴밀히 연결시켜 사람들이 들고 있던 수저를 떨어뜨리는 상황으로 전하고 있다. 이어서 대국을 통치하는 현종이 혼란한 상황에 능동적으로 대처하지 못하는 다급함 속에서 자신이 수행해야 할 책임을 경조윤의 직책을 맡고 있는 엄공에게 전가시켰던 일을 '反卑'로 강조하고 있다. 그리고 그 부탁 또한 '雷'와 대비되어, '慇懃'하게 진행시켰던 태도를 통해 덕망을 상실함으로써 군왕으로서의 권위가 실추된 현종의 초라한 처지를 간접적으로 드러내고 있다. 그러므로 이 시를 통해서 현종이 올바른 정치를 시행하지 못한 결과, 백성들이 그를 신뢰하지 않았던 측면과 함께 그가 국가재정을 낭비함으로서 국민들의 생활이 식량을 배급받을 정도로 악화되었던 당시 상황을 유추할 수 있다.

---

21) 위와 같음.

彫成木瓦費何如　　　　虛葺人家竟未居
不是韋公被豪奪　　　　天敎虢國理韋廬
　　「木瓦」22)

　　현종이 귀비의 언니인 虢國夫人을 총애하여 韋嗣立의 집을 보수한 다음 그것을 그녀에게 증여했으나, 훗날 그 집이 다시 위공에게 반환되었던 일을 다루었다. 첫부분에서는 단단한 나무에다 무늬를 조각한 기와로 지붕을 보수함으로써 국가의 경제를 낭비한 현종을 비난하고 있다. 이어 이런 수고로움에도 불구하고, 집을 되찾은 위사립이 그 혜택을 누렸던 역설적 상황을 통해 다시 한 번 현종의 잘못을 꾸짖고 있다. 그리고 위공의 집이 새롭게 단장되었다가 다시금 그에게 반환된 일은 至高善인 하늘의 은총을 받아 천자의 자리에 오른 현종이 만인을 위해 어진 정치를 시행했어야함에도 불구하고 사사로운 감정에 사로 잡혀 권력을 남용했기 때문에 하늘이 그 일을 징계한 것이라고 판단하고 있다. 그런데 백운은 이러한 내용을 효과적으로 전달하기 위해 집의 구조물 가운데 하늘과 경계를 이루는 지붕에 초점을 맞추어 시상을 전개시키고 있다. 그러므로 「木瓦」는 천자의 권위가 하늘로부터 부여받은 것이므로 천자는 그 지고선의 법도를 사회 속에서 실현하는 일이 그에게 주어진 본연의 임무라고 하는 사실에 입각하여, 현종이 천자로서 그 권한을 올바르게 사용하지 못했기 때문에 하늘이 그에 상응하는 일로써 그를 응징했다는 사실을 전한다고 하겠다.

---

22) 같은 책, 329쪽.

開元天子計何疎　　　准勅扶持孕禍軀

正是護成鋙觜日　　　朝臣爭肯害胡雛

「金牌斷酒」[23]

　안록산에 대한 현종의 총애가 특별해서 그를 경계하는 신하들이 많았는데, 현종은 그가 독살을 당할까 염려하여 그에게 금패를 내려 술을 끊도록 한 일을 전하고 있다. 첫구에서는 영주로 칭송되던 현종이 그 이름에 어울리지 않게 치세 후반기에 정치를 미숙하게 운영했던 일을 강하게 비난하고 있다. 이어 그 구체적인 내용으로서 잘못된 칙명으로 반란을 계획하고 있는 인물을 보호함으로써 현종 스스로 재앙을 자초했던 점을 서술하고 있다. 이어서 금패로 정치적 세력을 더욱 강화시킨 안록산의 모습을 「鋙觜」의 첨예한 심상으로 구체화하고 있다. 그리고 이러한 내용을 종합하여 현종의 그릇된 명령으로 인해 안록산을 제거하려는 신하들의 생각이 행동으로 구체화되지 못한 사실로써, 군신간의 관계가 서로 조화를 이루지 못했던 일을 안타까워하고 있다. 이런 관점에서 볼 때, 금패는 현종과 안록산의 관계를 밀착시킴으로써 다른 신하들을 배제시키는 속성을 갖고 있으며 또한 고정된 시선으로 인간관계를 유지하는 현종의 폐쇄된 성격을 투영하고 있다. 따라서 이 시는 천자로서 그에 합당한 지혜로움을 구비하지 못한 현종을 비판했다고 할 수 있다.

胡奴反相帝曾知　　　斥去猶遲更寵爲

眼孔已容天下大　　　區區第宅若爲支

「爲祿山起第」[24]

---

23) 같은 책, 328쪽.

현종이 근정루에 특별한 坐榻을 마련한 다음 안록산을 그곳에 앉히는 일로써 그를 융숭하게 대접했다. 그리고 그 행동에 대한 설명으로서 그는 안록산이 반역의 상을 갖고 있기 때문에 일부러 그를 대접하여 모반을 일으키려는 안록산의 마음을 제압하기 위해서라고 했다. 시의 전반부에서는 이런 사실을 전하면서 현종이 안록산을 경계하기는커녕 도리어 그를 총애한 일을 비판적인 관점에서 술회하고 있다. 그리고 후반부에서는 현종이 그에게 호화로운 저택을 지어준 처사에 대해 그 일 또한 천하를 차지하려는 마음을 먹은 안록산의 야심을 제어할 수 없는 소극적인 대응책이었다고 비판하고 있다. 그러므로 「爲綠山起第」는 안록산의 반역 행위를 사전에 봉쇄하지 못했던 현종의 만용적인 태도와 천하를 지배하려는 안록산의 야심에 찬 모습을 대비시켜 묘사하는 가운데 안록산을 총애함으로써 그의 야심을 더욱 고조시킨 현종의 그릇된 행위를 비판했다고 하겠다.

此樓當日邇英奇　　玉色曾無乙夜疲
胡奈今朝陣百戲　　大娘頭上戴孩兒
「戴竿舞」25)

현종이 연희자들을 불러모아 근정루에서 온갖 기예를 벌이게 했다. 그 중에서 곡예사 대랑이 머리에 긴 장대를 이고 그 위에 목상을 올려놓고서는, 어린아이들이 그 위에 올라서서 절모를 들고 춤을 추어 음절을 맞추게 했던 사실에 초점을 맞추고 있다. 전반부에서 백운은 현종이 정치

---

24) 같은 책, 334쪽.
25) 같은 책, 329쪽.

공간의 성격을 갖고 있는 장소에서 어진 신하들의 의견에 귀를 기울이며 바른 정치를 도모했어야 함에도 불구하고 온갖 놀이에 정신을 쏟았던 일을 애석해 하며 밤늦은 시간까지 연희를 구경함으로써 맑은 정신을 간직해야 할 그가 극도로 지치게 된 모습을 비판적으로 묘사하고 있다. 이어 후반부에서는 온갖 놀이를 하는 가운데 대간무가 연희되었을 때의 장면을 통해 바른 정치를 게을리 한 조정의 위태로움이 손에 땀을 쥐게 하는 놀이의 성격과 유사한 것임을 암시하며 그 상서롭지 못한 일을 비난하고 있다. 따라서 이 시는 百戲로써 한 순간의 즐거움에 탐닉했던 현종을 비판하면서 군왕은 준수한 마음을 유지하는 가운데 賢臣들과 더불어 참다운 정치를 구현하기 위해온 힘을 기울여야 한다는 문제를 거론했다고 할 수 있다.

開元幾致太平期　　　揔爲虛懷納諫詞

若置金函長鑑戒　　　翠華爭肯幸峨帽

「金函」[26]

개원년간에 태평성대에 가까운 시대를 구가할 수 있었던 정치운영의 비결은 현종이 자신의 정치에 대해 비판적인 의견을 제시한 신하들의 疏章 중에서 우수한 글을 금함에 넣고 그것을 자주 꺼내 읽으면서 스스로의 정치행위를 반성하는 가운데 그들의 治道의 직언을 적극적으로 수용했던 점에 있다고 술회한다. 이어 현종이 천보년간에도 신하들의 빛나는 정신을 모두었던 금함을 통해 올바른 정치를 시행할 수 있는 그들의 의견을 소중히 여겼더라면, 그의 行幸이 아미산에 이를 정도로까지 사회가

---

26) 같은 책, 331쪽.

혼란스러운 상황에 처하지 않았을 것이라는 문제를 강조하고 있다. 그러므로 백운은 이 작품에서 개원시대와 천보시대의 정치상황을 대비적인 내용으로 서술하는 가운데 군왕이 신하와 유대관계를 가지면서 그들의 올바른 의견을 포용력 있게 수용하며 그것을 정책에 반영함으로써, 바른 정치를 도모해야 한다는 점을 강조했다고 할 수 있다. 이렇게 이규보는 현종이 정치 후반기에 미숙한 태도로 정치를 운영함에 따라 군왕으로서의 책임을 다하지 못하고 사회적 혼란을 가중시켰던 측면을 비판했다.

한편 백운은 현종이 정사를 게을리 한 채 향락적인 놀이에 탐닉했던 일과 그에 편승하여 궁중의 분위기가 타락했던 측면을 꾸짖었다. 그리고 이런 분위기가 주위로 확산되어 나가면서 급기야는 일반인마저 사치스러운 생활을 즐겼던 태도를 비판했다. 나아가 그는 이와 같은 시대적 상황으로 말미암아 발생한 모순된 사회상을 드러내고자 했다.

高樓春曉響如雷　　　催却微紅杏拆開
一代繁華雲雨散　　　牙床玉索委塵埃
　「羯鼓」[27]

하루가 시작되는 시간에 나라를 바르게 운영할 계획으로 마음을 가다듬어야 할 현종이 누각에 올라 갈고를 신명나게 두드리며 감각적인 놀이를 즐기는 정경이 제시되고 있다. 그런데 '響如雷'는 소리의 양감을 통해 왕의 정신이 우뢰소리를 들었을 때와 같이 혼미한 상태임을 암시하는, 부정적인 이미지를 내포하고 있다. 이어 갈고를 연주하기에 적합한 경치를 갈망하여 자연의 조화로움을 상징하는 꽃의 開花가 순리적인 시간보

---

27) 같은 책, 328쪽.

다 앞당겨 이루어지기를 바라는 현종의 조바심 내는 태도를 묘사하고 있다. 이런 시각에는 현종이 자연을 감각적인 아름다움만을 제공하는 대상으로 여기기에 앞서, 꽃을 통해 사물의 조화로운 이치를 관조하면서 그 이치를 삶의 아름다움에 꽃피우게 하는 정치의 원리로 삼아 어진 군왕이 되었어야 했다는 비판의식을 내재하고 있다. 이어서 백운은 현종의 행위를 거시적인 관점에서 통찰하는 가운데 그가 단지 눈을 즐겁게 하는 경치를 찾아 헤매며 부질없이 향락의 놀이에 빠졌던 일을 '雲雨散'의 순간적인 자연현상에 비유하고 있다. 그리고 그 덧없는 놀이의 무상함을 시간에 함몰되어 현재에서는 그 자취조차 찾기 어려운 '牙床'·'玉素'의 심상으로 전하고 있다. 따라서 이 시는 향락에 탐닉했던 현종의 부질없는 일을 회상조로 노래했다고 하겠다.

玉蓮花底沸湯流　　　　紅綉爲鳧更級舟
只是驪山無汴水　　　　未成千里錦帆遊
　　「綉鳧級舟」28)

전반부에서는 현종이 御湯 안에서 목욕을 하는 가운데 옥련과 물을 통해 정신과 육체를 정화하기보다 비단조각으로 오리를 만들고 나무로 배를 조각하여 그것을 물에 띄우며 사치스러운 놀이를 한 일을 전하고 있다. 그리고 후반부에서는 그의 이런 행위와 역사에서 비판의 대상이 되고 있는 사실로서 隋煬帝가 돛과 닻줄을 비단으로 장식한 대규모의 범선을 이끌고 汴水에서 향락을 즐겼던 일을 서로 견주어 본다고 하더라도, 현종의 놀이가 풍류조차 갖추지 못한 열등한 성격을 갖고 있다는 사

---

28) 같은 책, 331쪽.

실을 현종과 양제가 물놀이를 벌였을 때 각기 점유했던 공간적 크기를 대비시켜 밝히고 있다. 그러므로 이 작품은 현종이 물을 정화의 대상으로 인식하기보다 유희의 대상으로 여김에 따라서 욕탕에서조차 환락의 놀이에 집착했던 일을 비난했다고 할 수 있다.29)

禁掖庭深闢鬪場　　　　錦衾霞被散濃香
明皇謾有風流陣　　　　未御胡雛犯上陽
　「風流陣」30)

　현종이 양귀비와 함께 각기 백명씩 中小貴를 거느리고 풍류진을 벌이며 서로 겨룬 일을 작품화했다. 전반부에서는 현종이 폐쇄된 성격의 공간에서 여인들과 함께 향락의 놀이에 탐닉하는 장면을 묘사하며 그 향락이 왕의 정신을 마취시킬 정도로 심각한 폐해를 일으키고 있다는 사실을 '濃香'의 심상을 통해 암시하고 있다. 이어 후반부에서는 현종이 사치스러운 놀이에 휩쓸려 정치적인 헛점을 드러낸 순간을 이용하여 안록산이 궁궐을 침범했던 일을 거론하며, 그 일이 바른 정치를 시행하지 못했던 현종에게 가해진 역사의 필연적인 응징이라는 사실을 암시하고 있다. 따라서 「風流陣」은 궁중에서 사치스러운 놀이를 벌인 현종을 비판하며 그 일이 역사에 어떤 원인으로 작용했는가 하는 문제에 초점을 맞추어서 시상을 전개했다고 하겠다.

---

29) 같은 책, 332~333쪽에 실린 「舞馬」에서도 이와 유사한 내용이 확인될 수 있다. 백운은 이 작품에서 현종이 말의 천연적인 품성을 도외시하고 그것을 놀이의 즐거움을 고조시키는 측면으로만 계발시키며 향락에 탐닉했던 일을 비판하는 가운데 그 부도덕한 행위의 결과, 당왕조는 파국의 길을 면할 수 없었다는 점을 강조했다.
30) 같은 책, 327쪽.

身是親王富貴俱　　　合陣珠翠日歌呼
宮中豈乏僮千指　　　費盡龍檀作燭奴
　　「燭奴」[31]

　전반부에서는 부귀를 갖춘 申王이 아름답게 치장한 여인들과 향락을 즐겼어도 그것이 사회에 미치는 부정적인 영향이 매우 컸을 것이라는 사실을 우의적으로 드러내고 있다. 이어 후반부에서는 설상가상으로 그가 궁중에 있는 많은 시동들을 제쳐두고 龍檀木으로 동자를 조각한 다음 그것을 綠衣로써 치장을 하여 燭奴를 만들어 연회장의 좌우에 벌여 놓고, 매일 밤 諸王·貴戚들과 향연을 벌였던 일을 개탄하고 있다. 이런 내용에는 사치스러운 놀이를 벌이기 위해 국비를 낭비한 신왕의 어리석음 때문에 사회적 불안이 가중되었을 것이라고 하는 비판의식이 내재되었다고 하겠다. 그러므로 이 작품은 향락을 즐겼던 현종의 그릇된 행위가 주위의 왕족에게 어떤 영향을 미치는가 하는 문제를 신왕의 향락상을 통해 밝혔다고 할 수 있다.[32]

蟋蟀偏宜砌底聽　　　金籠那有別般鳴
風流漏洩人間世　　　偸作宮中一枕聲
　　「金籠蟋蟀」[33]

---

31) 같은 책, 331쪽.
32) 같은 책, 327쪽의 「開元天寶詠史詩四十三首」 序 가운데 "雖事有不關於上者 其時善惡 皆上化之漸染 故幷綴而詠之."를 참고하여, 「燭奴」의 작품적 의미를 현종의 향락적인 행위와 연결시켜 논의했다.
33) 같은 책, 328쪽.

　　이규보는 섬돌 밑에서 들려오는 귀뚜라미의 소리가 가을의 계절감을 자연스럽게 느끼게 해주는 반면 궁중의 여인들이 금으로 장식한 조롱에 귀뚜라미를 가두어 놓고 그 소리를 즐겼던 일에 대해 그것이 자연의 질서를 위배하는 일로 보고 있다. 그리고 이런 궁중의 생활이 일반인에게도 영향을 끼쳐, 私家에서도 같은 양상을 보였던 사실로써 당시의 사회가 그릇된 생활양식으로 만연되었던 일을 비판하고 있다. 따라서 백운은 이 시를 통해 천연의 질서에서 벗어난 궁중의 풍습이 사회 전반에 어떤 영향을 미쳤는가 하는 점을 부각시키면서 사회 전체가 올바른 문화를 형성하는데 힘을 기울여야 한다는 경각심을 일깨우는 가운데 그 책임이 궁중생활로부터 비롯된다는 사실을 강조했다고 하겠다.

羅綺香熏暖似春　　　君王猶愛辟寒珍
人間臘雪盈三尺　　　白屋那無凍死民
　　「辟寒犀」34)

　　작품의 전반부에서는 한겨울인데도 불구하고, 비단과 辟寒犀의 훈기로써 봄날과 다름없이 따듯하게 지내는 현종의 호사스러운 생활을 묘사하고 있다. 그런데 '春'에는 그의 생활이 겨울의 계절감에 어긋난다고 하는 부정적인 이미지를 내포하고 있으며, 「辟寒犀」에는 비단의 훈기에 만족하지 않고 물질적으로 안락함을 증대시키려는 그의 탐욕스러운 마음이 내재되었다고 하겠다. 이런 상황과 대비되어, 후반부에서는 백성들이 눈 속에 싸여 추위에 떨다가 얼어죽기까지 하는 곤궁한 생활상을 상상해 보

---

34) 위와 같음. 徐居正은 『東人詩話』 卷上에서 이 작품을 인용하며 "豈不有關於治教乎"라고 평가하여, 작품의 공용적인 가치에 주목했다.

고 있다. 따라서 이 시는 현종의 사치스러운 생활과 백성들의 궁핍한 생활을 대비시켜 묘사하는 가운데 백성을 아끼기보다 벽한서를 사랑하는, 현종의 덕치의 부재로 말미암아 백성들이 받게 되는 고통이 얼마나 심한가 하는 문제를 언급함으로써 당시의 모순된 사회상을 고발했다고 할 수 있다. 이렇게 이규보는 현종이 사치스러운 놀이와 생활에 탐닉함으로써 사회를 모순된 상황에 빠뜨리고 역사의 혼란을 가중시켰다고 하는 문제를 거론했다.

이상의 작품에서 살펴본 바와 같이 백운은 「開元天寶詠史詩四十三首」 가운데 대다수의 작품을 할애하여, 현종의 부패한 정치행위를 비판했다. 그는 현종이 실정을 하게 된 주원인으로서 양귀비의 미모에 사로잡혀 정치적 혼란을 자초했던 일을 언급했다. 그런 다음 현종이 미숙한 태도로 정치를 운영함에 따라 사회의 불안을 가중시켰던 점에 주목했다. 나아가 현종이 향락적인 놀이에 탐닉함으로써 사회를 모순된 상황으로 몰고 갔던 문제를 부각시켰다. 그리고 이규보는 이런 측면들이 서로 유기적인 작용을 하며 당나라를 위기에 처하게 했다고 판단하면서, 이를 역사의 교훈으로 삼고자 했다.

2) 바람직한 신하상 제시

이규보는 개원·천보년간의 역사적 사실을 작품으로 다루며 신하들이 갖추어야 할 바람직한 모습에 대해 관심을 가졌다. 그 구체적인 내용으로서 그는 정치의 중요한 역할을 담당하는 신하들이 어질면서도 강직한 인품을 갖추고 사회를 위해 바람직한 정책을 시행해야 할 것과 탁월한 재능을 구비하여 국가에 이바지할 것을 언급했다. 이와 함께 그는 신하들이 역사의식에 투철할 것을 강조했다.

良牧臨民似母慈　　一方如仰乳霑滋
留鞭截鐙猶爲淺　　孃去兒留得不悲
「截鐙留鞭」35)

　　전반부에서는 요숭이 刑州牧使로 있으면서 어진 행정을 실시하여 주민들이 그를 몹시 숭앙했던 일을 밝히고 있다. 그런데 백운은 신하와 백성과의 관계를 母子의 관계에 비유하여, 바람직한 정치인의 모습으로 자식을 무한한 사랑으로 감싸주는 어머니와 같이 신하 또한 백성을 깊이 사랑하는 마음을 구비해야 한다는 사실을 강조하면서 백성들이 어머니의 젖으로 성장하는 어린아이와도 같이 정치인의 사랑으로 보호되어야 할 존재임을 암시하고 있다. 이어 후반부에서는 요숭이 타지로 부임하게 되었을 때, 주민들이 자애로운 어머니를 잃은 어린아이처럼 몹시 슬퍼하며 그의 행장을 훼손시키면서까지 요숭과 함께 하려고 했던 사실을 전하고 있다. 그러므로 이 시는 정치가 기존의 권위에 입각한 율법으로서가 아니라 충만한 사랑으로 운영되어야 한다는 점과 바람직한 국가의 모습으로서 그 구성원의 관계는 한가족처럼 서로 조화를 이루고 융화해야 한다는 문제를 요숭을 통해 재조명했다고 하겠다.

燕公遺闕想應無　　記事猶憑一紺珠
底事後來居位者　　錮聰塗眼故昏愚
「記事珠」36)

---

35) 같은 책, 330쪽.
36) 위와 같음.

시의 전반부에서는 장열이 밝은 지혜로서 정책을 결정하고 시행했던 일과 보다 훌륭한 정치를 도모하고자 정신을 정화시켜 주는 記事珠로 기억을 되살리며 더욱 신중하게 행정을 운영했던 사실을 통해 그가 뛰어난 재상이었음을 전하고 있다. 이어 후반부에서는 장열의 성실한 태도와는 대조적으로, 천보 년간에 벼슬에 오른 이들이 혼신의 힘을 다해서 바른 정치를 시행하는 일에 애쓰기는커녕, 일신의 안일함만을 구하여 바른 인식을 하게 하는 기관인 눈과 귀를 세계와 차단시키고 어리석은 존재로 자처함으로써, 정치적 혼란을 가중시켰던 측면을 비난하고 있다. 따라서 백운은 이 작품을 통해 신하가 역사에서 어떤 자세로 그 책임을 다해야 되는가 하는 문제를 장열의 귀감으로 삼아 거론했다고 할 수 있다.

禁池淸浪浣胡塵　　　　　獨有王郞自慘神
慷慨題詩眞有膽　　　　　賊中寧欠解文人
　　　「凝碧池」[37)]

이 작품은 대시인이며 御使였던 王維가 안록산에 의해 짓밟혀진 조국의 현실을 상심하며 그 심정을 시로 표현했던 일을 예찬하고 있다.

첫째구에서는 삶의 심오한 진리를 추구하는 僧寺의 공간적인 특징을 '禁地淸浪'의 청정한 심상으로 집약시킨 다음 그러한 세계마저 적들에 의해서 더럽혀진 사실을 통해, 당시의 역사적 혼란이 얼마만큼 극심했는가 하는 점을 효과적으로 드러내고 있다. 이어 이런 상황에도 불구하고 응벽지에 끌려간 다른 이들은 술을 마시면서 이원제자의 악공들이 연주하는 음악을 즐기며 자신들이 처한 역사적 위기를 외면했던 것과는 대조

---

37) 같은 책, 333~334쪽.

적으로, 오직 왕유만이 나라의 운을 걱정하면서 "萬戶傷心生野烟 百官何日再朝天 秋槐落葉深宮裡 凝碧池頭奏管絃."이란[38] 시를 지어 자신의 슬픔을 절절하게 노래했던 사실을 술회하고 있다. 이어서 적들과 함께 한 자리에서 그러한 행동을 한 왕유의 진정한 용기를 기리고 난 뒤, 작품의 마지막 부분에서는 반어적인 수사를 통해 적들까지도 조국을 걱정했던 왕유의 작품에 대해 감동하여 그 내용을 짐짓 모른 체 했을 것이라고 가정을 함으로써, 셋째구에서 술회한 백운의 주관적인 판단을 객관화시키는 동시에 왕유에 대한 예찬의 정도를 보다 심화시키고 있다.

그러므로 이 시를 통해 사대부들이 역사에서 무엇이 옳고 그른 것인가 하는 문제에 대해 올바른 인식적 태도를 구비해야 한다는 점과 함께 시가 역사에서 어떤 역할을 담당해야 되는가 하는 문제를 가늠해 보는 백운의 작가의식을 유추할 수 있다.

이렇게 이규보는 군왕과 밀접한 정치적 관계를 형성하고 있는 신하들이 仁義의 덕을 언급했다. 이런 사실과 관련된 내용으로 이 글의 2장 1절에서 검토했던 일부의 작품을 통해, 백운이 신하가 갖추어야 할 덕목으로서 제시했던 몇 가지의 측면을 부연할 수 있다. 그는 「金篩表直」에서 신하가 강직한 성품을 갖추고 헌신적인 자세로써 바른 정치를 시행해야 한다고 보았다. 또한 「步輦召學士」에서는 신하가 국가의 동량으로서 탁월한 정치적 역량을 구비해야 할 것을 암시했으며, 「金函」에서는 신하들이 군왕의 그릇된 정치를 비판하는 가운데 올바른 정치원리를 간언할 것을 간접적으로 강조했다. 이와 함께 백운은 「美人呵筆」과 「七寶山」을 통해 신하들이 정치행위의 일환으로서 뛰어난 문학적 재능을 지녀야 한다는 문제를 상기시켰다. 이와 같이 이규보는 올바른 정치를 도모하기

---

38) 같은 책, 333쪽 「凝碧池」 註에 인용되었다.

위한 가치체계로서 군왕의 정치행위에 관계하는 신하들이 어떤 정치적 자세와 덕목을 갖추어야 하는가라는 문제를 현종 治世期의 대표적인 賢臣과 才士를 통해 재조명하면서, 위에서 언급한 측면들을 바람직한 신하상의 구체적인 내용으로 제시했다.

이상에서 논의한 것과 같이 백운은 과거의 역사를 통해 군왕과 신하가 갖추어야 할 덕목을 중심으로 참된 정치의 길을 제시하려고 했다. 이런 시적 태도와 관련된 사실로서, 그는 과거로부터 역사의 올바른 지표로 삼을 수 있거나 교훈으로 되새길 수 있는 내용을 구하려고 했다. 즉 그는 과거의 역사적 가치를 현재화하는 일에 주력했던 반면 과거의 역사를 통해 현실이 안고 있는 사회문제를 폭넓게 조망해 보는 계기를 마련하지는 못했다. 주지하다시피 이규보는 고려사회에서 지배계층간의 변동이 무신난으로 표면화되던 시기에 태어난 문사였다. 이 무신난은 왕실의 권위가 실추된 시기에 무신들이 그들의 정치적 기반을 공고히 하려는 의도 속에서 발생했다. 이 움직임은 1170년(毅宗 24년), 鄭仲夫·李高·李義方 등에 의해 普賢院의 거사로써 시작되었다.39) 왕을 유폐시키고 문신들을 무참히 살육하는 가운데 정권을 장악한 무신들은 일시적으로 연합세력을 구축했으나, 곧이어 鄭仲夫·景大升·李義旼의 순서로 이어지는 자체간의 정권쟁탈을 벌여, 시대는 정치적 혼란을 거듭했다. 더욱이 그들의 정치운영이 군사력을 바탕으로 했기 때문에 사회는 안정된 기반을 마련할 수가 없었다. 이규보는 이와 같은 무신정권의 초반기에 「開元天寶詠史詩四十三首」을 지었다. 그런데 이런 패권정치의 시대에서 창작한 그의 영사시를 통해 확인할 수 있는 사실은 「燕鬚」을 제외한다면, 백운

---

39) 『高麗史』, 世家, 卷十九, 毅宗 三, 庚寅年 八月 丙子條에서 그 상황을 자세히 밝히고 있다.

이 과거의 역사적 사실을 매개로하여 당시 고려사회의 정치적 혼란에 대한 비판의식을 구체적인 시어로써 드러내지 못했다는 점이다. 따라서 그는 지나간 역사를 거울로 삼아 올바른 정치의 원리를 모색하는 가운데 그 구체적인 내용을 당시 고려사회의 혼란한 정치상황을 바로 잡을 수 있는 전가된 현실인식의 가치체계로서 강조했을지 모르겠으나, 작품에서는 그것이 당시 사회의 정치양상에 대한 비판의식을 바탕으로 하여 추구되지 못하고, 과거의 역사적 가치가 곧바로 현재의 가치로서 제시되고 있다. 이런 관점에서 볼 때, 그는 당시의 모순된 정치상황에 대해 소극적인 태도로 대응했던 작가의식의 한계를 갖는다고 하겠다.

이런 한계를 갖고 있음에도 불구하고 「開元天寶詠史詩四十三首」는 「東明王篇」과 함께 이규보의 역사의식을 살펴볼 수 있게 하는 그의 20대의 대표적인 작품이라고 할 수 있다. 그런데 그는 「東明王篇」에서 주몽의 신화적인 일대기를 중심으로 하여 작품의 말미에 군왕의 정치원리를 제시한 내용을 5언고시·282구·1410언의 장편서사시로써 형상화하여 작품의 중간 중간에 「舊三國史」의 기록을 註로 게재하고 있는 반면, 「開元天寶詠使詩四十三首」에서는 과거의 역사를 통해 올바른 정치의 길을 재조명하려는 그의 시의식을 43수로 이루어진 七言律絶의 시형식으로 형상화했다. 이에 따라 그는 영사시의 개별 작품에서 다루는 역사적 사실을 협주로 인용함으로써 압축된 시의 내용을 쉽게 이해할 수 있도록 했으며, 암시성을 동반한 시어와 비유적인 심상 그리고 긴밀한 시적 구조를 통해 각 작품의 내용을 짧은 시의 형식에 알맞게 효과적으로 전하고자 했다.

3. 맺음말

　이규보는 고려시대의 한문학을 대표할 만한 문사로 평가되고 있다. 이글은 그의 「開元天寶詠史詩四十三首」를 내용적인 측면을 중심으로 분석하면서 작품에 투영된 시의식을 통해 그의 정치관의 면모를 살펴보았다. 그는 당의 개원·천보년간의 역사적 상황이 당시 사회의 성격상 국가운영을 책임지고 있는 현종의 정치행위와 밀접한 관련을 갖는다는 판단에 입각하여, 그의 정치행위를 德治의 시행가능성 여부의 기준에 따라 긍정적인 측면이나 부정적인 측면으로 평가하며, 그 정치행위에 대응하는 시의식으로서 올바른 군왕의 길을 추구할 수 있는 내용을 작품에 반영시켰다. 그 내용은 심성과 형제애와 존현에 관계된 것으로서, 군왕이 지녀야 할 기본적인 정치덕목이라고 할 수 있다. 백운은 또한 대다수의 작품에서 현종의 부패한 정치행위를 비판하며 특히 군왕이 여색을 멀리할 것과 올바른 정치적 자세를 갖추어야 할 것을 강조했다. 한편 그는 일부의 작품에서 그 시대를 대표하는 賢才를 통해 바람직한 신하상을 제시한다. 백운은 군왕의 정치행위에 참여하는 신하들이 어질면서도 강직한 인품을 갖추어야 할 것과, 정치행위의 일환으로서 탁월한 재능을 구비해야 할 것과, 역사의식에 투철해야 할 것을 거론했다. 이러한 그의 작품은 과거의 역사적 가치를 현재화한 성격에 치중했기 때문에 과거의 역사를 통해 현실이 안고 있는 사회문제를 폭넓게 조망하지 못했던 한계를 갖고 있다.

　종합적으로 말한다면, 이규보의 「開元天寶詠史詩四十三首」은 작품적 한계를 갖고 있다고 하더라도 唐代의 사회에 선행하는 참다운 정치상을 역사의 본질적 가치로서 모색했던 작품으로 평가할 수 있다.

益齋의 문예인식과 시적 경향에 대하여

1. 머리말

益齋 李齊賢(1287~1367)이 도덕과 문장의 으뜸된 문사로서 활동했던 시기는 고려사회가 대내외적으로 혼란을 거듭하던 때였다. 즉 대내적으로는 왕권이 약화된 상태에서 권신들이 각 왕을 중심으로 파벌을 형성하며 정치적 이익을 앞세웠고 관리들이 불공정한 행정을 시행하여 사회를 혼란하게 했으며, 이런 정치적 모순 속에서 일반민들은 잦은 수탈과 함께 가중되는 조세 부담과 공역으로 인해 생활이 도탄에 빠지게 되었다. 한편 대외적으로는 강화 이후에 원나라가 고려의 국왕을 교체하는 방법으로 내정에 간섭했으며, 심지어 원의 명령에 따라 고려왕이 소환, 구금, 유배까지 당하는 상황이었다. 더욱이 附元派의 책동은 왕권은 물론하고 고려사회의 안위마저 위태롭게 했다.1) 이러한 시기에 俊逸한 인품과 덕망을 겸비한 익재는 6대에 걸친 군왕을 보필하면서 네 번이나 재상의 중책을 맡아 탁월한 경륜으로 위기에 빠진 고려사회를 바로 잡고자 힘썼던 정치가였고, 이런 시대 인식을 바탕으로 하여 忠烈·忠宣·忠肅王에 관

---

1) 鄭求福,「李齊賢의 歷史意識」,『眞檀學報』第五十號, 眞檀學會, 1984.4, 239쪽 참고.

한 「世家」 그리고 『國史』, 『金鏡錄』 등을 찬술한 역사가였으며, 『益齋亂藁』와 『櫟翁稗說』을 저술하여 우리에게 소중한 문학 유산을 전한 문인이었다.

우선 익재의 문학과 관련된 사실로서 그는 고문의 대가라고 할 수 있다. 金澤榮은 金富軾의 『三國史記』를 西漢의 문풍에 견주었던 반면, 익재에 대해서는 그를 당과 북송대의 韓愈와 區陽修의 고문체를 창도한 문인으로서 높이 평가를 했다.2) 이제 이제현이 고전을 규범으로 하는 광의의 문학 활동을 통해 당시의 사회를 올바른 방향으로 인도하고자 했던 사실까지를 반영한 평가이다.

특히 그는 滄江에 의해 한국한시사에 있어서 제일의 시인으로 평가될 만큼3) 우리 시문학에서 중요한 위치를 차지하고 있다. 이런 관점은 李德懋가 지은 『淸脾錄』의 글에서도 확인할 수 있다.4) 또한 申緯는 「東人論詩絶句」에서 崔致遠으로부터 金尙憲에 이르기까지 우리나라 한시를 대표하는 51인의 작가를 논평하는 가운데 "虞趙諸公共漸摩 獨吳萬里壯經過 文章爾雅陶鎔化 功利于金儘覺多"라는5) 내용을 통해, 익재가 원의 虞集, 趙孟頫 등과 교유하며 학문과 문학의 역량을 확대, 심화시켰던 일과,

---

2) 金澤榮, 『合刊韶濩堂集』 文集 卷八, 「雜言」 四, 『金澤榮全集』, 亞細亞文化社, 1978, 123쪽. "吾邦之文 三國高麗 專學六朝文 長於駢儷 而高麗中世 金文烈公特爲 傑出 其所撰三國史 豊厚樸古 綽有西漢之風 其末世 李益齋始唱韓歐之文"
3) 金澤榮, 「雜言」 六, 위의 책, 128쪽. "李益齋詩 以工妙淸俊 萬象具備 爲朝鮮三千年 之第一大家 是以正宗而雄者也"
4) 李德懋, 『淸脾錄』 卷三, 「李益齋」, 『暘葩談苑』, 亞細亞文化社, 1981, 930~931쪽. "詞林鋸公 每推挹翠軒爲詩宗 溯以上之 推佔畢齋爲第一 余嘗讀益齋集 斷然以益 齋詩 爲二千年來東方名家 其詩華艶韶雅 快脫東方僻滯之習 雖在中原 優入虞楊范 揭之室. 成慵齋所謂 益齋能老建而不能藻者 非鐵論也 以益齋而不能藻 何者果能藻 乎"
5) 申緯, 『警修堂全藁』 卷四十八, 「東人論詩絶句」 其二, 『申緯全集』 三, 太學社, 1983, 1160쪽.

충선왕을 모시고 강남을 유람하거나 멀리 朶思麻로 귀양간 왕을 만나기 위해 만리길을 마다하지 않았던 그의 충절을 기리고 나서, 전아한 시풍으로 우리나라 작품의 한계를 일소시킨 그의 문학적 업적이 조선 후기의 문단에까지 영향을 주고 있던 사실을 기렸다. 한편 任相元은 고려의 여러 문인 중에서 특히 李奎報, 李齊賢, 李穡을 지목하며 그들의 시적 분위기를 대비시켜 논의함으로써6) 익재를 고려 시인의 三大家로 평가했다고 할 수 있다. 그리고 洪萬宗은 趙云仡의 논평을 인용했는데, 이 글에서는 고려시대를 대표할 만한 12인의 시인을 들어 그 작품적 특징을 서로 대비시켜 열거하는 가운데 익재의 시에 대해서는 '精纈'하다는 평가를 내렸다.7) 李睟光 또한 『芝峰類說』에서 李仁老와 이제현의 작품을 '精緻'하다고 평가하며8) 익재 시의 특징을 집약시켰다. 이상과 같은 선인들의 단평은 이제현이 우리나라 한시사 혹은 고려시대를 대표할만한 시인으로서 특히 그의 정제된 시의식이 작품에 투영된 사실을 개괄적으로 전하고 있다.

이와 같은 내용을 배경으로, 이 글은 익재의 시적 활동의 기저를 이루는 그의 문예인식의 측면을 살펴본 다음 이와 유기적인 관련을 맺고서 그 시적 경향에 대한 문제를 논의하기 위해 시도되었다.

---

6) 任相元, 「益齋集重刊序」, 『益齋亂藁』, 亞細亞文化社, 1973, 3쪽. "益齋於麗朝去李文順未久也 在李靖之先 文順之辭宏爽 文靖之辭典勁 二公各極其詣 幷稱大家 若益齋淸麗雕潤 棟樑一世 然有開天之風"

7) 洪萬宗, 『小華詩評』 卷上, 『洪萬宗全集』 下, 太學社, 1986, 45쪽. "趙石澗云仡稱麗朝詩十二家 盖金侍中之典雅 鄭學士之婉麗 金老峯之巧妙 李雙明之淸麗 梅湖之濃艶 洪崖之淸邵 益齋之精纈 惕齋之淸贍 圃隱之豪放 陶隱之蘊藉 各擅其名 而白雲之雄贍 牧隱之雅健 尤傑然者也"

8) 李睟光, 『芝峰類說』 卷九, 景仁文化社, 1970, 174쪽. "前朝人詩 若李奎報之雄贍 鄭知常陳澕之婉麗 李仁老 李齊賢之精緻 李穡之冲精 鄭夢周之豪邁 李崇仁之醞籍 可謂秀出者"

2. 익재의 문예인식

이제현은 중세사회의 전형적인 문사로서 유학의 도덕적인 규범을 바탕으로 하여 정치활동과 문학활동을 병행한 인물이었다. 이런 측면으로부터 익재의 문예인식은 유학의 가치관과 심미적 의식이 상호작용을 하면서 형성되었다고 하는 사실을 유추할 수 있다. 그는 "詩者 志之所之在心爲志 發言爲詩"라고[9] 하여, 「詩經大序」에서 글에 토대를 두고서 시에 대한 견해를 밝혔다. 즉 그는 시가 감성을 포괄하는 인간 내면의 이성적인 지향의지를 언어로 형상화한 것이라고 보았다. 이는 유학의 전통적인 문학관을 견지하는 시적 태도이다. 그리고 이런 관점을 기반으로 하여 그는 내면세계의 실질적 덕목으로서 어떤 측면을 구비해야 하는가를 언급했다. 익재의 15세 때의 행적인 "是歲冠成均試 又中丙科 先生曰 此小技耳 不足以大畜吾德 討論墳典 淹貫精硏 折衷以至當"이라는[10] 기록으로부터, 그는 문예에 치중함으로써 문서로서의 본분을 망각하게 되는 일을 경계하고 먼저 정밀하고도 박학한 학문연구를 통해 인격을 고양시키는 가운데 삶의 심오한 원리를 밝히려고 힘썼던 사실을 알 수 있다. 또한 충선왕이 이제현에게 당시의 선비들이 승려들을 좇아 사장학에 치중하며 경학을 멀리하게 되는 이유를 물었을 때, 그는 그 원인이 무신란에서 비롯되었음을 밝힌 다음 "今殿下 誠能廣學校 謹庠序 尊六藝 明五教 以闡先王之道 孰能背眞儒而從釋子 捨實學而習章句者哉 將見雕蟲篆刻之徒 盡爲經明修之士矣"라고[11] 대답하여, 선비들이 문예보다 학문에 치

---

9) 『益齋亂藁』 卷九 下, 「史贊」, 「宣王」, 앞의 책, 亞細亞文化社, 1973, 382쪽.
10) 「年譜」, 위의 책, 572쪽.
11) 『櫟翁稗說』 前集 一.

중하기 위해서는 文教를 회복할 수 있는 정책이 시급하다는 사실을 군왕에게 건의했다. 이러한 예들을 통해 익재는 문학보다 경학을 우위의 가치로서 인식했다고 하겠다. 그런데 이런 그의 시각은 문학의 가치를 전면적으로 부정하는 것이기보다 한 시대의 정치를 담당하고 도의를 함양시키면서 문화활동을 책임지고 있는 문사들이 그 본연의 임무를 저버리고 문학을 입신출세의 도구로 전락시키거나 건강한 작가정신을 결여한 채 기교 중심의 작품행위에 탐닉하는 그릇된 태도를 비판한 것이라고 할 수 있다.

이런 관점에서 볼 때, 이제현은 문인들이 浮華한 작품활동을 하기에 앞서 精博한 학문을 연마하여 인격을 수양할 것과 무엇보다 사회와 국가의 동량으로서 그 참다운 역할을 수행할 수 있는 역량을 구비해야 함을 강조했으며, 이와 관련하여 문학의 지향가치는 유학의 규범적 가치와 유기성을 맺어야 한다는 미적 판단을 중시했다고 하겠다. 이런 문예인식으로부터 그는 「關東瓦注序」에서 "古者 置官採詩 非取其絺章繪句而已 欲以觀其美刺而爲之勸誡也 當之學壬存撫江陵道 集其所爲詩若文 名之曰 關東瓦注 …… 其感憤之作 關乎風俗之得失 生民之休戚者 十篇而九 讀之使人 慘然"이란[12] 글을 통해, 문학 작품이 예술성을 추구하기 이전에 인간의 정신을 고양시켜야 한다는 문제를 전제로 하여, 시가 사회상의 반영물로서 그 공용적인 역할을 담당해야 한다는 점을 강조하며 그 구체적인 내용으로서 安軸이 강릉도 주민들의 생활상을 작품화한 일에 주목했다. 나아가 그의 이러한 문학적 태도는 충선왕이 원나라에서 萬卷堂에 모인 그곳 학사들과 함께 시를 짓는 중에 그들이 '溪聲似柳'의 출처를

---

12) 李齊賢, 「關東瓦注序」, 『謹齋集』 卷一, 『韓國文集叢刊』 2, 民族文化推進會, 1990, 451쪽.

물었을 때 익재가 외교적인 문학 행위의 차원에서 서슴없이 그에 답하여, 用事에 밝은 문학적 지식으로 우리나라의 체모를 지켰던 일과도[13] 연관을 맺는다고 할 수 있다. 이렇게 익재의 문예인식은 유학의 전통적인 문학관에 토대를 두고 있다.

한편 표현의 문제와 관련하여, 이제현은 대상세계의 모습을 그 실상대로 제시해야 된다고 강조했다. 그는 白樂天의 「長恨歌」에 등장하는 "黃塵散漫風蕭索 雲棧縈紆登劍閣 峨眉山下少人行 旌旗無光日色薄"이란 구절을 예로 들며, 만일 이 시의 내용을 참고할 때 峨眉山이 檢問과 成道 사이에 위치해야 하는데, 그 자신이 玄宗이 성도로 行幸을 했던 곳을 지나며 살펴보니, 작품에 등장하는 지명의 위치가 실제와 다르다고 하며 문학적 사실에 충실하지 못한 백거이의 작가적 태도를 우회적으로 비판했다.[14] 그 이유로서 그는 1316년, 奉命使臣을 지나 棧道를 지나서 검문으로 들어가 성도에 이르렀으며, 여기서 다시 뱃길로 7일을 가서야 아미산에 도착했던 경험을 밝혔다.[15] 그런데 익재는 實景을 묘사하는 일이 기법적인 차원에서 대상을 외양적 사실 그대로 그려내는 것이라고 생각하지는 않았다. 그는 이 여행기간 중에 李白의 「蜀道難」가운데 "西當太白有鳥道 可以橫絶峨眉巓"의 구절을 상기하며, 太白山은 咸陽 서남쪽에

---

13) 徐居正, 『東人詩話』 卷上, 保景文化社, 1984, 54쪽. "高麗忠宣王 入元朝 開萬卷堂 學士閻復姚燧趙子昻 皆遊王門 一日 王占一聯云 鷄聲恰似門前柳 諸學士 問用事來處 王默然 益齋文忠公 從傍卽解曰 吾東人詩 有屋頭初日金鷄唱 恰似垂楊嫋嫋長 以鷄聲之軟 比柳條之輕纖 我殿下之句 用是意也 且韓退之琴詩曰 浮雲柳絮無根蔕 卽古人之於聲音 亦有以柳絮比之者矣 滿座稱嘆. 忠宣詩 苟無益老之救 則幾窘於砭者之鋒矣."
14) 『櫟翁稗說』 後集 一, 앞의 책, 514쪽. "白樂天長恨歌云 黃塵散漫風蕭索 雲棧縈紆登劍閣 峨眉下少人行 旌旗無光日色薄 如其所云 峨眉當在劍門成都之間 而今乃不然. …… 盖樂天未嘗到蜀中也"
15) 위의 책, 513쪽. "延祐丙辰 予奉使祠峨眉山 道趙魏周秦之地 抵岐山之南 踰大散關 過褒城驛 登棧道 入劍門 以至成都 又舟行七日 方到所謂峨眉山者"

있고 아미산이 성도의 동북쪽에 있어 서로의 거리가 멀리 떨어져 있긴
하나 그 지세를 헤아려 보면 두 산 사이의 거리가 그렇게 멀지 않으므로
鳥道를 통해서라면 횡단할 수 있을 것이라고 추정하며,16) 이백이 작품에
서 두 산의 지리적인 특징을 시적 상상력을 통해 절묘하게 형상화한 점
에 대해서 공감을 했다. 이렇게 이제현은 사물의 참된 형상을 그에 적합
한 시어로 표현하기 위해서는 시인이 사물의 외형에 집착하기보다 그 본
질적인 物性을 정확하게 포착해야 한다고 인식했다. 이와 관련된 사실로
서 익재는 杜甫의 "地偏江動蜀 天遠樹浮秦"을 논의 대상으로 하여, 그
시구가 蜀과 秦지역의 신비스럽고도 절묘한 분위기를 함축성 있게 대비
시켰음을 밝혔다. 그는 촉의 지세가 서쪽은 높고 동쪽은 낮으며(地偏),
楊子江이 岷山으로부터 시작하여 성도의 남쪽을 거쳐 동으로 三峽을 향
해 흐르는데 그 물결의 광채와 산그림자가 한데 어우러져, 마치 강물이
촉 지방의 전체를 뒤흔드는 듯한(江動蜀) 독특한 특징을 발견했다. 또한
진 지방이 천리에 걸친 드넓은 지역이면서도 그 지형이 손바닥처럼 평평
했으며(天遠), 長安城 남쪽에서 삼면을 바라보면 푸른 나무가 무성하고
그 아래의 들빛이 하늘과 맞닿아 마치 푸른 나무숲이 큰 물 위에 떠있는
듯한(樹浮秦) 특이한 분위기를 경험했다. 그리고 이런 경험적 사실로부
터 그는 두보가 얼마만큼 노련한 솜씨로써 촉과 진의 지세를 그려내며
무한한 의취를 유발시키고 있는가 하는 점에 주목했다.17) 이와 같이 이

---

16) 같은 책, 513~514쪽. "因記李謫仙蜀道難 西當太白有鳥道 可以橫絶峨眉巓之句 太
　　白在咸陽西南 峨眉則在城都東北 可謂懸隔 然而自咸陽數千里至成都 或東或西 不
　　一其行 又自成都東行 北轉六百餘里 然後至峨眉 雖山川道路之迂 度其勢 二山不
　　甚相遠 人跡固不相及 鳥道則可以橫絶云耳"

17) 같은 책, 521~522쪽. "杜少陵有地偏江動蜀天遠樹浮秦之句 予曾遊秦蜀 蜀地西高
　　東卑 江水出岷山 經城都南 東走三峽 波光山影 蕩搖上下 秦中千里 地平如掌 由長
　　安城南以望 三面綠樹童童 其下野色接天 若浮在巨浸然 方知此句少陵爲秦蜀傳神
　　而妙處正在阿堵中也"

제현은 시인이 고양된 시정신을 구비해야 한다는 측면과 동일한 차원에서 시인은 또한 사물에 내재한 物性을 바르게 포착하고 그 내용을 예술적으로 형상화해야 한다는 문제를 중시했다.

　일면 익재는 시인이 독창적인 작품활동을 해야 한다고 말했다. 그는 "蘇老泉有上歐公書云云之文　非孟子韓子之文　歐陽子之文也　雖詩亦然　使李杜作歐公之詩　未必似之　歐公而作李杜之詩　如優孟抵掌談笑　便可謂眞孫敫也"의[18] 관점에서, 각 시인이 문장가와 마찬가지로 개성적인 창작활동을 할 수밖에 없는 점을 부각시켰다. 이런 사실에 입각하여 그는 坦之의 "玉龍百萬爭珠日　海底陽侯拾敗鱗　暗向春風花市賣　東君容易散紅塵"이라는 시와 金坵의 "飛舞翩翩去却回　倒吹還欲上枝開　無端一片黏絲綱　時見蜘蛛捕蝶來"의 작품이 「落梨花」라는 동일한 제목 아래 창작되었으면서도 서로 다른 시적 분위기를 지녔다고 논평한 다음 "作家手段固自不同"이란 견해를 통해 시인이 개성적인 창작기법을 갖추어야 한다고[19] 주장했다. 이제현은 또한 "古人多有詠史之作　若易曉而易厭　則直述其事而無新意者也"라는[20] 논의로써, 시인이 영사시를 창작할 경우에도 과거의 역사적 사실을 있는 그대로 서술하기 보다 그것을 자신의 관점에서 재구성한 내용을 작품에 담아 새로운 작품 경지를 마련해야 함을 언급했다. 한편 그는 陣潭가 버들을 소재로 한 "鳳城西畔萬條金. 勾引春愁作暝陰　無限光風吹不斷　惹烟和雨到秋深"의 작품적 정취가 流暢하고 아름답다고 하더라도 그것이 李商隱의 "曾共春風拂舞筵　樂遊晴苑斷腸天　如何肯到淸秋節　已帶斜陽更帶蟬"의 작품을 모방했다고 비판한 다음 黃庭堅의 "隨人作計終後人　自成一家乃逼眞"이란 시구를 통해 시인이 개

---

18) 같은 책, 526쪽.
19) 『櫟翁稗說』後集 二, 542쪽.
20) 위의 책, 十八則, 542쪽.

성적인 시세계를 구축할 때 참다운 시적 경지를 확보할 수 있다고 했
다.21) 이렇게 익재는 시인이 독창적인 작품을 창작해야 한다고 주장했다.

이와 관련하여 이제현은 작품의 독창성을 추구하기 위한 방법으로서
전고나 용사를 통한 환골탈태의 시작법에 주목했다. 전고나 용사는 과거
의 문헌에 실린 사실이나 전시대 문인의 작품을 이끌어 시인이 전달하려
는 의미 내용 혹은 그 표현적 측면을 강화시키는 창작법이라고 할 수 있
다. 그런데 시인이 전고나 용사를 동반하면서도 그것을 자신의 정서 속
에 융해시켜 새로운 작품 경지를 마련할 수 있는 시적 역량을 구비한다
면, 이 환골탈태법은 개성적인 시세계를 구축하게 만드는 하나의 방안이
라고 하겠다. 익재는 이 구체적 내용으로서 月菴長老가 지은 "南來水谷
還思母 北到松京更憶君 七驛兩江驪子小 却嫌行李不如雲"의 시가 王安
石의 "將母邗溝上 留家白苧陰 月明聞杜宇 南北兩關心"의 작품적 분위
기를 수용했으면서도 시의 새로운 경지를 마련한 일을 點化의 관점에서
언급했다.22) 곧 왕안석의 작품이 대상과 괴리된 심적 상태를 그대로 유
출시킨 반면 월암의 작품은 세정을 떨쳐버린 승려임에도 불구하고 대상
을 그리워하는 마음이 너무나도 간절하기 때문에 초탈한 심정으로 길을
떠나기 어려운 핍진한 상화을 사물에 이입시켜 내면화함으로써, 월암의
작품이 왕안석의 것보다 차원 높은 시적 경지에 도달했다고 할 수 있다.
그런데 이제현이 환골탈태법을 강조한 것은 스스로가 그에 의한 작품활
동을 실천한 결과에서 비롯되었다고 보인다. 이런 사실은 李睟光이 익재
의 대표작인 「山中雪夜」에 대해 "此詩盖用李商隱詩 爐烟銷盡寒燈暗 童
子開門雪滿松 而語尤佳絶 謂之靑出於藍 可也"라고23) 하여, 그의 작품

---

21) 같은 책, 十七則, 541쪽.
22) 같은 책, 九則, 537쪽.
23) 李睟光, 『芝峰類說』, 卷九, 앞의 책, 171쪽.

이 이상은의 시구를 용사했으면서도 그보다 더욱 아름답고 절묘한 시어로 재창조되었다는 단평을 통해 입증할 수 있다.

한편 익재는 語外意가 무한한 의취를 유발시키는 표현효과에 주목했다. 그는 이에 대해 "古人之詩 目前寫景 意在言外 言可盡而味不盡."이라고 했으며, 陶潛의 "採菊東籬下 悠然見南山"과 陳與義의 "開門知有雨 老樹半身濕"의 시구를 그 예로 들었다.24) 도연명의 시는 서정적 자아가 집의 동쪽 울타리에 핀 국화를 꺾어 그것을 완상하다가 여유로운 심적 상태에서 남산을 바라본다는 의미를 일차적으로 전달한다. 동시에 이 시구는 세속으로부터 몸과 마음을 멀리하여 고고한 자세를 유지하려는 시인의 정신을 국화의 고결한 품성에 투사시키는 내용을 함축하고 있으며, 물아일체의 경지에서 남산을 담담한 마음으로 응시하는 가운데 존재물의 보편적 질서를 관조하는 의미를 상징적으로 전한다. 또한 진여의 작품은 뜨락에 서있는 고목이 물기에 젖은 상황으로써 비가 내린 상황을 우회적으로 표현하여 시적 운치를 높이고 있으며, 그 정도를 '半'의 알맞은 양감으로 표현하여 시적 화자가 대상과 균형된 정서를 유지하고 있는 사실을 상징적으로 전달한다. 따라서 이 작품들은 함축과 상징이라는 시적 장치를 통해 그 전달효과를 높인 특징을 갖는다고 할 수 있다. 익재는 또한 蘇東坡가 劉禹錫의 「金陵五題」 중에서 세 편을 써서 벽에 걸어놓았는데 그 중 "生公說法鬼神聽 身後空堂夜不扃 猊座寂廖塵漠漠 一方明月可中庭"의 넷째구에 대해 어떤 사람이 "어째서 '밝은 달빛이 뜨락에 가득하다(明月滿中庭)'라고 하지 않았는가?" 하고 물었을 때 동파가 웃으며 대답하지 않았던 일로 예로 들며, 언외의와 관련된 사실로서 "古人 於詩所取者 如此"라는 견해를 피력했다.25) 그런데 '明月可中庭'이 '明月

---

24) 『櫟翁稗說』 後集 二, 앞의 책, 十三則, 520쪽.

滿中庭'보다 한결 높은 격조를 획득하는 이유는, 시적 화자가 인간의 삶이 유한할 수밖에 없다는 점을 깨달으면서도 편향된 감정에 빠지지 않고 더욱 심화된 정신적 경지에서 자연의 유구한 존재원리를 통찰한 뒤에 천상의 明月과 지상의 中庭을 서로 조화시키는 내용을 시적 여운을 두고 전달하는 '可'가 그 양태를 일정한 의미로 규정하는 '萬'보다 함축성 있게 표현하기 때문일 것이다. 이렇게 언외의의 표현은 작품의 표면에 드러난 보조관념을 통해 시인이 전달하려는 본관념의 의미를 다원화시키는 창작법이라고 할 수 있는데, 익재는 이의 중요성을 강조하였다.

이상과 같이 이제현의 문예인식에 대해 소략적으로 논의했다. 그 내용을 압축해 본다면, 익재는 시인이 유학의 가치관에 입각하여 올바른 삶의 가치를 추구하는 가운데 이러한 시의식을 작품에 반영해야 하며 이 토대 위에서 사물의 물성을 예리하게 포착, 표현한 것과 개성적인 작품을 창작할 수 있는 역량을 구비함과 동시에 시의 의미내용을 심미적으로 전달하는 문제를 중시했다고 하겠다.

3. 시적 경향과 작품 의미

1) 實心과 實景의 상호조응

시인은 작품의 의미내용을 존재사물과 교융시킨 정서의 언어로 전달한다. 즉 서정시에는 주체와 객체가 함께 공존하게 된다. 이런 관점에서 바라본 이제현의 경우, 그는 자신의 정신을 순수하게 유지하면서 대상을

---

25) 위의 책, 十九則, 524쪽.

객관화시켜 현실을 올바로 인식하거나 그 참다운 품성을 포착하는 가운데 이러한 내용을 시적 상상력과 결합시킴으로써 예술성이 풍부한 작품을 창조하려고 했다. 이런 측면은 가가 대상으로부터 현실의 문제를 재발견하거나 그 해결방안을 모색하려는 시적 태도로부터 출발된다.

揚子津南古潤州　　　幾番歡樂幾番愁
佞臣某國魚貪餌　　　黠吏憂民鳥養羞
風鐸夜喧潮入浦　　　烟簑暝立雨侵樓
中流擊楫非吾事　　　閑望天涯范蠡舟
「多景樓陪權一齋用古人韻同賦」卷一.

첫째구에서는 익재가 1319년에 浙江 寶陀觀音寺로 行香을 하러 가는 충선왕을 배종하는 상황을 지명을 통해 전하고 있다. 이어 둘째구에서는 그 기간 동안 미지의 공간과 조우하는 여행의 즐거움 속에서도 또 하나의 현실 공간으로서의 고려의 혼란한 정치상황에 대해 근심겨워 하는 심적 상태를 서술적인 시어로 강조하고 있다. 그리고 그 구체적인 내용을 頷聯에서 밝히고 있다. 즉 당시의 신하들이 충숙왕을 올바로 보필하기는 커녕 아첨을 일삼으며 정치적 이익을 앞세우고 있는 일과, 정치 일선에서 행정을 담당하는 하급 관리들이 백성을 위한다는 명목으로 수탈을 자행하는 상황을 탐욕스러운 동물적 심상을 통해 전달하고 있다. 이렇게 볼 때, 익재는 셋째구와 넷째구에서 당시의 정치적 상황을 양자강 주위를 여행하면서 바라보았던 물고기와 새의 모습에 주관적으로 투영시켜 표현했다고 할 수 있다. 이런 시대적 인식을 내재하고 있기 때문에 다섯째구와 여섯째구에서는 그의 정서상태가 어두운 분위기로 제시되고 있다. 그러나 익재는 작품의 마지막 부분에서 자신의 정신세계를 승화시킨다. 즉 그는 范蠡의 고사를 인용하여, 현실의 문제를 해결한 다음 초연한 자세로써 달관된 삶의 경지를 추구하려는 심적 태도를 강화하고 있다. 따라서 이 시를 통해서 당시의 정치상황에 대해 근심겨워 하는 문사로서의 고뇌와 함께 그 문제를 해결하고 본원적인 삶을 구가하려는 익재의 달관된 정신적 자세를 엿볼 수 있다.

楓葉蘆花水國秋　　　一江風雨洒扁舟
驚迴楚客三更夢　　　分與湘妃萬古愁
「和朴石齋尹樗軒用銀臺集瀟湘八景韻 其三, 瀟湘夜雨」, 卷三.

瀟湘八景은 당시의 문인들이 즐겨 다루었던 시적 소재라고 하겠다. 그런데 익재는 이 작품에서 소상강 주위의 아름다운 모습을 형상화하기보다 전고를 통해 임금을 그리워하는 마음을 암시함으로써 새로운 시적 경지를 구축했다고 할 수 있다. 첫째구에서 시적 자아는 소상강 주위의 경치 가운데 가을의 계절감을 잘 드러나게 할 수 있는 사물을 대비적인 색감을 지닌 단풍과 갈대꽃으로 대표화시킴으로써 그 모습을 간결하면서도 선명하게 형상화하고 있다. 이어 익재는 그 정경을 바라보며 조각배에 흩뿌려지는 비를 통해 가을의 정취를 고조시킨다. 이런 정서상태에서 잠이 들은 그는 지속되는 빗소리에 얼핏 눈을 뜨게 되어 심연의 시간에서 또 다른 현실세계와 마주한다. 즉 익재는, 저 먼 옛날 간신배로 인해 楚懷王에 대한 자신의 충절이 받아들여지지 않게 되자 소상강 주위를 방황하며 울분을 떨치지 못했던 屈原과 같이, 附元派의 참소로 인해 곤경을 당하고 있는 충선왕을 그리워하는 애절한 심정을 스스로 확인하게 된다. 그는 또한 舜이 蒼悟에서 죽게 되자 娥皇과 女英이 소상강을 건너지 못하고 그를 그리워하며 슬피 울다가 시름 속에서 소상강에 빠져 죽었던 일을 인용하여, 멀리 朶思麻로 귀양간 충선왕을 사모하는 마음이 그녀들의 슬픔과 다름없이 절절한 상황임을 암시하고 있다. 그러므로 이 시는 가을을 맞은 소상강 주변의 정경을 핍진하게 묘사하면서 슬픔이 내재된 순환적인 심상의 비를 매개로 하여 임금을 그리워했던 이들의 일을 상기하고 그것을 자신의 정황과 일치시켜 충선왕을 사모하는 심정을 호소력 있게 전달한다고 하겠다.

山前翠石雙扉啓　　　石底澄潭萬丈深
明侵日光紛閃閃　　　冷涵林影淨沈沈
斯民政要滋湯旱　　　彼相誰堪作說霖
出沒魚兒休察見　　　龍應先遣試人心
　　「鳳州龍秋」, 卷一.

黃海道 鳳山의 神龍潭에서[26] 지은 작품이다. 그의 시선은 근거리로부터 원거리로 이동하면서 둘째구에서와 같이 자신의 정신적 용량이 얼마만큼 확장되어 사물을 투시할 수 있는가 하는 측면에서 사물의 체계를 재구성하고 있다. 이런 정제된 의식상태를 유지하며 그는 셋째구와 넷째구에서 연못의 공간을 중심으로 하여 그곳에 외부의 사물이 어떤 관계적 양상으로 작용하는가 하는 모습을 순간적으로 포착, 형상화하는 가운데 그윽한 시적 분위기를 마련하고 있다. 그런데 시의 전반부에서는 대상과 교융된 개인적인 정서의 측면을 전달하고 있다면, 후반부에서는 그 대상을 통해 사회인들이 바라는 현실적인 문제를 해결하려는 의지를 반영한다고 할 수 있다. 즉 다섯째구와 여섯째구에서는 殷의 成湯이 가뭄을 해소시켰던 일과 高宗이 傅說에게 가물 때에는 장마비가 될 것을 명령한

---

26) 김성기, 「李齊賢의 詩文學研究」, 서울대 博士學位 論文, 1990.8, 87쪽을 참고.

사실을 통해, 비가 내리지 않아 농사일이 걱정되는 상황으로부터 신하가
임금을 올바르게 보필하면서 정치에 최선을 다하게 되면 至高善의 하늘
도 그에 감응하여 비를 흠뻑 내려주리라는 기대감 속에서 비를 내리게
할 수 있는 어진 신하를 그리워하고 있다. 그리고 이런 심적 상태에서
익재는 물의 덕성이 백성들에게 어떤 풍요로움을 마련해 주는가하는 문
제에 관심을 가질 것을 스스로 다짐함으로써, 당대 지식인으로서의 임무
에 충실하려는 시의식을 작품에 반영하고 있다. 이와 같이 자연의 덕성
을 통해 백성들의 삶을 풍요롭게 하고자 하는 그의 시정신은 「朴淵」의
"嘉澤戒屯膏 吾民藝麰麥"을27) 통해서도 확인할 수 있다.

　한편 익재는 사물에 게재된 그 참다운 품성을 바르게 포착하면서 그와
교융된 정제된 정서상태를 다양한 시적 분위기로써 전달하려고 했다.

　　　陰風生巖曲　　　　溪水深更綠
　　　倚杖望層巔　　　　飛簷駕雲木
　　　　「金剛山二絶 普德窟」, 卷三.

　전반부에서는 바위 계곡에서 불어오는 바람의 상태를 '生'으로 표현하
여 작품에 생동감을 부여하고 있으며, 이 동적인 심상을 둘째구에서 정
적임 심상과 조화시키면서 시냇물의 '深更綠'인 상징체계로써 무한한 의
취를 유발시키고 있다. 이어 후반부에서는 오르던 길을 멈추고 정상을
바라보는 행위를 통해 시적 분위기에 변화를 추구하면서도 구름이 이동
하는 가운데 높은 곳에 위치한 산의 처마가 자신에게로 다가오는 듯한
상황을 섬세하게 묘사하여, 셋째구에서의 원심적인 시선을 세련되게 거

---

27) 『櫟翁稗說』 卷三, 앞의 책, 90쪽.

두어들임으로써 작품의 응집력을 높이고 있다. 따라서 이 시는 정결한 분위기의 정경을 동과 정, 원과 근의 기법을 조화시키며 표현하면서 그 정경과 융화된 익재의 순연한 시의식을 대상의 상징체계에 이입시켜 전달한다고 할 수 있다.

袞老開浮玉　　　胸襟讓一焦
海呑吳地盡　　　山控楚天遙
蜃氣窓間日　　　鷗聲砌下潮
欲歸還倚杖　　　松竹晩蕭蕭
　　「焦山」, 卷一.

이 시는 이제현이 1391년에 降香使가 되어 權漢功과 같이 충선왕을 모실 때의 작품으로 추정된다. 그는 袞老가 처음으로 浮玉山을 은둔처로 삼았던 일과 高士 焦先이 또한 그곳에서 은둔했던 일을 개별적인 사실로 인용하는 시적 태도로부터 일보 전진하여, 그 두 사람의 은둔생활 중에서 주가 더 높은 정신세계를 지녔었는가 하는 문제에 대해 주관적인 관점을 부여함으로써, 새로운 시적 경지를 마련하고 있다. 이어 그는 焦山에서 바라본 오와 초 지방의 지리적 특징을 집약할 수 있는 내용을 압축된 시어로 형상화하며 무한한 의취를 유발시키고 있다. 이렇게 셋째구와 넷째구가 거시적인 관점에서 오와 초를 조망하며 시적 상상력을 한껏 고조시키고 있다면, 다섯째구와 여섯째구는 창틈 사이로 스며드는 햇발에 어른대며 바라보이는 바다 위의 신기루의 모습과 조수 소리를 타고 섬들 밑에서 들려오는 갈매기의 울음소리를 섬세하게 포착함으로써 다양한 시적 변화를 추구하고 있다. 그리고 이런 정경을 바라보며 자유로운 마음의 상태를 지속하려는 태도로서 돌아가던 발걸음을 멈추는 사이, 저

물녘 시간에 솔과 대의 숲에서 불어오는 바람 소리를 통해 다시 한 번
그윽한 정취를 만끽하는 상황을 전하고 있다.

吾家竹笛淸如玉　　　持贈風流趙使君
醉據胡床江上月　　　一聲吹破萬山雲
　　「竹笛贈趙忠州」, 卷三.

전반부에서는 익재의 집에 소장된 젓대가 맑고 투명한 품성을 지닌 사
실을 밝히고 나서 그러한 피리를 자연의 아름다움을 참답게 누릴 줄 아
는 이에게 건네는 상황을 전하고 있다. 그리고 후반부에서는 趙生이 달
밝은 강가를 배경으로 하여 술에 취한 흥겨운 마음의 상태에서 젓대의
한마디 소리로 대자연을 진동시킬 만큼 풍류의 진면목을 구가하라고 당
부를 함으로써, 그 어느 것에도 구애됨이 없고자 하려는 그의 호기로운
기상을 간접적으로 전달하고 있다.

紙被生寒佛燈暗　　　沙彌一夜不鳴鍾
應嗔宿客開門早　　　要看庵前雪壓松
　　「山中雪夜」, 위의 책.

인용한 「山中雪夜」는 이제현의 시를 대표하는 작품으로 평가되기도
했다.28) 전반부에서는 겨울밤의 추위가 온몸을 엄습해 오는 상황에도 불
구하고 시적 화자가 그 정황에 구애됨이 없이 명료한 의식상태를 지속적
으로 유지하는 사실을 전달하고 있다. 이어 후반부에서는 관습적으로 산

---

28) 徐居正, 『東人詩話』 卷下, 앞의 책, 59~60쪽. "益齋山中雪夜詩 …… 能寫出山家雪
　　夜奇趣 讀之令人沆瀣生牙頰間 崔拙翁嘗曰 益老半生詩法 盡在此詩"

사의 생활을 꾸러나가는 사미승이 그의 행동을 핀잔할 지도 모르겠으나, 새벽에 산사의 문을 나서서 눈이 소나무를 누를 듯 뒤덮은 정경을 핍진하게 묘사하는 중에 자연의 순수함과 일체를 이루려는 그의 의연한 정신을 상징적으로 제시하고 있다. 그러므로 이 작품은 겨울 산사의 정경을 운치 있게 그려내는 가운데 순연한 자연의 세계가 조화를 이루면서 그 품성을 자기 정신의 가치체계로 전환시킴으로써, 초연한 존재가 되고자 하려는 익재의 정신세계를 내재한다고 하겠다.

蒼雲浮地面　　　白日轉山腰
萬像歸無極　　　長空自寂廖
　「登峨眉山」, 卷一.

　1316년, 아미산에 올라 지은 작품이다. 전반부에서는 산정상의 위치에서 바라보는 정경을 구름과 대지 그리고 해와 산의 관계성을 통해 정결한 분위기로 집약, 묘사하고 있다. 그런 가운데 익재는 개개 사물의 이면에 내재하고 있는 自在하는 근원적인 원리를 관조한다. 그것은 초시간적이고 초공간적인 성격을 지닌, 모든 사물이 하나의 세계로 귀일하게 되는 존재의 무한한 법칙성이다. 그리고 그는 이 이성적인 깨달음을 넷째 구에서 그윽한 시적 분위기로 전하고 있다. 따라서 이 작품은 아미산 주위의 정경을 통해 존재의 본원적 세계를 통찰한 내용을 함축성 있게 전달한다고 하겠다.

　이상과 같이 實心과 實景의 상호조응이라는 관점에서 익재 시의 일부 작품을 논의해 보았다. 그는 대상세계에 현실의 문제를 투영시키거나 그 덕성을 통해 현실의 해결책을 모색했다. 그는 또한 대상의 참된 물성이나 존재의 원리를 관조하고 자신의 순수한 정신과 대상의 본질적

품성을 일치시킨 다음 그 정서상태를 상징적인 분위기로 표현을 했다. 이러한 작품 양상은 시인이 올바른 시정신을 지녀야 할 것과 또한 사물의 본성을 올바르게 포착해야 된다는 문제와 함께 그러한 작품 내용을 예술적으로 형상화해야 하나는 그의 문예인식과 상호 연관을 맺는다고 할 수 있다.

2) 眞切한 우국충절의 정신

이 글의 앞부분에서 살펴본 것과 같이, 이제현은 고려사회가 극심한 혼란에 빠졌던 시대에 삶을 영위했다. 이런 시대적 조건과 대응하며 그는 군왕에게 올바른 정책안을 제시하면서 한편으로는 약화된 고려의 국권을 회복시키려는 외교활동을 활발하게 전개했다. 이런 가운데 익재는 군왕에 대한 충절을 중심으로 하여 우국충정의 정신을 구현하려는 시의식을 작품을 통해 토로했다.

이러한 측면은 그가 유학의 이념을 바탕으로 한 시인으로서 충효의 덕목을 강조하는 내용으로부터 시작되고 있다.

斷鴈秋聲苦　　荒鷄夜色闌
呼燈憎僕懶　　騎馬怕兒寒
草動霜飄袂　　氷穿水逆鞍
主恩猶未報　　努力敢求安
「北上」其一, 卷一.

시의 첫부분에서는 기러기가 북쪽으로 이동하며 슬프게 우는 소리를 통해 원나라로 향하는 계절 상황을 알리는 동시에 대외적인 정치활동으로서 여행을 떠나는 자신의 심사 또한 괴로운 상태임을 암시하고 있다. 이어 일행이 도착한 변방의 지리적 특징을 닭의 울음소리로 집약시키면서 밤늦은 시간까지 여행길을 계속하는 정황을 전하고 있다. 이어서 짧은 시간의 잠을 마치고 새벽길을 떠나야 하는 촉박한 여정을 셋째구로 드러낸 다음, 동행인 중에서 추위를 가장 민감하게 느낄 수 있는 아이를 등장시켜 여행의 힘든 상황을 효과적으로 전달하고 있다. 그리고 그 추위의 구체적인 정황을 頸聯을 통해 밝히고 있다. 이런 힘든 사신길에도 불구하고, 작품의 마지막 부분에서는 먼길을 떠나는 목적이 임금을 바르게 보필하는 데 있다는 사실을 스스로 확인하며 신하로서 갖추어야 할 자기 확립의 태도를 강화하고 있다.

去魯情何極　　遊秦興未闌
每懷姜被暖　　誰念范袍寒
對酒頻彈劍　　吹燈乍枕鞍
白雲看漸遠　　安得報平安
「北上」 其二, 위의 책.

　首聯에서 그는 孔子가 부모가 계신 魯나라를 떠나며 그곳을 천천히 지나갔던 고사를 인용하여 원에서의 여행의 흥취를 깊게 하기보다 고국에 계신 부모님을 간절히 생각할 수밖에 없는 심정을 전하고 있다. 이어 後漢때의 姜肱이 그의 아우인 仲海, 季江과 우애가 지극하여, 한 이불을 같이 덮고 잤던 일과 秦의 范睢가 魏에서 곤궁을 당하고 돌아와 재상이 된 뒤에 위나라의 사신으로서 須賈가 진나라에 오자 일부러 해진 옷을 입고 그의 우정을 시험했더니 수가가 자신의 도포를 벗어 범수에게 주었던 사실을 전고로 하여, 사신의 길에서 형제의 우애가 더욱 그리워지는 심정을 토로하는 가운에 자신을 따뜻하게 대해 줄 절친한 벗을 간절히 생각하는 시적 상황으로써, 고국을 떠나온 나그네로서의 외로운 심정을 전하고 있다. 이어서 孟嘗君의 식객이었던 馮驩이 자신을 환대하지 않은 일에 불만을 품고 칼날을 두드리며 노래했던 일을 인용하여, 고독감 속에서 지속하는 여행길이 힘들다고 하더라도 스스로의 자부심으로써 그 상황을 극복하려는 의지를 가다듬고 있다. 그리고 그 의연한 심사가 이제까지의 정황으로부터 또 다른 상황을 절도 있는 태도로 도모하는, 안장을 베고 잠시 눈을 붙이는 불편한 중에서도 등불을 끄고 내일의 여정을 준비하는 일로 구체화된다. 그리고 작품의 마지막 부분에서는 당나라 때의 狄仁傑의 고사에 비유하여, 멀어져 가는 흰구름을 매개로 고국에 계신 부모님을 그리워하면서 그가 타국에서 고생할 것이라고 염려하는 부모님께 자신의 안위를 전하려는 마음을 앞세움으로써, 나라의 일로 부모 곁을 떠난 상황에서도 효도를 다하고자 하는 마음을 핍진하게 드러내고 있다. 따라서 이 작품은 자신의 시적 정황에 알맞게 그에 적합한 전고를 사용하여, 사신으로서 고국을 떠나온 외로운 심정을 밀도 있게 전달한다고 볼 수 있다.

이와 같이 그는 충효의식에 바탕을 두고 한 시대의 지식인으로서 그 본연의 임무에 충실하려는 의지를 굳게 다졌다. 그런 가운데 1320년(충숙왕 7년), 충선왕이 吐藩으로 귀양을 가게 되는 사건이 일어났다. 충선왕은 원의 武宗을 옹립하는데 일조를 하여 원나라 황제와 그 친족의 총애를 받았고 또한 대내외적인 상황으로 인해 정치에 염증을 느껴 傳旨로서 고려의 정치를 대행하며 환국을 하지 않았다. 따라서 그의 治世 5년간에 국내의 정치를 실제로 담당했던 인물은 崔有渰과 柳淸臣 등이라고 할 수 있다. 그런데 1320년에 충선왕을 우대하던 원의 仁宗이 죽게 되자, 任

白顏禿古思는 새로 등극한 英宗의 근신들에게 뇌물을 주며 이전부터 정치적 갈등관계에 있었던 충선왕을 무고하기 시작했다. 원래 임백안독고사는 고려 朱冕의 노비로서 원에 건너가 인종이 皇姪로 있을 때 그의 宦者가 되었는데, 이후 원나라 황실의 세력을 배경으로 하여 고려의 정치에 상당한 영향을 미친 인물이었다. 이에 충선왕은 불안감을 느끼고 이런 상황에서 벗어나고자 영종에게 청하여 降香을 구실 삼아 江南으로 피하려고 했다. 그가 강남의 金山寺에 이르렀을 때, 황제의 사자가 뒤쫓아 내려와 급히 燕京으로 돌아갈 것을 재촉했다. 영종은 충선왕이 연경에 도착하는 즉시 고려로 환송하려고 했으나 그가 머뭇거리며 출발을 늦추자, 동년 10월에 그를 刑部로 이송시켰다가 이후 石佛寺에 안치시켰으며, 다시 12월에는 불경을 공부케 한다는 명목으로 그를 토번의 撒思詰로 귀양을 보내게 되었다.29) 따라서 이 사건은 당시의 고려왕권이 어느 정도로 약화되었는가 하는 사실을 극명하게 알려준다고 하겠다. 이때 익재는 사신으로서 원나라를 향해 길을 떠나다가 이 소식을 듣고 忠憤으로 가득한 마음을 주체할 수 없었다.

世事悠悠不忍聞　　荒橋立馬忽忘言
幾時白日明心曲　　是處靑山隔淚痕
燒棧子房寧負信　　翳桑靈輒早知恩
傷心無術身生翼　　飛到雲霄一叫閽
「黃土店」 其一, 卷二.

그는 충선왕이 참소로 인해 귀양을 가게 되었다는 소식을 듣고 어찌할 줄 모르는 상황을 공적인 임무를 수행하기 위해 말을 몰던 길을 멈추기

---

29) 金庠基,『高麗時代史』, 서울大 出版部, 1986, 540~546쪽을 참고.

까지 하는 동작의 정지상태를 통해 드러내며 그 충격이 어느 정도인가 하는 사실을 밝히고 있다. 이어 광명한 세계를 상징하는 '白日'이 그의 어두운 정서상태를 밝게 해주기를 기대하면서도 끊임없이 흐르는 눈물 때문에 바로 앞에 위치한 청산마저 제대로 볼 수 없는 정황으로써, 충선왕의 소식에 몹시도 참담해 하는 그의 마음을 간절히 드러내고 있다. 그런데 작품의 내용상 '白日'이 그를 총애하던 충선왕을 상징한다면, 셋째구는 임금을 다시 만나기를 기대하는 익재의 심정을 함께 전한다고 하겠다. 이어서 다섯째구와 여섯째구에서는 이제까지의 슬픈 마음을 떨치고 임금에 대한 신의를 보다 굳건히 하려는 그의 의지를 드러내고 있다. 즉 張良과 靈輒의 고사를 동반하며 현실 상황이 아무리 혼란하다고 하더라도 그는 역사적 지표가 되었던 이들의 행동과 함께 할 것이라는 뜻을 頸聯에 담아, 왕실과 군왕에 대한 충절을 저버리지 않으려는 내용을 전하고 있다. 그리고 나서 서로의 거리가 멀기 때문에 충선왕을 쉽게 만날 수 없는 안타까운 상황으로부터, 그 거리감을 좁힐 수 있는 존재가 되어 임금의 곁에서 그를 절규하듯 불러보고 싶은 심정을 가정법을 사용하여 밝히고 있다. 그런데 이 표현은 실제로는 불가능한 일이지만, 암울한 현실세계로부터 높이 비상하여 곤경에 빠진 임금과 일체를 이루려는 그의 마음을 구체화시킴으로써, 충선왕에 대한 익재의 충절을 더욱 간곡하게 전한다고 할 수 있다.

咄咄書空但坐愁　　式微何處是菟裘
十年難險魚千里　　萬古升沈貉一丘
白日西飛魂正斷　　碧江東注淚先流
滿門簪履無雞狗　　飽德如吾死合羞
　　「黃土店」其二, 위의 책.

　첫째구에서는 '咄咄'이란 탄식의 소리로서 충선왕의 소식에 대해 근심
겨워 하는 마음을 집약시키고 있으며, 둘째구에서는『詩經』의「邶風」,
「式微」의 시구를 용사하고『左傳』「隱公 十一」의 사실을 전고로 하여,
개인적인 안식처로 구하기 보다 왕실이 쇠약해진 상황을 안타까워하는
심회를 밝히고 있다. 이어 십년 동안 그가 신하로서 노심초사하며 정치
적 활동을 했던 일을 春秋時代의 범여의 고사를 인용하여 회상한 뒤에,
보다 거시적인 관점에서 역사의 추이는 흥망성쇠를 거듭할 수밖에 없다
는 사실을 前漢의 楊惲의 말을 인용하여 전하고 있다. 이어서 다섯째구
와 여섯째구에서는 시적 현장감을 부각시키며 어둠과 물의 심상으로, 의
식을 상실하는 듯한 정신상태와 눈물을 주체하지 못하는 정서상태를 구
체화하고 있다. 그런데 이 頸聯에서 등장하는 사물들이 각기 다를 방향
으로 이동하는 장면을 통해 그의 내면세계가 일정하게 통일을 이루지 못
하고 분열을 일으키는 상황임을 유추할 수 있다. 그리고 작품의 마지막
부분에서는 왕실에 많은 신하가 있다고 하더라도 맹상군의 식객과 같이
鷄鳴狗盜를 할 수 있는 전략적 기지를 가진 이가 없음을 탄식하면서, 충
선왕이 어려운 상황에 빠졌어도 그를 위기에서 구할 능력을 구비하지 못
한 자신을 책망하고 있다. 그러므로 이 작품은 충선왕이 곤궁을 당한 일
에 직면하여 근심 어린 마음을 주체하지 못하면서 신하로서 그 상황을
해결할 수 없는 안타까움을 밝히고 있다.

寸腸氷炭亂交加　　　　一望燕山九起嗟.
誰謂鱣鯨困螻蟻　　　　可憐蟣虱訴蝦蟆.
才微杜漸顔宜赭　　　　責重扶顚髮已華.
萬古金縢遺冊在　　　　未容羣叔誤周家.
　「黃土店」其三, 위의 책.

동일한 시적 상황에서 위의 두 작품에 이어 지은 것이다. 이제현은 가슴 속 가득히 절망과 분노가 일고 있는 정황을 얼음과 불똥의 차갑고 뜨거운 촉각적 심상으로 표현하고 나서, 그런 정서상태이기 때문에 연경의 방향을 응시할 때 자주 절망감이 일고 있는 상황을 서술에 가까운 시어로 드러내고 있다. 이어 賈誼의 「弔屈原賦」의 시구를 현실 상황에 알맞게 변화시켜, 일개 宦者에 불과한 임백안독고사의 참소로 말미암아 충선왕이 곤경에 처한 일을 전하고 있으며 또한 임백안독고사와 영종을 이와하마에 비유하여, 그가 영종에게 충선왕을 무고했던 사실을 암시하고 있다. 이어서 이런 현실적 문제에 대해 신하로서의 자책감을 토로한 다음 앞으로도 충선왕을 올바로 보필하기 위해 그에게 부과된 책임이 막중한데도 불구하고 대내외 정치에 참여하다 보니 어느 사이에 노쇠하게 된 자신의 처지를 탄식하고 있다. 그럼에도 불구하고 익재는 역사가 진실의 편에 서서 진행해 왔다는 관점에서, 周公이 그의 형인 管叔, 蔡叔으로부터 무고를 당했으나 成王이 金縢의 상자에서 주공이 武王의 병을 대신하여 자신을 죽게 해달라고 신명께 기도한 글을 발견하고 그에게서 의심을 풀었던 일을 예로 들어, 임백안독고사를 포함한 그의 추종자들이 책동을 부린다고 하더라도 충선왕의 신변이 안전하게 될 것이라는 확신감을 전하고 있다. 따라서 이 시는 임백안독고사와 그 무리들의 부당한 행위를 비판하면서 충선왕이 명예를 회복할 것이라는 익재는 기대감을 담았다고 하겠다. 그리고 이와 같은 관점에서 볼 때, 이 「黃土店」 3수는 익재의 절절한 우국충정의 심정을 핍진하게 표현했다고 할 수 있다.30)

---

30) 徐居正, 『東人詩話』, 앞의 책, 26~27쪽. "古人稱杜甫非特聖於詩 詩皆出於憂國憂民 一飯不忘君之心 如避地鄜州達行在 間關岐嶇 其哀王孫悲陳陶等篇 可見其志之所存 大元至治中 高麗忠宣王 被讒竄西蕃 益齋李文忠公 萬里奔問 忠憤藹然 如寸腸氷雪亂交加 一望燕山九起嗟……萬古金縢遺策在 未容羣叔誤周家 又咄咄書空但

憶昔吾君初入相　　　兩扶紅日上咸池
功成不退古所誡　　　坐令西伯玩明夷
式微胡爲寓旄丘　　　已老葛不營도裘
古聞驂乘致芒背　　　今悟曲突賢焦頭…
　　「明夷行」, 위의 책.

　이 시는 어진 이가 뜻을 얻지 못하고 참소와 비방을 두려워하는『周易』의 卦象을 작품명으로 하여 충선왕의 억울한 심정을 대신 호소한 것이다. 첫부분에서는 충선왕이 在元초기에 무종과 인종을 왕위에 오를 수 있도록 힘쓴 사실을 전하고 있다. 이어 셋째구와 넷째구에서는 충선왕이 이러한 공로를 자찬하며 대내외 정치에 영향력을 행사하기보다, 文王과 같이『周易』의「明夷」를 탐구하면서 그 내용을 삶의 원리로 삼아, 스스로의 지혜를 자중하고 신명을 보존하기 위해 행동을 삼갔다는 관점에서 그 이후의 충선왕의 행적을 설명하고 있다. 이런 관점을 바탕으로 익재는 임백안독고사가 영종에게 충선왕이 원나라에 머무르면서 고려로 돌아가지 않았던 이유에 대해 무고한 일이 부당하다는 견해를 밝힌 다음, 魯隱公과 漢代 霍光의 예를 들어 임백안독고사가 불법한 일을 자행했을 때 충선왕이 황태후에게 청하여 그를 杖治했던 일과 또한 그가 강탈했던 토지와 노예를 회수하여 원래의 주인에게 돌려주게 했던 행적으로써,[31] 영종이 충선왕의 공로를 알아주지 못하는 상황을 탄식하고 있다. 따라서 이 작품은 충선왕이 어진 군왕임에도 불구하고 참소를 당하여 곤궁에 처

　坐愁 式微何處賦菟裘……滿門珠履無鷄狗 飽德如吾死合羞等篇 其忠誠憤激 杜少陵 不得專美於前矣"를 참고할 때, 서거정은「黃土店」을 두보가 지은「哀王孫」,「悲陳陶」와 비교하여 忠情이 가득한 작품으로 평가했음을 알 수 있다.
31) 金庠基, 앞의 책, 545쪽을 참고.

한 일을 안타까워하면서 그의 공로와 정당한 행위적 사실을 강조했다고 할 수 있다.

이와 같은 상황 속에서 익재는 1321년, 연경에 있던 王邸를 지키며 충숙왕을 비롯한 고려의 대신들이 이 사건을 해결할 수 있는 외교책을 강구함으로써 충선왕을 자유로운 몸이 되게 하고 나아가 실추된 국권을 회복하기를 기대했다. 그런데 "況今嗣王躬朝元 一言庶得蠲煩冤. 豈料下車席未溫 鬩墻謗讟蛙蠅喧. 葛藟誰令庇本根 四維蕩若風中幡"과32) 같이, 같은 해 여름에 원나라 황제의 칙명을 받고 연경에 온 충숙왕이 부왕의 억울한 일을 밝히고 그의 放還을 실행하기는커녕 瀋陽王과 정치적 갈등을 일으키는 사태가 발생하여, 이제현의 마음을 더욱 어둡게 했다. 이는 충숙왕에게 왕위를 물려준 충선왕이 그의 조카인 暠를 양자로 맞이한 뒤에 그에게 심양왕의 자리를 넘겨주었는데, 심왕 고와 그의 일당이 원의 지지세력을 배경으로 하여 고려의 왕위마저 넘보고서 충숙왕에게 책동을 부렸기 때문에 일어난 사건이었다. 이런 분위기에서 1323년 1월에 閔漬, 許有全 등이 충선왕의 방면을 위해 원에 들어갔으나 심왕 일당의 방해로 그 목적을 달성하지 못하고 돌아오기도 했다. 이 때 이제현은 「上伯住丞相書」의33) 글로 원나라 승상인 伯住에게 덕치정치를 시행할 것을 전제로 하여 충선왕의 소환을 요청했고, 이에 감동한 백주의 건의에 의해 영종은 같은 해 2월, 충선왕을 타사마로 量移할 것을 명했다. 이런 소식을 듣고 익재는 귀양지를 옮긴 충선왕을 만나기 위해 머나먼 여행길을 결심했다.

---

32) 『益齋亂藁』 卷二, 「在上都奉呈柳政丞淸臣吳贊成潛」, 앞의 책, 58~59쪽.
33) 『益齋亂藁』 卷八, 위의 책, 170~173쪽.

主恩曾未答丘山　　萬里驅馳敢道難

彈劍不爲兒女別　　引盃聊盡故人歡

五雲廻看籠金闕　　片月夕情照玉關

惟念慈親鬢如雪　　數行淸淚洒征鞍

「至治癸亥四月二十日發京師」, 同上.

　　1323년 4월 20일, 충선왕을 만나기 위해 연경을 출발하며 지은 작품이다. 첫부분에서는 그가 충선왕으로부터 받은 총애가 매우 돈독했던 사실을 泰山의 거대한 양감으로 드러낸 다음, 그렇기 때문에 연경에서 '萬里' 거리의 타사마에 있는 충선왕을 만나기 위해 가는 길이 힘겹지 않다는 심회를 밝히고 있다. 이어 西蜀行이 오히려 임금에 대한 은혜에 보답할 수 있는 기회라고 여기며 긍정적이고도 능동적인 자세로써 먼 여행길에 대해 기대감을 갖는 시적 태도를 구체적으로 제시하고 있다. 이어서 이런 정서상태를 유지하며 길을 가는 도중의 정황을 전하고 있다. 즉 신하로서 곤궁에 처한 임금을 저버리지 않으려는 마음을 충선왕이 아직도 연경의 정치공간에 있는 듯한 분위기를 통해 암시하고 있으며, 임금과의 재회를 기대하는 즐거운 심정을 玉門關을 비추는 조각달에 투영시켜 상징하고 있다. 그리고 작품의 마지막 부분에서는 충절을 위해 효도를 다하지 못하는 안타까운 마음과 그렇기에 먼 여행길에서 연로하신 어머님의 모습이 더욱 그리워지는 심정을 간곡하게 전하고 있다. 따라서 이 시를 통해 신하로서의 충절의식과 자식으로서 어머니의 안위를 걱정하는 그의 따뜻한 품성을 함께 느낄 수 있다.

　　한편 이러한 이제현의 충절에도 불구하고, 같은 해에 曹頔과 蔡河中 등이 원의 中書省에 글을 보내 추숙광을 참소하는 일이 발생했으며 더욱이 충숙왕의 신하였다가 심양왕 일당에게 회유된 柳淸臣과 吳潛이 원의 영종에게 고려의 국호를 폐하고 고려사회를 원나라의 행정지역으로 변경시킬 것을 청하여 국가의 존립마저 위태롭게 했다. 이에 익재는 中書都堂에 글을 올려 그 일이 불가하다는 뜻을 간곡하게 밝혔다. 그는 『中庸』의 "凡爲天下國家 有九經曰 …… 繼絶世 擧廢國 治亂持危 朝聘以時 厚往而薄求 所以懷諸侯也."란 구절을 상기시키며 고려가 독자적으로 존속해야 할 당위성을 역설했으니,34) 이 글은 우국 우민의 마음을 대외문서 한 장으로 집약시켜 고려의 국권을 지켰던 經國文章家로서의 그의 면모를 여실히 보여준다고 하겠다. 이런 시대적 분위기 속에서 충숙왕은 1330년에 혼란한 정치상황을 수습하지 못하고 왕위를 세자에게 전했다. 곧 忠惠王이었다. 그는 성품이 호협했고 주색과 황음을 즐겼으며 가렴주구의 정치를 시행하여 백성들의 생활을 도탄에 빠뜨렸다. 이런 가운데 원에서는 朶赤, 乃住 등을 보내어 郊天祭를 지내고 大赦令을 반포한다는 명목으로 충혜왕을 征東省으로 불러내어 체포한 뒤, 揭陽으로 귀양을 보냈다. 그런데 그는 岳陽縣에서 의문의 죽음을 맞아, 연경에 머물던 元子가 8세의 나이로 왕위를 계승했다. 忠穆王이었다. 이제현은 충목왕이 「上都堂書」를35) 지었다. 그는 이 글에서 여러 정책안을 제시하는 가운데 그 첫째 항목으로서 전왕의 부도덕한 행위를 상기시키며 충목왕이 四書와 六經을 바탕으로 한 근신한 학문을 쌓아 덕망을 구비해야 한다고 권고했다. 이밖에도 그는 政房을 혁파하여 典理司와 軍簿司에 인사권을 위임함으로써 권력의 집중현상을 막을 것과 백성들의 생활을 안정시키기 위해 자사와 수령의 직위를 적임자에게 맡길 것을 건의했다.

---

34) 『益齋亂藁』 卷六, 「在大都上中書都堂書」, 같은 책, 169~170쪽. "伏望執事閣下 體累朝念功之義 記中庸訓世之言 國其人 人其人 使修其政賦而爲之藩籬 以奉我無彊之休 豈唯三韓之民家相慶 歌詠盛德而已"

35) 『益齋亂藁』 「拾遺」, 같은 책, 556~565쪽.

그리고 그는 권세가가 탈점한 경기 지역의 토지를 회수하여 祿科田으로
折給할 것과, 가혹한 징수에 시달려 불법으로 전매된 백성들을 官財로써
속환시킬 것 등을 요청했다. 따라서 「上都堂書」은 당시 사회의 병리현상
에 대한 그 대응방안을 다각도로 강구하며 익재의 정치적 견해를 밝힌
글이라고 하겠다. 그런데 이 글에서 논의되었던 사회적 모순상은 다음과
같은 작품을 통해 유추할 수 있다.

南方近者頻年荒　　　捐瘠往往僵路傍
守令識字百二三　　　坐視弄法猶盲暗
旋驅農夫防海倭　　　賊刀未接先奔波
大壯坐幕擁笙歌　　　小將汗馬輸弓戈
豪奴聯騎攘公田　　　官微逋租不計年
嗚呼民生至此極　　　誰與吳君寬旰食

「送田祿生司諫按全羅道」, 卷四.

田祿生이 전라도에 按廉使로 부임할 때 그를 전송하며 지은 작품이다.
첫부분에서는 호남에 흉년이 자주 들어 백성들이 굶주림으로 죽어가는
상황을 묘사하고 나서 수령들이 그 일을 수습하기 위해 행정을 올바르게
시행하기는 고사하고 무지의 소치로 불법을 자행하는 일을 방관하는 분
위기를 안타까운 심정으로 술회하고 있다. 이러 왜군의 침입을 저지시켜
야 할 책임을 지고 있는 정부군의 대장이 일신의 안위만을 도모하는 정
황을 소장들의 노고와 대비시키는 가운데 실전 경험이 없고 또한 민심을
저버렸기 때문에 생활고에 허덕이며 동원된 백성들이 왜군과의 접전을
피해 달아나는 모습을 도치법을 사용해 전하고 있다. 이어서 이런 혼란
스러운 분위기에서조차 권세가들이 혹독하게 백성들을 수탈하고 있으며

정부마저 세금을 징수하기에 혈안이 된 세태를 비판하고 있다. 그리고 시의 마지막 부분에서는 충직한 신하가 바른 정치를 도모하여 백성들을 이와 같은 고통스러운 생활로부터 벗어나게 함으로써 임금 또한 편안한 시간을 가질 수 있기를 기대하는 마음을 밝히고 있다. 그러므로 이 작품은 전라도 백성들의 궁핍한 생활상을 묘사하며 군왕과 백성의 교량적 존재인 신하들이 올바른 정치를 시행함으로써 사회의 안정을 추구해야 된다는 내용을 강조했다고 하겠다.

이상과 같이 眞切한 우국충절의 정신이라는 관점에서 이제현의 작품을 논의했다. 그는 고려사회가 위기를 맞았던 때를 올바른 정치활동으로써 사회의 기강을 바로 잡고 약화된 주권을 회복하려고 힘쓰면서 군왕에 대한 충정을 중심으로 우국충절의 정신을 구현하려고 했다. 익재의 이런 면모는 현존하는 문집 중에서 주로 30대에 지은 작품을 통해 확인할 수 있다. 이후에도 그는 군왕들에게 올바른 정책안을 제시하며 사회의 안정을 추구했고, 致仕한 뒤에도 공민왕에게 經史를 강론하며 治道의 원리를 조언하기도 했다. 따라서 그의 일생은 참다운 문사의 삶으로 일관했다고 할 수 있다. 그리고 이와 같은 성향의 작품은 문학의 공용적인 역할을 강조한 것과 함께 전고와 용사를 사용하여 작품 내용을 개성적으로 형상화해야 한다는 그의 문예의식과 유기성을 지닌다고 하겠다.

3) 민간가요에 대한 가치인식

이제현은 「關東瓦注序」에서 시가 사회의 모습을 반영한다는 점에 주목했다. 이런 측면과 관련하여 『益齋亂藁』 卷四에는 江陵에서 朴安集과 헤어지며 지은 시가 실려 있는데, 이 작품의 전반부에서는 東海와 五臺

山을 인접하고 있는 강릉의 험한 지세를 묘사하면서 염전과 화전을 일구며 생활하는 주민들의 모습을 그려내었다.36) 즉 익재는 유학의 전통적인 문학관을 토대로, 당시 사회에서 영위되는 일상적인 모습을 작품으로 형상화하는 일이 가치가 있는 문학행위로서 인식했다고 하겠다. 이런 문예의식과 여관을 맺고 그는 민간에서 전승되던 가요를 작품원으로 하여 그것을 七言絶句의 「小樂府」로 재창작했다.

<blockquote>
脱却春衣掛一肩　　　呼朋去入荣花田
東馳西走追蝴蝶　　　昨日嬉遊尙宛然
　　「小樂府」其五, 卷四.
</blockquote>

　　대지의 만물들이 그 생명력을 더해 가는 봄날에 아이들이 흥거운 마음이 반영된 모습을 하고서 또랑또랑한 목소리로 벗을 부르며 채소밭으로 달려가는 모습에는 봄과 같이 약동하는 생명감과 함께 그 계절감을 만끽하는 자유로움이 깃들여 있다. 이어 벗들과 무리를 이루며 잡힐 듯하다가도 다른 곳으로 날아가는 호랑나비를 뒤쫓는 '東馳西走'의 모습을 통해, 순진한 심성을 꾸밈없는 행동으로 드러내는 어린아이의 천진난만함을 생생하게 되살려내고 있다. 이어서 그런 어린 시절이 단지 추억거리이기 때문에 그립다기 보다 인간이면 누구나 순수한 삶의 모습으로 되찾고 싶은 소중한 가치를 지니고 있기에, '昨日'과 같이 긴 시간의 경과를 압축시키며 어린 시절을 회상하는 서정적 자아의 감회 깊은 마음을 전하고 있다. 그러므로 이 시는 저고리, 채소밭, 호랑나비와 같이 일반인의 삶과 친숙한 성격의 소재를 매개로 하여 우리 모두가 공감할 수 있는 어

---

36) 『益齋亂藁』卷四, 「江陵道朴安集告別」, 같은 책, 115쪽. "路俯蛟鼉窟　山鄰豺虎群. 和泥煮白浪　帶燒墾蒼雲"

린 시절의 추억을 노래함으로써 작품의 전달효과를 높이는 특징이 있다고 하겠다.

鵲兒籬際噪花枝　　蟢子床頭引網絲
余美歸來應未遠　　精神早已報人知
「小樂府」其二, 위의 책.

『高麗史』「樂志」에서는 이 작품의 원제목이 「居士戀」이라고 밝힌 다음 "행역을 나간 사람의 아내가 이 노래를 지었는데, 까치와 거미에 의탁하여 남편이 돌아오기를 바란 것이다."라는37) 작품의 내용을 간략하게 기재했다.

전반부에서는 어느 여인이 이별한 남편과의 만남이 소박하지만 아름다운 정경을 배경으로 하여 이루어지기를 고대하는 심정과, 그와 마주앉아 오순도순 이야기를 하며 정겨운 회포를 나누려는 마음을 상징적으로 전하고 있다. 그런데 멀리 떠난 남편을 다시 만나게 되리라는 여인의 기대감은 까치가 울거나 거미가 땅밑 쪽으로 내려오면 반갑거나 기다리는 사람이 온다고 하는, 소박한 민간풍속을 매개로 하여 이루어지고 있다. 그렇기 때문에 후반부에서는 이런 민간풍속에 대한 믿음을 자신에게 스스로 확인하려는 여인의 독백으로써 남편과의 합일을 지향하는 심정을 더욱 확대, 심화시키고 둘째구에서 집안의 뜨락에 있는 평상을 배치시킴으로써, 멀리 있는 남편이 울타리 문을 통해 집안으로 들어와서는 평상에 앉아 자신과 이야기를 나눌 것이라는 내용으로 시상을 전개하여, 남편과의 재회를 고대하는 여인의 심정을 밀도 있게 전하다고 할 수 있다.

---

37) 『高麗史』卷 七十一, 「志」二十五, 「樂」二, 「居士戀」, 『高麗史』中, 景仁文化社, 1972, 554쪽. "行役者之妻 作是歌 托鵲蟢以冀其歸也"

또한 鵲兒, 蟢子와 같이 작고 귀여운 사물이 '余美'의 소중하고 아름다운 님과 유기적으로 연결되어 작품 구조의 긴밀성을 고조시키고 있으며, 민간풍속의 사실을 시적으로 형상화하여 일반인의 정서를 효과적으로 되살려냈다 하겠다.

따라서 이 시는 남편과의 재회를 바라는 여인의 마음을 간절히 전하면서 작품의 이면적 사실로서 남자들이 공역에 동원되어야 했기 때문에 부부가 서로 떨어져 생활을 할 수밖에 없었던 당시의 사회상황을 동시에 알려준다고 하겠다.

縱然巖石落珠璣　　　瓔縷固應無斷時
與郎千載相離別　　　一點丹心何改移
　「小樂府」其八, 위의 책.

이 시는 「西京別曲」 2연 혹은 「鄭石歌」의 6연과 연관을 맺고 있다. 그런데 현존하는 속가 대부분이 또한 민간에서 전래되었던 민요를 궁중에서 재창작한 것이라고 한다면, 이 작품의 原歌로서 「西京別曲」 2연과 「鄭石歌」 6연을 논의하는 일은 무리가 있다고 하겠다. 다만 이 시를 「西京別曲」과 「鄭石歌」의 전체 내용과 관련하여 지어 볼 때, 「小樂府」의 본 작품은 셋째구의 「郎」이 시적 화자의 대상으로서 당시 사회의 통치자를 지칭하는 용어로는 부적합하기 때문에[38] 신하가 임금을 그리워하는 내용의 「鄭石歌」 보다는 사랑하는 님과 이별한 어느 여인의 애절한 심정을 전하는 「西京別曲」과 관련이 깊다고 하겠다. 한편 형식적인 측면에

---

[38] 이와 같은 관점은 이제현이 鄭敍가 지은 「鄭瓜亭曲」의 前腔 부분을 「小樂府」에서 「憶君無日不霑衣」로 표현하여, '君'을 통해 정서가 毅宗을 그리워하는 내용을 전한 것으로도 반증할 수 있다.

서 대비시켜 볼 때, 「西京別曲」의 2연의 여음을 제외한다면 그것이 익재의 작품에서 1·2행이 1구로, 3·4행이 2구로, 5·6행이 3구로, 7·8행이 4구로서 또한 「鄭石歌」의 6연은 1·2행이 1구로, 3행이 2구로 4·5행이 3구로 6행이 4구로 압축, 변화되었음을 알 수 있다. 즉 속악가사가 반복구의 시형을 지닌 반면 익재는 그 부분을 절구의 형식에 알맞게 압축, 변화시키면서 '丹心'의 시각적 심상을 통해 새로운 詩意를 부가하고 있다.

작품의 전반부에서는 바위에 부딪혀 온전한 형태를 상실한 구슬의 이미지로써 님과 이별한 정황을 비유적으로 전하면서도 구슬과 연결된 실끈의 유연한 속성을 통해 마음속에서 자신과 합일하고 있는 님과의 연대감을 유지시키고 있다. 이어 후반부에서는 님과 이별한 심적 고통을 기 시간의 거리감으로 드러낸 뒤에 그 괴로움을 극복할 수 있는 님에 대한 연모의 마음을 '千'을 포괄할 수 있는 '一'의 질감과 함께 '丹心'의 붉은 색감으로 표현하여, 님에 대한 여인의 변함없는 사랑을 극대화시키고 있다. 그러므로 이 작품은 견고한 속성의 구슬로 상징되는 님의 사랑보다 유연한 속성의 구슬끈으로 상징되는 여인의 사랑이 더욱 심화된 성격임을 암시하면서 님과 이별한 상황에서도 지속적인 사람의 마음을 간직하려는 여인의 굳은 의지를 전달한다고 할 수 있다.

木頭雕作小唐鷄　　　筋子拈來壁上棲
此鳥膠膠報時節　　　慈顔始似日平西
　「小樂府」其八, 위의 책.

『高麗史』「樂志」에서는 이 시의 원작자가 文忠이라고 했다. 그리고 "忠居五冠山下 事母至孝 其居踞京都三十里 爲養祿仕 朝出暮歸 定省不

少衰 嘆其母老 作是歌"라고[39] 하여 그의 효성스러운 행적과 함께 「五冠山」의 창작동기를 밝혔다. 따라서 이 작품은 문충의 효심을 노래한 「五冠山」을 익재가 자신의 시적 분위기로 변화시켜 재창작한 것이라고 할 수 있다.

닭의 기능적인 역할 가운데 하나는 사람에게 시간의 변화를 알려주는 것이다. 그런데 이 작품에서 등장하는 닭은 실제의 닭과 같이 그 기능을 수행할 수가 없다. 그 이유는 시적 화자가 조그만 나무로 만든 닭에다가 자신의 바램을 투사시키고 있기 때문이다. 그 바램은 시간의 흐름을 정지시키는 일이다. 그런데 인간이 시간을 정지시키는 것은 불가능하기 때문에 시의 화자는 시간의 변화를 알려 줄 수 없는 닭으로 하여금 그 일을 수행하게 한다. 그리고 그는 이 바램을 보다 고조시키기 위해 그 닭을 벽 위에 놓으면서 방안과 외부의 공간을 별개의 세계로 만들고 있다. 즉 시의 화자는 실제의 닭이 방밖에서 시간의 변화를 알린다고 하더라도 그와 독립된 공간인 방안에서 나무로 만든 닭이 울기를 기다리고 있기 때문에, 외부 상황은 그에게 아무런 의미를 줄 수 없게 된다. 그리고 시간이 정지되기를 바라는 이와 같은 그의 행동은 자애로우신 어머님께서 늙지 않기를 바라는 지극한 효성심으로부터 유발된다는 사실을 작품의 마지막 부분을 통해 저하고 있다. 그러므로 이 작품은 문충이 불가능한 정황을 설정해 놓고 그 상황이 가능할 수 없으리라는 가정 아래에서 어머님에 대한 효성심을 극대화시켜 성취하려는 내용을 전하면서 당시의 사회인들이 이를 삶의 값진 덕목으로 인식할 것을 기대하는 익재의 시의식이 투영되었다고 할 수 있다.

---

39) 「五冠山」, 앞의 책, 553쪽..

拘拘有雀爾奚爲　　　　觸着網羅黃口兒
眼孔元來在何許　　　　可憐觸網雀兒癡
　　「小樂府」其八, 위의 책.

『高麗史』「樂志」에서는 이 시의 원제목이 「長巖」이라고 했으며, 그 내용에 대해서 한 노인이 長巖에 유배된 平章事 杜英哲에게 구차스러이 영달하는 일을 경계시켰고 그가 이에 응했는데, 다시 죄를 지어 그곳을 지나게 되자 노인이 전송하며 이 노래를 지어 그를 꾸짖었다고 했다.[40] 작품에서는 참새의 위축된 모습을 첫 부분에 등장시켜 그물에 걸린 상황을 부각시키고 나서 그 이유에 대해 대상의 모습 중에서 입 부분을 부각시켜 ‘黃口兒’의 참새가 먹이에 집착하는 탐욕스러운 성품 때문이라고 규정하고 있다. 이런 ‘口’와 대비된 ‘眼孔’으로 참새가 사물을 통찰함으로써 밝은 지혜를 구비해야 함에도 불구하고 욕심을 부려 그물에 걸리게 된 일을 다시 한 번 비판하고 있다. 따라서 이 작품은 일반인의 생활과 친숙한 참새를 소재로 삼아 ‘網’과 ‘雀’의 관계 상황으로 반복, 강조하면서 벼슬에 집착하다 신하로서 갖추어야 할 청렴한 자세를 상실한 두영철의 일을 비판했다고 하겠다.

黃雀何方來去飛　　一年農事不曾知
鰥翁獨自耕耘了　　耗盡田中禾黍爲
　　「小樂府」其八, 위의 책.

『高麗史』「樂志」에서는 이 시의 원제목이 「沙里花」라는 사실과 함께

---

40) 「長巖」, 위의 책, 554쪽. “平章事杜英哲 嘗流長巖 與一老人相善 及召還 老人戒其苟進 英哲諾之 後位至平章事 果又陷罪 貶過之 老人送之 作是歌以譏之”

"賦稅가 繁重하고 권력자들이 수탈을 자행함으로써 백성들은 고달파지고 재산은 줄어들어 이 노래를 지었는데, 참새가 곡식을 쪼아먹는 일에 비유하여 그 일을 원망했다."는[41) 내용을 밝히고 있다. 작품에서는 늙은 홀아비가 정성을 들이며 일년 농사를 힘들게 지은 수확물을 일정한 거처도 없이 이리저리 날아다니는 참새가 그것을 모두 먹어치우는 상황을 통해 농민들을 수탈하는 관리들의 횡포를 고발하고 있다. 그런데 이 시는 '來去'로 부임지를 옮길 때마다 수탈을 자행하는 관리들의 부패상까지 효과적으로 암시한다고 하겠으며, 정부가 보호해야 할 인물임에도 불구하고 애써 지은 농사마저 빼앗기는 '鰥翁'으로 당시의 사회에서 고통을 당사는 기층민의 상황을 극명하게 제시한다고 하겠다. 또한 농민이 힘들게 농사를 짓는 정황을 둘째구와 셋째구에 위치시키고 수탈을 일삼는 관리들의 횡포상을 첫째구와 넷째구에 배치시켜, 관리들의 부패행위가 힘든 농사일을 감싸고 있는 시적 구조를 통해 당시의 모순된 상황을 보다 심도 있게 그려낸다고 하겠다.

都近川頹制水坊　水精寺裏亦滄浪
上房此夜藏仙子　社主還爲黃帽郎
　「小樂府」其八, 위의 책.

　다음 작품과 함께 이 시는 전래되는 민요를 재창작하더라도 각 시인에 따라 얼마든지 개성적인 시를 창조할 수 있다는 내용으로써, 閔思平에게 자신이 지은 「小樂府」의 작품에 화답할 것을 격려하면서 지은 것이다.[42)

---

41) 「沙里花」, 같은 책, 같은 곳. "賦斂繁重 豪强奪攘 民困財傷 作此歌 托黃鳥啄粟以怨之"

42) 『益齋亂藁』 卷四, 앞의 책, 137쪽. "昨見郭翀龍 言及菴欲和小樂府 以其事一而語重

전반부에서는 홍수로 말미암아 승사의 깊숙한 공간까지 흙탕물에 잠긴
모습을 묘사하며 이 자연현상을 통해서 불도의 진리를 추구해야 할 승려
들의 마음과 정신이 세속과 동일하게 더러운 상태에 놓였다는 사실을 암
시하고 있다. 그리고 후반부에서는 이런 정황에서 주지가 승사 전체를
지키려고 애쓰기 보다 남녀의 정욕을 불태우기 위해 승방에 숨겨둔 기녀
를 안전한 장소로 옮기느라고 속인처럼 뱃사공의 노릇을 하고 있는 장면
을 통해 참다운 구도의 길을 걸으며 세상을 구제해야 할 그 본연의 임무
를 망각한 채 여색에 집착하며 타락한 생활을 하는 승려의 세속적인 태
도를 비판하고 있다. 그런데 익재는 이 시의 배경적 사실로서 다음과 같
은 설명을 덧붙어, 그가 작품을 통해 전하려는 내용이 표면화된 것보다
포괄적인 성격을 갖고 있음을 밝혔다.

近者有達官 戲老妓鳳池蓮者曰 爾曹惟富沙門是從 士大夫召之 何來之遲
也. 答曰 今之士大夫 取富商之女 否則妾其婢子 我輩苟擇縞素 何以度朝夕
座者有愧色. …… 耽羅此曲 極爲鄙陋 然可以觀民風知時變也[43]

그러므로 이 시는 濟州道 승려의 타락한 생활상을 풍자하며 당시의
사회에서 기생들이 승려들과 남녀의 관계를 맺게 되는 병리현상이 물질
세계에 집착하여 부부의 윤리마저 저버리는 사대부들의 부도덕한 생활태
도와 유기성을 갖는 사실을 암시하면서, 원작품인 민요를 통해 제주도
일반민의 생활양상을 객관적으로 인식하고 이를 토대로 하여 올바른 시
대의식을 구비하려는 익재의 작가정신을 반영한다고 할 수 있다.

故未也 僕謂劉賓客作竹枝歌 皆夔峽間男女相悅之辭 東坡則用二妃屈子懷王項羽事
綴爲長歌 夫豈襲前人乎 及菴取別曲之感於意者 飜爲新詞可也 作二篇挑之"
43) 위의 책, 138~139쪽.

　　從敎壟麥倒離披　　　　亦任丘麻生兩歧
　　滿載靑瓷兼白米　　　　北風船子望來時
　　「小樂府」其八, 위의 책.

이제현은 이 작품과 관련하여 다음과 같은 사실을 밝혔다.

　　耽羅地狹民貧　往時全羅之賈販瓷器稻米者　時至稀矣　今則官私牛馬蔽野
而靡所耕墾　往來冠蓋如梭　而困於將迎　其民之不幸也　所以屢生變也[44]

　　이런 사실을 참고할 때, 시의 전반부에서는 제주도의 주민들이 농번기
에도 불구하고 관리들이 이동할 때마다 수입원인 농사일마저 돌보지 못
한 채 자포자기한 상태에서 삶의 터전을 그대로 내버려 둘 수밖에 없는
상황을 통해, 그들의 삶을 더욱 피폐하게 만든 관리들보다, 예전과 같이
생활에 보탬이 되거나 경제적 이익을 가져다 주는 물건을 배에 싣고서 항
구에 도착하기를 기다리는 상황을 전반부의 황폐한 모습과 대비시킨 풍
요로운 심상으로써 전하고 있다. 따라서 이 작품은 관리들이 올바른 행정
으로 제주도 주민들의 삶을 풍요롭게 하기는 고사하고 그들의 잦은 이동
으로 말미암아 주민들이 농사마저 제대로 할 수 없었던 일을 고발하는 가
운데 파행적인 정치행위가 필연적으로 사회의 갈등을 야기시킨다는 사실
을 암시하면서 민중들의 원망이 담긴 원작품의 내용을 거울 삼아 올바른
정치상을 도모하려는 익재의 시정신을 간접적으로 전달한다고 하겠다.
　　이상과 같이, 이제현은 「小樂府」의 작품을 통해 당시 사회의 모습을
입체화시키면서 순수하고 소박한 인간의 마음을 노래했고, 참다운 사회
인으로서 구비해야 할 삶의 덕목을 강조했으며, 시대의 모순을 비판하는

---

44) 같은 책, 139쪽.

가운데 그로 인해 발생한 기층민의 피폐한 생활상을 사실적으로 묘사했다. 이와 같은 익재의 「小樂府」는 원작품인 민요가, 앞에서 인용한 "可以觀民風知時變"과 같이, 당시의 사회상을 긍정적으로 혹은 부정적으로 반영할 수 있다는 문사로서의 가치적 인식 아래서 그것을 한시의 형식으로 재창작하는 가운데 올바른 길을 모색하고자 했던 그의 시대정신과 함께 민요에 내재한 민중들의 의식과 정서를 소중한 문학적 가치로서 인식하고 그것을 기록문학으로 정착시키려고 했던 그의 문학 정신을 담고 있다. 그리고 이와 같은 익재의 시의식은 민사평에게 이어져 그 또한 6편의 「小樂府」를 짓게 되었고,[45] 조선 후기의 신위가 「小樂府四十首」를 짓게 되는 창작동기로서 작용을 하게 되어,[46] 그의 문학적 전통이 우리의 문학사에서 면면히 이어졌다고 할 수 있다.

4. 맺음말

이 글은 고려 후기의 한문학을 대표하는 익재 이제현을 논의적 대상으로 삼아, 그의 문예인식의 측면을 살펴본 다음 이와 관련을 맺으며 그의 시적 경향에 대한 문제를 논의했다. 그 내용을 요약하면 아래와 같다.

---

45) 閔思平, 『及菴詩集』 卷三, 「小樂府六章序」, 『韓國文集叢刊』3, 앞의 책, 68쪽. "伏蒙宗伯益齋公 錄示近爲詩數篇 其折輩行 誘掖後進之意 深且切矣. 雖以庸愚 寧不知感 然自有拙澁 必不能攀和 因循至今 惶悚間 公恕其逋慢之罪 再以小樂府二章示之 愈感愈悚 謹和成若干首 薰沐繕寫 拜呈左右"

46) 申緯, 『警修堂全藁』 卷四十九, 「小樂府四十首序」, 앞의 책, 1190~1191쪽. "高麗李益齋先生 採曲爲七絶 命之曰 小樂府 今在先生集中 擧皆今日管絃家不傳之曲 而其辭之不亡 賴有此詩 文人命筆 顧不重歟 余竊喜之 就我朝小曲中 余所記憶者 亦以爲七言絶句 藻采雖萬萬不逮先生 而異代同調 各採其國之風 則一也"

먼저, 문예인식의 요소로서 익재는 유학의 전통적인 문학관에 입각하여 문학의 지향가치는 유학의 규범적인 덕목과 유기성을 지녀야 한다고 보았다. 이 토대 위에서 그는 시인이 사물의 품성을 바르게 포착, 표현할 것과 전고나 용사를 통한 환골탈태법으로써 독창적인 작품을 창작할 것을 강조했다. 또한 그는 언외의의 미적 가치에 주목하기도 했다.

다음으로 익재의 시적 경향에 대한 내용으로는 첫째, 實心과 實景의 상호조응이다. 익재는 현실의 문제를 대상세계에 투영시키거나 그 덕성을 통해 현실의 해결책을 모색했다. 또한 그는 대상으로부터 그 참된 품성이나 존재의 원리를 관조하고 자신의 순수한 정신과 대상의 본질을 일치시킨 다음, 그 정서상태를 대상의 실제 형상을 매개로 하여 상징적으로 전달했다. 둘째, 眞切한 우국충절의 정신이다. 그는 혼란한 사회적 분위기와 함께 원의 간섭과 부원파들의 책동으로 말미암아 국가의 안위마저 위기에 처한 상황에서 대내외적인 정치활동으로써 사회의 기강을 바로 잡고 약화된 국권을 회복하려고 힘쓰는 가운데 우국충정의 정신을 구현하려는 그의 시의식을 작품을 통해 심화시켰다. 셋째, 민간가요에 대한 가치인식이다. 익재는 「小樂府」의 원작품인 민요가 당시의 사회상을 반영할 수 있다는 인식 아래에서 그것을 칠언절구의 시형식으로 재창작을 하면서 올바른 사회상과 시대상을 모색하고자 했으며, 민요에 내재한 민중들의 의식과 정서를 소중한 문학적 가치로서 인식하고 그것을 기록문학으로 정착시키려고 했다.

종합적으로 말한다면, 이제현은 시대의 어둠 속에서도 참다운 문사로서 삶을 일관하며 사회의 올바른 길을 모색하는 가운데 이러한 시의식을 심미적으로 형상화한 작품을 통해 오늘에 이르기까지 자신을 실존시킨다고 할 수 있다.

제 3 장

조선편(Ⅰ) - 농촌시

私淑齋의 「農謳十四章」에 대한 작품 연구

성현의 「田家詞十二首」에 대한 작품 성격 연구

李德懋의 農村詩에 대한 考察

私淑齋의 「農謳十四章」에 대한 작품 연구

1. 머리말

　　조선 전기의 문인 私淑齋 姜希孟(1424~1483)은 명문거족 출신으로 정계의 요직을 역임한 인물이다. 그러면서 강희맹은 여느 관각문인과는 달리 농사일을 경험하기도 했다. 그는 이런 이력의 소산으로서 주목할 만한 저서를 남겼는데, 그 대표적인 예가 『衿陽雜錄』이다. 이 글은 금양에서 있었던 그의 농촌생활을 반영한 중에 농업에서 중요하게 다루어야할 제반문제를 밝혀놓았다. 이런 이유에서 그는 당대의 어떠한 다른 문인보다 중앙정계에 깊숙이 닿은 인물이었지만, 한편으로 농촌 체험을 바탕으로 독특한 저술을 시도했다고 볼 수 있다.

　　이 글에서 다루고자 하는 「農謳十四章」(이하 「농구」로 약칭) 역시 사숙재가 금양에서 농사를 짓고 농요도 수용하여 지은 작품이다. 후일 『금양잡록』에 수록된 이 작품은 당시의 대표적인 선집인 『續東文選』 권10의 「雜體」와 許筠이 편찬한 『國朝詩刪』 권9의 「雜體詩」에 실려, 강희맹의 시작품을 대표한다고 해도 과언이 아니다. 특히 허균은 「농구」에 대해 "격조를 창조해 작품을 지었는데, 언사가 지극하고 논리가 뛰어나다. 공이 지은 것이 이에서 벗어나지 않는다(創格爲之 詞極理達 公之所作

無踰於此)"고[1] 해서 그런 사실을 뒷받침하고 있다. 이런 중요성에 비추어 선행 연구에서도 강희맹의 작품세계를 조명하며 「농구」를 언급했지만, 개괄적인 논의이거나[2] 『村談解頤』와 함께 주목하면서도 작가적 면모를 파악하기 위한 성격에 치중했다.[3]

그 결과, 기존의 논의는 작품론의 측면에서 다음과 같은 사항들을 밝혀주는 데 다소 미흡했다. 첫째, 「농구」 14수 전체는 어떻게 구성되었는가? 둘째, 높은 벼슬을 하던 사대부로서의 농촌 경험은 어떻게 드러나는가? 셋째, 노동요로서의 농요와 어떻게 연관되는가? 첫째 사항의 경우, 작품 14수 중 편의에 따라 발췌해 논의하게 되면 연작시로서의 의미가 손상되므로 특수한 목적을 띤 연구가 아닌 한 작품 전체를 일관된 눈으로 조망할 필요가 있다. 둘째 사항 역시, 그는 관료면서 일면 농사를 직접 지은 사람이어서 그 어느 한쪽의 시각으로만 설명해서는 작품의 실상을 놓치기 쉽다. 셋째 사항은 농요와 한시와의 관계를 설명하는 데 매우 긴요한 부분이다. 만일 농요를 한시로 번역한 수준에 머물렀다면 허균이 그렇게 극찬했을 리가 없으며, 그렇다고 그가 당대의 농요와 무관하게 독자적으로 창작했다면 굳이 '농구'라는 제목을 달 필요도 없었을 것이다. 당연히 농요를 수용한 것은 기정 사실인데, 그것을 어떤 식으로 진행시켰는가를 살필 필요가 있다.

---

1) 허균의 평어는 민족문화추진회 편, 『私淑齋集』(『韓國文集叢刊』 12, 민족문화추진회, 1988)에 기록된 협주를 인용했다. 이는 협주의 내용으로서 두 작품에 대한 평어가 현전하는 『국조시산』보다 더 붙어 있기 때문이다.
2) 강전항, 「강희맹의 시세계」, 『한문학논집』 제6집, 단국한문학회, 1988.
   성범중, 「사숙재 강희맹의 생애와 한시세계」, 『한국한시작가연구』 3, 태학사, 1998.
3) 정용수, 「'농구14장'과 강희맹의 문학」, 『성대문학』 제24집, 성균관대학교 국문과, 1985.
   안장리, 「강희맹 문학연구」, 『문학연구』 제7집, 우리문학연구회, 1988.
   정용수, 『사숙재 강희맹 문학 연구』, 국학자료원, 1993.

이상의 문제의식을 바탕으로, 이 글은 다음과 같은 순서로 논의를 진행하기로 한다. 우선 작품 전체를 제시하며 그 배치 양상을 살피고자 한다. 이는 연작시의 논의로서, 각 작품들이 지닌 독자적인 의미를 파악하며 그 통일적인 면을 함께 살펴보는 점이 중요하기 때문이다. 다음으로 이 작품이 갖는 시문학적 특성을 분석하려 한다. 이 중 한 부분은 사대부적 인식과 농사 체험을 두루 갖춘 그의 작품의식을 살펴보는 것이며, 또 한 부분은 당대 농요와의 교섭이 이루어지는 과정을 추출해보려고 한다. 끝으로, 이런 분석 작업을 바탕으로 그 작품적 의의를 점검하면서 종합적인 논의에 이르고자 한다. 주 자료로 사용한 책은 초간본 『私淑齋集』인데, 필요에 따라 중간본도 참고하기로 한다.4)

2. 작품 개관 및 배치 양상

강희맹은 兵曹判書를 지내던 중 1474년 여름 養父 姜順德의 상을 당한 것을 계기로, 咸陽에 머물다가 다음 해 봄 경기도 금양으로 올라왔다. 이로부터 1476년 判中樞府事에 임명되어 다시 관직생활을 계속하기까지 그는 지금의 시흥 지역인 금양과 안산 지역인 蓮城을 오가면서 농촌에서 지냈으며, 이 시기를 전후로 수 차례에 걸쳐 금양을 찾기도 했다.5) 이런

---

4) 이우성 편, 『私淑齋集』(『栖碧外史海外蒐佚本』 3), 아세아문화사, 1992. 이와 함께 중간본으로서, 앞의 책 참고.

5) 강희맹의 1474~1476년 사이의 행적은 「歲乙未春退居衿陽……必不免大人君子所譏議云」(같은 책 권8), 「贈姜進士三首 序」의 "景醇持服 往來衿陽蓮城兩邑之間 歲三周……"(같은 책 권8), 「送兪修撰歸養序」(같은 책 권11)를 참고. 이외 기간의 행적에 대해서는 「退在衿陽村舍贈景武」(같은 책 권1), 「次仁齋韻寄一菴」(같은 책 권2), 「丁亥九月二十日恩許暇閑退臥衿陽別業因念景武氏艱關羈旅述懷二篇以贈」(같은

경험들을 토대로 사숙재는 「농구」를 지으며 그 발문에서, 금양의 주민들이 부르던 농요를 바탕으로 삼아 그 곡명을 채집·보충하고 그 제목에 알맞게 가사를 창작하여 농촌생활의 면모를 개괄적으로 알리려던 내용을 전했다.

> 오른 편의 「농구십사장」은 雲松居士 姜景醇이 지은 것이다. 금양의 弊業에 살면서 자주 그 사이를 왕래하여 樹藝種植을 스스로 시험하지 않음이 없더니, 조금씩 농사일도 알게 되었다. 농요를 들었는데, 이른바 그 호응하는 소리가 비장하여 里巷의 노래와는 곡조가 같지 않았다. 이 가운데 「권로」·「영양」 등이 있었는데, 노랫말은 없었다. 이는 반드시 어떤 隱逸之士가 농촌에 살며 즐거워하여 근심을 잊고 곡조를 만들어서 농사를 지어 食祿을 대신하는 뜻을 붙였을 것이다. 하지만 농부들이 이를 알지 못해, 그 가사는 잊어버리고 다만 곡조에 의지해 다른 노래를 섞어 불렀다. 이제 노래의 이름이 있는 것을 채집하고, 또 임의대로 곡이름을 지어 그 빠진 것을 보충하면서, 이름에 의지해 노랫말을 지어 각각 그 아래에 붙였다. 이런 뒤에야 농가의 시종본말이 어느 정도 갖추어졌다.[6]

인용문은 두 가지 사실을 분명히 전한다. 첫째, 「농구」는 그가 농촌생활을 체험한 소산이며, 둘째, 작품의 제목들이 농요 그대로거나 임의적이라는 것이다. 그런데 이 체험은 그가 완전히 낙향하거나 은둔한 것이 아니라 틈틈이 왕래한 것인 만큼, 이 작품을 짓는 그의 태도는 관료면서

책 권5), 「農者對三」(『衿陽雜錄』, 앞의 책 권11) 등을 참고.

6) 「農謳十四章 跋」, 같은 책 권9. "右農謳十四章 雲松居士姜景醇之所作也 居有衿陽 弊業 數往來其間 樹藝種植 靡不親試之 稍知稼穡之事 聞農謳 有所謂(呼應)者 其 聲悲壯 不與里巷之歌同調 其中有捲露迎陽等曲 而無其詞 是必隱逸之士 棲身畎畝 樂以忘憂 發爲曲調 以寓夫力民代食之意 而田氓無知 忘失其詞 而但依調雜用他歌 耳 今採曲名之存者 又以己意 撰爲曲名 以補其闕 依名制詞 各附其下 然後農家之 終始本末略具" ( )에 삽입된 글자는 중간본을 참고.

농부였던 셈이다. 또한 이미 농요의 제목들이 있었지만 그것이 온전하게 남지 않아 이름을 덧붙이기도 했다는 것은, 그가 농요를 소재원으로 삼으면서도 그보다 체계적으로 작품을 이루어나간 점을 알려준다. 이런 사실들은 사숙재가 관찰자면서 체험자이고, 또 채록자면서 창작자의 역할을 함께 수행하며「농구」를 지었던 일을 짐작케 한다.

이런 사실을 염두에 두고 작품의 전모를 파악하기 위해, 14수의 내용을 개괄적으로 제시하면 다음과 같다.

1. 「雨暘若」: 순조로운 일기 속에 농부들이 평화롭게 농사일을 함
2. 「捲露」: 새벽에 농부가 집 앞의 논에 나가, 부지런히 일해 벼가 잘 되기를 바람
3. 「迎陽」: 그곳에서 벼의 성장을 도우려고 논매기를 함
4. 「提鋤」: 집으로 돌아와 다시 들일을 하려고 준비함
5. 「討草」: 벼와 구별해 가라지를 제거하는 일이 쉽지 않음을 토로함
6. 「誇農」: 농사 짓는 늙은 농부의 자부심을 드러냄
7. 「相勸」: 농사에서 요구되는 근면한 태도를 스스로 일깨움
8. 「待饁」: 호미질을 계속하다 허기가 져 들밥을 고대함
9. 「鼓腹」: 가족이 함께 모여 소박한 음식을 배부르게 먹으며 즐거워함
10. 「望秋」: 잘 자란 보리를 바라보며 벼농사의 풍성한 수확을 함께 기원함
11. 「竟長畝」: 김매기에서 수반되는 노동의 고통을 웃음을 동반해 노래함
12. 「水鷄鳴」: 뜸부기 소리에 맞추어 하루의 일을 끝내고 주린 배를 술로 채우려고 함
13. 「日啣山」: 지는 해를 바라보며 즐거운 마음으로 집으로 돌아옴
14. 「濯足」: 발도 제대로 씻지 못한 채 충분히 잠자지 못하고서 새벽일을 나설 일을 푸념함

작품 전체는 크게 둘로 나뉘는데, 1의 「우양약」이 「농구」를 총괄하는 서시에 해당한다면, 나머지는 농사철에 일어나는 농부들의 생활상을 집중적으로 다룬 것이다. 또 2 이하 농촌생활의 모습은 시간적 순서에 따라 펼쳐지면서, 「대엽」을 기준으로 오전과 오후로 나뉘어진다. 구체적으로, 2「권로」에서 7「상권」까지는 새벽으로부터 오전 사이의 시간에, 8「대엽」과 9「고복」은 점심 시간에, 그리고 10「망추」와 11「경장묘」는 오후 시간에, 12「수계명」에서 14「탁족」은 저녁과 밤 시간에 일어난 일이 된다. 이렇게 「농구」는 시 전체가 하루의 일과를 차례로 드러내면서 「탁족」에 다음날 새벽 시간을 포함시킨 반복적인 분위기로 농번기에 수고로운 농촌생활을 집약한 효과까지 동반한다. 이 시간적 배치를 도표로 나타내면 다음과 같다.

작품명	권로	영양	제서	토초	과농	상권	대엽	고복	망추	경장묘	수계명	일함산	탁족
시간대	새벽	아침 1	아침 2	오전 1	오전 2	오전 3	점심 1	점심 2	오후 1	오후 2	저녁 1	저녁 2	밤 (+새벽)

그런데, 이런 작품 배치는 단순히 시간의 순서에만 의지한 것이 아니라 공간적인 배치까지 아우른다는 점이 돋보인다. 곧 이 순서는 근거리로부터 원거리에 있는 농사 현장으로 나갔다가 다시 집으로 돌아오는 공간 이동을 함께 보여준다. 구체적으로 2의 「권로」와 3의 「영양」은 농부가 집 앞의 논에서 한 일을 다루었고, 4의 「제서」는 그가 그곳에서 집으로 돌아와 본격적으로 들일을 하려고 호미와 술그릇을 함께 챙기는 상황을 알렸다. 그런 다음 5의 「토초」와 11의 「경장묘」는 농부가 집으로부터 얼마간 떨어진 논밭에 나가, 가라지를 제거하거나 김매기를 진행하는 모습을 전했다. 그리고 13의 「일함산」은 그가 들일을 마치고 귀가하는 장

면을 그렸다. 이처럼 「농구」는 시간과 공간을 짜임새 있게 배치하면서 시 전체의 통일성과 완결성을 고조시켰다.

그런가 하면, 작품 전체는 노동과 연관한 이중적인 정서를 잘 드러낸다. 노동 자체는 매우 힘든 것이지만, 무언가를 생산한다는 점에서 보람차기도 하다. 따라서 농부가 일을 하며 고통을 호소하면서 한편으로 그 고통 뒤에 있을 보람을 노래하는 것은 당연한 일인데, 이 작품은 그런 양면성을 자연스럽게 순환시켜 드러낸다. 이런 성격에 따라, 「농구」는 농사의 어려움과 배고픔의 고통을 말하다가도, 다시 농부의 자부심이나 일과 휴식의 즐거움을 노래한 내용으로 이어지고 있다. 그런데 이러한 작품 구성은 농사일의 괴로움과 즐거움, 고됨과 보람을 어느 한 면에 치우치게 하는 것이 아니라, 그 둘을 교차시켜 배치함으로써 전체적으로 균형감을 높여준다.

먼저 「영양」과 「토초」는 잡초를 뽑거나 가라지를 제거하는 상황인데, 「영양」은 즐거운 분위기인데 반하여 「토초」에서는 노동의 괴로움을 드러냄으로써, 농사에서 겪게 되는 농부의 서로 다른 심리상태를 잘 보여주었다. 또한 「대엽」과 「고복」은 허기에 지친 모습과 배를 두드리며 즐거워하는 농부의 정황을 함께 제시하며 서로 대조적인 내용을 바로 연결해, 극적인 분위기까지 조성했다. 그리고 「일함산」은 귀가하는 평화로움을 그린 데 비해, 「탁족」은 농사일로 힘겨워하는 농부의 마음을 부각시켰다. 이런 예를 참고하며 각 작품의 밝은 분위기를 '+'로 어두운 분위기를 '-'로 표시하면, 이 시의 구성은 아래와 같이 정리할 수 있다.

작품명	권로	영양	제서	토초	과농	상권	대엽	고복	망추	경장묘	수계명	일함산	탁족
분위기	+	+	±	-	+	+	-	+	+	±	-	+	-

결국, 「농구」는 그 배치부터 시간과 공간, 밝은 분위기와 어두운 분위기를 효과적으로 조화시키면서, 농부들의 일상을 잘 드러낸다. 이런 측면에서 볼 때, 이 작품은 농촌의 일상사를 어느 한 쪽에 치우치지 않고 두루 보이면서, 필요 이상으로 음울하거나 사실 이상으로 밝지 않게 다잡아낸 힘이 엿보이며, 농부들의 생활을 그 실제 모습에 가깝고 또한 포괄적으로 전하려는 사숙재의 작가의식을 알려주고 있다.

3. 「農謳十四章」의 특성 분석

1) 대농인식과 농사 체험

앞서 말한 대로, 강희맹은 조선 전기의 대표적인 관료면서 농사를 경험한 특이한 면모를 지녔다. 이런 측면이 바탕이 되어, 「농구」에는 사대부 내지 관료로서의 대농인식이 반영되는 한편, 농사를 직접 지으며 얻은 그의 경험이 스며들었을 것이다. 이제 작품에 이런 모습이 드러나는지 실제로 확인하면서 그 의미와 특성을 찾기로 한다.

전통적으로 농업은 백성들의 생존권과 직결된다는 점에서 국가에서 매우 중요시했다. 당시 조선정부는 水車를 개발하고 이앙법과 시비법을 발달시키는 등 농업의 발전방안을 구체적으로 마련했다. 또한『農事直說』과 같은 농서를 만들어 신농법을 개발하며, 사창제를 운영하고 향약을 보급하는 등의 정책적인 배려도 보였다.7) 게다가 사대부들은 유학의 명분론과 상고시대와 같은 이상향 제시라는 측면에서 이 일의 중요성을 강조하

---

7) 이태진, 『조선유교사회사론』, 지식산업사, 1989, 74~83쪽 참고.

며, 농사의 풍흉이 군왕의 국가운영 상태와 관계가 있다는 오랜 정치덕목
에 주목했다. 「농구」의 서장에서는 바로 이런 관념이 잘 나타난다.

성군께서 왕위를 세우시니
그윽한 덕 하늘과 은밀히 통하여
비와 햇빛이 때에 맞게 순조로워라.
비와 햇빛 지극하게 갖추어지니
일체 나의 농사를 상하지 않게 하네.
흙덩이 부서지지 않고 나뭇가지 흔들리질 않으니
天氣와 地氣의 어울림은 玉燭을 조화시키누나.
아아, 늙은 농부야 군왕의 힘입음을 어찌 알리오.
즐거워하며 밭 갈고 우물을 팔 뿐이라네.

聖君建皇極   玄德潛通
雨暘時旣若   雨暘極備
無一切傷我稼   塊不破枝不揚
絪縕調玉燭   吁老農豈知蒙帝力
熙熙但耕鑿
　「雨暘若」.

　사숙재는 위정자의 덕을 칭송하려고 이 시를 지었다.8) 앞부분에서는
군왕이 천도를 계승해 덕치를 시행함으로써, 至高의 善인 하늘과 조화로
운 관계를 이룬다고 했다. 이어서 하늘은 그에 감응해 농사에 적합한 일
기를 주어, 농민이 자연과 조화를 이루며 농사를 진행한다고 노래했다.

---

8) 「농구십사장 발」, 앞의 책 권9. "首之以雨暘若者 一歲之豊凶 係乎雨暘之時若 歸美
　　於上 臣民之意也"

이 정황은 상고시대와 같은 이상적인 모습일 것이다. 하지만 이 부분은 금양의 실상으로 보기 어렵다. 다음은 『금양잡록』의 기록인데, 위의 시와는 어긋난 사실을 전한다.

고을 동쪽으로는 衿山에 의거하고 서북으로는 한강으로 이어진다. 논은 水畓과 乾畓이 서로 절반 정도나, 메마른 땅이 많고 기름진 땅이 적다. 물가 가까운 논은 가물면 마르고 비가 내리면 물에 잠겨서 열에 아홉은 이로움을 잃어버리므로, 모여 사는 사람이 거의 없다.9)

이를 보면, 「우양약」은 농촌의 실제 현실이기보다 관료문인인 강희맹의 염원인 셈이다. 이는 다분히 頌禱的인 성격을 지니면서 「擊壤歌」의 "제왕의 힘이 나에게 무슨 상관이 있으리오(帝力于我何有哉)"의 변용이라고 보는 편이 옳다. 이런 점에서, 이 시는 『書經』 권7에 수록된 「洪範」의 내용을 작품의 제목과 시구에 담아, 도덕정치가 농사일에 긍정적으로 작용하는 문제를 조명하며 그것이 실현된 모습을 찬미한 것이다. 허균이 '聖君建皇極'에 대해 "문득 체를 얻었다(便得體)"고 평한 다음, 이 시의 전체 분위기로서 "자못 한나라 악부의 詩法이 남아 있다(頗有漢樂府遺法)"고 하여 漢代 郊祀歌의 하나인 「靑陽」 등의 문학전통을 계승한 점에 관심을 보인 일은 작품의 그런 성격을 잘 말해준다.

사대부로서 지닌 그의 대농인식은 「농구」의 또다른 작품에서도 엿볼 수 있는데, '농사자랑(誇農)'이라는 제목을 단 시가 그 예에 해당한다. 그는 이 작품에서 "작고도 말단에 불과한 이익을 어이 자랑하시오 / 좋은 금과 보배구슬도 가만히 헤아려보면 / 모두가 우리 농가로부터 비롯된

---

9) 「農談二」, 『금양잡록』, 앞의 책 권11. "縣東據衿山 西北連漢水 田水旱相半 然瘠多而腴少 田近水涯者 旱則枯 水則沈 十失九利 民無居積"

것인데(刀錐末利安肯誇 長金積玉細商量 皆自吾家)"라는 농부의 자부심을 빌어, 농사일의 중요성을 강조했다.

그런데 「농구」에서 좀더 눈여겨볼 부분은 사숙재가 이처럼 농사를 중시했다는 점에 있기보다는 그것을 일방적으로 제시하지 않은 데 있다. 그는 국외자의 위치에서 고압적이거나 교훈적으로 농사의 중요성을 말한 것이 아니라, 농민의 처지로 다가가 그들의 고통을 이해하며 그것을 언급했다. 그는 「농구십사장」의 발문에서 「과농」에 대한 설명으로 "사민 가운데 오직 농민이 가장 괴로우니, 마음 속에서 그것을 진실로 좋아하지 않으면 어찌 근본이 여기에 있음을 알겠는가(四民之中 唯農最苦 非心誠好之 安知本之在是歟)"라고 했는데, 이 발언은 농촌에 대한 그의 경험을[10] 토대로 농부의 마음가짐을 일깨운 것이다. 이런 태도는 그가 「상권」에서 "해를 마치도록 앉아서 편하고 한가로이 지내고 싶으나 / 그렇게만 지내면 먹을 것 넉넉치 못하다네(豈厭終歲坐安閑 安閑食不足)"라고 한 부분이나, 「제서」에서 "한 해의 飢飽가 호미질에 달렸으니 / 호미질을 게을리 할 수 있으리(一年飢飽在提鋤 提鋤安敢慵)"라고 읊은 구절과도 연결된다. 이 시들은 관료적인 시각을 앞세우기보다, 농부가 중심인물이 된 상황에서 힘들게 농사를 지어 만들어낸 생산의 힘으로 그들이 잘 살 수 있다는 사실을 알렸다.

이런 내용으로 파악되듯이, 강희맹은 일부 작품에서 사대부의 시각을 담은 대농인식을 전했다. 그의 작품의도에 비중을 둔다면, 이 계열에 속한 시로 「제서」·「토초」·「상권」을[11] 포함시킬 수 있다. 이런 측면은 당

---

10) 姜龜孫, 「衿陽雜錄跋」, 같은 책 권11. "先君於公退之暇 黃冠野服 往來逍遙 與村翁 談農 凡播種耕耨之方 早晚燥濕之宜 靡不燭其理而究其妙 又採農謠 制爲歌詞 其 服田力穡 終歲勤勤之苦 極其形容而盡其意"
11) 「농구십사장 발」, 앞의 책 권9. 강희맹은 「提鋤」에 대해 "農家之務 全在提鋤 一暫

시 농업을 장려하던 분위기 아래, 그가 지식인으로서 지닌 농사의 관심을 말해준다. 그러면서 사숙재는 당위적인 관념을 앞세워 그것을 강조하기보다, 「토초」에서 농사에 익숙하지 않은 자신의 경험을 포함시킨 내용의 "저 가라지 진짜와 같아서 / 살펴도 분간 못하니 늙은이 시름겹네(彼莨莠與眞同 看來不辨愁老翁)"와 같이, 그가 직접 농사를 지어본 실천적 인식을 바탕으로 농촌인과 유대감을 조성하며 농업에 기반을 둔 바람직한 사회를 꿈꾸었다는 점이 주목된다.

그러나, 그런 사대부적 의식만을 드러내는 일에 주안점을 두었다면 「농구」는 그리 대단한 작품이 아닐 것이다. 「농구」에서는 공허한 관념이 아니라 농촌의 실상이 생동감 있게 느껴지는데, 사숙재의 농사 체험이 동력이 된 이 부분을 주목하지 않을 수 없다. 다음의 시를 살펴보자.

> 발을 씻어도 충분히 씻을 필요가 없다네.
> 집으로 돌아와 눈 붙이자 닭이 울어댄다.
> 닭이 울면 호미를 또다시 쥐어야하니
> 하루 중에 어느 땐들 다리를 펼 수 있을까.
> 여름밤은 짧기만 해 쉬는 시간 얼마 안되니
> 발을 씻어도 충분히 씻을 필요가 없다네.

濯足不用十分濯　　　還家瞌眼鷄咿喔
鷄咿喔鋤還握　　　十二時何時可伸脚
夏夜短休幾刻　　　濯足不用十分濯
　　「濯足」.

止息 終至荒穢"라고 설명했다. 또한 「討草」를 "莨莠之害稼, 農家之所當審 提鋤之後 務專在是也"라고 말했다. 그리고 「相勸」에 대해 "人情厭勤樂逸 或至於怠惰 交相勸勉 勤勵之至也"라고 했다.

작중인물은 '還'을 거듭 사용해, 매일 집과 논밭 사이만을 오가며 농사에 시달리는 괴로움을 하소연한다. 그러면서 그는 과다한 노동으로 말미암아 편히 쉬기는 고사하고 논밭일로 더러워진 발마저 제대로 씻지 못하는 장면으로써, 농사일이 얼마나 힘든지를 알리고 있다.12) 이렇게 「탁족」이 고된 농사일을 '발씻기'로 드러내어 농사 경험이 없는 사람에게는 쉽지 않은 착상을 담았다는 점에서, 현실감이 넘친다고 하겠다. 마찬가지로 「토초」와13) 「대엽」 역시 노동행위에 초점을 맞추고 농사일을 진행할 때 수반되는 농부의 고통이 그의 몸과 마음에 어떻게 작용하는가를 생생한 분위기로 알렸다.

그런데 「농구」에서 제시된 농사일의 괴로움은 그 자체로 끝나지 않는다. 아래 작품은 농부들이 그것을 능동적으로 수용하는 모습을 사실대로 보여준다.

긴 이랑 함께 매자 이랑이 정녕 거칠기에
해가 나의 등을 내리쬐니 땀이 초장으로 변한다.
장년은 청년의 힘센 것에 미치지 못해
지척을 다투며 손발 분주히 놀리는데도
청년은 긴 이랑 먼저 매고 장년 향해 웃음을 보내니
장년은 청년의 힘센 것에 머쓱하다네.
긴 이랑 함께 매자 이랑이 정녕 거칠기에

---

12) 사숙재는 작중인물의 감정이 반복되는 노동으로 말미암아 격앙된 사실을 높은 음감의 상태에서 하강하며 빠르게 끝나는 '覺'·'藥'·'職' 入聲의 韻脚을 통해 효과적으로 드러내었다.

13) 「討草」, 앞의 책 권9. "彼莨莠與眞同 看來不辨愁老翁 細討非類莫相容 盡使莨莠空" 허균은 이 시에 대해 "아아, 나라를 다스리는 이는 그 현명하고 사악한 여부를 분별하지 않을 수 있겠는가(吁 爲國者 其可不辨賢邪否)"라고 하여, 정치적인 덕목까지 언급했다.

竟長畝畝政荒　　　日炙我背汗飜漿
大郎不及小郎強　　　爭咫尺手脚忙
竟長畝回頭笑大郎　　大郎却慚小郎強
竟長畝畝政荒

「竟長畝」.

　작품에 등장하는 '長畝'는 실제상의 크기이면서 이랑을 맬 때 고된 노동이 부과되어 힘겨워하는, 노동하는 이의 시점에서 바라본 심리적인 크기까지 포함되었다고 할 수 있다. 허균이 2구를 "괴로움이 머리끝까지 이르렀다(辛苦到頭)"고 평한 것처럼 김매기는 매우 고통스러운 일이지만, 시 전체로서는 여유가 있어 보인다. 그것은 3~6구에서 장년과 청년 두 사람이 노동의 속도를 경쟁하며 그것을 자신들의 힘겨루기로 귀속시킴으로써, 김매기와의 화합을 도모하도록 만들었기 때문이다. 그런데 이 장면은 고되게 농사를 지으면서도 웃음을 잃지 않는 농부들의 건강한 삶의 모습을 그 실상대로 포착한 것이다. 이런 사실은 그가 발문에서 이 시의 설명으로 "장년과 청년이 일을 다투면서 권태로움을 잊으니, 농가의 모습이 이러하다(大小爭能而忘倦 農家之態 然也)"고 말한 내용으로도 확인된다.

　같은 맥락에서 농부가 들밥을 먹으며 배를 두드리는 「고복」이나 가을에 벼를 수확해 부모님의 장수를 빌고 싶다는 「망추」도 노동의 고단함을 즐거움으로 전환시키면서 농촌생활의 밝은 면을 그 현장과 밀착된 분위기로 전한 작품이다.

　　보리밥 향긋하게 쌀광주리에 수북히 담겼고
　　명아주국 달콤하게 수저에서 매끄럽게 넘치네.
　　어른 아이 순서대로 한데 모여 앉았는데

온자리에서 떠들썩하게 향기와 좋은 맛을 자랑한다.
한껏 먹게 되어 목안을 받쳐주니
배를 두드릴 적에 즐겁고도 기쁘구나.

麥飯香饛在筥　　藜羹聒滑流匕
少長集次第止　　四座喧誇香美
得一飽撑脰裏　　行鼓腹便欣喜
　　「鼓腹」.

보리가 익어갈 때 한 해 풍년을 점치며
우리 벼 잘 여물어 병해 없기를 바라네.
논뙈기 누렇게 변해 달구지에 가득하면
염소와 양을 잡아다 축수잔을 올리련다.

麥登場占年祥　　我稼穰願無傷
汚邪黃滿車箱　　殺羔羊稱壽觴
　　「望秋」.

　이 두 작품은 모두 가족의 공동체의식이 밑바탕을 이루면서 삶의 건강
성을 얻고 있다. 가족이 함께 일하며 들밥을 먹고 자신의 노동이 부모님
봉양으로 이어진다는 생각이 농사를 짓는 당사자들을 기쁘게 하기 때문
이다. 그러면서 「고복」은 조촐한 음식에도 행복해하는 농촌인의 소박한
태도를, 또 「망추」는 시적 자아가 작중인물과 하나가 된 상황에서 적은
공간의 논을 경작하면서도 그 결실을 가족의 행복으로 귀결시키려는 그
들의 순박한 꿈을 잘 반영했다. 이렇게 「농구」는 농사일의 밝은 생활을
그린 시에서도 현장감 넘치는 분위기로 참신한 시적 분위기를 마련했는

데, 이와 동일한 유형의 작품으로 「권로」와 「영양」, 그리고 「일함산」[14) 등을 들 수 있다.

이처럼 사숙재가 농부의 애환을 사실적으로 드러내어 농촌의 실생활을 알린 측면은 자신의 농사 체험을 토대로 삼았기 때문이다. 그는 고통만이 가득하거나 평화로움만이 감도는 성격으로 농촌을 응시하는 관념적인 태도에서 벗어나, 그 현장을 경험하면서 포착한 농부들의 괴로워하거나 즐거워하는 실제 감정을 시적 자아가 위치한 시공간과 그들이 작품 상황으로 등장하는 시공간을 일치시켜 노래했다. 이런 면은 그가 사대부로서 지닌 대농인식을 「농구」에 담으면서도 농사에 대한 경험 속에 농부들의 고통을 이해하며 그것을 언급한 내용과 상호작용을 하면서, 이 시가 관료적인 계몽성에 매달리거나 농민의 푸념에만 빠져들지 않고 그 건강함을 키워주는 특성을 갖게 했다.

2) 농요 형식의 수용

「농구」의 특성은 앞서 설명한 내용의 측면보다 형식적인 측면에서 더 뚜렷이 나타나는데, 이는 농요의 형식을 수용하면서 생긴 것으로 볼 수 있다.

그 중 하나가 1인칭 화자의 설정이다. 농요는 화자와 작중인물이 일치된 상황에서 작품의 내용을 전개한다. 이에 비해 「농구」는 강희맹이 농

---

14) 「捲露」, 같은 책 권9. "淸晨荷鋤南畝歸 露溥溥猶未晞 但使我苗長 厭浥何傷霑我衣"「迎陽」, 같은 책. "山頭初日上 綠秧齊葉平如掌 迎陽下田理荒穢 嘉穀日日長"「日嗚山」, 같은 책. "回看斜日已嗚山 夕露微升凝葉端 捲却長鋤挿腰間 行赴村墟戴鴉還" 허균은 「권로」의 후반부를 "뜻이 아름답다(佳意)"고 하여 사숙재의 작품적 태도에 주목했으며, 「일함산」에 대해서는 이 시의 평화로운 분위기에 공감한 듯 "몹시도 좋다(恰好)"라는 함축적인 평을 했다.

부의 생활을 작품화한 것이므로, 작중인물이 3인칭으로 설정되기 마련이다. 그런데 그는 농요의 이런 형식을 수용해, 작품에서 1인칭 화자로 등장하기도 했다. 1인칭 화자는 시적 자아와 작중인물이 일치하는 것이므로, 일종의 고백적인 성격을 지니게 된다. 따라서 시적 자아는 관찰자로서 노래하는 분위기에서 벗어나, 자신의 일로 작품을 전개하는 효과를 얻게 된다.

나의 몸 아깝기만 하여라.
내 인생은 망아지 문틈 지나듯 한 순간일세.
해를 마치도록 앉아서 편하고 한가로이 지내고 싶으나
그렇게만 지내면 먹을 것 넉넉지 못하다네.
열심히 일하라고 권농관도 와서 재촉하누나.

我身足可惜　　　我生駒過隙
豈厭終歲坐安閑　　安閑食不足
勉勤苦田畯來相促
　「相勸」.

사숙재는 이 시에서 "사람들이 근면을 꺼리고 편안함을 즐겨 간혹 게으르게 되기 쉬우므로, 서로 권하여 부지런히 일해야 한다"는[15] 내용을 말하고자 했다. 곧 「상권」에 계몽적인 의도를 담았다는 것이다. 그래서 이 작품은 사대부의 훈계로 해석될 수 있다. 하지만 이 시는, 오늘날 경기도 안성군 보개면에서 구전되는 김매기소리에서도 이와 유사한 가사가 발견된다는 점에서, 농요와 교섭한 흔적을 알려주고 있다.

---

15) 주 11)의 「相勸」 부분 참고.

우리 농부가 생겨날 제 농사에다가 주립허세 / 오호 오호야 에루화 슬슬 돌려라

둘르세 둘르세 둘러보세 김이나 잔뜩 움켜보자 / 오호 오호야 에루화 슬슬 돌려라[16]

이런 시는 농요와 관련을 맺으면서도 농민 자신의 목소리라기보다는 제 3자의 교훈처럼 되기 쉽다. 특히 마지막 부분에 권농관이 농촌에 파견되어 농사를 장려하는 상황을 배치하여, 그 일이 정부 차원에서도 중요하다는 내용을 알렸다는 점에서, 사대부적인 시각을 담았다고 하겠다. 1인칭 화자의 설정은 바로 이런 문제를 보완하려는 의도라고 생각된다. 곧 강희맹은 '我身'과 '我生'으로, 스스로 작중인물이 된 상황을 설정했다. 그런데 이런 고백적인 분위기는 이 시를 농민의 시로 느끼게 만든다고 할 수 있다. 이와 동일하게 「우양약」의 '無一切傷我稼', 「영양」의 '但使我苗長 厭浥何傷霑我衣', 그리고 「경장묘」의 '日炙我背汗飜漿', 「망추」의 '我稼穰願無傷' 또한 화자와 작중인물의 일치라는 농요의 형식을 수용해 전달효과를 높인 작품이다.

둘째 동일한 단어나 시구를 반복적으로 표현한 측면이다. 반복 표현은 구전문학인 민요의 일반적인 속성인데, 「농구」에는 여느 한시에서는 보기 드물게 반복이 두드러지게 나타난다.

뜸부기 우니 술잔을 들 때구나.
아침 뜸부기 소리부터 여러 잔 거듭 되어
술로 얼큰해져 시장기를 면했다네.
저녁 뜸부기 벌써 때를 알렸는데도

16) 문화방송 편, 『경기도민요해설집』, 삼보문화사, 1996, 129쪽.

거른 술 오기가 어이도 늦을까.
뜸부기 우니 술잔을 들 때구나.

水鷄鳴當擧巵　　朝鷄累數巵
已覺饁人飢　　　晚鷄已報
釃酒來何遲　　　水鷄鳴當擧巵
　「水鷄鳴」.

　강희맹은 발문에서 "점심을 준비하는 사람이 술을 내오되 항상 뜸부기 우는 소리로 때를 맞추는데, 저녁 뜸부기가 울었으니 역시 술이 나올 만하다(饁者進酒 常以水鷄爲節 晚鷄旣鳴 則酒亦可進也)"고 했다. 이 설명은 「수계명」이 당시 농사일의 실제 상황을 노래했다는[17) 뜻이다. 그런데 이 짧은 시에서 '뜸부기'가 네 번이나 나온다. 여기에서의 뜸부기는 흰눈썹 뜸부기로, 그 울음소리가 하루의 농사일을 시작하고 끝내는 매개물로 설정되었을 뿐만 아니라, 휴식과 음주의 지표로 설정되었다. 그래서 이 단어가 반복이 되면 될수록 주린 배를 술로 채우려는 농부의 마음이 간절히 드러난다. 허균이 "자세한 정황이 그 상태를 잘 표현했다(委曲有態)"고 한 발언은 농요의 형식이 지닌 이 반복효과에 바탕을 둔 것이라고 하겠다.

　이 밖에도 「제서」에서[18) 호미질을 그리고 「탁족」에서 발조차 제대로

---

17) 같은 책, 125~126쪽을 참고할 때, 「수계명」의 작품 상황은 현재 경기도 안성군 보개면 남풍리에서 구전되는 "오늘 해는 여기서 마추고 / 오홈차 찍었네야 / 빨리 매구서 나가보세 / 오홈차 찍었네야 / 막걸리참이 돌아오니 / 오홈차 찍었네야 / 술참으로 들어가네 / 오홈차 찍었네야"의 김매기소리로 짐작할 수 있다.

18) 「提鋤」, 앞의 책 권9. "提鋤莫忘提酒鍾 提酒元是提鋤功 一年饞飽在提鋤 提鋤安敢慵"

씻지 못하는 내용을 강조하거나 「경장묘」에서 김매기를 함께 진행하려는 집단적인 감정을 드러내는 부분에서도, 구전문학으로서의 농요가 갖는 반복 표현을 통해 작품의 정조를 강화시켰다. 이런 점을 참고하면, 허균이 「제서」에 대해 "네 번이나 '提鋤'란 용어를 사용했지만 중복됨을 알지 못하겠으니, 공교로움과 묘함이 심하다(四用提鋤 不覺重複 巧甚妙甚)"고 한 평어 역시 사숙재의 시적 기량 이면에 농요에서 흔한 반복 형식을 수용한 일에서 비롯된 것임을 알 수 있다.

셋째, 길고 짧은 시행을 한 작품 안에 함께 배치시킨 점이다. 이 표현은 민요 특히 농요가 가창으로 구연되기 때문에, 동일한 장단 안에 서로 다른 음절로 구성된 가사의 특성을[19) 자신의 작품 안으로 이끌어들인 것이다.

> 노친네 절구질을 서두르고
> 안사람 부엌에 드니 푸른 연기 빗기누나.
> 주린 창자에선 가만히 우레소리 울리고
> 두 눈은 어지럼증으로 앞이 아룽거린다.
> 들밥을 기다릴 때면 호미질도 힘이 빠진다네.

> 大姑舂政急　　　小姑入廚烟橫碧
> 饑腸暗作吼雷鳴　　　空花生兩目
> 待饁時提鋤不得力
> 　「待饁」.

사숙재는 발문에서 이 작품을 "하루 가운데 일이 절반 정도 진행되어

---

19) 문화방송 편, 앞의 책과 주 23)에서 인용한 책들의 작품 자료 참고.

서야 점심이 나올 수 있다(一日之中 役幾半而饁亦可進也)”고 설명한 점으로 보아, 이 작품이 힘들게 농사일을 하는 농민의 생활을 전하려던 것임을 알 수 있다. 이를 효과적으로 알리기 위해, 그는 농요의 표현적 분위기에 바탕을 두고 5언에서 8언으로 이루어진 각 시구들을 사용하여, 작중인물이 들로부터 일정 거리에 있는 집에서 부녀자들이 점심밥을 준비하는 소리를 듣거나 광경을 바라보면서 호미질로 몸과 마음이 지친 상황을 부각시켰다. 마찬가지로 「권로」·「영양」·「과농」·「경장묘」·「탁족」 등등 또한 농요의 형식을 따라 각각의 구절이 서로 다른 음절들로 이루어진 작품이다.[20]

　넷째, 후렴구에 대한 관심이다. 이런 측면은 이 시가 농요를 수용한 특징을 가장 뚜렷하게 보여준다. 강희맹은 「농구」의 발문에서 ‘시응아지리(屎應阿地利)’, ‘다롱다리 호지리다리(多農多利乎地利多利)’, ‘확자고로농(確者古老農)’, ‘두루농(頭屢農)’ 등의 후렴구에 주목하고,[21] 그 각각에서 특별한 의미를 찾았다. 그는 ‘시응아지리’가 마을 사람들끼리의 유대감을 표시하는 의미이며, ‘확자고로농’은 늙은 농부가 경륜이 풍부한 점을 일깨운 내용이라고 했다. 또 ‘두루농’이라는 말로 공기를 토해내며 입술을 떨어, 작품의 음악적인 분위기를 상승시킨다고 했다. 그러나 이 소리들은 모두 그 의미와는 상관없이 민요의 후렴구라는 형식적 특성을 지닌 것임

---

20) 한편 「농구」의 일부 작품은 각 행이 동일한 숫자의 시어로 이루어졌어도, 「고복」·「망추」와 같이 6언 4행의 잡체형이거나, 「일함산」과 같이 7언 4행으로서 매구 압운을 한 것이 눈길을 끈다.

21) 「농구십사장 발」, 앞의 책 권9. “自雨暘時若至待饁 定爲慢調 用之於饁前半日 自鼓腹至濯足 定爲促調 用之於饁後半日 由慢而及促 樂調之體 然也 其長短節奏 別爲譜法如左 其慢調 和辭之屎應阿地利者 村中之人 交相呼喚 必稱兄弟者 親之之辭也 新羅曲終 必多農多利乎地利多利也 其稱利者 譽農之辭也 其促調 和辭之確者古老農者 商確事理 審而有智者 唯古之老農也 所謂嘖者 歌終 必吐氣振脣頭屢農 助其聲勢也”

을 간과해서는 안된다. 중요한 점은 사숙재가 노동이 진행되는 상황에
알맞게 작품을 배치하면서도, 그에 적합한 곡조를 음악의 체제에 맞추어
「농구」를 창작했다는 사실이다.[22]

그런데 이와 유사한 후렴구는 실제로 오늘까지 전해오는 김매기소리
에서도 발견된다. 「농구」의 원작품이 시흥의 농요라는 사실을 감안한다
면, 이 지역 부근에서 구전되는 대표적인 예로 '덩어리소리(초벌과 재벌
때에 호미로 매는 소리)'와 '둘레소리(세벌 때 손으로 훔치는 소리)'를 들
수 있다. 이 소리들을 채집한 책을 참고하여, 그 후렴구를 도표로 제시하
면 다음과 같다.[23]

	후렴구	해당지역
덩어리소리 (호미로 매는 소리)	얼카덩어리	경기도 화성군
	얼카뎅이야	오산시
	얼카뎅이	안산시
	오하홈차 찍었네야	경기도 용인군
둘레소리 (손으로 훔치는 소리)	에 히이리 둘레로다	경기도 안산시
	에헤헤헤히나(오) 둘레야	경기도 용인군

---

22) 조선 후기의 李衡祥은 「語汝羅邪對次確者古老農 序」(「芝嶺錄」 6, 『瓶窩全書』 권8)
　　에서 "아아, 거사가 마음을 쓴 일이 수고로웠으나, 「망추」·「과농」의 작품을 점심
　　전에 위치시킨 것은 너무 이르다(噫 居士之用意 勤矣 然望秋誇農在饁前 太早)"고
　　하여, 일부 작품에 대해 사숙재가 곡조와 연결지어 노래 순서를 배치한 것과 다른
　　시각을 보였다. 그런데 「농구」를 수록한 현전 자료들에서 「망추」는 모두 「고복」
　　다음에 위치한 것으로 기재되어, 병와가 착간된 작품을 본 것으로 추정된다. 이런
　　변화는 申景濬이 차운한 「농구」에서도 거듭되었다. 여암은 「農謳」(『旅菴遺稿』 권1)
　　에서 별도의 설명없이 사숙재의 시와 다른 순서로 작품을 전개했으며, 「망추」와
　　「일함산」은 생략하는 면모까지 보였다. 이에 대해서는 정용수, 앞의 책, 134~138쪽
　　에서 자세하게 논의했다.

23) 이소라, 『한국의 농요』 제4집, 현암사, 1990, 79~98쪽과 이소라, 같은 책 제5집, 민
　　속원, 1992, 99~106쪽 참고. 이와 함께 한국정신문화원 편, 『경기도 용인군 편』(『한
　　국구비문학대계』 1-9), 한국정신문화연구원, 1984, 118~136쪽 참고.

이런 점들을 고려하면, 사숙재는 「농구」를 지으며 농요가 구연되던 현장의 분위기를 포함해 그 음악적인 구성을 되살리려고 노력했음을 알 수 있다. 이는 그가 농촌인의 생활감정을 현실감 있게 전할 수 있도록 그들이 실제로 향유하는 작품 분위기에 알맞게 농요의 형식을 수용한 면을 알리면서 민요에 대한 그의 작품의식이 상당히 깊었다는 사실을 일깨워준다.

4. 작품의 의의

조선은 초기부터 농업을 중시했다. 이처럼 조정이 농업생산력을 높여 민생을 안정시키고 국가의 부강을 꾀하려 했으므로, 지배층의 농요에 대한 관심 또한 자연스럽게 증대되었다.[24] 세종 때 상왕 태종이 농부 10인을 불러 樓 앞에서 農歌를 부르게 하거나, 세조가 西郊에 幸行하여 觀稼했을 때 농부 李徐右 등이 농가를 부르며 논밭을 가꾸었다는[25] 기록은 이런 사실을 뒷받침하고 있다.

또 이 시기에 지배층은 지방의 행정과 풍속을 살피는 차원에서 농요나 민요에 관심을 갖기도 했다. 세조는 巡行을 위해 강릉에 머무는 동안 농가를 잘하는 사람을 장막 안에 모아 노래를 부르게 했는데, 襄陽의 관노 同仇里가 소리를 잘하여 악공의 예로 隨駕하게 하고 상을 내렸다.[26] 그

---

24) 강등학, 「한국 민요의 사적 전개 양상」, 『한국 구비문학사 연구』, 박이정, 1998, 115쪽 참고.
25) 『世宗實錄』 권8, 二年五月癸巳 條의 "上王召農夫十人于樓前 唱農歌 仍賜酒"와 『世祖實錄』 권12, 四年五月丁未 條의 "上與中宮……仍幸西郊觀稼 農人李徐右等 唱農歌治田 命饋酒肉"
26) 『세조실록』 권38, 十二年閏三月乙酉 條. "駕次江陵連谷里 命聚農人善農歌者圍帳 內 歌之 襄陽官奴同仇里者 最善歌 命饋朝夕 以樂工例隨駕 又賜襦衣一領"

런가 하면, 세종은 성악의 이치가 그 시대의 정치와 관계가 있어 고대의 채시법을 따라 각 지방의 變風에 해당하는 민요까지 찾아내어야 한다는 예조의 건의를 받아들여, 그것을 채집하도록 했다.27)

이런 사실에서 유추할 수 있는 점은 조선 전기에 농요가 활발하게 불리어졌다는 것이다. 그 증거로, 李承召가『三灘集』권4의「詠耘者」에서 "노랫소리 교대로 부르니 개구리처럼 들끓고 / 도롱이 삿갓 쓰고 나란히 걸으니 기러기 진처럼 빗기었네(謳歌迭唱蛙聲沸 簑笠齊行鴈陣橫)"라고 읊은 구절은 당시 농민들이 김매기소리를 주고받던 일을 구체적으로 알려주고 있다. 하지만 상층계층의 위와 같은 관심에도 불구하고, 이 시대의 민요는 극소수만이 남아 있다. 조선의 건국을 정당화한「李元帥謠」·「木子得國」등의 참요나 金守溫이『拭疣集』권4에 수록한「述歌」정도가 그 편린에 해당하는데,「술가」가 속악가사인「만전춘별사」를 한역한 것이라는 점을 고려하면 조선 전기의 민요는 그 작품을 찾아볼 길이 거의 없다고28) 하겠다. 이는 같은 무렵에 정부의 주도 아래『樂學軌範』·『樂章歌詞』·『時用鄕樂譜』등의 편찬을 통해서 고려의 속악가사가 체계적으로 정리된 것과는 대조적이다. 이런 상황에 비추어, 사숙재가 지은「농구」는 먼저 당대의 농요 작품을 살피게 하는 자료사적 가치를 갖는다고 할 수 있다.

---

27) 『세종실록』권61, 十五年九月辛卯 條. "禮曹啓 聲樂之理 有關時政……自今依古者 採詩之法 令各道州縣 勿論詩章俚語 關係五倫之正 足爲勸勉者 及其間曠夫怨女之 謠 未免變風者 悉令搜訪 每年歲抄 採擇上送 從之"

28) 이 이유에 대해 강등학, 앞의 글, 117쪽에서는 이 시기에 민요의 향유층이 각기 독자적인 역량을 구축하고 그것을 개별적인 양상으로 전개시켰기 때문이라고 했다. 이 내용으로서 정부기관은 고려를 거치는 동안 민요의 역량을 축적한 궁중음악의 범주를 새로운 이념과 함께 더욱 다지며 전개했고, 상층 또한 고려 말기로부터 갖게 된 경기체가·시조·가사에 충실하여 독자성을 보였으며, 하층 또한 고려 때부터 형성된 틀을 그대로 유지하며 노래문화 전개에만 충실했다고 했다.

이 시는 강희맹의 창작태도가 가장 뚜렷한 것까지 농요 지향의 성격을 일관되게 추구한 의의를 내재하고 있다. 노동요는 일의 기능 자체를 다루고 노동의 시간과 공간을 묘사하며, 작업도구를 등장시키기도 하면서 개인과 집단의 감정을 노래한다.29) 이미 살펴보았듯이, 「농구」는 노동요인 농요의 이런 속성을 작품 내용에 함축시키고, 그것을 농요의 형식을 동반해 전달했다. 이러한 시적 성향은 그가 은일지사의 작품으로 추정하는 중 혼재된 상태로 전승되던 농요의 곡조로부터 제목을 독립시켜 지은 「권로」와 「영양」에서도 발견된다. 「권로」는 농부가 새벽에 호미를 메고 집 앞의 논에 나간 상황을 등장시킨 다음 "但使我苗長 厭浥何傷霑我衣"로, 일을 하며 볏잎을 건드려 이슬에 옷이 젖더라도 그보다 벼를 소중히 여기는 그의 생활태도를 사실적으로 전했다. 「영양」 또한 "迎陽下田理荒穢 嘉穀日日長"을 통해, 아침 햇살을 받으며 논매기를 하는 농부의 실제 행동을 묘사하면서 노동하는 이의 심리에서 벼를 소중하게 여기는 상황을 현실감 있게 포착했다. 그는 이런 내용들의 작품효과를 도모하려고, 시적 자아와 작중인물과의 일치나 장단구의 사용 등을 전달기법으로 삼기도 했다.

특히 「농구」는 민요를 한시로 정착시킨 「小樂府」의 전통을 이으면서도, 그보다 진전된 면모를 구비한 가치를 지니고 있다. 이 시는 뒤섞인 소리를 정리하고 작품간 배열을 통일시켰다는 점에서, 강희맹이 李齊賢보다 창작자의 역할을 적극적으로 담당한 면을 반영했다. 또한 慢調의 후렴구인 '시응아지리'의 기록은 「정읍사」나 「서경별곡」의 후렴구에 나타난 '다롱디리'의 '디리'와 그 모습이 가까워서, 조선 전기의 농요가 속악가사의 표현적 전통을 계승한 사실을 알려주는 가운데 그 분위기를 되살리려던 그의 시적 태도를 이제현의 작품에서는 발견할 수 없는 차원으

---

29) 좌혜경, 『민요시학 연구』, 국학자료원, 1996, 75~82쪽 참고.

로 가시화시켰다. 이와 함께 이 시는 李衡祥이 『瓶窩集』 권3에 수록한 「次農謳幷序十四首」와 申景濬이 『旅菴遺稿』 권1에 수록한 「農謳」의 차운한 작품을 통해, 그 전통의 맥이 지속되었다. 「농구」는 순서에서부터 이형상·신경준의 시들과 차이가 있지만, 그 작품들의 원천이 되면서 그들에게 민간문학과 우리 문학의 중요성을 일깨우는 단서를 제공했다는 점에서 가치가 크다.

한편 「농구」를 중요한 작품으로 평가할 수 있는 것은 그가 『촌담해이』를 엮었던 작가태도와도 연관되기 때문이다. 『촌담해이』는 시골의 노인네로부터 전해들은 재미난 이야기들을 채록한 것이다. 이는 『慵齋叢話』나 『筆苑雜記』가 사대부들의 생활과 관심을 집중적으로 다룬 것과 대조적이라고 할 수 있다. 오늘날 이 책은 네 편의 설화를 전하고 있는데, 이 이야기들은 기이하고 흥미로운 내용 중에 풍자를 담아, 교훈적인 주제를 효과적으로 형상화했다.30) 『촌담해이』가 風敎를 목적으로 한 것은31) 사대부적인 시각을 담고 있지만, 그 내용 자체는 『太平閑話滑稽傳』·『靑坡劇談』 등과 더불어 당시 일반인이 향유하던 설화문학의 양상을 간접적으로 전해주고 있다. 이렇게 그가 농사 현장에서 농요를 채집해 지은 「농구」는 현장성을 확보하며 편찬된 『촌담해이』와 함께 구전문학에 관심

---

30) 정용수, 앞의 책, 159~170쪽과 안장리, 앞의 글, 87~95쪽에서 구체적으로 논의했다. 이와 함께 강재철, 「성종조 패관문학의 융성 동인 연구」, 『한문학논집』 제3집, 단국한문학회, 1985와 진재교, 「구연전통과 이조 후기 서사양식의 변모」, 『한국한문학연구』 제22집, 한국한문학회, 1998을 참고.

31) 「村談解頤自序」, 『村談解頤』(『韓國文獻說話全集』 10), 태학사, 1981, 71쪽. "村談解頤者 無爲者自著也 居士居閑 與村翁劇談 採其言可解頤者 筆之於書……居士曰 不然 事無精粗 至理斯存 言無純厖 耳順則解 是以滄浪之歌 孔子歎其自取 陽貨之言 孟子取以論仁 事雖鄙俚 燕書而郢說之 何有於不可……以之修身 則身不得不修 以之齊家 則家不得不齊 推而達之天下 安往而不致其功哉 古者聖賢垂世立敎之言 亦不過如斯而已"

을 보인 소산이라는 점에서 문학적인 의의를 갖고 있다.

그러면서 「농구」는 강희맹이 농촌을 소재로 한 다른 시와 구분되는 참신성을 지니고 있다. 대표적인 예를 들면, 『사숙재집』 권1의 「退在衿陽村舍贈景武」는 그가 벼슬로부터 물러나 금양에서 생활하며 평화로운 삶을 구가하려는 마음을 노래했다. 또한 같은 책의 권8에 실린 「歲乙未春退居衿陽……必不免大人君子所譏議云」처럼, 소박한 분위기로 채소밭의 일에 전념하는 자신의 모습을 담담하게 드러낸 것도 있다. 그리고 같은 책 권2의 「次仁齋韻寄一菴」은 부분적으로 농민의 생활문화에 관심을 보이면서 속담의 표현을 구사해 「농구」와 근접했으면서도, 전체적으로는 전원생활의 한가로운 흥취를 구하는 정황을 전했다.32) 이런 전원시의 성격과 다르게, 「苦雨歎」은 농촌이 겪는 참상을 묘사했다. 두 수로 이루어진 이 첫째 작품에서 그는 가뭄이 계속되다 장마가 들어 논밭이 모두 물에 잠긴 모습을 전하며 당시 한양과 그 부근의 농촌에서 일어난 피해가 얼마나 심각한지를 늙은 농부의 하소연을 통해 생생하게 알렸다.33) 그런데 이 시들은 그가 현실과의 관계 속에서 농촌이 자신에게 어떤 삶의 의미를 부여하는지를 중심으로, 명암이 상반된 한 가지 분위기만을 제공한다. 이런 시들과 다르게, 「농구」는 농사일에 참여한 그의 체험이 작품의식으로 심화되면서 농사를 짓는 농촌의 실제 생활상 자체를 명암이 조화된 분위기로 보여주었다.

이런 「농구」의 작품 면모는, 일괄적으로 말하기는 어렵지만, 조선 전

---

32) 성범중, 앞의 글, 75~76쪽 참고.
33) 「苦雨歎」 其一, 앞의 책 권5. "……翁言本是一廛氓 生長南畝蒿萊中 一身性命係農功 半生豊歉羅心胸 旣往千載不可知 見聞無有今年窮 潦年宜燥旱宜濕 那窮必有這邊通 民今生理太局蹙 旱潦無極連始終 如傾巨浪沃焦釜 泥汙后土理芃芃 老人年老死自分 哀我眠前虺兒童"

기에 다른 문사들이 지은 농촌시와의 차이점을 알려주는 척도가 되기도 한다. 곧 權近·卞季良·徐居正·이승소 등등으로 대표되는 문인들은 사대부적인 태도를 배경으로, 어느 한 순간에 포착한 농촌의 정경을 '보는대로' 묘사했다. 곧 그들의 농촌시는 시적 상황으로 등장한 일기나 농사일 자체가 어떤 성격을 갖는가를 기준으로, 관찰자의 시각에서 포착한 농촌의 어둡거나 이와 대비된 밝은 분위기의 모습을[34] 그 어느 한편으로 고정시켜 전달한 것이 대부분이다. 「농구」 또한 사대부적인 시각을 내재한다. 하지만 이 시는 그것을 그의 농사 경험과 조화시킨 중에 농촌의 밝고 어두운 생활 모습을 균형감을 마련해 '보이는대로' 전하면서 「고복」·「망추」 등과 같이 소박한 가족공동체의 미덕까지 드러내어, 다른 문인들의 시와는 구별되는 참신한 분위기를 구축했다.

이와 관련을 맺고, 서거정의 『四佳詩集』 권3에 실린 「田家謠」가 작가가 알고 있는 세계 속에서 농촌을 묘사하면서 농민이 밭갈고 길쌈하며 그 직분을 지키고 사는 세계를 강조했다면,[35] 「농구」는 시적 자아가 농부들과 같이 움직이며 그들의 생활습관까지 포착한 농촌의 생활을 있는 그대로 알린 차이가 발견된다. 또 이승소의 「觀女播種」[36]이 씨앗을 뿌리는 농촌 여인의 초라한 행색에 동정 어린 시선을 보내면서도 그것을 운

---

34) 소략한 예이긴 하나, 전자의 작품으로서 權近의 「苦熱行贈金翼之」(『陽村集』 권2), 卞季良의 「苦熱行」(『春亭集』 권2), 「薪野行」(같은 책 권4), 徐居正의 「田婦嘆二首」(『四佳詩集』 권5) 등을 들 수 있다. 후자의 예로서는 변계량의 「果州村舍」(앞의 책 권1), 柳方善의 「喜雨」(『泰齋集』 권1), 李承召의 「觀打麥」(『三灘集』 권4), 「田家用三體集章孝標詩韻」(같은 책 권4) 등을 들 수 있다. 이 이전의 농촌시 특징에 대해서는 사대부적 리얼리즘의 관점에서 접근한 김시업, 「고려후기 사대부문학의 성격」(성균관대학교 박사논문, 1989)을 참고.
35) 김성룡, 『여말선초의 문학사상』, 한길사, 1996, 191쪽.
36) 李承召, 「觀女播種」, 앞의 책 권4. "凌晨向南畝 播種到斜暉 蕭颯雙蓬鬢 凄凉百結衣 自甘居蔀屋 夢不到羅幃 苦樂皆關數 終然不加違"

명적인 일로 귀결지은 데 비해,「경장묘」는 농부들이 김매기를 하면서 밝고 어두운 복합적인 감정을 함께 동반하는 정황을 그들 심리에 비중을 두고 균형감 있게 조명했다. 그래서 현실에 대한 작가의식의 한계에도 불구하고 이런 작품 성격들의 결과로서, 이 시는『속동문선』과『국조시산』에 선별·수록되어 그 우수한 측면을 반영하고 있다.

총괄적으로 말한다면, 연작시「농구」는 당시에 구전되던 농요를 소재원으로 삼아 작품간 성격을 통일하고 사숙재의 대농인식과 농사 체험을 문학의식으로 다진 내용을 농요의 형식을 수용해 형상화하면서 자료와 작품과 문학사의 측면에서 중요한 의의를 확보했다고 말할 수 있다.

5. 맺음말

이 글은 강희맹이 지은「농구십사장」을 작품론의 측면에서 알아보았다. 「농구」는 연작시의 형태를 갖고 있으면서 농촌사회에 대한 그의 작품의식을 구체적으로 전할뿐만 아니라 농요와의 연관 등을 생각할 때 문학적 의의가 큰 작품이라는 점을 감안하여, 대략 세 부분으로 나누어 살폈다.

첫째, 작품 전체의 배치 양상을 알아보았다. 연작시인「농구」는 서시격의 한 수를 앞에 놓고 나머지 13수를 배치하면서 전체적인 틀을 갖추었는데, 뒤의 13수는 시간적 순서에 따라 배열되었다. 그러면서 이 시간적 순서는 공간적 배치와 연관되면서 집에서 출발해 일터로 갔다가 다시 집으로 돌아오는 원근법을 따랐다. 또한 이 작품들은 그 정조가 밝은 것과 어두운 것, 고통과 즐거움이 교차되도록 배치해 균형감을 높여나갔다.

둘째,「농구」의 특성을 분석했다. 사숙재는 농업을 장려하던 당시 상황에서 한편으로 사대부로서의 대농인식을 담으면서, 또 한편으로는 실제 농사 현장에서 보고들은 경험이 전달되도록 배려를 했다. 이런 내용들은 작품 내부에서 상호작용을 하며, 이 시가 관료적인 계몽성에 매달리거나 농민의 푸념에만 빠져들지 않고 그 건강함을 키워주는 특성을 갖게 했다. 특히 농사일 자체는 힘들지만, 노소간의 화합과 가족공동체의 평안 등을 노래한 점은 주목할 만하다. 또 이 시는 농요 형식을 수용하여 1인칭 화자의 등장, 반복구와 후렴구의 채용, 길이가 다른 행의 배치 등이 두드러졌다. 이런 장치들은 자기 고백적인 내용을 드러낸다거나, 정조의 강화, 민요적 분위기의 고조 등에 기여했다.

셋째, 「농구」의 작품적 의의를 점검했다. 「농구」는 조선 전기에 향유한 농요를 살피게 하면서 농요 지향의 성격으로 통일된 의의를 갖는다. 또한 「소악부」보다 진전된 작품 면모를 구비했으며, 차운을 통해 이형상과 신경준에게 작품적 전통을 마련하면서 그들에게 민간문학과 우리 문학의 중요성을 일깨우는 단서를 제공했다. 그러면서 이 시는 구전문학의 현장성 확보라는 점에서 『촌담해이』와 함께 중요한 의의를 지닌다. 또 「농구」는 사숙재의 다른 농촌시와 조선 전기에 다른 문사들이 지은 농촌시보다 참신한 시적 분위기를 구축했다고 평가할 수 있다.

이 글은, 조선 전기의 농요가 기록으로 남아 있지 않고 오늘날 전승되는 작품 또한 그로부터 변개가 되었을 것이므로, 「농구」의 한 작품 내부에서 어느 부분이 소재원이 되었던 농요의 속성이고 또 어느 부분이 그의 체험을 반영했는지 구체적으로 확인할 수 없어, 후자에 초점을 맞추고서 작품의 내용을 논의했다. 이런 문제와 함께, 이 글의 논의 시각을 확대·심화시키기 위해서는 조선 전기 문인들이 지은 농촌시에 대한 전반적인 고찰과, 강희맹의 「농구」와 그에 차운한 이형상·신경준 작품들을 비교·대비하는 논의가 앞으로 진행해야할 과제로 남아 있다.

성현의 「田家詞十二首」에 대한 작품 성격 연구

1. 머리말

虛白堂 成俔(1439~1504)은 조선전기의 관료문인을 대표하는 인물 가운데 한 사람이다. 그는 벌열가의 집안에서 태어나 일생 동안 정계에서 활약을 계속하며, 『虛白堂詩集』 14권, 『虛白堂補集』, 5권, 『風雅錄』 2권, 그리고 『虛白堂集拾遺』 1권 등의 저작을 통해 여러 유형과 내용의 시작품을 전하고 있다.

허백당은 특히 고체의 시풍을 선호했다. 그는 시란 고시에 연원을 두고 있다는[1] 인식 속에 그것이, 선점된 형식에 지배되어 기교를 앞세우게 되는 율시와 다르게, 질박한 작품 분위기로써 인간의 순수한 정신과 감정을 담아낼 수 있다고[2] 여겼다. 그러면서 그는 문학이 당대 사회에 공

---

1) 「風騷軌範序」, 『虛白堂文集』 권6(민족문화추진회 편, 『한국문집총간』 14, 민족문화추진회, 1988), 463쪽. "樹木者　必培其根本　根本旣固　則柯葉自然鬱茂而敷翠　導川者　必浚其淵源　淵源旣開　則支流自然旁達而無礙　不然則無根之木必枯　而無源之水必絶　能喩此理　可以知學詩之道矣　夫古詩　譬之水木　則根本淵源也　而律乃柯條支派也"

2) 같은 글, 같은 책, 같은 곳. "當是時也　去古未遠　元氣尙全　故其詞雄渾雅健　不務規

용적으로 기여해야 한다는,3) 유가의 전통적인 문학관을 배경으로 삼은 작품을 상당량 남겼다. 그 중에는 당시 농촌의 생활상을 다룬 작품들이 있다. 이런 성향을 포함하는 예로서, 「전가사십이수」(이하 「전가사」로 약칭함)를 들 수 있다.

「전가사」는 『허백당시집』 권1에 수록되었다. 그의 시집에 실린 작품들이 대부분 창작 연대별로 수록된 사실을 감안하면, 이 시는 그의 초기작임을 알 수 있다. 이는 장4에 실린 이 작품보다 뒷부분인 장8에 위치한 「無功畫鍾馗」가 1466년(28세)에 지어졌다는 협주의 내용으로 확인된다. 그러면서 「전가사」는 성현이 성장기 때에 파주에서 지내며 농촌생활을 경험한 측면들을 반영하고 있다. 이런 사실로서 그가 1481년(43세) 경에 지은 시를4) 참고할 수 있다.

「전가사」는 열두 달을 일 년 단위로 한 순환적인 시간감에 바탕을 두고, 7언고시의 연작시 형태로 당시 농촌의 생활 모습을 여러 각도에서 조명하며 그 생활에 부정적으로 작용하는 당시 농정의 문제점을 지적했다. 이 글은 이런 면모를 지닌 「전가사」의 작품 성격을 알아보기 위해 시도되었다. 그 동안 이 시에 대해서는 성현의 문학 세계와 함께 언급되는 중 일정한 시각에 치중함으로써,5) 그 논의를 확대, 심화시킬 필요가

矱 而自有規矱 至唐又製律詩 媲黃配白 倂驪對偶競趨繩尺 華藻盛而句律疎 鍛鍊
精而性情逸 氣局狹而音節促 淆淳散朴 斲喪元氣 而日趨乎萎薾 大抵自古而學律易
自律而學古難”

3) 「浮休子傳」, 같은 책 권13, 526쪽. “詩可以寓性情 該物理 驗風俗 知善惡 居則觸興
抽思 消遺歲月 出則作爲雅頌 黼黻王度 豈徒嘲嘯而已哉” 참고.

4) 「向坡山別墅三首」 2, 『虛白堂詩集』 권7, 같은 책, 293쪽. “我昔在田園 屈指三十年
兒時讀書處 樹木合參天 再拜循塋域 宿草荒芊芊 爲子未盡孝 爲忠又未全 布衣還
故里 無人來執鞭 九原如有知 惻愴應垂憐”

5) 이에 대한 내용으로 다음의 연구 성과를 들 수 있다. 먼저 조동일, 『한국문학통사』
2, 제3판(지식산업사, 1998), 381쪽에서는 「유월」을 예로 들어 이 작품이 농민시보다

있다. 이런 측면으로부터 이 글은 먼저 「전가사」를 구성하는 중요 요소들을 작품론의 측면에서 살펴보고 나서 이 작품이 구비한 특징을 점검하려고 한다. 주 텍스트로 삼은 책은 1988년에 민족문화추진회에서 중간본 『허백당집』을 영인해 수록한 『한국문집총간』 14권이다.

2. 작품 분석

1) 농촌과 동화된 자연

「전가사」는 농촌의 생활을 소재로 삼았다. 농촌생활은 자연과 밀접한 관련을 맺는다. 그래서 다른 농촌시들과 마찬가지로, 「전가사」에는 자연이 작품 전편에 등장한다. 이런 측면은 농촌인들이 자연을 생활의 터전으로 삼아, 그것과의 상호관계 속에 그들의 삶을 영위한다는 점을 환기시킨다. 그런데 이 내용은 복합적인 면들로 이루어져 있다. 이에 대한 논의를 구체화시켜보자.

첫째 「전가사」에 등장한 자연은 농촌사회에서 맞이하는 각 달의 계절감을 전형적으로 느끼게 한다. 이는 「전가사」가 음력의6) 각 달을 작품 단

전원시의 성격을 갖는다고 보았다. 이와 대비되게 김동준, 「성현의 삶과 시세계」, 『한국한시작가연구』 3(태학사, 1998.1), 225쪽에서는 2·11·12월령을 들어 부조리한 현실 속에 놓인 피폐화된 농촌현실을 표현한 작품으로 언급했다. 그런가 하면 홍순석, 『성현문학연구』(한국문화사, 1992), 123쪽에서는 「전가사」의 면모를 간단히 소개하며 노동의 즐거움과 함께 수탈 당하는 농민의 괴로움을 대조적으로 형상화한 작품으로 요약했다. 한편 김성룡, 『여말선초의 문학사상』(한길사, 1995), 190쪽에서는 「유월」의 김매기를 중심으로, 농사일의 구체적인 양상보다는 한때의 작업, 하루의 일이 전체 농사일 중에서 어떤 위치에 있는가를 중요시했다고 한 다음, 192쪽에서 일 년 속에서 김매기가 농사활동 전체와 관련을 맺는 것과 같이 농민도 사민 전체와 관련을 맺어야 이해할 수 있다고 했다.

위로 삼는, ‘시간’이 창작의 전제 조건이 되기 때문이다. 시에서는 각 달
이 지닌 시간대의 특징이 각기 다른 사물의 모습 자체로 제시되고 있다.
이는 시간의 흐름을 쫓아서 펼쳐지는 자연의 질서가 사물에게 부여되어
나타난다는 뜻이다. 하나의 작품을 들어 해당 부분을 살펴보도록 하자.

<가>
흰 이슬 소리도 없이 고운 풀을 시들게 하는데
동리에선 사람마다 붉은 대추를 따네.
제비는 둥지를 떠나고 기러기는 소식 전하는데
만물이 처량하여 가을빛이 짙었구나.

白露無聲悴芳草　　　　園巷人人剝丹棗
社鷰辭巢鴈傳信　　　　凄凉萬物秋容老
　　「八月」.

<가>에 등장하는 사물들은, 우리 나라 사람들이 공통적으로 경험하는
일에 바탕을 두고, 가을을 맞은 농촌의 분위기를 전형적으로 느끼게 한
다. 이슬은 그 시간대로 접어들었을 때 풀을 쇠잔하게 만들고, 대추는 그
시간대로 접어들었을 때 붉은 빛으로 무르익게 된다. 또 철새인 제비나
기러기는 그때가 되어 사라지고 나타난다. 그래서 <가>에 등장하는 제비
는 3월에 나타난 제비와 다른 성격을 갖는다. 「전가사」「三月」의 첫 구
절에서는 ‘두견새 슬피 울고 새로 날아온 제비는 춤추는데(杜宇哀吟新燕

---

6) 「농가월령가」의 서사 부분에 나타난 “하우삐 오빅년은 인월노 셰슈ᄒ고, 쥬나라 팔
　빅년은 즈월이 신졍이라. 당금의 **쓰ᄂ녁법**, 하우삐와 혼법이라”를 참고할 수 있다.
　夏曆은 建寅을 정월로 삼았다. 곧 해가 저물어 별이 눈에 띌 즈음, 북두칠성의 자루
　가 寅의 방향인 동동북을 가르킬 때가 정월의 기준이 된다.

舞)'라고 했다. 곧 3월의 제비는 '新'의 해가 바뀐 시간대에 농촌을 찾은 상황 속에서 구슬프게 울어대는 두견새와 동화되어, 봄을 맞은 계절감을 증대시키고 있다. 이와 마찬가지로 <가>는 8월에서만 볼 수 있는 자연현상에 집중시켜 제비를 포함한 각 사물들을 묶어나가며 작품의 분위기를 그 시간대로 통일했다고 볼 수 있다.

같은 차원에서 "봄기운이 고삐 풀려 하늘로 날아오르니, 연못물은 넘실대고 얼음은 쩍쩍 갈라지네(靑陽縱靶翔寥廓 塘水溶溶氷拍拍.)"의 구절은 시간의 이동과 함께 대지에 생동감이 부여된 사물의 움직임을 통해, 1월의 시간대를 마련하고 있다. 또한 "온갖 꽃이 다 지고 봄 일이 끝나니, 날씨가 청명한데 꾀꼬리 소리 매끄럽네(百花飛盡春事畢 天氣淸和鶯語滑.)"는 사물에 내재된 특정한 시간대의 시각적·청각적 심상을 이끌어내어 4월의 계절감을 효과적으로 전한다. 그리고 "북쪽 구름이 들판을 감싸 음침하고 으시시한데, 이산 저산 모두 환한 얼음덩이(朔雲擁野陰凌兢 南山北山皆明氷.)"는 대지가 추위로 얼어붙은 채 큰 눈이 다시금 엄습하기 직전의 모습으로써, 12월을 맞은 농촌의 정경을 환기시키고 있다.

정리하자면, 「전가사」에서 다루어진 사물들은 그 현상이 일 년 중 어느 달에 집중적으로 출몰하는가에 초점을 맞추어, 농촌사회가 맞이하는 각 달의 계절감을 실감 있게 전한다.

둘째, 위의 내용이 전제가 되면서 「전가사」에 나타난 자연은 농촌의 공간과 어울리며 그 생활적 면모와 특징을 생생하게 드러낸다. 이 자연은 이성적인 질서를 내재하면서 인간의 마음을 정화시키는, 사대부들이 관념적으로 그것에 다가서는 차원과 거리가 멀다. 곧 시에 등장한 사물들은 농촌사회의 공간에 그 고유한 속성들을 부여하고 있다. 아래의 작품들을 통해 이런 면을 알아보자.

<나>

절기는 한창 여름이라 만물이 무성하고

느릅·버들 드리운 휑한 촌락에 해가 길어진다.

뒷마을 석류꽃은 낮은 울타리를 비추고

앞집의 어린 대는 오솔길에 그늘졌네.

節中南訛萬彙盛　　　榆柳村墟日初永

北里榴花映短籬　　　南鄰稚竹蔭歸徑
　「五月」.

<다>

몃머리의 은빛 붕어는 지느러미를 놀리고

갈대 밑 자줏빛 게는 까끄라기를 옮긴다.

槎頭銀鰂始振鬐　　　葦底紫蟹初輸芒
　「八月」.

　　<나>에서 느릅나무와 버드나무가 서있는 풍경은 농촌의 고즈넉한 분위기를 조성하기에 적합하다. 또한 석류꽃이 낮은 울타리를 비추거나 어린 대나무가 오솔길에 그늘진 풍경은 시골의 소박하면서도 평화로운 분위기를 함축하기에 효과적이다. 이런 측면은 성현이 각 사물을 '永'·'映'·'蔭'과 같이 '상황'을 지시하는 용언으로 묶어나가며, 그것을 농촌 공간을 구성하는 속성들로 일치시켰음을 알려준다. 그래서 작품 분위기는 여름의 한적하면서도 소담스러운 농촌의 공간적 특성을 상기시키게 된다. 한편 '北里'와 '南鄰'이 함께 등장한 부분에는 작중인물이 그곳까지의 사람들과 더불어 생활하는, 농촌인들이 지닌 공동체의 생활적 분위기가 스며있다.

<다>에서도 시의 화자는 농촌 공간에 있는 대상들을 관념적 차원과는 거리가 먼 섬세한 시각으로 포착하고 있다. 그래서 <나>와 <다>는 성현이 농촌생활을 접한 자신의 현장적 체험을 반영한 분위기가 짙다. 그러면서 <다>에는 추수기로 접어든 농촌사회의 여유로운 생활적 분위기가 자리잡고 있다. 특히 뒷구절은 孟思誠이 「강호사시가」에서 "벼 뷘 그르헤 게는 어이 ᄂᆞ리ᄂᆞᆫ고"라고 한 시적 상황과 일치하면서 이런 사실을 뒷받침하고 있다.

이처럼 <나>와 <다>는 각 사물들을 결합하면서 그것을 농촌 공간을 구성하는 체계들로 통일시킴으로써, 농촌의 실제 정경과 더불어 그곳에 스며있는 전형적인 생활 분위기와 정서까지 알려주고 있다.

셋째, 자연은 농촌의 시·공간과 동화되는 중 농사일과 밀접한 관련을 맺는다. 그런데 이런 속성의 자연은 먼저 농부들이 농사를 시작하고 진행하며 수확을 하기까지의 시간에서 진행되는 그 현장 주위의 모습을 그대로 보여주면서, 때로 농사와 관련을 맺거나 혹은 밝은 분위기를 지닌 그곳에 농사의 풍요로운 성장과 수확을 기대하는 농부들의 심리를 반영하기도 한다. 다음의 시를 살펴보자.

<라>
두견새 슬피 울고 새로 날아온 제비는 춤추는데
백 척 되는 아지랑이가 높은 나무에 걸렸구나.
스물네 번째 花信風인 棟花風 불고
한 차례 두 차례 내리는 늦봄의 비.
날씨가 좋을 때에 농사 한창 바쁘니
술 싣고 봄 언덕을 찾는 사람도 없네.
里胥들이 부산하게 외치는 거칠은 마을

살구꽃과 창포 잎 두루 번성하네.
농사일 분주하여 사람들 사방으로 흩어져
손마다에 삼태기와 가래 들고 구름처럼 모였구나.

杜宇哀吟新燕舞　　　百尺遊絲冒高樹
二十四番楝花風　　　一陣兩陣楡莢雨
風日美時農正忙　　　無人載酒尋春塢
里胥雜遝呼荒村　　　杏花菖葉今彌繁
村務紛紛人四出　　　萬指畚鍤如雲屯
　　「三月」.

<라>의 3구에 등장한 '楝花風'은 소한으로부터 곡우 때까지 5일에 한 번씩 부는 바람 중 24번째의 바람임을, 또 4구인 '一陣兩陣楡莢雨'는 늦봄의 봄비가 순조롭게 대지를 적시는 상황임을 알려준다. 이 부분에서 바람과 비는 현상적인 자연의 속성을 넘어서서, 한 해의 농사에 직접 관련되고 작용하는 성격을 지니고 있다.[7] 그래서 이 정경은 농부들이 순조롭게 운행되는 바람과 비에 힘입어, 벼를 잘 심고 돌보는 상황을 다음 부분에 함축하고 또 동반하기까지 한다. 5구는 고른 일기가 농사철에 얼마나 긴요한가를 서술적인 분위기로 일깨워준다. 6·7구도 그 상황을 배

---

7) 당시 농사에서 바람이 얼마나 중요한 비중을 차지하는가는 姜希孟이 지은『衿陽雜錄』의「諸風辨」으로 확인할 수 있다. 그는 이 글에서 바람들의 성격과 그 피해 상황을 기술하며 이에 대한 경각심을 일깨웠다. 또한「전가사」의「사월」을 살펴보면, 농사가 잘 되기 위해서는 햇빛과 비가 조화를 이루어야 한다는 내용이 "밭이 쩍쩍 갈라지고 마름풀이 흙덩이에 들러붙어, 가서 샘 줄기 엿보고 무자위를 끌어오네. 누에치기엔 맑아야 하고 농사엔 비가 와야 하니, 하늘도 아득하리 어느 편을 도울지 (田龜半坼萍黏塊　往覘泉脉牽龍骨　蠶欲久晴農欲雨　主宰茫茫竟何寓)"로 제시되고 있다.

경으로, 마을 사람들이 힘을 합해 농사에 애쓰는 모습을 묘사하고 있다. 그리고 9·10구에서 그들이 높고 낮은 땅을 고르는 노동의 장면을 그리고 있다. 이 6·7구와 9·10구 사이에서 살구꽃과 창포잎이 번창한 모습을 하고 있다. 그렇다면 8구는 농사와 어우러진 복합적인 징표를 갖는다고 해도 무방할 것이다. 곧 이 장면은 노동 행위가 정경의 번성한 모습을 감싸고 있어, 3월을 맞은 농가의 실제 정경을 묘사하면서 한편으로 농민들이 힘을 들여 농사를 진행하며 자연의 상태와 동일한 성격으로서의 풍성한 성장을 기대하는 심리가 이입되었다고 할 수 있다.

같은 차원에서 "논마다 볏모는 구름처럼 푸른데, 암비둘기 비를 부르며 '구구구' 울음 운다(萬畝秧針翠撥雲 鳩婦喚雨聲正苦.「五月」)"도 잘 자라는 벼에 알맞게 비가 내려 그 성장을 더욱 돕기를 바라는 차원에서 암비둘기의 울음소리를 비를 부르는 속성과 연결짓고 있다. 또한 "섣달 전의 상서로운 눈이 이미 세 번 하얗고, 열흘째나 흥건히 보리를 적시었네(臘前瑞雪已三白 滲漉連旬滋宿麥.「十一月」)"라는 구절도 눈이 가을에 심은 보리에 흡족하게 내려 그 성장을 촉진시키는 차원에서 등장하고 있다.

그런가 하면 이 유형에 속하는 것 중에는 농부들이 힘들고 괴로운 상황에도 불구하고 열심히 일을 하면서 풍요로운 농사가 이루어지기를 기대하는 마음을 사물의 풍요로운 심상에 담아 전하는 것도 있다.

<마>
거여목 뻗어가고 쑥은 아직 뾰족한데
닫힌 문을 열려니 날씨도 따뜻하구나.
고을 안 창고에서 봄 장리 곡식 안 내어주니
집집이 달리는 매조미쌀 하소연할 곳이 없네.

금년 봄에 밀보리는 때를 맞춰야하는 데도
심자니 종자 없고 갈려 해도 農資가 없네.
구름 사이로 아침해가 고운 밭이랑을 비추니
흙덩이 반들거리며 쇠 보습에 파젖혀지네.
봄님이 점차로 소식을 전해 오니
느티꽃이 황금빛으로 활짝 피었구나.

苜蓿迸地蔞蒿短	蟄戶欲開天氣暖
邑中高廩省春糶	萬口疏糲無處覓
今春來牟當及時	欲種無種耕無資
雲間朝日射芳甸	土鱗閃閃翻金犁
東君次第傳消息	阿槐花發黃金色

「二月」.

<마>에서 작중인물은 집안으로부터 집밖으로 이동을 한다. 우선의 목적은 춘궁기에 還子를 얻어 끼니를 잇고자 함이다. 하지만 社倉의 곡식 또한 바닥난 상태이다. 게다가 그는 농사를 지을 종자와 농기구조차 확보하지 못하고 있다. 그래서 작품은 매우 어두운 분위기로 치닫는다. 하지만 6구와 7구 사이에서 반전이 시작된다. 작중인물은 그런 절망적인 상황에 좌절하지 않고, 밀과 보리를 심으려는 의도 속에 밭갈이를 진행한다. 그러면서 7구의 아침해와 그 빛을 받아 반짝이는 밭이랑의 모습은 작중인물이 갖는 어떤 희망을 상징하고 있다. 그것은 힘든 상황을 이겨내고 풍요로운 결실을 거두리라는 그의 굳건한 마음에서 비롯되었다고 할 수 있다. 10구의 느티나무 꽃이 밝은 색을 띤 상태로 만개한 모습도 그런 결실에 대한 꿈을 내재하고 있다. 왜냐하면 이 정경은 7·8구에서 제시된 농사와 내적 연결성을 지니며 묘사되기 때문이다.

요약하자면, 이 유형의 시에서는 자연이 농사 현장의 주변 모습을 알려주고, 때로는 농사와 상호 교섭하면서 농산물의 풍요로운 성장과 획득이라는 내용을 상징하기도 한다. 그런데 이런 측면은 허백당이 그것을 기대하는 농부들의 심리와 일치된 시각에서 각 사물들을 의미화하고 작품의 체계를 조직했기 때문일 것이다.

2) 농촌의 풍속

농사는 농촌생활을 대표하면서 농촌의 문화를 형성하는 동인이기도 하다. 「전가사」는 당시 농촌에서 영위하던 풍속을 알려주고 있다. 각 달별로 등장한 내용을 열거하면, '달맞이'와 함께 '그네뛰기'와 '호미씻이', 그리고 '收穫薦新'과 '臘享'을 들 수 있다. 이를 의례와 놀이라는 측면에서 살펴보기로 하자.

(1) 의례

1월에 사람들은 새로운 시간을 맞이한다. 이 변화적인 시간대에서 그들은 희망적이고도 알찬 생활이 펼쳐지기를 꿈꾸어본다. 농부의 경우에는 농사가 그들 생활의 중심이 된다. 그래서 그들은 농사가 시작되는 길목에서 생활에 가장 절실히 요구되는 풍농을 당연히 기원하게 된다. 「전가사」의 「정월」에서는 이 의례가 달맞이로 집중되고 있다.

<바>
이웃들이 술상을 차리고 대보름 저녁에 모여
동산에 뜬 달 보려고 지나다닌다.
달이야 무심히 다가와 비치지만
노인들은 해마다 풍년 조짐 점치누나.

四隣盃盤聚元夕　　　東山見月相經過
輪魄無心自來照　　　老叟年年占豊兆
　「正月」.

　<바>의 전반부에서는 농촌인들이 고사 음식을 마련하고서 달맞이를 하려고 부산하게 움직이고 있다. '四隣'과 '相經過'는 서로의 유대감 속에 생활하는 농촌의 공동체적인 분위기를8) 일깨워준다. 후반부에서는 달맞이 정황이 원숙한 나이로 접어든 노인네들의 '占豊兆'로 구체화된다. 이는 주민들이 해를 지속하며 풍년을 기원하는 사실을 대표한 것이다. 이 풍속은 인간이면 누구나 행복하기를 바라는 기대감을 의례로 양식화한 것이어서, 여러 세대에 걸쳐 향유될 수 있었다. 이런 사실은 달맞이 장면이 성현과 비슷한 시기에 활약하던 兪好仁의 작품에서9) 노래되면서, 조선후기에 편찬된 『洌陽歲時記』의 기록에서도 확인되는 것으로 입증된다. 『열양세시기』에서는 "농가에선 대보름 초저녁에 횃대를 묶어 불을 붙이고서 무리를 이루어 동쪽을 향해 달려가는데 迎月이라고 한다. 달이 뜨면 그 바퀴의 빛을 살펴보아 그 해의 풍년과 흉년을 점친다"고10) 했다. 인용 작품에서 시의 화자는 이방인의 시각으로 달을 '無心'한 자연물로 묘사하면서도 풍농을 기원하는 늙은 농부들의 모습을 그와 대비적으로 배치시킴으로써, 그들의 기대감을 한결 증대시켜 전하고 있다.

---

 8) 이를 「歲時」 「上元」, 『京都雜志』 권2의 "黃昏持炬登高 謂之迎月 以先見月者爲吉" 과 대조해보면, 서울의 달맞이 풍속과 차이가 있다. 서울에서는 사람들이 경쟁하는 분위기 속에 개인적 차원에서 한 해의 운세가 좋기를 기대했다.

 9) 「花山十歌」 8, 『㵢谿集』 권3(민족문화추진회 편, 『한국문집총간』 15, 민족문화추진회, 1988), 128쪽. "年年上元夜 候月眞不差 依前郡望處 老翁一時皆 相視占豊凶 農談喧里街 但願供租賦 次及養殘骸"

10) 「正月」 「上元」, 『洌陽歲時記』. "農家初昏 束炬點火 成羣向東而走 謂之迎月 月旣上 視其輪色 占歲美惡"

   정월에 달맞이를 통해 풍년을 기대하는 농촌인의 심리는 농사를 짓는 봄과 여름의 시간대에서는 그것을 이루려고 땀흘리는 노동의 모습에 잠재되었다가, 결실기인 가을에 가시화되어 그것을 확인하고 기뻐하며 제사를 드리는 수확천신으로 나타난다.

   <사>
   낫을 허리에 차고 달구지를 밀어 언덕으로 올라가선
   이 언덕서 벼를 실어 저 집으로 돌아가네.
   자줏빛 국화가 꽃을 피워 초가집을 두르는데
   노랫소리·북소리가 온 들판에 떠들썩하다.
   막걸리 한 말과 닭 한 마리로
   함께들 神林에 가서 가을 고사 드리네.

   腰鎌扶轂上荒阪　　東皋載稻西家歸
   紫菊開花繞茆舍　　歌鼓紛紛喧四野
   一斗白酒一隻鷄　　共向神林賽秋社
   　「九月」.

   <사>의 처음 부분에서 작중인물은 벼를 거두어 집으로 돌아가고 있다. 이어 주민들이 함께 모여 풍성한 수확을 할 수 있게 한 마을신에게 소박한 제수를 바치며 감사를 드리고 있다. 이 장면은 姜希孟이 지은 「農謳十四章」의 「望秋」에서 작중인물이 가족 단위로 수확천신을 드리는 것과 다른 종류의 의례가 당시에 거행되던 사실을 알려준다. 「망추」에서는 "보리가 익어갈 때 한 해 풍년을 점치며, 우리 벼 잘 여물어 병해 없기를 바라네. 논뙈기 누렇게 변해 달구지에 가득하면, 염소와 양을 잡아다 축수잔을 올리련다(麥登場占年祥 我稼穰願無傷 汚邪黃滿車箱 殺羔羊稱壽

觴)"고 했다. 이는 작중인물이 5월의 시간을 앞질러 가, 논농사의 풍요로운 결실을 꿈꾸며 조상의 음덕을 기리고 부모님의 장수를 기원하려는 정황을 알려준다. 이런 가족 단위의 의례와 다르게, 인용 작품에서는 주민들이 가무를 동반해 풍농의 기쁨을 드러내며 마을의 토지신에게 고사를 드리면서 집단적으로 수확의례를 거행하고 있다.

이런 모습에 이어, 「전가사」에서는 한 해를 보내고 맞는 시간대에서 납향을 올리는 상황이 등장한다.

<아>
새와 토끼를 잡으며 좋은 섣달을 만나고
납향 지내는 제단에는 희생과 술이 갖춰졌네.
새 해를 맞으며 전해와 같을까 두려워
句龍에게 하소연하여 좋은 대답을 기다리네.

磔禽搏兎逢嘉臘　　　蜡祭壇中牲酒合
迎新却恐踵前途　　　仰訴句龍待休答
　「十二月」.

조선시대에서는 동지 후 세 번째 未日을 납일로 삼았다. 이는 우리 나라가 동방에 위치해, 오행 중 '木'에 해당하기 때문이었다.11) 『열양세시기』에서는 "납일에 잡은 짐승들은 사람에게 모두 좋으며, 참새가 노약자에게 이로워 민가에서는 많이 그물을 펼쳐 그것을 잡는다"고12) 했다. 이 내용이 작품의 1구에서 전개되고 있다. 그러면서 작중인물이 소박한 제

---

11) 「十二月」「臘日」, 같은 책. "國曆用冬至後第三未爲臘 以東方盛德在木也" 참고.
12) 같은 글, 같은 책. "臘日所獲禽獸皆佳 而黃雀利於老弱 人家多張網捕之"

수를 마련해 납향을 드리는 장면에는 그의 간절한 마음이 잘 드러나고 있다. 그것은 성현이 작중인물인 농부의 내면심리를 눈여겨보면서, 대지를 삶의 터전으로 삼아 성실히 땀을 흘리며 농사를 지었어도 어려운 생활이 이어질 수밖에 없는 상황에서 벗어나기를 고대하는 그의 마음과 자신의 시적 태도를 일치시켜 전달했기 때문에 가능한 것이다.

(2) 놀이

인간은 일상생활에서 벗어나려는 욕구를 지닌다. 이 욕구는 인간이 그와 외부 현실과의 일상적 대응으로부터 자유로워지려는 소망을 담고 있다. 이 자유로움의 추구를 삶의 양식으로 정형화시킨 것이 놀이일 것이다. 「전가사」에서는 농사가 작중인물에게 중요한 비중을 차지하며 작용하고 있다. 그런데 그는 그 세계와 조화를 이루면서 풍요와 번영을 추구하는 적응태도로, 놀이 문화를 향유하기도 한다. 작품에 나타난 그네뛰기와 호미씻이에 접근해보자.

<자>
절기는 한창 여름이라 만물이 무성하고
느릅·버들 드리운 휑한 촌락에 해가 길어진다.
뒷마을 석류꽃은 낮은 울타리를 비추고
앞집의 어린 대는 오솔길에 그늘졌네.
너른 언덕의 푸른 물결이 누런빛을 띠는데
절구질 어지러우니 떡이 향그럽구나.
마을에선 그네 뛰며 단오를 보내는데
모시 옷고름 펄렁거리며 모였다가 흩어지네.
논마다 볏모는 구름처럼 푸른데
암비둘기 비를 부르며 '구구구' 울음 운다.

節中南訛萬彙盛　　楡柳村墟日初永
北里榴花映短籬　　南鄰稚竹蔭歸徑
平丘綠浪着暗黃　　杵臼紛紛芳餌餅
鞦韆門巷過端午　　苧葉飜飜散還聚
萬畝秧針翠撥雲　　鳩婦喚雨聲正苦
　「五月」.

<자>의 전반부에 나타난 농촌의 풍경은 평화롭고 한적하기만 하다. 이는 흥겹게 펼쳐질 놀이의 배경으로서 적합하다. 주민들이 쑥떡을 만들기 위해 진행하는 절구질은 놀이로 이행하는 상황을 마련하며 일종의 흥겨움을 내재한다. 단오에 펼쳐지는 놀이의 신체적 동작은 여성들의 그네뛰기로 집중된다. 작중인물은 확대된 현실의 추구를 대지를 박차고 날아오르는 일상적 공간의 일탈로 추구하고 있다. 시에서는 매우 섬세하게 포착한 그네뛰기의 동작이 동적인 느낌을 부여하며 묘사되고 있다. 그런데 이 놀이 동작은 풍요로운 농사라는 이상적인 현실과 호응하고 있다. 작품의 끝에서 벼가 잘 자라는 상황과 비가 순조롭게 내려 그 성장을 더욱 도울 것이라는 측면으로 대상을 형상화한 모습에는 이런 사실을 함축하고 있다.

그런가 하면 「전가사」에서는 농부들이 논밭에서 고되게 진행하던 김매기를 끝내고, 잠시 동안 즐거운 시간을 가져보는 호미씻이도 다루고 있다.

<차>

장마비 걷히자 더위는 물러가고
우는 말매미는 또 서늘한 가을 소리를 낸다.
동편 울타리에서 벽옥 같은 참외를 쪼개고

작은 독엔 햇기장으로 맑은 술을 빚는다네.
이웃끼리 술 차려놓고 앞길에서 오가며
취해 '어이' 노래하며 다투어 부축하네.
농가의 절반 일을 이미 다 마쳤으니
호미 끝에 묻은 진흙덩이를 말끔히 씻어내세.
서로들 만나느라 산 기운 어둑해짐 알지 못하는데
이슬이 가을 벼이삭에 내리려 하는구나.

積雨初收失炎暑　　鳴蜩又作涼秋語
東籬碧玉割甘瓜　　小甕淸香釀新黍
比鄰樽酒通前蹊　　醉歌嗚嗚爭扶携
旣辦農家一半事　　洗盡鉏頭三寸泥
相逢不識山氣昏　　露華欲上秋禾痕
「七月」.

　　<차> 또한 초가을로 접어든 농촌의 풍경을 여유로운 분위기로 묘사하고 있다. 처음 부분에서 주민들은 서늘한 바람을 맞으며 말매미 소리를 즐긴다. 이런 분위기 속에 작중인물은 자연이 제공하는 음식물을 맛보며, 새로 빚은 술을 장만하고 있다. 그리고 5·6구에서는 동네 사람들이 술에 한껏 취해 서로를 부축하고 있다. 이 모습에는 김매기를 포함해 농사에 전념하면서 땀 흘린 자들만이 맛볼 수 있는, 노동 뒤의 안식과 흥겨움이 충만하고 있다. 그런데 바로 앞 작품인 「六月」에서는 "햇빛이 한낮 되어 온갖 구슬도 녹일 듯, 너른 이랑 김을 매며 늙은이 시름겹네. 밭머리서 부르는 노래를 밭 끝에서 답하며, 저쪽 김 다 매고 이쪽으로 오는구나(日輪當午萬珠融　鋤禾百畝愁老翁　田頭放歌田尾和　西耘已了復徂東)"라고 하며, 늙은 농부가 힘겹게 김매기를 하는 장면을 등장시켰다.

이 서로 다른 정황을 연결해보면, 7월을 맞아 놀이를 즐기는 농부들의 심사가 한결 고조된 분위기로 느껴진다. 이 5·6구는 7·8구의 결과로 향유하게 되는 호미씻이의 한 장면을 묘사한 것이다. 한 연구자는 이에 대한 예로서, 다음과 같이 언급했다.

> 京畿道 高陽에서는 陰曆 8月中 날을 택하여 호미씻기 놀이를 행하였다. 먼저 마을 한쪽의 경치 좋은 곳을 택하여 거기에 農旗를 꽂는다. 촌민들은 각자 마련한 음식을 가지고 농기 아래로 모이는데, 거기서 음식을 만들기도 한다. 먹고 마시며 농악을 울리면서 하루를 즐긴다. 음식은 먼저 村老들에게 바치고 나서 먹는다. 여기서는 各自의 농사 作況을 이야기하기도 하면서 장래의 풍성한 수확을 기원한다. 이와 유사한 호미씻기는 전국적으로 널리 퍼져있는 농경의례다.13)

작품의 7·8구에서 시적 화자는 김매기를 끝낸 농부들의 즐거움을 생생한 분위기로 전개하고 있다. 그런데 호미씻이를 하며 농부들이 즐거워하는 정황은 張維의 작품에서14) 보다 구체적인 내용으로 묘사되기도 했다. 이처럼 호미씻이는 당시 농사의 풍속으로서 농촌생활에 깊이 자리를 잡고 있었다. 그러면서 시의 마지막 부분에서는 자연이 농부들의 고된 노동에 보답을 하기라도 하듯이, 벼이삭을 더욱 여물게 하는 단계로 작용하고 있다.

정리하자면, 「전가사」는 농촌인들이 농사를 지으며 동반하는 의례와 놀

---

13) 박계홍, 『한국민속학개론』(형설출판사, 1987), 331쪽.
14) 「洗鋤」, 『谿谷集』 권26(민족문화추진회 편, 『한국문집총간』 92, 민족문화추진회, 1992), 429쪽. "田翁白竹笠 田婦靑布裙 烹匏斫瓜薦鰕魚 老瓦盆盛黍酒渾 靑莎原頭桑葉陰 坐來四座農談喧 東家耘較西家晚 低田禾比高田繁 少年行酒長老醉 短袖起舞何蹲蹲 一年作苦一日歡 田家此夕百憂寬 君不見去年吏到索租時 翁姥狂奔三日飢 田家樂事豈易得 君醉飽無遽歸"

이를 알려주고 있다. 이 집단의 풍속은 풍요로운 수확을 바라고 그 확인된 기쁨을 마을의 신에게 감사하며 보다 나은 내일이 찾아오기를 기원하는 의례의 장면과, 농사의 일상적인 분위기에서 벗어나 즐거움을 맛보면서 내일의 활기찬 생활을 준비하는 놀이의 장면이 함께 어우러져 있다. 그런데 이처럼 주민들이 함께 모여 진행하는 의례와 놀이는 농촌이 농사를 중심으로 소박한 공동체생활을 하는 곳임을 거듭 일깨워준다고 하겠다.

3) 農政 모순의 조명

조선정부는 사회구조의 변동에 발맞추어 토지제도를 변화시켜 나갔다. 과전법에서 전분6등·연분9등법으로, 다시 직전법에 이어 관수관급제로의 시행이 그것이다. 이런 토지제 운영을 기반으로, 농민들은 농업에 종사했다. 그러면서 양인 농민들은 국가의 기본을 이루는 대중으로서, 국가의 필요에 따라 부과되는 과중한 조세와 공물을 바치고 군역과 요역 등을 져야 했다.15) 「전가사」에서는 이런 시대적 분위기를 반영하면서 농민들이 부담하는 조세의 문제점을 들어 당시 사회의 모순을 일정한 수준으로 조명했다.

<카>
좋은 달이 찼으니 천지가 숙연하고
온갖 곡식이 수확되어 집채처럼 높다랗구나.
추운 밤 절구질 소리 마른 우레처럼 은은하고
멥쌀로 찐 백설기가 무럭무럭 김을 낸다.
부자는 세금이 적어 곳간이 풍부해도

---

15) 역사문제연구소 지음, 『한국의 역사』 2(웅진출판, 1993), 129쪽 참고.

貧者는 세를 물기도 도리어 부족하네.
貧家·富家의 시름과 기쁨이
다만 구구한 한 치 배에 있지.
애써 호구하려 생활이 분주한데
또 흰 솜을 타서 옷 마련을 해야 하누나.

良月就盈天地肅　　萬稼登場高似屋
夜寒碓杵隱晴雷　　香秔浮浮炊白玉
富者少稅豊困倉　　貧者輪租反不足
貧家富家愁與歡　　只在區區一寸腸
黽勉餬口生理忙　　又披雪絮粧衣裳
　「十月」.

　<카>의 앞부분에서는 농가마다 수확물을 풍성하게 쌓아놓은 모습을 묘사하고 있다. 작중인물은 그 즐거움을 만끽하면서 먹음직스러운 백설기를 만들고 있다. 하지만 바로 다음 부분에서 작품은 어두운 분위기에 휩싸인다. 그 원인은 세금이 부당하게 징수되는 데에 있다. 공정한 조세운영은 납세자의 경제력에 따라 그것을 차등 있게 징수하여 사회구성원 사이에 조성된 빈부의 격차를 좁힘으로써, 건강한 경제구조의 토대를 마련할 것이다. 그런데 시에서는 부농에게 적은 세금이 그리고 빈농에게는 많은 세금이 부과되어, 조세제도가 파행적으로 운영되는 상황을 알려주고 있다. 빈부의 격차가 더욱 조장되는 이 장면에는 부농이 관리들과 결탁해 자신들이 감당해야할 세금을 빈농에게 전가함으로써, 빈부의 격차를 더욱 조장하는 행정의 난맥상을 함께 고발하고 있다.

　성현은 이를 생활에서 가장 필수적으로 요구되는 ‘먹는’ 문제로 조명했다. ‘一寸腸’과 ‘餬口’는 이런 내용을 구체화하고 있다. 그러면서 이 작

품에서는 성격을 달리하는 노동의 장면이 등장한다. 하나는 백설기를 만드는 상황이다. 이는 수확의 기쁨을 음식으로 드러내려는 동작으로서의 의미를 갖는다. 그런데 이어 등장하는 다른 하나의 장면은 솜을 타며 옷 마련에 분주한 모습을 하고 있다. 이는 앞의 정황과 대비되어, 최소한의 식생활조차 해결하지 못하고 일 자체에 구속당한 작중인물의 비애감을 일층 부각시키고 있다.

그런데 이처럼 조세로 말미암아 생활에 시달리는 작중인물의 힘겨운 상황은 아래 작품에서도 확인할 수 있다.

<타>
해가 짧은 동지일에 별은 바로 昴星인데
천지에 회오리바람이 밤을 뒤흔드누나.
섣달 전의 상서로운 눈이 이미 세 번 하얗고
열흘째나 흥건히 보리를 적시었네.
토방에 땔나무 불이 훈훈히 따스한데
석양 무렵 산밑에는 꿩들이 퍼덕인다.
가마 속에 삶는 콩이 연유처럼 부드러운데
찬 수풀 추녀 끝에 굴뚝 연기 외로워라.
소를 구유로 몰아 콩대 여물 먹이는데
문 밖에 아전이 와서 세금을 요구하네.

日短南至星正昴	萬竅剛飆夜相攪
臘前瑞雪已三白	滲漉連旬滋宿麥
融融土榻榾柮溫	山下夕陽戲羣翟
釜中煮豆軟如酥	寒林屋角烟光孤
驅牛登櫪莝菽萁	門外使者來索租

　　「十一月」.

<타>에서 천상으로부터 지상으로 시선을 이동시킨 시적 화자는 5~8구에서 집안과 집밖의 공간을 교차적으로 응시하고 있다. 이는 그와 일치된 작중인물의 심리가 안정되지 못한 상황을 반영한 것이다. 5구와 7구에서 묘사된 방안과 부엌의 장면에는 안정감이 스며있다. 하지만 원거리의 정경을 묘사한 6구의 집단적이면서 동적인 분위기가 근거리의 정경을 그린 8구의 고립적이면서 정적인 분위기로 변화된 상황을 눈여겨볼 필요가 있다. 이는 집안에서 안락함을 누리는 작중인물의 의지와는 상관없이 외부로부터 어떤 힘겨운 일이 몰아닥칠 것을 암시한다. 결국 10구에서 그는 세금을 걷기 위해 혈안이 된 아전을 맞게 된다. 평화스러운 분위기를 깨뜨리는 이 상황은 빈농의 서글픈 생활과 함께 당시 조세의 강압적인 분위기를 알려주고 있다.

이런 분위기로부터, 작중인물이 9구에서 소에게 여물을 먹이며 봄 농사에 대한 기대감을 키우고 있지만, 그것마저 세금으로 빼앗길 수 있는 상황을 짐작할 수 있다. 또한 작품의 3·4구에서 가을 보리가 잘 자란다고 해도, 시의 전체 분위기와 관련해 그것은 세금을 충당하기 위한 성격을 갖고 있을 뿐 그의 생활에 별 도움을 주지 못할 것이라는 점을 예상할 수 있다. 이렇게 본다면, 그는 암담한 현실 속에서 고통스러운 분위기에 지배되고 있다고 하겠다.

같은 차원에서 「전가사」는 환곡의 허구성에 대해서도 말하고 있다. 작품 「이월」 중에 나타난 "고을 안 창고에서 봄 장리 곡식 안 내어주니, 집집이 달리는 매조미쌀 하소연할 곳이 없네. 금년 봄에 밀보리는 때를 맞춰야하는 데도, 심자니 종자 없고 갈려 해도 農資가 없네(邑中高廩省春糴 萬口疏糲無處忘 今春來牟當及時 欲種無種耕無資)"라고 한 부분이 그것이다. 환곡은 춘궁기를 맞은 농민에게 곡식을 대여했다가 추수가 끝나면 그것에 이자를 붙여 회수하는 일종의 구휼 제도였다. 그런데 당시 현실에서 지방자치의 일환으로 시행되던 사창곡의 회수는 社長의 무력과 무책임으로, 원곡이 저축되기는 고사하고 더 많은 손실을 가져오게 되었다.16) 인용한 구절은 이처럼 당시에 환곡이 유명무실하게 운영됨에 따라, 종자마저 식량으로 대신한 작중인물에게 아무런 도움을 주지 못하는 일을 지적하고 있다.

요약하자면, 「전가사」에서는 파행적으로 부과되는 조세로 말미암아, 수확의 기쁨을 누리기는 고사하고 상대적인 박탈감에 빠진 채 세금에 시달리는 빈농들의 아픔을 전하고 있다. 또한 현실적으로 바람직하게 운영되지 못하는 사창의 문제점도 알려주고 있다. 이런 면은 당시의 농촌인들이 사회제도의 모순으로 인해 그들의 순박한 생활을 영위하기 어려운 사정을 일깨워준다고 하겠다.

3. 작품의 특징

조선은 당시 경제의 기반으로서 농업을 주된 산업으로 삼았다. 이런 분위기에서 성현은 일정 기간 동안 파주에서 친형들인 任・侃과 함께 성장하며 농촌생활을 접했다. 이는 그가 1450년(12세)에 부친인 成念祖가 사망하여, 그곳에서 시묘살이를 하며 지낸 일이 계기가 되었다. 이 파주에서의 체험을 바탕으로 지은 작품이 「전가사」라고 할 수 있다. 그런데 이 시는 허백당이 지은 다른 농촌시와 구분되는 참신한 면모를 지니고 있다.

---

16) 국사편찬위원회, 『한국사』 24(탐구당문화사, 1994), 474쪽 참고.

먼저 「전가사」는 평화로움만이 감돌거나 고통만이 가득한 그 어느 하나의 성격으로 농촌을 응시한 관념적인 작품 태도에서 벗어나 있다. 이를 살펴보기 위해 다른 시들의 예부터 들어보도록 하자.

성현이 1466년에 지은 『허백당시집』 권1의 「坡山村庄與老叟話」는 순박하게 농촌생활을 영위하는 시골 노인네를 부러워하는 상황을 직접대화로 전개했다. 또 1470년의 작품인 같은 책 권2의 「嘗新稻」는 그가 농부들이 풍성하게 수확한 올벼로 밥을 지어먹으며 돌아가신 어머님을 그리워하는 내용을 노래했다. 이 작품들은 그가 한 순간에 대면한 농촌을 평화로운 공간으로 인식하는 공통점이 있다. 그런가 하면 이와 상반되는 예로서 같은 책 권2에 실린 「鄕曲卽事」를 들 수 있다. 이 작품은 가뭄과 기아에 허덕이며 짐승들의 피해마저 있게 될 상황에서 다시 부역으로부터 자유롭지 못한 농촌인의 생활고를 그려내었다. 또 1483년에 지은 같은 책 권9의 「伐木行」도 이런 분위기를 띠고 있다. 이 시는 강원도의 주민들이 里胥들의 부역 재촉으로 험한 산 속에 들어가 혹독한 추위에서 힘겹게 나무를 베는 참상을 그리며 관리로서 그 상황을 개선하지 못하는 일을 자책했다. 이처럼 그의 농촌시 가운데에는 당시의 농촌사회가 겪는 궁핍한 생활상을 사실적으로 그려낸 작품이 있다.[17]

그런데 이런 밝거나 어두운 분위기가 서로 다르게 나타나는 시들은 허백당이 사대부로서의 시각을 앞세운 채 농촌인들과 거리감을 두고 포착한 어느 한 순간의 농촌생활을 단편적으로 묘사하고 있다. 그 결과 이 작품들은 그가 현실과의 관계 속에서 농촌이 자신에게 삶의 어떤 의미와 가치로서 작용하는지를 중심으로, 명암을 달리하는 한 가지만의 작품 분위기를 제공하게 된다.

---

17) 이 구체적인 내용에 대해서는 홍순석, 앞의 책, 116~141쪽을 참고 바람.

이에 비해, 성현은 「전가사」에서 농촌에서 포착한 농부들의 괴로워하거나 즐거워하는 실제 감정과 생활을 시적 자아가 위치한 시·공간과 작품에 등장한 그들의 시·공간을 겹쳐지게까지 하며 작품화했다. 그래서 이 시는 어둡고 밝은 면이 공존하면서 영위되는 농촌생활의 실상을 위의 작품들보다 한결 생생하게 제시한 특징이 있다.

이 예로서 먼저 「이월」을 들 수 있다. 이 시에서 작중인물은 끼니를 잇기 힘든 상황에다 농사에 필수적인 종자와 농기구조차 마련하지 못하고 있다. 이런 면에 초점을 맞추어 작품이 진행되었다면, 이 시는 어두운 분위기로 끝났을 것이다. 그런데 성현은 그에게서 발견되는 또다른 면을 눈여겨보았다. 곧 그는 작중인물이 이런 상황에서도 농사를 지으려고 밭갈이를 하는 상황을 묘사했다. 이 장면은 허백당이 현재의 힘겨운 상황을 이겨내고 풍요로운 결실을 거두리라는 작중인물의 내면세계를 포착한 것이다. 그래서 작품은 작중인물에게 주어진 어두운 외적 상황만이 아니라, 그의 희망 어린 삶의 의지까지 전달하게 된다. 그는 이런 측면을 작중인물이 집안을 떠나 일터로 이동해서 밭갈이를 진행하는 시공간을 같이 따라가며 포착한 장면들로 제시했다. 이런 측면은 「유월」에서도 확인할 수 있다. 이 작품은 구슬땀을 흘리며 김매기를 하는 어느 농부의 모습을 등장시켰다. 이를 이어 그가 들밥을 먹고 나서 휴식을 취하는 모습과, 비가 내려 논에 빗물이 가득 고인 상황과, 소를 거꾸로 타고서 갈대 피리를 불며 유유자적하게 집으로 돌아오는 정경을 순차적으로 묘사했다.18) 그래서 이 시는 작중인물이 경험한 하루 내내의 일과를 복합적으로 제시하면서 마지막 부분에 사대부적인 흥취를 부분적으로 담기도 했

---

18) 「田家詞十二首」 「六月」, 앞의 책 권1, 242쪽. “日輪當午萬珠融 鋤禾百畝愁老翁 田頭放歌田尾和 西耘已了復徂東 饁罷支頓臥草隴 陰陰樹梢多薰風 薰風吹作山頭雨 白浪粼粼不見土 歸來簑笠牛倒騎 蘆管一聲天欲暮”

지만, 그보다 농부의 힘들고 즐거운 실제의 생활을 실감 있게 알려주게 된다. 특히 잡초를 제거하며 김매기소리를 부르거나 들밥을 먹고 기왓장을 베고서 논두렁에 드러누운 농부의 모습은 시적 화자가 농사 현장 가까이에서 바라본 정경을 묘사했다는 점에서 현실감이 넘치고 있다.

그러면서 「전가사」는 이처럼 한 작품 안에 명암이 교차하는 분위기를 함께 배치하면서 순박한 농촌생활과 더불어 그 이면에 횡포한 힘이 지배하는 당시 사회의 어두운 모습까지 담아내기도 했다. Ⅱ의 3에서 논의한 내용을 간략하게 점검해보자.

「시월」의 앞부분에서 작중인물은 수확의 기쁨에 들떠 있다. 하지만 그의 순박한 즐거움은 강한 타자와의 관계에서 약자로서의 슬픔을 뼈저리게 느끼는 상황으로 변모한다. 게다가 그는 삶의 의욕을 상실한 채 노동을 지속해야할 의무감에 사로잡혀 있다. 「십일월」의 전반부에서도 작중인물은 평화로운 생활을 영위하고 있다. 하지만 후반부에 이르면 세금독촉으로 인해 그 생활이 순식간에 깨뜨려지는 상황을 보여주고 있다.

이런 작품 면모는 농촌인과 당시 사회와의 관계를 조망하며 사회구조의 모순을 진단하는 성현의 작품의식을 전하고 있다. 「이월」에서 작중인물이 환곡의 도움을 받지 못하는 장면도 이런 분위기를 담고 있다. 이러한 점을 감안할 때, 작중인물이 「십이월」에서 납향을 올리며 "새 해를 맞으며 전해와 같을까 두려워, 句龍에게 하소연하여 좋은 대답을 기다리네(迎新却恐踵前途 仰訴句龍待休答)"라고 한 부분에는 암담한 상황에서도 희망을 가져보려는 그의 생활적 태도와 더불어 보다 나은 농촌생활이 전개되기를 기대하던 허백당의 시의식을 함께 포함한다고 볼 수 있다.

이처럼 「전가사」의 상당량 작품은 농촌의 실제 생활상을 명암을 하나로 묶은 분위기로 제시했다. 그러면서 성현은 이런 면모에 현실인식을 포함시킨 사대부적인 시각을 내재하기도 했다. 이는 작품을 통해 당대의 사회상을 그려내면서 그 바람직한 방향을 모색하려는, 유학의 전통적인 문학관을 배경으로 한 것이다. 그런데 「전가사」의 경우 그런 작품 태도는, 허백당이 자신의 농촌 체험을 자연스럽게 반영시켜 농촌인과의 유대감을 느끼게 하는 중에 그들 심리와 공동체적인 생활의 미덕까지 드러냄으로써, 교훈적인 차원을 넘어서서 작품의 진실성을 뚜렷이 느끼게 만드는 분위기를 구축하고 있다.

다음으로 「전가사」는 연작시의 형태를 통해 각 달에서 발견되는 농촌의 모습뿐만이 아니라 그 일 년 동안의 생활을 입체적으로 조명하고 있다. 먼저 자연의 사물들은 각 달의 계절감을 환기시키는 가운데 전체적으로는 농촌 한 해의 시간감을 결속된 분위기로 제시한다. 그러면서 이 시간들과 맞물려 펼쳐지는 농촌의 실경들이 서로 연결감을 갖고 그려지고 있다. 또한 이 시간과 정경을 배경으로, 농부들이 봄부터 가을까지 곡식을 심고 돌보며 거두는 농사일과 겨울에 두터운 옷을 마련하고 길쌈을 하는 집안 일이 순차적으로 묘사되고 있다. 또 당시 농촌의 세시풍속을 달맞이와 그네뛰기와 호미씻이, 그리고 수확천신과 납향 등으로 집약해 나가며 그들의 공동체적인 생활을 부각시키고 있다. 그런가 하면 농촌과 당시 사회와의 관계에서 포착되는 제도적 모순을 빈농들의 처지로 다가가 일깨워주고 있다.

이렇게 본다면, 성현은 농촌인들이 자연이 제공하는 시·공간의 조건을 바탕으로 그와 조화된 분위기에서 농사를 지으며 그들 고유의 풍속을 향유하는 모습과 그 생활에 작용하는 사회제도의 문제점을 농촌의 전형적인 요소로 인식했음을 알 수 있다.

그리고 이로부터 「전가사」는 이 요소들이 작품별로는 각 달마다 농촌인의 생활 조건에 알맞게 선별되어 해당 시간대의 독특한 생활적 분위기를 제공하면서, 시 전체로서는 각기 다른 그 분위기의 연속적이면서도 복합적인 결합을 통해 일 년 동안 발견되는 농촌생활의 총량을 확보한다고 하겠다. 왜냐하면 이 시의 각 작품은 위의 요소들이 부분적으로 선별된 채 '분절'된 상태로 나타나지만, 작품과 작품을 연결시켜볼 때 확인되는 것과 같이, 그것들은 각 달 사이에서 이질적인 요소들로 '전이'하는 중 전체적으로는 '연속적이면서 복합적인 배치와 체계'로 결합되는 시적 분위기를 마련함으로써, 결국 「전가사」는 일 년 전체의 농촌생활을 입체적으로 제시하기 때문이다. 동시에 이 시는 작중인물이 「십이월」에서 보다 나은 다음해의 생활을 기대함으로써, 한 해 한 해의 연속적이면서도 순환적인 시감감을 자연스럽게 확보하고 있다.

이처럼 허백당은 질박한 농촌생활의 실제 모습과 사회의 모순으로 인해 그 생활의 중요성이 더 소중히 일깨워지게 되는 내용을 소박한 7언고시의 연속적인 시형에 담음으로써, 단일 작품의 시형보다 한결 전달의 효과를 증대시켰다고 볼 수 있다.

4. 마무리

성현의 초기시인 「전가사」는 속악가사인 「동동」의 월령체와 같은 연작시의 형태로, 조선전기 농촌의 생활상을 여러 각도에서 조명한 작품이다. 이 시는 계절별로 그것을 다룬 金克己의 「田家四時」(『三韓詩龜鑑』上)와 함께, 徐居正의 「田家謠」(『四佳集』『詩集』 권3)나 강희맹의 「復用前韻答太守(金宗直)詠田家四時」(초간본 『私淑齋集』 권7) 등의 전통을 계승하면서 그보다 확대, 심화된 작품 성격을 갖는다. 그러면서 이 작품은 당시의 선집을 대표하는 『(續)東文選』에 수록되어, 그 작품의 우수성을 입증하고 있다.

「전가사」는 첫째, 농촌과 동화된 자연의 세계를 노래했다. 시에서는 각 달의 시간적 흐름에 따라 펼쳐지는 자연의 질서가 사물 자체에 부여되어 나타나고 있다. 그러면서 자연은 농촌의 공간과 어울리면서 그 실제 정경과 함께 그곳에 스민 전형적인 생활 분위기와 정서까지 알려주고 있다. 또한 자연은 이런 시·공간을 조건으로 진행되는 농사 현장 주위의 모습을 보여주면서, 때로는 그것이 농사와 상호 교섭하는 중 농산물의 풍요로운 성장과 획득이라는 내용을 상징하기도 한다. 둘째, 이 시는 당시 농촌에서 향유하던 풍속을 의례와 놀이가 고루 어울리는 차원에서 노래했다. 그러면서 주민들이 집단적으로 진행하는 이런 삶의 양식을 통해 농촌이 농사를 중심으로 공동체생활을 영위하는 곳임을 일깨워주었다. 셋째, 이 시는 환곡의 유명무실한 운영을 포함해 농민들에게 부과되는 조세의 문제점을 들어, 당시의 농촌인들이 사회제도의 결함으로 말미암아 순박한 그들의 생활을 유지하기 어려운 상황을 지적했다.

「전가사」는 농촌에서 포착한 농부들의 괴로워하거나 즐거워하는 실제 감정과 생활을 시적 자아와 그들이 처한 시·공간을 일치시킨 분위기로 작품화했다. 그래서 이 시는 어둡고 밝은 면이 공존하면서 영위되는 농촌생활의 실상을 생생하게 제시한 특징이 있다. 또한 성현은 이런 작품 면모에 농촌인들과의 유대감 속에서 구축한 사대부로서의 현실인식을 그들의 처지에 비중을 두고 담아내기도 했다. 그러면서 「전가사」는 농촌생활의 전형적인 요소를 자연과 농사와 풍속과 사회제도로 집약한 상태에서 작품별로는 이 요소들이 각 달마다 농촌인의 생활 조건에 알맞게 선별되어 해당 시간대의 독특한 생활적 분위기를 제공하면서, 시 전체로서는 각기 다른 그들의 연속적이면서도 복합적인 결합을 통해 일 년 동안 발견되는 농촌생활의 총량을 확보했다.

　종합적으로 말한다면, 「전가사」는, 각각의 작품 성격이 다르다고 하더라도 연작시의 형태로 농촌의 생활상을 입체적으로 조명했다는 점에서, 강희맹의 「농구14장」과 金正國의 「鄕村十一歌」, 그리고 丁學游의 「농가월령가」 등등의 선구 역할을 담당한 문학사적인 의의를 지닌다고 볼 수 있다.

李德懋의 農村詩에 대한 考察

1. 머리말

　　雅亭 李德懋(1741~1793)는 柳得恭(1748~1807)·朴齊家(1750~1805)·李書九(1754~1825)와 함께 後四家로 일컬어지면서 우리 한문학사에서 중요한 위치를 차지하고 있다. 金澤榮은 우리 나라의 한시문학을 개괄하며, 李用休·李家煥과 더불어 이 후사가의 시세계에 대해서, 그들이 '기이하고 교묘하며 날카롭고 새로운(奇詭尖新)' 품격의 작품을 창작한 것으로 평가했다.[1] 이는 그 이전의 穆陵盛世에 풍미하던 '풍성하고 웅장하며 고고하고 화려한(豐雄高華)' 것과는 다른 시적 분위기와 대비시킨 말이다. 이와 동시에 滄江의 언급은, 후사가들이 이런 시풍을 통해 현실과 괴리된 태도로 작품활동을 하던 전대 문사들의 한계를 극복하고, 참된 문학정신이 깃든 작품을 창작한 내용까지를 종합한 평어라고 생각된다.

---

1) 金澤榮,『韶濩堂文集』2,「序」,「申紫霞詩集序」. "吾邦之詩 以高麗李益齋爲宗 而
　本朝宣仁之間 繼而作者最盛 有白玉峰車五山許夫人權石洲金淸陰鄭東溟諸家 大抵
　皆主豐雄高華之趣 自英廟以下 則風氣一變 如李惠寰錦帶父子李炯菴柳泠齋朴楚亭
　李薑山諸家 或主奇詭 或主尖新 其一代升降之跡 方之古 則猶盛晚唐焉"

후사가의 한 사람으로 활약하던 이덕무는 1,048수의 시를 남겨 놓았다. 이 작품들은 아정이 영위하던 삶의 면모를 구체적으로 드러내면서, 그가 사회와 역사와의 관계에서 비롯되는 문제들을 통일된 작가의식으로 응집하고 이를 시적 의장을 동반해 문학적 전망을 추구하던 내용을 전한다. 이를 잘 알려주는 작품 계열로 그의 농촌시를 들 수 있다.

아정은 성장기로부터 麻湖에 있던 외숙 朴淳源의 집과 龍湖에서 살던 계부 聖沃의 집에서 일정 기간 동안 생활했고, 또한 이모부 呂弼周의 집에 머물기도 했다. 이와 함께 그는 평소에 존경하던 柳逅를 방문하기 위해, 三湖를 자주 찾았다. 아정은 이들 집에 머무는 동안 농촌생활을 경험하기 시작했다. 이를 시작으로, 농촌에 대한 그의 체험은 1769년(29세)으로부터 1779년(39세)에 이르는 기간, 곧 그가 檢書官을 시작으로 공직생활을 하기 이전에 집중적으로 계속되었다. 이 시기에 아정은 해마다 天安에 있는 田莊에 가, 농촌인들이 수확을 거두는 일을 도왔다. 그는 또한 농촌에 있는 친척이나 친구의 집을 방문하기도 했다. 이런 경험들을 바탕으로, 아정은 농촌의 여러 모습을 작품으로 다루며, 때로 그곳에서 영위되던 생활문화에 관심을 기울였다. 이런 가운데 그는 농촌의 경험을 통해 대사회적 인식을 굳건히 했다. 이 결과 당시의 농촌생활은 아정의 학문과 시작품에 중요한 요소로 자리를 잡게 되었다.

이 글은 이덕무가 공직생활 전에 지은 농촌시를 논의 대상으로 삼아, 그 작품 성격을 알아보고 그것이 어떤 문학적 특징과 의의를 갖고 있는가 하는 문제를 살펴보기 위해 시도되었다. 농촌시란 농촌을 소재로 하여 농촌인의 삶과 정서를 형상화한 작품뿐만 아니라, 작가의 농촌 체험을 알리면서 당대 농촌에 대한 작품의식을 담은 시를 함께 일컫는 용어라고 할 수 있다.

2. 작품 성격

조선 후기의 문사들 중 특히 일군의 실학파 문사들은 그 이전의 지식인들과는 구분되는 시각에서 농촌을 새롭게 인식했다. 그들은 당시 사회의 모순으로 대두된 농촌문제를 개선하려던 지적 풍토를 배경으로, 그곳에서 발견되는 우리 고유의 생활 요소를 눈여겨보았다. 이런 시대 분위기를 알리는 시인 중 한 사람이 이덕무이다. 아정의 작품은 농촌사회에 관심을 고조시키던 당시 문단의 분위기를 반영하는 일면, 농촌에서 생활한 그의 체험이 심화된 차원으로서의 문학적 진실을 확보한 특징을 갖는다. 이런 내용은 그가 어떤 작가적 태도에 입각해 농촌을 작품화하는가를 기준으로, 몇 가지의 항목으로 나누어 논의할 수 있다.

1) 농촌의 실경 포착

이덕무는 농촌사회의 정경을 사실적으로 묘사하면서 해당 시들의 작품체계를 농촌이 지닌 고유한 성격으로 통일시켰다. 이런 유형의 작품에는, 관념적이거나 음풍농월적인 태도로 농촌생활을 노래하던 기존의 시풍을 넘어서서, 농촌의 실제 정경을 형상화하며 그를 통해 새로우면서도 참다운 미적 가치를 추구하던 그의 적극적인 시정신이 스며 있다.

콩깍지더미 곁으로 오솔길 나뉘어졌는데
붉은 아침 햇살 퍼져나가자 소떼들이 흩어지네.
가을 다가온 산봉우리는 물들인 듯 곱게 푸르고
맑게 갠 하늘의 흰구름 먹음직스럽게 정결하구나.

갈대 포기들 흔들리자 파수꾼 기러기 놀라 야단들이고

볏잎 서로 스치는 소리에 잔 물고기떼 소란스럽다.

양지 바른 산 앞에 초가집 짓고서 살고 싶으니

나이 많으신 농군에게 반만 허락해달라고 해야지.

荳殼堆邊細逕分　　紅暾稍遍散牛羣
娟靑欲染秋來峀　　秀潔堪餐霽後雲
葦影幡幡奴雁駭　　禾聲瑟瑟婢魚紛
山南欲遂誅茅計　　願向田翁許半分
　　「題田舍」其1, 『雅亭遺稿』1.

　아정의 시선은 논두렁 한 모퉁이에 쌓인 콩깍지더미를 지나 소떼가 움직이기 시작하는 길가에 잠시 머문다. 이어 그는 정결함만이 감도는 원거리의 대상을 응시한 뒤에, 시선의 방향을 변화시켜 가을의 계절감을 만끽하게 하는 농촌의 풍경을 섬세한 분위기로 그려낸다. 이 부분에서 아정은 대상들이 바람이 부는 상황에서 서로에게 작용하는 순간을 포착하여, 갈대들과 파수꾼 기러기들, 그리고 알알이 벼가 익은 잎새들과 씨알이 작은 물고기떼의 생동적인 움직임을 통해 농촌의 정경을 실감 있게 묘사한다. 이런 풍경을 응시하는 그의 내면에는 농촌을 아름답고 평화로운 공간으로 인식하는 마음이 자리를 잡는다. 그 마음은 농촌생활에 동참하고 싶은 바람으로 나타나는데, 그것은 농촌생활과도 같이 ‘半分’의 소박한 성격을 갖고 있다. 따라서 이 작품은 개별적으로 존재하는 사물들을 유기적으로 결합시켜나가며 가을철 농촌에서 느껴지는 독특한 정취를 확보하는 중에 아정 또한 농촌생활을 영위하려는 마음을 담았다.

멥쌀로 술 담그니 익어서 붉으레 하자

털벙거지 쓴 글방 선생 날마다 찾아오네.

꼴머슴은 갈대 베다 낫 차고 쉬고

수건 두른 냇가 여인네 목화를 따며 노래부른다.

서리 내린 논둑길에서 벼 쪼아먹는 기러기 쫓고

볕드는 언덕에는 고양이 숨겨 국화를 지킨다.

나그네 시름 풀어주는 타향의 이야기를

깊고 깊은 곳 흙담 친 집에서 누워 듣는다.

紅米爲醪暖欲霞　　　氈冠學究日相過

園丁斫荻腰鎌憩　　　溪女挑綿首帕歌

唉稻霜陂驅白雁　　　蔭猫陽塢護黃花

旅愁消遣它鄉話　　　臥聽深深土築窩

　「題田舍」其3, 『雅亭遺稿』1.

　이덕무는, 털벙거지를 눌러쓴 글방 선생이 표정을 드러내지 않은 채 술이 어느 정도 익었는지를 궁금해하며 매일 얼굴을 비치는 정경으로, 술을 마시기를 은근히 기대하는 그의 순박한 마음씨를 현실감 있게 전한다. 그리고서 아정은 낫을 허리에 찬 꼴머슴과 방망이 소리에 박자를 맞춰가며 흥겹게 노래를 부르는 빨래하는 아낙의 정황을 그 실제의 모습대로 그려낸다. 그런데 글방 선생과 꼴머슴과 빨래하는 아낙은 각기 다른 유형의 인물들이지만, 그 이면에는 가식 없는 마음씨를 그와 일치된 동작으로 드러내는 공통점이 있다. 이런 정황에 이어, 그는 농촌의 가을 정경을 사실감 어린 분위기로 묘사한다. 그런 다음 아정은 낯선 고장에서 듣는 이야기에 관심을 기울이며 여행으로부터 유발된 외로움을 순화시킨다. 이렇게 이 시는 가을의 농촌 정경을 그 전형적인 속성까지

포착하는 가운데 특히 시골 사람들이 지닌 순박한 마음씨를 사실적으로
알리고 있다.

  타작마당 바짝 말라 딱딱하고
  말구유통 엎어져 길게 놓였구나.
  퍽퍽거리는 힘찬 소리를 내면서
  머리끝으로 볏단이 날아오르네.

  場土乾如瓦　橫長馬槽腹
  拍拍生羽音　頭邊飛禾束
   「九日麻浦同在先宿內弟朴稤川宗山舍時張幼毅儞來九首」其1,
   『雅亭遺稿』1.

  전반부에서 아정은 마당이 타작을 하기에 알맞다는 사실을 일상생활
과 친숙한 기와의 질감에 비유하고 나서, 말구유통을 엎어놓고 타작을
준비하던 당시 농촌생활의 모습을 실감 있게 묘사한다. 이어 후반부에서
그는 타작을 하는 상황을 구체적으로 노래한다. 아정은 농민들이 볏단을
새끼줄로 묶고서, 그것을 머리 위로 들어올린 다음 말구유통에 힘차게
내리치는 상황을 생동감 있는 분위기로 그려낸다. 이런 장면으로부터, 이
작품은 농촌인이 건강한 노동을 동반하고 자신들의 생활을 영위하던 단
면을2) 생생한 분위기로 알려준다고 하겠다.

---

2) 이 유형에 속하는 시로서, 『嬰處詩稿』 2, 「江曲」 其1의 "滿船黃海鹽 明日忠州去
    忠州多木綿 妾已理機杼"와 같이 서민들의 소박한 생활상을 다룬 작품과, 같은 시
    其5의 "紅綃二幅强 滿繡關壽亭 作旗揷船尾 海神不敢獰" 등, 당시의 민간신앙을
    묘사한 작품들을 들 수 있다.

농가의 가을 풍물은 보기만 해도 좋으니
완두껍질 길쭉하고 옥수수통 꺼칠한데
아구새는 서리 맞아 털윤기를 반짝이는 듯하고
기러기들 추위 피해 하늘에서 어른거린다.
장승은 무슨 벼슬했다고 머리에 모자를 썼으며
돌부처는 사내라도 입술엔 붉은칠을 하였네.
석양빛 거둘 무렵 절름대는 나귀에 채찍질하다 보니
외양간 저 앞쪽이 바로 큰 길이구나.

田間秋物眼堪娛　　　豌豆纖長蜀黍麤.
鴉舅受霜光欲映　　　雁奴辭冷影初紆.
松塢何爵頭加帽　　　石佛雖男口抹朱.
催策蹇蹄斜照斂　　　牛宮南畔是官途.
　「果川途中」,『雅亭遺稿』2.

　이덕무는 계절이 가을로 접어들었을 때 부피가 줄어들어 가늘고 길다
랗게 느껴지는 완두의 꼬투리와, 누렇게 말라 표면이 오글쪼글하게 변화
된 옥수수통의 모습을 눈에 보이듯이 그려낸다. 그리고 아정은, 서리가
털에 내려앉은 뒤에 그것이 작은 물방울로 변하면서 햇빛을 반사시켜 윤
기를 더하는 아구새의 모습을 실상 그대로 묘사한다. 이런 정경에 이어,
그는 파수꾼 기러기들이 하늘을 날아다니는 모습을 통해 자연스럽게 가
을의 계절감을 만끽하는 자신의 정서감을 은연중 드러낸다. 그런데 이
정경들은 이덕무가 가을이 아닌 다른 계절과 상이한 요소를 대상으로부
터 포착하고 이를 그 실상에 맞게 형상화하여, 계절 현상에 따른 농촌의
정경이 더욱 참신한 모습으로 제시되고 있다. 이런 분위기에서 아정은
장승이 사모를 머리에 걸친 모습과 함께 돌부처가 입술에 붉은 칠을 한

사실을, 소나무와 남자라는 속성에 바탕을 두고 상기시킴으로써, 고정된 시선으로 바라보기 쉬운 대상으로부터 색다른 정감을 불러일으킨다. 이 장승과 석불은, 오늘의 관점에서 본다면 당시 농촌사회에서 마을 입구에 세워져 이정표 역할을 하며 민간신앙의 대상이 되었거나 길가에 세워져 서민들의 친숙한 종교적 기원의 대상이 되었던 사실을 전달함으로써, 우리 겨레가 간직하던 고유한 숨결까지 느끼게 만든다. 그러므로 이 시는 가을을 맞은 우리의 농촌풍경을 참신하게 드러내면서 그 계절의 정취를 생생하게 전하고,3) 또한 당시의 풍속까지를 알려준다.

이처럼 아정은 농촌사회가 지닌 특유의 정경과 생활 정서를 예각화된 의상을 통해 섬세한 시적 분위기를 구축하며 되살려내었다. 이런 그의 작품 면모는, 김택영의 발언과 같이 후사가의 작품세계를 '날카롭고 새로운' 것으로 평가하게 되는 속성을 내재하고 있다. 그런데 이런 유형의 시는 이덕무가 생활 자체로 지속되는 삶의 유형과 방식 일체를 문학의 바람직한 소재나 가치물로 인식하던 작가태도에 기반을 두었다고 하겠다. 한편 이러한 작품들은 그가 농촌 공간에 방치된 사물들을 자신의 시적 구상에 따라 선택하고 결합시키며, '實事'를 추구하던 가치관에 입각해 그것을 관찰하면서 포착한 참다운 物象을 그와 일치된 속성의 시어로 표현한 의의를 갖는다. 이러한 측면은 아정이 실학자로서의 면모를 문학적 태도와 일치시키고 농촌의 모습을 '실경'의 차원으로 전달함으로써, 작품에 시적 진실을 부여하게 만드는 원동력이라고 할 수 있다. 이와 함

---

3) 이와 유사한 분위기의 작품으로, 『雅亭遺稿』 2, 「龍仁途中」 其1의 "趁鞭彤葉回旋舞 跳笠紺蟲的歷飛"와, 같은 책, 「田舍雜咏」 其1의 "帶葉籬根臥牸黃 天晴魄魄打禾牀 酣霜雜果勻丹漆 哢旭寒禽迭角商"과, 같은 시 其3의 "游龍曲折乾紅柄 吉貝團欒黯綠韜 夕杵纔休廚火耿 香騰土釜煮溪毛"와, 같은 책 3, 「潮邨宗人和仲光爕舍遇心溪楚亭同咏六首」 其3의 "半黃楊委髮 純赤棗呈心 溪急妨提網 嵐寒慣擁衾" 등을 들 수 있다.

께 그의 시에서 발견되는 농촌의 실경은 우리 나라에서만 느낄 수 있는 생활정서를 생생하게 제공하여, '우리'의 정체성을 확인하게 하는 민족문학적인 분위기까지 포함하고 있다.

2) 이상적인 사회상의 발견

아정은, 상고시대에 자연이 질서정연하고 조화로운 운행을 하는 중에 인간 또한 순연한 자연과 조화를 이루며 그 본연의 진실되고 선한 삶을 살았다고 보았다.[4] 이와 대비된 관점에서, 그는 인간이 문명생활을 영위하기 시작하여 삶의 형식이 내용을 규제하면서부터, 그 본연의 성품이 생기를 잃어버리게 되었다고 생각했다.[5] 이런 면과 이어지며, 그는 당시의 사회가 물질생활에 집착함으로써 삶의 본질과 현상이 전도되었다는 비판적인 시각을 가졌다.[6]

이로부터 이덕무는 개인과 사회의 '참다움'을 회복하려는 의도 아래, 상고시대를 전범으로 설정하고서, '志古'의 의지를 굳게 표명했다.[7] 이런 의식을 바탕으로, 아정은 옛 것만을 존중하거나 현재의 것만을 추중하는 태도를 종합하여, 옛 것 중에 인간 본연의 소박하고 진실함이 내재된 요소를 확인하고 그것을 선택한 다음, 그 보편적인 가치로써 현재가 안고 있는 삶의 문제를 바로잡는 실천적 행위를 통해 현재의 삶을 참답게 실

---

4) 『嬰處文稿』 1, 「陽厓記」. "上古之世 十日五日 風雨一之 民物熙皥 能善而壽"

5) 『耳目口心書』 5. "巢居木食之民 軀骸氣力 偉壯異常 故大暑盛寒 不生疾病 而年壽亦應 人皆可以享百年 及至伏羲 改以宮室衣裳 則習俗一大變 時人漸脆弱 露宿風飧 不堪其苦 而有天閼之兆"

6) 『영처시고』 1, 「感興走筆」의 "借問世間人 日日何所營 囂塵撲衣裳 車馬幾逢迎 街衢喧市聲 寶貨何溢盈 雖是生活計 不足以爲榮"을 참고.

7) 『영처문고』 2, 「自言」. "完山李子 志古而迂 喜聞山林文章道學之談 其餘不欲聞 聞亦心不服 蓋欲專其質者也"

현하려고 했다.8) 곧 그는 '古'인 선험적이고 관념적인 가치를 숭배하는 차원을 넘어서서 그것을 자신의 경험적인 통로를 통해 현재의 가치로 전환하고자 했다. 아정의 이러한 '酌古斟今'의 가치관과 행동양식은 개인과 사회의 차원에서 '참다움'을 올바르게 발현시켜, 결국 상고시대와 같은 이상적인 삶을 현재에서 구현하려는 데에 그 목적이 있다고 할 수 있다. 다음의 인용문을 살펴보자.

> 지금 사람들이 옛 사람에게 미치지 못하는 까닭은 지금 사람으로만 행동하려고 하고 옛 사람과 같이 행동하려고 하지 않기 때문이다. 만일 좋은 일을 해두기를 오직 옛 사람들처럼 한다면, 반드시 후세의 사람들이 그것에 대하여 아무 옛 분이 어떠어떠한 좋은 일을 하셨는데 배울 만한 일이라고 일컫게 될 것이다. 그러므로 그들이 말하는 좋은 일이라는 것도 내가 오늘 해둘 것에 지나지 않는다.9)

하지만 이 '酌古斟今'의 실현적 의의는 존재의 요소들이 동질적인 때에라야만 그 진정한 의미를 갖는다고 하겠다. 존재의 요소들이 동질적이라는 뜻은 삶의 내용과 형식 또는 본질과 현상의 일치, 그리고 자아와 세계가 일체를 이룬 내용을 말한다. 이에 이덕무는 삶의 내용과 형식이 괴리된 당시 사회에서 삶의 본질적인 성격으로 인식되는 내용, 곧 순수한 마음과 정신을 동시대의 삶을 올바르게 실현하기 위한 덕목으로서 강조하게 된다.

---

8) 『嬰處雜稿』 1, 「歲精惜譚」. "脫累之士 事事欲遵古 流俗之士 事事欲從今 互相激憤 難得適中 自有酌古量今底好道理 何害士君子中正學也" 참고.
9) 『이목구심서』 2. "今人之不及古人者 只以今人自處 不以古人自處故也 若修置好事 但如古人而已 必有後人贊我曰 某古人有某好事 可學也 其所謂好事 不過吾今日所修置者也"

이런 태도를 유지하고, 이덕무는 그 실현이 가능한 대상을 순박한 생활을 영위하는 농촌으로 택했다. 곧 아정은 농촌의 소박하고 진실한 삶을 통해 동시대에서 절실히 요구되는 이상적인 사회상을 모색하려고 했다. 이에 농촌을 소재로 삼은 그의 일부 작품은 어떤 상징성을 갖게 된다. 그것은 인간이 농촌생활과 같이 질박한 마음에 바탕을 두고 공동체 사회를 형성할 때, 선험적인 가치로만 존중되던 '三代'와 같은 이상적인 사회가 현재에서도 얼마든지 발견 내지 추구될 수 있다는 점이다.

『農家月令』에 새 편을 지어 넣는다면
계란빛 하늘은 서리올 조짐 알려준다는 일.
늦게 난 물고기는 가늘기가 손가락보다 굵고
병아리는 형체 갖추어 주먹보다 크구나.
넉넉한 옷춤의 튼튼한 아낙은 오히려 순박한 기풍을 간직했고
마구 밥먹는 미련한 남정네 혜두가 막힌대로 좋아 보이니
謠俗과 눈앞의 일들이 바뀐다고 근심할 게 무언가.
막걸리 조용히 마시고 난 뒤에 책을 안고 잠자네.

農家月令補新編　　霜肤先占卵色天
魚種晩生纖勝指　　鷄孫具體大於拳
寬衣健婦醇風返　　頓飯癡男慧竇塡
謠俗那愁遷目境　　細斟邨酒抱書眠
　「題田舍」其4, 『雅亭遺稿』 1.

아정은, 농촌인들이 자연의 변화하는 현상을 관찰한 내용이 농사를 짓기 위해 필요한 저서의 한 부분으로 옮겨놓을 만큼 실질적인 가치가 있다는 점을 상기한다. 이런 정황과 연결되어, 그는 '實事'의 차원에서 가

을에 태어난 물고기의 크기와 병아리의 부피를 신체의 부위로 계측한다. 그런 다음 아정은 농촌에 거주하는 마을민의 모습을 눈여겨본다. 이 부분에서 등장한 '寬衣健婦'와 '頓飯癡男'은 시골 사람들이 외형적인 아름다움과 지혜는 부족하다고 하더라도, 보다 근원적인 삶의 차원에서 질박한 품성을 간직하고 있다는 사실을 상징한다. 그런데 "이같은 탐색은 '너무 지능적이고 형식적이고 반자연적인 것이 세속적 현실의 속성'이라는 작자의 부정적 의식을 배경으로 거기에 대응하여 이루어진 것임을 알 수 있다"는10) 의미로 받아들일 수 있다. 이런 정황에서 아정은 당시의 문화와 문명이 변화를 거듭한다고 하더라도 인간 본연의 순수한 삶이 농촌에서 지속되고 있기 때문에, 그 이상적인 사회상을 발견한 기쁨을 자족적인 태도로 노래하게 된다.

이렇게 본다면, 이 시는 사회의 제도와 문물이 끊임없이 발달했으나 인간이 도리어 발달된 문명에 구속되어, 그 본연의 순수함이 가리워지게 된 세태를 암시적으로 비판하는 셈이다. 그리고 시골 사람들이 순박한 기풍을 간직하고 있다는 인식을 바탕으로, 서적을 통해 선험적인 내용으로만 여겨지던 바람직한 사회상의 가능성을 현재에서 발견한 기쁨을, 작품의 앞부분에서 경험적인 사실을 중시하는 그의 태도와 연관지어 즐거워했다고 볼 수 있다.

> 멀리서 나그네 몸으로 왜 이리 늦게 왔는지
> 편안한 마음으로 초가에서 머무네.
> 단풍나무에 기대서 팝帖을 감상하고

---

10) 송준호, 「조선조 후기사가시에 있어서 실학사상의 검토」, 『연민이가원선생칠질송수기념논총』, 정음사, 1987, 90쪽.

돌 위를 깨끗이 쓸고 『周書』를 읽어본다.
섬 계집애는 벼걷는 솜씨 자랑을 하고
강촌 머슴애 물고기 헤는 셈을 익히고 있는데
마을 풍속 볼수록 새롭기만 하니
가지가지 옛 사람과 꼭 같기만 하구나.

遠客來何晚　　　居然宿野廬
依楓觀晋帖　　　掃石讀周書
島女誇收稻　　　江童學數魚
村風看可異　　　種種古人如
　　「宿三湖」, 『嬰處詩稿』 2.

　이덕무는 일상생활에 얽매여 삼호에 더 일찍이 이르지 못한 아쉬움과 함께, 그곳에 도착하여 질박한 삶의 공간인 '초가'에서 편안한 마음의 상태가 된 기쁨을 전하는 내용으로 시상을 전개한다. 이런 정황에서 아정은 순연한 자연에 안겨 '晋帖'인 진경의 예술을 감상하는 유유자적한 마음을 단풍나무에 기댄 모습으로, 그리고 고전인 '周書'를 통해 진리를 탐구하는 엄정한 자기확립의 태도를 돌을 깨끗이 쓰는 모습으로 상징한다. 이런 가운데 그는 전반부에서 이제까지 자신이 경험한 내용으로서의 질박한 삶의 공간과, 순연한 자연과, 고전적인 성격의 예술이나 저서와 일체감을 이룬 상태로 교융하게 된다.

　이런 시적 상황으로부터 아정은 시선에 변화를 주어 주위의 정경을 바라보는 순간, 자신이 발견하려던 이상적인 사회의 모습이 삼호 자체의 생활에 간직되었음을 깨닫게 된다. 삼호 주위에 있는 마을이 인간의 순수함을 간직한 공동체사회라는 사실은, 섬의 계집아이가 벼걷는 솜씨를 자랑하거나 강촌의 머슴애들이 물고기를 헤아리는 모습과 같이, 어린아이들의 천진난만한 동작으로 구체화된다. 이들의 놀이장면은 삼호의 생활을 구성하는 실제 요소인 동시에, 그가 「嬰處稿自序」에서 어린아이의 천진스러운 여러 모습으로 순수한 마음을 유지하여 인간 본연의 참다움을 실현하려던 내용과 일치한다.

> 무릇 어린아이가 즐거워하고 놀이를 하는 일은 왕성한 모습의 천진이며 처녀가 수줍어하고 숨기는 일은 순수한 모습의 진정이니, 이들의 행동이 어찌 억지로 힘써 하는 것이겠는가.……오락의 지극한 것은 어린아이만한 것이 없기에 그들이 장난하는 성품은 애연한 천진이며, 부끄러워하기를 지극히 하는 것은 처녀만한 것이 없으니 그들의 숨기는 성품은 순연한 진정이다. 사람으로서 문장을 좋아하는 일에, 오락하여 장난하기를 지극히 하고 부끄러워하여 숨기기를 지극히 하는 것도 나만한 이가 없을 것이다. 그러므로 문집의 원고를 '嬰處'라고 한다.11)

이와 함께 경련은 전반부와 시적 정황이 서로 다르다고는 하나, 서정양식 특유의 내적 일관성에 의지해 그와 일관된 속성을 유지한다는 점에서, 묘사 차원 이상의 '참다움과 순수함의 구비'라는 성격을 내재한다고 볼 수 있다. 그리고 아정의 시에서 어린아이들이 등장하는 작품은 농촌과 어촌과 산촌의 전원을 배경으로 통일되어, 그 소재에는 그가 추구하려는 본질적인 시정신이 뚜렷하게 반영되었음을 알 수 있다. 이런 측면과 연관을 맺고, 그는 마을의 순박한 기풍이 상고시대와 동일하다는 내용을 '種種古人如'라는 말로 객관화한다.

---

11) 『영처문고』 1, 「嬰處稿自序」. "夫嬰兒之娛弄 藹然天也 處女之羞藏 純然眞也 兹豈勉强而爲之哉…… 娛之至者 莫如乎嬰兒 故其弄也 藹然天也 羞之至者 莫如乎處女 故其藏也 純然眞也 人之嗜文章 至娛弄至羞藏者 亦莫如乎余 故其藁曰 嬰與處"

새벽별 반짝이며 가을 하늘을 수놓았는데
海客은 강가에 쌀 실은 배를 가만히 댄다.
마을나무 모두 다 고려 때 비를 겪었는데
섬사람들 아직도 金澍의 어짊을 얘기하네.
광주리에 꽂게 담는 애들 노래 저물도록 들리고
귀밑머리에 단풍 꽂은 계집애 모습도 고와라.
들어보니 섬사람들 풍속이 예로부터 도탑다는데
집을 옮겨 나도 개간한 밭을 사고 싶구나.

晨星的歷耿秋天　　海客汀洲泊米船.
村木盡經高麗雨　　島人猶說大夫賢.
筐收紫蟹童歌晚　　鬖揷丹楓女飾姸.
聞道氓風從古厚　　移家吾欲買畲田.
　　「栗島」,『嬰處詩稿』1.

　아정은 하늘에서 질서 있게 운행하는 별이 반짝이는 정경을 묘사하여 차분한 시적 분위기를 조성하고 나서, 외부인이 포구에 배를 대는 정황을 그와 유사한 느낌이 들게 그려낸다. 이어 그는 밤섬에서 생활을 영위하는 사람들이 오랜 역사를 지닌 중에 건강한 도덕적 유산을 계승하고 있다는 사실을 전한다. 그런 뒤에, 아정은 밤섬의 아이들이 자연과 어우러지며 천진난만한 모습으로 놀이하는 장면을 등장시킨다. 이 가식 없는 어린이들의 모습은 밤섬의 생활이 과거의 참다운 정신적 유산을 계승하면서 질박한 삶의 세계를 유지한다는 내용을 위의 작품 성격과 동일한 차원으로 형상화한 것이다. 이 어린이들을 매개로, 아정은 밤섬의 생활이 과거의 질박한 삶에 뿌리를 두고 바람직한 사회의 모습을 지속한다는 내용을 '氓風從古厚'로 발언하고 있다. 그리고 나서 그는 이 생활에 함께 동참해 삶을 영위하려는 마음을 건강한 노동행위를 실천할 수 있는 성격의 '畬田'에 담아 노래한다.

이와 같이, 이덕무는 시골의 생활을 경험하며 그곳에서 이상적인 사회상의 가능성을 발견하고 또한 추구했다. 이런 유형의 작품에는, 어린아이와도 같은 소박한 마음을 가진 사람들이 함께 모여 생활하는 농촌을 인간 본연의 진실성이 깃든 바람직한 사회라고 인식하던 아정의 시의식이 담겨 있다. 곧 그는 인간의 '소박하고 진실한 마음'에 바탕을 두고, 그것이 확대된 '공동체' 성격으로서의 이상적인 사회를 꿈꾸었다.

이런 작품의식을 구체화하는 시적 태도로서, 아정은 시골 사람들이 행동하는 실제의 모습을 심리적인 거리감을 조성하고 관망하며, 개별적인 행동의 이면에 어떤 마음을 지니면서 그들이 대상과 관계를 맺는가 하는 점에 초점을 맞추어 그 특징을 포착했다. 그런 다음, 그는 그 내용으로서 각 인물들이 지닌 소박한 마음을 그와 일치된 성격으로 행동하는 모습들에 비중을 두고 작품의 분위기를 통일시켰다. 아정은 이런 창작과정을 거치는 동안, 그곳에 사회구성원 모두가 순수하고 자유로우며 행복할 수 있는 문학적 전망을 담았다. 이런 그의 작가태도는, 같은 북학파의 문사들이라고 하더라도, 발전된 경제의 토대 위에서 바람직한 사회상을 추구하던 朴趾源이나 박제가의 사회인식과는 상당한 차이가 있다. 왜냐하면 아정은 인간의 도덕적 실현을 목표로 하여, 이상적인 사회상을 꿈꾸었기 때문이다.

3) 농촌사회의 모순 직시와 그 대응태도의 반영

이덕무는, 농촌사회의 삶이 건강한 도덕적 자산을 바탕으로 바람직한 사회의 모습을 간직하고 있지만, 당시 사회의 모순으로 말미암아 평화롭

지 못한 삶을 영위할 수밖에 없는 또 하나의 현실을 직시하기도 했다. 이
에 아정은 불합리한 현실로 인해, 농촌이 이상적인 삶의 가능성을 실현시
키지 못하고 있다는 자각으로부터, 당시 그곳에서 발견되는 모순을 비판
하는 일면, 그것을 극복하기 위해 자신이 어떤 태도를 취해야 하는가 하
는 문제와 함께 농정책의 개선을 요구하는 작품을 일정량 남기기도 했다.

> 서리 내린 아침에 댑싸리비 대강 매서
> 행랑아범 마당 쓸며 술독을 간수한다.
> 무우잎 시래기는 겨울채비로 낡은 벽에 매달렸고
> 신나무 판장은 액막이로 휑한 부엌 한편에 꽂혔구나.
> 농가의 골동품이라면 회청색 도자기 대접뿐이요
> 마을 처녀들 몸치장은 빨간 구슬뿐일세.
> 무명모자 쓴 두 노인네 귀에 대고 하는 말
> "사또 새로 온 뒤에 公事처리 잘되나"

> 霜朝茗箒縛䕽䕽　　佃客除場守酒壺.
> 菁葉禦冬懸敗壁　　楓板賽鬼挿寒廚.
> 田家古董灰青椀　　邨女莊嚴火色珠.
> 綿帽二翁低耳話　　使君新到政平無.
> 　「題田舍」其2,『雅亭遺稿』1.

　　아정은 전반부에서 가을의 농촌 정경과 겨울을 준비하는 모습을 그려
내며 가내신앙의 일면을 함께 알린다. 그리고서 그는 농가에서 소중하게
여기는 물건이 고작 회청색 대접이라는 점과 처녀들이 멋을 한껏 부리는
치장물이 붉은 구슬뿐이라는 사실을 들어, 그 사물의 질박한 속성과 동
일하게 시골 사람들의 품성 또한 소박하다는 내용을 전한다. 그런데 그

이면에는 지나친 욕심을 내거나 겉모양만을 번드르하게 꾸미는 도회지 사람들을 비판하는 의식이 내재되었다고 볼 수 있다. 이런 인식은 낡은 벽과 함께 가난한 부엌살림의 모습과 연결되면서 삶의 경륜이 풍부한 노인네들이 고을 수령의 행정능력을 평가하는 장면으로 표면화된다. 그런데 이 부분에서 낮은 목소리로 나누는 노인들의 대화는 사또의 무능력을 비판하는 시의 내용을 보다 효과적으로 전달하는 특징이 있다.

申公이 성 쌓으심 앞날을 예측한 일.
마침내 李月川이 큰 공을 세우셨지.
무너진 성터의 굽구불한 길로 왜놈들 도망쳤고
높은 비석 우뚝 서서 임진년 일을 말해준다.
연밥이 쓸만하니까 세금으로 거두어 들이고
들두루미 덫으로 잡으니 돈벌이가 되기 때문일세.
연안쌀 좋다고 누가 말들 하였는지
흉년 들어 곡식 벌판이 쓸쓸하기만 하구나.

申公城築炳幾先　　畢竟奇功李月川.
敗壘蜿蜒逋奔寇　　崇碑贔屭辨龍年.
池蓮適用還徵稅　　野鶴橫罹亦直錢.
飯顆延州誰謂美　　秋荒禾黍劇蕭然.
　「延安府」,『雅亭遺稿』1.

　1768년에 지은 작품이다. 전반부는 연안성과 관련된 임진란 당시의 일을 서술하고 있다. 아정은, 申恪이 일본의 침입을 예고한 趙憲의 권유를 받아들여 垓字를 보수한 상황에서 李廷馣이 일본군을 물리쳤던 일과 그 일을 기념하기 위해 李恒福이 비문의 글을 지었던 사실을[12] 언급한 뒤에, 연안이 대첩비가 세워진 역사적 장소임을 상기한다. 이와 대비되게, 후반부는 소외당하고 궁핍한 삶을 살아가는 농민들의 생활상을 묘사한다.13) 그는 관리들이 연밥마저 세금으로 거두어들이는 당시의 현실모순을 비판한다. 이어 아정은 연안의 주민들이 두루미를 덫으로 잡는 모습을 바라보고, 궁핍한 생활로 인해 그들의 순박한 심성마저 훼손을 당한 사실을 안타까워한다. 이와 더불어 그는 풍요로워야 할 들판이 흉년으로 말미암아 황량한 벌판으로 변해버린 모습을 참담한 심정으로 노래한다. 이렇게 본다면, 이 작품은 특히 '崇碑贔屓'와 '秋荒禾黍'의 대비된 모습으로, 현실에서 제기된 삶의 문제를 임진란 당시와 같이 해결할 수 있는 역사적 인물을 그리워하는 아정의 마음을 반영하며 그 시대 농민들이 처한 어려운 생활을 부각시켰다고 할 수 있다.14)

이런 현실인식 속에, 1776년 이덕무는 외가 친척 朴汝秀로부터 들은 이야기의 내용으로, 光州에 사는 한 어머니가 밤새도록 물레를 돌리며 軍布를 준비하는 노고를 서술한 다음 그 수고로움을 덜고자 두 아들이 스스로 자신의 양물을 자른 일화를 기록함으로써, 당시 사회에 만연한 군정의 폐해를 알리기도 했다.

---

12) 『韓客巾衍集』1, 「原注」. "萬歷辛卯 重峰先生趙文烈公憲 貽書延安府使申公恪 以爲不久倭寇將動 願修城池 申公如其言繕修之 明年壬辰 倭果入 寇八路風靡 招討使月川君李公廷馣 守此城 拒倭大捷 府之北山 有倭屯壘處 城中有大捷碑 鰲城君李公恒福所撰"

13) 같은 글. "府南有大池 官稅蓮子 延安鶴最潔白 故居人捕以賣之 延安稻米 通一國 顆粒朗潤"

14) 後四家와 교유하던 중국측 문사 李調元은 『한객건연집』을 통해 이 작품을 열람하며, 시인의 문학적 역량이 어떤 시적 분위기를 구축하는가에 초점을 맞추어 "高壯有大家格調"라고 격찬했다. 또한 潘庭筠은 3·4·5·6·7·8구에 관주로 표시하고, 이 작품이 지닌 참다운 시정신이 어떤 공감을 불러일으키는가의 문제에 비중을 두어 "無恨感慨 眞詩人之筆"이라고 호평했다. 그런데 『箋注四家詩』에서는 본 『한객건연집』에 기록된 이조원과 반정균의 평어가 서로 바뀌어 기재되었다.

광주에 사는 시골 아낙이 두 아들을 두어 하나는 일곱 살이고 하나는 다섯 살이었는데, 모두 軍籍에 편입되어 이장이 軍布를 징수하려고 왔다. 시골 아낙이 밤새도록 물레를 마주하고 무명실을 뽑는데 두 아이가 모두 잠들자, 그녀는 그들을 사랑하는 마음이 솟아 그들의 음경을 어루만지며 혼자서 스스로 이르기를 "너희들이 이것이 있어 남자가 되었기 때문에 내가 수고로움을 사양하지 않고 실을 뽑는단다"고 했다. 두 아들이 짐짓 잠든 체 하면서 가만히 들었다. 다음 날 그들은 아무도 없는 곳에서 함께 있다가 서로 울며 말하길 "우리들이 음경을 지녀 어머니가 근심하고 수고를 하신다. 그러니 이를 없애 어머니의 근심을 덜어드리자"고 하고는 칼을 가져다가 형이 아우의 음경을 자르고 아우는 형의 음경을 베어 땅에 묻어버리고 솜으로 상처를 쌓았다. 피가 바지에 흘러내려 어머니가 놀라서 묻자 아이들이 그 이유를 말하니, 그녀가 그들을 붙잡고 큰 소리로 울며 "너희들이 음경을 지닌 것을 미워한 것이 아니라 내가 너희들이 남자가 된 것이 사랑스러워 농담을 한 것이야"고 말했다. 태수가 이 말을 듣고 그 戸役을 면제해 주었다.15)

이렇게 사회모순이 팽배한 분위기에서 아정은 단지 그 현상을 비판적인 태도로 응시하는 차원으로부터 한 걸음 더 나아가, 그것을 극복하기 위해 한 시대의 지식인으로서 자신이 그 사회에서 어떤 역할을 수행해야 하는가라는 문제를 작품으로 전했다.

농기구책 새롭게 엮기도 하고
물고기를 읊은 시 느긋이 읽어보기도.
예전 역사 속에서 몸을 숨기며 산 사람들
거의가 성씨마저 전하지 못하지.

---

15) 『이목구심서』 2. "光州村婦有二子 一七歲一五歲 俱充軍籍 里丁來徵軍布 村婦終夜對紡車引綿絲 二兒皆眠 村婦油然愛之 手撫二兒莖 獨自語曰 汝有此而爲男子 故吾不辭勞而紡絲也 二兒佯睡潛聽 明日共於屏處 相對泣曰 吾輩有莖 故母憂而勞矣 蓋去此 以弛吾母憂也 遂引刀 兄割弟莖 弟割兄莖 埋之 以綿裹創 血流于袴 母驚問兒語其故 母持大哭曰 匪嫉汝有莖 吾憐汝爲男子而戲之也 太守聞之 復其戸"

新修未秬經　　　　聞評魚貝詠
前史隱淪人　　　　太生不傳姓
　「絶句二十二首」其4,『雅亭遺稿』3.

　　아정은 역사적 존재로서의 인간이 그 시대의 임무를 외면했을 때 그 존재가 미미하게 되었다는 점을 자각하고, 지식인으로서의 소명의식을 가다듬는다. 이런 분위기에서 그는 농촌에 대한 애정을 실제적인 행동으로 옮겨, 농기구의 이론을 정리하거나 농어촌의 소재를 작품화하는 자신의 학문태도와 작가적인 태도를 알리고 있다.

　　이 좋은 시대이기에 文敎를 숭상하나
　　세상 풍속은 날마다 글러만 간다.
　　바라기는 勸農官을 보내주시고
　　力田科도 실행하시길 간절히 바라네.

昭代崇文敎　　　　民風日漸訛
願遣勸農使　　　　祈行力田科
　「絶句二十二首」其7,『雅亭遺稿』3.

　　이덕무는 당시의 사회가 문화의 전성기를 맞았다고 하지만, 그 기층인 농촌의 문화가 점점 허약해지는 원인이 그릇된 정책시행에 있다고 판단한다. 이런 내용과 연관을 맺고, 아정은 권농관을 전국적으로 파견할 것과 역전과를 설치할 것을16) 주장하면서 농촌의 삶이 풍요롭게 되기를 간

---

16) 권농사는 고려 때 농업을 권장하기 위한 지방관리를 일컫는다. 이들은 곡식 종자를 마련하여 농민에게 공급하는 일과 농민을 구휼하는 환곡을 운영했으며, 군현에 부과된 부세를 책임졌다. 하지만 里面制가 법규대로 실시되지 않았던 조선시대에서는 그들의 파견이 전국적으로 시행될 수 없었다(한국역사연구회,『한국역사』, 역사비평

절하게 바란다. 이렇게 이 시는 농촌사회에 초점을 맞추고, 정부가 현실과 괴리된 내용으로 농정을 시행하기보다 농촌에 실제적인 도움을 줄 수 있는 행정을 운영하기 바라며, 일부 계층의 문화만을 활성화시키는 차원을 넘어서서 사회인 모두가 바람직한 문화를 영위하기 위해서는 농촌의 문화를 건전하게 이끌어야 한다는 사실을 일깨웠다.

이와 같이, 그는 농촌이 궁핍한 삶을 영위하던 상황을 안타까워하며 자신의 학문적 지식을 농촌사회에 도움을 줄 수 있는 실질적인 가치로 전환시키려는 일을 포함해서 불합리한 현실을 개선할 수 있는 일련의 정책을 모색하기도 했다. 하지만 당시 농촌에 대한 아정의 이런 사회의식은 작품을 통해 농촌이 당시의 전체사회의 모습과 유기성을 가지며 객관적인 성격으로 제시되고, 또한 구성원 전체의 공동의 선과 공동의 이익을 균형되게 추구하기 위한 당시의 제도적인 장치들이 농촌인들에게 어떤 관계를 형성하며 그들의 생활상으로서 작용하는가라는 면이 함께 조망될 때, 보다 확대, 심화된 성격을 구비할 것이다.

3. 문학적 의의

앞 장의 논의로부터 확인되듯이, 이덕무는 사회와 민족의 참다운 가치를 추구하려던 시의식을 농촌사회로 집중시켰다. 그런데 다음의 글은 아정의 농촌시가 그의 학문적 태도와 어떻게 연관을 맺고 이루어졌는지를 알려주고 있다.

사, 1992. 124~125쪽 참고). 역전과는 본래 漢代에 시행되던 관리임용의 一科目으로, 이는 지방인을 추천하여 力役을 면제시키고 그 마을의 지방민을 선도하며 풍교를 조성하는 목적에서 설치되었다.

여행을 할 때에도 반드시 책을 소매에 넣어가지고 다니셨고, 심지어 종이와 벼루, 그리고 필묵까지도 싸가지고 다니셨다. 주막에서나 배 안에서도 일찍이 책을 덮은 적이 없었는데, 만일 기이한 말이나 이상한 이야기를 들으면 즉시 그것을 기록하셨다. 초목과 금수와 충어의 학문에 정통하셨는데, 시골의 농부들이나 노인들을 만나면 그 지방의 언어로 부르는 이름을 물은 뒤에, 『本草』에서 고증하여 이를 우리말로 번역해 풀이하곤 하셨다.17)

인용문은 아정이 문화의 상층부에 위치한 요소들뿐만 아니라 생활 자체로 영위되는 삶의 유형과 방식 일체를 학문의 대상으로 인식하던 배경 아래, 그가 접했던 우리 나라 각 지역의 방언과 기담을 기록하고, 또한 명물도수학에 정통한 한문학적 지식을 우리의 지방어로 확대시켜 나가던 일을 전하고 있다. 이러한 이덕무의 태도는, 아래 인용문에서 나타나는 것과 같이, 우리의 것을 소중하게 여기던 그의 정신적 소산임을 알 수 있다.

儒者의 할 일은 본디 그 범위가 넓은데 더욱이 우리 나라 선비들은 본국의 일도 밝게 알아야 하므로, 나는 중국의 선비들에 비해서 백 배나 더 힘을 써야 된다고 생각하네. 그러나 世儒들은 우리 나라의 일에 어둡고 희미한 사람들이 많으니 나는 한탄스럽다네.18)

이 글에서 이덕무는 우리 나라의 선비들이 중국의 지식인들에 비해 많은 노력을 기울여야 한다는 사실을 역설하며, 동시대의 선비들이 우리의 역사와 문화에 대한 소명의식을 갖추어야할 것을 환기시켰다. 이런 의식

---

17) 刊本 『아정유고』 8, 「附錄」, 「先考府君遺事」. "雖行路時 必以書卷貯袖中 至齋紙硯 筆墨而隨之 店裏舟中 亦未嘗掩卷 若得奇語異聞 輒記之 精於草木鳥獸蟲魚之學 逢田父野老 問其方名 考諸本草 以諺翻釋之"
18) 『아정유고』 8, 「書」 2, 「尹曾若可基」. "儒者事 素廣博 尤東國儒 可通本朝事 僕以 爲比諸中州儒者 用力當百之矣 然世儒於東方事 則昧茫者多 僕慨然也"

을 유지하고, 아정은 「洌上方言」과 「西海旅言」, 그리고 『盎葉記』 등을 편찬하며, 우리 기층문화의 중요성을 일깨우면서 민족문화의 바른 길을 모색했다. 이런 분위기가 문학 작품으로 전환된 것이 그의 농촌시라고 할 수 있다.

1775년에 후사가의 한 사람으로 활약하던 이서구는 다음의 작품을 지으며, 위에서 언급한 면들을 이미 함축적인 시각으로 조명했다.

> 지는 낙엽 쓸쓸히 저무는 마을을 덮었고
> 밤이 되니 관솔불 흙등잔에서 희미하다.
> 주민들이 우연히 남쪽 풍속을 말한 것이
> 벌써 조선의 「열수방언」에 보충이 되었구나.

> 黃葉蕭騷覆晩村　　夜來松火土檠昏
> 居民偶說南中俗　　已補朝鮮洌水言
> 　「題李懋官德懋歸自湖西莊寄視其所著耰耡集書以還之」其4,
> 　『薑山初集』坤.

이덕무가 농촌생활을 경험하며 그 내용을 수록한 『파아집』을 보고 지은 것이다. 薑山은 『파아집』의 작품 중에서 인상 깊게 느꼈다고 생각되는 「重陽翌日携楚亭留心溪秋月軒」 등의 시구를 소개한 뒤에, 아정이 농촌생활을 통해 시작품을 창작하는 일면 민속에 대한 지적 관심을 '朝鮮'의 「洌上方言」으로 체계화시켜 나가던 사실을 언급했다.

> 진경을 묘사하여 시어 도리어 참신하니
> 마을의 곡조와 농촌의 노래도 본받을 수 있다네.
> 그 누구인가 湖西의 풍토기를 지을 사람이
> 그대의 오늘 시들이 수록되리라.

摹來眞景語還奇　　　　里曲田歌亦可師
誰著湖西風土記　　　　收君今日幾篇詩
　　「題李懋官德懋湖西詩卷二首」其2,『惕齋集』1.

　이 작품에서 강산은 이덕무가 농촌의 모습을 참다움이 깃든 분위기로 그려내며 개성을 확보한 일과 그것이 당시 문사들에게 바람직한 시 창작의 방향을 알려준다는 점을 언급하고, 그가 농촌에 관심을 기울이며 노래한 작품이 호서의 문화를 조감하게 하는 의의를 갖는다는 사실을 알렸다.

　이러한 내용과 함께, 아정이 농촌을 소재로 작품을 창작한 것에 대한 긍정적인 평가는 아래와 같은 박지원의 발언으로 대표된다고 할 수 있다.

　아아, 슬프다.『詩經』의 작품이 조수와 초목의 이름을 말하지 않은 것이 없고, 민간 남녀들의 말을 기록한 것에 지나지 않지만, 邶와 檜나라 사이에서도 각 지역은 풍속이 같지 않으며, 강수와 한수 유역에서도 백성들의 풍습은 각기 다른 것이다. 그렇기 때문에 당시에 민요를 채집하던 사람이 여러 지방의 민요를 구하여 그들의 성정을 살피고, 그들의 노래와 풍속을 징험했던 것이니, 懋官이 지은 이 시가 옛스럽지 않다고 어찌 다시 의심하겠는가. 만일 孔子와 같은 성인으로 하여금 중국에 다시 태어나 여러 나라의 풍속과 가요를 살피게 하고자 한다면,『嬰處稿』를 보아야 우리 나라의 조수와 초목의 이름을 많이 알게 될 것이고, 우리 나라 각 지역 남녀들의 성정을 살필 수 있으니, 이무관의 시를 일컬어 '朝鮮의 國風'이라고 말해도 좋을 것이다.[19]

---

19)『燕巖集』7,「鍾北小選」,「嬰處稿序」. "嗚呼 三百之篇 無非鳥獸草木之名 不過閭巷男女之語 則邶檜之間 地不同風 江漢之上 民各其俗 故采詩者 以爲列國之風 攷其性情 驗其謠俗也 復何疑乎此詩之不古耶 若使聖人者 作於諸夏 而觀風於列國也 攷諸嬰處之稿 而三韓之鳥獸艸木 多識其名矣 貊男濟婦之性情 可以觀矣 雖謂朝鮮之風 可也"

燕巖은, 시의 효용성을 언급한 공자의 말을 이끌어, 『시경』에 수록된 國風의 작품들이 평범한 자연사물을 매개로 당시 민간인의 소박한 정서를 노래했다고 전제했다. 그러면서 연암은 이런 성격을 지닌 그 작품들이 각 지역마다 다르게 영위된 풍습과 풍속까지 반영하게 된 결과, 유학에서 시가 갖는 공용적인 역할을 강조한 내용을 배경으로, 각 지역민들의 심성과 문화의 실상을 각기 다른 분위기로 전한 사실을 환기시켰다. 그의 이런 발언은 『시경』의 시들이 중국 상고시대에 살던 각 지역민들의 생활상과 정서를 진솔하게 전달함으로써, 중국다운 작품 면모를 구비한 가운데 고전으로 평가되는 점을 함축적으로 조명하고 있다. 그런 뒤에 연암은 그와 동일한 범주에 속하는 내용으로, 아정의 작품이 우리 나라 특유의 자연사물을 소재로 삼아 조선 후기 각 지역민의 생활상과 정서를 그 실상에 알맞게 형상화함으로써, ‘朝鮮風’의 면모를 지니게 된 측면을 일깨우며 그 문학사적 가치를 높이 평가했다. 그런데 박지원의 이러한 평가는 이덕무가 당시의 농촌생활과 함께 풍속을 작품화한 것에 초점을 맞춘 발언이라고 할 수 있다.

한편 아정이 인간의 순수한 마음에 바탕을 둔 존재론적 차원에서 농촌을 이상적인 사회로 고양시켜 작품화한 일에 비중을 두었다면, 소략한 논의이긴 하지만, 이용휴의 「送洪光國令公之任西河」·「送金擢卿之任文川」·李匡呂의 「良丁母」·洪良浩의 「北塞雜謠」·이가환의 「射虎歎」 등 등으로 대표되는 작품들은 당시 사회가 직면한 삶의 모순된 문제들을 염두에 두고 농촌이 겪는 고통을 비중 있게 다루었다고 할 수 있다. 이런 비판적인 시각을 앞세워 농촌의 현실 문제를 다룬 작품 전통은 李學逵와 李亮淵 등으로 지속되기도 했다. 이에 농촌을 다룬 당시의 작품은 문학적 전망을 반영하여 그것을 현실 이상의 차원으로 고양시킨 계열과,

비판적인 작품태도로써 현실의 모순을 고발한 계열이 병존했다고 할 수 있다. 그리고 이 두 계열의 작품세계는 丁若鏞의 「鬐城雜詩」·「長鬐農歌」·「耽津村謠」·「耽津農歌」·「耽津漁歌」 등에 이르러, 그 종합된 분위기가 마련되었다고 하겠다.

4. 맺음말

조선 후기에 활약한 이덕무는 후사가의 한 사람으로서 중요한 작가적 위치를 차지하고 있다. 아정은 서얼 출신으로 태어났지만, 범속한 생활에 물들지 않은 초연한 정신으로 삶을 일관하면서 학문과 문학 활동을 통해 올바른 자아와 사회의 실현을 모색하던 전형적인 문사였다. 그는 당시의 사람들로부터 삶에 대한 근본적인 통찰과 시대의 모순을 해결하려는 의지보다 현실적인 욕망과 이기심이 가득한 모습을 발견하고, 인간 본연의 참다운 삶의 가치를 추구하며 그 시대의 허위적인 삶을 극복하려는 자세를 견지했다. 아정의 이런 작가적 면모는 그가 공직생활 이전에 지은 농촌시를 통해 잘 드러난다고 할 수 있다.

아정의 농촌시는 시골의 정경과 생활정서를 참답게 되살려낸 면모로부터 출발하고 있다. 이와 함께 그가 농촌을 작품화한 시들은 상당량 농촌사회가 순수하고 소박한 생활을 영위하는 이상적인 공동체사회의 모습으로 통일되었다. 이는 그가 당대 사회의 모순을 직시하고, 그것을 극복하려던 시정신 속에서 포착한 농촌의 참다운 속성을 문학적 전망을 부여해 일층 고양된 차원으로 형상화했기 때문이다. 따라서 농촌을 통해 이상향을 추구한 아정의 작품들은, 동시대의 모순을 직시하면서도 한편으

로 바람직한 사회제도의 운영 문제를 포괄적으로 제시하지 못한 한계를
안고 있다고 하더라도, 당시보다 나은 사회상을 모색하던 그의 참된 시
대정신이 반영되었다고 하겠다. 나아가 이덕무의 농촌시는, 우리 특유의
정경과 생활정서가 우리 문학다운 면모를 확보하게 만든다는 점을 일깨
우며 민족문학의 올바른 방향을 모색한 성격을 갖는다는 점에서, 그 문
학사적 의의가 크다고 평가할 수 있다.

제 4 장

조선편(Ⅱ) - 조선 후기 한시

李鈺 시의 연구 (Ⅰ)

-「雅調」와「艶調」의 작품을 중심으로 -

1. 머리말

李鈺(1760~1812)은 개인적 환경과 소속계층 그리고 민족문화에 이르
기까지 그 고유의 범주를 각기 유지시키면서 동시에 그것을 종합하여,
조선후기 여성들의 생활상을 일련의 유형화된「雅調」,「艶調」,「宕調」,
「悱調」의 시작품으로 형상화했다. 이에 이 조직화된 시적 인물들의 생활
모습은 개인적인 태도와 함께 집단 공유의 사회적 분위기를 생생하면서
도 체계적으로 반영하고 있다.

이 글은 이러한 문제를 전반적으로 논의하려는 목적 아래에서, 일차적
으로「雅調」와「艶調」의 작품을 대상으로 삼아 그 구체적인 내용을 탐
색하려고 시도되었다. 이런 논의를 전개하기 위해 참고한 주 텍스트는
국립중앙도서관에 소장된 필사본『藝林襍佩』(29장본)이다.

2. 작품의 의미

1) 정신적 아름다움의 추구

이옥은 「雅調」의 작품을 통해 여성의 덕목으로서 중시되어야 할 인간의 항상적인 이성적 가치에 대해 언급하며 그것을 재조명하려고 했다.

雅는 常이고 正이며, 調는 曲이다. 부인이 그 시부모를 섬기고 남편을 공경하며 집에서 검소하고 일에 근면한 것은 모두 天性의 본 모습이요 人道의 바른 모습이다. 그렇기에 이 편은 모두 愛親, 敬夫, 勤儉의 일을 언급했다.[1]

이런 창작의도가 작품에 투영된 결과, 「雅調」에 등장하는 작중인물은 인용문에서 언급한 삶의 덕목 내에서 행동하는 모습으로 일관하고 있다. 이렇게 본다면, 「雅調」의 작품은 봉건사회의 틀을 유지하고자 유학의 행동규범을 일방적으로 강조했던 기존의 윤리적인 문사들의 시들과 유사한 성격을 지닌다고 생각하기 쉽다.

그런데 이옥은 인간의 이성 혹은 규범의 이면에는 일정한 사회적 상황 내에서 이질적인 삶의 이해관계가 서로 상호작용을 한다고[2] 보았다. 그렇기 때문에 그는 그 안에 내재한 갈등이 건전하게 해결될 수 있는 방안 즉 작중인물이 보다 바람직한 환경인 공동체적 성격의 가정이라는 목표를 향해 자신의 행동을 재조절하는 측면에 또한 비중을 두며 작품을 창

---

1) 『藝林襍佩』, 「俚諺」, 「雅調小序」, "雅者常也正也 調者曲也 夫婦人之愛其親 敬其夫 儉於其家 勤於其事 皆天性之常也 亦人道之正也 故此篇全言愛親敬夫勤儉之事."
2) 이런 내용과 유기적인 논의점을 갖는 글로서는 다음 논문이 있다. 金均泰, 「道德觀의 兩面性」, 『李鈺의 文學理論과 作品世界의 研究』, 創學社, 1991, 24~28쪽.

작했다. 이에 따라 「雅調」의 작중인물은 유교 윤리와 같은 인간 존재의 외부적인 조건 자체에 지배되기보다, 그 조건과 부딪히며 살아가면서도 자아 상승을 목표로 하는 인간의 자의적인 측면을 뚜렷이 내재하고 있다. 그것은 인간의 이성이 문학작품을 통해 가장 자유로운 상태로써 발현되는 양상이라고 할 수 있다.

> 낭군께선 나무 기러기 굳게 잡으시고
> 저는 합쳐 말린 꿩을 받들었지요.
> 그 꿩 울고 기러기 높이 날아도
> 우리의 정 그래도 그치지 않을 겁니다.

> 郎執木雕雁　　　妾捧合乾雉
> 雉鳴雁高飛　　　兩情猶未已
> 　「雅調」, 其一.

이 시는 인간의 삶에서 가장 극화된 순간의 하나라고 할 수 있는, 서로 다른 개별적 인격체인 두 남녀가 만나 가정을 이루기 위해 의례를 진행하는 가운데 大禮床을 중심으로 신랑과 신부가 마주 선 共存의 장면을 묘사하고 있다.

그런데 이 작품은 작중인물의 개체의식이 평화로운 가정생활이라는 덕목을 향해 확산되고 있다는 점이 주목된다. 그것은 또 다른 개별적 인격체를 향한 기원에 바탕을 두고 있다. 그렇기 때문에 이곳에서 등장하는 사물들은 추상적인 성격의 부부의 정의를 구체화하는 내용으로 작용하고 있으며 나아가 그 상징성을 통해 결혼에는, 두 남녀가 한 쌍을 이루며 생명의 조화를 구현하는, 우주적 질서를 담고 있다는 의미까지를 객관화시킨다.

이어 작품의 후반부에서와 같이, 작중인물의 기원은 이루어질 수 없는 상황을 설정해 놓고 그것이 실현되는 극대화된 가정을 매개로 하여, 공존의 순간이 영원히 이어지기를 바라는 모습으로 심화되고 있다.

따라서 이 작품은 가정생활에서 부부라는 서로에 대한 존재 의미가 사랑을 바탕으로 삶의 부분적인 가치들을 포괄할 수 있는 情으로써 지속하는 것에 있다는 점을 새삼스럽게 일깨우면서, 작중인물이 그런 마음가짐을 자연물과의 일체감을 조성하며 무생물체에 생명을 불어넣는 감정이입을 통해 인간 존재의 근원적인 생명감이면서 동시에 가치체계인 情의 세계를 더욱 확대, 심화시키는 모습을 핍진한 분위기로 그려내었다고 할 수 있다.

복손으로 다홍실 맨 술잔을 들어
낭군님께 합환주 올렸답니다.
첫잔을 드리면서 아들 삼 형제를
석 잔재 드릴 때는 구십 장수하시길 빌었어요.

福手紅絲盃　　　勸郎合歡酒
一盃生三子　　　三盃九十壽
　「雅調」, 其二.

이 작품은 작중인물이 合졸禮를 통해 천지신명에게 부부가 된 사실을 알리는 동시에 그 의미의 소중함을 스스로 일깨우면서, 자신의 존재감이 남편과 자식을 통해 확산되고 지속되기를 기원하는 정황을 전하고 있다. 시의 전반부에서는 붉은 실의 색감이 암시하고 있듯이 작중인물이 사랑의 마음을 담은 술잔을 낭군에게 전함으로써 그와 하나의 세계를 이루는 일체감을 맛보는 가운데, 술을 매개로 하여 인간과 신이 함께 한 자리에서 자연의 축복이 가정생활에 가득하기를 바라고 있다.

이런 정황과 유기적으로 연결되어 작품의 후반부에서는 '一·三·九'의 이상적 의미를 지닌 숫자들의 지속적인 확대감으로써, 현실에서 가장 이상적으로 그려보는 가정의 모습을 구체화된 태도로 기원하고 있다. 그러므로 이 시는 가정생활에서 그 구성원의 생명과 행복한 생활을 삶의 그 어느 가치보다 중시하는 내용을 통해, 전형적인 동양적 사고에 바탕을 두고 진실한 마음으로 가정을 이루어 나가려는 작중인물의 인간됨을 간결하면서도 함축적인 시어로 전달한다고 하겠다.

이렇게 사랑을 바탕으로 하여 지아비에 대한 기원 속에서 출발한 가정생활의 구체적인 양상으로서 이옥은 작중인물이 가정내의 대타적 존재와 화합하는 측면과 함께 그들과의 관계에서 갈등을 내재한 모습을 함께 다루어 나가며, 그것을 가정을 평화롭게 영위하기 위해 요구되는 덕목의 차원으로 승화시키려는 작중인물의 모습에 초점을 맞추고자 했다.

> 일찍이 궁체 글씨 익혔는데
> 이응자에 살짝이 모가 졌답니다.
> 글씨 보신 시부모님 기뻐하며
> 언문 여제학이라고 칭찬하시네.

> 早習宮體書　　　異凝微有角
> 舅姑見書喜　　　諺文女提學
> 　「雅調」, 其六.

전반부에서는 인식의 중요한 도구가 되는 문자 중에서 특히 'ㅇ'을 선택하여 진행한 작중인물의 필서 행위가 원융성과 포용성을 지향하는 그녀의 정신세계를 암시한다는 사실을 전하고 있다. 그런데 후반부에서와 같이, 이 작품의 특징은 그 행위가 가족의 구성원에게 심리적으로 어떤 작용을 하는가라는 문제에 초점을 맞추고 있다는 점이다. 이는 이옥이 자신을 작중인물로 전이시킨 가운데 그 행위를 선택적인 태도로 묘사하기보다, 가정의 화목한 분위기를 조성케 하기 위한 내용으로 의미화한 결과일 것이다.

이렇게 본다면, 이 작품은 글씨 모습을 사실감 있게 전달한 작중인물의 행위와 함께 그 글씨를 보고 며느리를 소중한 존재로 여기며 그 실질적인 내용보다 과장되게 평가를 하는 시부모의 행동을 통해, 공감대를 형성하며 생활하는 가족간의 친화적인 모습을 해학적인 필치로 묘사했다고 볼 수 있다.

> 시어머니께서 예물을 건네주시니
> 한 쌍의 옥동자 새긴 노리개였답니다.
> 부끄러워 버젓이 차지 못하고
> 매듭술 안쪽에다 매어놓았지요.

> 阿姑賜禮物　　　一雙玉童子
> 未敢顯言佩　　　結在流蘇裏
> 　「雅調」, 其十.

시어머니의 사랑이 구체적인 사물을 매개로 하여 작중인물에게 전해지고 있다. 그런데 '一雙玉童子'를 선택한 시어머니의 심중에는 며느리가 아들과의 결속감을 유지하면서 아들을 낳아 시집의 가문을 더욱 번성

하게 지속시키기를 바라는 마음을 내재하고 있다. 작중인물은 이런 시어
머니의 마음을 헤아리면서 노리개로 치장을 하여 자신의 아름다움을 과
시하기보다 사랑을 담은 시어머니의 깊은 뜻을 내면화하려는 지혜와 수
줍음의 덕목을 실행하고 있다. 따라서 이 작품 또한 사물을 통해 가족
구성원 사이의 결속된 분위기를 지향하는 작중인물의 진실한 태도를 섬
세한 시적 분위기로 그려내었다고 하겠다.

> 한밤중에 일어나 집안 소제 시작하고
> 첫새벽엔 시부모님께 문안드려요.
> 다짐하지만 친정 가는 날 오게 된다면
> 밥도 안 먹고 대낮까지 잠만 자야지.

> 四更起掃頭　　　五更候公姥
> 誓將歸家後　　　不食眠日午
> 　　「雅調」, 其七.

집안 정돈과 문안 인사를 소재로 한 작품으로, 위의 두 작품과는 다른
시적 분위기를 마련하고 있다. 구체적으로는 정숙한 마음가짐과 몸가짐
이 요구되는 상황에서 작중인물이 그것을 절도 있게 실행하는 태도와,
그 일을 수행할 때 동반되는 심적·육체적인 힘겨움을 그와 대비된 반대
급부적인 상황으로써 상쇄시키려는 심리를 함께 묘사하고 있다.

그런데 이 시에서 작중인물과 시부모와의 갈등이 작품의 내용 이상으
로 등장하지 않게 되는 이유는, 작품의 후반부에서와 같이 작중인물이
대타적 긴장관계를 대자적인 보상심리로써 해소시키기 때문이다. 즉 그
녀는 현재의 공간과는 또 다른 — 친행을 통해 친정이라는 별개의 현실

공간으로 이동이 가능하리라는 가정 아래, '四更·五更'과 대비된 '日午'의 이완된 행동을 통해서 자신의 내부에 잠재된 욕구를 해소시킬 수 있는 심적 태도를 마련하고 있다.

> 친정집 하녀가 창 틈으로 다가와
> 가만히 "아가씨"하고 나를 부르네.
> "시댁에서 허락이 내린다면야
> 내일이라도 가마를 보내신대요."

> 小婢牕隙來　　　細喚阿哥氏
> 媤家如不禁　　　明日送轎子
> 「雅調」, 其十一.

이 작품은 작중인물이 친행을 고대하는 심리상태를 하녀의 이야기를 통해 스스로 확인하게 만드는 기법을 사용하고 있다. 전반부에서는 시집 오기 전까지 자신과 함께 생활하던 계집종이 친정의 존재감을 대신하며 자신의 이름을 부름으로써, 작중인물이 자기정체성을 확인하는 상황을 부각시키고 있다. 이와 유기적으로 연결되어 작품의 후반부에서 낮은 목소리로 전하는 하녀의 이야기는 작중인물의 심중에 내재한 귀소본능의 바람을 더욱 큰 공감을 조성하며 그녀에게 전달되는 특징이 있다.

그런데 시집에서의 생활이 과거로부터 현재까지 진행되는 동안 그와 동일한 시간 속에서 친정에서는 딸에 대해 염려를 하고 있으며 그 상쇄 결과가 시의 후반부 내용으로 구체화된다면, 작중인물은 '明日'이라는 미래의 시간에 대한 기대감 속에서 자신의 마음을 안정되게 할 수 있을 것이다.

그러므로 이 시는 친정 나들이를 하고 싶은 작중인물의 심리를 대화법을 통해 실감 있게 묘사하며 그것을 '媤家'와의 조화로운 관계 속에서 진행하려는 친정 부모의 태도를 은연중에 반영함으로써, 작중인물이 시집과 친정의 평화로운 공존이라는 덕목을 향해 자신의 바람을 신중하게 진행할 것이라는 측면을 또한 예상하게 만든다고 볼 수 있다.

이와 같이 시집살이에서 비롯되는 기쁨과 힘겨움의 복합된 감정을 스스로 순화시켜 나가며, 작중인물은 그런 가정생활의 여러 면모를 남편과의 관계를 더욱 돈독히 하거나 아녀자가 갖추어야 할 또 다른 덕목으로서 나아가 대사회의식의 측면을 구비하는 요건으로서 심화시키게 된다.

> 낭군 위해 겹옷을 마무르는 사이
> 꽃기운이 나른하게 감싸오기에
> 바늘 거두어 옷섶에 꽂아두고는
> 앉아서 『숙향전』을 읽었답니다.

> 爲郎縫裌衣　　花氣惱儂倦
> 回針揷襟前　　坐讀淑香傳
> 　「雅調」, 其九.

작중인물의 노동행위는 지아비를 향한 내용으로서 그녀의 사랑이 한 땀한땀 정성스럽게 이어가는 바느질로 구체화되고 있다. 그 행위의 시간에 자연은 대지의 생명감을 만끽할 수 있는 꽃기운으로써 그녀를 감싸고 있다. 작중인물은 그런 자연의 분위기와 친화감을 조성하며 잠시 바느질을 멈추고 이야기의 세계 속에서 몽상의 시간을 펼치게 된다.

이는 남편에 대한 사랑을 연장시키는 의미를 지닌다고 할 수 있다. 천상의 선녀였던 淑香이 전생에서 노닐던 꿈을 꾸고서는 그 기억을 더듬어 아름다운 수를 놓았는데 그것이 당대 문장가인 李仙의 수중에 들어간 일이 계기가 되어, 두 사람은 아름다운 인연을 맺고 부부로서 행복한 삶을 살았다고 하는 줄거리의 『淑香傳』. 시련과 갈등을 지녔다고 하더라도 이런 내용의 고소설을 읽는 작중인물의 심리에는, 시적 정황과 이야기의 세계를 연결시키며 자신을 숙향으로 그리고 남편을 이선으로 동일시하면서 현재보다 더욱 아름다운 차원으로 그녀의 가정생활을 되돌아보는 마음을 내재하지 않았을까.

이런 관점에서 본다면, 이 시는 작중인물이 봄의 계절에서 느낀 몽상적 분위기를 이야기 세계를 통해 지속시키면서 독서행위로 남편에 대한 애정을 이상화된 모습 속에서 재확인하는 정황을 아늑한 시적 분위기로 전개시켰다고 할 수 있다.

> 옥같은 손 자주 씻고
> 꽃같은 화장도 엷게 했답니다.
> 시댁의 제삿날이 가까웁기에
> 한동안 붉은 치마도 입지 않았지요.

> 屢洗如玉手　　　微減似花粧
> 舅家忌日近　　　薄言解紅裳
> 　「雅調」, 其十五.

시의 전반부에서 작중인물은 외모를 치장하기에 앞서 내면의 순결한 마음을 유지하려고 한다. 즉 그녀는 육체적인 아름다움을 장식하는 일에 다가서기보다 자신의 심성을 순화시키는 외적 양상으로서 손을 씻는 행동을 거듭한다. 이렇게 작중인물은 정화적 속성을 지닌 물을 통해 '玉'과 같은 정신의 고결함을 추구하고 있다.

이와 연결되어 작중인물의 이 순결한 정신은, 자신의 존재를 '紅裳'이란 외적 아름다움의 세계에 개체적으로 안주시키려는 차원보다 가족적 차원에서 과거의 인물들을 자신과 하나의 세계로 결속시키며 공존하게 만드는, 의례행위를 준비하려는 마음가짐과 유기적인 작용을 하고 있다. 이와 같이 이 시는 부녀자가 지녀야 할 절제의 덕목을 확대된 존재감의 추구라는 의미와 연결지어 조명했다고 하겠다.

> 누에 길러 그 크기 손바닥만 하네.
> 계단을 내려가 여린 뽕잎 따지요.
> 화려한 동해명주 없는 건 아니지만
> 보람 삼아 누에치기 하련답니다.

> 養蠶大如掌　　　下階摘柔桑
> 非無東海紬　　　要驗趣味長
> 　「雅調」, 其八.

이 작품에 등장하는 작중인물의 노동행위는 그녀의 내면적 덕성을 스스로 발현시키는 면모를 지니고 있다. 이런 측면은 그녀가 '桑'이란 하나의 생명을 '蠶'인 다른 생명의 세계로 전이시키는 행위에서 비롯된다. 즉 그녀의 노동은 사물의 생명감을 지속적으로 확인하는 성격을 갖고 있다.

이와 연결되어 그 노동행위는 작중인물이 교환가치 척도에 의해 고급 상품으로 규정되는 동해명주를 '소유'하기에 급급하지 않고 손바닥으로 그 동안 기른 누에의 크기를 가늠하고 있듯이 자신의 존재감을 존재사물의 생명감과 연결시키며 양잠을 하려는 태도로써, 전반부보다 복합적인 성격을 구비한다고 볼 수 있다.

이런 측면에 초점을 맞춘다면, 이 시는 질박한 모습으로 가정생활을 영위하려는 작중인물의 정신세계를 그와 일치된 모습의 노동행위를 통해 묘사했다고 하겠다.

사람들 비단옷마저 가벼이들 여겨도
저는 허드레 옷조차 소중히 여긴답니다.
퍽퍽한 밭에서 농부들 호미질하고
가난한 집 여인네 길쌈을 하기 때문이지요.

人皆輕錦綉　　　農重步兵衣
旱田農夫鋤　　　貧家織女機
　「雅調」, 其十七.

이 시는 자신과 남편 그리고 친정과 시댁의 범주를 넘어선, 작중인물의 대사회적인 시각까지를 반영하고 있다. 이는 자신과 작중인물의 어조를 일치시킨 이옥 스스로의 목소리이기도 하다. 작중인물의 대사회적 인식의 척도는 여인들의 생활문화를 대표할 수 있는 옷으로 선택된다. 그리고 작중인물이 애용하려는 소박한 성격의 옷은 당시 서민들의 궁핍한 생활상에 연민의 정을 느낀 결과물이라는 사실을 전하고 있다.

따라서 이 시는 열악한 환경에서의 노동행위 혹은 과다한 노동량에 비해 그 교환적 가치의 대등성이 확인될 수 없는 서민들의 힘겨운 생활을 염두에 두고, 그들과의 동질의식 속에서 스스로 검소한 마음가짐을 구비하려는 작중인물의 생활태도가 강조된 작품이라고 할 수 있다.

이와 같이 이옥은 사대부 집안의 부녀자를 「雅調」의 작중인물로 설정하고 그녀의 일상생활을 소재로 삼아 그 다양한 모습을 그려내며 여성에게 요구되는 바람직한 삶의 덕목을 제시했다. 그는 이런 유형의 작품을 형상화하면서 무엇보다 작중인물이 평화로운 가정을 영위하기 위하여 필요한 부녀자의 덕목과 스스로 조화를 이루려는, 인간으로서의 자의적인 측면을 섬세한 시각으로 포착했다.

이에 따라, 작중인물이 자신의 심정을 꾸밈없이 드러내면서도 그것을 이상적인 가정과 사회와의 공존을 위해 귀일시키려는 모습으로 묘사됨으로써, 작품은 그 공감의 폭을 증대시킬 수 있었다. 결과적으로 이옥은 대타적인 인간관계 또는 자연사물과 조화로움을 유지하는 작중인물을 통해, 인간이 바른 모습을 간직할 때 그는 가장 자유로우면서도 진정한 모습을 지니게 된다는 사실을 일깨우고 있다.

2) 고립된 나르시시즘의 부각

이옥은 「艶調」 이하의 작품에서 「雅調」와는 상이한 여성들의 삶의 행태를 묘사하며 그를 통해 인간의 건강한 정신과 선한 의지의 세계로 회귀하려는, 위에서 언급한 내용과 동일한 시의식을 유지했다. 그는 현실에서 모든 여성들이 인간의 심성을 참되게 간직하며 평화롭게 살아갈 수는 없다고 보았다.

이옥은 당시 사회에서 여성들의 삶이 불안하고 또한 불만으로 이루어지게 되는 요소들을 발견했다. 이런 내용에 바탕을 두고, 그는 「艶調」의 작품을 통해 그 요소들이 일차적으로 작중인물의 영향밖에 존재하는 그 무엇이 아닌, 스스로가 야기시킨 원인 때문에 비롯된다고 하는 사실을 강조했다.

이런 시의식이 반영된 결과, 「艶調」의 작중인물은 고립된 이미지 속에서 끝없이 자기연민을 추구하며 교만과 사치, 그리고 경조부박함에 빠지거나 지나치게 치장을 한3) 모습으로 일관하게 된다.

> 서방님은 쌍제비가 예쁘다지만
> 나는야 제비새끼 많은 것이 좋답니다.
> 하나같이 생김새 묘하기만 한데
> 그 중에 어느 놈이 형인지 알 수 없네.

> 郎愛雙燕美　　　儂愛燕兒多
> 一齊生得妙　　　那個是哥哥
> 　「艶調」, 其十八.

「艶調小序」의 내용을 염두에 둘 때, 이 작품은 사물을 대하는 태도를 통해 부부가 서로 다른 의견을 주장하며 부조화의 관계를 조성한다는 사실을 암시하고 있다. 남편은 균형감을 이루는 세계가 아름답다고 말하나, 작중인물은 다량적인 수치를 아름다움의 척도로 여긴다.4) 이 많은 숫자에 대한 애착은 그녀가 가정으로부터 소외되었을 때, 다량화된 외적 사물로써 자신의 공허감을 메우려는 양상으로 변모, 지속된다고 할 수 있다.

이어 작품의 후반부에서는 그녀가 남편과의 이견을 좁히려는 노력을 배제한 채, 둘째 구에서와 같은 자기 중심적인 태도를 견지하는 모습을

---

3) 「俚諺」, 같은 곳, 「艶調小序」, "艶者美也 此篇所言 多驕奢浮薄夸飾之事 而上雖不及於雅 下亦不至於宕 故名之以艶"의 내용을 참고할 수 있다.

4) 「艶調」의 전반적인 내용과 연결지어 볼 때, 이 구체적 내용으로서 남편은 작중인물과 조화를 이루는 부부간의 애정을 추구하고 있으며 작중인물은 그보다 자녀들을 소중하게 생각한다고 볼 수 있다.

그리고 있다. 구체적으로는 작중인물이 제비새끼 모두에게 관심을 보이면서도 그 독립적 실체의 속성을 투시하거나 그들과 친화관계를 이루기보다 그것을 인위적인 질서로 재단하여 특정한 사물에 의미를 부여하려는 자문자답에 집착한 태도로부터, 그녀 스스로에게 의식적 혼란이 야기되는 상황을 전하고 있다.

따라서 이 작품은 정감 어린 여인의 내면세계를 섬세하게 묘사하면서 그 이면에는 남편과 조화를 이룰 수 없는 작중인물의 인격적인 결함을 은연중에 드러낸다고 할 수 있다.

> 당신은 술집에서 왔다지만
> 내 보기엔 창기집에서 온 것 같군요
> 그렇지 않다면 속적삼 위에 어떻게
> 연지가 꽃처럼 붉게 물들여 있나요.

歡言自家酒　　儂言自娼家
如何汗衫上　　臙脂染作花
　「艶調」, 其二.

작품의 전반부에서는 남편과 작중인물이 가벼운 실랑이를 벌이는 장면을 연상하게 한다. 그 이유는 남편의 나들이에 대해 서로의 주장이 각기 상이한 상황이기 때문이다. 즉 남편은 풍류를 즐기려고 술집을 다녀왔다며 너스레를 떨고 있으나 작중인물은 그 말에 동조하지 않고 있다.

왜냐하면 후반부에서와 같이, 그녀는 남편의 행태를 알게 하는 외출시의 옷차림에서 자신이 아닌 다른 여인의 연지 자국을 발견하고 있기 때문이다. 이 연지 자국은 그녀가 오입을 한 남편을 더욱 우스꽝스럽게 만드는 증거물로서 작용하고 있다.

  그런데 이 시를 위에서 인용한 작품과 연결시켜 볼 때, 남편의 외도는 결국 작중인물과의 끊임없는 부조화의 관계에서 비롯된다는 사실을 유추할 수가 있다.

> 잠시 동안의 시어머니 꾸지람에
> 사흘 내내 끼니를 물리쳤지.
> 내 청강도 차고 있으니
> 뉘라서 다시금 꾸짖을 말 건넬까.

> 蹔被阿娘罵　　　　三日不肯飧
> 儂佩靑玒刀　　　　誰復嗔儂言
> 　「艶調」, 其十六.

  작중인물의 시점을 중심으로 하여, 그녀와 시어머니와의 갈등적 상황을 흥분된 어조로 전하고 있다. 이 작품에서 작중인물은 타자와의 관계를 조화된 정신으로 해결하거나 그 마음을 정화하기보다, 균형감을 상실한 심적 상태에서 자신의 생명을 고귀하게 인식하지 못하는 어리석음을 저지르는 가운데 인간과 인간 사이에서 야기된 문제를 외적 사물에 의지해 해결하려고 한다. 그렇기 때문에 ‘靑’의 색감은 정화된 속성을 의미하는 것이 아니라 흥분에 휩싸여 서슬 퍼런 적개심을 드러내는 공격적인 이미지를 갖는다고 할 수 있다.

  이렇게 본다면, 이 작품은 자기혐오를 포함하는 분위기 속에서 시어머니에게 받은 마음의 상처를 ‘言’의 이성적 대화보다 ‘刀’의 물리적인 성격으로 해결하려 드는, 작중인물의 자기 집착적인 행동을 사실감 있게 전한다고 하겠다.

위와 같이 작중인물이 남편과 시어머니로 대표되는 가족 구성원과 원만한 관계를 이루지 못함에 따라 스스로 관심을 갖게 되는 대상은 다름 아닌 그녀 자신의 외적 아름다움의 세계이며, 그녀는 그 안에서 감각적인 즐거움을 끝없이 갈망하거나 탐닉하게 된다. 그런데 이런 모습에는 갈등을 야기하며 생활하는 작중인물이 그 근본적인 해결책을 마련하지 못함으로써, 스스로를 보호하며 생존하려는 본능적 방어심리가 내재되었다고 할 수 있다.

> 울릉도 복사꽃 심지 마셔요,
> 나의 새 단장에 미치지 못하기에.
> 위성의 버들가지 꺾지 마셔요,
> 나의 긴 눈썹을 당해내지 못하기에.

> 莫種鬱陵桃　　　不及儂新粧
> 莫折渭城柳　　　不及儂眉長
> 　「艷調」, 其一.

작중인물이 확인하는 자아동일성은 자신의 전인격적인 아름다움의 세계가 아니다. 그녀는 명령조의 금지어로써 주변 인물의 시선을 환기시키며 신체의 부분적인 아름다움을 자연사물과 대비시켜 과시하고 있다. 이는 작중인물이 사물의 품성을 관조하는 사려 깊은 성품을 지니고 있지 못하다는 점과 함께 가정적 차원의 단절된 인간관계에 대한 보상심리를 반영한다는 사실을 함축하고 있다. 이에 따라, 작중인물이 자신의 외모를 과시하면 과시할수록 그녀는 인간의 근본적인 덕목으로서 구비해야 할 마음과 정신의 순수함으로부터 멀어지는 어리석은 생활에 빠지게 된다.

복사꽃 천하게 보이고
배꽃은 서리처럼 차갑기만.
연지분 고르게 바르고 발라
살구꽃같은 화장을 꾸며보아요.

桃花猶是賤   梨花太如霜
停勻脂與粉   儂作杏花粧
　　「艶調」, 其十七.

위의 작품과 유사한 내용을 전하고 있다. 작중인물은 사물에서 자연의 신비로운 생명감을 발견하거나, 그 사물과 조화를 이루는 가운데 그것을 다른 이와의 친화관계로 발전시키는 덕목으로서 인식하는 지혜를 구비하지 못하고 있다. 따라서 이곳에서 등장하는 사물들은 작중인물의 외적 아름다움을 증대시키기 위한 하나의 척도로서 색감적인 의미를 지닐 뿐이다. 이와 유기성을 지니며 연지분으로 화장을 꾸며보는 작중인물의 행위는 꽃의 속성과 같이 한 순간을 점유하는 한시적인 미감을 제공할 수 있을 뿐이다.

이런 차원에서 볼 때, 작중인물이 자연물의 색감적인 아름다움에 집착하는 것은 천하고 차가운 자신의 인품과 마음을 채색하기 위한 보호막의 성격을 지니고 있으며 또한 본능적인 욕망을 표면화시키는 감각적인 차원에 머무른다고 하겠다. 이는 「雅調」에서 작중인물이 스스로 차원 높은 자아에 도달하고자 전인격적인 아름다움을 추구했던 모습과 그 내용을 달리하는 것이라고 볼 수 있다.

머리 위에 있는 것 무엇이냐고요?
나비처럼 날 듯한 雙節釵랍니다..

다리 아래 있는 것 무엇이냐고요?
꽃무늬 수놓은 金草鞋랍니다.

頭上何所有　　　蝶飛雙節釵
足下何所有　　　花開金草鞋
　　「艶調」, 其四.

　작중인물은 자신의 소유물에 대한 자부심을 자문자답의 형식으로 과
시하고 있다. 그런데 그녀 스스로 도취된 세계는 장식적인 아름다움을
추구하는 문양화된 차원에 불과하다. 그것은 사람에 대한 그리움이 자신
에 대한 사랑으로 변형되어 되돌아오는 중에서, 생명감 없는 아름다운
것들에 집착하는 양상으로 구체화되고 있다.
　그러므로 그녀가 자랑하는 것들은 왜곡된 인생의 전이물이라고 할 수
있다. 이는 타인과의 관계에서 지속적인 사랑이 서로 확인되지 못하여
사물을 통해 순간 순간 자신의 아름다움을 과시하는 것으로 만족을 느끼
며 살아가는 작중인물의 고독한 마음을 작품에 담고 있기 때문이다.

　날마다 복사꽃 머리 모습에
　단장한 팔은 연한 우윳빛
　족두리까지 쓰고서 맵시 한껏 부리는 사이
　도리어 연지분이 지워지고 말았어요.

常日夭桃鬢　　　粧成腕爲酥
今戴簇頭里　　　脂粉却早塗
　　「艶調」, 其六.

 이 작품 또한 작중인물이 균형있는 정신적 아름다움이나 가정의 평화로운 관계의 지향이 억압되었을 때, 그와 반대급부적으로 증폭할 수밖에 없는 - 자신의 외적 아름다움에 집착하게 되는 상황을 전하고 있다. 그녀가 외모를 지나치게 꾸며 도리어 추한 모습으로 전락하게 되는 이면에는 그녀 스스로 잠재된 불만을 강박적으로 폭발시키는 성격을 내재하고 있다. 특히 작품의 후반부에 등장하는 족두리와 연지분은 평화로운 가정을 꿈꾸며 결혼을 할 때 착용하는, 하나의 의례물로서의 의미를 지닌다. 그런데 작중인물은 그것을 단지 외양을 장식하는 사물로서 인식하고 있으며, 더욱이 사물들은 균형있는 무게를 유지하지 못하고 스스로 추락함으로써, 작중인물을 어릿광대와 같은 모습으로 만들고 있다. 그러므로 이 작품은 작중인물이 현실생활을 아름답게 영위하지 못하는 것에 대한 불만감과 슬픈 심리가 원인이 되어 가식적인 아름다움을 과장되게 추구하기까지 이르게 되는 상황을 부조화된 미감을 통해5) 묘사했다고 말할 수 있다.

 봉선화 피기를 기다리지 못하여
 봉선화 풀잎 그대로 물들여 보았지요.
 푸른 손톱 되려나 매양 걱정했더니
 신기롭게 붉은 손톱 되었답니다.

 未耐鳳仙花　　　先試鳳仙葉
 每恐爪甲靑　　　猶作紅爪甲
 　「艶調」, 其八.

---

5) 이와 유사한 양상은 「艶調」, 其十五의 "細梳銀魚鬐 千回石鏡裏 還嫌齒太白 忙嗽淡墨水"에서도 발견할 수 있다. 즉 "墨"의 어두운 심상이 그녀의 정신세계를 상징하고 있듯이, 정신적인 불균형감을 지닌 작중인물은 후반부의 내용과 같이 변덕스러운 행동을 부리며 자연스러운 모습으로부터 이탈된 파행적인 아름다움을 구하고 있다.

시의 전반부에서는 작중인물이 아름다움에 다가서려는 조급한 심리를 미완성의 자연물에 작용시킴으로써, 자연의 조화로운 세계와 동화되는 차원을 벗어나고 있다. 이렇게 본다면, 그 행위는 결핍된 마음을 손톱을 물들이는 것으로 꾸미려는 작중인물의 불완전한 정신세계와 유기성을 갖는다고 하겠다. 그렇기 때문에 작품의 후반부에서 그녀가 붉은 색으로 변한 자신의 손톱 모습에 기뻐한다고 하더라도, 그 감정의 심층에 자리잡은 작중인물의 정신은 지속적으로 어둠에 싸여있다는 점에서, 결국 색감의 변화는 중요한 의미를 갖지 못한다고 할 수 있다.

따라서 이 작품은 순리대로 생활을 영위할 수 없는 작중인물이 그와 동일한 양상으로서의 자연의 순리에 역행하는 행위를 통해 아름다움을 추구하며 기뻐하는, 그녀의 미숙한 정신세계와 정서세계를 당시 사회에서 대중적인 심상을 지닌 사물을 등장시켜 묘사했다고 하겠다.

> 상자 안에 가득한 내게 있는 옷
> 붉은 실로 수놓은 귀한 것들뿐
> 어렸을 적 가장 아끼며 입었던 옷
> 연꽃봉우리 무늬 놓은 붉은 저고리.

> 儂有盈箱衣　　個個紫纈粧
> 最愛兒時着　　蓮峰粉紅裳
> 　　「艶調」, 其十一.

작중인물은 일정 공간 크기의 세계 안에서 자기만족을 얻고 있다. 그 세계는 삶을 조화롭게 운영하기 위해 요구되는 '광장'의 성격을 지니고 있지 못하다. 따라서 옷상자는 결과적으로 그녀의 의식을 구속한다고 볼 수 있다. 이런 의식상태에서 그녀는 과거의 시간 속으로 걸어간다. 이는 작중인물이 현재생활의 구속으로부터 일종의 해방감을 맛보며 자족적이기 위한 의식의 퇴행 양상이라고 하겠다. 그 과거의 세계 안에 안주하며 그녀는 자아와 세계가 평화롭게 공존하던 추억을 반추하고 있다. 그러므로 이 작품은 현실지각을 결여한 상태에서 자신을 따뜻하게 감싸주기보다 화려하게 치장해주는 옷가지에 집착하는 작중인물의 고독한 모습을 자기도취적인 분위기로 전한다고 할 수 있다.

이웃 할미 만나서 약조하기를
내일 아침 일찍이 노량진을 건너서
금년에는 아들 낳을 수 있을까
친히 제석에게 알아보자고 했답니다.

且約束隣媼　　　明朝涉鷺梁
今年生子未　　　親問帝釋傍
　「艶調」, 其七.

　작중인물이 가정생활에서 자신의 존재감을 확인시켜 줄 수 있다고 생각되는 이는 기생방을 드나드는 남편이거나 그녀를 타박하는 시어머니가 아닐 것이다. 그렇기 때문에 그녀는 자기보호라는 측면에서 자신의 외양을 자랑하거나 화려한 옷과 화장을 통해 아름다움을 꾸미는 환상적인 나르시시즘에 빠지게 된 것이다. 그런 가운데 작중인물은 자신을 이런 상태로부터 벗어나게 할 수 있는 존재를 갈망한다. 현재생활과는 또 다른 세계를 갈구하려는 의도에서 이웃의 노파와 함께 한강을 건너가 무당에게 점을 보는 그녀에게는 이런 심리가 지배하고 있다.

하지만 아들이라는 존재는 부부의 사랑이 조화를 이루었을 때, 그 참된 의미를 갖게 될 것이다. 이런 측면이 가정에서 확인되지 않은 분위기에서 그녀가 염원하는 세계는 현재까지 부재하는 아들을, 그런 상황이 가정생활의 갈등을 증폭시키는 요인이 될 수도 있겠지만, 운명론적으로 갈망하고 있을 뿐이다.

따라서 이 시에서는 작중인물과 남편과의 관계가 돈독히 맺어지는 모습이 배제된 상태 아래, 작중인물이 일방적으로 자녀를 기대하는 조급한 심리를 부각시키고 있으며, 그 해답이 제시되지 않은 상황으로 시상이 완결됨으로써 그녀의 바람이 성취될 수 있을까 하는 문제를 여전히 미완의 상태로 남겨놓았다고 하겠다.

> 삼월엔 송금단 비단치마
> 오월엔 광월사 모시저고리
> 호남에서 올라온 참빗 파는 아낙은
> 우리 집을 재상가로 잘못 안다네.

> 三月松錦緞　　　五月廣月紗
> 湖南賣梳女　　　錯疑宰相家
> 　「艶調」, 其十二.

이 작품은 참빗을 파는 아낙네의 시선을 통해 작중인물의 집안이 소유한 부의 과다함에는 일종의 사회적 모순을 내재한다는 점을 지적하고 있다. 작중인물이 계절마다 구입하거나 갈아입는 사치스러운 옷들은 당시의 사회에서 점유한 富商家의 경제적 풍요로움을 대변하고 있다. 이와 연결되어 富로부터 소외된 지역을 암시하는 호남의 참빗 파는 여인은 그 경제적인 힘을 정치적인 권력과 동일시하는 착각에 빠지고 있다.

이렇게 본다면 이방인의 시선을 통해서 작품에 등장하는 경제력의 성격은 당시 사회에서 또 다른 富를 창출해내며 富와 빈곤 사이의 틈을 조절해주는 생산적인 것이기보다 한 여인의 욕구를 만족시켜 주기 위한 소비적인 의미를 갖고 있다. 그리고 그것이 특권계층의 정치적인 힘으로 연상되는 측면을 지니고 있다면, 그 정치력 또한 불건전한 경제력과 연관되어 유기적인 결함을 지니는 것으로 파악될 수 있다. 그러므로 이 시는 지나친 富를 소유한 商人家의 한 단면을 통해, 그 경제력과 밀접한 관련을 맺고 작용하는 정치적 내지는 사회적 결함까지를 비판하는 작가의 시의식이 은연중에 반영되었다고 할 수 있다.

이와 같이 「艶調」에서는 작중인물이 가정 내에서 타자와 대립하거나 그들로부터 소외된 존재로 형상화된다. 이 결과 작중인물은 현실지각을 바탕으로 한 개체적 인격의 외면화를 타인과 더불어 실현하지 못하고, 은폐된 성격으로서의 자기 나르시시즘에 빠지게 된다. 그 나르시시즘은 자신을 있는 그대로 사랑하는 성격이 아니라, 공허감에 싸여 감각적인 아름다움에 탐닉하려는 마음을 화려한 심상을 지닌 사물을 통해 드러내면서 자기만족을 구하는 모습으로 변형되어 있다.

이렇게 이옥은 「雅調」와 대비된 양상으로 「艶調」의 작품을 창작했다. 그는 본능에 집착하는 여성의 다양한 내면심리와 행동양상을 섬세하게 포착, 형상화하면서 이런 유형을 지닌 여성상 또한 인간이 지닐 수 있는 또 다른 모습이라는 점을 우리에게 일깨우면서도, 그보다는 그렇게 때문에 부조화된 가정생활 내지는 불완전한 사회를 올바른 방향으로 인도하기 위해서는 인간이 스스로의 정신을 일층 순화시키고 고양시켜야 한다는 점을 작품의 이면적 의미로서 강조했다고 볼 수 있다.

왜냐하면 이옥은 「雅調」와 「艶調」에서 서로 다른 모습의 인간상을 묘사했다고 하더라도 그곳에 내재한 시의식은 한결같이 인간의 참다운 길을 모색했기 때문이다.

3. 잠정적인 맺음말

조선후기의 문사인 이옥은 「俚諺」에 수록된 일련의 유형화된 작품을 통해, 작중인물의 개인적인 면모와 함께 당시 사회의 집단적인 분위기를 체계적으로 전하고 있다. 이 글은 일차적으로 「雅調」와 「艶調」의 시를 대상으로 삼아 위와 같은 문제를 조명하고자 했다. 그 내용은 다음과 같이 요약될 수 있다.

「雅調」에서는 작중인물이 이성적인 가치체계 내에서 생활하는 모습으로 일관하고 있다. 그런데 「雅調」의 시적 특징은 그녀가 의례나 규범에 종속되는 것이 아니라 가정생활을 영위하면서 동반되는 자신의 감정세계를 꾸밈없이 드러내면서, 그것을 이상적인 가정과 사회와의 공존을 향해 귀일시키려는 마음가짐으로 포괄한다는 점이다. 이는 인간의 이성이 문학작품을 통해 가장 자유로운 상태로써 발현되는 양상이라고 하겠다.

이와 대비된 「艶調」에서는 작중인물이 자신의 인격적인 결함이 주원인이 되어, 대타적인 존재와 대립하거나 그들로부터 소외된 모습을 하고 있다. 이에 따라 그녀는 인격의 외면화를 실현하지 못하고 현란한 모습의 사물로써 자신의 공허감을 메우며 순간 순간 자기만족을 구하는 존재로 전락한다. 따라서 장식적인 아름다움에 도취된 작중인물에는 어두움에 싸인 그녀의 부조화된 정신세계를 내재하고 있다.

이와 같이 「雅調」와 「艶調」의 작품양상은 서로 대비된 측면을 지니고 있다. 즉 「雅調」에서는 작중인물이 대타적인 존재와 친화관계를 조성하는 반면 「艶調」에서는 그들 서로가 갈등관계를 이룬다. 또한 「雅調」에서는 작중인물이 자연사물과 조화를 이루며 자신의 존재감을 확대시키고 있지만, 「艶調」에서는 사물이 그녀의 외적인 아름다움을 계량하는 하나의 척도로서 의미화되고 있을 뿐이다. 그리고 「雅調」의 작중인물은 대사회적인 인식을 구비하고 있으나 「艶調」에서는 그것을 결여하고 있다.

이옥은 이렇게 서로 대비된 두 작중인물의 모습을 묘사하면서 그곳에 한결같이 인간의 참다운 길을 모색하려는 그의 시의식을 반영시켰다.

이러한 측면으로부터 이옥의 작가적, 작품적 특징을 몇 가지로 정리할 수가 있다. 첫째, 일상적인 세계를 아름다움의 가치로서 인식하는 문학태도이다. 이는 귀족적, 관념적 가치를 중시하는 것보다 진일보한 성격을 지닌다고 하겠다. 둘째, 이상적인 모습으로서의 작중인물 그리고 그와 친화관계를 조성하는 사물의 속성이 질박한 성품을 지향하고 있으며, 이와 연결되어 자연스러운 감정의 유출이라는 표현의식이 추구되고 있다. 이는 진실한 세계를 목표로 하는 시내용을 꾸밈없는 모습으로 전달하여 더 큰 공감의 폭을 확보하려는 이옥의 작품의식을 내재하고 있다. 셋째, 우리의 생활정서와 민족문화의 중요성을 일깨운 점이다. 그는 민요적인 모티브를 작품에 수용했으며 이를 구어체의 시적 구조로써 보다 체계화시켰다. 이런 가운데 '異凝', '阿哥氏', '簇頭里' 등과 같이 한자를 訓·音借함으로써 우리 고유의 언어를 생생하게 되살려내기도 했다.

결론적으로 이상과 같은 점은 이옥을 실학파 문사의 일인으로서 평가할 수 있는 내용이라고 말할 수 있다.

李鈺 시의 연구 (Ⅱ)

― 「宕調」와 「悱調」의 작품을 중심으로 ―

1. 머리말

李鈺(1760~1812)은 개인적 환경과 소속계층 그리고 민족문화에 이르기까지 그 고유의 범주를 각기 유지시키면서 동시에 그것을 종합하여, 조선후기 여성들의 생활상을 일련의 유형화된 「雅調」·「艶調」·「宕調」·「悱調」의 시작품으로 형상화했다. 이런 작품 성격으로부터, 이 조직화된 시적 인물들의 생활 모습은 개인적인 태도와 함께 집단 공유의 사회적 분위기를 생생하면서도 체계적으로 반영하면서 작가가 지닌 그 특유의 문학정신을 내재한다고 볼 수 있다.

이 글은 이러한 문제를 논의점으로 삼아 그 구체적인 내용을 탐색하기 위해 시도되었다. 그런데 이옥은 「雅調」로부터 「悱調」에 이르기까지 그 앞부분에 小序를 배치시키며 그의 창작의도를 설명하거나 각조 내에서 다양한 모습으로 전개되는 작품들 사이의 유기적인 성격을 함축적으로 설명했다. 그렇기 때문에 바람직한 작품 분석을 위해서는, 이 小序의 내용을 바탕으로 하여 성향을 달리하며 조별로 구조화된 각 작품들 간의 시적 의미를 조명하고 다시 이를 종합하여 「俚諺」의 전체적인 면모를 통일된 관점에서 마련해야 할 것이다. 이에 이 글은 「俚諺」을 구성하는 「雅調」·「艶調」의 작품 내용과1) 유기적인 관계를 맺으며, 「宕調」와 「悱調」에 실린 작품적 면모를 살펴보려고 한다. 그리고 시분석을 하며 얻어진 논의 내용을 조감하기 위해 그것을 「俚諺引」과 연결지어 살펴보려고 한다. 이는 이옥이 「俚諺」의 작품 창작을 실천한 결과로서 구축한 문예의식이 「俚諺引」에 수록되었기 때문이다.

이와 같은 논의를 전개하기 위해 참고한 주 텍스트는 국립중앙도서관에 소장된 필사본 『藝林襍佩』 29장본이다.

2. 작품의 의미

1) 분방한 정서감의 유출

봉건제 사회는 이질적인 계층들이 수직으로 조직화된 모습을 하고 있었다. 그 중에서 기녀층은 자신보다 우위의 계층들과 일련의 관계를 맺으며 그들의 육체적인 사랑을 만족시켜 주는 동시에 예술적인 재능인으로서의 역할을 담당했다. 그런데 사회조직의 측면에서 기녀층은 천민계층에 속했던 일종의 소외인들이었다는 사실을 염두에 둘 때, 문학작품에서 양반과 기녀 사이의 이상화된 사랑이 간혹 제시된 예가 있다고 하더라도, 현실적으로 기녀층과 상대방들과의 인간관계는 차별적인 차원에서 진행되었다고 하겠다.

이옥은 「宕調」에서 이런 성격을 기반으로 하는 기녀층을 작중인물로

---

1) 拙稿, 「李鈺 시의 연구(Ⅰ)」, 『人文科學論集』 第13輯, 淸州大學校 人文科學硏究所, 1994. 12. 43~61쪽.

설정한 가운데 외적으로 규정되던 그들의 내면으로 시선을 옮기고서, 주
체적 존재로서 삶을 영위하며 빚어내는 그 애환의 모습들을 그려내고자
했다. 즉 「宕調」의 작품들은 이옥의 소외계층에 대한 인간적인 연민과
함께 그들의 감성을 긍정적으로 수용하려는 시의식에 기초를 두고 있다.
이런 측면과 유기성을 갖고, 그는 도덕적 측면에서 이성의 범주 밖에 있
는 감정까지를 포괄하는 그 자유로운 정서세계의 귀착점이 『詩經』의 시
정신에 입각하여 추구된다는 사실을 밝혔다.

　　宕은 방일하여 금할 수 없음을 말한다. 이 편에서 말한 것은 모두 娼妓들의
　　일로서 사람의 이치가 여기에 이르러 또한 방일하지 않겠나마는 이를 禁制할
　　수도 없어 宕이라고 이름한 것인데, 『詩經』에도 「鄭風」과 「衛風」이 있다.2)

이와 같은 작품 의도의 반영물로서, 우리는 「宕調」를 통해 기생층의
시각에서 포착한 양반들의 비속한 행태와 함께 그 시대의 이지러진 사회
상까지를 발견할 수 있다.

　　六鎭에서 난 좋은 다리이어라
　　사람마다 붉은 연지 찍었는데
　　아청색 공단옷 차려 입고서
　　새로이 가리마를 내어보아요.

　　六鎭好月矣　　　頭頭點朱砂
　　貢緞鴉青色　　　新着加里麻
　　　「宕調」, 其十一.

---

2) 『藝林襍佩』, 「俚諺」, 「宕調小序」. "宕者迭而不可禁之謂也　此篇所道　皆娼妓之事
　人理到此　亦宕乎不可禁制　故名之以宕　而亦詩之有鄭衛風也."

　　작품의 전반부에서 작중인물은 좋은 물건이라고 평이 난 다리[月子]로 머리장식을 하게 된 자족감을 "六鎭"으로 강조하며 부각시키고 있다. 이와 연결되어 후반부에서는 그에 버금가는 모습으로 화려한 의상을 차려입은 가운데 손님을 맞이하게 될 기대감 속에서의 절도 있는 마음가짐을 그녀의 옷맵씨와 머리 모양새를 통해 묘사하고 있다. 따라서 이 시는 다른 기생들과 함께 몸단장을 하면서 그 생활을 감싸는 자기 주변과 내면 세계에 대한 감수성을 노래했다고 할 수 있다.

> 그대 이름도 모르거늘
> 어인 일로 직함까지 외울 수 있겠나요.
> 좁은 소매 입은 이 포교일테고
> 붉은 옷 입은 분 별감이겠지.

> 不知歡名字　　　何由誦職啣
> 挾袖惟捕校　　　紅衣定別監
> 　「宕調」, 其九.

　　인용한 시는 당시 사회에서 운영되던 기녀가의 풍속도를 구체적으로 전하고 있다. 즉 작품의 후반부에 등장하는 포교와 함께 특히 별감은 四處所의 외입장이로서, 이들은 지방에서 선발하는 기생을 데려 오기도 하고 자신들이 지방에 가 기생을 골라 도성으로 데리고 와서는, 그녀들을 內醫院이나 尙衣司에 이름을 올리고, 대궐 안에서는 女樂을 관장하는 한편 집에서는 기생 영업을 하는 비공인의 기생서방들이다.3)

　　작중인물은 그들과 기능적인 관계를 맺고 있기 때문에 그들에 대한 존

---

3) 李能和 지음, 李在崑 옮김, 『朝鮮解語花史』, 東文選, 1992, 438쪽.

재감을 불명확한 상태로 인식하고 있다. 이와 연결되어 그녀의 관심은 옷차림을 통해 파악되는 포교와 별감이 암암리에 자신의 기둥서방이 될 수도 있는 상황에서 호기심 정도를 동반한 상태로 그들을 맞이하는 사실을 알리고 있다. 그러므로 이 작품은 위와 같은 시적 정황을 통해, 아직 기녀 생활에 익숙하지 않은 작중인물의 행동거지를 가늠하게 한다.

> 서쪽 정자에서 「江上月」 노래 부르고
> 동쪽 누각에선 「雪中梅」를 소리하네.
> 그 누가 번거롭게 이들 곡조를 지어
> 나로금 오래도록 노래하게 만들었나.

> 西亭江上月　　　東閣雪中梅
> 何人煩製曲　　　敎儂口長開
> 　「宕調」, 其四.

전반부에서는 작중인물이 장소를 이동하며 이별의 내용을 담은 노래들을[4] 부르는 상황을 전하고 있다. 이런 정황과 연결되어, 후반부에서는 그녀가 현실에서 웃음과 사랑을 거래하는 존재라고 하더라도 작중인물의 내면에는 비록 스쳐 지나간 인연이었지만 자신의 존재감을 인격적으로 확인시키며 진정한 삶을 나누었던 과거의 사람들과 함께 그 생활을 그리워하는 심정으로 가득하다는 사실을 간절한 분위기로 묘사하고 있다.

---

4) 郭茂倩 編, 『樂府詩集』 卷二十三, 中華書局, 1939, 334쪽의 "樂府解題曰 關山月 傷離別也."를 참고할 때, 「山中月」은 중국의 악부시인 「關山月」이 우리나라의 작품적 분위기로 전환된 악곡명으로 보이며, 미상이긴 하나 인용된 시의 전체적인 분위기로 보아 「雪中梅」 또한 이와 유사한 내용의 작품명으로 보인다.

남들은 우리들 중매 서길 꺼리지만
우리는 사실상 정조 있는 몸이랍니다.
날마다 흥청대는 술손님 가운데서
불밝힌 채 새벽을 맞이하지요.

人疑儂輩媒　　　儂輩實自貞
逐日稱坐中　　　明燭度五更
　「宕調」, 其八.

　시의 첫 부분에서 작중인물은 그 몸이 더럽혀졌다고 의심하며 혼인 말까지 망설이는 타인의 시각으로 규정된 자신들의 정체성에 대해, 그것을 넌지시 거부하고 있다. 그것은 "疑"와 대비된 "實"을 통해 기녀들이 지닌 내면의 덕성까지를 스스로 확정시켜 말하는 태도로 구체화된다. 그리고 이런 자기정체성을 바탕으로 하여 후반부에서는 그녀가 손님과의 관계에서 어떤 역할을 수행하는가라는 사실을 밝히고 있다.

　그런데 넷째 구에 등장하는 "明燭"의 밝은 색감은 어두운 시간대에서 흥청대는 화류계 공간의 한 단면을 사실감 있게 드러내면서 그녀가 담당하는 일이 도덕적으로 비난받아야 할 성질의 것이 아니라는 점을 암시하고 있다.

　이와 같이 이 시는 기녀가 자신의 생활을 스스로 규정하는 자의적 태도에 초점을 맞추며 그녀보다는 술좌석에서 타락한 행동을 요구하거나 자행하는 상대방들로 인해 정숙한 생활을 보장받을 수 없다는 사실을 자신들을 바라보는 타인의 시각에 이입시켜 우회적으로 전달했다고 할 수 있다.

작은 한량 돈이나 중히 여기고
큰 한량이래야 靑綉皮 정도 내세우네요.
요즈음 기생집 나드는 무리들 중에
맑은 풍도로 사귈 이 누가 있을지.

小俠保重金　　　大俠靑綉皮
近日花房牌　　　通淸更有誰
　「宕調」, 其十三.

　작중인물은 기방을 드나드는 인물 평가를 위해 순도를 지닌 심성과 풍류라는 가치기준을 마련하고 있다. 이로부터 전반부에서는 자신이 점유한 공간에 협객이라고 자처하는 고객들이 나든다고 하더라도, 그들은 한결같이 알량한 물질로써 자신을 유혹하며 소시민적인 만족을 기대하는 군상들에 불과하다는 점을 지적하고 있다. 그것은 기녀의 세계에서 바라본 사회의 한 단면이기도 하다. 이런 상황은 그녀로 하여금 정신적인 교감을 나누며 지고한 사랑을 함께 할 수 있는 대상을 그리워하는 원인으로 작용을 하게 된다. 이렇게 이 시는 소외감의 정도가 짙어질수록 타인에 대한 그리움이 강해지는 분위기에서, 물질로 사랑을 저울질하는 현실에 현기증을 느끼며 순수한 사랑의 대상자를 갈망하는 작중인물의 심정을 냉소적인 분위기로 전하고 있다.

그대여 내 머리에 기대지 말아요.
동백기름 당신 옷에 묻는답니다.
그대여 내 입술을 가까이 하지 마셔요.
입술연지 부드러워 흘러들지 모른답니다.

歡莫當儂髻　　　　衣沾冬栢油
歡莫近儂唇　　　　紅脂軟欲流
　「宕調」, 其一.

　이 시는 부정어를 통해 작중인물과 상대방과의 관계가 가까운 거리에 위치하면서도 그들 사이는 결코 가까울 수 없다는 내용을 강조하고 있다. 이는 서로의 관계가 '衣'와 대응된 '髻·唇'과 같이, 그들의 인격적인 측면이 배제된 가운데 신체의 부분적인 요소로써 「나」와 「당신」이 공존하기 때문이다. 이러한 내용에는 작중인물이 자신의 육체적인 아름다움을 상품화한 상태에서 그것을 거래의 차원으로 인식하며 상대방을 대하는 현실적 태도와 함께 그 아름다움을 상품적 가치로 유지시키고자 하는 자기보호적인 심리가 내재되었다고 할 수 있다.

　이와 같이 작중인물은 상대방과의 관계에서 순수한 마음을 지닌 이들을 찾아볼 수 없다는 위의 작품적 분위기가 연장되어, 인간적인 연대의식을 의도적으로 무시해버리고 육체적인 아름다움을 유지시키는 것들에 집착하고 있다.

　　그대 담배 피우며 다가오는데
　　손에는 東萊竹을 들고 있군요.
　　앉기도 전에 빼앗아 감추니
　　'壽福' 새긴 백통대 좋아하기 때문이랍니다.

歡吸烟草來　　　　手持東萊竹
未坐先奪藏　　　　儂愛銀壽福
　「宕調」, 其二.

인용한 작품은 계산된 시각 아래 손님을 맞이하는 작중인물의 행동거지에 초점을 맞추고 있다. 그녀는 다정한 분위기로 상대방을 응시하고 있지만, 그 관심은 인물 자체가 아니라 그가 소유한 물건에 집중된다. 이와 연결되어 그녀는 상대방과의 관계를 물질화된 내용으로 전이시킨 다음 자기 중심적인 가치를 구하려든다. 그렇기 때문에 은백통에 아로새긴 '壽福'은 타인이 소유한 물건으로 자신의 행복을 만족시키고자 하는 작중인물의 내면심리를 가시화시킨 것이라고 할 수 있다. 이렇게 본다면, 이 시는 작중인물과 상대방과의 관계가 연기로 사라지고 마는 담배의 속성과 같이 한시적인 성격을 지닌다는 사실을 전제로 하여, 그가 소유한 사물을 점유함으로써 자신의 삶을 풍요롭게 하려는 작중인물의 조급한 행동을 묘사했다고 하겠다.

> 내 은반지 모질게 빼앗아가고선
> 매듭 풀어 옥선추를 건네는구나.
> 金剛山을 그린 부채
> 남겨두어 다시 누굴 농락할건가.

> 奪儂銀指環　　　解贈玉扇墜
> 金剛山畫扇　　　留欲更誰戲
> 　「宕調」, 其三.

인용한 작품 또한 사물을 중심으로 하여 남녀 사이의 변화적 관계가 전개된다. 전반부에서 상대방이 은반지를 가로채가며 그보다 열등한 가치의 사물을 작중인물에게 건네는 일은 그의 애정이 식어버린 가운데 그녀에 대한 관심이 다른 여성에게 옮겨질 수 있는 계기를 마련하게 되어, 그녀의 불행감을 가중시키는 요인으로 작용하고 있다. 이렇게 소외감이

야기되는 상황에서 작중인물은 상대방이 지닌 속물적인 근성을 내면화된
어조로 비난하고 있다. 그것은 자신에 만족하지 않고 그럴듯한 물질을
앞세워 또 다른 대상을 유혹하리라는 직감에서 그의 태도를 냉소적으로
응시하는 내용으로 이루어져 있다.

　이때 부채의 속성이 바람을 일으키는 것이라고 한다면, 셋째 구는 상
대방의 소유물을 통해 그가 바람둥이의 속성을 지녔다는 사실을 효과적
으로 암시했다고 볼 수 있다.

　　그대 오더라도 귀찮게 굴지 마세요.
　　나는 지금 가난을 걱정할 뿐
　　있는 것이라곤 많은 구슬이래 봐야
　　그 값 쳐주기는 겨우 엽전 열닷 꾸러미.

　　歡來莫纏儂　　　儂方自憂貧
　　有一三千珠　　　纏直十五緡
　　　「宕調」, 其五.

　작품의 전반부에서는 「나」와 「그대」와의 관계가 동질감을 형성할 수
없는 이유를 궁핍한 생활 때문에 현실에 대한 불안의식이 고조된 작중인
물의 처지에서 설명하고 있다. 이런 내용을 바탕으로 후반부에서는 자신
을 보호하려고 애쓰며 물질을 통해 행복을 보상받으려고 했던 작중인물
이, 그 진정한 자아는 상실한 채 '三千珠'로써 그녀의 존재감을 대신하고
있지만 현실에서의 그 통화가치는 미미한 것이라는 자탄 어린 목소리를
통해, 가치가 하락된 자신의 처지를 부각시키고 있다. 따라서 이 시는 작
중인물이 소유한 물질을 통해 그녀가 경제적으로 열등한 존재로서 전락
한 상황을 부각시켰다고 할 수 있다.

내 부르는 '靈山會上' 소리 듣고서
반무당 다됐다고 놀려대누나.
하지만 이 자리에 모이신 영감님네
어찌 모든 분이 화랑이실까요.

聽儂靈山曲　　　譏儂半巫堂
座中諸令監　　　豈皆是花郎
　　「宕調」, 其十.

　연회석의 흥거운 분위기를 배경으로 한 이 작품은 작중인물과 손님들과의 관계가 결코 웃음이 꽃필 수 없다는 점을 밝히고 있다. 그것은 사회의 모순된 계층구조가 시적 정황을 지배하기 때문이다. 작중인물은 '拍碎端午扇 低唱界面調. 一時知我者 齊稱妙妙妙'와5) 같은 예능적인 자부심을 갖고 '靈山會上'을 노래하고 있지만, 그것을 향유하는 양반층은 소리의 세계를 통해 승화된 현실에 눈뜨기보다 선점된 사회계층의 차별적인 척도로써 재능을 규정하며 그녀의 인간성과 예술성을 조롱하고 있다.

　이런 정황에서 작중인물 또한 그에 걸맞는 대응으로 그들의 비속한 태도를 비난한다. 즉 그녀는 기지를 발휘하여 놀이를 향유하는 양반들에게서 자신을 평가한 신분과 동질적인 요소를 발견하고, 부분적인 부정의 목소리를 내고 있지만 실은 그 모두를 '花郎'이라고 범주화시킴으로써, 그들의 이면에 숨겨진 기만적인 속성에 능동적인 대응을 하고 있다. 그러므로 이 작품은 작중인물의 시선을 통해 사회의 잠재적인 권위가 지배되는 놀이석상의 분위기를 다루며 그 모순된 문제점을 제기하였다.

---

5) 「宕調」, 其六.

내가 지은 사당노래에 반해
시주는 한결같이 거사님들이시네.
노래 소리 이르는 곳마다
"나무아미."

農作社堂歌　　　施主盡居士
唱到聲轉處　　　那無我愛美
　　「宕調」, 其十四.

　인용작품은 聲色에 집착함으로써 그 진면목으로부터 거리가 먼 종교인들의 행태를 풍자하고 있다. 즉 이 시는 남사당을 일컫기보다 생활을 영위하며 불도를 구하는 거사들이 사당패의 일원으로 보이는 작중인물의 노래에 깊이 공감을 하며 근엄한 태도로 염불을 외치는 반응을 보이더라도, 그들은 실상 그녀의 재능과 외모에 빠져 있기 때문에 연희의 세속적인 분위기에 도취될 수밖에 없는 정황을 강조시켜 묘사하고 있다.

　이와 관련하여 작중인물은 넷째 구에서 '나무아미타불'을 "어찌 내가 사랑스럽고 아름답지 않으랴."라는 의미의 언어유희를 동반시켜 표현함으로써,6) 그녀의 재능을 은근히 과시하며 그들의 비속한 태도를 효과적으로 비난하고 있다.

　술상엔 蕩平菜 가득 쌓인 채
　술좌석 方文酒에 흠뻑 취했네.
　가난한 선비 아내 곳곳에 있어
　밥 한술마저 먹지를 못하는데도.

---

6) 金均泰, 「詩文學論」, 『李鈺의 文學理論과 作品世界의 研究』, 創學社, 1991, 79쪽.

盤堆蕩平菜　　　　席醉方文酒
幾處貧士妻　　　　鎗飯不入口
　「宕調」, 其十五.

　이 작품 또한 작중인물의 대사회적인 시각을 드러내는 시라고 할 수 있다. 전반부에서는 술좌석의 흥청대는 분위기를 반영하며 술에 만연된 양반들이 비이성적인 태도를 가질 수밖에 없음을 암시하고 있다. 이 가운데는 사물에 투영된 언어의 다의적 의미를 사용하여, 당시의 정치적인 모순을 해결하고자 시행했던 탕평책과 함께 현란한 정책안을 중구난방으로 제시하여 도리어 시대적 혼란만을 불러일으키는 사대부들의 결함을 지적하는 작가정신이 내재되었다고 할 수 있다. 이
　런 문제의식과 유기적인 관계를 맺고, 후반부에서 작중인물은 여성의 처지에서 소외된 이들과 동질감을 형성하며 당시 사회의 궁핍한 생활상을 고발하고 있다. 그러므로 이 시는 빈부의 차가 극심하기 때문에 다수의 이들이 생존마저 위협받는 당시의 사회 단면을 음식을 소재로 하여 비판했다고 할 수 있다.
　이상과 같이, 이옥은 「宕調」에서 一牌로부터 女社黨牌에 이르는 기녀층을 주인공으로 삼아, 희로애락이 교차하는 가운데 생존경쟁에 시달리는 그녀들 개인생활의 다양한 면모와 함께 소외계층의 일인으로서 바라본 당대 사회의 결함적인 모습을 사실감 있게 묘사했다. 이런 중에 그는 작품을 통해 수반되는 정서의 질적 내용이 규범적인 성격에서 일정한 범주를 넘어선 성질의 것이라고 할지라도 그 자체를 하나의 문학적 가치로 수용을 하며, 그 심층적 차원에서는 인간의 진실한 삶의 가치를 모색하려는 시정신으로 충만하였다.

2) 비인간적 생활에서의 절규

네 번째 유형의 작품군인 「悱調」는 세계와 어긋나 있는 작중인물의 생활을 여러 양상으로 다루었다. 구체적으로 말한다면, 「悱調」의 작품은 작중인물을 둘러싼 외부 환경 즉 서민의 아내로서 겪어야 하는 괴로운 생활 또는 도덕적으로 타락하거나 정신적인 결함을 지닌 남편으로 인해 고통받는 그 처절한 모습들을 형상화했다. 이런 내용의 작품 의도로서 이옥은 다음과 같은 사실을 밝혔다.

> 『詩經』에 이르되 "宵雅는 원망하면서도 울분스러워 하지 않는다."고 했으니, 悱라는 것은 원망하면서 그것이 이미 심한 것을 일컫는다. 무릇 세상의 인정이 雅를 한번 잃으면 艶에 이르고, 艶하게 되면 그 형세가 반드시 宕으로 흐르게 된다. 세상에 이미 宕이란 것이 있은 즉 또한 반드시 원망이 있게 되며 진실로 원망을 하게 되면 반드시 그것이 심하게 되기 마련인 것이다. 이것이 바로 悱 를 짓게 된 까닭인데, 悱라는 것은 그 宕을 울분스럽게 여기는 것이어서 그런 즉 이 또한 혼란이 극도에 이르면 다스림을 생각하여 돌이켜 雅에서 구한다는 뜻이다.[7]

그런데 이와 같은 설명에는 인간의 이성으로서만 제어할 수 없는, 「宕調」보다 더욱 짙게 배태된 그 한스러운 감정들을 토로하는 작중인물을 통해 인간을 더욱 포용력 있게 통찰하면서 그로부터 삶의 진실한 가치를 추구하려는 이옥의 작가정신이 함유되어 있다고 할 수 있다.

---

7) 위의 책, 「悱調小序」. "詩曰 宵雅怨而不悱 悱者怨而已甚之謂也 大凡世之人情 一
   失於雅 則至於艶 艶則其勢必流於宕 世旣有宕者 則亦必有怨者 苟怨之 則必已甚
   焉 此悱之所以有作 而悱者所以悱其宕也 則此亦亂極思治 反求於雅之意也."

가난한 집 여종될지언정
서리의 아내는 되지 말아요.
순라 시작될 즈음에야 돌아왔다간
바라 후에 곧바로 되돌아간다네.

寧爲寒家婢　　莫作吏胥婦
纔歸巡邏頭　　旋去破漏後
　「悱調」, 其一.

　작중인물의 자기비하는 격무에 시달리는 하급관리인 남편으로 인해
유발되는데, 작품에 등장하는 일은 자아를 실현하고 가정을 행복하게 만
드는 성격과는 거리가 멀다. 오히려 그 일은 남편을 일정 공간의 범주
안에 가두기 때문에 유기적으로 작중인물을 가정에서 소외시키고 있다.
이렇게 이 시는 넓은 세계와 단절된 채 국한된 자기생활의 테두리 안을
맴도는 남편을 응시하며 작중인물이 그와 공존할 수 없는, 행복한 시간
이 결여된 현실을 하소연하는 내용을 담고 있다.
　그리고 이 같은 시적 분위기는 “寧爲吏胥婦 莫作軍士妻 一年三百日
百日是空閨”에서도8) 지속되고 있다. 이 작품에서는 작중인물이 남편과
함께 하는 시간 단위를 일년을 기준으로 계량화하는 정황을 통해, 위의
작품보다 더욱 어두운 분위기로 그녀의 공허감을 전달하였다.

역관 부인 되더라도
장사꾼 아내는 되지 말아요.
반년만에 湖南에서 돌아왔다간
오늘 아침 또다시 關西로 향하네.

---

8) 「悱調」, 其二.

寧爲譯官婦　　　莫作商賈妻.
半載湖南歸　　　今朝又關西
「俳調」, 其四.

인용한 시 또한 작중인물이 오랫동안 남편과 함께 지낼 수 없는 상황을 서러워하고 있다. 이 작품에서 작중인물이 현실과 불협화음을 이루게 되는 것은 생활을 영위하기 위해 가정 밖의 먼 거리에서 대부분의 시간을 소비하는 남편 때문에 비롯된다. 이 때 과거와 현재 그리고 미래의 시간은 한결같이 화폐를 위하여 존재하며, 이와 유기성을 갖고 등장하는 공간들 또한 상품에 지배되는 결과를 낳는다. 결국 이 작품에서는 인간과 시간 그리고 공간까지도 모두 그 고유한 가치를 상실하고 마는 속성을 갖게 된다.

장사꾼 부인되더라도
난봉꾼 아내 되지 마세요.
밤이면 매일같이 그 어느 곳 향하는지
오늘 아침 술 심부름 다시 이어지누나.

寧爲商賈妻　　　莫作宕子婦
夜每何處去　　　今朝又使酒
「俳調」, 其五.

앞에서 인용한 작품들은 남편이 가정의 외부 공간에서 대부분의 시간을 보내기 때문에 그와 격리된 작중인물의 원망스러운 마음을 전한다면, 이 시는 작중인물과 함께 생활을 한다고 해도 방탕한 행동을 자행하는 남편으로 인해, 지속적으로 압박감을 받을 수밖에 없는 그녀의 암울한 현실을 그리고 있다.

곧 작품에 등장하는 남편은 공허한 영혼의 소유자로서 가정에 대한 책임감을 결여한 채 육체적인 향락을 구하는 이기심으로 가득 차 있으며, 작중인물에게 일종의 비인간적인 요구를 하기도 한다. 이런 모습은 불특정의 주색가 공간을 방황하거나 강짜를 부리며 작중인물에게 술 심부름을 강요하는 상황으로 구체화되고 있다.

이렇게 이 시는 하루의 시작과 끝이 전도된 시간적 속성과 그 지속적인 시간대에서의 남편의 열등한 행위를 중심으로 탕자의 아내가 고통을 받는 모습을 묘사했다.

그대를 사나이로 일컬으면서
여자 한 몸 송두리채 맡겼더니
나를 어여삐 여기질 못하고
어쩌자고 자주 참혹하게만 구는지.

謂君似羅海　　　女子是托身
縱不可憐我　　　如何虐我頻
　「悱調」, 其六.

이 작품은 작중인물의 기대하지 못했던 자기 변화에 대한 고통감을 노래하고 있다. 그녀는 지아비가 지녀야 할 당위적인 남성상으로서 그를 호칭하는 우리말을 '似羅海'라고 音借하고 있는데, 이곳에는 지아비가 정신적인 아름다움과 넓은 마음으로 자신을 감싸줄 것이라는 기대감을 담았다고 할 수 있다.

하지만 그녀가 자신을 모두 의탁한 채 지아비에게 순응하며 살고 있는 현실은 그를 이상적으로 신뢰했던 내용과는 상반된 악몽스러운 것뿐이다. 이는 작중인물의 현실이 남편과의 관계에서 그의 잔혹스러운 태도 이외에 그 어느 요인에 의해서도 결정될 수 없는 성격을 지녔기 때문이다.

이런 관점에서 이 작품은 남편의 비인간적인 대응태도로부터 희망이 어두운 체념으로 변하게 되는 작중인물의 절망감을 자탄 섞인 분위기로 전한다고 볼 수 있다.

하루에 수없이 만나더라도
그때마다 한결같이 화만 내네
발뒤꿈치 계란처럼 동그란데도
이를 보고 다시금 꾸짖기만 하누나.

一日三千逢　　　三千必盡嚇
足趾鷄子圓　　　猶應此亦罵
　「悱調」, 其十五.

현실의 또 다른 무대에서는 일종의 폭력을 동반한 남편의 언행으로 인해 인간성마저 상실하고 마는 작중인물의 고난이 그려지고 있다. 이 시는 남편이 작중인물의 의지와는 무관하게 현실의 영역을 독차지한 채 그녀와 부정적인 관계만을 형성하고 있기 때문에, 작중인물은 자신의 아름다운 모습이 부당한 지적감이 된다고 하더라도 그에 대해 적절한 대응을 하지 못하고 오히려 불안감에 시달릴 수밖에 없는 모습을 고통을 안겨주는 남편의 행태 안에 함축시키고 있다.9)

머리 빗질하는 틈을 타서
옥잠아를 훔쳐 가누나
있더라도 내겐 쓸모 없는 물건이나
뉘에게 건네 줄 지 알지 못하겠네.

間我梳頭時　　　偸得玉簪兒
留固無用物　　　不識贈者誰
　　「悱調」, 其八.

　　전반부에서는 작중인물이 정결한 마음가짐과 몸가짐을 준비하려는 상황에서 그녀 몰래 옥비녀를 탈취해 가는 남편의 모습을 통해, 작중인물의 존재감을 극소화시키고 있는 그의 혐오스러운 인간성을 묘사하고 있다. 이와 연결되어 후반부에서는 정신적으로 소원하기만 한 작중인물과 남편과의 관계로부터, 그들 사이에 놓여진 사물이 그녀에게 어떤 의미와 행복도 제공하지 못한다는 사실을 전하는 가운데 자신에게서 빼앗은 물건으로 또 다른 여인의 환심을 사려고 드는 남편에 관심을 갖기보다 오히려 그가 쳐놓은 덫에 농락당할 상대방을 궁금해하는 어조를 통해, 작중인물의 남편에 대한 단절감을 지속적으로 드러내고 있다.

　　국과 밥 난폭하게 이끌어다
　　나를 쏘아보고 문에 집어던지네.
　　당신 입맛 변한 때문이지
　　내 솜씨 이전과 별다를손가.

---

9) 이런 분위기는 「悱調」, 其十의 "巡邏今散未 郎歸月落時 先睡必生怒 不寐亦有疑"
　　에서도 발견할 수 있다. 이 시에서는 작중인물에게 오로지 강요된 현실만을 전부로
　　알며 살아가기를 고집하는 남편의 비인간적인 태도가 원인이 되어, 그가 밤늦게 귀
　　가하는 상황에서조차 작중인물이 피해의식에 사로잡히게 되는 내용을 전하고 있다.

亂提羹與飯　　　照我面門擲
自是郎變味　　　妾手豈異昔
　　「俳調」, 其九.

　작중인물의 인간성을 유린하는 상황이 또 다른 현실의 모습으로 제시되고 있다. 전반부에서는 그녀가 겪은 체험을 매개로 하여 남편이 작중인물에게 행사한 폭력적인 행동을 부각시키고 있다. 이어 후반부에서는 그런 일이 유발되는 주원인이 자신의 변덕스러움을 스스로 채우지 못해 일어나는 불만스러운 요소를 작중인물이 해결해주기를 바라며 그 책임을 악의적으로 전가하는 남편의 비열한 속성 때문이라는 사실을 지적하고 있다.

　　길다란 다리 마구 놀리며
　　무단히 공 놀리듯 나를 차대네.
　　고운 얼굴에 푸른 멍 생긴 뒤
　　무어라 시아버님께 변명을 하리오.

使盡闌干脚　　　無端蹴踘儂
紅頰生靑後　　　何辭答尊公
　　「俳調」, 其十一.

　남편으로부터 구타를 당하는 작중인물이 가족 중에 조심스러우면서도 자신을 가장 잘 이해해 줄 수 있는 대상을 향해서조차 그 상처에 대한 경위를 은폐하려는 상황을 전하고 있다. 이는 작중인물이 남편과의 관계가 근본적으로 단절되어 스스로 폐쇄적인 태도 속에서 자신을 보호하려는 마음을 앞세우기 때문이다.
　전반부에서는 웅크리고 앉은 작중인물의 위치에서 바라본 남편의 신체에 초점을 맞추며 그가 능숙한 솜씨로 자신에게 발길질을 해대는 상황을 묘사하고 있다. 그것은 부부의 정의를 내팽개친 채 자신을 향해 무자비하도록 분노감을 퍼붓는 남편과의 관계에서, 육체적 고통과 함께 심리적인 고통을 동반한 가운데 지옥과 다름없는 생활을 살아가는 작중인물의 공포감을 생생하게 전달한다.

이런 내용과 연결되어 후반부에서는 얼굴에 멍이 들 시퍼런 색감을 통해 작중인물의 가정생활이 파국으로 치닫는 분위기라는 상황을 암시하면서, 그런 속에서도 주변 인물을 의식하는 그녀의 태도로써 작중인물이 비참한 현실에 사로잡힌 채 죽음과 같은 재난을 스스로 해결할 수 없는 처지를 그리고 있다.

정녕 용한 점쟁이로구나.
"좌삼재"라고 풀이하니
도화서에 돈을 보내어
별도로 커다란 매 부적 사왔네.

丁寧靈判事　　　　說是坐三災
送錢圖畵署　　　　別購大鷹來
　「悱調」, 其十三.

자신에게 주어진 생활을 힘겨워 하는 작중인물은 그 원인과 해결책을 알아 이런 상황으로부터 벗어나려는 의도에서, 당시 일반민의 문화적인 관습을 반영한 태도로 점쟁이를 방문한다. 그리고 그녀는 자신에게 드리운 삶의 어두운 그림자가 일종의 운명적인 일로서 자신의 의지로는 해결할 수 없다는 그의 풀이에 감탄 섞인 어조로 동조한다. 이런 정황은 작중인물이 자신의 삶으로부터 얼마나 소외되었는가 하는 정도를 암시한다. 이어서 그녀는 운명의 무게를 떨치고자 하는 기대감을 안고 액풀이를 하는 방법으로, '大'의 양감을 통해 자신의 정성을 특별히 담아, 관가에서 판각한 三頭一身의 매를 그린 부적을 구입하고 있다.

하지만 이런 대응으로 현실에 대한 작중인물의 바람이 성취될 수 있을까 하는 문제는 계속 미완의 상태로 남겨진다고 할 수 있다. 이는 그녀가 기대하는 가정의 평화로운 생활이 근본적으로 남편과의 관계에서 비롯된다고 할 때, 그와의 관계가 돈독히 맺어지는 모습이 배제된 상태에서 가정의 부조화가 일방적으로 남편의 생활적 조건 또는 그의 비이성적 행위로부터 야기되기 때문이다.

오래 아들이 없어 일찍부터 한스럽더니
무자식 도리어 상팔자로 여겨지네.
아들마저 지애비를 닮았다면은
남은 인생 다시금 같은 눈물 이어지리.

早恨無子久　　　無子反喜事
子若渠父肖　　　殘年又此淚
　「悱調」, 其十二.

작중인물은 자신을 파멸시키는 남편으로 인해 여성으로서 본능적으로 갈망해야 할 아들에 대한 존재감과 기대감마저 거부한다. 곧 위기의식에 끊임없이 시달리며 불안감을 떨치지 못하는 그녀는 남편과 유사한 품성을 지닐 아들과의 관계를 상상해보는 가상적인 상황을 내세운 다음 그 일이 자신의 불행을 지속시키기만 할 뿐이라는 독백을 통해, 남편에 대한 원망감을 집약적으로 드러내고 있다.

그러므로 이 시는 남편에 대한 증오심이 아들이 없는 작중인물의 결핍된 현실을 스스로 위로하는 일로 변모하면서 그녀에게 도리어 일종의 안도감을 제공하는 분위기를 역설적인 어조로 전하고 있다.

> 시집올 때 차려 입은 고운 다홍치마
> 간직했다 수의를 지으려고 했는데
> 남편네 투전 빚 갚아야 하기에
> 오늘 아침 울면서 팔고 왔다네.

> 嫁時倩紅裙　　　留欲作壽衣
> 爲郞鬪箋債　　　今朝淚賣歸
> 　　「悱調」, 其十六.

작중인물은 결혼생활의 시작으로부터 마지막까지의 기간을 거시적인 안목으로 응시하며 그것을 아름답게 준비하려고 했지만, 노름에 탐닉하는 남편 때문에 그 꿈이 무참하게 깨어져버리는 현실을 여울진 긴 탄식의 소리로 노래하고 있다. 그것은 타인으로만 여겨지는 남편으로 인해 자신의 꿈이 物化된 내용으로 전락하는 과정에서, 남편이 부당한 일들을 자행하더라도 남존여비라는 운명의 굴레에 사로잡혀 스스로의 운명을 바꾸지 못한 채 부당한 현실에 순응하며 살았던 봉건시대 여성들의 비애감을 집약하고 있다. 이렇게 인용한 작품은 슬픔만을 제공하는 남편이 원인이 되어, 이상적인 꿈을 이루지 못하고 평생을 한스럽게 살아야 하는 작중인물의 눈물진 인생을 애절한 분위기로 묘사하고 있다.

이와 같이, 「悱調」의 작품은 일과 돈에 매달릴 수밖에 없거나 주색과

도박에 빠지고 그것도 모자라 폭력을 행사하는 남편들로 인하여, 짙은 소외감과 불안감을 가슴에 안은 채 고통스러운 삶의 긴 길을 걸어야만 했던 조선후기 서민층 여인들의 슬픔을 사실감 있게 다루었다. 바꾸어 말한다면, 이옥은 「悱調」에서 선점된 사회 분위기 또는 폭력적인 권위적 성격의 남편이 지배하는 현실에서, 그 상황에 대한 변화를 구하거나 기대하지 못하고 자기 내면의 쓰라린 상처를 독백처럼 되뇌이는 봉건제사회 내 서민계층 여성들의 전형적인 비애감을 생생하게 형상화했다. 그리고 이런 작품의 이면에는 좌절과 비탄의 심연에 빠진 작중인물의 모습을 통해 부조리한 인간상과 사회상을 직시하며, 그 황량한 세계 너머에 존재하는 인간 본연의 순수한 삶의 모습들을 재발견하려는 이옥의 작가정신이 깊이 스며있다고 할 수 있다.

3. 「俚諺引」에 반영된 작품의식

이상과 같은 작품 분석을 통해 확인한 바와 같이, 이옥은 「俚諺」을 통해 조선후기 여성들의 생활상을 입체적으로 묘사했다. 그런데 그가 동시대의 여성상을 작품화한 이면에는 어떤 문예인식이 전반적으로 작용했을까 하는 의문이 제기된다. 그는 「俚諺引」에서 가상적인 인물과의 문답을 통한 대화형식으로 이 문제에 대한 답변을 스스로 진행했는데, 우리는 이를 통해서 그의 작품의식을 가늠해 볼 수가 있다.

이옥은 먼저 『詩經』이 경전에 해당하면서 그 편찬자와 주석자가 유학을 대표할 만한 성인들이 담당했던 일과, 「思無邪」로 대표될 수 있는 작품 개요와 함께 『詩經』의 공용적 가치가 개인과 사회를 고무시킬 수 있다는 점을 상기시켰다. 이런 내용을 토대로 하여 그는 「國風」을 대표하는 「周南」·「召南」의 작품이 대부분 여성의 일을 다루었다는 사실을[10] 이끌어내며, 그 이유를 다음과 같은 내용으로 설명했다.

이옥은 남녀의 정을 다룬 시가 문학의 전형적인 성격을 지니기 때문에 삶의 보편적인 진실성을 제시할 수 있다고 강조했다. 구체적으로 말한다면, 그는 남녀 사이에서 빚어내는 정서의 세계를 통해 작품에 등장하는 개인의 성품과 가정의 기품적 자질 그리고 문화의 건전성 여부와 함께 사회의 명암적인 모습 나아가 자연의 이성적 질서의 가치까지를 조망할 수 있다고[11] 보았다. 그런데 이런 관점에는 『詩經』 「國風」의 작품 성격을 재조명하는 가운데 「俚諺」을 통해 그와 동질의 작품을 창작하려는 이옥의 시의식을 담고 있다.

그러므로 합환주의 푸른 술잔, 신방의 붉은 촛불, 폐백시의 問聘, 신랑·신부의 交拜 또한 眞情이고 규방, 수놓은 화장 상자, 사납게 싸우는 일, 서로 화내고 성내는 일도 眞情입니다. 그리고 담황색 발을 친 옥난간에서 눈물을 흘리며 바라보는 가운데 꿈에 그리던 님을 생각하는 것 또한 眞情이요, 아름다운 누각이나 버들 드리운 번화한 곳에서 돈에 웃음을 팔고 옥에 노래를 파는 것도 眞情이며, 원앙 베개와 비취 이불에 누비고 비기며 즐거움을 구하는 일 또한 眞情이니, 오로지 이 일종의 眞情은 어디간들 참되지 않음이 없답니다. 가령 그 단정하고 공경하며 한결같이 정숙하여 다행스럽게 그 바름을 얻어도 이 또

---

10) 위의 책, 「俚諺引」, 「二難」. "然弟子窃有請於先生者 幸先生卒教之 敢問詩傳者何也 曰經也 誰作之 曰時之詩人也 誰取之 曰孔子也 誰註之 曰集註朱子 箋註漢儒也 其大旨何 曰思無邪 其功用何 曰敎民成善也 曰周召南何也 曰國風也 所道者何 久之 曰 多女子之事也 凡幾篇 曰周十有一篇召十四篇也."

11) 위의 책, 같은 곳. "夫天地萬物之觀 莫大乎觀於人 人之觀 莫妙乎情 情之觀 莫眞乎觀於男女之情 有是世 有是耳 有是身 有是事 有是事 便有是情 故觀乎此 而其心之邪正可知 人之賢否可知 其事之得失可知 其俗之奢儉可之 其土之厚薄可知 其家之興衰可知 其國之治亂可知 其世之汚隆可知矣."

한 참된 하나의 정이요, 만일 그 방탕하고 편벽되며 나태하여서 불행하게도 그 올바름을 잃는다고 하여도 이 또한 참된 하나의 정인 것입니다. 오직 그 참된 것이기 때문에 그 바름을 잃는 것 또한 규계할 수 있으며, 오로지 그 참됨을 본받을 수 있고 참됨을 지킬 수 있기에 그 마음과 그 사람과 그 일과 그 풍속과 그 지역과 그 집과 그 나라와 그 세대의 情 또한 이를 따라 살필 수 있고, 천지만물을 통찰하는 일이 여기에서 남녀의 정을 바로 살피는 것보다 더 참다운 것이 없습니다.[12]

이는 「雅調」로부터 「悱調」에 이르기까지 그 전반적인 작품세계의 면모와 함께 그의 작가정신을 개괄적으로 서술한 부분이다. 이 인용문의 내용은 이옥이 조선후기의 현실세계를 구성하는 그 총체적인 국면과 관련을 맺으며 유발되는 남녀의 정을 통해, 개인과 가정 그리고 당대사회를 통찰하고 그로부터 삶의 참다운 가치들을 이끌어 내려는 구상 아래 「俚諺」을 작품화했던 사실을 알리고 있다.

그런데 인용문의 전반부에서 「俚諺」의 작품 상황을 구체적으로 열거하고 있듯이, 이옥은 그 일이 인간의 이성적인 도덕성을 포함하는 이외에도 그 범주 외부의 복합적인 감정까지를 꾸밈없이 드러내는 진정한 정서에 바탕을 두고 있을 때 가능하다고 보았다. 이는 인간의 그 모든 가능성을 추구하는 문학적 진실의 토대 위에서 삶의 질서정연한 모습들을 재추구할 수 있다는 말과도 상통한다. 그렇기 때문에 그는 眞情을 작품에서 구비해야 할 또 하나의 문학적 가치로서 중시했다.

---

12) 위의 책, 같은 곳. "故綠爹紅燭問聘交拜 亦眞情也 香閨繡盦狠鬪忿恚者 亦眞情也 緗簾玉欄淚望夢思者 亦眞情也 靑樓柳市笑金歌玉者 亦眞情也 鴛枕翡衾縷紅倚翠者 亦眞情也 惟此一種眞情 無處不眞 使其端莊貞一 幸而得其正焉 是亦眞個情也 使其放僻怠 不幸而失其正焉 此亦眞個情也 惟其眞也 故其失正者 亦可戒焉 惟其眞可以法 眞可以戒也 故其心其人其事其俗其土其家其國其世之情 亦從此可觀 而天地萬物之觀 於是乎莫眞乎觀男女之情矣."

이옥이 眞情을 기초로 하여 개인과 사회의 올바른 길을 추구하려고 했던 또 다른 이유는 가식적인 감정으로 점철되거나 음풍농월 혹은 관념적인 세계를 공허하게 맴도는 작품으로서는13) 참다운 문학정신이 구현될 수 없다고 믿었기 때문이다. 이런 측면은 당시 문단의 안일한 문학행위에 대해 반성을 촉구하는 이옥의 투철한 시정신이기도 하다.

그런데 이옥이 진실한 정서를 중시했던 이면에는, 그가 자연의 존재원리를 출발점으로 삼아 인간 내면정서의 자유로운 유출이라는 측면을 작품의 원리로 삼았던 일과 밀접한 관련이 있다. 시인은 대상세계와 교융을 한 작품 내용을 운율의 언어로 전달한다. 즉 시에는 서정적 자아와 대상세계라는 두 축이 공존을 한다. 그런데 이옥은 서정적 자아의 역할을 축소시키는 한편 대상세계의 영역을 확대시키며 시의 형상화 과정을 언급했다. 그것은 시인이 사소한 감정마저를 배제한 상태에서 五官을 통해 자연으로 대표되는 대상과 교융하며 형성한 내적 정서를 자연의 속성에 가까운 모습으로 언어화할 것을14) 강조한 내용이다. 이렇게 정서의 자연스러운 유출이라는 문제와 유기성을 갖고 그는 동시대에서 이런 면모를 구비할 수 있는 시적 대상을 여성에게서 발견했다.15) 이러한 이유

---

13) 위의 책. 같은 곳, "蓋人之於情也 或非所喜而假喜焉 或非所怒而假怒焉 或非所哀而假哀焉 非樂非哀 非惡非欲 而或有假而樂而哀而惡而欲焉 誰眞誰假."와 "若潛心理窟 吟弄乎風月 則何屑及於此也 若逃身麴壘 酣歌乎花柳 則亦何能及於此也"의 내용을 종합하였다.

14) 위의 책, 같은 곳, 「一難」. "天地萬物之於作之者 不過托夢而現相赴箕而通情也 故其假於人而將爲之詩也 溜溜然從耳孔眼孔入去 徘徊乎丹田之上 續續然從口頭手頭上出來 而其不干於人也."의 내용을 참고할 수 있다. 그런데 이 글을 주 35)의 내용과 연결지어 보면, 자연은 남녀의 정을 중심으로 전형화되기 때문에, 조선후기 여성들의 생활상이 작품의 대상세계로 설정된 「俚諺」에서는 서정적 자아가 여성의 내면정서를 그 천연의 모습 그대로 포착, 형상화하려는 성격으로 전환된다고 하겠다.

15) 위의 책, 같은 곳, 「二難」. "且有說焉 女子者偏性也 其歡喜也 其憂愁也 其怨望也 其譴浪也 固皆任情流出 有若舌端藏針眉間弄斧 則人之合乎詩境者 莫女子妙矣 婦

들로 말미암아, 이옥은 남녀의 관계에서 유발되는 그 다양한 정서들을 여성을 중심으로 형상화했던 것이다.

이상과 같은 논의를 요약해 본다면, 이옥은 시의 원리로서 자연의 존재 원리와 상응되게 인간의 자연스러운 감정 유출이라는 문제를 전제로 하여, 시적 대상으로서 당시 사회에서 다양한 모습으로 생활하는 여성들을 문학의 전형적인 성격으로 선택한 다음 그들의 내면에 자리잡은 복합적인 정서세계를 자연스러운 분위기로 노래한 작품을 통해, 당대 사회를 종합적으로 이해하며 그 결함적인 요소를 극복할 수 있는 작가적 전망을 추구했다고 볼 수 있다.

이러한 그의 작품의식은 「俚諺」의 작품세계와 일치하는 성격을 갖고 있다. 즉 「雅調」에서는 사대부 집안의 여인이 정숙한 마음가짐을 추구하는 태도를 그리고 이와 대조적으로 「艶調」에서는 富商家 여인이 호사스러운 생활에 탐닉하는 모습을 그렸다. 또한 「宕調」에서는 기녀층이 웃음과 사랑을 거래하며 빚어내는 애증의 감정과 함께 양반계층의 모순을 풍자하는 상황을 언급한 반면 「悱調」에서는 서민층의 여인들이 자신을 둘러싼 외부환경의 모순으로 인해 고통스럽게 절규하는 모습을 다루었다. 그리고 이러한 작품을 통해 나타난 그 다양한 정서세계를 승화시켜 나가며 참다운 인간상과 사회상을 재발견하고자 했다.

이와 동시에 그는 자연스러운 정서감을 도모하기 위해, 작중인물의 시각과 목소리를 시인 자신과 일치시킨 시적 태도로 그녀들의 생활 감정을 소박한 일상어와 단순한 리듬 그리고 민요의 성격을 지닌 시형으로 형상화했다.

人尤物也 其態止也 其言語也 其服飾也 其居處也 亦皆到盡底頭 有若睡中聽鶯醉後賞桃 則人之具乎詩料者 莫婦人繁矣."

이와 같은 작품 성향은 그 시대의 삶의 총체적인 문제를 일정한 수준으로 다루었다 하더라도, 사회변동이 가속화되었던 조선후기의 사회에서 고전의 정신을 재생성해 내며 개인과 사회의 진실한 가치들을 참다운 정서의 세계를 통해 구현하려고 한 이옥의 시정신과 표현의식을 반영한다고 하겠으며, 그를 실학파 문인으로16) 평가할 수 있는 하나의 척도가 된다고 할 수 있다.

이옥이 구비한 설학파 문인으로서의 면모는 그가 우리나라 문학에 대한 가치를 소중히 여기며 「俚諺」을 창작했던 내용에서도 확인할 수 있다.

「俚諺引」에는 이옥이 가상적인 인물의 질문을 받고, 그가 國風·樂府·詞曲과 같은 중국 장르의 작품을 본받기보다 「俚諺」이라는 특이한 이름의 시 작품집을 창작했던 이유를 자연의 존재원리에 대한 자신의 견해를 바탕으로 삼아 설명한 부분이 들어 있다. 그는 천지만물이 매순간 다른 모습으로 변화를 거듭하며 항구적으로 존재하는데, 서로 다른 시간과 공간 그리고 인간의 모습에서 발견되듯이 그 만물은 개별적으로 고유한 가치를 동등하게 지닌 부분 요소들의 연속적인 집합체로 구성되었다고 전제했다.

이런 논리와 연관을 맺고 이옥은 문예창작의 전범을 중국에서 구하는 질문자를 염두에 둔 듯, 중국이 서로 다른 나라들로써 오랜 역사를 지속하며 각 시대와 지역에 따라 그 고유한 시작품을 향유했던 사실을 만물이 지닌 특성을 내세워 지적했다. 그런 다음 그는 동일한 시각에서 조선후기를 살아가는 그 자신이 중국의 작품 성격과는 다른 차원으로 「俚諺」을 창작하는 일이 당연할 수밖에 없는 이치라고 강조했다.17)

---

16) 宋寯鎬, 「朝鮮後期 漢詩의 特色」, 『東洋學』 第二十三輯, 檀國大學校 東洋學研究所, 1993.10. 281~283쪽을 참고했음.
17) 앞의 책, 같은 곳, 「一難」. "蓋嘗論之 萬物者萬物也 固不可以一之 而一天之天 亦

　이러한 이옥의 견해는 중국과 시·공간의 특성을 달리하는 우리나라가 그와 동등한 존재가치를 지니며, 그렇기 때문에 우리는 주체적으로 우리 고유의 문학작품을 창작해야 한다는 관점에서 비롯된 것이다.

　이러한 내용과 유기적인 관련을 맺으며, 이옥은 당시 사회에서 구사되던 일상적인 생활어를 작품의 시어로서 수용을 했다. 이는 문학이 언어예술이기 때문에 그 전달매체가 우리의 언어일 때 우리 특유의 작품성을 확보할 수 있다는 생각에서이다. 이와 같은 작품의식을 갖고서 이옥은 다음과 같은 실례를 들며 구어체와 문어체를 일치시킨 작품창작의 중요성을 일깨웠다.

　예전에 한 태수가 있어 아전으로 하여금 제사에 쓸 용품을 시장에서 사오게 했는데, 아전이 장부를 살펴보고 일일이 사기를 다했으나 '法油'라고 하는 물품에 있어서는 그것이 어떤 것인지 알지를 못했다. 시험삼아 기름을 파는 이에게 물으니, 기름 파는 사람이 말하기를 "저는 다만 '참기름'과 '등유'만이 있을 따름이며 본디부터 '법유'라고 이름한 것은 없습니다요."라고 하여, 아전이 할 수 없이 돌아왔지만 끝내 '법유'가 '등유'인지를 알지 못했으니, 이는 태수의 잘못이요 아전과 기름 파는 이의 허물은 아닌 것이다. 또한 서울에 어떤 사람이 살고 있었는데, 시골 친구를 초청하며 말하기를 "지금 바야흐로 서울 시장에 '青泡'가 가득하니 이리 놀러오시게. 내가 틀림없이 배불리 먹게 해 주리이다."고 하여, 시골 친구가 "이는 진귀한 음식일 것이야."라고 생각하고선 다음날 그 집을 방문하니, 주인은 '녹두부'를 많이 차려놓고서 그를 대접했을 뿐이었다. '녹두부'는 세간에서 이른바 '묵'이라고 한다. 시골 사람이 집으로 돌아와 그 아

無一日相同之天焉 一地之地 亦無一處相似之地焉 如千萬人各自有千萬件姓名 三百日別自有三百條事爲 惟是如是也 故歷代而夏殷周也漢也晉也宋齊梁陳隋也唐也宋也元也 一代不如一代 各自有一代之詩焉 列國而周召也邶鄘衛鄭也齊也魏也唐也秦也陳也 一國不如一國 別自有一國之詩焉 三十年而世變矣 百里而風不同矣 奈之何生於大淸乾隆之年 居於朝鮮漢陽之城 而乃敢伸長短頸 瞋大細目 妄欲談國風樂府詞曲之作者乎."

내에게 화를 내며 말하기를 "오늘 아무개가 나를 속였지 뭐야. '청포'라는 것이
내가 무슨 음식인지 알지 못하지만, 저가 이미 나에게 대접하겠다고 허락했기
에 내가 갔던 것인데 다만 '묵'만을 먹여 주고 '청포'라는 것을 차리지 않았다
네." 하고서 오히려 오래도록 화를 내며 끝내 '청포'가 '묵'인 줄 알지 못했으
니, 이 일은 서울 사람의 잘못이요 시골 손님의 잘못은 아닌 것이다. 우리나라
의 시인들이 그 '법유'를 사지 못하고 또한 '청포'를 먹지 못하는 사람이 얼마
나 되겠는가. …… 이런 까닭으로 우리나라 사람들이 복식, 기명과 약간의 사물
들에 있어 그 부르는 바의 이름으로 이름을 사용하면 세 살 먹은 어린아이라도
분명히 알고도 남음이 있건만, 그 붓을 잡고 종이에 임하여서 몇 자의 건수를
기록하기에 이르러서는 이리저리 돌아보며 물을 뿐이고 곁에 있는 사람은 그
사물들이 어떤 이름에 해당하는지 알지 못하니, 어찌 이런 일이 있는가.18)

  인용문에서 이옥은 먼저 우리나라 사람들이 특정한 사물을 일컬을 때,
계층과 지역에 따라서 각기 향유하는 바대로 우리가 통용하는 구어와 중
국의 문어를 서로 다르게 사용하여 그것을 지칭함으로써 전달의 효율성
을 이루지 못하거나 서로의 인간관계를 약화시키는 일화를 소개하며, 한
자어를 사용하는 이들의 그릇된 언어행위를 비판했다. 그런 다음 그는
이런 언어의 이중화 현상이 작품활동을 할 때에 미치는 악영향을 지적하
며 한탄해 마지않았다.

---

18) 위의 책, 같은 곳, 「三難」. "古有一太守 使吏貿祭需於市 吏按簿買買之盡 只有一法
油者 不知爲何物也 試問於賣油郎 賣油郎曰 俺只(有)眞油燈油而已也 本無名法油
者矣 吏不得而歸 竟不知法油之爲燈油也 此太守之過 而非吏與賣油郎之過也 又有
一京口人 招其親鄕客曰 方今 京肆 靑泡甚矣 來 吾當飫之 鄕客以爲是奇饌也 翌日
過其家 主人多設綠豆腐 以待之 綠豆腐 者世所謂默也 鄕客歸 恚謂其妻曰 今日某
哥欺我矣 靑泡者 我雖不知爲何饌 而彼旣許我故我至 則只饋默 不設靑泡矣 久猶
慍之 終不知靑泡之爲默也 則此京口人之責 而非鄕客之責也 東國之詩人 其不買
(法)油而喫靑泡者 凡幾人哉……是故 國人之於服食器皿凡干之物也 以其 所呼之名
而名之 則三歲小兒 猶了然有餘 而及其操筆臨紙 欲作數字件記 則已左右視而問
旁人不知某物之當某名矣 豈有是哉."

그런데 위와 같은 내용에는, 문학인이야말로 그가 삶을 영위하는 시대에서 향유되는 민족어의 전통성을 소중하게 인식한 가운데 창작활동을 해야 하며 나아가 그 민족어의 발전을 위해 작가적 책임을 부여안아야 한다는 이옥의 시의식이 반영되었다고[19] 볼 수 있다.

이렇게 민족 언어의 중요성을 강조한 그의 시의식은 「俚諺」의 작품으로 객관화되었다. 구체적으로 시 분석을 위해 인용한 작품 중에서 '加里麻 : 가리마'·'花郎 : 화랑이'·'似羅海 : 사나이' 등등의 호칭, 그리고 '無子反喜事 : 무자식이 상팔자'라는 속담 등은 한자어를 빌어 우리말을 표현함으로써, 이옥이 생존했던 당대 현실을 그와 상응된 분위기로 생생하게 되살려내는 동시에 「俚諺」의 작품체계 내에서 서로 상승작용을 하며 우리의 정체성과 민족 정서를 확인케 하고 느끼게 만드는 시적 특질로서 작용하고 있다.

이상과 같이, 이옥은 당시 사회에서 보편화되던 문학적 전통 아래 중국 장르의 틀을 사용해 작품을 창작했지만, 그가 「俚諺」을 통해 일관되게 추구했던 작품의식 중에는 우리 민족문학이 얼마나 소중한 가치를 지니는가 하는 문제를 깊이 일깨웠다고 할 수 있다.

4. 맺음말

조선후기의 문사인 이옥은 「俚諺」에 수록된 일련의 유형화된 작품을 통해, 작중인물의 개인적인 면모와 함께 당시 사회의 집단적인 분위기를

---

19) 위의 책, 같은 곳. "常看康熙字傳[典] 載功字曰 朝鮮宗室之名也 又有畓字曰 高麗人水田之稱也 尤長洲樂府 多稱我國俗語 則子安知後日中原不有博採者 錄吾所稱之物名 而註之曰 朝鮮綱錦子之所云者乎哉."의 내용을 참고했음.

체계적으로 전달하면서 작가 특유의 시적 전망을 추구했다. 이 글은 이런 성격을 지닌 그의 시적 면모를 작품의식과 서로 연결지으며 살펴보았다. 「雅調」로부터 「悱調」에 이르기까지 논의된 내용을 전체적으로 요약하면 다음과 같다.

「雅調」에서는 양반가의 부녀자인 작중인물이 가정생활을 영위하며 동반되는 자신의 감정들을 꾸밈없이 드러내면서, 그것을 가정과 사회와의 이상적인 공존을 향해 결집시키려는 마음가짐에 비중을 두었다. 이와 대비된 「艶調」에서는 富商家 여인인 작중인물이 균형된 정신을 갖추지 못하거나 가정의 평화로운 관계의 지향이 억압되어, 자신의 외적 아름다움에 집착을 하며 자기만족을 구하는 양태를 묘사했다.

일면 작중인물이 기녀로 설정된 「宕調」의 작품은 희비가 교차되는 그녀 개인생활의 여러 측면과 함께, 소외층의 시각에서 바라본 당시 사회의 결함적인 모습을 섬세한 필치로 형상화했다. 한편 「悱調」에서는 선점된 사회 분위기 또는 폭력적인 권위적 성격의 남편으로 인해, 고통스러운 삶을 살며 한스러운 눈물을 흘려야만 했던 봉건제사회 내 서민계층의 비애감을 심도 있게 다루었다.

「俚諺」에서의 이런 작품 성향은 「俚諺引」을 통해 제시된 이옥의 작품의식과 유기적인 관계를 맺고 있다. 그는 인간의 자연스러운 감정 유출이라는 문제를 전제로 하여, 동시대의 현실세계를 구성하는 그 총체적인 국면과 관련을 맺으며 유발되는 부녀자의 복합적인 정서를 매개로, 당대 사회를 종합적으로 통찰하면서 그 결함적인 요소를 극복할 수 있는 작가적 이상을 작품에 담고자 했다.

이와 더불어 이옥은 眞情이라고 하는 진솔한 정서감을 도모하기 위해, 작중인물의 시각과 목소리를 시인 자신과 일치시킨 태도 속에서 그녀들의 생활 감정을 소박한 일상어와 단순한 리듬 그리고 민요적 분위기를 지닌 시형으로 표현했다. 일면 이런 측면과 유기성을 갖고, 그는 시인이 민족어의 중요성을 인식한 가운데 작품활동을 해야 하며 나아가 민족어의 발전을 위해 작가적 책임을 져야한다는 시의식을 작품에 반영했다.

이러한 측면으로부터 이옥의 작품적·작가적 특징을 몇 가지로 정리할 수가 있다. 먼저, 일상적인 세계를 아름다움의 가치로서 수용하며 이에 대한 중요성을 일층 강화시킨 문예의식이다. 이는 귀족적·관념적인 작가 태도를 극복한 성격을 지닌다.

다음으로, 이상적인 모습으로서의 작중인물 그리고 그와 친화관계를 조성하는 사물의 속성이 질박한 성품을 지향했으며, 이와 연결되어 자연스러운 감정의 유출이라는 표현의식이 추구되었던 측면이다. 이는 참된 세계를 목표로 하는 시내용을 꾸밈없는 정서로 전달하여 작품의 진실성을 확보하려는 이옥의 시의식을 반영한다. 그리고 당시의 시대를 발전시킬 원동력으로서 개인과 사회의 참다운 가치를 모색했던 시대정신이다.

또한 우리의 생활정서와 문화 그리고 민족의식의 중요성을 일깨웠던 점이다. 이는 근대문학의 토대를 마련하는 성격으로서의 작품적 가치를 지닌다고 하겠다. 종합적으로 볼 때, 이와 같은 측면들은 이옥을 실학파 문사의 일인으로서 평가할 수 있는 내용이라고 말할 수 있다.

이상과 같은 관점은 『潭庭叢書』에 실린 이옥의 산문 그리고 단편소설에 대한 검토와 함께 李用休, 李家煥 등의 남인계를 포함한 실학파 문사의 시세계와 유기적인 관련을 맺으며 논의될 때 보다 객관성과 포괄적인 시각을 지닐 수 있기에, 이를 앞으로 다루어야 할 과제로 삼고자 한다.

「俚諺引」에 반영된 李鈺의 시이론 연구

-「俚諺」작품과의 상응관계를 중심으로 -

1. 머리말

조선후기의 사회는 자체에 누적된 제도적 모순과 함께 임병양란에 대응하여 구축된 민족적 자각의식 속에서 그 이전의 체제에 바탕을 두고 유지되던 사회구성체 요소들이 전면적으로 동요하는 가운데 실학자들의 사상과 이념을 기반으로 하여 삶의 새로운 가치이념들이 모색되었다.

이런 상황에서 英祖의 문화정책을 계승한 正祖는 王道를 부흥시켜 사회질서를 유지하려는 목적 아래 崇儒重道의 文治主義 정책을 시행함으로써, 당시 사회의 문화발전을 이룩하는데 일정한 기여를 했다. 이러한 정책의 일환으로 정조는 醇正文學의 중요성을 거론하며 문사들이 특히 六經을 규범으로 삼아 문장활동을 할 것을 강조했다. 그런데 이 문체반정책은 당시의 문단활동을 고전주의의 틀로 통합하려는 복고적인 분위기를 조성하기도 했다.

文無子 李鈺(1760~1813)은, 이런 고답적인 분위기와 대비된 차원에서1), 당시에 활기를 띠었던 실학의 지적 분위기와 연관을 맺고 개성적인

작품활동을 통해 보다 나은 인간상과 사회상을 모색하고자 했다. 그는 조선후기 여성들의 생활상으로 집약된 그 사회의 모습을 일련의 유형화된 「俚諺」의 작품들로 형상화했다. 그리고 그는 「이언」의 작품을 창작한 결과의 성격으로서 구축한 문예이론을 「俚諺引」의 글로 체계화했다.

이런 측면에 바탕을 두고, 이 글은 이옥이 「이언인」에서 논의했던 그의 시이론이 어떤 내용을 지니고 있으며 그것이 어떤 양상으로 「이언」의 작품에 반영되었는가 하는 문제를 알아보기 위해 시도되었다. 이는 그의 시 창작의 기저를 이루는 시의식이 작품의 실제 양상과 일치하는가의 여부를 검증하는 성격을 포함한다고 하겠다. 이러한 논의를 전개하기 위해 주된 자료로 참고한 책은 국립도서관 소장의 『藝林襍佩』 29 장본이다.

2. 시론과 시작품의 상호 조응

1) 개별 정서의 자유로운 유출

이옥은 「이언인」에서 「難」의 문체 유형으로 擬古文派의 이론을 견지

---

1) 이런 작가적 면모는 『正祖實錄』 卷三十六, 十六年壬子 十月 甲申條의 "日昨儒生 李鈺之應製 句語純用小說 士習極爲駭然 方命同成均日課 四六滿五十首 頓革舊體 然後許令赴科."와 『潭庭叢書』 卷二十八, 『鳳城文餘』, 「追記南征始末」의 "乙卯 (1795)八月 臣以上齋生應迎鑾製 上以體怪命停擧 改命充軍 大司成招諭聖教曰 慶 科不遠 若停擧則將不得赴 故改以充軍 其卽往而歸 應製諸科如前並赴 又命所編邑 許賜科 由臣惶恐感泣 卽馳往忠淸道定山縣 編籍訖 卽復赴洛 九月又應製 上以嚴 勘之下 嗤殺又甚 命移充稍遠邑 臣益惶感 自定山踰熊峙 至慶尙道三嘉縣 編籍留 三日 卽又還歸 明年二月 赴別試初試 濫居榜首 上以策有違近格 命降付榜末."의 기록을 통해 짐작할 수 있다.

하는 가상적인 인물의 질문을 설정한 다음 그와 대비된 작품이론을 하나 하나 설명해 나갔다. 이러한 논리전개 방식은 서로 다른 문예론을 주장하는 논의점을 생생한 분위기로 부각시키면서 독자에게 그의 견해를 설득력 있게 전달할 수 있는 효과를 갖는다고 하겠다.

이옥은 먼저 가상적인 인물로부터 그가 國風, 樂府, 詞曲과 같은 유형의 고전주의 작품을 창작하지 않고 굳이 우리말 노래인 '이언'을 작품명으로 삼아 그에 상응한 시를 지은 이유에 대해 질문을 받았다. 이에 대해서 문무자는 시작품을 별도로 주재하는 이가 있어 그가 자신으로 하여금 「이언」을 창작하게 만들었다는 점을 강조했다. 이런 논리를 전제로 하여, 그는 전체적인 측면에서 동일하게 고전으로 평가되면서도 개별적으로는 각기 고유한 작품 가치를 지닌 국풍, 악부, 사곡의 창작 원리를 이해한다면, 동일한 차원에서 그가 「이언」을 지은 일을 납득할 수 있을 것이라고 말했다.2) 그리고 나서 이옥은 추상적인 성격의 주재자를 자연의 존재사물로 體現시키며 다음과 같은 논의를 계속했다.

이는 과연 누구이겠는가? 천지만물이 이것일 따름이다. 천지만물은 천지만물의 성품이 있고 천지만물의 모양이 있으며 천지만물의 색깔이 있고 천지만물의 소리가 있으니, 총괄해 본다면 천지만물은 하나의 천지만물이면서도 나누어 그것을 말한다면 천지만물은 각각의 천지만물인 것이다. 바람 부는 숲에 떨어지는 꽃이 빗방울 모양으로 어지러이 쌓이되 나누어 그것을 살펴본다면 붉은 것은 붉고 흰 것은 희다. 천상의 웅장한 음악이 우레 소리처럼 크게 울려 진동을 하되 자세히 살피어 듣는다면 현악기는 현악의 소리이고 관악기는 관악의 소리

---

2) 『藝林襍佩』, 「俚諺引」, 「一難」. "或問曰 子之俚諺 何爲而作也 子何不爲國風爲樂府爲詞曲 而必爲是俚諺也歟 余對曰 是非我也 有主而使之者 吾安得爲國風樂府詞曲 而不爲我俚諺也哉 觀乎國風之爲國風 樂府之爲樂府 詞曲之不爲國風樂府而爲詞曲也 則我之爲俚諺也 亦可知矣."

일 것이다. 각자 그 빛깔을 나타내고 저마다 그 소리를 소리내어서 한 권 책의 전체 시가 자연 가운데에서 나오니, 이미 팔괘를 그리고 태고의 문자를 만들기 전에 갖추어져 있는 것이다. 이는 진실로 국풍, 악부, 사곡을 감히 自任하지 못하는 바이며 또한 감히 이어 받지 못하는 것이다.[3]

서정시에는 시적 자아와 대상세계인 두 축이 공존한다. 그런데 이옥은 의고문파의 문예론을 중시하는 가상적인 질문자에게 「이언」이 지니는 문학적 가치를 역설하기 위해, 시적 자아의 역할을 극소화하고 대상세계의 비중을 극대화시킨 관점에서 시의 창작원리에 접근하고자 했다. 이런 내용을 바탕으로, 문무자는 대상세계를 통합적인 관점과 분할적인 시각으로 나누어 그 입체적인 면모를 주지시키면서도 후자의 측면을 중시했다. 그런 다음 그는 모든 시작품들이 대상세계를 형상화하는 공분모를 갖고 있으면서 자연사물에 내재한 변화적이면서 개별적인 성격과 일치되도록 각기 별개의 양상을 지닌다는 논의를 전개했다. 그리고 이러한 사실에 입각하여, 이옥은 문학작품의 전범을 상대화시키며 동일한 창작원리를 지니면서 다른 양상으로 전개된 국풍, 악부, 사곡과 함께 「이언」이 동등한 작품적 가치를 갖는다는 사실을 암시했다.

이와 같은 측면과 유기적인 관련을 맺으면서 그는 시인이 오관을 통해 사물과 교융을 하며 형성한 내적 정서를 자연스럽게 유출시켜야 한다는 점을 다시 한번 대상세계에 초점을 맞추어 언급했다.[4] 이런 논의를 강조

---

3) 위의 책, 같은 곳. "是誰也 天地萬物是已也 天地萬物有天地萬物之性 有天地萬物之象 有天地萬物之色 有天地萬物之聲 摠而察之 天地萬物 一天地萬物也 分而言之 天地萬物 各天地萬物也 風林落花 雨樣紛堆 而辨而觀之 則紅之紅 白之白也 勻天廣樂 雷般轟動 而審而聽之 則絲則絲 竹也竹也 各色其色 各晋其晋 一部全詩 出稿於自然之中 而已具於畫八卦造書契之前矣 此固國風樂府詞曲者之所不敢自任 亦不敢相襲者也."

4) 위의 책, 같은 곳. "天地萬物之於作之者 不過托夢而現相赴箕而通情也 故其假於人

하기 위해 그는 시인이 자연의 통역관이거나 화가일 뿐이라고 하는 발언까지도 주저하지 않으며, 나하추[納哈出]와 마테오리치[利瑪竇]의 말을 통역하는 역관이나 孟嘗君과 巨毋覇의 형상을 그리는 화가가 그 각각의 실상을 임의적으로 변화시킬 수 없는 사실을 예로 들어, 그와 동일한 차원으로서 구비해야 할 시인의 임무를 환기시켰다.[5] 그런데 이 말은 개별적 속성인 대상세계의 실상과 일치하는 자연스러운 분위기의 작품을 창작하기 위해, 시인이 대상과의 관계에서 어떤 작가 태도를 앞세워야 하는가를 강조한 내용이라고 할 수 있다.

이렇게 이옥이 강조한 표현이론으로서, 시인이 대상세계를 관조하며 그 내부에 자리잡은 고유한 속성들을 자신의 내면정서로 옮기고 이를 자연스럽게 유출시켜 참다운 성격을 구비한 개성적인 시를 창작해야 한다는 논의는 「이언」에 나타난 몇 가지의 작품적 측면으로 검증할 수가 있다.

첫째, 이옥은 시적 자아와 작품에 등장하는 인물의 성격을 일치시켰다. 문무자는 이를 효과적으로 전달하기 위해, 작품에서 작중인물인 '儂'의 여성화자로 등장하기도 했다. 이에 따라 작품은 작중인물의 정서상태를 자연스럽게 형상화한 특징을 갖고 있다.

> 일찍이 궁체 글씨 익혔는데
> 이응자에 살짝이 각이 졌지요.

而將爲之詩也　溜溜然從耳孔眼孔入去　徘徊乎丹田之上　續續然從口頭手頭上出來 而其不干於人也."

5) 위의 책, 같은 곳. "是故　作之者　天地萬物之一象胥也　亦天地萬物之一龍眠也　今夫 譯士之譯人語也　譯納哈出則爲北蕃之語　譯利瑪竇則爲西洋之語　不敢以其聲之不慣 而有所變改焉　今夫畫工之畫人像也　畫孟嘗君則爲眇小之像　畫巨無覇則爲長秋之像 不敢以其狀之不類　而有所推移焉　何以異於是."

글씨 보신 시부모님 기뻐하면서
언문 여제학이라고 칭찬하시네.

早習宮體書　　異凝微有角
舅姑見書喜　　諺文女提學
　「雅調」, 其六.

　이옥은 이 작품에서 어느 양반 가정에서 있었던 일을 인식적 차원에서
작품화하고 있지 않다. 곧 문무자는 시에 등장하는 작중인물로 전이되어,
한자가 아닌 한글의 이응자를 쓰는 며느리의 정서상태에서 그 필서 행위
가 가족의 구성원에게 어떤 반응을 얻으며 화목한 분위기를 조성하는가
의 측면에 초점을 맞추어 시상을 전개하였다.
　둘째, 이옥은 시적 자아의 시점과 어조를 작중인물의 시점과 어조와
일치시키며 그들이 지닌 정서감을 사실적인 분위기로 형상화했다.

남들은 우리를 중매서길 꺼리지만
우리들 사실상 정조 있는 몸이랍니다.
날마다 흥청대는 술손님 가운데서
불 밝힌 채 새벽을 맞이하지요.

人疑儂輩媒　　儂輩實自貞
逐日稠坐中　　明燭度五更
　「宕調」, 其八.

　이옥은 이 작품에서 먼저 '儂輩'의 작중인물로 등장한 다음 그녀의 시점
과 어조로써 그 몸이 더럽혀졌다고 의심하며 혼인 말까지 망설이는 타인의
왜곡된 시각을 넌지시 거부하고 있다. 그런데 이런 표현태도는 시적 자아

가 작중인물과 일체화된 의식상태에서 기녀가 밝히고자 하는 자기검증의 체험적 내용을 후반부에 배치시킨 시적 구조와 인과관계를 맺고 있다.

셋째, 이옥은 작중인물의 성격에 적합하게 일상적인 구어를 구사하거나 소박한 리듬감을 조성함으로써 작품의 공감적 폭을 증대시켰다.

하루에 수없이 만나더라도
그때마다 한결같이 화만 내네.
발뒤꿈치 계란처럼 동그란데도
이를 보고 다시금 꾸짖기만 하누나.

一日三千逢　　　三千必盡嚇
足趾鷄子圓　　　猶應此亦罵
　「悱調」, 其十六.

이옥은 이 작품에서 서민의 아내인 작중인물의 의지와는 무관하게 남편이 현실의 영역을 독차지한 채 그녀와 부정적인 관계만을 형성하는 상황을 인물 성격의 분위기에 적합하게 '三千'의 과장된 수량감의 반복적 리듬감에 담고 있으며, 작중인물의 아름다운 모습마저 남편의 부당한 지적감이 될 수밖에 없는 사실을 그녀가 향유하는 문화적 분위기에 알맞게 '足趾鷄子圓'의 속담을 동반하여 전달하였다.

가난한 집 여종될지언정
서리의 아내는 되지 말아요.

寧爲寒家婢　　　莫作吏胥婦
　「悱調」, 其一.

서리의 아내 되더라도
병사의 아내는 되지 마세요.

寧爲吏胥婦　　　莫作軍士妻
　「悱調」, 其二.

　인용한 시들은 남편이 일에 구속되어 작중인물이 그와의 관계가 단절된 채 가정에서 소외된 정황을 냉소적인 태도로 노래하고 있다. 그런데 이 작품들은 작중인물이 현실과 불협화음을 이루는 정도를 남편의 직업 유형만을 교체시켜 증폭시킬 뿐이며, 전체적으로는 일정한 시적 구조를 공유함으로써 일종의 돌림노래의 리듬감을 조성하였다.

　넷째, 이옥은, 시의 내용이 선점된 詩體型이나 그에 따른 수사적 기교에 구속당하는 일을 경계하는 표현의식의 반영물로서, 「雅調」 17수, 「艶調」 18수, 「宕調」 15수, 「悱調」 16수의 전작품을 소박한 민요풍의 五言古詩로 형상화하며 자연스러운 정서감을 도모하려고 했다.

　이와 같이 이옥은 내면정서의 자연스러운 유출이란 시적 태도를6) 동반하는 가운데 각 사물을 그 실상대로 형상화함으로써 작품의 진실성과 개성을 확보할 것을 강조하며, 이를 「이언」의 각 작품에 반영시켰다.

　그런데 이옥의 이러한 견해는 그가 조선후기의 당대 현실을 작품대상으로 삼아 그와 교융된 자연스러운 정서감을 동반하며 우리말 노래를 짓는 곧 민족문학의 성격을 구비한 「이언」 창작의 정당성을 일깨우는 내용으로 귀결되고 있다.

---

6) 이옥의 이러한 작품적 태도와 관련하여 『潭庭遺藁』 卷十, 「叢書題後」, 「題梅花外史卷後」, 啓明文化社, 1984, 554쪽의 "余愛李其相詩文 其奇情異思 如蠶絲之吐 如泉竅之湧 今見此刌 卽其雜著外書也 譬若聽善謳者之歌 其始也渢渢乎正始之音 而變之爲商聲滲亮 羽聲凄苦."라는 金鑢의 작품평을 참고할 수 있다.

대개 일찍이 논하건대 "만물이란 것은 만물인 것이다."고 했으니, 진실로 만물을 하나로써 통일할 수 없는 것이어서 한 하늘의 하늘도 또한 하루라도 서로 같은 하늘이 없으며 한 지역의 땅도 또한 한 곳이라도 서로 비슷한 땅이 없다. 천만인의 사람이 각자 천만인의 성명이 있으며 삼백 일이 별도로 스스로 삼백 일의 일이 있는 것과 같으니, 오직 이와 같기 때문이다. 그러므로 역대로 夏·殷·周·漢·晋·宋·齊·梁·陳·隋·宋·元나라들은 한 시대가 다른 한 시대와 같지 않아서 별도로 스스로 한 나라마다의 시를 지니고 있으며, 周代의 여러 나라인 周·召·邶·鄘·衛·鄭·齊·魏·唐·秦·陳나라들도 한 나라가 다른 한 나라와 같지 않아서 별도로 스스로 한 나라마다의 시를 갖추고 있는 것이다. 삼십 년이 되면 한 세대가 변하며 땅이 백 리가 되면 풍속이 같지 않으니, 어찌 淸나라 乾隆의 때에 태어나 朝鮮 서울의 성안에 살면서 감히 짧은 목을 길게 늘이고 작은 눈을 크게 뜨며 망령되이 국풍, 악부, 사곡을 짓는 것을 이야기하고자 할 것인가.7)

이옥은 천지만물이 매순간 다른 모습으로 변화를 거듭하며 항구적으로 존재하는데, 서로 다른 시간과 공간 그리고 인간의 모습에서 발견되듯이, 그 만물은 개별적으로 고유한 가치를 동등하게 지닌 부분 요소들의 연속적인 집합체로 구성되었다고 전제했다. 이런 논리와 연관을 맺고 문무자는 시 이론의 전범을 중국에서 구하는 질문자를 염두에 둔 듯, 중국이 서로 다른 나라들로써 오랜 역사를 지속하며 각 시대와 지역에 따라 그 고유한 시작품을 창작하며 향유했던 사실을 지적했다.

---

7) 「俚諺引」, 앞의 책, 「一難」. "蓋嘗論之 萬物者萬物也 固不可以一之 而一天之天 亦無一日相同之天焉 一地之地 亦無一處相似之地焉 如千萬人各自有千萬人姓名 三百日別自有三百條事 爲惟是如是也 故歷代而夏殷周也漢也晋也宋齊梁陳隋也唐也宋也元也 一代不如一代 各自有一代之詩焉 列國而周召也邶鄘衛鄭也齊也魏也唐也秦也陳也 一國不如一國 別自有一國之詩焉 三十年而世變矣 百里而風不同矣 奈之何生於大淸乾隆之年 居於朝鮮漢陽之城 而乃敢伸長短頸 瞋大細目 妄欲談國風樂府詞曲之作者乎."

그리고 나서 조선후기에 속한 그 자신 또한 이와 동일하게 당대 현실 사회를 대상으로 하여 중국의 옛 작품과는 별개의 차원에서 「이언」을 창작하는 일이 당연한 이치라고 보았다.8) 그런데 이러한 이옥의 견해는 중국과 시·공간의 특성을 달리하는 우리나라가 그와 동등한 존재가치를 지니고 있으며 그렇기 때문에 우리나라의 시인은 우리 고유의 생활과 정서를 주체적으로 노래해야 한다는 민족문학적 관점을 내재하고 있다.

이옥은 이런 논의점을 강조하기 위해 이제까지 유지했던 관점과는 대비된 차원에서 자연의 항구적이면서 총체적인 속성에 시선을 돌린 뒤에, 그 동일한 창작 요건을 배경으로 하여 진행되는 시적 행위로서 그가『詩經』의 「桃夭」·「葛覃」 등과 악부의 「朱鷺」·「思悲翁」 등과 사곡의 「燭影搖紅」·「蝶戀花」 등의 작품을 지을 수 없는 이유와 함께 조선후기의 현실세계를 작품에 담아 노래한 「이언」을 창작할 수밖에 없는 당위성을 거듭 밝혔다.9)

이상과 같이 이옥은 자연의 항구적이면서 총체적인 성격과 더불어 특히 변화적이고 개별적인 존재원리를 바탕으로 삼아, 과거의 시인들이 그 시대마다의 필연적인 요구에 따라 국풍, 악부, 사곡의 작품을 지은 것과 동일하게 조선후기를 살아가는 그 자신은 동시대에서 자연스러운 정서감을 매개로 하여 우리말 노래인 「이언」을 창작할 수밖에 없다는 필연적

---

8) 이와 관련하여『薄庭遺藁』卷十,「叢書題後」,「題墨吐香草本卷後」, 앞의 책, 542쪽의 "其相之言曰 吾今世人也 吾自爲吾詩吾文 何關乎先秦兩漢 何繫乎魏晋三唐."의 내용을 참고할 수 있다.

9)「俚諺引」, 앞의 책,「一難」. "惟彼長壽之天地萬物者 不以乾隆年間 而或一日不存焉 惟彼多情之天地萬物者 不以漢陽城下 而或一處不隨焉 亦吾之耳之目之口之手也 不以吾之庸淺 而或一物不備於古人焉 則幸哉幸哉 此吾之亦不可以不有所作者也 亦吾之所以只作俚諺 而不敢作桃夭葛覃也 不敢作朱鷺思悲翁也 幷與燭影搖紅蝶戀花 而亦不敢作者也 是豈我也哉."

이유를 역설하며, 우리 문학에 대한 가치적 인식을 피력하였다.

2) 작품 전형으로서의 男女之情 부각

조선후기의 현실인식을 바탕으로 하여 「이언」을 창작했다는 이옥의 주장은 가상적인 질문자에게 또 다른 논의거리를 제공하는 가운데 「이언」에 구비된 작품성향을 포괄적인 관점에서 설명하는 내용으로 이어진다.

이런 논의는 상대방이 문무자에게 천지만물과 교융한 정서감의 자연스러운 형상화가 「이언」이 지향하는 시세계의 성격이라고 한다면, 어떤 이유로 「이언」에서 이러한 모습이 다양하게 부각되지 않고 대신 한두 가지의 일로 국한된 채 여성의 일만이 언급되었느냐고 전제한 다음 이와 같은 창작 태도는 전통적인 예교주의의 기준에서 크게 이탈한 것이 아니냐고 질문하는 것으로부터 시작된다.10)

이에 대해 이옥은 공손한 어조로 상대방과 문답을 하며 『詩經』이 경전에 해당하면서 그 편찬자와 주석자가 유학을 대표할 만한 성인들이 담당했던 일과, '思無邪'로 집약할 수 있는 작품개요와 함께 『시경』의 공용적인 가치가 개인과 사회를 건전하게 고무시킬 수 있다는 점을 상기시켰다. 이런 내용을 전제로 하여, 그는 「國風」 중에서 正風에 속하는 「周南」과 「召南」의 작품이 대부분 여성의 일을 언급한 사실을 이끌어 내며,11)

---

10) 위의 책, 「二難」. "或曰 子言天地萬物入乎子 出乎子 爲乎子之俚諺 則豈子之天地萬物 獨一個兩個而止耶 何子之俚諺 只及於粉脂裙釵之事耶 古人非禮勿聽 非禮勿視 非禮勿言 亦若是泰乎."

11) 위의 책, 같은 곳. "然弟子竊有請於先生者 幸先生卒敎之 敢問詩傳者何也 曰經也 誰作之 曰時之詩人也 誰取之 曰孔子也 誰註之 曰集註朱子 箋註漢儒也 其大旨何 曰思無邪 其功用何 曰敎民成善也 曰周召南何也 曰國風也 所道者何 久之曰 多女子之事也 凡幾篇 曰周十有一篇召十四篇也 其不道女子之事各幾篇 曰冤罝甘棠等合五篇也已."

그 이유를 아래와 같이 설명했다.

　　무릇 천지만물을 바로 보는 것은 사람을 보는 것보다 더 좋은 것이 없고 사
람을 바로 보는 것은 情보다 더 묘한 것이 없으며 정을 바로 보는 일은 남녀의
정을 보는 것보다 참된 것이 없습니다. 이 세상이 있고 이 귀가 있으며 이 몸이
있고 이 일이 있으니, 이 일이 있으면 곧 이 정이 있는 것입니다. 그러므로 이
를 바로 살피게 되면, 그 마음의 간사함과 바름을 알 수 있고 그 사람의 현명함
과 어리석음을 알 수 있으며, 그 일의 얻고 잃음을 알 수 있고 그 풍속의 사치
함과 검소함을 알 수 있으며, 그 땅의 후함과 박함을 알 수 있고 그 집의 흥함
과 쇠함을 알 수 있으며, 그 나라의 다스려짐과 어지러움을 알 수 있고 그 세대
의 성쇠를 알 수 있답니다.12)

인용문에서 이옥은 남녀의 정을 다룬 시가 천지만물을 전형화한 성격
을 지니기 때문에 삶의 보편적인 진실성을 제시할 수 있다고 했다. 이
구체적인 내용으로서, 문무자는 남녀 사이에 빚어지는 참다운 정서세계
를 통하여 작품에 등장하는 개인의 성품과 가정의 기품적 자질 그리고
문화의 건전성 여부와 함께 사회의 명암적인 모습 나아가 자연의 이성적
질서의 가치까지를 조망할 수 있다고 했다. 이렇게 그는 『시경』「국풍」
의 작품성격을 재조명하며 조선후기 여성들의 생활상을 다룬 「이언」의
창작 의도를 그 이면적 설명으로 범주화시켰다.

　　이와 같은 문예의식의 전제로 하여, 이옥은 「아조」로부터 「비조」에 이
르는 「이언」의 전반적인 작품세계의 면모와 함께 그에 반영된 시정신을
개괄적으로 서술했다.

---

12) 위의 책, 같은 곳. "夫天地萬物之觀 莫大乎觀於人 人之觀 莫妙乎情 情之觀 莫眞乎
　　觀於男女之情 有是世 有是耳 有是身 有是事 便有是情 故觀乎此 而其心之邪正可
　　知 人之賢否可知 其事之得失可知 其俗之奢儉可知 其土之厚薄可知 其家之興衰可
　　知 其國之治亂可知 其世之汚隆可知矣."

그러므로 합환주의 푸른 술잔, 신방의 붉은 촛불, 폐백시의 問聘, 신랑·신부의 交拜 또한 眞情이고 규방, 수놓은 화장 상자, 사납게 싸우는 일, 서로 화내고 성내는 일도 진정입니다. 그리고 담황색 발을 친 옥난간에서 눈물을 흘리며 바라보는 가운데 꿈에 그리는 님을 생각하는 것 또한 진정이요, 아름다운 누각이나 버들이 드리운 번화한 곳에서 돈에 웃음을 팔고 옥에 노래를 파는 것도 진정이며, 베개와 이불에 원앙과 비취를 청·홍실로 아름답게 수놓는 일 또한 진정이니, 오로지 이 일종의 진정은 어디간들 참되지 않음이 없답니다. 가령 그 단정하고 공경하며 한결같이 정숙하여 다행스럽게 그 바름을 얻어도 이 또한 참된 하나의 정이요, 만일 그 방탕하고 편벽되며 나태하여서 불행하게도 그 올바름을 잃는다고 해도 이 또한 참다운 하나의 정인 것입니다. 오직 그 참된 것이기 때문에 그 바름을 잃는 것 또한 규계할 수 있으며, 오로지 그 참됨을 본받을 수 있고 참됨을 지킬 수 있기에 그 마음과 그 사람과 그 일과 그 풍속과 그 지역과 그 집과 그 나라와 그 세대의 정 또한 이를 따라 살필 수 있고, 천지만물을 통찰하는 일이 여기에서 남녀의 정을 바로 살피는 것보다 더 참다운 것이 없습니다.13)

인용문에서 이옥은 조선후기의 현실세계를 구성하는 그 총체적인 국면과 관련을 맺으며 유발되는 남녀의 정을 통해, 개인과 가정 그리고 사회를 통찰하고 그로부터 삶의 올바른 가치들을 이끌어 내려는 구상 아래 「이언」을 작품화했던 사실을 알리고 있다. 그런데 전반부에서 「이언」의 시적 양상을 열거한 다음 후반부에서 그에 내재한 작품의 공용성을 언급하고 있듯이, 문무자는 그 일이 인간의 도덕적인 이성과 함께 그 범주의 외부에 자리잡은 복합적인 감정까지를 꾸밈없이 드러내는 진정한 정서에

---

13) 위의 책, 같은 곳. "故綠齊紅燭問聘交拜 亦眞情也 香閨繡盦狠鬪忿恚者 亦眞情也 緗簾玉欄淚望夢思者 亦眞情也 靑樓柳市笑金歌玉者 亦眞情也 鴛枕翡衾縷紅倚翠者 亦眞情也 惟此一種眞情 無處不眞 使其端莊貞一 幸而得其正焉 是亦眞個情也 使其放僻怠 不幸而失其正焉 此亦眞個情也 惟其眞也 故其失正者 亦可戒焉 惟其眞可以法 眞可以戒也 故其心其人其事其俗其土其家其國其世之情 亦從此可觀 而天地萬物之觀 於是乎莫眞乎觀男女之情矣."

바탕을 두고 있을 때 가능하다고 보았다. 이는 인간의 그 모든 가능성을 추구하는 문학적 진실의 토대 위에서 삶의 질서정연한 모습들을 재추구할 수 있다는 말과도 상통한다. 그렇기 때문에 그는 '眞情'을 작품에서 구비해야 할 문학적 가치로서 중시했다.

이옥이 진정을 토대로 하여 개인과 사회의 올바른 길을 모색하려고 했던 또 하나의 이유는 가식적인 감정으로 점철되거나 관념적인 세계를 공허하게 맴돌며 음풍농월을 하는 작품태도 혹은 현실과 괴리된 채 자기도취에 빠진 작가태도로는 참다운 문학정신이 구현될 수 없다고 믿었기 때문이다.14) 이런 측면은 당시 문단의 안일한 문학행위에 대해서 반성을 촉구하는 이옥의 투철한 시정신이기도 하다.

이와 함께 이옥이 「이언」에서 남녀의 정을 중시하며 여성의 일을 작품의 소재로 삼았던 이면에는 자연의 존재원리를 출발점으로 삼아 내면정서의 자유로운 유출이라는 문제를 작품의 표현원리로서 강조했던 그의 시의식과 밀접한 관련을 맺고 있다. 문무자는 「一難」에서 시의 형상화과정을 언급하며 시인이 사소한 감정마저를 배제한 상태에서 대상세계와 교융하며 형성한 내적 정서를 자연의 속성에 가까운 분위기로 작품화할 것을 강조했다.

그런데 그는 천지만물과의 교융이 남녀의 정을 중심으로 전형화된다고 보았기 때문에, 「이언」에서 조선후기 여성들의 생활상을 작품의 대상세계로 설정한 다음 그들 여성의 다양한 양태를 그 천연의 모습 그대로 포착, 형상화하려는 작품의도에 적합하게 이런 면모를 꾸밈없이 드러낼

---

14) 위의 책, 같은 곳. "蓋人之於情也 或非所喜而假喜焉 或非所怒而假怒焉 或非所哀而假哀焉 非樂非哀非惡非欲 而或有假而樂而哀而惡而欲焉 誰眞誰假."와 "若潛心理窟 吟弄乎風月 則何屑及於此也 若逃身麴罍 酣歌乎花柳 則亦何能及於此也."의 내용을 종합하였다.

수 있는 대상을 부녀자로 집약시켰던 것이다.

또한 설명이 있으니 여자는 치우친 성품을 지니고 있습니다. 그 기뻐하는 것과 그 슬퍼하는 것과 그 원망하는 것과 그 희롱하고 농담하는 것이 진실로 모두 감정을 따라서 유출되어 마치 혀끝에 바늘을 감춘 것과 같이 수다스럽다가도 이마 사이에 도끼를 놀리는 것과 같이 찌푸리는 모습으로 변화하니, 곧 사람이 시의 경지에 합치된 것이 여자만큼 오묘한 것이 없을 것입니다. 부인은 더욱 뛰어난 품성이어서 그 태도와 행동거지, 언어와 복식과 거처가 모두 철두철미하게 잠 속에서 꾀꼬리의 소리를 듣는 것과 같거나 술에 취하여 복사꽃을 감상하는 것과 같으니, 사람 중에 시의 자질을 갖춘 이가 부인만큼 번성한 것이 없을 것입니다.15)

이상과 같은 견해를 전개한 이옥의 시이론은 「이언」의 작품세계와 일치하는 성격을 갖고 있다. 이를 알아보기 위해, 「아조」와 「염조」 그리고 「탕조」와 「비조」의 작품 중에서 그 예를 하나씩 들어보면 다음과 같다.

사람들 비단옷마저 가벼이 여겨도
저는 허드레옷도 소중히 여긴답니다.
퍽퍽한 밭에서 농부들 호미질 하고
가난한 집 여인네 길쌈을 하기 때문이지요.

人皆輕錦繡　　農重步兵衣
旱田農夫鋤　　貧家織女機
　「雅調」, 其十七.

---

15) 위의 책, 같은 곳. "且有說焉 女子者偏性也 其歡喜也 其憂愁也 其怨望也 其謔浪也 固皆任情流出 有苦舌端藏針眉間弄斧 則人之合乎詩境者 莫女子妙矣 婦人尤物也 其態止也 其言語也 其服飾也 其居處也 亦皆到盡底頭 有若睡中聽鶯醉後賞桃 則人之具乎詩料者 莫婦人繁矣."

이렇게 이옥은 「아조」의 작품을 형상화하며 무엇보다 사대부 집안의 부녀자인 작중 인물이 이상적인 가정과 사회를 이루기 위해 필요한 여성의 덕목과 스스로 조화를 이루려는 인간의 자의적인 측면을 섬세한 시각으로 포착함으로써, 작품의 공감적 폭을 증대시켰다.

> 머리 위에 있는 것 무엇이냐고요?
> 나비처럼 날듯한 雙節釵랍니다.
> 다리 아래 있는 것 무엇이냐고요?
> 꽃무늬 수놓온 金草避랍니다.

> 頭上何所有　　　蝶飛雙節釵
> 足下何所有　　　花開金草鞋
> 　「散調」, 其四.

이와 같이 이옥은 「염조」의 작품을 창작하며 富商家 집안의 부녀자인 작중인물이 가정에서 그 구성원과 더불어 조화를 이루지 못하고,[16) 고립된 나르시시즘에 빠진 채 외적 사물에 의지하여 공허감을 메우려고 하는 그녀의 내면심리와 행동양상을 다양한 분위기로 형상화했다.

그런 가운데 그는 독자에게 평화롭지 못한 외부 환경 속에서 스스로 본능에 집착하는 이런 유형의 여성상 또한 인간이 지닐 수 있는 또 다른 모습이라는 점을 상기시키면서 그렇기 때문에 부조화된 가정생활 내지는

---

16) 「俚諺」, 「艶調」, 其二의 "歡言自家酒 儂言自娼家 如何汗衫上 臙脂染作花"의 내용으로부터 색주가를 출입하는 남편으로 인해 작중인물이 가정에서 소외당하는 정황을 유추할 수 있으며, 「同上」, 其十六의 "蹔被阿娘罵 三日不肯飱 儂佩靑玒刀 誰復嗔儂言"에서는 시어머니와의 갈등적 상황으로써 작중인물이 가족들과 대립된 관계를 조성하는 사실을 짐작할 수 있다.

불완전한 사회의 원인 진단과 함께 그 세계에 대응하는 주체적 존재로서
의 인간 스스로가 어떤 마음과 정신을 구비해야 하는가의 문제를 작품의
이면적 의미로서 일깨웠다고 말할 수 있다.

> 술상엔 탕평채 가득 쌓인 채
> 술좌석 방문주에 흠뻑 취했네.
> 가난한 선비 아내 곳곳에 있어
> 밥 한술조차 먹지를 못하는데도.

> 盤堆蕩平菜　　　　席醉方文酒
> 幾處貧士妻　　　　饘飯不入口
> 　「宕調」, 其十五.

이와 같이 이옥은 「宕調」에서 기녀계층을 주인공으로 삼아, 희로애락
이 교차하는 가운데 생존경쟁에 시달리는 그녀들 개인생활의 다양한 면
모와[17] 함께 소외계층의 일인으로서 바라본 당대 사회의 결함적인 모습
을 사실감 있게 묘사했다. 이런 중에 문무자는 작품을 통해 수반되는 정
서의 질적 내용이 이성적인 차원의 범주를 넘어선 성질의 것이라고 할지
라도 그 자체를 하나의 문학적 가치로 수용을 하며 그 심층적 차원에서
는 인간의 진실한 삶의 가치를 모색하려는 시정신으로 충만하였다.[18]

---

17) 위의 책, 같은 곳, 「宕調」, 其四의 "西亭江上月 東閣雪中梅 何人煩製曲 教儂口長
　開"와 같이 작중인물이 이별의 노래를 부르는 정황을 통해 내면심리의 어두운 분위
　기가 전개된 작품 그리고 其五의 "歡來莫纏儂 儂方自憂貧 有一三千珠 纔直十五
　緡"과 같이 작중인물이 경제적으로 열등한 존재로서 전락한 상황을 묘사한 작품을
　예로 들 수 있다.

18) 위의 책, 같은 곳, 「宕調小序」의 "宕者迭而不可禁之謂也 此篇所道 皆娼妓之事 人
　理到此 亦宕乎不可禁制 故名之以宕 而亦詩之有鄭衛風也."를 참고.

시집올 때 차려 입은 고운 다홍치마
간직했다 수의를 지으려고 했는데
남편네 투전 빚 갚아야 하기에
오늘 아침 울면서 팔고 왔답니다.

嫁時倩紅裙   留欲作壽衣
爲郎鬪箋債   今朝淚賣歸
　　「俳調」, 其十六.

이렇게 이옥은 「비조」에서 선점된 사회 분위기 또는 폭력적인 권위적
성격의 남편이 현실을 지배하는 상황에서 그에 대한 변화를 구하거나 기
대하지 못하고 자기 내면의 쓰라린 상처를 독백처럼 되뇌이는 서민계층
여성들의 전형적인 슬픔을 생생하게 형상화했다. 그런데 이러한 작품의
이면에는 좌절과 비탄의 심연에 빠진 작중인물의 모습을 통해 부조리한
인간상과 사회상을 직시하며 그 황량한 세계 너머에 존재하는 인간 본연
의 순수한 삶의 모습들을 재발견하려는 그의 작가정신이 깊이 스며 있다
고 할 수 있다.[19]

한편 이러한 시적 면모는 그가 『시경』 「국풍」의 작품성격을 환기시키
며 그와 동질의 작품을 조선후기의 사회적 분위기에 합당하게 창작하려
고 했던, 엄숙한 작가태도를 표방하며 고문을 모방하는 의고문파의 차원
을 넘어서서 인간의 순수한 정신과 정서가 담긴 진정한 고전작품을 동시
대의 분위기에 알맞게 實在化하며[20] 이를 민족문학의 차원으로 승화시

---

19) 위의 책, 같은 곳, 「俳調小序」의 "詩曰 宵雅怨而不俳 俳者怨而已甚之謂也 大凡世
　　之人情 一失於雅 則至於艶 艶則其勢必流於宕 世旣有宕者 則亦必有怨者 苟怨之
　　則必已甚焉 此俳之所以有作 而俳者所以俳其宕也 則此亦亂極思治 反求於雅之意
　　也."를 참고.

키려고 했던 그의 작가정신을 내재한다고 말할 수 있다.

그러므로 이상과 같은 시의식과 작품적 특징은 현실에 대한 객관적 인식을 포괄적인 차원으로 가시화시키지 못했다는 측면에서 그 시대의 삶의 총체적 진실을 일정한 수준으로 제시했다고 하더라도, 사회변동이 가속화되었던 조선후기의 사회에서 고전의 정신을 재생성해 내며 개인과 사회의 진실한 가치들을 참다운 정서세계를 통해 구현하려고 한 이옥의 문예정신을 반영한다고 하겠으며 나아가 그를 실학파 문인으로 평가할 수 있는[21] 하나의 척도가 된다고 할 수 있다.

3) 고유어 사용을 통한 민족문학의 추구

이옥이 구비한 민족문학 작가로서의 면모는 그가 우리나라 언어의 중요성을 인식하며 이를 작품창작에 반영하려고 한 내용에서 구체적으로 확인할 수 있다. 문무자는 「二難」에서 중국과 시·공간의 특성을 달리하는 우리나라가 그와 서로 동등한 위상을 갖고 있으며 이런 이유에서 우리 작가는 우리나라 고유의 문학작품을 창작해야 한다고 말했다. 이러한 내용과 관련을 맺고, 그는 우리나라의 문사들이 민족문학의 작품을 이루기 위해 어떤 작가태도를 지녀야 하는가의 문제를 시어를 중심으로 논의했다.

---

20) 「俚諺引」, 같은 곳, 「二難」의 "意者 國風之詩人者 於其作國風之時也 其才與識 固萬萬倍賢於吾也 以其所以作之之意 則蓋亦與吾不甚相達也云爾."와 『藫庭遺藁』卷十, 「叢書題後」, 「題文無子文鈔卷後」, 앞의 책, 551~552쪽의 "世言李其相不能古文 此其相自道也 其相之意 以爲學古而僞者 不若學乎今之猶可爲有用也 耳食者從而和之 以爲其相不能古文 哀哉 其相所著述多在余篋 今以文無子文鈔一扴 斅寫以示世人 要以問世之自以爲善古文者 較此孰眞孰假 且余於南征十篇 尤有所三復而感歎者 嗚呼 此可與知者道 不可與不知者言也."의 내용을 참고할 수 있다.

21) 宋寯鎬, 「朝鮮後期 漢詩의 特色」, 『東洋學』第二十三輯 (檀國大學校 東洋學研究所, 1993. 10) 281~283쪽을 참고.

이에 대한 논의거리로서 가상인물은 이옥에게 말문을 열며 「이언」의
작품 중에 등장하는 복식과 器皿, 그리고 약간의 물건 명칭들이 당시 사
회에서 공동의 문어로 사용하던 한자로 기재되지 않은 채 우리나라의 이
름으로 이루어진 일을 지적하고, 이는 보편주의 문화를 추구해야 할 지
식인의 차원을 벗어난 저속한 행위라고 비난했다.22)

문무자는 이 말을 듣고 자신의 집과 名과 字의 명칭을 예로 들면서 그
것들이 다른 이들의 것과 다르게 자신만의 이름들로 이루어진 사실을 강
조한 다음 질문자 또한 중국의 姓을 사용하지 않고 질문자 자신의 성을
갖고 있는 점을 일깨웠다.23) 이런 내용을 바탕으로, 그는 주변에 있는 사
물의 이름을 집중적으로 거론하며 작품에서 우리나라 고유의 이름을 등
장시킨 이유에 대해 설명하기 시작했다.

저 풀로 짜서 깔고 앉는 것을 옛사람과 중국인들은 '席'이라고 일컫지만 나
와 그대는 '면단'이라고 말하며, 저 나무를 가설하여 기름잔을 안치시킨 것을
옛사람과 중국인들은 '燈檠'이라고 일컫지만 나와 그대는 '광명'이라고 말한다.
또한 저 털을 묶어 뾰족하게 만든 기구를 저들은 '筆'이라고 하지만 우리는
'붓'이라고 하며, 저 닥나무를 찧어서 희게 만든 것을 저들은 '紙'라고 하지만
우리는 '종이'라고 말한다. 이렇게 본다면, 저들은 저들이 이름한 것으로 이름
을 부르고 우리는 우리가 이름을 붙인 바로 이름을 부르는 것이다.24)

---

22) 「俚諺引」, 앞의 책, 「三難」. "或以俚諺中 所用服食器皿凡干有名之物無名之物 多不
用本來之名稱 以妄以己意傅合鄉名 用文字也 以爲借焉 以爲詭焉 以僞鄉闇焉."

23) 위의 책, 같은 곳. "我之於我之室也 我不曰岳陽樓醉翁亭 而我以我室之名 名我室
焉 我十五而冠 始有名有字 我不以古人之名 名我 我不以古人之字 字我 而我名我
名 我字我字 則犯是科 其亦久矣 奚徒我也 子亦然矣 子何不以黃帝之姬 晋之王謝
唐之崔盧 爲子之姓 而子敢有子之姓耶."

24) 위의 책, 같은 곳. "彼草織而藉者 古之人中國之人則曰席 我與子則曰面單 彼架木
而安油盞者 吾[古]之人中國之人則曰燈檠 我與子則曰光明 彼束毛而尖者 彼則曰筆
我則曰賦詩 彼搗楮而白者 彼則曰紙 我則曰照意 彼以彼之所名者 名之 我以我之
所名者 名之"

인용문에서 이옥은 동일한 사물이 시간과 공간에 따라 서로 다른 이름을 갖고 불리는 사실을 논의했다. 이는 같은 사물이라고 하더라도 한 국가와 민족 내에서 시대의 흐름에 따라 그 이름이 변화하게 되며 더욱이 그것은 각 민족과 국가에 따라 다른 이름을 지니게 될 수밖에 없다는 언어의 자의적인 속성을 지적한 내용일 것이다.

이렇게 문무자는 언어가 일정한 의미내용과 기호형식의 결합이라고 보는 관점에 서서, 특히 우리나라의 말과 중국의 말을 대등한 가치물로 인식한 가운데 당시 사회의 일상어를 작품어로 수용하고자 했다. 이는 문학이 언어예술이기 때문에 그 전달매체가 우리나라의 언어일 때 우리 민족 고유의 작품성을 확보할 수 있다는 생각에서 비롯된다. 이러한 작품의식을 갖고, 문무자는 다음과 같은 실례를 들어 구어체와 문어체를 일치시킨 작품창작의 중요성을 제시했다.

예전에 한 태수가 있어 아전으로 하여금 제사에 쓸 용품을 시장에서 사오게 했는데, 아전이 장부를 살펴보고 일일이 사기를 다했으나 '法油'라고 하는 물품에 있어서는 그것이 어떤 것인지 알지를 못했다. 시험삼아 기름을 파는 이에게 물으니, 기름 파는 사람이 말하기를 "저는 다만 '참기름'과 '등유'만이 있을 따름이며 본디부터 '법유'라고 이름한 것은 없습니다요."라고 하여, 아전이 할 수 없이 돌아왔지만 끝내 '법유'가 '등유'인지를 알지 못했으니, 이는 태수의 잘못이요 아전과 기름 파는 이의 허물은 아닌 것이다. 또한 서울에 어떤 사람이 살고 있었는데, 시골 친구를 초청하며 말하기를 "지금 바야흐로 서울 시장에 '靑泡'가 가득하니 이리 놀러오시게. 내가 틀림없이 배불리 먹게 해 주리이다."고 하여, 시골 친구가 "이는 진귀한 음식일 것이야."라고 생각하고선 다음날 그 집을 방문하니, 주인은 '녹두부'를 많이 차려놓고서 그를 대접했을 뿐이었다. '녹두부'는 세간에서 이른바 '묵'이라고 한다. 시골 사람이 집으로 돌아와 그 아내에게 화를 내며 말하기를 "오늘 아무개가 나를 속였지 뭐야. '청포'라는 것이 내가 무슨 음식인지 알지 못하지만, 저가 이미 나에게 대접하겠다고 허락했기에 내가 갔던 것인데 다만 '묵'만을 먹여 주고 '청포'라는 것을 차리지 않았다네.” 하고서 오히려 오래도록 화를 내며 끝내 '청포'가 '묵'인 줄 알지 못했으니, 이 일은 서울 사람의 잘못이요 시골 손님의 잘못은 아닌 것이다. 우리나라의 시인들이 그 '법유'를 사지 못하고 또한 '청포'를 먹지 못하는 사람이 얼마나 되겠는가.…… 이런 까닭으로 우리나라 사람들이 복식, 기명과 약간의 사물들에 있어 그 부르는 바의 이름으로 이름을 사용하면 세 살 먹은 어린아이라도 분명히 알고도 남음이 있건만, 그 붓을 잡고 종이에 임하여서 몇 자의 건수를 기록하기에 이르러서는 이리저리 돌아보며 물을 뿐이고 곁에 있는 사람은 그 사물들이 어떤 이름에 해당하는지 알지 못하니, 어찌 이런 일이 있는가.[25]

인용문에서 이옥은 우리나라 사람의 이중적인 언어행위 현상을 부각시키며 우리의 문학인들이 당당하게 우리의 언어를 사용하여 작품을 창작할 것을 주장했다. 문무자는 먼저 '燈油'와 '法油'의 명칭을 예로 들면서 우리나라인들이 특정한 사물을 일컬을 때 계층에 따라 그것을 각기 다르게 말함으로써 언어전달의 효율성을 이루지 못하는 일을 지적하고, 일반인들이 널리 사용하는 어휘를 외면한 채 한자어 사용을 고집하는 태수의 그릇된 언어행위를 비판했다.

그는 또한 '묵'과 '青泡'의 용어로써, 당시 사회인들이 '녹두부'를 일컬을 때 그것을 지역에 따라 서로 다른 이름으로 지칭하여 친밀한 인간관

---

25) 위의 책, 같은 곳. “古有一太守 使吏貿祭需於市 吏按簿買買之盡 只有一法油者 不知爲何物也 試問於賣油郎 賣油浪曰 俺只(有)眞油燈油而已也 本無名法油者矣 吏不得而歸 竟不知法油之爲燈油也 此太守之過 而非吏與賣油郎之過也 又有一京口人 招其親鄕客曰 方今京肆青泡甚矣 來 吾當飫之 鄕客以爲是奇饌也 翌日過其家主人多設綠豆腐 以待之 綠豆腐者 世所謂默也 鄕客歸 志謂其妻曰 今日某哥欺我矣 青泡者 我雖不知爲何饌 而彼旣許我 故我至 則只饋默 不說青泡矣 久猶慍之 終不知青泡之爲默也 則此京口人之責 而非鄕客之責也 東國之詩人 其不買(法)油而喫青泡者 凡幾人哉…… 是故 國人之於服食器皿凡干之物也 以其所呼之名而名之 則三歲小兒 猶了然有餘 而及其操筆臨紙 欲作數字件記 則已左右視而問 旁人不知某物之當某名矣 豈有是哉.”

계마저 약화시키는 일화를 소개하고, 한자어를 사용하여 언어이해에 혼란을 일으키게 한 서울 사람의 그릇된 언어행위를 비판했다. 이와 같이 이옥은 우리 사회에서 일반인들이 통용하는 구어와 지식계층이 사용하는 문어가 혼용이 되어, 언어전달의 측면에서 비효율적 문제를 불러일으킨다고 진단했다.

그리고 이런 내용으로부터, 문무자는 당시의 문인들이 우리의 사상과 감정을 담은 우리 고유의 언어를 사용하지 않고 중국의 한자어에 매달려 고심하며 작품활동을 하는 일을 한탄하면서 우리가 부르는 이름을 작품에 반영한다면 문학의 전달효과를 높일 수 있을 뿐만이 아니라 자유로운 작가태도를 확보할 수 있을 것이라고 보았다.

이런 관점에 입각하여, 그는 우리의 언어로 형상화한 작품이 우리 고유의 정서감을 온전히 되살려내면서 민족 동질의 공감대를 형성케 할 수 있는 일례를 '철작'과 '비취새' 그리고 '접동'과 '두견'의 이름이 지닌 각기 다른 속성을 대비시키며 언급하기도 했다.

> 시냇가에 새가 있어 푸른 깃이 매우 깨끗하니 그 이름이 '철작'인데, 이에 말하기를, "길게 자란 대나무 있는 시골집 주위에서 비취새가 운다."고 하면 越裳國의 조공에 해당하는 이 표현이 우리나라의 촌가와 무슨 상관이 있으며, 산골짜기 속에 새가 있어 밤이 되면 슬프게 울어대니 그 이름이 '접동'인데, 이에 말하기를, "이 땅에 두견새 소리가 차마 듣지 못할러라."고 한다면 巴蜀의 넋이 어찌 우리나라의 땅과 무슨 관계가 있겠는가.26)

---

26) 위의 책, 같은 곳. "溪畔有鳥 碧羽甚鮮 其名曰鐵雀 而乃曰 修竹村家翡翠啼 則越裳之貢 奚爲於朝鮮國村家也 峽裏有鳥 夜必哀鳴 其名曰接同 而乃曰 此地鵑聲不忍聞 則巴蜀之魂 奚爲於朝鮮國地也."

 이어 이옥은 이러한 작품의식을 통시적인 관점으로 확대시키면서 金富軾이 『三國史記』를 편찬할 때 신라 고유의 '徐那伐'이란 나라이름과 '尼師今'이란 왕 이름과 '朴'이란 성 이름을 우리의 역사 실정에 합당하게 기재했던 사실을 언급하며27) 자신의 논리를 강화시켰다. 그러면서 문무자는 우리가 일찍이 물자를 창제하지 못한 까닭에 우리의 문인들이 한자어를 사용하여 문학작품을 창작하는 부분이 있다고 하더라도 그 자신은 무엇보다 우리 언어에 대한 애정 속에서 「이언」의 작품을 지었다고 강조하며, 한자어 사용만을 고집하는 가상적인 인물을 향해 자신의 창작 태도가 정당하다고 주장하였다.28)

 그리고 이런 논의를 바탕으로 하여, 이옥은 우리 언어를 소중히 여기며 작품활동을 전개하려는 그의 작가의식을 다음과 같은 말로 집약했다.

 일찍이 『康熙字典』을 보니 '玏'자를 싣고서 "조선국의 종실 친족의 이름이다."고 했고 또한 '畓'자에 대해 설명하기를 "고려인이 水田을 일컫는 것이다."고 했으며 더욱이 長洲樂府에 우리나라의 속어를 많이 일컫고 있으니, 그대는 어찌 후일에 중국 땅에서 널리 채집하는 사람이 내가 일컫는 사물의 이름을 기록하고서는 주를 내어 말하기를 "조선의 絅錦이라는 사람이 일컬은 바이다."고 함이 있지 않음을 알겠는지. 그대의 말이 우습구나.29)

___

27) 위의 책, 같은 곳. "吾只可以口呼之 不可以筆書之云爾 則吾未知新羅之建 國號也 何不曰京而徐那伐焉 稱王號也 何不曰齒文 而曰尼師今焉 稱其姓也 則何不曰匏 而曰朴焉乎 豈金富軾失之而未知書歟."

28) 위의 책, 같은 곳. "所可歎者 蒼帝朱皇 旣不曾爲我而別造書焉 檀仙箕王 亦未嘗以 書而早敎語焉 則刺刺鄕音 或有文字之所未名者 而以其可以名者 則吾何畏而不爲 是哉 此吾之所以必以鄕名也哉 吾旣[豈]鄕闇也哉 吾豈詭也哉 吾豈僭也哉."

29) 위의 책, 같은 곳. "常[嘗]看康熙字傳[典] 載玏字曰 朝鮮宗室之名也 又有畓字曰 高 麗人水田之稱也 尤長洲樂府 多稱我國俗語 則子安知後日中原不有博採者 錄吾所 稱之物名 而註之曰 朝鮮絅錦子之所云者乎哉 笑矣乎."

인용문에서 먼저 이옥은 한자를 모국어로 사용하는 중국인마저 우리의 언어와 문자에 관심을 가지며 이를 기록하거나 작품에 담아 그들의 문화적·문학적 영역을 풍요롭게 하는 사실을 상기시켰다. 이어서 문무자는 우리말을 사랑하며 우리의 작품을 창작하려는 자신의 노력이 중국인의 시각에서 보더라도 가치 있는 행위로서 평가할 수 있는 성격이라는 점을 강조했다.

그런데 이러한 내용에는, 문학인이야말로 그가 삶을 영위하는 시대에서 향유하는 민족어의 전통을 소중하게 인식한 가운데 창작활동을 해야 하며 나아가 그 민족어의 발전을 위해 작가적 책임을 부여안아야 한다는 이옥의 문예의식이 함축되었다고 말할 수 있다.

이와 같이 우리의 언어에 기반을 두고 민족문학 창작의 중요성을 강조한 그의 논의는, 「이언」의 작품으로 객관화되어 나타나면서 그의 시적 특징의 중요한 요소를 이루고 있다.

첫째, 이옥은 우리나라 사람들이 통용하는 호칭을 한자어로 음차하여 작품에 담았다.

> 아 가 씨 : 細喚阿哥氏 「雅調」, 其十一.
> 사 나 이 : 謂君似羅海 「悱調」, 其六.
> 영　　감 : 座中諸令監 「宕調」, 其十.
> 남자무당 : 豈皆是花郎 「同上」

둘째, 그는 우리의 언어로 불리는 명칭을 작품에 수용했다.

> 이　　응 : 異凝微有角 「雅調」, 其六.
> 족 두 리 : 今戴簇頭里 「艶調」, 其六.

　가 리 마 : 新着加里麻 「宕調」, 其十一.
　다리[月子] : 六鎭好月矣 「同上」

셋째, 그는 우리의 민속적 사실 혹은 속담을 작품에 반영했다.

　앉은 삼재 : 設是坐三災 「悱調」, 其十三.
　무자식이 상팔자 : 無子反喜事 「同上」, 其十二.
　발뒤꿈치 계란처럼 동그랗다 : 足趾鷄子圓 「同上」, 其十五.

　이렇게 민족언어의 중요성을 강조한 이옥의 시론은 「이언」의 작품에 생생하게 반영이 되었다. 그러면서 우리의 언어가 담긴 그 시들은 문무자가 생존했던 당대의 현실세계를 그와 상응된 분위기로 생생하게 되살려내는 가운데 우리 민족의 정체성을 확인케 하였고, 또한 「이언」의 작품체계 내에서 서로 상승작용을 하며 우리가 향유하던 그 고유의 문화적 분위기를 느끼게 하면서 완전한 성격은 아니라고 하더라도 민족문학으로서의 평가를 가능하게 만든다.

　일면 이와 관련된 사실로서 이옥은 30대 후반에 成均 儒生으로서 서울에 머물며 과거를 준비하는 동안 「이언」과 「이언인」을 지었다고 추정되는데, 「이언인」에서 민족언어를 중시했던 그의 작가태도는 『鳳城文餘』에서 보다 진전된 모습으로 나타난다고 할 수 있다. 문무자는 36세(1795년) 때에 上齋生으로 應製를 했으나 噍殺한 小品體의 글로 인해 慶尙道 三嘉縣에 軍編이 되었다가 3일만에 서울로 돌아온 적이 있었다.[30]

　그러다가 그의 나이 40세(1799년) 되던 해에 삼가현으로부터 소환의

---

30) 주 1)을 참고.

독촉이 심하여 4개월간 그 곳에 내려가 생활하게 되었다.[31) 그 기간 동안 그는 보고 들으며 채집한 그 지방의 풍물을 『봉성문여』에 기록했다. 이 책에서 문무자는 당시 영남의 언어를 「方言」이란 항목으로 정리를 하며 지역언어에 대한 이해를 확대시켰다. 이와 함께 그는 민족문화의 한 유형으로 향유되던 영남의 세시풍속을 「除夕祭先」·「乞供」 등으로, 민간신앙을 「花開占豊」·「祈棉占稼」·「影等神」 등으로, 그리고 민속놀이를 「社黨」·「打空戱」·「魅鬼戱」 등의 항목으로 정리하기도 했다. 이렇게 이옥은 불우한 처지에도 불구하고 우리의 언어와 문화에 대한 애정을 확대, 심화시켜 나가며 문필활동을 지속하였다.

이상과 같이, 이옥은 당시 사회에서 보편화되던 문학적 전통 아래 중국 장르인 한시의 틀을 사용하여 작품을 창작했지만, 그가 「이언인」을 통해 일관되게 추구했던 작품의식 중에는 우리 민족문학이 얼마나 소중한 가치를 지니는가 하는 문제를 깊이 일깨웠다고 할 수 있다.

3. 맺음말

이 글은 이옥이 논의한, 시론으로 집중되는 그의 시이론을 시작품과 연결지어 알아보면서 그 상응관계의 실제 여부를 검토하였다. 「이언인」과 「이언」을 통해 논의한 내용을 요약하면 다음과 같다.

---

31) 『鳳城文餘』, 앞의 책, 「追記南征始末」. 至于己未(1799) "嶺邑之督還 愈頻愈苦 刑部則曰 我只知簿書不知榜 禮部則曰 雖知寃 前人旣不許 我何敢許 於是 京畿觀察及南陽守 皆勒迫使去 若囚之躱逃者然 余遂以十月復往三嘉 官例爲授館 而余則自留於西城外朴大成之店舍 借室而眠 買飯而食 請暇而官不許 至明年二月 國有大慶且設科 三嘉令始許余."

첫째, 이옥은 개별 정서의 자연스러운 유출이라는 시적 태도를 기반으로, 시인들이 각 시대마다 서로 다른 작품을 지은 것과 동일하게 그 자신 또한 조선후기의 시공간을 배경으로 하여 진실성이 깃든 개성적인 작품을 창작하는 일이 당연한 이치라고 하면서 이를 민족문학의 차원으로 인식하고자 했다.

이러한 문무자의 시정신은, 작품에서 작중인물의 성격 그리고 시점과 목소리를 시적 자아와 일치시킨 상태에서 조선후기 여성들의 다양한 생활감정을 일상어를 동반한 구어체와 소박한 리듬 그리고 민요의 성격을 지닌 시형으로써 형상화한 측면으로 객관화되었다.

들째, 이옥은 조선후기의 현실세계를 구성하는 그 총체적인 국면과 관련을 맺으며 유발되는 남녀의 정을 부녀자의 생활감정으로 집중시키고, 이를 작품의 전형적 성격으로 중시하면서 그들의 진정한 정서세계들을 통해 당대 사회를 종합적으로 이해하며 그 결함적인 면을 극복할 수 있는 작가적 전망을 추구했다.

이러한 문무자의 작가의식은 「이언」의 작품세계와 일치하고 있다. 곧 그는 개인환경과 소속계층 그리고 민족문화에 이르기까지 그 고유한 범주를 각기 유지시키면서 동시에 그것을 종합하여, 그 사회의 모습을 일련의 유형화된 「이언」의 작품들로 형상화했다. 그리고 이옥은 이러한 작품들을 통해 나타난 그 다양한 모습을 승화시켜 나가며 참다운 인간상과 사회상을 재발견하고자 했다.

셋째, 이옥은 문학이 언어예술이기 때문에 그 전달매체가 우리나라의 언어일 때 우리 민족 고유의 작품성을 확보할 수 있다고 판단하면서 문학인이야말로 민족어의 발전을 위해 작가적 책임을 부여안아야 한다는 소명의식을 피력했다. 이러한 이옥의 작가정신은 우리나라 사람들이 사용하는 호칭과 명칭 그리고 우리의 민속적 사실이나 속담을 작품에 수용하는 측면으로 작용하였다.

그런데 이와 같은 내용들은 李用休의 '성정설', 洪大容의 '천기설', 그리고 朴趾源의 '법고창신', '朝鮮風' 등의 맥락을 이어나가면서 丁若鏞의 '조선시' 선언을 예비한다고 하겠다.

종합적으로 말한다면, 이상과 같은 시론과 작품적 특징은 그 시대의 삶의 총체적 진실을 일정한 수준으로 제시했다고 하더라도 조선후기의 사회에서 개인과 사회의 진실한 가치들을 참답게 추구함으로써 그를 실학파 문인으로 일컬을 수 있는 하나의 척도가 된다고 하겠으며 나아가 그를 민족문학의 작가로서 평가할 수 있는 면모라고 하겠다.

「作梁園吟歎枚馬不相待」의 작품 연구

1. 머리말

그 동안의 논의들을 통해, 炯菴 李德懋(1741~1793)의 시연구는 『青莊館全書』에 수록된 작품을 중심으로 작가의식의 측면으로부터 비교문학의 차원에 이르기까지 여러 방면에 걸쳐 진행되는 가운데 일정한 성과를 쌓았다.[1] 그런데 최근 그의 문집에 수록되지 않은 科詩 한 편이 우리 문학사를 저술한 한 저서에 소개되었다.[2]

이 「作梁園吟歎枚馬不相待」는 형암이 1773년에 지은 것으로,[3] 당나라의 李白이 노래한 「梁園吟」과[4] 그 한 구절인 '枚馬先歸不相待'를 조합

---

1) 졸 저, 『이덕무의 시문학 연구』, 태학사, 1998, 18~21쪽에서 그 동안의 연구 동향을 언급했다.

2) 이가원, 『조선문학사』 중, 태학사, 1997, 1168쪽.

3) 이 작품은 『科詩』3匣에 수록되었는데, 이 책에는 1764년부터 1773년까지 과거시험에 합격한 시들이 실려 있다. 『과시』는 6匣으로 이루어졌다. 1匣에는 英祖 20년인 甲子(1744년)로부터 癸酉(1753년)까지의 작품이 수록되었으며, 6匣에는 甲寅(1794년)으로부터 癸亥(1803년)까지의 작품이 수록되었다. 이 책은 편자 미상의 필사본으로서, 매 책의 앞부분에 '鶴亭 李從鉉圖書'라는 인장이 찍혀 있는데, 故 이가원 선생 소장본이다.

4) 瞿蛻園 等編, 『李白集校注』7, 里仁書局, 1981, 501~506쪽.

해 시제목으로 삼았다. 「양원음」은 이백이 高力士와 楊貴妃의 참소를 입고, 궁중으로부터 쫓김을 당해 장안의 동쪽인 汴梁 지역을 방랑하던 744년 5월경에 지은 것이다. 이백은 장단구로 된 이 시에서 거시적인 안목으로 梁孝王과 魏나라 信陵君의 일을 회고하며 삶의 덧없음을 깨닫고, 이를 통해 자신의 불우한 처지를 관조적으로 되돌아보는 마음을 읊조렸다. 「양원음」에 바탕을 둔 「작양원음탄매마불상대」는 시제목 가운데 '吟'의 韻統인 '侵韻'이 시험생에게 지정되어, 그것이 一韻到底의 형식으로 전개된 40구 20운의 작품이다. 이 시는 36구 18운으로 구성되던 과시의 일반적인 체제에서 벗어난 것이다.5)

이 작품은, 이덕무의 시문학과 관련해 연구자들의 관심과 논의를 요구한다는 점에서, 우선 자료적인 가치를 갖는다. 이런 점에 주목하여, 본고는 먼저 형암이 어떤 과거제도에 따라 이 시를 지었는지를 살펴보고, 과시를 구성하는 하위 구조에 입각해 작품의 면모를 알아본 다음, 그것이 그가 추구하던 삶의 자세나 문학적 태도와 어떤 연관을 갖고 있는가 하는 문제를 논의하기 위해 시도되었다. 이러한 작업은 이덕무의 시세계를 보다 바르게 조명할 수 있는 연구적 의의를 지닐 것이다.

2. 이덕무의 과거 응시

이덕무는 1773년에 中序을 포함한 西序에서 치러진 시험에서 「작양원음탄매마불상대」를 지었는데, 知製教 吳載紹의 榜下에서 三上(7등)의 성적을

---

5) 과시의 일반적인 체제에 대해서는 『荷亭集』 1, 「論詩十首」 其6, "18운으로 구를 제한하고 / 위치마다 경계를 짓는다(限句十八韻 位置劃界畛)"를 참고.

얻었다.6) 이 작품은 형암이 陞補合製의 제도를 따라 작성한 製述 답안지 가운데 하나이다. 이런 상황은 다음의 인용문을 통해 짐작할 수 있다.

비가 촉촉히 내려 겨울 날씨가 풀리는 이 때 그대는 잘 지내고 있는지 모르겠구려. 나는 일전에 노친께서 오셔서 3년만에 다시 뵙게 되었으니, 단란한 즐거움을 말로 어떻게 표현할 수가 없네. 다만 陞補學製의 일에 분주한 것이 매우 괴로울 뿐이라네.7)

그러면서 『청장관전서』에 수록된 『年譜』에는 형암이 1773년 겨울에 시행된 四學合製에서 장원을 했다(中庠製壯元)고 기록되었다. 이를 참고한다면 위의 인용문은 겨울철이 언급된 것으로 보아, 그가 장원으로 합격한 시험 전에 이를 준비하던 상황을 알리는 내용이라고 할 수 있다. 또한 『연보』에는 그가 이듬해 가을 增廣初試(進士試라고 기록했음)에 합격했다고 했다. 이덕무는 서신을 통해서 族姪 李光錫에게 1774년에 있었던 시험장의 분위기를 아래와 같이 전했다.

가을 우레가 우렁우렁 울리고 추위와 더위가 고르지 못한 이 때에 그대의 기거가 평안하신지. 나는 과장에 들러 과거시험을 보았는데, 합격·불합격 여부는 고사하고 무사히 돌아온 것만도 다행이라네. 여러 선비들이 답안지를 제출하느라고 급하게 달리며 서로 짓밟아, 죽은 이가 한 사람 그리고 팔다리가 부러진 이가 세 사람이나 되었으니, 어찌 두렵지 않겠는가.8)

---

6) 이덕무가 참여한 시험은 東庠과 西庠, 그리고 南庠에서 시행되었고, 中庠의 시험생들은 동상과 서상에 소속되었다. 『과시』 3갑에 수록된 작품을 참고하면, 동상의 試官으로 知製教 朴相甲, 서상의 시관으로 지제교 吳載紹, 그리고 남상의 시관으로 지제교 鄭元始가 참여했음을 알 수 있다. 이 가운데 오재소는 乙酉(1765년)에 賦 부분의 합격자로 기록되었다.

7) 『雅亭遺稿』 8, 「書」 2 「族姪復初」, "霧雨淋淋 冬令甚弛 未知君子保嗇珍重否 德懋 日前老親稅駕 承拜三年之外 團欒之樂 不可勝言 但奔走陞補學製 良苦"

인용문의 내용은 조선 후기에 들어 과거 응시자가 많아지자 시관이 먼저 제출한 시험생의 답안지 중에서 분별없이 합격자를 선발하여, 시험생들이 답안지를 급히 제출하면서 생긴 현상을 알리고 있다. 이 시험은 英祖의 나이 81세, 재위 50년, 그리고 繼妃를 맞은 지 16년을 기리기 위해 시행되었다.

그러면 이덕무는 어떤 제도를 따라 中庠에 소속해 시험을 본 뒤, 증광시에 응시했을까? 형암은 定宗의 別子인 茂林君 昭夷公의 후손으로 왕족의 후예였지만, 서얼 출신의 문사였다. 그는 부친 聖浩와 모친 潘南朴氏 사이에서 장남으로 태어났다. 형암의 조부는 江界府使를 지낸 必益이었는데, 그에게는 네 아들이 있었다. 성호는 필익의 막내 아들로서 서자였다. 이런 가계로 인해, 그는 과거시험을 보는 일에 신중을 기해야 했다. 이는, 영조 20년인 1744년에 서얼들의 許通마저 폐지한다는 조례가 마련되어 제도적으로는 그들도 자유롭게 과거에 응시할 수 있었지만, 당시의 전반적인 분위기로서 그들은 여전히 사회인들로부터 차별적인 대우를 극심하게 받아,9) 이런 문제가 근본적으로 해결되지 않고서는 실제상 자유롭거나 공정한 응시 기회를 기대하기가 어려웠기 때문이다.

그런데 조선 정부는 太宗 11년인 1411년에 처음으로 학당을 설치했고, 후에 이를 고쳐 四部學堂을 두었다. 곧 東學, 西學, 南學, 中學이었다. 生員과 進士를 제외하고 서울 안의 학문에 뜻을 둔 선비는 모두 이 사학

---

8) 같은 책, 같은 글, "秋雷轟轟 寒暄不適 恭惟起居安吉 德懋經歷場中 得失姑舍 無事歸來 是幸 諸儒劻勷[illegible] 而致死者一人 破壞肢節者三人 豈不怕哉"

9) 같은 책, 같은 글, "夫東國之庶類者 朝家之大禁 宗族之大僇也 中士恥與談討 下流爲之嗤罵 幾不齒於人類 賢者蒙辱 黠者陷辟 其爲蹤跡 盖亦難矣" 인용문은 이덕무가 이웃에 사는 朴氏와 과거 공부를 하게 되었는데, 李光錫이 "貴人을 따라 擧業을 익히는 것이 아니냐"고 서신을 보내자, 그 답신을 보낸 내용 중의 일부이다.

에 입학할 수 있었다.10) 이곳에서 유생들은 학문을 익히며 여러 종류의 시험을 보았다. 이 시험 중에는 '陞補試'와 '四學合製'가 있었다. 승보시는 매해마다 大司成이 모두 열 차례에 걸쳐 사학의 유생들에게 시험을 실시하고 나서, 연말에 그 성적을 합산해 가려뽑은 이들을 식년 생원·진사시의 覆試에 응시케 하는 시험이었다. 그리고 사학합제는 대사성이 매년 각 계절마다 제술 시험을 주관하면서 한 차례의 시험에서 40명씩 모두 160명을 선발하고, 또한 각 학교의 유생들에게 考講을 실시하며 『四書』의 시험에서 10인씩과 『小學』의 시험에서 10인씩 모두 80인을 가려 뽑아, 이들을 식년 생원·진사시의 복시에 응시케 하는 시험이었다.11)

한편 영·정조 연간에는 과거시험이 완화된 분위기로 진행되어, 문과를 응시할 때에도 생원·진사 출신자나 成均館에서의 圓點이 엄격하게 요구되지 않았다. 이 시기에 문과에 급제한 2,901명중에 생원·진사가 929명에 불과한데 비해, 幼學이 1,972명이나 되었던 일은12) 이런 사실을 반영한다. 이 주된 이유는 양반 계층이 자신들의 특권을 유지하기 위해, 官學보다는 私學을 선호하며 良人들도 입학할 수 있는 鄕校나 四學에 들어가 그들과 함께 공부하면서 시험에 선발되고 다시 성균관을 거쳐 문과에 응시하는 일을 바라지 않았기 때문이다.13)

이러한 학교제도와 이완된 과거제 실시는 이덕무에게 과거를 응시할 수 있는 기회를 넓혀주었다. 형암은 당시 大寺洞에 살았다. 그래서 그는

---

10) 『국역 증보문헌비고』, 「학교고」 2, 세종대왕기념사업회, 1994, 38쪽 참고.
11) 같은 책, 「선거고」 1, 249쪽 참고. 四學合製는 시대별로 시험 주관자와 선발 인원에 차이가 있다. 인용한 내용은 영조 20년(1744)에 새 조례를 만들어 반포, 시행하던 것이다.
12) 송준호, 『이조생원진사시의 연구』, 국회도서관, 1970, 103쪽.
13) 이성무, 『한국의 과거제도』, 집문당, 1994, 137쪽.

거주지에 있는 중학에 소속해 학업을 익히면서 시험을 보았고, 이 때 얻은 성적으로 다음 해 증광시에 응시했던 것이다.

3. 작품 분석

과시의 상위구조와 함께 「양원음」의 구성에 토대를 둔 「작양원음탄매마불상대」는 크게 4단락으로 나누어질 수 있다. 곧 1단은 1구~12구까지, 2단은 13구~24구까지, 3단은 25구~38구까지, 4단은 39구~40구까지로, 각기 기·승·전·결련에 해당한다. 이를 과시의 체제를 구성하는 하위구조의 부분별로 나누어 살펴보고자 한다.

　　술잔을 잠시 멈추고 平臺의 달에게 묻노니
　　梁王이 빈객에게 술 권하던 일 몇 번이나 비쳤는가.
　　외로운 마음 이는 저물녘 성곽, 새들은 오가는데
　　뛰어난 일 있었던 황량한 터에 구름만 한결같아라.
　　풍류스러운 나는 무리 중의 한 사람
　　옛 일 생각하려 하니 정을 맡길 데 없구나.

　　停梧試問平臺月　　　幾照梁王勸客斝
　　孤懷暮郭鳥去來　　　勝事荒墟雲古今
　　風流是我一輩人　　　願言思之情不任

　　이 대목은 '첫구'와 '첫구 받침', 그리고 '入題' 부분으로,14) 시상을 일

---

14) 과시 작품의 부분별 명칭은 이가원, 『한국한문학사』, 민중서관, 1973, 341면과, 윤경수, 『석북시연구』, 정법문화사, 1984, 93쪽을 참고.

으키는 내용을 담았다.

이덕무는 술을 마시는 현재의 동작을 정지하고서 초시간적이면서도 순환적인 속성의 달을 작품 안으로 이끌어들이는 상황을 설정한 다음, 그것을 매개로 현재의 시간과 공간을 확대시킨다. 몽상적인 분위기가 확보된 이런 분위기를 배경으로, 형암은 과거의 '斟'과 현재의 '栖'를 긴밀하게 연결하여, 梁孝王이 문객을 모아 그들과 함께 문학과 술로 인생의 즐거움을 구가하던 일을 상상하기 시작한다.

과거의 시공간이 부가된 이 장면은 양효왕이 문객들과 詩酒의 자리를 마련한 '梁園'과 '平臺'를15) 중심으로 전개된다. 이런 분위기에서 그는 과거와 현재를 함께 조망하며, 자연의 유구함과 한 순간을 점유하고 진행되는 인간의 유한한 삶을 대비적으로 응집한다. 이 3·4구는 거시적인 시점에서 자연과 인간의 본질적인 국면을 조망하면서 애상적인 정조를 구축한다.

이런 내용과 이어지며, 5·6구에서 시적 자아는 자신 또한 詩酒로써 인생의 즐거움을 구하던 과거의 문인들과 동일한 범주에 속한다는 사실을 '一輩人'으로 객관화한다. 그리고 나서, 그는 자신과 풍류를 함께 할 인물들이 과거의 시간 속으로 사라져버렸기 때문에, 그들과 단절된 느낌을 통일된 정서로 노래하기 어렵다는 내용을 간절하게 전한다.

이 5·6구는 '입제'에 해당한다.16) 이에 이덕무는 4구까지 진행된 시

---

15) 『西京雜記』 2, "梁孝王好營宮室苑囿之樂 作曜華之宮 築菟園 園中有百靈山 山有膚寸石落猿巖栖龍岫 又有雁池 池間有鶴洲鳧渚 其諸宮觀相連 延亘數十里 奇果異樹瑰禽怪獸畢備 王日與宮人賓客弋釣其中 此梁園名之所由始也"와, 『漢書』 47, 「文三王傳」 17, "於是 孝王築東苑 方三百餘里 廣睢陽城七十里 大治宮室 爲複道 自宮連屬於平臺三十餘里"를 참고. 梁孝王은 文帝의 아들인 劉武로서, B.C. 168년에 梁王의 자리에 올랐으며, '孝'의 시호를 받은 인물이었다.

16) 『東詩』, 「行詩格」에서 이 '入題'의 이상적인 요건으로 "뾰족한 산봉우리에서 가을

공간의 확대와 자연과 인간의 대비적 조응 속에 유발된 관조적인 슬픔 등을, 이 부분에서 「작양원음탄매마불상대」의 시제목과 연결지어, 과거의 문인들과 공존할 수 없는 괴리감과 긴밀하게 연결시켰다.

> 孝王의 梁園에서 이름을 떨치던 枚乘과 司馬相如
> 서신 주던 어느 해에 나보다 먼저 읊조렸던가.
> 詞源은 雁池의 물결에 절하듯 닿았고
> 墨壘는 龍岾의 그늘과 높이가 같구나.
> 채색담요 찬란한 등불 속에 눈의 향연을 읊조리고
> 일렁이는 풍운이 벗들의 모임에서 생겼지.

> 齊名二客孝王園　　授簡何季先我吟
> 詞源拜接雁池波　　墨壘同高龍岾陰
> 花氈銀燭賦雪宴　　動盪風雲生盍簪

이 부분은 '鋪頭', '鋪頭 받침', '鋪頭 느림' 대목이다. 이덕무는 과거의 시간과 공간에서 진행되던 일을 현재의 상황으로 전환시키고, 서술적인 분위기로 시상을 전개하기 시작하면서도 이후 장면의 극적인 효과를 도모했다.

형암은 먼저 '입제'의 사실을 이끌어, '포두'에서 효왕의 문객으로 이

새매가 날쌔게 토끼를 잡은 다음 / 숲 속에 날아내려 양쪽 날개를 드리울 듯 한다 (尖峯秋隼忽搏兎, 飛下平林雙翩垂.)"고 강조했다. 곧 姜栢은 시인이 작품 목표로 설정한 것에 효과적으로 다가서기 위해, 5·6구에서 시제목과 연결된 빠른 진행과 그것을 이루고 난 다음의 여유 있는 전개를 함께 만족시켜야 한다고 했다. 이런 내용에 대해 『하정집』1, 앞의 작품에서는 "5·6구에서 본신에 도달한다(五六到本身)"고 했다.

름을 떨치며 양원의 연회에 참여했던 枚乘과 司馬相如의 존재감을 부각시킨 뒤에 다시 謝惠連이 430년에 「雪賦」에서 노래한 내용을[17] 용사하여, 서로 다른 시간대에 삶을 살아 자신이 그들의 모임에 함께 할 수 없는 아쉬움을 읊조린다.

이런 정황을 배경으로, 형암은 '포두 받침'과 '포두 느림'에서 그들이 賦를 짓던 장면을 상상력을 동반해 묘사한다. 그는 연회에 참석한 문객들의 文詞가 양원의 연못인 雁池의 물결과 같이 생동감을 지니면서 계속되고, 또한 '墨壘'로 대유화된 그들의 왕성한 작품활동이 양원의 또 다른 공간인 '龍岊'와 동일한 높이를 갖는다는 사실과 연결지으며, 그 질량감을 증대시킨다.

이어 형암은 사혜련이 지은 「설부」의 "차가운 바람이 계속되고 / 근심 일으키는 구름이 가득하네……갑자기 싸락눈이 시작되더니 / 큰 눈이 내리는구나(寒風積, 愁雲繁……俄而微霰零, 密雪下.)"를 바탕으로, 그들이 눈을 소재로 작품을 지을 때의 정경을 공감각을 증대시킨 환상적인 분위기로 그려내면서 작품에 활력을 부여한다.

이런 내용이 전개되며 '포두 받침'과 '포두 느림'에 등장한 표현들은 당시의 정경을 생생하게 묘사하면서 그들이 작품을 짓던 자리의 품격이 얼마나 뛰어났던가를 암시하는 특징이 있다. 그런데 이 대목의 '先我吟'으로 짐작할 수 있듯이, 형암은 특히 사마상여의 일로 집중시켜, 이들과 동질감을 형성하려는 마음을 작품에 담았다.

---

17) 『文選』13, 「雪賦」, "歲將暮 時旣昏 寒風積 愁雲繁 梁王不悅 游於兎園 迺置旨酒 命賓友 召鄒生 延枚叟 相如末至 居客之右 俄而微霰零 密雪下 王迺歌北風於衛詩 詠南山於周雅 授簡於司馬大夫曰 抽子秘思 騁子妍辭 侔色揣稱 爲寡人賦之"

조각배로 垓字를 벗어나 우두커니 서있자니
늙은 쓸쓸한 정원에는 안개가 산봉우릴 감싼다.
다리의 나무들은 훌륭한 붓 놀리던 일 생각케 하는데
양원의 옛 계단 꽃들은 귀인들이 구경했지.
시인들 한 번 가버린 뒤에 뭇 세월이 흘렀는데
나는 황폐한 성에 이르러 꽃다운 자취를 찾노라.

扁舟脫洫悵延佇	竹老惆園烟鎖岑
崩橋樹憶彩筆橫	古陛花經珠履臨
騷人一去一千秊	我到荒城芳迹尋

이 대목은 '첫목'과 '첫목 받침', 그리고 '첫목 느림'이다.

이덕무는 '첫목'에서 그들 문인이 역사의 피안으로 사라진 뒤 평대와 양원에 등장하여 그 주위를 배회하는 상황을 설정하고, 거시적인 관점에서 바라본 인생의 덧없음을 '扁舟'의 고독하게 방황하거나 '竹老'의 세월에 함몰되어 가는 분위기에 내재시킨다. 그러면서 형암은 그 정서상태를 '烟鎖岑'의 자연의 정경에 옮겨 놓아, 편향되기 쉬운 감정의 유출을 억제한다.

이런 정황으로부터의 정서적 변화가 '첫목 받침'에서 추구된다. 그는 '崩橋·樹', 그리고 '古陛·花'를 대구로 병렬, 통합하여, 한 시대를 점유하면서 인생의 즐거움을 구하던 그들의 흔적 속에서 유구한 생명력을 지속하는 자연의 아름다움을 발견한다. 이와 더불어 형암은 '樹'와 '彩筆', 그리고 '花'와 '珠履'를 연결함으로써, 자연과 조화를 이루며 운치 있는 삶과 예술적인 흥취를 구가하던, 양효왕이 주최한 연회에 참석한 이들의 존재를 거듭 확인하려고 한다.

하지만 이덕무는 '첫목 느림'에서 다시 한번 슬픔에 젖는다. 이는 과거와 현재를 하나로 묶어 상상적인 장면을 제시한 앞 구절과는 달리, 과거의 일을 확인하기 어려운 현재의 상황에 비중을 둔 분위기로 작품을 노래하기 때문이다. 그런데 형암은 자신과 그들과의 단절감을 '一千季'이라는 긴 시간으로 드러낸 뒤에, 일면으로 앞 구절에서 등장한 '樹·花'를 이끌어, 그들과의 연결을 도모하려는 마음을 자연의 속성을 함유한 '芳迹'으로 구체화한다. 이렇게 이 시에 나타난 자연사물은 자신과 과거 문객들과의 거리를 확인하게 만들기도 하지만, 이와 대비되게 서로를 연결하는 매개물이 되기도 한다.

이 부분의 시적 구조는 어두운 분위기가 밝은 분위기를 감싸는 상황으로 진행되어, 퇴색해버린 과거를 동경하며 마음 아파하는 형암의 정서를 효과적으로 전달한다. 회고의 감정에 기운 이러한 시상 전개는 "시공간적으로 멀리 미지의 광야를 추적하여 스스로의 존재에 대한 인식을 확충하려는 시인의 의도를 반영한 것으로, 독자는 이를 통해 유유한 시공간 속에서 인간이 차지하는 적막한 위치를 깨닫고 또한 일종의 逍遙의 감정을 경험하는"[18] 느낌을 갖게 한다.

한편 음성 조직의 측면에서 볼 때, 이 대목은 과시에서 요구하는 作法을 충실히 따르고 있다. 곧 각 연 出句의 1~5째 자가 '평평측측측'으로, 그리고 對句의 동일 부분이 '측측평평평'으로 이루어져, 지속적인 소리결과 변화적인 소리결, 낮은 소리와 높은 소리, 그리고 긴 소리와 짧은 소리가 규칙적으로 교차되는 중에 전체적으로는 정형화된 리듬을 형성한다. 이 출구의 '二平三仄'과 대구의 '二仄三平'의 기법은[19] 과시에서만

---

18) 吉川幸次郎, 三好達治 저·심경호 역, 『唐詩 읽기』, 창작과비평사, 1998, 219~223쪽 참고.

19) 『하정집』 1, 앞의 작품, "2평3측으로 일으키고 / 2측3평으로 이어받는다 / 구마다

발견되는 독특한 음보율이라고 할 수 있다. 그런데 「작양원음탄매마불상
대」는 2구씩 1련으로 구성된 20련 중에 4·5·7·8·9·14·16·17련만
이 '2평3측'과 '2측3평'의 규칙을 지키고 있을 뿐, 나머지 부분은 이 정형
적인 음성 조직으로부터 이탈하고 있다. 이런 형암의 작품 면모는 과시
의 규격화된 성격으로부터 일정 정도 벗어나, 개성적인 분위기를 확보하
게 만드는 측면일 것이다.

쓸쓸한 平臺, 옛 역사 일에선 두 사람을 실었는데
머리 들어보니 천추에 나의 마음을 아프게 하누나.
푸른 놀의 기이한 기상은 같은 주조인데
흰 구름 높이 부르던 노래는 부질없이 좋은 소리일세.
풍진 속의 나 또한 뜻을 펴기 어려운 사람인데
아스라이 그 이를 생각하니 눈물이 마구 흐르네.

蕭臺古史列二士　　翹首千秋傷我心
靑霞奇氣卽同調　　白雲高歌空好音
風塵我亦落魄者　　緬懷伊人淸淚汪

이 부분은 '두목', '두목 받침', '回題' 대목인데, 앞의 단락과 동일하게
어두운 분위기가 밝은 분위기를 감싸는 시적 구조를 유지하고 있다.
이덕무는 '千秋'를 통해 과거와 현재를 연결한 긴 시간의 통로를 마련
한 다음, 조락해 버린 평대의 정경을 응시하며 매승과 사마상여의 행적

한결같이 이와 같고 / 편마다 이 법식을 따를 뿐이라네(二平三仄起 二仄三平因 句
句皆如是 篇篇惟式遵)"를 참고. 그런데 과시는 18운을 기준으로 한 체제와, 출구의
'2평3측'과 대구의 '2측3평'에서 벗어날 수도 있었다. 이를 "무너진 형식으로 짓는
다"고 한다.

이 역사서에 기록된 일을 상기하면서 현재에서 그들의 존재감을 확인하기 어려운 상황을 슬퍼한다. 이는 그가 그들을 그리워할 뿐만이 아니라, 현상적인 시간을 초월해 실존할 수 있는 인간의 우뚝한 정신에 대한 통찰과 믿음을 갈구하는 일을 알려준다. 이 가운데 후자의 내용은 '두목 받침'에서 상징적으로 제시된 다음 '세목'과 '네목 느림'에서 가시화된다.

이런 정황과 연결되어, 밝은 시적 분위기로의 전환이 두목 받침의 출구에서 추구된다. 시적 자아는 자연에 내재된 아름다움을 공감각을 증대시킨 기법으로 포착하고, 그것을 매승과 사마상여 두 사람이 지닌 정신 세계와 문예 기량의 풍도를 알리는 내용과 연결짓는다. 그런 뒤에 그는 고원한 분위기로 노래하던 그들이 세월의 저편으로 사라져, 그들의 작품이 부질없는 소리가 되어버린 일을 아쉬워한다.

'회제'에서는, 두목 받침의 '空好音'과 이어지며, 시적 분위기가 다시 어두워진다. 姜栢은 이 부분이 명당자리에 해당한다고 했다.[20] 곧 '회제'는 '입제'와 유사한 성격으로서, 이제까지 전개된 시상을 잠시 정지시키고 제목과의 긴밀한 연결 속에 작품 내용의 순환적인 조화를 형성케 하는 중요처이다. 이덕무는 당시 신분제도의 모순과 함께 세상과 타협함이 없이 고결한 삶의 자세로 일관하던 상황으로 말미암아, 자신의 포부를 자유롭게 펴보지 못하는 처지를 탄식한다. 그런 다음 형암은 이백이 참소를 입고 소외된 감정 속에 「양원음」에서 "매승과 사마상여는 기다리지 않고 먼저 돌아갔다네(枚馬先歸不相待)"라고 노래한 구절을 이끌어, 그들이 자연의 섭리에 따라 세월의 저편으로 사라질 수밖에 없는 인간의

---

20) 『동시』, 앞의 작품에서는 "천리에 용혈처를 찾는 일 풍수가와 같은데 / 명당에 도달한 것이 바로 여기에 있지(尋龍千里等堪輿 到頭明堂祇在玆)"라고 했다. 한편 『하정집』 1, 앞의 작품에서는 "23·4구에서 잠시 맺어 / 진면목으로 되돌린다(廾三四以結 返乎面目眞)"라고 했다.

한계상황을 직관한다. 그리고 그는 그들과 동질감을 조성하면서도 서로 다른 시대를 살기 때문에 높은 차원의 인생과 문학을 함께 할 수 없는 상황으로부터 유발된 고독한 감정상태를 '淸淚淫'의 처연한 분위기로 집약한다.

> 정신적 사귐은 다른 세대라서 아득한 데 붙였고
> 국사는 지금 세상의 쇠퇴함을 슬퍼한다.
> 동시에 매승과 상여가 발꿈치를 잇듯이 했는데
> 양궁에서 시를 지어 은혜로이 황금을 하사했네.
> 조수 차가운 廣陵에서 붓 놀리던 일 기억하고
> 성근 비 내리는 臨邛에서 거문고 타던 일 생각하네.

神交異代付冥漠　　國士如今悲陸沉
同時二子若接武　　潤筆梁宮恩賜金
寒潮廣陵懷搖筆　　疎雨臨邛懷弄琴

이 대목은 '세목', '세목 받침', '세목 느림' 부분이다.

그는 '회제'와 '세목' 부분을 긴밀하게 연결해, 시간상 서로 다른 위치에 놓인 매승과 사마상여와의 정신적 교류를 아쉬움이 감도는 분위기로 진행하는 중에, 현재에서는 세상의 문풍이 쇠약해져 그들과 같은 우뚝한 인물이 희소하게 된 일을 슬퍼한다. 이런 분위기 속에 형암은 '세목 받침'에서 같은 시대에 활약하던 매승과 사마상여가 양효왕의 총애를 받으며 문예적인 기량을 한껏 발휘하던 사실을 '恩賜金'으로 노래하여, 그들에 대한 그리움을 일층 강화한다.

이 연장된 내용으로서 '세목 느림'의 출구는 매승의 일을 다루었다. 廣

陵은 秦代에 縣의 이름이었고 楚懷王이 築城을 했는데, 漢高帝의 조카 吳王濞는 이곳을 도읍으로 삼았다. 매승은 광릉에서 오왕비의 신하(郎中)로서 문필을 날렸는데, 그가 중앙정부에 불만을 품고 반란을 일으키려고 했을 때 그 부당함을 역설하는 글을 짓기도 했다.21) 그 대구는 효왕이 세상을 떠나 상여가 고향으로 돌아왔을 때의 일을 노래했다.22) 그리고 형암은 이런 사실들을 함축하며, '搖筆'과 동일한 질감의 '弄琴'에 비중을 두고서 고결한 예술정신을 소유한 인물이라는 시적 의미를 부가하여 그들을 부각시켰다. 그런데 '농금'의 경우, 형암은 문학적 상상력을 동원해 사마상여가 王吉 그리고 卓王孫과 함께 한 자리에서 거문고를 연주한 상황을 『漢書』나 『史記』 등의 역사서에서 기록한 내용과는 다른 차원으로 고양시킨 중에, 위에서 언급한 새로운 작품적 의미를 부여했다고 볼 수 있다.

    고상한 풍도는 광세에 백중간이니

    양원의 문객들이 이백과 비교하면 어떠한가.

    구름 거두어지고 물 흘러가니 슬픔이 끝이 있으랴.

    땅은 가까워도 옛 사람 멀기만 하니 시름을 금할 수 없어라.

    문단에 어깨를 나란히 할 사람들 어찌 없으리오만

    티끌 세상에서 고결한 선비를 만나기 어렵구나.

---

21) 『漢書』 51, 「列傳」 21, 「賈鄒枚路」, 中華書局, 1965, 2359~2365쪽 참고.

22) 『史記』 117, 「列傳」 57, 「司馬相如」, 中華書局, 1965, 3000~3001쪽 참고. 사마상여와 평소에 친분이 있었던 臨邛縣의 知事 王吉은 그의 재능을 아까워하여, 고향을 찾은 그를 정중하게 대접했다. 임공 지역에는 卓王孫이란 거부가 있었는데, 과부가 된 딸인 文君과 함께 살았다. 하루는 왕길과 상의한 탁왕손이 상여를 집으로 초대했다. 술자리가 마련된 가운데 지사는 거문고를 상여 앞에 내놓으며 한 곡의 연주를 청했다. 음악을 좋아하던 탁문군은 문밖에서 상여의 연주를 듣고서, 감동해 마지않았다. 이런 일이 인연이 되어, 그날 밤 그들은 함께 집을 나와, 成都에 도착했다.

高風曠世伯仲間　　梁客何如唐翰林
雲歸水逝恨何極　　地邇人遐愁不禁
騷壇鼎峙豈無人　　塵世難逢高士襟

　　이 대목은 '네목', '네목 받침', '네목 느림'인데, 이덕무는 이 부분에서
인간의 유한한 삶을 슬퍼하는 마음을 읊조리지만은 않았다.

　　형암은 먼저 양효왕의 문객들과, 그들을 소재로 삼아 「양원음」을 노래
한 이백의 정신적 풍도를 함께 기렸다.23) 그러면서 그는 흘러만 가는 시
간의 속성을 직시하며, 현재에서 그들을 만날 수 없다는 깨달음으로부터
유발된 필연적인 슬픔을 되뇌인다. 형암은 이런 심적 상태의 원인을 네
목 느림에서 밝히고 있다. 곧 그는 현재에서 활약하는 쟁쟁한 문사들 중
에도 고결한 정신을 유지하고 문필활동을 전개하는 이들이 있겠으나, 자
신으로서는 그들을 만나보기 어려운 상황을 언급한다. 그런데 이 구절은
동시대에서 그런 이들이 희소하다는 점을 암시하면서, 그렇기 때문에 매
승과 사마상여, 그리고 이백의 존재감이 한결 그리워지는 심정을 앞세웠
다고 볼 수 있다.

　　이렇게 이덕무는 이 대목에서 매승과 사마상여, 그리고 이백의 행적이
현재적 삶의 가치로서 어떤 의미를 갖는가를 되새겼다. 곧 '高風'과 '高
士'로서 알 수 있듯이, 형암은 그들이 높은 풍도의 정신세계와 문학세계
를 지녔다는 시적 의미를 부가하고, 그것이 '지금·이곳'에서 왜 그리움
의 대상으로 소중한가를 삶과 문학의 본원적인 가치로서 강조했다.

---

23) 이 가운데 이백의 경우에는 그가 소외된 감정 속에 "인생의 운명을 달관한다면 근
　　심할 겨를이 있으리오(人生達命豈暇愁)"와, 晉나라의 謝安과 같은 태도로 현실을
　　관조하는 분위기에서 "東山에 은거하다 때를 보고 일어나 / 백성을 구제해도 하마
　　늦지 않으리(東山高臥時起來 欲濟蒼生未應晚)"라고 노래한 「양원음」의 시구에 바
　　탕을 두고, 그를 예찬한 듯하다.

쓸쓸히 성근 머릿결로 텅 빈 물가를 마주하자니
한 쌍의 고운 새는 부질없이 물가 부근에서 울어대누나.

蕭蕭短髮對虛汀   一雙文禽啼水潯

이 부분은 '다섯목'이다. 이덕무는 이곳에서 과거 문인들과 합일할 수
없는 슬픈 심정을 공허한 분위기가 감도는 자연의 정경에 이입시켜 노래
했다. 이런 정황의 이면에는 세속의 분위기에 함몰되지 않으려는 형암의
고결한 고독감이 스며 있다. 그는 이런 내용을 고운 무늬를 가진 한 쌍
의 새들이 물가에서 외롭게 울음을 우는 정황으로 함축했다. 왜냐하면
'一雙文禽'은 매승과 사마상여의 객관적 상관물로서, 그들과 형암 자신
과의 거리를 확인하게 만드는 존재인 동시에, '고운 무늬'를 통해 그들
모두가 지닌 높은 문학적 풍도를 상징하는 사물이기 때문이다.

비단실 사들여 매승과 상여의 얼굴을 수놓고자
웃으며 산아내 불러서는 은침을 집으라고 한다네.

買絲欲繡枚馬面   笑呼山妻捻銀針

이 대목은 '結聯'으로서, 이제까지 진행된 내용을 종합해 시상을 맺고
있다. 이덕무는 작품의 분위기를 승화시켜, 현재에서 매승과 사마상여와
함께 인생과 문학을 함께 하지 못하는 일에 구애되지 않고, 그들의 문학
정신과 작품세계를 기리고 또한 그것을 자신과 일체감을 조성하려는 다
짐을 밝힌다. 이런 내용으로, 형암은 아내로 하여금 그들의 존재를 구체
화할 수 있는 속성으로서의 얼굴 모습을 비단실로 수놓게 한다. 이 비단

실은 수를 놓고자 하는 매승과 사마상여의 인간적 그리고 문학적 풍도와 함께 그가 그들을 얼마나 소중한 문인으로 인식하는가라는 측면을 함께 알려준다. 그는 이런 마음가짐을 '笑'인, 현실의 무게를 떨친 즐거운 분위기로 전달했다.

그러므로 「작양원음탄매마불상대」가 제공하는 작품의 전체적인 분위기로서, 이덕무는 한 시대를 풍미했던 과거의 문인들의 화려한 문필활동을 부러워하며 단지 그들의 일을 회고적으로 그리워하기보다, 자신의 삶과 정신적인 벗, 그리고 문학의 이상적인 지표로 삼고 그들과 일치하는 세계를 확인하고 또한 추구하려는 방향으로 작품을 이끌면서 그들을 노래했다고 볼 수 있다.

4. '酌古斟今'과의 상관관계

이덕무는 이백의 「양원음」을 소재원으로 삼아, 「작양원음탄매마불상대」를 지었다. 그런데 이백은 "효왕의 궁궐은 지금 어디에 있는지 / 매승과 상여는 기다리지 않고 먼저 돌아갔다네 / 춤사위와 노래가락 맑은 연못에 흩어지고 / 변수 물결 동으로 흘러 바다로 들어갈 뿐이어라(梁王宮闕今安在 枚馬先歸不相待 舞影歌聲散淥池 空餘汴水東流海)"라는 구절로 인생의 덧없음을 돌아보는 계기로서 매승과 사마상여를 등장시킨 다음, 술과 놀이를 매개로 자신을 감싼 슬픔을 스스로 떨쳐버리던 마음을 전했다. 이에 비해 형암은 이백을 포함한 과거 문인들의 정신세계와 문학세계가 현재에서 왜 그리움의 대상으로 소중한가를 작품의 후반부에서 강조했다. 이런 작품 성격은 그가 평소에 추구하던 삶의 자세와 함께 그와 유기적인 관련을 맺고 형성된 문학적 태도를 반영한다.

이덕무는 범속한 생활에 물들지 않은 초연한 정신으로 삶을 일관하고자 하면서 학문과 문학의 활동을 통해 올바른 자아와 사회의 실현을 모색하던 전형적인 문사였다. 그는 이런 목표에 도달하기 위한 가치관과 행동양식의 기반으로서 유학자들에게 삶의 보편적인 가치로 인식되던 '古'를 이상적인 모형으로 삼고, '志古'의 의지를 굳게 표명했다.[24] 그런데 '고'는 '과거' 혹은 '과거의 것'이라는 선험적인 시간의 개념을 포함하여, '현재' 혹은 '현재의 것'과 단절된 성격을 지닐 수 있다. 그래서 형암은 '고'가 '현재'에서 삶의 바람직한 가치로 생성될 수 있는 방안이 무엇인가를 모색하게 되었다.

> 세속에서 벗어난 선비는 일마다 옛 것만을 따르고자 하고, 세속에 흐르는 사람은 일마다 지금 것만을 따르려 하여, 서로 배격함으로써 中道에 들어맞기가 어렵다. 스스로 옛 것을 참작하고 지금 것을 헤아리는(酌古量今) 좋은 방도를 가지고 있으면, 사군자가 中正한 학문을 하는 데에 무슨 해로움이 되겠는가.[25]

이덕무는 옛 것만을 존중하거나 현재의 것만을 추종하는 태도를 종합하여, 옛 것 중에 인간 본연의 소박하고 진실함이 내재된 요소를 확인하고 그것을 선택한 다음 현재가 안고 있는 삶의 문제를 그 이상적인 가치로써 바로잡는 실천행위를 통해 현재의 삶을 참답게 실현하려고 했다. 이런 내용을 집약한 단어가 '酌古量今'이라고 할 수 있다. 이 '작고양금'은 '酌古斟今'과 동일한 성격을 갖는다. 그런데 이 '작고짐금'은 인간 본

---

24) 『嬰處文稿』 2, 「自言」, "完山李子 志古而迂 喜聞山林文章道學之談 其餘不欲聞 聞亦心不服 蓋欲專其質者也"
25) 『嬰處雜稿』 1, 「歲精惜譚」, "脫累之士 事事欲遵古 流俗之士 事事欲從今 互相激憤 難得適中 自有酌古量今底好道理 何害士君子中正學也"

연의 참다운 삶의 가치를 현재에 알맞게 실재시킬 수 있는 원리를 제시한다고 하겠다.

이런 '작고짐금'의 면모를 그의 과시에서도 확인할 수 있다. 형암에게 주어진 과시 제목은 작품 소재의 성격상 과거 문인들의 일을 그리워하기 쉬운 성격을 갖는다. 그런데 그는 과거와 현재를 연결한 가운데, 그들의 행적을 현재의 장면으로 형상화한 분위기에서 한 걸음 더 나아가, 그것이 현재에서 어떤 바람직한 의미와 가치를 갖는가 하는 시적 전망을 찾으려고 했다. 이를 토대로, 형암은 그들의 일로써 시공간을 초월해 인간을 참답게 실존시킬 수 있는 삶의 원리를 조명하게 된다. 그것은 순수하면서도 고결한 정신에 기반을 둔 문학활동이다. 이런 내용에 입각해, 그는 매승과 사마상여, 그리고 이백에게서 찾을 수 있는 인생과 문학의 가치를 '高士'와 '高風'으로 범주화하고, 자신과의 동질감 속에 그것을 스스로에게 투사하는 방향으로 작품을 종결했다.

이러한 작품 성격에 도달하기 위해서, 이덕무는 먼저 '포두 받침'과 '포두 느림' 부분에서 상상력을 동반한 현재의 분위기로 매승과 사마상여가 양원에 모여 글을 지을 때의 정경을 초탈하면서도 운치 있는 분위기로 형상화했다. 이어 형암은 '첫목 받침'과 '첫목 느림'에서 그들의 발자취를 유구한 생명을 지닌 자연사물 속에서 구하는 모습을 동반해, 그들과의 연결감을 고취시켰다. 이런 시상 전개는 '두목 받침'의 출구에서 그들의 정신세계와 문예 기량의 풍도가 순수하면서도 고결한 자연세계의 속성과 일치한다는 점을 알리는 내용으로 이어지게 된다. 그런 다음 형암은 매승과 사마상여 그리고 이백과의 동질감 속에, '고사'나 '고풍'인 그들의 정신세계 그리고 문학세계와 함께 하려는 뜻을 함축했다. 이를 바탕으로, 그는 결련에서 작품에 등장하는 인물들을 기리고 자신 또한 그들과 같은 삶과 문학을 추구하여, 시대를 초월해 귀감이 되는 문학인이고자 하는 마음을 암시적으로 노래했다.

이렇게 본다면, 이덕무가 여러 번에 걸쳐 노래한 과거 문인들과의 거리감에는 물리적으로 단절된 시공간의 차원을 넘어서서, 고결한 정신이 반영된 문학활동으로 현상적인 현실로부터 도약해 이상적인 현실세계에 닿으려는 그의 승화된 삶의 의지가 반영되었다고 하겠다.

이덕무가 추구하던 '작고짐금'의 태도가 「작양원음탄매마불상대」에 반영되었다는 측면은 그것과 동일한 제목 아래 지어진 李晦保의 작품을[26) 대비해보아도 확인된다. 이회보는 형암과 유사한 분위기로 매승과 사마상여, 그리고 이백의 일을 현재의 장면으로 등장시켰다. 하지만 그는 "새로운 시를 지어 읊어 불우하게 노래하니 / 온 세상엔 지금 나의 소리를 알아줄 이 없네(新詩咏作不遇謌 四海今無知己音)"와 같이, '고립된 자아'를 부각시키면서 "문장으로야 나 또한 예전의 매승과 사마상여와 같건만 / 선비를 대우하는 양왕을 지금 세상에서 만나기 어려워라(文章我亦古枚馬 待士梁王難遇今)"라고 하여, 자신의 문장력이 탁월하다는 내용을 전하기 위한 비교의 대상으로 매승과 사마상여를 노래했다. 곧 이회보는 그들이 과거에 뛰어난 문인이었다는 점에 초점을 맞추고, 작품을 창작했다. 이런 시적 태도와 연결되어, 그의 작품은 "바가지 술잔으로 강개한 마음을 온통 씻어내는데 / 꽃지는 거친 동산에서 골짜기 새만이 울어대누나(瓠栖快洗慷慨胸 花落荒園啼谷禽)"와 같이, 합일 대상을 구하지 못하는 회고적 분위기로 시상을 맺었다. 이렇게 이회보의 작품은 형암의 것과 대비되게 '과거의 문인'이란 측면에 비중을 두고 그들의 일을

---

26) 『과시』 3갑에 수록되었다. 이회보 또한 서상에 소속되어 시험을 보았는데, 三上의 성적을 얻었다.

조명했기 때문에, 그것이 '현재의 삶과 문학'에 어떤 가치를 부여하는지에 대한 시적 전망을 결여하고 있다.

한편 형암은 위에서 논의한 내용을 효과적으로 전달하기 위해, 전고와 용사의 기법을 적절히 사용했다. 이는 시험생들이 작품을 지으면서 역사서와 문학서에서 보이는 용례를 풍부하게 인용하여, 시관에게 그들의 학문과 문학의 수련이 어느 정도에 도달했는지를 알리는 과시의 작법에 따른 것이다. 이와 동시에 그가 전고와 용사를 구사한 이면에는 '酌古'를 중시하던 그의 가치관이 문학의 차원으로 전환된 점을 생각할 수 있다.

형암은 매승과 사마상여의 행적으로서, 『한서』와 『사기』, 그리고 『西京雜記』에 기록된 내용을 부분적으로 발췌하여 자신의 시구절로 압축했다. 한편 1·2구는 이백이 지은 「携妓登梁王棲霞山孟氏桃園中」의 "君不見梁王池上月 昔照梁王樽酒中"을 용사하여, 시제목에 알맞게 이백과의 정서적인 유대감을 형성했다. 또한 8구의 '授簡'은 사혜련이 지은 「설부」의 '授簡於司馬大夫'의 구절을 자신의 시상과 연결짓고자 작품 안으로 이끌어 들였다. 이와 함께 25구의 '神交異代付冥漠'은 杜甫의 「過郭代公故宅」에 있는 "高詠寶劍篇 神交付冥漠"을 사용하여, 매승과 사마상여와의 정신적 교유를 시도했다. 그리고 39구의 '買絲欲繡枚馬面'은 『典故大成』에 수록된 "買絲綉平原 買絲綉高士"와 유사한 분위기를 구축하는 방향에서 용사를 했다.

이와 함께 이덕무는 이전에 자신이 지은 시나 산문의 일부분을 이 작품의 시구로 삼기도 했다. 이런 측면은 '작고'와 더불어 '斟今'을 중시한 그의 가치관을 반영한 것으로, 고답적이면서도 공허한 내용이 되기 쉬운 과시 작품의 천편일률적인 분위기에서 벗어나, 개성적이면서도 참다움이 깃든 작품 면모를 구축하게 만드는 요소일 것이다.

먼저 33구의 '雲歸水逝恨何極'은, 형암이 1771년(31세)에 평양을 향하던 도중에 만월대에서 朴趾源・白東脩와 헤어지며 지은 「滿月臺別朴美仲白永叔東脩之金川」의 "雲歸水逝英雄氣 花落鳥啼旅客愁"의 구절을 사용해, 매승과 사마상여, 그리고 이백이 한 시대를 풍미했던 문인들이라고 하더라도 자연의 섭리에 따라 세월의 저편으로 사라질 수밖에 없다는 인간의 한계상황을 핍진하게 직관하는 정황으로 변화시켰다. 다음으로 결련의 "買絲欲繡枚馬面 笑呼山妻捻銀針"은, 그가 20세로부터 그 전반기에 걸쳐 남산 기슭인 長興坊에 살면서 생활의 단상을 기록한 「蟬橘堂濃笑」의 한 구절을 시구로 변용한 것이다.

> 만일 한 사람의 참다운 벗을 얻는다면, 나는 응당 (이렇게 하겠다) 10년 동안 뽕나무를 심고 1년 동안 누에를 길러 손수 오색실을 물들이는데, 10일에 한 가지 빛깔씩 물들인다면 50일이면 다섯 가지 빛깔을 물들일 수 있을 것이다. 이를 따뜻한 봄날 햇빛에 쬐어 말린 다음, 연약한 아내로 하여금 여러 번 정련한 金針으로 내 벗의 얼굴을 수놓게 한 뒤에, 기이한 비단으로 장식하고 古玉으로 축을 만들 것이다. 이것을 높은 산이 우뚝하고 흐르는 물이 넘실대는 사이에다 걸어놓고 말없이 바라보다가, 어둠이 드리우기 시작할 즈음이 되어서야 가슴에 품고 돌아오리라.[27]

형암은 서출이라는 신분제약이 있었고 또한 내성적인 인물이었기 때문에, 그에게는 벗이 많지 않았다. 이런 상황에서 그는 우정을 순수한 믿음의 세계와도 같이, 유보할 수 없는 진정한 삶의 가치로 여겼다. 인용문은 '會心'의 참다운 벗을 그리워하는 내용을 간절한 분위기로 전한다. 형

---

27) 「蟬橘堂濃笑」, "若得一知己 我當十年種桑 一年飼蠶 手染五絲 十日成一色 五十日成五色 曬之以陽春之煦 使弱妻持百鍊金針 繡我知己面 裝以異錦 軸以古玉 高山峨峨 流水洋洋 張于其間 相對無言 薄暮懷而歸也"

암은 과시 작품에서 이런 내용을 압축시켜 매승과 사마상여, 그리고 이백을 기리는 중에 그들을 정신적인 벗으로 여기면서 자신의 삶과 문학의 이상적인 목표를 추구하려는 뜻을 함축했다.

이처럼 이덕무의 「작양원음탄매마불상대」는 과시에서 갖추어야 할 요건을 구비하면서 그가 일관되게 추구하던 '작고짐금'의 삶의 자세나 문학적 태도를 그 내용과 형식에서 확인할 수 있는 작품이다.

5. 맺음말

과거는 시험생들에게 언어 사용의 특수한 능력을 요구했다. 특히 詩賦는 經義나 論策보다 뛰어난 언어 구사력이 필요한 시험이었다. 그래서 시험생들은 일반적인 작품활동과는 다른 과시의 작법을 익혀야 했다. 그런데 그들이 과시의 이런 전제요건에 구속된 나머지, 과시는 언어의 장식적인 아름다움만을 추구하는 '雕蟲篆刻'의 폐단을 낳기도 했다.

이 글은 이덕무가 지은 「작양원음탄매마불상대」를 논의했다. 이 시는 형암이 中序에 소속해 승보합제의 제도를 따라 작성한 제술 답안지 중의 하나이다. 이 작품은 이덕무가 한 시대를 풍미했던 매승과 사마상여, 그리고 이백의 화려한 문필활동에 초점을 맞추고 단지 그들의 일을 회고적으로 그리워하기보다, 그들을 인생과 문학의 이상적인 지표로 설정한 중에 그와 일치하는 세계를 확인하고 또한 추구하려는 방향으로 작품을 이끌면서 그 내용을 전고나 용사와 함께 자신이 이전에 지었던 시구나 문구를 알맞게 사용해 전달한 사실을 알려주고 있다.

이 결과 형암의 시는 이백의 「양원음」을 소재원으로 삼았으면서도, 그 자신의 것으로 새롭게 변모한 성격을 갖고 있다. 이런 원동력은 그가 삶에서 일관되게 추구하던 '작고짐금'의 태도를 작품 성격과 일치시킨 면에 있다. 이로부터 이덕무의 「작양원음탄매마불상대」는 인간의 참다운 세계를 삶과 문학의 본질적인 가치로서 확인하고 또한 추구하려는 문제에 비중을 두고, 그것을 평성 侵韻의 내면화된 시적 분위기로 통일시켜 형상화한 작품이라고 할 수 있다.

『續函海』本『淸脾錄』의 문헌적 면모
－ 一山本과의 대비를 중심으로 －

1. 문제 제기

　1766년 5월에 炯菴 李德懋(1741~1793)는 長興坊에 속한 남산 기슭에서 인사동 부근인 大寺洞으로 이사를 했다. 이로부터 그는 1779년 6월 초대 검서관에 임명되기까지, 白塔을 중심 공간으로 삼아 後四家를 비롯한 동인들과 함께 주목되는 문학활동을 전개했다.

　그러면서 이 시기에 형암은 중국의 문사들과도 교유를 갖게 되었다. 그는 동인 중 洪大容이 1765·6년에 謝恩使의 일원으로 청나라를 방문하는 동안 琉璃廠에서 浙江의 錢塘 출신인 陸飛와 嚴誠, 그리고 潘庭筠 등을 만나 친교를 맺었던 일을 계기로 그들에게 관심을 갖기 시작했다.1) 그리고 柳得恭의 숙부인 柳琴이 進賀使의 일원으로 청나라를 다녀오며 1777년 1월에 李調元과 반정균으로부터 후사가의 시선집인 『韓客巾衍集』의 서문과 단평을 받아온 이후, 그들과 편지를 주고받으면서 우정을 다져나갔다.

―――――――――――――――

1) 이덕무는, 홍대용과 이들 중국측 문사들이 주고받은 서간·시문·필담첩 등을 간추리고 자신의 단평을 덧붙여 『天涯知己書』를 엮기도 했다.

이런 분위기 속에 이덕무 또한 사절단의 일원으로 1778년 3월 서울을 출발해 약 5개월에 걸쳐 청나라를 다녀왔다. 이보다 바로 앞서, 형암은 역대 시화집인 『청비록』의 편찬을 마쳤다. 그러면서 그는 연행의 길에 오르며 오늘날 전하는 국내본과는 다른, 李書九로부터 서문을 얻고 또 그의 산정을 거친 수고본을 지참했다. 왜냐하면 그는,『한객건연집』을 통해 자신의 文名이 중국에까지 알려진 것과 같이,『청비록』이 중국 측 문사들의 관심을 불러일으키는 중에 그들이 이 책의 서문을 지음으로써 다시금 자신의 문학적 자부심을 내외에 떨쳤으면 하는 기대감을 가졌기 때문이었다.

이덕무는 이 일을 그 동안 서신으로 우정을 나누던 인물 가운데 당시 중국 문단에서 명망이 높던 이조원이 주관했으면 하고 바랐다. 하지만 이 기간에 그는 廣東에서 學政의 직책을 수행하고 있었다. 그래서 형암은 이조원을 만나지 못한 채 서신을 통해 그에게 서문을 청하게 되었다. 그는 이 글에서 반정균이 이서구에 이어『청비록』을 산정하며 글을 더욱 다듬었고, 祝德麟이 서문을 쓴 사실을 밝혔다.2) 현재 전하는 이조원이 편찬한『속함해』본『청비록』(이하『속함해』본으로 약칭함)은 이런 과정을 거쳐 중국에서 간행되었다.3)

이조원은『函海』에 포함된 자신의 시화집『雨村詩話』를 몇 차례 간행하며 그 안에『청비록』의 일부 내용을 실었다. 이 책이 독립된 서적으로 간행된 것은 1795년 무렵이며, 이를 바탕으로 1801년에『속함해』본이 중간되었다.

---

2) 『雅亭遺稿』권11,「書」5,「李雨村調元」. "鄙人携來自著淸脾錄 皆古今詩話 頗多異聞 但其隨腕漫筆 編次乖當 已經秋庫刪訂 芝塘弁卷 因囑墨莊 遙寄先生 先生亦爲之序之 因便東寄 有足不朽"

3) 이를 밝힌 논문으로서 박현규,「청 이조원과 조선 이덕무의『청비록』」(『한문학연구』13, 계명한문학회, 1998.12)과 유재일,「『속함해』본『청비록』의 발간 경위 고찰」(『인문과학논집』21, 청주대학교 인문과학연구소, 2000.9)을 들 수 있다.

『속함해』본은 국내본과 동일하게 4권으로 이루어졌으면서도 각 권의 항목과 그 내용이 생략·축약·도치·부연된 양상을 통해, 그와 성격을 달리하는 문헌적 면모를 지니고 있다. 이 글은 이런 측면을 권1부터 순차적으로 살펴보기 위해 시도되었다. 논의를 각 권별로 진행하려는 이유는 첫째, 아직까지 『속함해』본과 국내본과의 차이를 본격적으로 다룬 글이 없어, 이를 자세히 언급할 필요가 있기 때문이다. 둘째, 각 권을 대상으로 논의할 내용이 본 논문에서 설정한 항목 이외에도 별도의 것들이 있어, 이를 하나씩 살펴본다면 그들 사이의 차이점까지 밝힐 수 있기 때문이다. 셋째, 특히 권4의 경우, 「李雨村」과 「簡秀軒」 항목은 독립된 논문으로 다룰 수 있을 만큼 풍성한 논의거리를 제공하기 때문이다. 주 텍스트로 삼은 책은 內閣文庫에 소장된 『속함해』본과 국내본 가운데 一山本이다.4)

2. 예비 점검

현재 내각문고에 소장된 『청비록』은 1801년에 중간된 『속함해』 제3함의 9책분이다.5) 『속함해』본은 4권 1책의 체재로서, 권1은 17장, 권2는 18

---

4) 오늘날 규장각에 소장된 『靑莊館全書』에는 『청비록』이 전하지 않는다. 그래서 1966년 서울대학교 고전간행회에서는 『청장관전서』를 3책으로 영인하며, 『청비록』의 경우 一山 金斗鍾 선생의 소장본(현재 국립중앙도서관 일산문고에 소장)을 수록했다. 이를 포함해 널리 알려진 이본으로는, 일산본과 동일한 성격의 국립중앙도서관본(한-45-가108)이 있다. 그런데 『속함해』본의 문헌적 면모를 논의하려고 이 두 이본을 살펴본 결과, 상대적으로 오자가 적은 일산본이 선본으로서 적합하다고 판단되었다. 따라서 『속함해』본의 체재와 기재 내용을 검토하기 위해 일산본을 대비의 주된 자료로서 인용하고자 하며, 필요에 따라 국립중앙도서관본과 『양파담원』본 등도 참고하려고 한다.

5) 국내인으로 이 책을 처음 우리 나라에 소개한 이는 金正喜였다. 그는 이 책을 중국에 갔을 때 구입해 이덕무의 아들인 光葵에게 전했고, 손자인 圭景이 이를 보고 일

장, 권3은 16장, 권4는 20장으로 이루어졌다. 그러면서 매 면은 9행으로 또 각 행이 20자로 구성되어, 국내의 일산본과 국립중앙도서관본 등과 같은 형태를 유지하고 있다.

『속함해』본은 이덕무가 축덕린으로부터 서문을 받고 이조원에게 별도의 서문을 요청했음에도 불구하고, 이서구의 서문만이 수록되었다. 이는 형암과 직간접으로 만난 청의 문사들이 그와 사적으로 교제하면서 작성한 자신들의 글을 공식적으로 간행된 이 책에 싣기에는 어려움이 수반되는, 공적인 일 이외에 외국 사절단과의 접촉을 엄금한 당시 청나라의 법령을 고려해야 되었기 때문인 듯하다.6) 그런데 이서구는 이 책의 서문에서 먼저 이덕무의 학문과 문예의 역량을 기림으로써 『청비록』의 가치를 높였다. 또한 형암이 청을 방문했을 때 진행할 일을 예시하여, 그와『청비록』을 대면할 중국 문사들과의 심리적 동일성을 은연중 조성했다. 그리고 자신이 이 책을 산정한 사실을 밝혔다.7) 이런 내용들은 이서구가 중국의 독자를 염두에 두고 서문을 작성한 사정을 알려준다고 하겠다.

『속함해』본은 일산본에 비해 각 권의 항목이 소략하다. 권1은 58칙에서 38칙으로, 권2는 41칙에서 32칙으로, 권3은 40칙에서 32칙으로, 권4는 38칙에서 28칙으로 각기 줄어들었다. 그러면서 권4의 경우, 「이우촌」은 국내본과 전혀 다른 내용이 기재되었는가 하면 국내본에 없는 「간수헌」이 덧붙여지기도 했다.

련의 사실을 기록했다. 단 김정희가 이광규에게 전한『속함해』'兩弓'은 전체 4함 중 제3·4함에 해당한다.『詩家點燈』二弓,「淸脾錄刻本」. "歲純廟己巳(1806) 先君 恩暉公訪金上舍正喜玄蘭 玄蘭示案頭兩弓曰 此卽李雨村所輯續函海 而先君子淸脾 錄亦入其中 東人著述爲華士所刻 眞曠世希覯 爲君携傳家 親袖授 不肖可嘆華士勤 意 深感玄蘭購傳也 板是袖珍 嘉慶辛酉(1801)重梓"

6) 박현규, 앞의 논문, 165~166쪽 참고.

7) 유재일, 앞의 논문, 191~194쪽.

　　이제 논의 대상인 권1의 체재로 관심을 집중시키려고 한다. 우선『속함해』본과 일산본의 항목별 제목을 살펴보면 다음의 표와 같다.

순서	『속함해』본	일산본	비 고	순서	『속함해』본	일산본	비 고
1	四十雙	四十雙		30	鷄潮蟹火	鷄潮蟹火	
2		楊凝詩	생략 1	31	懇	鳴蟲懇到晨	제목 변경
3		咏漁父	생략 2	32	虫申	虫申	
4		李孝則	생략 3	33		題黃雀圖	생략 7
5	袁王詩	袁王詩		34	穉川談藝	穉川談藝	
6	夷齊廟	夷齊廟		35	江山秋霽圖	江山秋霽圖	
7	經語	經語		36		蝸國步蟻軍容	생략 8
8	福娘	福娘		37	眞身月本色山	眞身月本色山	
9	黎黃二首	黎黃二詩	제목 변경	38	芙蓉堂	芙蓉堂	
10	松羔	松羔		39		劉豫詩	생략 9
11	崔簡易	崔簡易堂	제목 변경	40		多靑山人	생략 10
12	望海樓	望海樓		41		龍城錄	생략 11
13	魚無迹	魚無迹		42	鷄聲似柳	鷄聲似柳	
14	李槎川	李槎川		43	漁洋論詩	漁洋論詩	
15	日本蘭亭集	日本蘭亭集		44	趙文敏祝枝山	趙文敏祝枝山	
16	九歲兒詩	九歲兒詩		45		換凡齋	생략 12
17	月似蛾桃如馬	月似蛾桃如馬		46		堪刻圖章	생략 13
18	魏伯子	魏伯子		47	古語湊合	古語湊合	
19		李娃尹鑴	생략 4	48	東坡紕繆	東坡紕繆	
20	蝶醉	蝶醉		49	唐太宗眇目	唐太宗眇目	
21	樓宣獻公	樓宣獻公		50		松江墓	생략 14
22	鬼詩	鬼詩		51		江爲林逋	생략 15
23	蕪葭堂	蕪葭堂		52		槎川梅花詩	생략 16
24	雀亦解韻	雀語解韻		53		光海君詩	생략 17
25	嬋娟洞	嬋娟洞		54	紅丁	紅丁	
26	倪朱許牧隱	倪朱許牧隱		55		宇文虛中	생략 18
27	金高城副室	金高城副室		56	陸篠飮	陸篠飮	
28		尹月汀	생략 5	57		武英殿聚珍版	생략 19
29		聖嘆評李楚望詩	생략 6	58		中州集咏高麗	생략 20

　권1에서는『속함해』본과 일산본 사이의 항목 제목이 31칙을 제외하고 별다른 차이를 보이지 않는다. 또 2·3·4권과 다르게 양본의 항목 순서가 일치하고 있다.

　하지만『속함해』본은 일산본보다 20칙이나 줄었다. 그래서 이 항목들이 어떤 이유에서 생략되었을까 하는 의문이 든다. 일례로 일산본 19칙인「이계윤휴」와, 39칙「유예시」, 그리고 53칙「광해군시」가 이 책에서는 생략되었다. 이는 이덕무가 원래『청비록』을 편찬하며 작자의 인격에 결함이 있더라도 그가 지은 작품의 문예미가 뛰어날 경우 그것을 수록했던 비평태도가8) 수정되어, 그 양자가 함께 중시되면서 이들 항목이 제외되었기 때문이다. 또한 52칙인「사천매화시」가 생략된 것은 14칙「이사천」에서 李秉淵의 작품을 포괄적으로 다루어, 같은 권에서 한 시인의 시들을 겹쳐 논의하는 일이 비효율적이라고 여겼기 때문인 듯하다. 그런데 이런 예들을 포함해 먼저 그 각각의 항목이 이덕무 자신이나, 또는 그의 견해를 반영하면서도 자신의 비평적 안목을 가미한 이서구나, 또는 같은 차원의 반정균 중 누가 그것을 생략을 했는지가9) 먼저 파악되어야 그 이유를 온당히 설명하는 일이 가능하다. 하지만 그 과정이나 내용에 대한 구체적인 기록이 남아있지 않은 현재로서는 추정에 불과한 논의를 전개

---

8) 일산본『淸脾錄』권2,「劉平國」. "至若亂流匪人 文彩動人 則錄其所著" 참고.

9) 『시가점등』, 앞의 책, 앞의 글에서 이규경은『속함해』본에 대해 "교정에 이르지 못했기 때문에 잘못이 많은데 집안의 全書와 교합을 해보면 참본은 간략함이 심하다. 이는 곧 조부께서 정조 무술(1778)년 연경에 들어가실 때에 수정본을 만들 겨를이 없어 대략 베끼어 우촌에게 보내주었는데, 우촌이 그것을 그대로 판각했기 때문에 이처럼 간략함이 심한 것이다(以未及讐校 故多訛 與家中全書合校 則槧本簡甚 此酒王考以正廟戊戌入燕時 未暇修正本 略鈔之 投示雨村 雨村仍爲入刻 故如是耳)" 라고 했다. 하지만 본 논문에서의 언급과 같이, 두 이본 사이의 차이는 이덕무가 이 책을 중국의 문사들에게 읽힐 상황을 염두에 두고, 이서구와 반정균에게 산정을 부탁한 일이 더 큰 비중을 차지한다고 생각된다.

할 수밖에 없어, 논외로 삼고자 한다.

그러면서 『속함해』본은 일산본 등의 국내본과 겹쳐진 항목별 내용이 대체적으로 축약된 중 음절과 어귀와 문장의 측면에서 각기 다르게 기재되거나 구성되기도 했다. 이런 측면이 『속함해』본으로 하여금 어떤 문헌적 면모를 갖게 만드는가 하는 문제에 대해 구체적으로 알아보려고 한다.

3. 문헌적 면모

1) 중국 독자를 위한 배려

이덕무는 견문이 미치는 대로 고금의 시구를 틈틈이 모아 기록하면서 그곳에 辨證·疏解·品評·記事를 덧붙여 『청비록』을 편찬했다. 그는 권1의 첫머리에서 "머리맡에 간직해 다른 사람들이 보는 일이 드물었으며 스스로 즐거워하여 『청비록』이라고 이름을 붙였다(藏之枕中, 人所罕見, 以自怡心, 名曰淸脾錄.)"고 하여, 이 책을 자신의 독서물로 삼으려던 겸손함을 보여주었다. 그러면서도 형암은 많은 노력을 들여 『청비록』을 엮은 일을 밝히면서,[10] 내심 자부심을 가졌다. 이 자부심의 확인은 그가 청나라에 갈 때 이 책을 지참했던 일로 짐작할 수 있다. 후일 중국에서 간행된 『속함해』본은 『함해』 166종과 『속함해』 9종의 서적 중에 우리 나라의 저서로는 유일하게 수록되어, 결과적으로 그의 문예적 명성을 내외에 전하게 했다. 그런데 원래 국내에서 편찬되었던 『청비록』이 『속함해』

---

10) 일산본 앞의 책, 앞의 글. "每聞發妓女旁流浮屠童儒之詩 及異國之人所咏 而但苦未易得耳"

에 수록되기까지의 과정에서 이덕무 자신이나 국내인을 독서 대상으로 삼았던 기재 내용이 중국인의 독서 조건이나 분위기에 맞추어 변화되기도 했다. 이에 대한 내용으로, 몇 가지 사실을 들 수 있다.

첫째,『속함해』본은 중국의 독자를 염두에 두고, 청에 대한 호칭을 예우적인 차원에서 기재했다.

(1)
『속』본 : **中國**宗元鼎 一嶺山花燒杜宇 滿池春雨醉鴛鴦(16칙「蝶醉」)
일산본 : 淸宗元鼎 字定九 一嶺山花燒杜宇 滿地春雨醉鴛鴦(20칙「蝶醉」)

(1)은 유득공의 시구가 元黃庚의 작품을 용사했다는 논의를 전개하며, 그와 유사한 예로 청나라 문인의 작품을 인용한 대목이다. 이곳에서『속함해』본은 종원정을 중국인으로 기재했다. 이는 청을 한 朝代가 아닌 중원을 대표하는 성격으로 호칭한 것이다.

둘째,『속함해』본은 국내본과 구별되게 우리 나라 작자의 인적 사항을 덧붙여, 그 사실에 밝지 않은 청나라 측 독자의 이해를 돕고자 했다.

(2)
가. 癸未歲 元玄川**名重擧**之入日本也(12칙「日本蘭亭集」)
나. 玩亭**李薑山書九一號素玩亭**曰 猶不如王貽上白蘋溪上孤幢見 紅葉堆中數騎來之神情迢遞(2칙「袁王詩」)
다. 高麗**李牧隱**……徐四佳**居正在春坊**(34칙「古語湊合」)
라. 謁本菴**先生姓金名鍾厚以學行擢司憲府掌令**(32칙「漁洋論詩」)

(2)의 가·나 중 굵은 글자로 표시한 부분은 협주로, 다의 굵은 글자는 본문으로, 라의 굵은 글자는 본문과 협주로『속함해』본에 각기 삽입되었

다. 가는 원현천의 이름을 알려준다. 이와 유사한 예가 36칙 「당태종묘목」인 “三淵金昌翕送老稼齋翕弟昌業入燕詩曰”에서도 발견된다. 나에서는 이서구의 이름과 호를 기재했는데, 16칙 「접취」의 “吾友泠齋柳宛亭得恭一號詩” 또한 같은 성격을 갖는다. 다는 목은의 성씨와 서사가의 이름을 알게 했다. 그리고 라의 경우에는 김종후의 인적 사항과 함께 학행이 높은 그의 인물됨을 ‘先生’이란 글자까지 삽입하며 주지시켰다.

셋째, 『속함해』본은 작품과 관련된 사실을 국내본보다 구체적으로 제시해, 청나라의 독자가 해당 내용을 이해하기 쉽도록 했다. 이 예로서 15칙인 「위백자」를 들 수 있다. 이곳에서는 명나라의 유민인 魏際瑞가 조선의 사신을 만나 지은 작품을11) 품평했다. 그런데 일산본에서는 그 사신이 누구인지를 기재하지 않았다. 이에 비해 『속함해』본은, 인용문 (6)과 같이, 이 때 조선에서 파견된 사신이 鄭戴嵩이라는 사실을 덧붙였다. 이는 모본에 기재된 내용을 점검하면서 밝혀낸 것으로 여겨진다. 결과적으로 『속함해』본에서 부연한 내용은 중국의 독자에게 위제서의 작품을 이해하는 데 일정한 도움을 주고 있다.

넷째, 『속함해』본은 우리 나라의 시작품을 인용하면서 중국의 독자가 그 제목과 본문을 쉽게 구별하도록 만들었다.

(3)
　咏江村卽事云 山影倒江掩夕扉 漁人款乃帶潮歸(23칙 「金高城副室」)

(3)에서는 金盛達의 부실 이씨가 지은 작품을 소개했다. 그러면서 시

---

11) 위의 책 권1, 「魏伯子」. “遙聞東海使 委曲到長安 駐馬北平路 都人相競看 彛倫殷子弟 禮讓漢衣冠 一夕驅車去 凄凄鴨綠寒 在昔魯中叟 九夷云欲去 東方君子國 洵與百蠻殊 三恪存諸夏 雙星入使車 生芻還似玉 嘉客意如何”

제목인 「강촌즉사」와 인용 구절 사이에 '云'을 덧붙여, "「강촌즉사」에서 ~라고 노래했다"는 의미를 제공했다. 이는, 별도의 권에서는 중국의 작자를 일부 포함하기도 하지만, '云'의 삽입을 통해 특히 국내의 시작품에 낯선 중국 독자에게 그 제목과 본문을 구분지어 이해하기 편하도록 만든 것이다. 그런데 이런 양상은 인용문 (4)와 (15)에서도 확인된다.

다섯째, 『속함해』본은, 국내본의 서술 내용이 우리 나라의 독자에게는 일정한 의미를 가질 수 있는지 몰라도 중국 독자의 독서 상황에 맞지 않거나 그들에게 특별한 의미를 제공하지 못하는 부분을 변화하거나 생략함으로써, 전달의 적합성을 도모했다.

(4)

『속』본 : **近世東國**詩人 當以李槎川秉淵爲第一名家 其詩如花園 林雀蹴仍墜 池魚吹却還 午雨云 破蕉喧未已 寒雀坐無聊 松澗云 地僻無官路 林疎有杵聲 又峽雨元無信 秋灘自善鳴 一抹澹烟生灌木 半邊寒日照孤邨 微凉官路照蕎麥 薄暮人家鳴草蟲 皆雅品淸致(11칙「李槎川」)

일산본 : <u>先王卽祚五十年來</u> 詩人當以李槎川秉淵爲第一名家 其詩如花園 林雀蹴仍墜 池魚吹却還 <u>落花無箇力</u> <u>顚倒魚鳥間</u> 午雨 破蕉喧未已 寒雀坐無聊 <u>一陣蕭〃雨</u> <u>西牕度寂廖</u> 松礀 地僻無官路 林疎有杵聲 <u>偶然籬落側</u> <u>深感旅遊情</u> <u>流水邨〃得</u> <u>斜陽樹〃生</u> <u>居人不相識</u> <u>一鳥自來鳴</u>……峽雨元無信 秋灘自善鳴 一抹澹烟生灌木 半邊寒日照孤村 <u>棧道夕陽窺貊國</u> <u>江城殘角到春草[州]</u> 微凉官道照蕎麥 薄暮人家鳴草蟲 <u>斜陽忽復生千嶂</u> <u>古木蒼然絶四隣</u> <u>黃鳥不來淹海國</u> <u>辛夷初落送秦僧</u> <u>局邊眠鷺聞棋散</u> <u>硯外遊鱗飮墨過</u> 皆雅品淸致 <u>淵韶堪誦</u> <u>中國之士有評曰</u> <u>出入唐宋</u> <u>槎川之時</u> <u>畵則趙觀我齋</u> <u>榮祐鄭謙齋歚</u> <u>俱居白岳下</u> <u>文采風流</u> <u>輝映一時</u>(14칙「李槎川」)

(4)에서는 이병연의 시작품을 소개하며,12) 그를 극찬했다. 그런데 일산본의 서두에 나타난 "영조가 즉위한 50년 이래"가 『속함해』본에서는 "근세 우리 나라의 (시인은)"으로 대체되었다. 이는 독서 대상이 중국인으로 바뀌는 상황에 적합하도록 서술 내용을 변화시킨 것이다. 이와 비슷한 예가 (1)에서도 발견된다. 일산본은 청의 문인인 종원정의 자를 기재했다. 이는 국내 독자에게 생소한 그의 인적 사항을 밝혀야할 필요가 있었기 때문이다. 이에 비해 『속함해』본은 그의 자를 생략했다. 이 변화는 당시 중국의 독서 계층이라면 그 사실을 익히 알고 있어 해당 부분을 줄여 버린 것이 분명하다.

한편 이런 서술 상황 아래 일산본의 말미에서는 "모두 우아한 작품의 맑은 운치가 깊고도 고와 외울 만한데, 어떤 중국 인사는 평하기를 '당·송 시대의 작품을 넘나든다'고 했다. 사천이 생존해 있을 당시에 화가로서 관아재 조영석과 겸재 정선이 있었다. 같이 백악산 아래에 살았는데, 문채와 풍류가 한 때 빛났다"라고 언급했다. 이런 내용은 이병연이 중국 문사로부터 어떤 평가를 받았으며, 그가 어떤 인물과 교유하면서 뛰어난 예술적인 풍도를 구비했는가를 알려준다. 그런데 『속함해』본에서는 이 부분이 "모두 우아한 작품으로서, 맑은 운치가 있다"라고 축약되었다. 이는 중국 인사의 언급이 청의 독자들에게는 평이한 내용으로 받아들여지게 되고 이병연과 관계된 문학적 사실 또한 다른 나라 작가의 일로만 낮

---

12) 일산본은 인용 중간에서 생략한 작품을 포함해 「화원」·「오우」·「송간」·「秋雨」·「楓亭」·「浦村」·「寄酬洪君則」과 함께 5언시 산구 4종과 7언시 산구 6종을 등장시켰다. 이에 비해 『속함해』본은 「화원」·「오우」·「송간」의 1·2구와 함께 5언시 산구 1종과 7언시 산구 2종만을 인용했다. 이처럼 『속함해』본에서 인용 작품이 축약된 것은 일산본에 나열된 작품을 정선하면서 다른 항목들의 서술 분량과 균형을 맞추려는 일에서 비롯되었다. 한편 일산본을 인용하면서 '州'로 바로잡은 글자는 『賜葩談苑』본을 참고했다.

설게 여겨져 그들이 공감할 수 있는 부분이 적기 때문에, 작품평 이외의 서술을 생략한 것으로 파악된다.

정리하자면, 이런 사항들은 『청비록』을 열람할 대상이 국내인에서 중국인으로 바뀌는 상황에 맞추어 그들의 독서 조건이나 분위기에 적합한 서술 내용을 구비하는 중 특히 우리의 문학을 효과적으로 이해하도록 유도한 내용이라고 하겠다.

2) 정치적 역학 관계의 반영

이덕무는 북학파 문사의 일원이었으면서도, 박지원이나 박제가와는 다르게, 청에 대해 부정적인 시각을 갖고 있었다. 그는 청이 무력으로 조선을 침략함으로써 우리 민족이 수모를 겪어야 했던 역사의식을 바탕으로 청을 비판했다.[13] 형암은 또한 춘추대의를 강조하던 전통적인 화이관에 입각해, 명과 청을 바라보았다. 그는 『編書雜稿』 권1의 「宋史筌編撰議」에서 송에서 명으로 이어지는 중국사의 정통을 강조했다. 이런 시각에서 그는 같은 책의 「宋史筌遺民列傳」으로 송 왕조의 정통성을 강화했다. 또 형암은 『磊磊落落書』로 명에 의리를 지키며 살았던 명말청초 유민들의 행적을 기술하며 對明義理論의 의식을 보였다.[14] 이런 성향은 2수로 이루어진 「讀顧亭林遺書」에서도[15] 확인할 수 있다. 이 작품에서 그는 명나

---

13) 유재일, 『이덕무의 시문학 연구』, 태학사, 1998, 201~212쪽.

14) 김문식, 「『송사전』에 나타난 이덕무의 역사인식」(『한국학논집』 33, 한양대학교 한국학연구소, 1999.10, 47~50쪽) 참고. 또한 이 글의 51쪽에서는 이덕무가 송→명→조선으로 이어지는 역사적 정통성, 학문적 계승, 의리론의 일치를 중시하고 이를 적극 평가하는 방향에서 이 책을 편찬했다고 했다.

15) 『아정유고』, 앞의 책 권3. "亭林天下士 明亡獨潔身 今世尊周者 不識有斯人 烈皇殉社稷 損生多布衣 天下無不有 毛甡忍能譏"

라에 대해 의리를 간직한 고염무의 행적을 예찬했다. 그런데 이덕무의 이런 존명배청의 태도는『청비록』에 반영되기도 했다.

하지만 청나라는 현실적으로 당시 동북아시아에서 막강한 정치력을 발휘하고 있었다. 이런 상황과 맞물려,『청비록』이 그들의 독서물이 되고 또한 출판이 되는 상황에서 청이 민감하게 받아들일 기재 사항이나 이덕무의 비판적인 대청의식을 반영한 내용은 일정한 변화를 겪게 되었다. 그렇다면,『속함해』본은 일산본과 대비되어 조선과 명·청 사이에서 정치적으로 역학 관계를 갖는 부분을 어떻게 변화시켰을까?

먼저 청나라 조정에서 금기시한 문인의 이름을 생략한 경우이다.

(5)

『속』본 : 詩須善用古語湊合 東坡 公亦未知其趣耳 臣今時復一中之 **又**吾道
非歟何至此 臣今老矣不如人(34칙「古語湊合」)

일산본 : 爲詩善用古語湊合 東坡 公亦未知其趣耳 臣今時復一中之 <u>錢牧齋</u>
吾道非歟何至此 臣今老矣不如人(47칙「古語湊合」)

(5)는 고어와 주합되는 예로, 蘇軾과 錢謙益의 작품을 인용한 부분이다. 그런데『속함해』본은 전겸익의 이름을 생략한 채 '又'라고만 기재하고서 그의 시구를 인용하여, 이 작품이 그의 것인지 알 수 없게 했다. 이런 변화는 전겸익이 명말청초의 대문사로서 청에 대해 비판적인 태도를 견지하자, 청나라 조정이 그를 배척한 이유에서 비롯되었다.

1761년 沈德潛은 청대 문인 996인의 시를 선별한『國朝詩別裁集』을 편찬하며, 그 첫머리에 전겸익의 시 32수를 수록했다. 그러면서 乾隆帝는 이 책의 서문을 짓게 되었다. 그런데 그는 이 글에서 전겸익의 문학을 말살하려는 의도를 내보였다. 건륭제는 표면적으로 그가 명나라의 예부상서였다가 청나라가 들어서자 다시 예부우시랑의 직을 수행한 의리 없는 인물이라고 비판했지만, 그 실제 이유는 그의 시문에 청을 비난한 작품이 많았기 때문이었다.16) 건륭제는 또한 그의 유집 열람을 엄금하고 그 목판을 부수어 불태우라고 하면서 그의 책을 보관한 자에게 벌을 주려고까지 했다.17) 이런 사정이 반영되어,『속함해』본에서는 전겸익의 작품을 인용하면서도 그의 이름을 밝히기가 어려웠다고 판단된다.

다음으로 작품을 평하면서 청에 대한 비판과 우리에 대한 예찬을 함축적으로 전달한 경우도 있다.

(6)
『속』본 : 懃懃款款 洋溢言外 此時使臣卽鄭議政戴嵩(15칙 「魏伯子」)
일산본 : 披露情曲 慨嘆艶羨 懃〃款〃 洋溢言外(18칙 「魏伯子」)

(6)은 앞에서 언급한 위제서의 작품을 품평한 대목이다.『국조시별재집』권7에는 그의 작품으로 「諸葛公墓」·「金山」·「江頭別」이 실려 있다. 그는 명나라가 멸망하자 동생인 禧·禮와 함께 寧都의 金精山 翠微峰 아래에 은거해 농사를 지으며 그 고장 사람들을 가르치면서 고문에 전력한 인물이었다. 그러면서 위제서는 연경을 유람하다 우리 나라의 사신 정대숭을 만나 시를18) 지으며 유민으로서의 슬픔을 토로한 적이 있

---

16) 「國朝詩別裁集御製序」. "夫居本朝而妄思前明者 亂民也 有國法存 至身爲明朝達官 而甘心復事本朝者 雖一時權宜 草昧締搆所不廢 要知其人 則非人類也 其詩自在 聽之可也 選以冠本朝諸人 則不可 在德潛則尤不可" 참고(『入燕記』下, 「五月二十二日辛巳」에서 재인용).
17) 『蚩葉記』권3, 「四庫全書」. "戊戌遊燕時 見坊曲揭黃紙詔書 嚴禁錢謙益屈大均金堡 三人遺集 毁板焚燒 勿遺片言 藏者抵罪 蓋謙益則以明朝宰相 投降淸朝 而其述詩文 侵斥不已 大均堡革世後 托跡緇流 亦斥淸朝故也" 참고.
18) 주 11) 참고.

다. 그는 이 작품에서 우리의 문화가 은나라의 법도를 유지하고, 문명이 한나라의 제도를 계승한다고 예찬했다. 또한 공자가 九夷에서 살겠다는 뜻을 밝힌『論語』「子罕」의 글귀를 전고로 삼아, 우리를 군자의 나라로 기렸다. 이런 내용에는 그가 만주족이 운영하는 청나라에서 살 수밖에 없는 한족으로서의 비애감과 더불어 한족이 이루어낸 중화문화가 우리나라에서 지속되고 있음을 부러워한 뜻을 담고 있다.

그런데 이 시에 대한 평어를 기재한 인용문에서『속함해』본은 일산본에 비해 그 정도를 누그러뜨려 전했다. 곧 일산본에서는 "간곡한 정을 드러내고 개탄하며 부러워한 뜻이 지성스럽게 언외에 넘쳐흐른다"고 한 반면,『속함해』본에서는 "지성스러운 분위기가 언외에 넘쳐흐른다"는 짤막한 말로써 청에 대한 비판과 중원의 문화를 계승한 우리에 대한 예찬을 압축했다.

이처럼『속함해』본은『청비록』이 청나라에서 읽혀지거나 유포될 상황과 관련해, 국내본에 기재된 사항 중 조선과 명·청 사이의 정치적 관계에서 문제가 될 수 있는 내용을 변화시키거나 생략했다.

3) 간결한 서술

『속함해』본은 모본을[19] 산정하면서 대부분 그곳에 있는 인용 작품을 포함해, 변증·소해·품평·기사의 내용을 축약했다. 그렇다면『속함해』본은 이런 간결한 서술을 통해 국내본과 대비되어 어떤 성격을 구비하게 되었을까?

---

19)『속함해』본이 모본을 산정한 것이라고 하면서 일산본의 기재 내용을 왜 모본의 것으로 보았는가에 대해서는 본 논문의 4)에서 언급했다.

첫째, 『속함해』본은 이덕무의 신중한 성품을 반영한 서술 내용을 변화시켜, 비평적 판단의 강도를 높였다.

(7)

『속』본 : 成承旨三問夷齊廟詩 草木亦霑周雨露 愧君猶食首陽薇 劉峻辨命論
云 夷叔饑淑媛之言 注夷齊采薇 有女子謂之曰 子義不食周粟 此
亦周之草木也 因饑首陽 成詩用此(3칙「夷齊廟」)

일산본 : 成承旨三問夷齊廟詩 草木亦霑周雨露 愧君猶食首陽薇 劉峻辨命
論云 夷齊饑淑媛之言 注夷齊采薇 有女子謂之曰 子義不食周粟
此亦周之草木也 因饑首陽 成詩<u>偶然符合耶 或因</u>用此事歟(6칙「夷
齊廟」)

(7)에서 일산본은 성삼문의 「이제묘」가 유준의 「변명론」에 있는 내용과 우연히 부합하거나 아니면 그것을 차용했을 수 있다고 했다. 곧 일산본에서는 둘 사이의 관계가 우연적일 수 있다는 조심스러운 태도를 보였다. 하지만 『속함해』본은 일산본에 있는 밑줄 부분을 생략하며, 성삼문의 작품이 유준의 것을 차용했다고 확정지었다. 곧 『속함해』본에서는 이 양자를 필연적인 관계로 설정했다. 그런 다음 일산본에서 불확실한 발언을 한 것과는 대비되게, 한쪽을 강조하고 한쪽을 잘라냄으로써 작품 사이의 전이에 대한 견해를 명확하게 제시했다.

둘째, 『속함해』본은 이덕무가 굳이 서술을 하지 않더라도 독자가 그 내용을 일반적인 수준에서 쉽게 알 수 있는 부분을 생략해, 전달의 효과를 증대시켰다.

(8)

『속』본 : 魚無迹詩 春夢亂於秦二世 羈愁强似魯三家 蓋山日 此句或以爲昭敬王

時文官朴蘭所作 見金錫胄息菴集 此出於明楊基詩 春風顚似唐張旭 天
氣和於魯展禽 然魚不如楊(10칙「魚無迹」)
일산본 : 魚無迹詩 春夢亂於秦二世 羈愁强似魯三家 此出於明楊基詩 春風
顚似唐張旭 天氣和於魯展禽 然魚不如楊何也 有亂夢而無强愁 〃
用强字不馴(13칙「魚無迹」)

(8)에서는 원류비평의 시각에서 어무적의 시―사실은『속함해』본에서
밝힌 것과 같이 박란의 작품이다―와 양기의 시를 인용하며, 전자가 후
자만 못하다고 평했다. 일산본은 그 이유에 대해 "어지러운 꿈은 있어도
강한 시름은 없으니, 시름에다 '强'자를 사용한 표현은 순조롭지 못하다"
는 이덕무의 견해를 기재했다. 그런데『속함해』본에서는 이 부분을 생략
했다. 이는 시화를 읽는 정도의 소양을 갖춘 사람이라면, 해당 구절이 작
자의 편향된 정서 상태를 일반적인 수준에서 설명했다고 여길 수 있기
때문이다. 이렇게 본다면,『속함해』본은 그 우열의 결과만을 제시함으로
써, 독자로 하여금 왜 양기의 작품이 나은가 하는 문제를 자연스럽게 동
조하게 만들었다고 볼 수 있다.

이와 유사한 양상이『속함해』본 24칙의「계조해화」에서도 발견된다.
이곳에서는 고려 朴浩의 작품인 "새벽 조수는 고깃배 머리에 차갑게 부
서지고, 게 잡는 불은 섬 절 울타리에 비스듬히 이어지네(鷄潮冷濺魚船
枕, 蟹火斜連島寺籬.)"를 등장시켰다. 일산본에서는 이를 30칙으로 다루
며, 그 평어로서 "정교하고도 새로워, 우리 나라 문인의 본색에서 벗어났
다(精新, 能脫東人本色.)"고 했다. 그런데『속함해』본에서는 '精新'을 생
략했다. 이는 이 평어 또한 독자라면 누구나 일반적인 사실로 여겨지기
때문일 것이다. 이로부터『속함해』본에서의 축약된 서술은 박호가 얼마
만큼 탁월한 작가적 역량을 구비했는가 하는 판단의 결과만을 제시함으

로써, 독자가 그것을 스스로 깨닫게 유도한 특징이 있다고 하겠다.

셋째, 『속함해』본은 비평과 밀접한 관련 없이 부연된 문학적 사실을 축약함으로써, 비평서로서의 역할을 고조시켰다. 이 예로 30칙인 「부용당」을 들 수 있다. 이곳에서는 海州 부용당에 걸렸다가 임란 때 왜인이 그 시판을 떼어간 鄭礥의 작품을 소개했다. 그러면서 작품 출처와 관련된 문제로 그 넷째 구절인 "벽성의 가을 회포만 정녕 아득하구나(碧城秋思正迢迢)"에 대해 '벽성'이 唐詩 작품의 "벽성의 굽이진 열두 난간이어라(碧城十二曲闌干)"에서 비롯된 것이라고 한 다음, 그런데도 뒷사람들이 그것을 해주의 옛 이름으로 잘못 알았다는 내용까지만 기재했다. 그리고 나서 일산본에 덧붙여진 그 오인의 몇 가지 예들과 정현이 鄭礥의 아우라는 사실을 생략했다.[20] 이는 이 부분이 정현의 시가 구비한 문예적 성격을 조명하는 일과 거리가 있기 때문에, 그것을 삭제한 것이라고 하겠다. 그런데 이런 양상은 『속함해』본 8칙인 「최간이」에서도[21] 확인할 수 있다.

넷째, 『속함해』본은, 세 번째 유형보다 진전된 모습으로서, 문학적 사실에 대한 설명을 문예적 성격을 밝히기 위한 내용으로 변화시키기까지 했다.

(9)

『속』본 : 元遺山種松詩 百錢買松羔 植之我東牆 羔爲羊子 松羔稚松也奇甚
　　　　　杜詩有栗雛 可作對(7칙 「松羔」)

---

20) 일산본 앞의 책, 「芙蓉堂」. "壬辰亂後 錄扈聖功臣 海州人吳致雲圉人也 以執羈勞錄爲碧城君 於是 有撰州志者名曰碧城志 州産墨 銘爲碧城精氣 礥卽北囟先生礠之弟也"

21) 일산본은 이를 11칙인 「崔簡易堂」으로 다루었다. 그런데 『속함해』본은 일산본에 수록된 "無乃齊東之言歟 尹月汀入燕 持滄溟集 招車天輅詫之 車一讀不能開口 因收其集 投之于池 以車君何敢唐突於于鱗 不如簡易之且惝且嘆也" 부분을 생략했다.

일산본 : 元遺山種松詩 百錢買松羔 植之我東墻 羔爲羊子 松羔稚松奇甚
杜詩有栗雛 謂殼中之顆也(10칙「松羔」)

(9)는 元好問의 작품에 등장한 '羔'의 뜻에 초점을 맞추었다. 그러면서 일산본은 두보 시에 나타난 '雛'를 또 다른 예로 들며, 그 의미가 "껍질 속에 있는 낟알이다"고 했다. 이런 서술은 두 사물이 내재한 유사한 속성으로서의 '어리다'는 의미를 환기시키는 일에 치중하고 있다. 그런데 『속함해』본은 '松羔'와 '栗雛'의 그런 속성이 표현의 측면에서 어떤 효과를 동반할 수 있는지에 비중을 두고, 이 둘이 "짝이 될 수 있다"고 했다. 곧 『속함해』본에서는 왜 두 사물을 인용했는가의 적합성을 '奇甚'과 연결시켜 형상화의 문제로 수렴했다.

요약하자면, 이런 사항들은 모본을 산정한 『속함해』본이 어떤 텍스트적 목표를 포함했는가를 알려주고 있다. 그것은 간결한 서술로 글의 구성력을 높이는 가운데 명료한 비평 안목을 제시함으로써 전달의 효과를 높이려던 문제일 것이다.

4) 정정

이조원은, 이서구를 거쳐 반정균이 점검을 마친 산정본을 토대로 1795년경에 『속함해』본 초간본을, 1801년에 중간본을 간행했다. 한편 任廉은 『暘葩談苑』의 집필을 시작해 自序를 마친 1817~1824년 사이에, 이 책에 포함된 『양파담원』본 『청비록』을 엮었다.22) 이를 감안하면, 『속함해』본

---

22) 『양파담원』본은 분권의 표시나 항목의 제목이 없다. 그러면서 이 책은, 우리 나라와 함께 중국과 일본 등의 외국 문인과 작품을 실은 국내본과는 다르게, 거의 우리의 문인과 작품이 다루어진 것들만 수록했다. 그래서 권1의 경우, 일산본이나 국립도서관본이 58칙으로 구성된 반면, 『양파담원』본은 28칙으로 이루어졌다.

과『양파담원』본 사이에서는『속함해』본이 먼저 간행되고,『양파담원』본
이 나중에 필사되었음을 알 수 있다.

이에 비해 일산본과 국립도서관본의 필사 연대는 알 수 없지만, 이들
이『속함해』본이나『양파담원』본보다 뒤늦게 이루어진 것은 확실하다.
권3의「楊根樵夫」를 일례로 들어보자. 이 항목은 양근의 나무꾼인 鄭浦
가 지은「浣紗明月下」를 다루었는데, 제3구는 "살며시 젖은 하얀 연꽃
겨우 물색과 구분되고(輕沾雪藕纔分色)"이다.『속함해』본에서는 이 구절
에 대한 기재가 온전히 이루어졌으며, 이보다 얼마 뒤에 필사된『양파담
원』본에서도 동일한 양상을 보여주고 있다. 하지만 일산본과 국립도서관
본은 제3자를 '缺'字로 표시했다. 이는『속함해』본과『양파담원』본이 모
본에서 그리 멀지 않은 시기에 간행되거나 필사되어 명확한 상태를 유지
하던 그 글자를 기재할 수 있었던 데 비해, 뒤의 두 이본은 시간이 지나
면서 그 글자가 불명확하게 된 선행본을 전사했기 때문으로 보여진다.

그런데 이런 각 이본의 성립 시기가 그들로 하여금 모본의 기재 내용
과 얼마만큼 밀접한 관련이 있는가 하는 사실을 알려주지는 않는다. 왜
나하면『속함해』본은 이들 중 가장 빠른 시기에 출간되었지만, 앞의 항
목들에서 살펴본 바와 같이, 모본을 산정한 별도의 과정을 거쳤기 때문
에, 그와 일정한 거리를 조성하고 있다. 이 산정에는 모본에 있는 오류나
불확실한 부분을 바로잡은 측면을 포함한다. 이와 대비되게 국내본 특히
일산본과 국립도서관본은,『속함해』보다 나중에 필사되었어도, 국내 독
자를 대상으로 한 모본의 연장선상에 있어, 그것의 기재 내용을 온건히
반영한다고 볼 수 있다.

그러면서 국내본의 경우,『양파담원』본은 복합적인 문헌적 성격을 갖
는다. 이런 사실은『속함해』본·『양파담원』본·일산본·국립도서관본에

서 공통되게 나타난 기재 내용을 서로 대조해보면 알 수 있다. 『양파담원』본은 음절과 어귀와 문장의 측면에서 어떤 부분은 『속함해』본의 것을, 또 어떤 부분에서는 일산본과 국립도서관본의 것을 각기 기재했다. 이로부터 『양파담원』본은 『속함해』본과 일산본·국립도서관본의 문헌적 성격을 엇섞은 것이라고 하겠다.

정리하자면, 현전하는 『청비록』의 이본은 시기적으로 『속함해』본에 이어 『양파담원』본, 그리고 일산본·국립도서관본의 순서로 간행되거나 필사되었다. 그러면서도 문헌적 성격의 측면에서 모본의 기재 내용을 잘 보여주는 것은 일산본과 국립도서관본이고, 『속함해』본은 산정을 통해 그로부터 일정한 변화가 있었으며, 이들 중간에 위치한 교합본이 『양파담원』본이라고 할 수 있다.

이런 시각을 바탕으로, 『속함해』본이 모본에서의 그릇된 내용을 바로잡은 측면에 초점을 맞추어, 먼저 각 이본에 따라 인용문의 작자를 어떻게 기재했는지 살펴보도록 하자.

(10)

『속』본 : 魚無迹詩 春夢亂於秦二世 羈愁强似魯三家薑山曰 此句或以爲昭敬王
時文官朴蘭所作 見金錫冑息菴集(10칙 「魚無迹」)

『양』본 : 생략

일산본 : 魚無迹詩 春夢亂於秦二世 羈愁强似魯三家(13칙 「魚無迹」)

국립본 : 魚無迹詩 春夢亂於秦二世 羈愁强似魯三家(13칙 「魚無迹」)

(11)

『속』본 : **朴次修** 鳴蟲懇到晨 懇字甚精神(25칙 「懇」)

『양』본 : 朴次修 鳴虫懇到晨 懇字甚精神(14칙)

일산본 : <u>元玄川</u> 鳴蟲懇到晨 懇字甚精神(31칙 「鳴蟲懇到晨」)

국립본 : <u>元玄川</u> 鳴蟲懇到晨 懇字甚精神(31칙 「鳴蟲懇到晨」)

(10)에서 일산본과 국립도서관본은 인용 시구의 작자를 어무적으로 단정했다. 하지만 『속함해』본은 협주로 이서구의 발언을 덧붙이면서 "이 구절은 선조 때의 문관인 박란이 지은 것이 아닌가 한다. 김석주의 『식암집』에 보인다"고 하여, 별도의 의견을 함께 제시했다. 그런데 『息庵遺稿』를 참고하면, 인용 작품은 『속함해』본에 있는 이서구의 말처럼 박란의 것임을 확인할 수 있다. 1683년 여름에 김석주는 아래의 글을 지었다.

　　지난번 내가 병조판서로 있으면서 서쪽 교외에서 한창 기예를 익히고 있을 때, 어떤 한 사람이 남루한 유생 복장을 하고서 소장을 갖고와 하소연하여 말하기를, 자신이 옛날 문관이었던 박란 공의 후손인데, 본읍에서 잘못 閑役에 명단을 올려 장차 군역의 모자란 부분을 보충하려고 하니 이를 면하게 해주길 바란다고 했다. 내가 마침내 그 사람을 불러와 급히 먼저 "박공은 바로 명종·선조 연간에 살았으며 시에 능하다고 소문이 난 분이 아닌가. 또한 바로 그 분의 호가 梧亭이 아닌가"하고 물었다. 그가 대답하기를 "그렇습니다"고 했다. 내가 "그렇다면 그 분의 시집이 있는지 없는지"하고 물었다. 그랬더니 그가 "그렇습니다. 하지만 그것은 제게 있지 않고 집안 사람인 아무개에게 있습니다"고 했다.

　　내가 그의 말을 따라 그의 군역을 면제해주고 인해 그 유집을 가져오게 하여 보았더니, 박공의 작품은 격률이 溫雅하고 수사가 풍부해 깊이 중·만당의 여운이 있었으며, 우리 나라에 있어 또한 李希輔나 蘇世讓과 같은 여러 문인과 더불어 다툴 만했다. 아아, 애석하게도 여러 번 병란을 겪고 다시 얼마 안되어 환란을 만나 자손이 쇠퇴해져, 그 부스러기 금조각과 성긴 깃털을 주워 모은 것이 다만 이 두 편뿐이었다. 또 내가 일찍이 들은 "봄꿈은 진나라 二世보다 어지럽고, 나그네 시름은 노나라 三家처럼 강하구나(春夢亂於秦二世 羈愁

强似魯三家)"는 박공의 훌륭한 시구인데, 지금 문집을 살펴보니 또한 유실됨을 면하지 못했다. 아아, 세상에는 楊愼이 지었던 '靑塚黑山'의 읊음이 없으니, 박공의 작품이 매우 훌륭하고 아름답더라도 그 누가 장차 이를 이어받아 전하겠는가? 이것이 한스럽도다.23)

인용한 식암의 글은 (10)의 대구가 박란의 유집에조차 수록되지 않은 채 풍문으로 전하던 그의 佳作이란 사실을 일깨워준다. 그러면서『속함해』본에 기재된 협주는 이서구가 모본에 있는 오류를 바로잡으려고 산정 과정에서 어떤 역할을 했는가를 구체적으로 알려주는 사항일 것이다.

(11) 또한 "풀벌레 새벽 되도록 간절히 울어대네(鳴蟲懇到晨)"의 작자가 누구인가 하는 의문을 불러일으킨다. 현재 전하는 박제가의『貞蕤詩集』에서는 이 구절이 발견되지 않는다. 그러면서 元重擧의 문집 또한 전하지 않고 있다. 그래서 이에 대해 몇 가지 상황을 설정할 수 있다. 하지만 필자는『속함해』본에 기재된 '박제가'가 모본에서 원중거라고 잘못되게 적은 내용을 점검해 정정한 것으로 보고자 한다.

이에 대한 방증으로, 권2에서 일산본과『속함해』본 사이에 차이를 보이는 내용이 주목된다. 먼저 일산본 34칙인「絶峽秋聲驚木葉」을 살펴보자. 이곳에서는 어떤 친구가 지은「薄遊上遊」의 한 구절이 "외진 골짝

---

23) 『息庵遺稿』권9,「書梧亭遺稿卷首癸亥夏」. "曩余官司馬, 方校藝西郊, 有一人儒服襤褸, 持狀而訴, 自言爲古文官朴公蘭之裔孫, 本邑誤簽爲閑役, 將補負羽之缺, 願有以免焉. 余遂進其人, 急先問 : '朴公是在明宣之間, 以能詩聞者否. 是卽號梧亭者不.' 曰 : '然' '然則有詩集否.' 曰 : '然. 然是不在於我, 在我宗人某許矣.' 余爲從其言免其役, 仍令取其遺集而來閱之, 格律溫雅, 且饒於藻彩, 深有中晚唐餘韻, 在我朝, 亦可與李安分蘇陽谷諸人相上下. 惜乎, 屢經兵亂, 尋又遭患, 故子姓零替, 其收拾零金疎羽, 只此二編而已. 且余曾聞'春夢亂於秦二世, 羈愁强似魯三家.' 卽公之美聯, 而今考集中, 亦未免遺失. 噫, 世無楊用修, 靑塚黑山之詠, 雖甚偉麗, 其誰將續而傳之耶. 是可恨也."

가을 소리는 나뭇잎을 놀래키고(絶峽秋聲驚木葉)"라고 했다.『속함해』본
에서는 이를 25칙인「尹曾若」으로 등장시켰다. 그러면서 이 시구가 尹可
基의 작품이라고 단언했다. 이런 상황은 일산본 36칙인「高花望更多」에
서도 거듭되고 있다. 이곳에서는 "높은 곳에 있는 꽃들 바라보니 많아지
네(高花望更多)"가 누구의 작품인지 알 수 없다고 했다.『속함해』본에서
는 이를 26칙인「李廷藻」로 다루었다. 그러면서 이 구절이 李家煥의 것
이라고 했다.

　이렇게『속함해』본은 일산본에서 밝히지 못했던 작자의 이름을 제시함
으로써, 그보다 진전된 문헌적 성격을 확보했다. 이 변화는 산정 과정을
통해 검증된 내용을 가시화시킨 것이라고 하겠다. 그런데 (10)의 내용과
권2의 예를 살펴보면,『속함해』본에서 작자의 인적 사항을 변경한 일은
일산본이나 국립도서관보다 정확한 내용에 이르기 위한 공통점을 갖고
있다. 이런 사실에 입각할 때, (11)에서의 변화 역시 이덕무와 이서구가
모본을 검토하며 착오가 있었던 기재 사실을 정정한 결과라고 하겠다.

　이런 논의를 전개하면서 궁금한 점이 생긴다. 이덕무는 박제가와 절친
한 사이였다. 그리고 그는, 원중거를 柳逅와 더불어 가장 존경했다. 그런
만큼 형암은 "鳴蟲懇到晨"의 작자에 대해서 어느 누구보다 정확하게 기
재할 수 있었을 것이다. 그런데 어떤 이유에서 이 구절을 지은이가 처음
에는 원중거로 기재되었다가 다시 박제가로 바뀌게 된 것일까? 이를 짐
작하게 만드는 창작 상황으로,『정유시집』권1의「元玄川掌苑署直中遇
嘐嘐金公用謙李君懋官分韻得嶂字」를 참고할 수 있다. 이런 예와 같이,
"鳴蟲懇到晨"은 이덕무와 원중거와 박제가가 함께 한 자리에서 지어졌
을 가능성이 크다. 이로부터 이덕무는『청비록』을 편찬하며 이를 원중거
의 것으로 기재했을 것이다. 그런데 입연 시에 이 작품의 작자를 검토하

면서 그것이 그릇된 것을 알게 되어, 박제가로 정정했다고 판단된다.

이어 각 이본에서는 인용 작품의 시구를 어떻게 기재했는지 알아보자.

(12)

『속』본 : 余嘗稱袁中郎榴**火**爛時諸彦集 蠟梅香裏一騎歸之華艶

　　　　　(2칙 「袁王詩」)

『양』본 : 생략

일산본 : 余嘗稱袁中郎榴<u>花</u>爛時諸彦集 蠟梅香裏一騎皈之華艶

　　　　　(5칙 「袁王詩」)

국립본 : 余嘗稱袁中郎榴<u>花</u>爛時諸彦集 蠟梅香裏一騎歸之華艶

　　　　　(5칙 「袁王詩」)

(12)는 이덕무가 이서구와 함께 한 자리에서 袁宏道의 시구를 인용하며 그 화려하고 고운 풍격을 칭찬한 것이다. 이 구절은 원굉도가 1605년(38세)에 公安에 있으면서 지은 「送君超兄還武陵」2수 중 그 첫째 수의 함련에 해당한다.[24]

『속함해』본에서 기재한 '榴火'는 석류꽃의 붉음을 불꽃의 동일한 색감에 비유한 것이다. 이에 비해 일산본과 국립도서관본에서 기재한 '榴花'는 석류꽃 자체를 지칭한다. 그런데 원굉도의 문집에 수록된 해당 글자는 『속함해』본에서 인용한 '火'와 일치한다. 이로부터 『속함해』본은 일산본과 국립도서관본이 모본의 그릇된 글자를 그대로 적은 것과 대비되게, 그것을 바르게 변화시켰다고 말할 수 있다.

---

24) 『袁宏道集箋校』中, 『瀟碧堂集』 권9, 上海古籍出版社, 1981, p.1076. "碧江波疊曉霜肥 換盡生蕉細縷衣 榴火爛時諸彦集 蠟梅香裏一騎歸 糟壇博社輕揚入 鶴侶鷗羣自在飛 枉渚陽山憑寄語 道人魂夢久相依"

　　정리하자면,『속함해』본은『청비록』의 모본을 산정하는 과정에서 발견된 오류를 바로잡았다. 모본에 있는 오류는 일산본과 국립도서관본의 기재 내용을 참고할 수 있다. 그것은 작자·원작품의 시구 인용 등에 걸쳐 나타나고 있다. 그러면서 (11)을 통해『양파담원』본이『속함해』본과 일산본·국립도서관본 사이를 넘나들며 필사된 사실을 짐작할 수 있다.

5) 오류

　　『속함해』본은 원래 편찬된『청비록』의 체재나 내용을 다듬으면서 한편으로 중국인의 독서 조건이나 사정을 고려해 해당 내용을 변화시키고 또 한편으로는 간결한 서술과 잘못된 내용을 정정함으로써, 모본보다 나은 비평서로서의 면모를 갖추고자 했다. 하지만 이 산정작업은 긍정적인 면만을 갖는 것이 아니다. 이에 대한 내용을 몇 가지 측면에서 살펴보려고 한다.

　　먼저 단순 오자가 발생한 경우이다.

(13)

『속』본 : 牧隱貞觀吟曰 謂是囊中一物耳 那知玄花落白羽 玄花言其目 白羽
　　　　　言其箭 世傳唐太宗伐高麗 至安市城 箭中其目而還 考唐書通鑑
　　　　　皆不載 當時史官必爲中國諱 無怪其不書也 但今富軾三國史亦不
　　　　　載 未知牧何從得此(36칙「唐太宗眇目」)

일산본 : 牧隱貞觀吟曰 謂是囊中一物耳 那知玄花落白羽 玄花言其目 白羽
　　　　　言其箭 世傳唐太宗伐高麗 至安市城 箭中其目而還 考唐書通鑑
　　　　　皆不載 當時史官必爲中國諱 無怪其不書也 但金富軾三國史亦不
　　　　　載 未知牧老何從得此(49칙「唐太宗眇目」)

(13)은 이색이 지은 「정관음」의 구절을 변증한 대목이다. 이 시구의 출처를 밝히기 위해, 이덕무는 김부식이 편찬한 『삼국사기』를 등장시키기도 했다. 그런데 『속함해』본에서는 그의 성씨를 '今'으로 잘못 기재했다. 이는 판각 대본인 산정을 마친 필사본에서 그릇되게 기재한 글자 내용 그대로 판목에 옮겨 간행했기 때문이다. 이런 예는 (14)에서도 확인된다. 『속함해』본에서는 『난정집』의 저자인 高野惟馨의 호를 '蘭亭'이 아닌 '蘭序'라고 했다. 이 또한 산정을 끝낸 필사본에서 잘못 적은 글자대로 『속함해』본을 간행한 결과이다.

다음으로 모본의 기재 사실을 혼동해 오류가 생긴 경우도 있다.

(14)
『속』본 : 余嘗遊平壤含毬門外 吳生家有蘭亭集 日本**詩人**也……先生姓**吳**
　　　　諱惟馨 字子式 號東里 一號蘭序(12칙 「日本蘭亭集」)
일산본 : 余嘗遊平壤含毬門下 吳生家有蘭亭集 日本人詩也……先生姓高野
　　　　諱惟馨 字子式 號東里 一號蘭亭 本姓高石(15칙 「日本蘭亭集」)

(14)는 이덕무가 평양의 含毬門 주위를 유람할 적에 吳生의 집에서 『蘭亭集』을 열람한 내용을 밝힌 것이다. 일산본은 『난정집』에 대해 '일본인의 시(日本人詩)'라고 적었다. 그런데 『속함해』본은 이를 '일본 시인(日本詩人)'으로 변경했다. 이는 "오생의 집(吳生家)에 『난정집』이 있었는데" 부분 중 '吳生家'를 『난정집』을 지은 저자 이름으로 잘못 이해하고서 그것을 '일본 시인'과 연결시켰기 때문이다. 곧 이 책의 소유자에 따른 소유처를 저자로 혼동하고 말았다. 그래서 이어지는 구절에서도 『난정집』 저자의 인적 사항을 밝히며 그의 성씨인 '高野'를 '吳'라고 그릇되게 적었으며, 이 문맥에 따라 "본래의 성은 高石이다"라는 부분마저 생략을 했다.

　　그런가 하면 『속함해』본에서는 모본의 기재 사실을 지나치게 축약함
으로써, 그 내용을 제대로 전달하지 못하는 경우도 발견된다. 우선 인용
작품을 지은 작자가 누구인가에 대해 오해를 불러일으키는 상황을 알아
보자.

(15)

『속』본 : 李蓀谷達 薄遊西京 過嬋娟洞 時山花飄騷 濕雲如夢 徘徊惆悵 賦
一詩曰 牧丹峰下嬋娟洞 〃裡埋香草自春 若爲借得仙翁術 喚起當
年第一人……明日入洞 奠以茶酒 侑之以詩云 不識鄒生律 能回幽
谷春 香魂猶髣髴 重見李夫人 近有吾友與情人相別於龍泉 作賦以
贈云 泉嗚咽而如泣兮 旭朝暾之凄凉 古人以事名其地者多 今改龍
泉爲嗚咽灘(21칙「嬋娟洞」)

일산본 : 李蓀谷達 薄遊西京 過嬋娟洞 時山花飄騷 濕雲如夢 徘徊惆悵 賦
一詩曰 牧丹峰下嬋娟洞 〃裏埋香草自春 若爲借得仙翁術 喚起當
年第一人……明日入洞 奠以茶酒 侑之以詩 不識鄒生律 能回幽谷
春 香魂猶彷彿 重見李夫人 <u>姜菊圃樸爲平安都事</u> <u>操文澆酒於洞墳</u>
<u>後爲臺臣所彈</u> <u>余亦遊洞中</u> <u>有詩曰</u> <u>嬋娟洞草賽羅裙</u> <u>壞粉遺香暗古</u>
<u>墳 現在紅娘休詫艶</u> <u>此中無數旧如君</u> <u>近閱徐四佳集有曰</u> 近有吾友
與情人相別於龍泉 作賦以贈云 泉嗚咽而如泣兮 旭朝暾之凄凉 古
人以事名其地者多 今改龍泉爲嗚咽灘(25칙「嬋娟洞」)

　　(15)는 작품에 지명을 시어로 사용한 예들을 들었다. 일산본은『속함
해』본과 동일하게 이달이 지은 두 작품을 소개했다. 이어 강박이 평안도
사가 되었을 때 제문과 술을 갖추고서 선연동의 무덤에 제사를 지내 후
일 대간의 탄핵을 받은 일과, 이덕무 자신이 1771년에 평양을 방문했을
때 지은「선연동」을 기재했다. 그런 다음 서거정의 문집을 열람하면서
그의 친구가 용천에서 情人과 이별하며 지은 작품을 인용했다. 그런데

『속함해』본은 강박의 일로부터 이덕무가『사가집』을 열람하기까지의 내용을 생략한 채, "근래에 나의 벗이 사랑하는 사람과 용천에서 서로 이별할 적에 시를 지어주며 읊조리기를(近有吾友與情人相別於龍泉作賦以贈云)"이란 대목을 바로 등장시켰다. 그래서『속함해』본을 대하는 독자는 이 부분을 이덕무의 친구가 지은 작품으로 잘못 이해하게 된다.

이어 작품평을 아예 생략해, 그 내용을 파악할 수 없게 만든 경우를 살펴보자.

(16)

『속』본 : 余內弟朴宗山穉川 談藝精到 頗具慧眼 嘗評余論詩絶句 各夢無干共一床 人非甫白代非唐 吾詩自信如吾面 依樣衣冠笑郭郞(27칙「穉川談藝」)

일산본 : 余內弟朴宗山穉川 談藝精到 頗具慧眼 嘗評余論詩絶句 各夢無干共一牀 人非甫白代非唐 吾詩自信如吾面 依樣衣冠笑郭郞 旦 兄 自論雖如此 而讀兄全集 何嘗一字非古 蓋悟得今猶古 〃猶今之妙(34칙「穉川談藝」)

(16)은 이덕무의 작품에 대해 내제 박종산이 그것을 평한 대목이다. 일산본은 인용 부분에 이어 박종산이 두보의 시구인 "지금 사람이라고 박대하거나 옛사람이라고 마냥 좋아하지 않네(不薄今人愛古人)"를 논평한 내용과 형암이 그의 말을 듣고 학문의 태도 또한 고금의 장점을 아울러야 한다는 발언까지 기재했다. 예문에 등장한 시는 이덕무가 1777년에 지은 것이다.25) 이 작품에서 형암은 독창적인 작품을 창작할 것을 강조했다. 하지만 그 이면에는 그가 질박한 '古'에 바탕을 둔 참다운 詩意를

---

25)『아정유고』, 앞의 책, 「論詩絶句有懷篠飮雨邨蘭坨蕫山泠齋楚亭」 7.

개성적으로 형상화하려던 뜻을 포함하고 있다. 일산본은 이에 대한 논평으로 박종산이 "형의 自論은 이와 같아도, 형의 전집을 읽어보면 어찌 한 글자라도 옛스럽지 않으리요. 이는 지금이 옛날과 같고 옛날이 지금과 같다는 묘리를 깨달은 것이다"라고 한 말을 수록했다. 그런데『속함해』본은 정작 중요한 이 부분을 생략했다. 이는 아마도 이덕무가 자신의 작품을 다루게 되어, 스스로 박종산의 논평을 생략한 듯하다. 하지만 결과적으로『속함해』본은 박종산이 이 시에 대해 어떤 평을 했는가를 바르게 전달하지 못했을 뿐 아니라, 경우에 따라서는 독자가 형암의 작품을 박종산의 논시시로 오해할 여지도 있게 만들었다.

이처럼『속함해』본은 산정을 마친 필사본에서의 오자를 미처 바로잡지 못한 것이 있다. 또한 모본의 내용을 잘못 이해해 그것을 그릇되게 전달한 것도 있다. 또 문맥이 통하지 않을 정도로 지나치게 축약해 작자나 작품평을 이해하는 데 혼란을 일으키는 경우도 있다. 이런 이유는 李圭景이『詩家點燈』의 「淸脾錄刻本」에서 언급한 것과 같이,26) 이 책이 간행될 때에 산정을 끝낸 필사본과 판각본을 대조해나가며 책임 있게 교열을 봐야할 작업 과정이 없었기 때문일 것이다.

4. 마무리

후사가의 한 사람인 이덕무는 중국을 방문하기 바로 전에『청비록』의 편찬을 마쳤다. 그러면서 형암은 연행의 길에 오르며 국내본과는 다른, 이서구가 서문을 작성하고 또 산정을 한 수고본을 지참했다. 이 수고본

---

26) 주 9) 참고.

은 중국에서 다시 반정균의 산정을 거치게 되었다. 그리고 이조원은 이를 바탕으로, 1795년 무렵에『속함해』본『청비록』초간본을, 1801년에 중간본을 간행했다.

이 글은『속함해』본이 지닌 문헌적 면모를 권1을 대상으로 국내본 중 일산본과 대비하면서 살펴보았다. 먼저 예비 단계로서『속함해』본은 일산본에 비해 20칙이나 줄어든 사실을 확인했다. 그러면서 양본에서 함께 다루어진 항목의 내용이 대체적으로 축약되면서 음절·어구·문장 등에서 각기 다르게 기재된 점에 주목했다. 이에 대한 구체적인 내용으로,『속함해』본은 다음과 같은 문헌적 면모를 갖는다고 요약할 수 있다.

첫째,『속함해』본은『청비록』을 열람할 대상이 국내인에서 중국인으로 바뀌는 상황에 맞추어 일산본의 기재 내용을 변화시키면서 그들의 독서 조건이나 분위기에 적합한 서술 내용을 마련하는 중 특히 우리의 문학을 효과적으로 이해하도록 유도했다.

둘째,『속함해』본은『청비록』이 청나라에서 읽혀지거나 유포될 상황을 염두에 두고, 일산본에서 기재한 사항 중 조선과 명·청 사이의 정치적 관계에서 문제가 될 수 있는 내용을 변화시키거나 생략했다.

셋째,『속함해』본은 일산본에서의 서술 분량을 줄이는 가운데 비평적 판단의 태도를 강화했고, 때로는 일반적인 수준의 평어를 생략해 전달의 효율성을 증대시켰다. 또한 기사의 일부분을 제외해 비평서로서의 면모를 고조시켰는가 하면, 이보다 적극적인 태도로 표현 효과에 주목하는 서술을 하기도 했다.

넷째,『속함해』본은 작자나 시구 인용 등에 걸쳐 모본에서 그릇되게 기재한 내용을 검토해 바로잡았다. 모본에 있는 오류는 그 연장선상에서 필사된 일산본과 국립도서관본의 기록을 통해 접근할 수 있다.

　다섯째, 『속함해』본은 산정을 마친 필사본의 오자를 따라서 그대로 인쇄하거나, 모본의 내용을 잘못 이해해 그것을 그릇되게 전달하거나, 문맥이 통하지 않을 정도로 지나치게 축약해 작자나 작품평을 이해하는 데 혼란을 일으키는 경우도 있다.

　종합적으로 말한다면, 『속함해』본은 그 독서 대상이 국내인에서 중국인으로 바뀌는 상황을 전제로 모본의 기재 내용을 일정하게 변화시킨 가운데 득과 실을 함께 내재한 문헌적 성격을 갖는다고 볼 수 있다.

長鬐에서 지은 丁若鏞의 시작품 연구

1. 머리말

조선 후기의 茶山 丁若鏞(1762~1836)은 여러 방면으로 전개된 실학을 집대성한 문사였다. 정약용은 1783년에 經義初試에 합격했고, 1789년 式年殿試에서 甲科에 급제한 이후, 抄啓文臣으로 정계에서 눈부신 활약을 했다.[1] 그러다 다산은 正祖(1752~1800)의 죽음을 계기로, 정치노선을 달리하는 노론 벽파가 정국을 이끄는 상황에서 그들의 공격 목표가 되었다. 그는 1801년 1월 19일에 일어난 이른바 冊籠事件이 발단이 되어, 천주교를 신봉한다는 혐의 아래 長鬐縣으로 유배를 당했다. 이 辛酉獄事를 시작으로, 그는 18년 동안 귀양생활을 하는 삶의 전환기를 맞게 된다.[2]

---

1) 정약용은 1791년에 司諫院正言의 직책을 맡은 일을 시작으로, 1794년에 成均館直講과 弘文館副修撰을 거쳐 京畿暗行御史가 되었다. 또한 다산은 1795년에 司諫院司諫과 兵曹參議를 역임했지만, 같은 해 7월 신부 周文謨의 체포사건으로 金井道察訪에 좌천되기도 했다. 그리고 그는 1797년에 谷山都護府使에, 1799년에는 兵曹參議를 거쳐 刑曹參議에 제수되었으나, 같은 해 6월 閔命赫이 탄핵한 일을 계기로 出仕하지 않았다. 1800년에 그는 식구들과 함께 苕川의 별장으로 낙향하여, 정계의 움직임을 주시하고 있었다.

2) 박무영(1994), 「정약용론」, 『조선후기한문학작가론』, 집문당, 401쪽에서는 "이런 그의 개인적 부침은 그가 겪었던 시대의 역사적 성격과도 관련된 것이다. 18세기 후

이 유배기 동안에 다산은 자신의 학문과 문학세계를 이전보다 확대, 심화시키는 계기로 삼았다. 그런데 이 기간은 그가 생활하던 장소들과 관련하여, 성격상 세 시기로 구분할 수 있다. 다산은 1801년 2월에서 같은 해 10월까지 경상도의 장기에서 귀양생활을 했다. 그런 가운데 그는 같은 달 20일에는 黃嗣永(1775~1801) 帛書事件으로 말미암아, 서울로 압송되어 문초를 당했지만, 혐의가 없다는 사실이 밝혀져 11월 5일에 전라도 康津으로 유배를 가게 되었다. 그는 이곳 동문 밖의 酒店에 寓接하여 생활터전을 마련하고, 1808년까지 '四宜齋'를 중심으로 학문활동과 문학활동을 전개했다. 이 기간에 정약용은 승려 惠藏을 만난 것을 계기로 寶恩山房을 출입하거나, 李晴의 집으로 잠시 이사를 하기도 했다. 이후 다산은 橘林處士 尹博의 호의에 힘입어, 1808년 봄부터 1818년까지 茶山草堂에서 비교적 안정된 생활을 누리며, 본격적으로 講學을 진행하는 일면 저술활동에 전념했다. 그리고 이런 생활경험을 배경으로, 그는 시기별마다 서로 유기적인 성향을 지닌 시작품을 창작했다.

이런 측면에 토대를 두고, 이 글은 유배기에 지은 정약용의 시문학을 순차적으로 논의하려는 구상 아래, 그 중 초기에 해당하는 장기에서의 생활을 대상으로 하여, 그곳에서 지은 시작품의 면모를 구체적으로 알아보기 위해 시도되었다. 이 논의를 진행하고자 주된 자료로 참고한 책은 1985년 麗江出版社에서 영인, 출판한 『與猶堂全書』이다.

반은 조선왕조 말기의 복고적 문예부흥기로 설명된다. 반면 19세기 초반은 세도정권을 중심으로 봉건왕조의 말기적 증세가 본격적으로 심화되던 시대로서, 민중 주체의 민중봉기의 시대로 성격지워진다."고 언급했다.

2. 본론

    다산은 장기를 향해 귀양길에 오르면서 일가친척에게 이별을 고하던 상황을 「石隅別」에, 그리고 처자와 헤어지던 슬픔을 「沙坪別」에 담았다. 그리고 그는 忠州 서북쪽에 있던 부모의 무덤을 지나며 「荷潭別」을 지었다. 정약용은 이 '三別'의 작품에서 정배를 당하게 된 자신의 곤혹스러운 마음을 몇 번이고 되뇌었다. 다산은 다시 彈琴臺·鳥嶺·空骨陂 등을 지나 유배지에 도착했다. 봄꽃이 한창인 3월 9일의 일이었다. 그는 이곳에서 기약 없는 귀양살이를 시작했다. 이 시기에, 정약용은 새로운 눈으로 자신과 가족, 그리고 사회와 역사를 되돌아보았다. 그리고 다산은 이런 문제를 문학의 차원으로 승화시켰다. 이 시들을 작품 내용에 초점을 맞추어 논의를 진행하면, 다음과 같다.

1) 다각화된 정체성

    정약용은 3월 10일 官人들이 이끄는 대로 끌려가, 庄校 成善封의 집에 당도했다. 이 오두막은 성문 동쪽의 馬山里에 위치하고 있었다. 이곳에 거처가 정해진 이후, 다산은 가끔 주위에 있는 毛黎嶺에 올라, "예전에 烏栖山에 올라 지는 해를 보았더니 / 오늘은 다시 동해에서 저녁 해를 바라보누나."라고3) 하며, 金井으로 좌천당했을 때의 일을 상기하면서 정치적인 책략에 휘말려 끝없이 펼쳐진 바다 물결만을 바라보게 된 자신의 처지를 곤혹스러워 했다. 이 수심 겨운 분위기는 "성산포 어구에는

---

3) 『與猶堂全書』 제1집, 『詩文集』 제4권, 「鬐城雜詩二十七首」 其二十, "憶上烏栖落日 看 桑溟又見浴金盤" 이하의 인용은 『전서』 1, 『시문집』 4로 기재하기로 함.

바위가 水門인데 / 동으로 부상까지 물만이 아스라하다.”라는4) 시구를
통해서도 확인할 수 있다. 이 작품들에서 그는 자신이 응시하던 동해에
희망과 동경을 내재하거나, 이상적인 공간으로서의 의미를 부여하지 않
았다. 오히려 이곳은 바닷가 근처에 위치해 안개가 자주 펼쳐졌기 때문
에, 인간의 명료한 의식을 가로막는 은폐된 공간으로서의 성격이 짙다고
하겠다.

다산은 방 한 칸과 마루 한 칸으로 이루어진 성씨의 집에 기거하며,
이웃 아이의 글 읽는 소리를 듣거나 동네 영감과 장기를 두는 일이 고작
이었다. 이런 무료한 나날이 계속되는 동안, 그가 스스로 확인하고자 한
것은 무엇보다 자기정체성에 대한 문제였다.

정약용은 이런 측면을 변화된 자신의 외적인 모습으로부터 접근했다.
다산은 “초봄에는 흰털이 두 개가 났었지만 / 한 개는 검은 편이고 하나
만 하얗더니 / 이곳에 오니 또 하나가 보태져서 / 천연스레 세 개 모두
하얗기가 은빛과 같구나.”라고5) 노래했다. 이 시의 전반부에서는 그가
초천에 은거하며 정치권의 동향을 주시하던 일을 암시한다.『시문집』권
4에 수록된 「白髮」을 참고한다면, 다산은 노심초사하던 심적 상태가 원
인이 되어, 이 시기에 수염이 희게 되었음을 알 수 있다.6) 이어 후반부에
서는 그가 신유옥사에 연루되어 귀양생활을 시작하면서 풍상을 심하게
겪던 상황을 전한다. 그는 이 시련의 강도를 늘어나는 흰 수염의 숫자로
써 객관화했다.

---

4) 같은 작품 其一, “星山浦口石爲門 東直扶桑水氣昏”
5) 같은 작품 其二十一, “初春兩個白毛新 一個猶玄一個純 此地又來添一個 天然三個
　白如銀”
6) 같은 책, 「白髮」, “去年頷下一毛變 南來倏忽添二莖”

이런 상황에서 정약용은 자신에게 가중되는 삶의 시련이 어떤 이유에서 비롯되었는가 하는 문제를 조응하고자 했다.

> 입이 많으면 쇠도 녹는 것 할머니라도 아는 일
> 뭇 주먹 돌팔매를 이상하게 여길 것 없어
> 사람들이 겁나해서지 나를 미워하는 일 아니며
> 하늘의 뜻인데 그 누구를 원망하리
> 북극의 별들은 어제와 똑같건만
> 서강의 풍랑은 어느 때나 멎을는지
> 막다른 골목에서 이 마음 좁아질까
> 바다쪽 사립문에 우두커니 서있다네.

> 衆口銷金太母知　　　叢拳下石莫驚疑
> 人方怯耳非憎我　　　天實爲之欲恨誰
> 北極星辰如昨日　　　西江風浪竟何時
> 窮途只怕胸懷窄　　　臨海柴門竚立遲
> 「自笑」其十九,『詩文集』권4.

다산이 절망 가운데서 확인한 것은 권력에 짓눌려 무고하게 비방을 일삼는 사람들의 생리이다. 시대의 어두움을 내재한 이 현상은 그가 질서 정연하게 운행하는 자연의 이법을 응시하며, 그것을 관조화된 차원으로 수용하는 분위기 내부에서 용해된다. 그러면서도 다산의 정신이 포용하는 세계는 위축된 의식의 등가물로서 등장한다. 이런 상황에서 그는 좁혀진 마음과 정신의 한계를 벗어나려는 마음가짐을 8구에 싣고 있다.

이런 가운데 다산의 존재감을 부인할 수 없게 만드는 유일한 대상은 가족이었다. 그는 식구들과 헤어진 지 2개월 남짓 지나서야 그들로부터 처음 편지를 받았다. 다산은 가족이 보낸 서신을 접하고, 그 기쁜 뜻을 아들에게 전한 시에서 "세상 밖 강산은 고요한데 / 천지간에 가까운 사이는 모자뿐일러라."고7) 하여, 자신과 깊은 유대감을 형성한 가족애를 느꺼워했다. 이 가족애는 고독의 늪에 빠진 그에게 다소간 안정된 마음을 부여하게 된다. 그래서 정약용은 薪智島로 귀양을 간 仲兄 丁若銓(1758~1816)에게서 서신을 전해 받고, "사대주가 다 섬일 바에야 / 몸 붙인 곳 바로 나의 집이겠지요."라고8) 하여, 위축된 의식상태에서 바라본 현실세계를 고립된 공간으로 설정하고 자유로울 수 없는 유배지를 自愛하는 마음으로 읊기도 했다. 하지만 다산의 내면 깊은 곳에 자리잡은 것은 "아내가 날마다 눈물만 흘린다는데 / 어린 자식은 어느 때나 만나볼까."와9) 같이, 고통이 수반되는 가족 사이의 괴리감이었다. 이 가족에 대한 간절한 그리움은 다음의 시에서도 잘 나타나고 있다.

> 어린 딸애가 단오날이면
> 고운 살결 씻고서 새단장을 하였지
> 붉은 모시베로 치마를 지어 입고
> 머리엔 푸른 창포를 꽂았었네
> 절을 익히며 단아한 모습 머금고는
> 술잔 올리며 애교스런 표정을 지었는데
> 오늘 같은 저녁에는
> 그 누가 딸아이를 귀여워하리오.

---

7) 같은 책, 「別家五十有八日始得家書志喜寄兒」, "物外江山靜 寰中母子親"
8) 같은 책, 「得舍兄書」 其一, "四洲皆絶島 身在卽吾廬"
9) 같은 책, 「家僮歸」 其二, "拙妻長日淚 稚子幾時看"

幼女端陽日　　　新粧洗玉膚
裙裁紅苧布　　　髻揷綠菖蒲
習拜徵端妙　　　傳觴示悅愉
如今懸艾夕　　　誰弄掌中珠
　「憶幼女」, 같은 책 권4.

　다산은 시간을 거슬러 올라가 예전 단오일에 어린 딸이 보여주던 모습을 현재의 시적 정황으로 등장시킨다. 그는 딸아이가 단오를 맞아 명절의 분위기를 낼 수 있는 차림으로 단장하고서, 절하는 법을 익히며 어른스러운 자태를 내보이다가도, 술잔을 올리며 어린아이의 천진스러운 마음을 함께 드러내던 행동을 간절하게 그리워한다. 그런 뒤에 다산은 현재로 되돌아와, 과거와 같이 어린 딸애와 행복한 시간을 보내지 못하는 외로움을, 자신의 애정이 전해질 수 없는 상황의 아이에게 초점을 맞추어 전한다. 이런 시적 분위기에는 정치의 소용돌이 속에서 가족의 연대감마저 파괴된 일로부터 유발된 그의 슬픔이 간절하게 스며 있다고 하겠다. 이와 연결된 내용으로, 이 해 6월 17일 다산이 두 아들에게 부친 "몹시 기다리던 중에 편지가 오니, 마음에 매우 위로가 된다. 武의 병세는 아직도 남은 증세가 있고 어린 딸도 점차 잔약해 진다고 하니, 민망하고 염려된다."는10) 편지의 내용은 이러한 심적 상태를 반영한다고 볼 수 있다.

　이렇게 다산은 가족과 중형, 그리고 친지와 헤어지게 된 아픔을 「采葛遷人自傷也父子兄弟離析焉」·「酉山遷人之思也離其室家不能安土焉」과, 「東門遷人自悼也」·「秋日憶舍兄」 등의11) 작품에서 토로했다. 이 아픔은

---

10) 『전서』 1, 『시문집』 21 「書」, 「寄二兒」, "書來正及苦企中 慰意良深 武病尙有餘祟 幼女漸成殘敗 是用悶慮"
11) 앞의 책 권4.

때로 자의식의 반영물로서, 그가 세계와 화합하며 자신의 포부를 정치일
선에서 마음껏 펼쳤던, 지나간 시간을 돌아보게 하는 계기가 되었다.

　　인왕산이 비스듬히 세심대를 끼고 있어
　　임금께선 수레 타고 한 차례씩 꽃구경을 하셨다네
　　구름이 산을 가려 幕次를 설치한 듯
　　꽃시내 흐르는 물 술잔 띄우기 알맞았지
　　고요한 李嬪의 궁 드문드문 버들이요
　　깊숙한 徐氏 정원엔 매화가 어른거렸어라
　　‘獨步’라는 휘호를 지척에서 쓰시며
　　몇 번이고 님께서는 이 菲才를 칭찬했는데.

　　仁王斜抱洗心臺　　　　玉輦看花歲一廻.
　　雲擁翠微開幕次　　　　水流芳潤汎觴杯.
　　李嬪宮靜垂疎柳　　　　徐氏園深映遠梅.
　　咫尺揮毫稱獨步　　　　幾回天語獎菲才.
　　　「夏日遣興八首」 其八, 같은 책 권4.

　　洗心臺에서 있었던 일을 읊은 작품이다. 이곳은 景福宮 서쪽에 위치
하면서 아래쪽으로는 宣禧宮과 연결되어 있었다. 다산은 정조가 일 년에
한 차례씩 이곳에 들려 봄날의 정취를 구가하던 일을 되돌아본다. 이어
그는 세심대 주위로 펼쳐지던 운치 있는 정경을 간결한 분위기로 집약한
다. 그러면서 다산은 정조가 자신에 대해 ‘獨步’라고 평가하며 친근감과
더불어 기대감을 건네던 일을 반추한다. 이 추억은 그의 자기몰두라는
성격을 내재한다.

이런 분위기의 시는 「芙蓉亭歌」와 「端午日述懷」에서도[12] 확인할 수 있다. 그러면서 이 자아에 대한 애착은 정약용이 보다 적극적인 자세로 현실과 대응하며 순화된 의식을 구축케 하는 출발점이 된다. 이들 작품에서 다산은 단순하게 잃어버린 것을 찾아 방황하는 나약한 지성인으로서의 면모를 보여준 것만은 아니었다. 과거의 시점으로 형상화한 이 시들에서, 그는 지난날에 있었던 일을 자기 위안으로 삼기도 했지만, 그보다도 현재적 자아가 추구해야하는, 내면의식의 강화에 힘을 기울여야할 동력으로서 그것에 주목했다. 이로부터 그는 "지금부터 떠돌이 신세의 슬픔일랑 말하지 말고 / 옛 분을 생각하며 그릇을 키워야지."라고[13] 하여, 韓愈(768~824) 또한 귀양을 갔던 일을 긴 역사적 안목으로 되돌아보고 그것을 자의식에 투사시키며 자기 정신의 용량을 일층 확대하려는 태도를 유지했다. 이와 동시에 다산은 "불행하게 온 빈궁을 쫓으려고 하지 말자 / 곤궁을 이기는 것 그게 진정 영웅호걸이지."라고[14] 하여, 어두운 현실을 직면하면서 자신에게 주어진 고통을 보다 강건한 자세로 극복하려는 마음가짐을 강조했다. 그리고 그는 이런 강화된 자의식을 보다 심화시켜, 동시대가 안고 있던 삶의 모순을 직시하고자 했다.

> 당파 싸움 오래도록 끝나지 않으니
> 이 일 참으로 통곡할 일이라네
> 洛·蜀黨의 후예들은 소식도 없고
> 智·輔氏 족벌들만 나뉘어지는구나
> 싸움 등쌀에 양심마저 다 흐려져

---

12) 같은 책.
13) 같은 책, 「我思古人行三章」 其三, "自今勿言萍梗悲 我思古人恢器宇"
14) 같은 책, 「自笑」 其十五, "不幸窮來莫送窮 固窮眞正是豪雄"

티끌만큼 마음에 걸려도 마음대로 살육한다
순한 양들 소리 지르지 못하고 죽어가도
승냥이와 범은 눈알을 부라리고
높은 자는 뒤에서 조종을 하며
낮은 자는 칼과 살촉을 날카롭게 간다네
그 뉘라서 큰 잔치를 열어
화려한 집에다 장막을 둘러치고
일 천 항아리에 빚어 넣은 술과
만 마리 소를 잡아 만든 전골로
함께 앉아 옛 폐습 다 버리기로 하고
평화로운 복을 맞게 하려나.

黨禍久未已　　此事堪痛哭.
未聞洛蜀裔　　遂別智輔族.
爭氣翳天良　　纖芥恣殺戮.
羔羊死不號　　豺虎尙怒目.
尊者運機牙　　卑者礪鋒鏃.
誰能辦大宴　　帟幕張華屋.
千甕釀爲酒　　萬牛臠爲肉.
同盟革舊染　　以徼和平福.

「古詩二十七首」 其四, 같은 책 권4.

이 시에서 정약용은 치열한 시대정신으로써 자기정체성을 드러내고, 어둠만이 지배하는 현실에 분노하며 그 대응책을 제시하려는 강렬한 마음을 屋入聲의 韻脚으로 강조했다.

다산은, 건전한 여론기구로서의 역할을 저버린 채 정치적 이익집단으로 전락하고 만 각 당파들 사이의 세력다툼으로 인해, 사회의 혼란이 가중되는 현실을 슬퍼한다. 이어 그는 올바른 지성인들을 찾아보기 힘든 일과, 영향력을 장악한 문벌들이 정치력을 유지하거나 확대하고자 혈안이 된 당시의 혼란스러운 정치상을 언급한다. 그리고서 이런 상황이 정치권에서 어느 정도의 파행된 모습으로 나타나는가라는 점을 열등한 성격을 지닌 동물적 의상을 동반하여 서술한다. 이 부분까지는 당시에 전개되던 부조리한 정치상을 진단하는 내용이라고 하겠다.

이런 문제를 전제로 하여, 다산은 다음 구에서부터 그 모순된 현실을 극복할 수 있는 정치인들의 마음가짐을 축제의 분위기를 통해 제시한다. 이곳에서 그는 모든 정치인들이 한 자리에 모여 앉아 음식을 공유하는 상징적인 일이야말로, 정치의 본령으로서 요구되는 최상의 덕목이라는 사실을 힘주어 말하고 있다.

이와 같이, 정약용은 부조리한 현실의 증인으로서 한 개인이 추구하려는 가치 있는 삶이란 그 시대의 사회적 진실이 획득되었을 때 비로소 바람직한 목표에 도달할 수 있다는 측면을 스스로 일깨웠다. 이런 의식을 유지하고, 다산은 동시대의 사회인에게 나아가기 시작했다.

2) 농촌 실상의 조명

(1) 소박한 생활상의 수렴

정약용이 머물던 주위에는 인가 사십 채 정도의 마을이 있었다. 이 마을은 반농반어촌으로서 대문이라야 거적을 비스듬히 걸쳐놓은 정도였으며, 산짐승이 극성을 부려 집집마다 두 길이 넘는 울타리를 세우고 처마머리에는 그물을 두른 채 길다란 창들을 꽂아놓은 살풍경을 하고 있었다. 그는 가끔 이곳 사람들과 만나며 그 모습을 눈여겨보는 가운데 장기 지역의 생활상이나 습속을 알리는 작품을 지었다.

다산은 "여인들 말씨가 화난 듯 또한 애교스러운데 / 孫穆처럼 기록하더라도 묘사를 다하지 못해 / 한 푼이라도 돈을 들여 다리 살 생각 않고 / 두 갈래 붉은 머리채를 이마 앞에 매둔다네."라고15) 하며 장기에 사는 여인들의 특이한 말씨와 머리맵시에 관심을 기울이거나, "새로 짠 생선기름 온 집안이 비린 냄새 / 들깨도 안 심는데 / 참깨가 있을손가 / 김 무친 접시에선 머리카락이 끌려나오고 / 가마솥에 지은 돌벼밥엔 모래가 있다네."라고16) 하여, 바닷가에서 영위되는 그들의 거친 음식문화를 사실적인 분위기로 묘사했다. 그러면서 그는 장기의 주민들이 경제적인 풍요로움을 누리지 못한다고 하더라도, 소박하거나 평화롭게 생활을 영위하는 측면에 주목했다.

> 모심기노래 애잔하고 논에 물은 넘실대는데
> 우직한 새색시 유달리 수줍음을 타누나
> 하얀 모시 새 적삼에 샛노란 모시치마를
> 장롱 속에 깊숙이 간직하고 추석 오기만 기다린다.

> 秧歌哀婉水如油　　　嗔怪兒哥別樣羞.
> 白苧新襦黃苧帔　　　籠中十襲待中秋.
> 「長鬐農歌十章」其二, 같은 책 권4.

---

15) 같은 책, 「鬐城雜詩二十七首」 其六, "女音如慍復如嬌 孫穆書中未盡描 不用一錢思買髢 額前紅髮揷雙條"

16) 같은 작품 其七, "新搾魚油腥滿家 靑蘇不種況芝麻 石苔充豆杞牽髮 山稢烹鉒飯有沙"

농부들이 모심기를 하는 장면으로부터 시상이 전개되고 있다. 이 모습은 그들이 땀흘린 만큼 수확을 거두려는 삶의 정직성을 구체적인 행동으로 가시화하는 성격을 지닌다. 다산은 이 부분에서 그들이 기대하는 풍요로운 결실의 꿈을 '水如油'에 담고 있다. 이어 그는 모심기에 참여하거나 점심을 나르는 새색시를 등장시켜, 시적 정황의 변화를 도모한다. 다산은 농부들이 모를 심다가 일의 단조로움으로부터 벗어나고 또한 그들 삶의 건강성을 반영하는 내용으로서, 그들이 새색시를 향해 걸직한 말을 건네며 수줍음을 탄다고 짓궂게 구는 상황을 그에 반응하는 그녀의 모습에 비중을 두어 전한다. 그러면서 그는 그녀가 어떤 내면적 심성을 갖고 있는지를 상상력을 동반하여 노래한다. 다산은 새색시가 가을의 명절을 고대하며 자신의 순박한 아름다움을 자랑하려는 꿈을 그와 일치된 속성의 의복을 매개로 하여 알리고 있다. 그런데 이런 내용 중에 표기된 '兒哥'에는, 지방 사람들이 자기 며느리를 지칭하는 방언으로 우리의 언어문화를 소중히 여기는 그의 문학인식이 반영되었다고 하겠다.

> 金華殿에 오르고 玉堂에 있을 생각을 말게
> 고기잡이 생리는 부러운 게 어부라네
> 아내를 맞이할 때 고래수염 자를 주고
> 자식 분가시킬 때는 게딱지 솥을 나눠준다.

> 休上金華倚玉堂　　　魚蠻生理羨漁郎.
> 迎妻好贈鯨鬚尺　　　析子皆分蟹甲鐺.
> 「鬐城雜詩二十七首」 其十五, 같은 책 권4.

작기가 주먹만한 갓 태어난 병아리들
여리고 노란 털이 깜찍하게 예쁘다네
가녀린 계집아이 공밥 먹는다고 누가 말하나
꼼짝 않고 뜰에 앉아 성난 솔개를 지켜보는데.

鷄子新生小似拳　　嫩黃毛色絶堪憐.
誰言弱女糜虛祿　　堅坐中庭看嚇鳶.
「長鬐農歌十章」其五, 같은 책 권4.

첫째 작품에서 정약용은 장기의 주민들이 바닷가를 삶의 터전으로 삼아 고기잡이를 하면서 그들이 획득한 어산물과 그것을 팔아 구입한 생활 필수품이 그들 가족의 삶에 어떤 작용을 하는지를 알린다. 말을 덧붙인다면, 다산은 ‘贈’과 ‘分’의 표현으로 ‘나눔의 덕목’을 실행하며 공동체의식을 형성한 그들의 소박하면서도 단란함이 느껴지는 생활면모를 부각시킨다. 이는 정치의 혼란 속에서 개인의 이익에 집착하여, 밀실에 갇힌 비인간화된 삶을 살며 서로를 경계하는 정치인들의 속성보다 우위의 가치를 갖는다고 할 수 있다. 그렇기에 그는 장기 주민들의 습속을 전하는 이 시에서 인간의 순수한 꿈을 간직하고 살아가는 그들의 질박한 생활을 정치인의 생리와 대비시켜 전하고 있다. 다산은 이런 내용을 전개하며 ‘蟹甲鐺’이라는 단어로 당시 지방어의 일면을 알리기도 했다.

둘째 작품에서 다산은 크기야 작다고 하더라도 그 생명감이 소중하게 느껴지는 병아리의 모습을 귀여우면서도 사랑스러움이 느껴지는 분위기로 묘사한다. 그런 다음 그는 갓 태어난 병아리와 같이 귀엽고 사랑스러운 여자애가, 공중에서 맴돌며 기회를 엿보다가 자기 집의 병아리를 채가려는 솔개를 정신을 집중시켜 응시하면서 그것을 보호하려는 상황을 실감 있게 그린다. 그러면서 다산은 여자아이의 이 깜찍스러운 행동이 그녀 가족의 구성원에게 '우리 가족생활의 소중함'이라는 반경 안에서 어떤 동질감을 조성하는지를 기층민의 삶의 문제로 부각되는, 하루하루의 끼니가 소중하게 여겨지는 '먹는' 일의 연장선상에서 의미화했다.

새로 거른 막걸리 젖빛처럼 뿌옇고
큰 사발에 보리밥 높이가 한 자나 됨직하이
밥 먹고서 도리깨 들고 타작마당에 들어서니
검게 탄 두 어깨가 햇빛 따라 번들거린다
'호야호야' 소리를 내며 발 맞추어 두드리니
잠깐 사이에 보리 이삭이 질펀하게 널려 있다
주고받는 잡가 소리 갈수록 높아지고
보이느니 지붕까지 튀어오르는 보리인데
기색들을 살펴보니 뭐가 그리 즐거운지
육신의 부림 받는 마음들이 아니로세
낙원과 樂郊가 저 멀리 있는 게 아니거늘
무엇이 괴로워 이곳 떠나 풍진객이 되리오.

新篘濁酒如湩白	大碗麥飯高一尺
飯罷取耞登場立	雙肩漆澤飜日赤
呼邪作聲擧趾齊	須臾麥穗都狼藉
雜歌互答聲轉高	但見屋角紛飛麥
觀其氣色樂莫樂	了不以心爲形役
樂園樂郊不遠有	何苦去作風塵客

「打麥行」, 같은 책 권4.

다산은 농부들이 보리타작을 하기 위해, 먼저 배를 든든히 하는 정황을 풍요로운 의상을 동반하여 전달한다. 이어 그는 그들이 봄철 내내 들에서 들일을 하여, 햇빛에 몸이 검게 탄 모습에 시선을 집중시킨다. 이 장면은 땀흘리는 노동으로 삶의 소박한 의지를 구체화하는, 기층민의 건강한 생활상을 알린다고 하겠다. 이런 내용을 배경으로, 다산은 장기의 농부들이 보리타작을 하는 상황을 그 현장의 분위기가 생생하게 느껴지도록 그리고 있다. 이와 연결된 부분에서 그는 그들이 노동의 효과를 고조시키기 위해 부르는 보리타작 노래에 관심을 두는 중에, 즐거운 분위기로 진행되는 이 노동이 그들 삶의 활력으로서 어떤 작용을 하는지를 눈여겨보고 있다. 곧 다산은 농촌인의 생활을 보리타작으로 전형화한 다음, 삶에 대한 그들의 의지가 자유로움을 만끽하는 분위기로 실현되는 측면에 주목한다. 이 모습은 당시의 정치사상인 儒學에서 추구하던 이상적인 사회상의 분위기를 간직하고 있다. 이에 그는 이상향을 발견한 즐거움을 자신의 삶의 가치로서 수용하려는 내용으로 노래한다. 이런 과정에서 다산은 그 순박한 생활의 질감을 세 번이나 등장시킨 '보리'의 사물적 속성에 투영시켰다고 말할 수 있다.

이와 같이, 정약용은 일련의 시를 통해 농촌인들이 소박한 삶을 사는 가운데 건강한 도덕적 자산을 기반으로 삼아 평화로우면서도 이상적으로 영위하는 그들의 생활상을 소중하게 인식하고 이를 작품에 담았다.

(2) 모순된 현실의 고발

정약용은 장기의 주민들이 연대감을 형성하고 순박하게 생활을 영위하는 측면에 관심을 가지면서도, 일면으로 동시대의 사회적 모순이 그들 삶에 영향을 미치는 과정에서 필연적으로 나타나게 되는 황폐화된 생활상과 조우했다. 이는 당시의 정치가 그 본질로부터 벗어나 파행적인 혼란을 거듭함으로써, 그 피해가 기층민의 생활에 엄청난 힘으로 작용했기 때문이다.

어느 시대를 막론하고 정치는 여러 사회제도를 통해 운영된다. 그렇기에 이 제도는 사회 구성원들의 공동의 선과 또한 넓은 의미에서의 공동의 이익을 실현할 수 있는 성격으로 법제화된다. 하지만 올바른 정치가 시행되지 못하는 시대의 제도는 기득권을 점유한 특정집단의 이익을 강화하는 차원에서 운영되기 마련이다. 당시의 정치력은 노론계열의 정치인에게로 집중되었다. 그들은 대왕대비 金氏를 등에 업고 어린 나이의 純祖(1801~1834)를 기만하며, 정치노선을 달리하는 타계열의 정치인들을 무자비하게 제거해나갔다. 이 혼란스러운 정치양상은 당시의 정치권을 회오리바람 속으로 몰아갔고, 그 모순은 기층민의 생활을 암흑으로 뒤덮었다. 다산은 이 부조리한 정치행태의 희생양으로서, 장기로 귀양을 가게 되었다. 이런 가운데 그는 삶의 허구성이 만연한 사회적 분위기가 동시대의 사람들에게 어떤 비극적인 현실을 초래하는지를 고통스러운 눈으로 바라보았다.

상추쌈에 보리밥을 둘둘 싸서 삼키고는
고추장에 파뿌리를 곁들여서 먹는다
금년에는 넙치마저 구하기가 어려운데
잡는 것마다 말려서는 관가에 바친다네.

萵葉團包麥飯呑　　　合同椒醬與葱根
今年比目猶難得　　　盡作乾鱐入縣門
　　「長鬐農歌十章」 其七, 같은 책 권4.

평화로운 분위기가 감도는 장기 주민들의 생활상과, 그와 대비되게 폭력적인 정치가 그들의 생활을 어둡게 만드는 상황을 함께 전한다. 전반부에서 다산은 소박하지만 포만감을 느끼게 하는 음식물을 등장시키고, 장기인들이 그것을 맛있게 먹는 장면을 노래한다. 이런 정경에는 그들이 정직하게 노동을 한 대가로서 자연으로부터 얻은 음식물을 기쁜 마음으로 향유하는 삶의 건강성이 스며 있다. 그러나 이와 연결된 후반부에서 다산은 그들의 이런 생활이 지배층의 착취로 인해, 더 이상 지속될 수 없다는 점을 일깨운다. 그는 부정적으로 형성된 관리와 일반민의 사이의 관계로써, 시대의 부조리를 비판적인 태도로 고발한다. 곧 다산은 장기의 주민들이 힘겹게 잡은 어획물을 모두 관가에 빼앗기는 상황을 통해, 그들의 기본적인 생활조차 위협하는 정치의 횡포가 어느 정도로 극성을 부리는가 하는 점을 부각시킨다.

이런 작가태도를 유지하고, 그는 모순된 현실에 대한 비판의식을 아래의 작품들에서 지속적으로 내보였다.

> 송아지가 오이밭에 뛰어들지 못하도록
> 서편 뜨락 고무래 옆에다 옮겨 매두었는데
> 새벽에 이정이 와 코를 뚫고서 몰고 가며
> 東萊 하납 배를 위해 짐 싣는다고 하더라.

> 不敎黃犢入瓜田　移繫西庭碌碡邊
> 里正曉來穿鼻去　東萊下納始裝船
> 　「長鬐農歌十章」其八, 같은 책 권4.

다산은 이 시의 주에서 "下納이란 영남의 稅米 절반을 일본으로 실어보내는데, 그것을 하납이라고 일컫는다(下納者 嶺南稅米半輸日本 名之

曰 下納也)."고 했다. 전반부에서 그는 농부가 채소밭을 잘 가꾸려고 아직 길들여지지 않은 송아지를 헛간 근처에다 매어놓은 사실을 알린다. 이 부분에 등장한 '송아지'와 '오이밭', 그리고 '고무래' 등은 농부가 자기 삶의 꿈을 키워가기 위해 소중하게 여기는 객관적 상관물의 속성을 내재한다. 이와 대비된 분위기로 다산은 후반부에서 이정을 매개로 벌어지는 농업정책의 모순과 부조리한 정치적 횡포로 인해, 농부의 소박한 꿈이 무산되는 상황을 그의 처지에서 한탄하고 있다.

> 보릿고개 가파르기가 太行山같이 험한데
> 단오절 지나야만 보리 익기 시작하지
> 풋보리죽 한 사발을 그 누가 들고 가서
> 籌司의 대감도 맛보라고 나눠줄까.

> 麥嶺崎嶇似太行   天中過後始登場
> 誰將一椀熬靑麰   分與籌司大監嘗
> 「長鬐農歌十章」 其一, 같은 책 권4.

농촌인들이 해마다 사월이 되면 식량이 모자라게 되는 때를 보릿고개라고 일컬으며 힘들어하는 일을 다루었다. 다산은 농부들의 시각과 일치된 시적 태도로써, 그들이 초여름이 되면 일용할 양식조차 구하기 어려워, 너무나도 궁핍한 삶을 살 수밖에 없는 실상을 수심에 젖은 목소리로 전한다. 이어 그들이 기대하는 보리가 익는 오월은 현재의 시간으로부터 아직도 거리감이 있다는 사실을 이끌어, 현재의 어두운 면을 일층 부각시킨다. 이런 정황을 배경으로, 그는 농부들의 고통을 전혀 알지 못하는 재상을 향해, 그들에게는 귀중한 음식이 되는 풋보리죽을 매개로 삼아,

그 어려움을 이해하고 함께 나누어야 한다는 말을 간절하게 전하려고 한다. 그런데 이러한 傳言에는 현실에서 가중되는 어둠의 근원지가 어느 곳으로부터 비롯되었는가 하는 점을 통찰하는 다산의 시대인식을 포괄적으로 담았다고 할 수 있다.

> 아이들이 항구에서 고기 못잡게 해야지
> 여덟 발 문어에게 걸려들까 무서워라
> 요사이 해구신이 이상하게도 값이 치솟아
> 서울땅 재상들이 자주 서신을 보내누나.

> 休放兒童港口漁.　怕他纏著八梢魚.
> 年來膃肭逢勺踊,　頻有京城宰相書.
> 「鬐城雜詩二十七首」其九, 같은 책 권4.

이 시 또한 어민과 하나가 된 목소리를 동반하여, 부조리한 현실을 고발했다. 전반부에서 다산은 장기의 아이들이 항구에서 물고기를 잡다가 문어의 다리에 휘감겨 목숨을 잃게 될 수도 있는 상황을 등장시킨다. 이 장면은 바닷가에 위치한 장기인들의 생활을 사실적인 차원에서 알리는 동시에 그들이 궁핍한 현실을 살아가며 만나게 되는 삶의 위기의식을 내재하고 있다. 이런 정황에서 그들의 어두운 삶을 환기시키는 또 하나의 요소가 등장한다. 후반부에서 그는 정치의 중추적인 역할을 담당한 재상들이 일반인의 삶을 풍요롭게 하는 일에 관심을 기울이기는 고사하고, 한결같이 자신의 정력을 강화시킬 해구신을 구하기에 급급한 일을 통렬하게 비난한다. 이 부분에 등장한 재상들의 편지는 한 시대의 정책을 올바르게 결정해야할 행정가로서의 본질을 외면한 채 자신의 욕망을 채우기에 조급한 태도를 보이는, 物化된 삶이 지배하는 정치의 파행적인 속성을 상징적으로 대변하고 있다. 이처럼 다산은 생존에 허덕이는 기층민의 삶과 물욕에 눈이 먼 지배층의 생활을 대비적으로 묘사함으로써, 당시의 정치적 한계를 생생하게 고발했다.

아가가 실오라기 몸에 하나 안 걸친 채

맑은 연못 들락거리듯 짠 바다를 드나드네

엉덩이 들고 머리 수그리고서 곧장 물로 들어가

오리처럼 의연하게 잔물결을 타고 가누나

물결 무늬 흔적 없고 사람도 보이지 않고서

태와 한 통만 수면 위로 두둥실 뜨더니만

홀연히 물쥐같이 머리통을 내밀고

휘파람 한 번 불어대며 몸이 따라 솟구친다

손바닥 크기의 아홉 구멍 큰 전복이야

귀한 양반 부엌에서 안줏감으로 쓰이는데

때로는 바위틈에 蚌鷸처럼 붙어 있어

솜씨꾼도 그 때는 죽고야 만다네

아가가 죽는 일 어이 족히 말하리오만

벼슬길의 熱客들도 모두 세상바다를 헤엄치누나.

兒哥身不着一絲兒　　出沒鹺海如淸池

尻高首下鶩入水　　　花鴨依然戲漣漪

洄文徐合人不見　　　一壺汎汎行水面

忽擧頭出如水鼠　　　劃然一嘯身隨轉

矸螺九孔大如掌　　　貴人廚下充殽膳

有時蚌鷸黏石齒　　　能者於斯亦抵死

嗚呼兒哥之死何足言　名途熱客皆泅水

　　「兒哥詞」, 같은 책 권4.

처음 대목에서 정약용은 장기지방으로 시집을 온 새색시가 삶을 영위하려고 거친 바다에 뛰어들어 해녀 생활을 하는 장면을 전한다. 이곳에서 다산은 그녀의 헤엄 동작이 몹시도 능숙하다는 사실을 일반인이 그 모습을 쉽게 이해할 수 있는 비오리의 속성에 비유하여 알린다. 이어 그는 해녀가 바닷물 속으로 들어간 다음, 보다 많은 해산물을 채취하기 위해 숨을 몰아쉬며 힘들게 작업을 하는 상황을 바다 표면을 중심으로 나타난 변화적인 장면들을 통해 전달한다. 이어서 다산은 힘들게 잡은 그녀의 해산물이 귀한 집안의 안줏감으로 쓰이기 위해 이동하는 경로에 초점을 맞추고, 하층계층과 상층계층의 삶을 대비적으로 묘사한다. 그리고 그는 솜씨 있는 해녀라도 질이 좋은 전복을 따는 과정에서 목숨을 잃게 되는 일을 상기시킨다. 그런 뒤에 다산은 이런 내용을 묶어, 장기의 해녀들이 생활을 영위하려고 목숨을 저버리는 상황에 연민의 정을 보내면서 일면 모순된 현실에 지배를 당하는 당시의 정치인들 또한 세상이라는 거친 바다를 헤엄쳐 나가다 벼슬의 덫에 걸려 목숨을 부지하기 어려운 상황을 확대된 시각에서 조망한다. 따라서 이 시는 해녀들의 힘든 생활을 통해, 어지러운 정치현실을 진단하는 다산의 작품의식을 그 상황들에 적합한 支平聲 ·霽去聲· 銑上聲· 紙上聲의 韻脚을 동반하여 드러내었다고 볼 수 있다.

> 솔피란 놈 이리 몸통에 수달의 가죽으로
> 가는 곳마다 열 놈 백 놈 떼지어 다니면서
> 물 속 동작 날쌔기가 나는 듯 빠르기에
> 갑자기 덮쳐오면 고기들도 모른다네
> 고래란 놈 한 입에다 고기 천 석 삼키어
> 고래 한 번 지나가면 고기씨마저 남지 않아

솔피는 고기 차지 못해서 고래를 원망하며

고래를 죽이려고 온갖 꾀를 다 짜낸다

한 떼는 고래 머리 들이받고

한 떼는 고래 뒤를 에워싸며

한 떼는 고래 왼쪽을 맡고

한 떼는 고래 바른편 후벼파며

한 떼는 물에 잠겨 고래의 배를 올려치고

한 떼는 뛰어올라 고래등에 타고서

상하사방 일제히 고함을 지르고는

살갗 째고 속살 씹어대 어찌나 잔인한지

고래는 우레 같은 소리치며 입으로는 물을 뿜어

바다가 들끓고 맑은 하늘에 무지개 일더니

무지개도 사라지고 파도 점점 잦아드는 사이

아아, 불쌍한 고래는 이미 죽고 말았구나

혼자서는 여러 힘을 당해낼 수 없는 것

약빠른 조무래기들 큰 짐을 해치웠네

너희들아 이 지경에 이르도록 혈전을 왜 벌이느냐

원래는 기껏해야 먹이 다툼에 불과한 일인데

가도 없고 끝도 없는 그 넓은 바다에서

너희들 지느러미 흔들고 꼬리 치면서 서로 편히 살지 못하느냐.

海狼狼身而獺皮	行處十百群相隨.
水中打圍捷如飛	欻忽揜襲魚不知.
長鯨一吸魚千石	長鯨一過魚無跡.
狼不逢魚恨長鯨	擬殺長鯨發謀策.
一群衝鯨首	一群繞鯨後.
一群伺鯨左	一群犯鯨右.

<table>
<tr><td>一群沈水仰鯨腹</td><td>一群騰躍令鯨負.</td></tr>
<tr><td>上下四方齊發號</td><td>抓膚齧肌何殘暴.</td></tr>
<tr><td>鯨吼如雷口噴水</td><td>海波鼎沸晴虹起.</td></tr>
<tr><td>虹光漸微波漸平</td><td>嗚呼哀哉鯨已死.</td></tr>
<tr><td>獨夫不遑敵衆力</td><td>小黠乃能殲巨懠.</td></tr>
<tr><td>汝輩血戰胡至此</td><td>本意不過爭飮食.</td></tr>
<tr><td>瀛海漭洋浩無岸</td><td>汝輩何不揚鬐掉尾相休息..</td></tr>
</table>

「海狼行」, 같은 책 권4.

　이 시는 장기인들의 힘겨운 생활상을 직접적으로 전한다기보다, 앞에서 논의한 「고시이십칠수」의 네 번째 작품과 위에서 다룬 「아가사」의 내용을 함께 아우른 성격을 지닌다. 곧 「해랑행」은 그가 장기 바닷가에서 바라보고 포착한 물고기들의 생리에 바탕을 두고, 당파싸움으로 얼룩진 당대 현실의 모순을 알레고리 기법으로 전한 작품이라고 할 수 있다.

　정약용은 「遣興」에서 "저마다 제가 옳다 아옹다옹 싸우는 꼴 / 객창에 누워 생각하니 눈물이 절로 솟네 / 산과 물은 고작해야 삼천 리에 불과한데 / 비바람 일으키며 이백 년을 싸우다니."라고[17] 하며, 오랜 기간에 걸쳐 진행되던 당파싸움의 고질적인 병폐를 슬퍼했다. 이런 작가태도와 유기성을 맺으며, 다산은 「人才策」에서 붕당의 원인이 爵祿에 집착하기 때문이라고 보았다.

　신은 일찍이 朋黨에서 비롯되는 근심을 음식을 경쟁하는 일에 비유했습니다. 잘못은 음식을 독차지하는 데에 있건만, 그 명분은 "어른과 어린이의 질서를 따지지 않는다"고 말하고, 경쟁은 爵祿에 있는데도 그 말은 "의리를 강론하

---

17) 같은 책, "蠻觸紛紛各一偏 客窓深念淚汪然 山河擁塞三千里 風雨交爭二百年"

지 않는다"고 하니, 그 덧붙이는 말이 근거가 없는 것은 아니나, 그 연유를 살펴본다면 대개 爵과 祿일 뿐입니다. 아아, 경쟁에서의 결판은 힘이므로, 힘이 부족하면 응원이 따르고 응원이 따르면 黨이 따릅니다. 그러므로 당을 아끼는 마음은 응원을 바라는 데에서 생기고, 응원을 바라는 마음은 힘을 합치려는 마음에서 나오며, 힘을 합하려는 마음은 먹을 것을 다투는 데에서 나옵니다. 이로 말미암아 헤아린다면, 붕당이 발생된 연유는 추하기 그지없는 것입니다.[18]

이 글에서 그는 정치인들이 파벌의 이익을 앞세우려는 의도에서 붕당을 형성하는 점을 지적하고, 각 당의 무리들이 작록을 다투는 행태를 그들 서로 사이에 음식을 차지하려는 일로 비유했다. 그런데 인용문의 이런 내용은 「해랑행」에서 언급한 시적 정황과 일치한다.

정약용은 이 작품의 처음 부분에서 해랑을 열등한 속성의 동물적 의상을 이끌어 형상화한 뒤에, 그들이 무리를 지어 곳곳마다 다니며 물고기를 탐욕스럽게 먹어치우는 상황을 언급한다. 이어 다산은 물고기를 엄청나게 잡아먹는 또 하나의 대상물로 고래를 등장시킨다. 이런 정황과 연결시켜, 그는 솔피들이 고래보다 먼저 물고기를 차지하기 위해, 조직적으로 그것을 공격하는 생리를 알린다. 이어서 다산은 솔피들이 고래를 공격하는 생생한 장면을 '자세하게 보여주기 방식'으로 묘사하며, 각 당에 소속한 무리들이 정치적 이익을 확보하려고 상대방 사람들을 얼마만큼 무자비하게 공격하는가를 적나라하게 드러내고 있다. 그런 다음 다산은 고래가 솔피들의 잔인한 공격을 받고 고통스럽게 죽어가는 상황을 슬픈 마음으로 응

---

18) 『전서』 1, 『시문집』 8 「對策」, 「人才策」, "臣嘗以朋黨之禍 比之飮食之訟 愆在乾餕 而其辭則曰 長幼不齒也 爭在爵祿 而其辭則曰 義理不講也 卽其修飾之辭 不爲無 據 而考其緣起 盖惟爵祿焉而已 噫 爭之判力也 力之不足 援至焉 援之至黨也 故愛 黨之心 出於望援 望援之心 出於合力 合力之心 出於爭食 由是觀之 朋黨之所由發 亦孔之醜也"

시한다. 그러면서 그는 이를 통해 폭력이 팽배한 현실의 어둠을 마음에 아로새기는 발언을 병행한다. 그리고 그는 이러한 내용을 종합하여, 피비린내가 가득한 이 싸움이 기껏해야 남보다 먹을 것을 더 가지려하는 쟁탈전에 불과하다는 점을 상기시키고, 현실의 바다를 헤쳐나가는 동시대의 정치인들이 이런 비극을 뛰어넘어 평화롭게 공존할 수 있지 않느냐는 전망을 제시한다. 이렇게 이 시는 바닷가에서의 일을 등장시킨 중에, 서로 살벌하게 싸우는 붕당정치의 모순을 비판하며 삶의 진실이 가리워진 시대의 지식인으로서 동시대의 행복과 평화를 갈망하는 다산의 현실인식을 핍진하게 담았다.

이와 같이, 정약용은 부당하게 권력을 행사하는 정치양상과 사회제도의 파행적인 운영으로 말미암아, 소박하고 평화로운 장기 주민들의 삶이 무참하게 깨어지게 되는 비극적 상황을 생생한 분위기로 고발했다. 이와 함께 다산은 장기인들의 삶을 매개로, 정치권에서 자행되는 부조리와 모순을 극복할 수 있는 전망을 '공동체 실현'이라는 문제에 기반을 두고 모색하기도 했다. 그는 이런 내용을 작품으로 형상화하며, 기층민의 생활 또는 우리 민족의 생활문화를 소중하게 인식했다. 곧 다산은 인용한 시에서 '아가'·'게딱지 솥'·'하납'·'보릿고개'·'대감'·'솔피' 등으로 구체화하고 있듯이, 장기 주민 혹은 영남인들이 사용하는 일상어를 시어로 사용하여, 구어와 문어를 일치시킨 작품태도를 견지했다.[19] 이런 측면은 정약용이 '朝鮮詩'의 중요성을 강조했던 기틀로서의 작품적 의의를 가지면서 나아가 민족문학의 이정표를 제시한 문학사적 가치를 내재한다고 말할 수 있다.

---

19) 정약용은 이런 작품의식을 지속적으로 발전시켜, 1819년에 『雅言覺非』를, 그리고 1820년에 『耳談續纂』을 저술했다고 말할 수 있다.

3. 맺음말

　한 문인의 삶은 그 시대의 사회 및 역사의 조건들과 대응하며 영위된다. 이와 연관을 맺고, 그는 자신이 영위한 삶의 다양한 요소들을 작품에 담는 가운데 인간의 본질적인 국면과 함께 사회와 역사에서 비롯된 문제들을 통일된 작가의식으로 응집하고, 이를 예술적 상상력과 작용시키면서 새로운 전망을 추구한다고 말할 수 있다.

　이 글은 정약용이 장기로 유배를 갔던 시기에 지은 시작품을 대상으로, 그 구체적인 면모를 알아보았다. 이 시들은 다산이 그 이전에 관직생활을 하면서 관념의 차원을 맴돌며 세계와 화합하거나, 竹蘭詩社의 모임을 통해 예술적 취향에 경도된 작품들과는 그 성격이 구분되는 의의를 갖고 있다. 그는 장기에서 지은 시작품을 통해 자신의 불우함이 어두운 사회적 현실과 시대의 모순에 뿌리를 두고 있다는 점을 깊이 인식했다. 그리고 이로부터 다산은 사회적 진실 나아가 민족적 진실의 추구라는 문제를 개인적 진실의 확보라는 측면보다 소중하게 생각했다. 그런데 이는 다산이 四宜齋에서 지내던 기간의 작품과 茶山草堂에서 생활하며 지은 작품의 토대가 되는 내용이라고 하겠다.

찾아보기

|ㄷ|

편집후기

이 책은 지난해(2002년) 작고한 유재일 교수의 저서이다. 고인이 생전에 책을 펴내려고 모아두었던 원고를 바탕으로 편집위원들이 다시 저자의 다른 논문들을 첨삭하여 재편집하였다. 여러 학술지에 발표한 논문들을 성격에 따라 분류하여 편집하였는데, 하나의 저서로서 통일성을 기하기 위해 원래 발표된 논문의 모습에 손상이 가지 않는 범위 내에서 체제 등 몇 가지 사항은 수정을 가하였다. 각각의 논문이 독립된 형태로 발표된 것이다 보니 유사한 주제의 논문들끼리 약간의 중복된 부분도 없지 않은 점에 대해서는 읽는 이들의 양해를 바란다.

저자가 작고한 관계로 서문을 붙이지 못하고 대신 저자의 스승이신 故 淵民 李家源 선생께서 저자의 이름자를 풀이하여 字를 지어주고 이를 銘으로 써주신 글씨를 싣기로 하였다. 두 분의 돈독했던 관계를 잘 알려주는 의미가 있으리라고 본다.

편집위원 : 윤덕진, 이현식, 김영봉, 신연우, 전관수, 안장리, 이강엽.

저자 _ 유재일

- 1954년 서울 출생
- 1974년 경복고 졸업/연세대학교 국문과 입학
- 1980년 연세대학교 석사과정 입학
- 1983년 연세대학교 박사과정 입학
  박사과정 중 도쿄외대 조선어과 연구생, 도쿄대 연구원
- 1990년 <이덕무 시의 연구>로 박사학위 취득
- 1990년 청주대 국문학과 교수
- 2002년 7월 永眠

  저서 : 『이덕무의 시문학 연구』(태학사, 1998)
  논문 : <李奎報의 和白詩 연구>, <長髻에서 지은 丁若鏞의 시 작품> 외 다수

韓國 漢詩의 探究

첫판 1쇄 펴낸날 · 2003년 7월1일
첫판 1쇄 발행일 · 2003년 7월5일

지은이 · 柳在日
펴낸이 · 宋美玉
펴낸곳 · 以會文化社
출판등록 · 1992년 5월 2일 제6-0532호
주소 · 서울시 동대문구 답십리동 488-338 부영빌딩 503호
전화 · (02)2244-7912~3 / 팩시밀리 · (02)2244-7914
전자우편 · ih7912@chollian.net

값 25,000
ISBN 89-8107-224-8 93810

*잘못된 책은 바꾸어 드립니다.